Dieser Band enthält die vier Weihnachtsgeschichten: *Das Weihnachtslied, Die Silvesterglocken, Das Heimchen am Herde* und *Der verwünschte Mann*. Die Weihnachtsgeschichten Dickens' erschienen in den vierziger Jahren des 19. Jahrhunderts. Ihre Schauplätze sind die Stadt und das Land im viktorianischen England; im Märchenstil geschrieben zeigen sie die große Fähigkeit Dickens', auch auf kleinem Raum Phantasie und scharfe Beobachtungsgabe zu vereinen.

insel taschenbuch 358

Dickens

Weihnachtserzählungen

Charles Dickens
Weihnachtserzählungen

Mit Illustrationen von
Leech, Stanfield, Stone u. a.

Insel Verlag

Der Text dieser deutschen Ausgabe
der »Weihnachtserzählungen« wurde unter Benutzung
älterer Übertragungen von Leo Feld neugestaltet.
Die Insel-Taschenbuch-Ausgabe folgt der
Ausgabe des Insel Verlages von 1910.

insel taschenbuch 358
Erste Auflage 1978

Frankfurt am Main 1978
Vertrieb durch den Suhrkamp Taschenbuch Verlag
Umschlag nach Entwürfen von Willy Fleckhaus
Satz: LibroSatz, Kriftel
Druck: Nomos Verlagsgesellschaft, Baden-Baden
Printed in Germany

6 7 8 9 10 11 – 91 90 89 88 87 86

Inhalt

Weihnachtslied

Die Silvesterglocken

Das Heimchen am Herd

Der verwünschte Mann

Weihnachtslied

Erste Strophe. Marleys Geist

Marley war tot; damit wollen wir anfangen. Darüber herrscht auch nicht der geringste Zweifel. Sein Totenschein war unterzeichnet von dem Geistlichen, dem Notar, dem Leichenbesorger und dem Hauptleidtragenden. Scrooge unterzeichnete ihn. Und Scrooges Name stempelte jedes Unternehmen, an dem er beteiligt war, an der Börse zu einer sicheren Sache.

Der alte Marley war so tot wie ein Türnagel.

Merkt wohl auf! ich will nicht behaupten, daß ich aus eigner Erfahrung weiß, was an einem Türnagel so außergewöhnlich tot ist. Ich für meine Person wäre vielleicht versucht gewesen, einen Sargnagel als das toteste Stück Eisen im Handel zu betrachten. Allein in diesem Gleichnis liegt die Weisheit unsrer Urväter, und meine profanen Hände sollen daran nicht rütteln, sonst ist es um das Land geschehen. Man wird es mir daher erlauben, nochmals nachdrücklichst zu wiederholen, daß Marley so tot war wie ein Türnagel.

Wußte Scrooge, daß er tot war? Natürlich. Wie wäre es denn anders möglich gewesen? Er und Scrooge waren ja – wer weiß wie lange – Gesellschafter gewesen. Scrooge war sein einziger Exekutor, sein einziger Administrator, sein einziger Anwalt, sein einziger Haupterbe, sein einziger Freund und sein einziger Leidtragender. Und nicht einmal Scrooge war über diesen traurigen Fall erschüttert genug, um sich nicht als ein äußerst geschickter Geschäftsmann selbst am Begräbnistag zu erweisen, den er auch mit einem sichern Profit feierte.

Die Erwähnung von Marleys Begräbnis bringt mich wieder auf den Punkt zurück, von dem ich ausgegangen bin. Es ist ganz sicher, daß Marley tot war. Dies muß allen ganz klar sein, da sonst nichts Wunderbares an der Geschichte ist, die ich erzählen will. – Wären wir nämlich nicht vollkommen überzeugt, daß Hamlets Vater starb, bevor das Stück begann, so würde sein nächtliches Umherwandeln im Ostwind auf dem Wall seines Schlosses um kein Haar merkwürdiger sein, als wenn irgendein Herr in mittleren Jahren nach Einbruch der Nacht an irgendeinem windigen Ort – wir wollen z. B. den St. Pauls-Kirchhof annehmen – plötzlich erschiene, um seinen indolenten Sohn aus seinem Stumpfsinn zu reißen.

Scrooge ließ niemals den Namen des alten Marley übermalen. Jahre nachher las man noch über der Tür des Warenhauses: Scrooge & Marley. Die Firma war als Scrooge & Marley bekannt. Uneingeweihte redeten Scrooge manchmal mit Scrooge, manchmal mit Marley an, aber er hörte auf beide Namen. Ihm war das ganz gleich.

Aber er war ein schrecklicher Leuteschinder, dieser Scrooge! Ein aussaugender, habgieriger, knauseriger, filziger, schlauer alter Sünder! Hart und kantig wie ein Feuerstein, dem der Stahl niemals das edle göttliche Feuer entlockt hatte; lebte zurückgezogen, war verschlossen und einsam wie eine Auster. Seine innere Kälte erstarrte seine alten Gesichtszüge, ließ seine spitze Nase absterben, runzelte seine Wangen und machte seinen Gang steif; sie rötete seine Triefaugen und färbte seine Lippen blau, ja sie tat sich boshafterweise sogar in seiner schnarrenden Stimme kund. Ein Rauhreif lag auf seinem Haupt, seinen Augenbrauen und seinem borstigen Kinn. Seinen Mangel an Wärme übertrug er stets auf seine Umgebung, machte damit sogar in den Hundstagen sein Kontor eiskalt und taute auch Weihnachten nicht um einen Grad auf.

Äußere Hitze oder Kälte rührten Scrooge wenig. Keine Sommerglut konnte ihn erwärmen, keine Winterkälte ihn erschauern lassen. Kein Wind, der blies, war schneidender als er; kein fallender Schnee mehr auf sein Ziel versessen und kein bis auf die Haut durchdringender Regen unerbittlicher als er. Schlimmes Wetter und Schmutz konnten ihm nichts anhaben. Der heftigste Platzregen,

Schnee und Hagel und Schloßen konnten sich noch eines Vorzugs vor ihm rühmen, wenigstens in einer Hinsicht: »sie ließen sich oft herab«, während Scrooge dies niemals tat.
Niemand stellte ihn auf der Straße, um ihn mit freudestrahlenden Augen anzureden: »Mein lieber Scrooge, wie geht es Ihnen? wann werden Sie mich wieder besuchen?« – Kein Bettler ging ihn um ein geringes Scherflein an, kein Kind fragte ihn unbefangen nach Zeit und Stunde, kein Mann oder Weibsbild wagte je, Scrooge um den Weg nach diesem oder jenem Ort zu fragen. Selbst die Hunde der Blinden schienen ihn zu kennen, denn sobald sie ihn kommen sahen, zogen sie lieber ihre Herren in Torwege und Höfe hinein und wedelten mit dem Schweif, als wollten sie sagen: »Komm, armer blinder Mann! kein Auge ist noch immer besser als ein böses!«
Was kümmerte das Scrooge aber? Gerade so wollte er es haben. Sich abseits durch die übervollen Pfade des Menschenlebens durchzuwinden, jedem menschlichen Gefühl zuzurufen: »Bleib mir vom Leibe!« das war für Scrooge, was man gewöhnlich im Leben ein »Steckenpferd« nennt.
So begab es sich auch einmal – am schönsten aller Tage im Jahr, am Tag des heiligen Abends – daß der alte Scrooge eifrig beschäftigt in seinem Arbeitszimmer saß. Das Wetter draußen war frostig, rauh, beißend kalt und überdies noch neblig, und er konnte auf dem Hof draußen die Leute keuchend und in die Hände pustend auf- und abgehen hören, konnte vernehmen, wie sie die Hände über der Brust zusammenschlugen und mit den Füßen auf den Pflastersteinen stampften, um sich zu erwärmen. Die Glocken von den Türmen der City hatten zwar erst drei Uhr geschlagen, allein es war bereits ganz dunkel; es war den ganzen Tag über nicht hell gewesen, und die Lichter blinkten aus den Fenstern der benachbarten Kontore wie rötliche Schmutzflecken auf der fast greifbar dicken brau-

nen Luft. Der Nebel drang durch jede Ritze und durch jedes Schlüsselloch herein und war draußen so dicht, daß, wiewohl der Hof unter die kleinsten und schmalsten gehörte, die Häuser drüben sich eher wie Gespenster ausnahmen. Wenn man sah, wie sich die dicke, schmutzig graue Wolke, die alles verdüsterte, langsam senkte, hätte man glauben mögen, Frau Natur wohne hart nebenan und koche und braue jetzt eben in größtem Stil.

Die Tür von Scrooges Kontor stand weit offen, damit er ein wachsames Auge auf seinen Schreiber haben könne, der in einer engen Zelle nebenan, einem dürftigen Kasten, Briefe kopierte. Scrooge hatte nur wenig Feuer im Kamin, allein das Feuer im Kamin des Schreibers war noch so viel kleiner, daß es wie eine einzige glühende Kohle aussah. Doch er konnte ihm keine neue Nahrung zuführen, weil Scrooge das Kohlenbecken in seiner eigenen Stube drüben behielt und jedesmal, wenn der Schreiber mit der Schaufel hereinkam, um Kohlen zu holen, prophezeite, daß sich die Kündigung als eine Notwendigkeit erweisen würde. Dann wickelte der Schreiber seinen Hals fester in seinen weißen Schal und versuchte, sich an der Kerze zu erwärmen; da er jedoch nur über bitterlich wenig Phantasie verfügte, mißlang ihm dieser Versuch.

»Vergnügte Weihnachten, Oheim! Gott segne Sie!« rief eine muntere, fröhlich klingende Stimme; es war die Stimme von Scrooges Neffen, der so rasch auf ihn zukam, daß dieser Glückwunsch erst dem Alten die Anwesenheit seines Neffen zum Bewußtsein brachte.

»Pah!« rief Scrooge, »Possen!«

Scrooges Neffe hatte sich beim raschen Gehen im Nebel und Frost so warm gelaufen, daß er über und über glühte; sein frisch gerötetes Gesicht war sehr hübsch, seine Augen glänzten, und sein Atem dampfte noch.

»Wie, Oheim, Weihnachten wäre eine Posse?« rief Scrooges Neffe, »das ist doch sicherlich nicht Ihr Ernst?«

»Ganz gewiß«, versetzte Scrooge. »Fröhliche Weihnachten! Möchte wissen, was du für ein Recht hast, fröhlich zu sein? Was für einen Grund? Du bist doch wahrlich arm genug.«
»Ei, gehen Sie doch, Oheim!« versetzte der Neffe fröhlich, »mit welchem Recht sind Sie übler Laune, und welche Gründe könnten Sie bestimmen, mürrisch zu sein? Sie sind doch wahrlich reich genug!«
Da Scrooge in der Eile keine bessere Antwort fertig hatte, brummte er wiederum ein »Pah!« und ließ ein »Possen!« darauf folgen.
»Ärgern Sie sich doch nicht, Oheim!« rief der Neffe.
»Was soll ich denn tun?« entgegnete der Oheim – »solange ich in einer solchen Welt voll Narren lebe? – Fröhliche Weihnachten? Zum Henker mit der fröhlichen Weihnachtszeit! Was ist Weihnachten für dich anders als eine Zeit, da du, ohne einen Heller in der Tasche, Rechnungen bezahlen sollst? Eine Zeit, da du dich selbst um ein Jahr älter und nicht um ein Haar reicher findest? Eine Zeit, da du die Bilanz zu ziehen hast, bei der dir jeder Posten in allen zwölf Monaten des Jahres ein ›Soll‹ entgegengrinst? – Wenn ich meinen Willen durchsetzen könnte«, setzte der Alte voll Entrüstung hinzu, »müßte jeder Dummkopf, der die Worte ›fröhliche Weihnachten‹ hören läßt, mit seinem eigenen Pudding abgekocht und mit einem spitzen Ast von der Stechpalme im Herzen begraben werden. Das sollte er wahrhaftig!«
»Oheim!« wagte der Neffe einzuwenden.
»Neffe!« erwiderte der Oheim, »feiere du deine Weihnachten auf deine eigne Weise und laß mich meine auf meine Art feiern.«
»So feiert sie! Aber Ihr tuts doch nicht.«
»Dafür laß mich nur allein sorgen!« meinte der Alte. »Mögen sie dir viel Gutes bringen! Sie haben dir stets viel Gutes gebracht!«
»Es gibt mancherlei Dinge, kann ich sagen, von denen ich

Nutzen oder wenigstens etwas Gutes hätte ziehen können, die mir aber keinen Gewinn gebracht haben«, versetzte der Neffe; – »Weihnachten gehört auch zu diesen. Aber ich weiß, ich habe stets, wenn die Weihnachtszeit herankam, sie für eine sehr gute Zeit gehalten – abgesehen von der Verehrung, die ich ihrem geheiligten Namen und Ursprung schuldig bin, wenn man überhaupt von irgendeiner Sache, die mit ihr zusammenhängt, absehen kann. Es ist eine menschenfreundliche, herrliche, vergnügte Zeit, voll Wohlwollen, Vergebung, Uneigennützigkeit, und die einzige Zeit im langen Kalenderjahr, die ich kenne, wo Mann und Weib einstimmig ihre verschlossenen Herzen freiwillig zu öffnen und an die Menschen ärmerer Klassen so zu denken scheinen, als ob diese wirklich Mitwallfahrer zum Grab hin wären und nicht eine andre Gattung von Geschöpfen, die für einen ganz andern Weg bestimmt sind. Und deshalb auch, Oheim, obwohl die Weihnachtszeit mir nie einen Schatz von Gold und Silber in die Tasche gebracht, glaube ich doch, daß sie mir recht viel Gutes getan hat und noch viel mehr tun wird, und darum sage ich auch von ganzem Herzen: Gott segne sie!«

Der Schreiber in dem Kasten nebenan gab unwillkürlich seinen Beifall darüber zu erkennen. Da ihm aber gleich darauf seine Unschicklichkeit zum Bewußtsein kam, schürte er rasch sein Feuerchen und erstickte für immer den letzten schwachen Funken.

»Laßt mich nicht wieder einen ähnlichen Ton von *Euch* hören«, sagte Scrooge, »sonst feiert Ihr Weihnachten mit Eurer Entlassung!« Sich zu seinem Neffen wendend, fügte er hinzu: »Du hast ja ein merkwürdiges Rednertalent, und ich wundere mich nur, daß du nicht schon im Parlament sitzest.«

»Zürnen Sie mir nicht, Oheim!« bat der Neffe; – »besuchen Sie uns lieber morgen und speisen Sie bei uns.«

Scrooge sagte, er wolle ihn verda . . . sehen, ja, so sagte er.

Und zwar unterdrückte er nicht einen einzigen Buchstaben dieses hübschen Wunsches und meinte, dieser Fall müßte erst eintreten, nachher würde er ihn vielleicht besuchen.
»Aber warum, Onkel?« rief Scrooges Neffe. »Warum?«
»Warum hast du dich verheiratet?« fragte Scrooge.
»Weil ich verliebt war.«
»Weil du verliebt warst?« brummte Scrooge vor sich hin, als ob diese Tatsache das einzige Ding sei, das ihm noch lächerlicher erscheine als ›fröhliche Weihnachten‹; – »guten Abend, Neffe!«
»Nein, Oheim! Sie kamen ja niemals zu mir auf Besuch, ehe sich das zutrug. Warum geben Sie es jetzt als Grund an, daß Sie hinfort nicht mehr kommen wollen?«
»Guten Abend!« rief Scrooge.
»Ich brauche ja nichts von Ihnen«, versetzte der Neffe – »ich fordere auch nichts von Ihnen, warum können wir denn nicht gute Freunde bleiben?«
»Guten Abend!« rief Scrooge.
»Es tut mir wahrlich von Herzen leid«, fuhr der Neffe fort – »daß ich Sie so entschlossen finden muß. Wir hatten nie irgendeinen Zwist miteinander gehabt, zu dem ich Veranlassung gegeben hätte. Aber ich habe Weihnachten zu Ehren noch einmal den Versuch gemacht und will meine Weihnachtsstimmung bis aufs letzte bewahren. Und darum ›fröhliche Weihnachten‹, Oheim!«
»Guten Abend!« sprach Scrooge.
»Und ein glückliches Neujahr!« rief der Neffe.
»Guten Abend!« versetzte Scrooge.
Trotzdem verließ der Neffe das Zimmer, ohne auch nur ein Wort des Zornes hören zu lassen. Bei der zweiten Tür aber blieb er stehen, um den herkömmlichen Weihnachtsgruß dem Schreiber seines Onkels zu entbieten, der, so sehr ihn auch fror, doch wärmer war als Scrooge, da er ihn recht herzlich erwiderte.
»Da ist noch ein andrer Narr von demselben Schlag!«

murmelte der Alte, der alles mit angehört hatte – »mein Schreiber, der nur fünfzehn Schilling wöchentlich bekommt und Weib und Familie hat, schwatzt ebenfalls von fröhlichen Weihnachten; da könnte einen wahrlich die Lust ankommen, freiwillig ins Narrenhaus zu gehen.«

Als der von Scrooge für verrückt erklärte Schreiber den Neffen hinaus begleitet hatte, führte er zwei andre Fremde herein. Es waren zwei stattliche Herren von recht gefälligem Äußern, die nun mit abgezogenen Hüten in Scrooges Kontor standen; sie hatten Bücher und Papier in Händen und machten ihm eine tiefe Verbeugung.

»Herren Scrooge und Marley, wenn ich nicht irre?« sagte einer der Herren, nachdem er einen Blick auf seine Liste geworfen; »habe ich die Ehre, mit Herrn Scrooge zu sprechen oder mit Herrn Marley?«

»Herr Marley ist schon seit sieben Jahren tot«, versetzte Scrooge; »gerade heute nacht werden es sieben Jahre, daß er starb.«

»Wir zweifeln nicht, daß in der Freigebigkeit seine Gesinnung von dem überlebenden Associé geteilt wird«, sagte der eine Herr, indem er Scrooge seine Vollmacht hinreichte.

Dem war auch wirklich so, denn die beiden gemeinschaftlichen Besitzer der Firma waren in dieser Beziehung zwei verwandte Geister gewesen; bei dem verhängnisvollen Worte »Freigebigkeit« schauderte Scrooge zusammen und gab kopfschüttelnd die Vollmacht zurück.

»In dieser feierlich festlichen Zeit des Jahres, Herr Scrooge«, hub der fremde Herr an, indem er eine Feder eintauchte, »ist es noch wünschenswerter als sonst gewöhnlich, daß wir Wohlhabenderen auch einigermaßen für die Armen und Verwahrlosten sorgen, die in dieser Jahreszeit großem Mangel ausgesetzt sind. Viele Tausende leiden Mangel an den gewöhnlichsten Bedürfnissen des Lebens, und hunderttausend leiden Mangel an den geringsten Behaglichkeiten, Sir!«

»Gibts keine Gefängnisse mehr?« fragte Scrooge.

»O ja, Gefängnisse genug!« versetzte der fremde Herr und legte die Feder wieder nieder.

»Und die großen Arbeitshäuser?« fuhr Scrooge fort; »sie bestehen wohl noch immer?«

»Allerdings, noch immer!« entgegnete der Herr; »ich wünschte übrigens nichts sehnlicher, als Sie vom Gegenteil benachrichtigen zu können.«

»Die Tretmühle und das Armengesetz sind also noch in voller Kraft?« fragte Scrooge weiter.

»Sie haben beide noch vollauf zu tun«, erwiderte der Fremde.

»Das ist mir lieb zu vernehmen«, meinte Scrooge; »was Sie anfangs sagten, ließ mich beinahe fürchten, es habe sich irgend etwas zugetragen, daß ihr nutzbringendes Bestehen gefährdet habe; nun bin ich froh, das Gegenteil zu vernehmen.«

»In der Überzeugung«, fuhr der Fremde fort, »daß diese Anstalten keineswegs imstande sind, der Menge die christliche Fröhlichkeit und das entsprechende Wohlbehagen des Geistes und Körpers zu verschaffen, haben sich etliche von uns zu dem Bemühen vereinigt, ein kleines Kapital zusammenzubringen, mit dem wir den Armen Speise und Trank und Schutzmittel gegen den Winterfrost verschaffen wollten. Wir haben die gegenwärtige Jahreszeit gewählt, weil sie vor allen andern eine Zeit ist, in der Mangel doppelt fühlbar und Überfluß doppelt zum Geben geneigt ist. Wie darf ich für Sie zeichnen?«

»Gar nicht!« versetzte Scrooge.

»Sie wünschen also wohl, nicht genannt zu werden?« fragte der Fremde.

»Ich wünsche, jetzt allein zu bleiben!« war die Antwort des filzigen Alten; »wenn Sie wissen wollen, was ich wünsche, meine Herren, so kann ich Ihnen nur dies zur Antwort geben. Ich mache mir selbst Weihnachten keine guten Tage und kann noch weniger dazu beitragen, dem faulen Volk gute Tage zu machen. Ich trage bereits zur Aufrechterhaltung der vorerwähnten Anstalten bei, die mich schon genug kosten; wem es also schlimm geht, der mag sich dorthin wenden.«

»Manche können nicht dorthin gehen«, versetzte der fremde Herr, »und andre würden lieber sterben als dies tun.«

»Wenn sie lieber sterben«, versetzte Scrooge, »so würden sie nur gut daran tun, weil sie dadurch der Übervölkerung vorbeugen. Außerdem – Sie entschuldigen – davon verstehe ich nichts.«

»Aber Sie könnten es doch«, bemerkte der Herr.

»Das ist nicht meine Sache«, erwiderte Scrooge. »Es genügt vollkommen, wenn ein Mann seine eigne Sache versteht; er braucht sich nicht in die andrer Leute zu mischen. Meine Angelegenheiten nehmen mich ganz in Anspruch. Guten Abend, meine Herren!«

Da die Fremden nun deutlich einsahen, daß es nutzlos sein würde, ihren Zweck weiter zu verfolgen, entfernten sie sich wieder, und Scrooge ging mit einer weit höheren Meinung von sich selbst und in besserer Laune als gewöhnlich wieder an sein Geschäft.

Inzwischen hatten Nebel und Dunkelheit so sehr zugenommen, daß Leute mit brennenden Fackeln umherliefen und sich anboten, vor den Wagenpferden herzugehen, um sie ihren Weg zu führen. Der alte Turm einer Kirche, deren brummende Glocke aus einem gotischen Fenster der Mauer sonst schlau auf Scrooge heruntergucktе, wurde unsichtbar und schlug die Stunden und Viertelstunden nun in den Wolken mit einem zitternden Nachklang, als ob ihr die Zähne in ihrer eisigen Hülle vor Frost klapperten. Die Kälte nahm immer mehr zu, und draußen auf der Hauptstraße, fast hart an der Ecke des Hofes, hatten einige Arbeiter, die die Gasröhren ausbessern mußten, in einem Kohlenbecken ein großes Feuer angezündet, um das sich jetzt eine Horde zerlumpter Männer und Knaben drängte, die ihre Hände wärmten und angesichts der Glut ganz verzückt mit den Augen blinzelten. An den Pumpbrunnen, die ganz verlassen dastanden, gefror bald das überflutende Wasser und verwandelte sich in menschenfeindliches Eis. Der helle Lichtschein aus den Läden und Gewölben, in denen die Zweige und Beeren der Stechpalme in der Lampenhitze der Schaufenster knisterten, rötete die bleichen Gesichter der Vorübergehenden. Die Läden der Geflügelhändler und Spezereikrämer entfalteten jetzt eine so märchenhafte Pracht, daß es wie ein Wunder schien, solche langweiligen, poesielosen Dinge wie Kauf und Verkauf in Verbindung mit solchem Zauber zu sehen. Der Oberbürgermeister im Burgfrieden des mächtigen Mansionhouse gab jetzt seinen fünfzig Köchen und Tafeldeckern Befehl, ein Weihnachtsmahl zu rüsten, wie es eines Oberbürgermeisters würdig ist; und selbst der armselige Flickschneider, den er am vorigen Montag wegen Trunkenheit und blutdürstiger Gesinnungen, die er auf der Straße geäußert, zu einer Geldstrafe von fünf Schilling verurteilt hatte, rührte den Weihnachtspudding in seiner Dachstube, während sein abgemagertes Weib mit dem Säugling sich aufmachte, das Fleisch zum Festtagsmahl zu kaufen.

Immer nebliger und immer kälter wurde es. Ein durchdringender, beißender, eisiger Frost! Wenn der gute heilige Dunstan die Nase des Teufels nur mit einem solchen Wetter angehaucht hätte, statt seine gewöhnliche Waffe zu gebrauchen, wie hätte dieser da erst aufgeheult! Der Eigentümer einer armseligen jungen Stumpfnase, die von der Kälte so benagt und angeknabbert worden war, wie Knochen von Hunden benagt werden, hielt gerade vor Scrooges Tür und legte seinen Mund ans Schlüsselloch, um ihn mit einem Weihnachtslied zu erfreuen; allein bei dem ersten Vers des bekannten Liedes:

> Gott segn' Euch, würdiger, edler Herr,
> Mög Euch kein Trübsal treffen –

packte Scrooge sein Lineal mit solcher Heftigkeit, daß der arme Teufel bestürzt entwich und das Schlüsselloch dem Nebel und dem noch heftigeren Frost überließ.

Endlich kam die Stunde der Geschäftssperrung. Widerwillig stieg Scrooge von seinem Schreibebock und winkte mit stummer Gebärde dem in seinem Kasten harrenden Schreiber, daß er ihm das gleiche zu tun erlaube. Dieser blies im Nu seine Kerze aus und setzte seinen Hut auf.

»Sie werden vermutlich morgen den ganzen Tag für sich haben wollen?« fragte Scrooge.

»Wenns Ihnen recht ist, Sir!« versetzte der Kommis schüchtern.

»Ist mir nicht recht!« gab Scrooge zur Antwort; »und es gehört sich auch nicht. Wenn ich Ihnen eine halbe Krone für diesen Tag abzöge, würden Sie das für ein schreiendes Unrecht halten – nicht wahr?«

Der Schreiber lächelte gezwungen.

»Und dennoch«, fuhr Scrooge fort, »halten Sie es für kein Unrecht, wenn ich Ihnen ein Taggeld für einen ganzen Tag ohne Arbeit verabreiche?«

Der Schreiber wagte einzuwenden, daß dies ja nur einmal im Jahr vorkomme.

»Eine schlechte Ausrede dafür, daß man an jedem 25. Dezember einem Brotherrn sein Geld aus der Tasche stiehlt!« grollte Scrooge, indem er seinen Überrock bis zum Kinn zuknöpfte. »Aber ich nehme an, daß Sie den ganzen Tag haben müssen. Seien Sie also dafür übermorgen um so zeitiger hier.«

Der Schreiber versprach, dies zu tun, und Scrooge verließ grollend sein Kontor, das im Handumdrehen geschlossen wurde. Der Schreiber, dem die langen Enden seines weißen Schals um die Beine baumelten, da er sich mit keinem Überrock brüsten konnte, eilte schleifend Cornhill hinunter, wo eine Herde von Knaben zu Ehren des Weihnachtsabends sich auf dem Eis vergnügte, und eilte dann, so schnell er nur konnte, nach Camden-Town nach Hause, um daselbst mit den Seinigen Blindekuh zu spielen.

Scrooge nahm sein melancholisches Mahl in dem gewohnten düsteren Wirtshause ein und ging endlich, nachdem er alle Zeitungen gelesen und den Rest des Abends über seinem Abrechnungsbuch gebrütet hatte, nach Hause, um sich schlafen zu legen. Er wohnte jetzt in denselben Gemächern, die einst seinem verstorbenen Associé gehört hatten. Es war eine düstere Zimmerreihe in einem finsteren Gebäude eines Hinterhofes, in den dasselbe so wenig paßte, daß man unwillkürlich auf den Gedanken kam, es habe sich als junges Häuschen beim Versteckspiel mit andern Häusern dort hineinverkrochen und nicht mehr herausgefunden. Nun war es freilich alt genug und auch trübselig genug, da niemand als Scrooge es bewohnte und die andern Zimmer alle als Kontore vermietet waren. Der Hof selbst war so finster, daß sogar Scrooge, dem jeder Stein darin bekannt war, den Weg fast mit den Händen suchen mußte. Nebel und Frost lasteten so dick und schwer auf dem alten schwarzen Torweg, daß es nicht anders schien, als ob der Genius des Wetters in traurigem Nachdenken auf der Schwelle sitze.

Ich betone von vornherein, daß an dem Türklopfer, außer seiner ungewöhnlichen Größe, absolut nichts Bemerkenswertes war. Ich betone auch, daß ihn Scrooge, seitdem er das Haus bewohnte, Morgen für Morgen und Abend für Abend gesehen hatte; schicke auch voraus, daß Scrooge von dem, was man gewöhnlich Phantasie nennt, um kein Härchen mehr besaß als irgendein Mann in der City von London, selbst – was freilich ein kühnes Wort ist – den ganzen Gemeinderat nebst Aldermen und Zünften mit eingeschlossen. Ebenso müssen wir im voraus feierlich versichern, daß Scrooge, seit er an diesem Nachmittag zum letztenmal seines schon seit sieben Jahren verstorbenen Geschäftsgenossen Erwähnung getan, nicht im mindesten mehr an Marley gedacht hatte. Und nun soll mir ein Mensch, wenn er es kann, erklären, wie es möglich war, daß Scrooge, als er seinen Hausschlüssel ins Türschloß steckte, in dem Türklopfer, ohne daß mit diesem eine unmittelbare Veränderung vor sich gegangen war, nicht einen Türklopfer, sondern Marleys Angesicht erblickte.

Ja, Marleys Angesicht. Es war nicht in undurchdringlichen Schatten gehüllt wie die übrigen Gegenstände auf dem Hof, sondern es ging von ihm ein unheimliches Leuchten aus wie von einem verfaulten Hummer in einem dunkeln Keller. Es blickte ihn auch nicht böse oder wild an, sondern ganz so, wie Marley es gewöhnlich tat: mit der gespenstigen Brille, die auf seine gespenstige Stirn hinaufgeschoben war. Seltsam sträubte sich ihm das Haar, wie wenn ein Lüftchen oder ein heißer Qualm es emporgeweht hätte, und obwohl die Augen weit offen waren, fehlte ihnen doch alle Bewegung. Dies und die bleiche Farbe des Gesichts machten es entsetzlich, allein seine Schrecklichkeit schien noch mehr in etwas anderm als in dem Ausdruck zu liegen, ganz abgesehen von dem Gesicht, und lag offenbar gar nicht in dessen Macht. Als Scrooge starrer auf diese Erscheinung blickte, war es wieder ein Türklopfer, der ihm ins Auge fiel.

Wir würden uns eine Unwahrheit zuschulden kommen lassen, wenn wir sagen wollten, der Alte sei nicht erschrocken gewesen, oder sein Blut habe nichts von dem grausigen Schauder empfunden, den er seit seiner Kindheit nicht mehr verspürt hatte. Aber er legte seine Hand wieder an den Schlüssel, den sie früher fahren gelassen hatte, drehte ihn im Schloß um, trat ins Haus und zündete sich seine Kerze an.

Er zauderte allerdings einen Moment, unentschlossen, ob er die Tür schließen sollte, und guckte tatsächlich scheu dahinter, als fürchtete er fast, durch den Anblick von Marleys Zopf erschreckt zu werden, der nach der frühe-

ren Vision steil in den Flur hineinragen müßte. Doch war auf der Rückseite der Tür nichts zu erblicken, als die Schrauben und die Schraubenköpfe, mit denen der Türklopfer befestigt war, drum stieß er auch ein unwilliges Puh! Puh! aus und knallte die Tür zu. Dieser Knall hallte wie ein Donnerschlag durch das Haus. Jedes Zimmer im oberen Stock und jedes Faß in dem Keller des Weinhändlers drunter schien sein eignes Echo zu haben; Scrooge war aber nicht der Mann, der sich von Echos ins Bockshorn jagen ließ. Er verriegelte die Tür und schritt den Flur entlang und die Treppe hinauf, sogar ganz langsam, und im Gehen putzte er noch seine Kerze.
Man kann zwar ungefähr behaupten, daß sich eine sechsspännige Kutsche über eine gute Treppe aus unsrer Väter Vorzeit oder durch einen schlechten, endlosen Parlamentsakt hindurchkutschieren lasse; ich aber wage zu behaupten, man hätte über diese Treppe in Scrooges Haus ohne besondere Mühe einen Leichenwagen hinaufführen können, auch wenn man ihn der Breite nach, mit der Deichsel gegen die Wand und der Tür gegen das Geländer, gestellt hätte. Die Stiege wäre nicht nur breit genug gewesen, man hätte noch Raum übrig behalten, und das ist vielleicht auch der Grund, daß Scrooge einen Leichenzug im Dunkel vor sich herfahren zu sehen glaubte. Ein halbes Dutzend Gaslampen, wie sie draußen auf den Straßen stehen, hätten nicht gereicht, diesen Hausflur auch nur leidlich zu erhellen, und so mag sich jeder unsrer Leser selbst denken, wie dunkel er bei dem Lichtchen sein mochte, das Scrooge in der Hand trug.
Scrooge spazierte die Treppe hinauf und kümmerte sich den Henker darum; Dunkelheit ist billig, und das liebte Scrooge. Ehe er aber seine schwerfällige Zimmertür von innen absperrte, schritt er noch einmal durch sein Zimmer hin, um zu sehen, ob alles in Ordnung sei; das Gesicht von drunten war ihm noch zu lebhaft im Gedächtnis, als daß er nicht diesen Wunsch noch gehegt hätte.

Wohnzimmer, Schlafzimmer, Rumpelkammer – alles war in gehöriger Ordnung. Niemand unter dem Tisch, niemand unter dem Sofa, Löffel und Teller standen parat, ein kleines Feuerchen knisterte auf dem Rost des Kamins, und das kleine Kesselchen mit Haferschleim (Scrooge hatte nämlich einen Schnupfen) hing am Haken über dem Feuer. – Niemand unter dem Bett, niemand im Schlafzimmer, und auch kein fremder Kerl im Schlafrock, der in verdächtiger Stellung an der Wand hing! Auch die Rumpelkammer war wie sonst; ein altes Feuergitter, altes Schuhwerk, zwei Fischkörbe, ein alter Koffer, ein Waschtisch auf drei Beinen und ein Schüreisen bildeten den ganzen Inhalt.

Höchst befriedigt schlug Scrooge die Tür zu und schloß sich selber ein, ja er drehte sogar den Schlüssel zweimal um, was sonst nicht seine Gewohnheit war. Als er sich so gegen Überraschung geschützt hatte, band er seine Halsbinde ab, zog Schlafrock und Pantoffeln an, umhüllte sein Haupt mit der Nachtmütze und setzte sich dem Feuer gegenüber, um seinen Haferschleim auszulöffeln.

Das Feuer war wirklich sehr klein, es wirkte gegen die Hundekälte draußen wie Ironie. Er mußte sich hart ans Feuer setzen und sich darüber beugen, bevor er nur das mindeste Gefühl von Wärme aus dieser Handvoll Feuerung verspüren konnte. Der Kamin war uralt, vor langen, langen Jahren von irgendeinem holländischen Handelsherrn erbaut und ringsum mit seltsamen holländischen Backsteinen bepflastert, welche Zeichnungen zum Verständnis und zur Verherrlichung der Heiligen Schrift enthielten. Da sah man die verschiedensten Darstellungen von Kain und Abel, Pharaos Töchtern, der Königin von Saba, englischen Boten, die auf Wolken wie Federbetten vom Himmel herniederstiegen, Abraham, Belsazar, Aposteln, die in Marktschiffen in See stachen – kurzum Hunderte von Figuren, die seine Gedanken in Anspruch nahmen; und doch kam dieses Gesicht Marleys, der nun schon sieben Jahre tot war, wie des alten Propheten Stab und verschlang das Ganze.

Wenn jeder glänzende Ziegel blank und imstande gewesen wäre, aus den wirren Fragmenten von Scrooges Gedanken irgendein Gemälde auf seine Oberfläche zu zaubern, wäre wohl auf jedem eine Kopie vom Kopf des alten Marley gewesen.

»Possen!« sagte Scrooge und schritt im Zimmer auf und nieder.

Nachdem er dies mehrmals getan hatte, setzte er sich wieder in seinen Stuhl. Als er den Kopf in den Stuhl zurücklehnte, blieb sein Auge unwillkürlich an einer Glocke hängen, einem alten abgegriffenen Klingelzug, der im Zimmer hing und Gott weiß zu welch längst vergessenem Zweck mit einer Kammer im obersten Stockwerk des Hauses in Verbindung stand. Zu seinem größten Erstaunen und mit einem seltsamen Gefühl unwillkürlichen Bangens gewahrte er, wie dieser Klingelzug sich auf einmal zu bewegen begann; erst ward er nur so sanft und leise in Schwingung gesetzt, daß die Glocke kaum einen Ton von sich gab, bald aber schallte sie laut und mit ihr alle übrigen Glocken des Hauses.

Dies mochte etwa eine halbe Minute, vielleicht auch eine ganze, gedauert haben; Scrooge aber schien es eine ganze Stunde zu sein. Die Glocken hörten auch zusammen auf, wie sie zusammen begonnen hatten. Plötzlich aber folgte ihnen von der untersten Tiefe des Hauses herauf ein klirrendes, lautes Geräusch – nicht anders, als ob irgend jemand eine schwere Kette über die Fässer im Keller des Weinhändlers hinschleife. Scrooge erinnerte sich nun, einmal gehört zu haben, daß Gespenster in Spukhäusern immer Ketten schleppen sollen.

Die Kellertür flog mit dumpfem Knall auf, und nun hörte er, wie drunten in dem Hausflur der Lärm immer lauter ward, wie er dann die Treppe heraufkam und endlich gerade seiner Tür zuschritt.

»Pah! es sind immer noch Possen«, murmelte Scrooge vor sich hin, »ich kann unmöglich daran glauben.«

Indes änderte er doch die Farbe, als der Spukgeist ohne Zögern durch die schwerfällige Tür hereinkam und vor seinen Augen das Zimmer betrat. Kaum war er im Gemach, so flackerte auf einmal die ersterbende Flamme des Feuers hell auf, als hätte sie rufen wollen: »Ich kenne ihn, Marleys Geist!« und sank dann wieder zusammen.

Ja, es war dasselbe Gesicht, ganz dasselbe, Marley mit seiner Zopfperücke, der gewohnten Weste, den engen, kurzen Beinkleidern und hohen Stiefeln, deren Quasten sich gleich dem Zopf, den Rockschößen und dem Haar auf seinem Kopf sträubten. Die Kette, die er nachschleppte, war um seine Mitte geschlungen. Sie war lang und ringelte sich wie ein Schweif (Scrooge betrachtete sie sehr genau) und bestand aus Geldkassetten, Schlüsseln, Vorlegeschlössern, Hauptbüchern, Urkunden und schweren, aus Stahldraht gewobenen Börsen. Der Körper des Gespenstes war durchsichtig und erlaubte auf diese Weise Scrooge, als er ihn genauer ins Auge faßte, durch seine Weste hindurchzublicken und die beiden Knöpfe auf dem Rücken des Rockes zu sehen.

Scrooge hatte oft behaupten hören, daß Marley kein Herz im Leibe gehabt habe, allein er hatte es bis auf den heutigen Tag noch nicht geglaubt.

Ja, er glaubte es nicht einmal jetzt. Obwohl er das Gespenst durch und durch schauen konnte und es vor sich stehen sah, obwohl er den erstarrenden Eindruck seiner todeskalten Augen fühlte und sogar das Gewebe des zusammengefalteten Taschentuchs bemerken konnte, das der Geist um Kinn und Kopf geknüpft trug, und das er vorher nicht an ihm bemerkt hatte, war er dennoch ungläubig und mißtraute seinen eignen Sinnen.

»Was gibts?« rief Scrooge mit seiner gewöhnlichen kalten, barschen Kürze. – »Was hast du mit mir zu schaffen?«

»Mancherlei!« versetzte das Gespenst dumpf, und auch die Stimme überzeugte Scrooge, daß es Marley war.

»Wer bist du?« fragte Scrooge noch einmal.

»Frage mich lieber, wer ich war!« erwiderte das Gespenst.

»Und wer warst du denn?« forschte Scrooge mit lauter Stimme weiter, »du bist ein wunderlicher Kauz für ein Gespenst.«

Er wollte schon sagen ›als Gespenst‹, setzte aber ›für‹ ein, weil es ihn besser dünkte.

»Zu meinen Lebzeiten«, gab die Spukgestalt zur Antwort, »war ich dein Geschäftsgenosse Jakob Marley.«
»Kannst du – auch sitzen?« fuhr Scrooge fort, indem er einen zweifelhaften Blick auf ihn warf.
»Gewiß.«
»So nimm Platz«, fuhr Scrooge fort.
Scrooge hatte nur diese Frage an ihn gerichtet, weil er nicht gewiß wußte, ob ein so durchsichtiges Gespenst auch imstande sein würde, sich auf einen Stuhl zu setzen, und fühlte, daß, falls ihm dieses unmöglich wäre, er ihm folgerichtig eine sehr unangenehme Erklärung abverlangen könnte; allein der Geist nahm auf der entgegengesetzten Seite des Kamins Platz, als wäre er ganz daran gewöhnt.
»Du glaubst mir also nicht?« fragte der Geist.
»Keineswegs«, gab Scrooge zur Antwort.
»Was vermöchte dich außer dem Zeugnis deiner Sinne noch zu überzeugen, daß ich wirklich vorhanden bin?« fragte Marleys Geist in dumpfen Grabestönen.
»Ich weiß es selbst nicht«, erwiderte Scrooge.
»Warum mißtraust du deinen eignen Sinnen?« fuhr der Geist fort.
»Weil eine Kleinigkeit sie angreift«, versetzte Scrooge. – »Wenn ich meinen Magen nur im geringsten überlade, werden sie zu Betrügern an mir; ein unverdauter Bissen Fleisch, ein wenig Senf, eine Käsekruste, ein Teil von einer halbrohen Kartoffel kann dich erzeugt haben. Wer du auch sein magst, so glaube ich doch, daß es eher ein Stückchen Quark als der Sarg ist, woher du stammst!«
Scrooge ließ sich nur selten dazu hinreißen, Witze zu machen, und fühlte auch jetzt keine große Lust dazu. In Wahrheit versuchte er nur launig zu sein, um seine Aufmerksamkeit zu zerstreuen und die entsetzliche Furcht niederzukämpfen. Denn die Stimme des Gespenstes ließ ihm fast das Mark in den Knochen gerinnen.
Nur einen Augenblick diesen starren, erloschenen Augen

stumm gegenüber zu sitzen würde ihn, wie er fühlte, verrückt machen. Auch lag etwas Grauenhaftes in dem Umstand, daß das Gespenst mit einer eignen höllischen Atmosphäre umgeben war. Scrooge fühlte sie zwar selbst nicht, aber es war sicherlich der Fall; denn obgleich der Geist vollkommen regungslos dasaß, wurden doch sein Haar, seine Quasten und Rockflügel wie von dem heißen Luftstrom eines Ofens stets bewegt.

»Siehst du diesen Zahnstocher?« fragte Scrooge, indem er aus den oben angegebenen Gründen die Sache alsbald wieder spaßhaft zu nehmen versuchte und – ob auch nur für eine Sekunde – den eisigen Blick des Gespenstes von sich abwenden wollte.

»Ich sehe ihn«, versetzte der Geist.

»Aber du blickst ja nicht drauf hin!« rief Scrooge.

»Ich sehe ihn nichtsdestoweniger deutlich.«

»Wohlan denn«, versetzte Scrooge, »ich brauche nur dieses armselige Stückchen hinunterzuschlucken, um all meine Lebtage von einer Legion von Kobolden verfolgt zu werden, die sämtlich meine eignen Geschöpfe sind. Possen! sage ich dir, lauter Possen!«

Bei diesen Worten stieß das Gespenst einen gräßlichen Schrei aus und rasselte mit seinen Ketten auf eine so greulich betäubende Weise, daß Scrooge sich mit beiden Händen festhalten mußte, um nicht in seiner Ohnmacht vom Stuhl zu sinken. Aber um wie viel größer ward noch sein Schreck, als das Gespenst die Binde um den Kopf abnahm, als sei sie für die Zimmertemperatur zu warm, und sein Unterkiefer plötzlich auf die Brust herabsank.

Scrooge fiel auf die Knie nieder und bedeckte sein Gesicht mit den Händen.

»Gnade!« rief er. »Schrecklicher Geist, warum quälst du mich?«

»Mensch mit dem weltlichen Sinn!« versetzte der Geist, »sag an, glaubst du an mich oder nicht?«

»Ich glaube«, rief Scrooge, »ich muß ja glauben. Allein

warum wandeln Geister auf der Erde umher, und warum kommen sie zu mir?«

»Es wird von jedem Menschen gefordert«, gab das Gespenst zur Antwort, »daß seine Seele umherwandere unter den andern Menschen und große, weite Reisen tue, und wenn jener Geist bei des Menschen Lebzeiten die Wanderung nicht antritt, wird er verdammt, sie nach dem Tod zu tun. Er ist verurteilt, durch die Welt zu wandern und – Wehe über mich! – mitanzusehen, was er nicht mehr genießen darf, woran er aber, solange er noch unter den Lebenden weilte, hätte teilnehmen und es zum Guten wenden können.«

Hier stieß das Gespenst wieder einen Schrei aus und klirrte mit seiner Kette und rang seine knöchernen Hände.

»Du trägst Fesseln?« fragte Scrooge zitternd; »so sag mir doch, aus welchem Grunde?«

»Ich trage die Kette, die ich in meinem Leben schmiedete«, gab der Geist zur Antwort; »ich schmiedete sie Glied um Glied und Elle um Elle, gürtete sie um aus freien Stücken und trug sie ebenfalls freiwillig. Sind dir ihre Glieder unbekannt?«

Scrooge zitterte immer mehr.

»Möchtest du vielleicht wissen«, fuhr der Geist fort, »wie schwer und lang die starke Kette ist, die du selbst trägst? Vor sieben Weihnachtsabenden war sie ebenso schwer und ebenso lang als diese; seither hast du fleißig an ihr gearbeitet, und sie ist eine schwere, mächtige Kette geworden.«

Scrooge sah ängstlich zu Boden und um sich her, als erwartete er, sich selbst von fünfzig oder sechzig Klaftern schwerer Eisenketten umgeben zu finden, allein er vermochte nichts zu sehen.

»Jakob!« rief er in bittendem Ton; »alter Jakob Marley! eröffne mir mehr! Sprich mir Trost zu, alter Jakob!«

»Ich kann dir keinen geben«, versetzte der Geist; »er

kommt von andern Regionen, Ebenezar Scrooge, und wird von andern Boten und andern Menschenkindern, als du eines bist, gereicht. Auch darf ich dir nicht sagen, was ich sagen möchte; nur noch ein klein wenig mehr als dies ist mir erlaubt. Ich darf nicht ruhen, ich darf nicht bleiben oder auch nur ein wenig zögern. Nie hat mein Geist die Schwelle unsres Kontors überschritten; beherzige es wohl! bei meinen Lebzeiten überschritt mein Geist niemals die engen Grenzen unsrer Geldwechslerhöhle. Jetzt aber muß ich wandern, und mühsame Reisen stehen mir bevor!«

Scrooge hatte die Gewohnheit, wenn er nachdenklich wurde, die Hände in die Hosentaschen zu stecken; als er jetzt des Geistes Worte näher erwog, machte er es ebenso, allein er wagte weder den Blick noch sich selbst aus seiner knienden Stellung zu erheben.

»Du mußt dir aber viel Zeit gelassen haben, Jakob?« bemerkte Scrooge in einem schnarrenden Geschäftston, wiewohl mit Demut und Bescheidenheit.

»Viel Zeit!?« wiederholte der Geist.

»Sieben Jahre tot und stets auf der Reise?« murmelte Scrooge nachdenklich vor sich hin.

»Immer war ich auf Reisen, ohne Rast und Ruh, und stets von unaufhörlichen Gewissensbissen heimgesucht.«

»So reisest du wohl schnell?« fragte Scrooge weiter.

»Auf den Schwingen des Windes«, versetzte der Geist.

»Da hättest du wohl in sieben Jahren eine große Strecke Wegs zurücklegen können!« meinte der alte Filz.

Als der Geist dies hörte, stieß er einen andern Schrei aus und klirrte mit seiner Kette so entsetzlich durch die Totenstille der Nacht, daß der Nachtwächter vollkommen recht gehabt haben würde, wenn er ihm eine Strafe für nächtliche Ruhestörung auferlegt hätte.

»O!« rief das Gespenst, »gefangen und gebunden und in doppeltes Eisen geschlagen zu sein, nicht zu wissen, wie lange Jahre voll unaufhörlicher, unausgesetzter Mühe und Pein die unsterblichen Wesen erwarten, die sich nicht schon hienieden dazu bequemt haben, so viel Gutes zu tun, als in ihren Kräften stand! Nicht zu wissen, daß jede christliche Seele, die in ihrem kleinen Kreis, wie immer er beschaffen sein mag, mildtätig wirkt, ihr irdisches Leben zu kurz findet für die ihm offenstehenden Wege der Barmherzigkeit! Nicht zu wissen, daß keine noch so große Reue für die versäumten Gelegenheiten sühnen kann! So einer war ich! O! so unwissend war ich!«

»Aber du bist ja stets ein guter Geschäftsmann gewesen, Jakob«, stotterte Scrooge, der nun anfing, die Worte des Geistes auf sich selbst zu beziehen.

»Geschäftsmann?« schrie das Gespenst und rang aufs neue die Hände. »Die Menschheit war mein Geschäft. Die allgemeine Wohlfahrt und Mildtätigkeit, Menschenfreundlichkeit, Nachsicht, Herzensgüte und Wohlwollen wären alle zusammen eigentlich mein Beruf gewesen. Die gemeine Tätigkeit in meinem Handel war nur ein Tropfen Wassers in dem allumfassenden Ozean meines Berufs und meiner Pflichten!«

Er hielt seine Kette auf Armeslänge vor sich hin, als ob sie die Ursache seines vergeblichen Kummers wäre, und schleuderte sie dann in mächtigem Zorn wieder auf den Boden.

»Gerade um diese Zeit des ablaufenden Jahres«, fuhr das Spukgespenst fort, »leide ich am meisten. Warum wandelte ich auch durch dichte Haufen von Mitmenschen, ohne meine Augen zu ihnen zu erheben oder zu dem blinkenden Stern, der die drei Weisen zu dem niederen Dach der Armut führte? Gab es nicht arme und niedere Hütten genug, zu denen sein Licht mich hätte leiten können?«

Scrooge erschrak nicht wenig, als er das Gespenst sich auf diese Weise beklagen hörte, und begann mächtig zu zittern.

»Höre mich!« rief der Geist, »meine Zeit ist fast um.«

»Ich will ja«, versetzte Scrooge, »aber tadle mich ja nicht hart, Jakob! sei nicht zu streng gegen mich, ich bitte dich!«

»Wie es kommt, daß ich jetzt in einer sichtbaren und für deine Sinne begreiflichen Gestalt erscheine, vermag ich dir nicht zu sagen«, erwiderte der Geist; »ich habe so manchen lieben Tag unsichtbar an deiner Seite gesessen.«

Das war keineswegs ein angenehmer Gedanke für Scrooge, der schauderte und sich den Schweiß von der Stirn wischte.

»Dies ist nicht der leichteste Teil meiner Buße!« fuhr der Geist fort. »Heute abend bin ich gekommen, um dich zu warnen, dir zu sagen, daß du noch eine Aussicht und Hoffnung hast, meinem Schicksal zu entgehen – eine Aussicht und Hoffnung, die ich dir verschaffe, Ebenezar.«

»Du warst stets freundlich gegen mich gesinnt, und ich danke dir«, sprach Scrooge.

»Nun werden dich noch drei Geister heimsuchen!« fuhr das Gespenst fort.

Scrooges Gesicht ward davon beinahe so lang wie das des Gespenstes, als es das Tuch vom Kinn abnahm.

»Ist das die Aussicht und Hoffnung, von der du sprachst, Jakob?« fragte der gequälte Alte mit halb erstickter Stimme.

»Allerdings!« war die Antwort.

»Ich – ich bin nicht dieser Ansicht«, meinte Scrooge.

»Ohne den Besuch jener drei Gespenster«, fuhr der Geist fort, »hast du keine Hoffnung, den Pfad zu vermeiden, auf dem ich jetzt wandle. Erwarte den ersten morgen, wenn die Glocke eins schlägt.«

»Könnte ich nicht alle auf einmal haben, damit die Sache desto schneller vorüber wäre?« fragte Scrooge.

Das Gespenst antwortete auf diese Frage nicht, sondern fuhr fort:

»Erwarte den zweiten in der nächsten Nacht und um dieselbe Stunde. Der dritte wird sodann in der dritten Nacht erscheinen, wenn der letzte Glockenschlag von Mitternacht in der Luft zu erzittern aufgehört hat. Erwarte nicht, mich ferner zu sehen, und gib nur acht, daß du, um deines eignen Heils willen, nie vergißt, was zwischen uns vorgefallen ist!«

Nach diesen Worten nahm das Gespenst das Tuch vom Tisch und band es wieder wie zuvor um den Kopf. Scrooge bemerkte dies an dem knirschenden Ton, den seine Zähne machten, als die Kinnladen durch die Binde zusammengeschlagen wurden; er wagte es, seine Augen wieder zu erheben, und sah, daß sein übernatürlicher Besucher die Kette um den Arm gewunden hatte und ihn in aufrechter Stellung fest ins Auge faßte.

Die Erscheinung entfernte sich rückwärtsschreitend von ihm, und bei jedem Schritt, den sie nahm, öffnete sich das Fenster etwas mehr, so daß es in dem Augenblick, da sie es erreichte, weit offen war. Das Gespenst winkte Scrooge, näher zu kommen, was er auch alsbald tat, und als sie zwei Schritte auseinander waren, hielt Marleys Geist plötzlich seine Hand empor, als wollte er ihn warnen, noch einen Schritt zu tun.

Scrooge blieb stehen, nicht so sehr aus Gehorsam, als aus Überraschung und Furcht; denn als das Gespenst die Hand erhob, vernahm er ein wirres, seltsames Getöse in der Luft, das wie unzusammenhängende Töne von Wehklage und Reue, wie Jammergeschrei voll unaussprechlichen Kummers und Selbstvorwurfs klang. Nachdem das Gespenst eine Weile schweigend zugehört hatte, stimmte es in den schwermütigen Trauergesang ein und schwebte in die düstere, kalte Nacht hinaus.

Scrooge folgte ihm ans Fenster, von zweifelvoller Neugier getrieben, und blickte hinaus.

Die ganze Luft war mit Gespenstern erfüllt, die in ruheloser Hast klagend hin und her schwebten. Jedes von

ihnen trug Ketten wie Marleys Geist, und manche von ihnen – das mochten wohl verbrecherische Behörden gewesen sein – waren aneinander geschmiedet; keines war frei von Fesseln. Viele hatte Scrooge zu ihren Lebzeiten gut gekannt. Insbesondere ein alter Geist in einer weißen Weste, mit einer ungeheuren eisernen Kasse an dem Knöchel, war sein Vertrauter gewesen; und dieser schrie ganz jämmerlich, weil er einem unglücklichen Weib nicht beistehen konnte, das mit einem Kind tief unter ihm auf einer Türschwelle hockte. Man sah deutlich, daß die größte Pein aller Schattengestalten in ihrer Sehnsucht bestand, menschliches Elend zu mildern, wäh-

rend sie die Kraft dazu für immer verloren zu haben schienen.
Ob diese seltsamen Gebilde nun auf einmal in Nebel zerflossen, oder ob der Nebel sie nur verhüllte, konnte er nicht sagen; so viel ist aber gewiß, daß sie und ihre geisterhaften Stimmen zugleich seinen Sinnen entrückt wurden und die Nacht wieder ebenso düster und dunkel ward, als sie zur Zeit von Scrooges Heimkehr gewesen war.
Scrooge schloß das Fenster und untersuchte die Tür, durch die der Geist eingetreten war; sie war doppelt verschlossen und verriegelt, wie er es mit eigner Hand getan hatte, und die Riegel waren noch unversehrt. Er wollte eben wieder sein gewöhnliches »Possen!« vor sich hinmurmeln, allein er hielt bei der ersten Silbe inne. Und da er – sei es nun infolge der Aufregung, unter der er gelitten hatte, oder der Strapazen des Tages, oder des Einblicks in die ihm bisher verschlossene und unsichtbare Welt der Geister, oder der späten Stunde, oder der trübseligen Unterhaltung des Gespenstes – ein dringendes Bedürfnis nach Ruhe fühlte, ging er sofort zu Bett, ohne sich auszukleiden, und fiel augenblicklich in tiefen Schlaf.

Zweite Strophe. Der erste der drei Geister

Als Scrooge erwachte, war es so dunkel, daß er aus dem Bett blickend kaum das durchsichtige Fenster von den trüben Wänden seines Schlafzimmers zu unterscheiden vermochte. Er bemühte sich, mit seinen Frettchenaugen die Dunkelheit zu durchdringen, als die Glockenuhr einer benachbarten Kirche auf einmal vier Viertel schlug; ängstlich lauschte er nun, um die volle Stunde zählen zu können.

Zu seinem größten Erstaunen schlug die schwere Glocke sechs, dann sieben und so fort, bis er zwölf gezählt hatte; dann hielt sie inne. Zwölf Uhr! es war zwei Uhr vorüber gewesen, als er zu Bett gegangen war, die Uhr konnte unmöglich recht gehen – ein Eiszapfen mußte ins Werk geraten sein – zwölf Uhr!

Er drückte auf die Feder seiner Repetieruhr, die voreilige Glocke Lügen zu strafen; ihr kleiner rascher Puls schlug ebenfalls zwölfmal und hielt dann inne.

»Nein, es ist unmöglich, daß ich den ganzen Tag durch und tief bis in die andre Nacht hinein geschlafen habe!« rief er ungläubig. »Es ist aber doch auch nicht möglich, daß der Sonne irgend etwas zugestoßen ist und die Glocke jetzt Mittag verkündet.«

Dieser Gedanke war so beunruhigend für ihn, daß er aus dem Bett sprang und tappend seinen Weg nach dem Fenster suchte. Bevor er überhaupt etwas sehen konnte, mußte er erst den Reif mit dem Ärmel seines Schlafrockes wegreiben, und selbst dann vermochte er nur wenig zu sehen. Das einzige, das er erfahren konnte, war, daß draußen noch tiefer Nebel und schneidende Kälte herrschte und daß er nicht das Geräusch hin und her eilender Schritte vernahm, die unbedingt hörbar hätten werden müssen, wenn der helle Tag die Nacht vertrieben und schon Besitz von der Welt genommen hätte. Dies war für ihn ein großer Trost, weil »drei Tage nach Sicht zahlen Sie diesen Primawechsel an Herrn Ebenezar Scrooge oder dessen Ordre usw.« für ihn nur etwa eine Bürgschaft gleich der in den Vereinigten Staaten üblichen geworden wäre, hätte er die Zwischentage nicht zählen können.

Scrooge legte sich wieder zu Bett und grübelte und dachte hin und her und konnte doch nichts Rechtes herausbringen. Je mehr er grübelte, desto verwirrter wurde er, und je mehr er sich bemühte, nichts zu denken, desto angestrengter dachte er. Marleys Geist wollte ihm nicht aus dem Kopf und quälte ihn auf wahrhaft unchristliche Weise. Sooft er, nach reiflicher Prüfung, mit sich selbst ins reine kam, daß alles nur ein Traum gewesen sei, kehrte sein Geist wieder, wie eine starke, plötzlich losgeschnellte Feder, in seinen früheren Zustand zurück und hielt ihm dasselbe Problem aufs neue vor, um es wieder nach allen Teilen hin zu erwägen: war es ein Traum gewesen oder nicht?

In diesem Zustand lag Scrooge, bis die Glockenuhr drei Viertel mehr geschlagen hatte, und er erinnerte sich jetzt auf einmal, daß der Geist ihm Schlag eins eine Geistererscheinung geweissagt hatte. Er beschloß also, wach zu bleiben, bis die Stunde vorüber war, und in Anbetracht, daß er ebensowenig wieder einzuschlafen als gen Himmel zu fahren vermochte, war dies vielleicht der klügste Entschluß, dessen er fähig war.

Die Viertelstunde dauerte so lange, daß er sich mehr als einmal überreden wollte, er müsse unbewußt ein wenig eingenickt sein und habe die Glocke überhört. Auf einmal schlug der erwartete Klang an sein ängstlich lauschendes Ohr.

»Ding-Dong!«

»Ein Viertel!« sprach Scrooge zählend.

»Ding-Dong!«

»Halb!« rief Scrooge.

»Ding-Dong!«
»Drei Viertel!« murmelte Scrooge.
»Ding-Dong!«
»Die volle Stunde«, rief Scrooge triumphierend, »und sonst nichts!« Er triumphierte zu früh, ehe noch der Stundenschlag getönt hatte, der jetzt mit einem einzigen tiefen, dumpfen, hohlen, melancholischen Ton erschallte. Augenblicklich übergoß Lichtschein sein Gemach, und die Vorhänge seines Bettes wurden zurückgezogen.
Ja, ich versichere euch, eine Hand schob die Vorhänge seines Bettes beiseite – nicht die Vorhänge an seinen Füßen oder die an seinem Rücken, sondern gerade diejenigen, auf die sich sein Blick richtete. Die Vorhänge seines Bettes wurden beiseite geschoben, und Scrooge, der in einer halb sitzenden, halb liegenden Stellung emporstarrte, sah sich selbst von Angesicht zu Angesicht dem überirdischen Besucher, der sie zurückschlug, so nahe gegenüber, als ich es jetzt euch bin, denn ich stehe im Geiste vor euch, meine Leser!
Es war eine seltsame Gestalt, einem Kinde ähnlich, und doch wieder einem Kinde kaum ähnlicher als einem alten Mann, den man durch irgendein übernatürliches Medium erblickte, das ihm den Anschein gab, als sei er dem Blick einigermaßen entrückt und dadurch zu den Verhältnissen eines Kindes zusammengeschrumpft. Sein Haar, das ihm um den Nacken und über den Rücken hing, war weiß, wie vom Alter gebleicht, und doch zeigte das Gesicht nicht eine einzige Runzel, und die zarteste, blühendste Farbe überschimmerte die Haut. Die Arme waren sehr lang und muskulös, wie auch die Hände, in denen ungewöhnliche Kraft zu ruhen schien. Seine Beine und Füße, von der zartesten Form, waren wie die Oberteile seines Körpers nackt. Der Geist trug eine Tunika vom reinsten Weiß, und um seine Hüfte war ein glänzender Gürtel geschlungen, der einen herrlichen Schein verbreitete. In der Hand hielt er ein frisches Reis der Stechpalme, und sein Ge-

wand war in seltsamem Widerspruch zu diesem Sinnbild des Winters mit Frühlingsblumen geziert. Aber das Seltsamste an ihm war, daß der Krone auf seinem Kopf ein hellglänzender Lichtstrahl entsprang, der alles an ihm erleuchtete und der gewiß die Ursache war, daß der Geist bei übler Laune einen großen Lichtauslöscher, den er momentan unter dem Arm trug, als Kappe benutzte.

Aber selbst dieses Licht war noch nicht das Seltsamste, wie Scrooge bald bemerkte, als er ihn genauer betrachtete. Denn wie der Gürtel des Geistes bald an dieser, bald an jener Stelle glitzerte, und wie das, was soeben noch gefunkelt, gleich darauf schwarz wurde, so schien auch seine ganze Gestalt ein ähnliches Licht und eine gleiche Helle auszuströmen und seine Formen gar oft zu verändern; bald war er nämlich ein Ding mit einem einzigen Arm, dann wieder mit einem einzigen Bein, alsdann wieder mit zwanzig Füßen, hierauf wieder nur ein Paar Füße ohne einen Kopf, und am Ende gar ein Kopf ohne einen Rumpf, und von den verschwimmenden, sich auflösenden Teilen war dann in dem tiefen Dunkel, in dem das übrige verschwamm, kein Umriß mehr sichtbar. Zur größten Verwunderung des staunenden Beschauers nahm er alsdann wieder seine vorigen Formen an, und zwar so bestimmt und deutlich als je.

»Seid Ihr der Geist, Sir, dessen Erscheinung mir prophezeit wurde?« fragte Scrooge.

Seine Stimme war sanft und wohltönend und zugleich so leise, als stünde die Erscheinung nicht neben ihm, sondern wäre ziemlich weit von ihm entfernt.

»Wer und was seid Ihr denn?« fragte Scrooge.

»Ich bin der Geist der vergangenen Weihnacht!« war die Antwort.

»Und wohl einer längst vergangenen?« fragte Scrooge mit Anspielung auf die zwerghafte Gestalt des Geistes.

»Nein. Deiner vergangenen.«

Wenn ihn jemand befragt hätte, würde Scrooge wahrscheinlich keinen Grund dafür gewußt haben: aber er hegte ein besonderes Verlangen, den Geist mit seiner Mütze auf dem Kopf zu sehen, und bat ihn daher, sich zu bedecken.

»Wie!« rief der Geist entrüstet aus, »möchtest du so bald schon mit profanen Händen das Licht verlöschen, das ich dir gebe? Ist es nicht genug, daß du schon zu denen gehörst, deren Leidenschaften diese Kappe gemacht haben und mich zwingen, sie oft jahrelang tief in die Stirne zu ziehen?«

Scrooge widerrief ehrerbietig jede Absicht zu beleidigen und verschwur sich hoch und teuer, daß er nicht wisse, wie er je in seinem Leben mit Willen und Absicht dazu beigetragen, daß das Gespenst seine Nachtmütze auf dem Kopf trage. Alsdann tat er kühn die Frage, was den Geist eigentlich zu ihm führe?

»Dein Wohl!«

Scrooge wollte erwidern, daß er sich hierdurch hoch verpflichtet fühle, allein durchaus nicht einsehen könne, wie eine schlaflose Nacht diesen Zweck befördern sollte. Der Geist mußte Scrooge haben denken hören, denn er sagte sofort:

»Deine Besserung also. Nimm dich in acht!« Er streckte bei diesen Worten seine starke Hand aus und erfaßte sanft Scrooges Arm.

»Steh auf! Und komm mit mir!«

Vergebens würde Scrooge eingewendet haben, daß weder das Wetter noch die Stunde zu Fußwanderungen besonders geeignet seien, daß sein Bett warm und das Thermometer ein gutes Stück unter dem Gefrierpunkt stehe; daß er nur leicht mit Pantoffeln, Schlafrock und Nachtmütze bekleidet und außerdem sehr erkältet sei. Dem Griff des Geistes, obwohl er sanft wie der einer Frauenhand war, konnte er nicht widerstehen. Er erhob sich; als er aber bemerkte, daß der Geist dem Fenster zuschritt, packte er ihn bittend am Rock.

»Ich bin ein Sterblicher«, wagte Scrooge einzuwenden, »und werde unfehlbar hinunterstürzen.«
»Laß mich dich nur mit meiner Hand hier berühren«, sprach der Geist, indem er ihm die Hand aufs Herz legte, »und du sollst zu Höherem als diesem befähigt werden!«
Kaum hatte er diese Worte gesprochen, so schritten sie durch die Mauer des Hauses und standen auf einer offenen Landstraße, zu deren beiden Seiten sich Felder dehnten; die Stadt war gänzlich verschwunden und keine Spur mehr von ihr zu sehen; Dunkel und Nebel waren ebenfalls mit ihr entwichen, und ein heller, kalter Wintertag schien über das schneebedeckte Gefilde.
»Du lieber Himmel!« rief Scrooge und schlug die Hände zusammen, als er um sich blickte. »Hier wurde ich geboren. Hier lebte ich als kleiner Junge!«
Der Geist blickte mild auf ihn hernieder. Seine leichte Berührung, obwohl sie kaum merklich und vorübergehend gewesen war, schien der alte Mann noch immer zu fühlen. Er wurde sich tausenderlei Düfte bewußt, die die Luft schwängerten, von denen jeder einzelne mit tausend Gedanken und Hoffnungen und Freuden und Sorgen beladen war, die längst der Vergangenheit und dem Vergessen angehörten!
»Deine Lippe bebt«, sprach der Geist, »und was ist denn das hier auf deiner Wange?«
Scrooge versetzte flüsternd und mit ungewöhnlichen Schmeicheltönen, daß es nur ein Bläschen sei, und bat alsdann den Geist, ihn weiter zu führen, wohin er nur immer wolle.
»Erinnerst du dich noch des Weges?« fragte die Erscheinung.
»Ob ich mich erinnere?« rief Scrooge begeistert – »ich könnte ihn mit verbundenen Augen gehen.«
»Merkwürdig, daß du ihn so lange Jahre vergessen hattest«, bemerkte das Gespenst. »Laß uns nun weitergehen.«

Sie gingen die Straße entlang. Scrooge erkannte jeden Zaun und Pfosten und Baum, bis ein kleiner Marktflecken mit seiner Kirche, seiner Brücke und seinem gewundenen Strom in der Entfernung erschien. Nun sahen sie auf einmal einige zottige Ponies auf sich zutraben, die Knaben auf ihren Rücken trugen, welche wieder andern Jungen in Wagen und Karren zuriefen. All diese Knaben waren sehr munter und jauchzten einander so lange fröhlich zu, bis die weiten Felder so voll lustiger Musik waren, daß die klare Luft fast selbst mitlachte.

»Diese hier sind nur Schatten von Geschöpfen, die einst gewesen sind«, sprach der Geist, »sie wissen nichts von uns.«

Die munteren Reiter kamen näher, und Scrooge kannte sie und wußte sie alle mit Namen zu nennen, als sie herangekommen waren.

Wie war er über alle Maßen erfreut, sie wiederzusehen! Warum freute er sich so leidenschaftlich, sie wiederzusehen? Warum leuchtete sein kaltes Auge und frohlockte sein Herz, als sie vorüber stürmten? Warum dehnte sich ihm die Brust vor Glück, als er hörte, wie sie einander fröhliche Weihnachten an den Kreuzwegen beim Abschied wünschten? Was bedeuteten fröhliche Weihnachten denn für Scrooge? Der Henker hole die fröhlichen Weihnachten! Was nützten sie je ihm?

»Die Schule ist nicht ganz verwaist«, sagte der Geist, »ein einsames Kind, von seinen Gespielen und Freunden vernachlässigt, ist noch darin zurückgeblieben.«

Scrooge behauptete es zu kennen und brach in Tränen aus.

Sie verließen nun die Landstraße, bogen in einen wohlbekannten Seitenweg ein und näherten sich bald einem stattlichen Gebäude von dunkelroten Backsteinen, dessen Dach von einer kleinen, mit einem Wetterhahn gezierten Kuppel überragt wurde, die in ihrem Innern eine Glocke barg. Es war ein großes Haus, verriet aber nur noch Spuren eines einstigen Reichtums; die geräumigen Gemächer waren wenig benutzt, die Mauern feucht und moosig, die Fenster zerbrochen und die Zäune vom Zahn der Zeit zerfressen. Hühner gluckten und stolzierten in den Ställen, und die Remisen und Scheunen waren mit Gras überwuchert. Auch in seinem Innern war nichts von der alten Herrlichkeit zurückgeblieben, denn wenn man den öden hohen Hausflur betrat und durch die offenen Türen in manche Zimmer blickte, fand man sie armselig möbliert, kalt und unheimlich. Ein dumpfer, modernder Duft lag in der Luft, eine frostige Kahlheit lagerte über und in dem Haus, die an frühes Aufstehen bei Kerzenlicht und an Nahrungsmangel gemahnte.

Scrooge und das Gespenst schritten durch den weiten Hausflur nach einer Tür an der Rückseite des Hauses, die sich ihnen von selbst öffnete und ein langes, kahles, melancholisches Gemach erschloß, das durch Reihen einfacher tannener Bänke und Schreibpulte noch nackter erschien. An einem dieser Pulte saß ein einsamer Knabe, lesend, neben einem schwachen Feuerchen, und Scrooge setzte sich auf eine Bank nieder und weinte, als er in ihm sein armes vergessenes Ebenbild wiedersah, wie er einst gewesen.

Nicht ein einziges schwaches Echo, nicht das Pfeifen und Gekrabbel eines Mäuschens hinter der Täfelung, nicht ein Tropfen aus der halb aufgetauten Wasserröhre hinten im finstern Hof, nicht ein Seufzer der blattlosen Zweige einer verzweifelten Pappel, nicht das lässige Knarren einer offenstehenden Tür der leeren Magazine, ja nicht einmal das leise Knistern des Feuerchens verfehlten, Scrooges Herz zu erweichen und seinen Tränenstrom reicher fließen zu machen.

Der Geist tippte ihn auf den Arm und deutete auf sein jüngeres Ebenbild, das aufmerksam weiter las. Auf einmal stand ein Mann in fremder Tracht vor dem Fenster draußen, der einen seltsamen und staunenswerten Eindruck von Wirklichkeit machte; in seinem Gürtel stak eine Axt, und hinter sich führte er einen holzbeladenen Esel am Zügel.

»Ei sieh! es ist Ali Baba!« rief Scrooge begeistert aus, »es ist der gute, ehrliche alte Ali Baba! Ja, ja, ich kenne ihn; in einer Weihnachtszeit einmal, als jenes einsame Kind hier ganz allein zurückgeblieben war, erschien er zum erstenmal, gerade wie heute. Der arme Knabe! – Und Valentin!« rief Scrooge, – »und sein wilder Bruder Orson! Da gehen sie eben hin! – Und wie hieß doch gleich der, der in seinen Unterbeinkleidern, während er schlief, vor das Tor von Damaskus gesetzt wurde? Siehst du ihn nicht? – Und des Sultans Reitknecht, der dort von den Genien auf den Kopf gestellt wurde: dort ist er ja! Es geschieht ihm schon recht! Es freut mich. Was hatte er sich auch mit der Prinzessin zu verheiraten!«

Es wäre fürwahr den Geschäftsfreunden des alten Scrooge in der City keine geringe Überraschung gewesen, hätten sie ihn mit dem ganzen Ernst seines Wesens und einer ganz merkwürdigen Stimme zwischen Lachen und Weinen sich über solche Gegenstände verbreiten hören und sein vergnügtes, lebhaft angeregtes Gesicht gesehen.

»Hier ist der Papagei!« fuhr Scrooge fort – »der Leib ist grün, der Schweif ist gelb, und oben auf seinem Kopf wächst ihm ein kleines Ding wie ein Salatbüschelchen heraus! Hier ist er! – ›Armer Robinson Crusoe‹ rief er, als dieser von seiner unglücklichen Fahrt um seine Insel herum wieder heimkehrte – ›Armer Robinson Crusoe! wo bist du gewesen?‹ – Der arme Mann glaubte, er träume, aber dies war nicht der Fall. Es war ja der Papagei, weißt du! – Dort ist Freitag und rennt, um sein Leben zu retten, nach der kleinen Landzunge! Holla, hopp! Hallo!«

Dann brach er auf einmal unter einem raschen Stimmungswechsel, der seinem Charakter ganz fremd war, wie in Mitleid mit seinem früheren Ich in die Worte aus: »Der arme Knabe!« und weinte wiederum.

»Ich wünschte wohl . . .« murmelte Scrooge vor sich hin und steckte seine Hand in die Tasche, nachdem er mit dem Ärmelaufschlag das Wasser aus den Augen gewischt und sich scheu umgesehen hatte – »doch, bah! jetzt ists schon zu spät!«

»Was wünschest du?« fragte der Geist.

»Nichts!« gab Scrooge zur Antwort; – »gar nichts! – Gestern abend kam ein armer Knabe vor meine Tür und sang ein Weihnachtslied; ich wünschte jetzt, ich hätte ihm etwas gegeben – das ist alles!«

Das Gespenst lächelte gedankenvoll, winkte mit der Hand und sagte: »Laß uns nun einen anderen Weihnachtstag beschauen!«

Scrooges Ebenbild vergrößerte sich bei diesen Worten, und das Gemach wurde etwas dunkler und schmutziger. Das Getäfel schrumpfte ein, die Fenster krachten und knarrten; Bruchstücke des Gipsbewurfs fielen von der Decke herab, und nackte Latten zeigten sich statt seiner. Aber wie dies alles geschah, wußte Scrooge nicht besser als ihr. Er wußte nur, daß alles seine Richtigkeit und alles sich so zugetragen hatte, und daß er hier wiederum allein war, als alle andern Knaben sich nach Hause zum Weihnachtsfest begeben hatten. Diesmal las er nicht, sondern schritt mit verzweiflungsvoller Miene und tiefem Groll auf und nieder. Scrooge blickte den Geist an und schaute dann mit traurigem Kopfschütteln ängstlich nach der Tür hin: sie öffnete sich, und ein kleines Mädchen, weit jünger als der Knabe, hüpfte herein, schlang seine Ärmchen um des Knaben Nacken, küßte ihn oft und begrüßte ihn als seinen lieben, lieben Bruder.

»Ich komme, um dich heimzuholen, lieber Bruder!« rief das Kind, schlug seine kleinen Händchen zusammen und schüttelte sich vor Lachen. »Dich mit nach Hause zu nehmen, nach Hause, nach Hause!«

»Nach Hause, liebe Fanny?« fragte der Knabe.
»Ei freilich!« erwiderte das Kind mit freudestrahlendem Gesicht – »nach Hause für immer. Nach Hause für immer und ewig. Der Vater ist jetzt freundlicher, als er sonst zu sein pflegte, so daß es zu Hause nicht anders ist als wie im Himmel! Er sprach so zärtlich mit mir, als ich neulich abends zu Bett ging, daß ich mich nicht fürchtete, ihn noch einmal zu fragen: ob du heimkommen darfst; und er sagte, ja, das solltest du nun, und schickte mich mit dem Wagen her, um dich abzuholen. Du sollst ja jetzt ein Mann werden und nicht mehr hierher zurückkehren«, sprach das Kind, den Bruder mit großen Augen messend; »zuerst aber wollen wir alle miteinander den Weihnachtstag feiern und die fröhlichste Zeit von der Welt verbringen.«
»Du bist ja schon ein ganz großes Mädchen, liebe Fanny!« sprach der Knabe freundlicher; die Kleine aber klatschte in die Hände und lachte und gab sich Mühe, seinen Kopf zu berühren; weil sie jedoch zu klein war, lachte sie von neuem und stellte sich auf die Zehenspitzen, um ihn zu küssen; hierauf begann sie in ihrem kindischen Eifer, ihn am Arm nach der Tür hinzuzerren, und er, der gern mitging, folgte ihr ohne Sträuben.
Eine fürchterliche Stimme in dem Hausflur befahl: »Bringt Master Scrooges Koffer herunter!« Und in der Halle erschien der Schulmeister selbst, der mit fürchterlicher Herablassung Herrn Scrooge anstierte und ihn beinahe zum Weinen brachte, als er ihm die Hände drückte. Er führte alsdann ihn und seine Schwester in das Heiligtum eines schauerlichen, feuchtfrostigen Staatszimmers, in dem die Landkarten an der Wand und die Erd- und Himmelsgloben in den Fenstern vor Kälte glänzten. Hier stellte er ihnen einen Glaskrug voll merkwürdig leichten Weins und ein ziegelförmiges Stück eines desto schwerfälligeren Kuchens vor und bewirtete die kleinen Menschenkinder mit sparsamen Schlückchen und Bröckchen

dieser Leckerbissen, während er einer hageren Magd den Auftrag erteilte, dem Kutscher draußen einen Trunk zu reichen, worauf dieser jedoch antworten ließ, daß er dem Herrn für seinen guten Willen danke, allein lieber auf diese Wohltat verzichte, falls der »Trunk« aus demselben Fasse gezapft sei, wie das letztemal. Herrn Scrooges Koffer war inzwischen auf dem Verdeck des Wagens festgebunden worden, und die Kinder sagten mit recht leichtem Herzen dem Schulmeister Lebewohl, stiegen in den Wagen und fuhren vergnügt die Gartenallee hinunter, so daß die schnellen Räder den Reif und Schnee von den dunkeln Blättern des Immergrüns wie Schaum hinwegschüttelten.

»Sie war zwar immer ein zartes Wesen, das ein leises Lüftchen hätte knicken können, allein sie hatte ein schönes, großes, weites Herz!« sagte das Gespenst.

»Ja, das hatte sie!« rief Scrooge; – »da hast du ganz recht, Geist! und Gott verhüte, daß ich dir widerspräche.«

»Sie starb als verheiratete Frau«, fuhr der Geist fort, »und hatte, glaube ich, Kinder.«

»Ein einziges«, versetzte Scrooge.

»Ja«, sagte der Geist. »Dein Neffe!«

Scrooges gute Laune schien hierdurch bedeutend beeinträchtigt zu werden, und er antwortete kurz: »Ja.«

Obwohl sie kaum erst die Schule verlassen hatten, sahen sie sich doch nun plötzlich mitten in den geschäftigen Hauptverkehrsadern einer Stadt, wo schattenartige, gespenstige Gestalten in buntem Gedränge an ihnen vorüberzogen, gespenstige Kutschen und Karren einander den Weg streitig machten und all das Getümmel und der Tumult einer wirklichen Stadt zur Geltung kamen. An den festlich geschmückten Läden und der Pracht der Schaufenster erkannte man deutlich, daß hier ebenfalls Weihnachtszeit war, und zwar – wie die in diesem Augenblick allenthalben entzündeten Lichter bezeugten – Weihnachtsabend.

Das Gespenst hielt an der Tür eines bestimmten Warenhauses und fragte Scrooge, ob er es kenne.
»Ei freilich«, meinte der Alte, »ich habe ja hier meine Lehrzeit zugebracht.«
Sie traten ein, und beim Anblick eines alten Herrn mit einer französischen Perücke, der hinter einem so erhabenen Schreibpulte saß, daß er sicherlich mit dem Kopf die Zimmerdecke berührt hätte, wenn er nur um zwei Zoll größer gewesen wäre, rief Scrooge mit unwillkürlicher Lebhaftigkeit:
»Ei der Tausend! das ist ja der alte Fezziwig! 's ist Fezziwig, wie er leibt und lebt!«
Der alte Fezziwig legte seine Feder nieder und blickte zur Wanduhr empor, die eben die siebente Abendstunde ankündigte; freudig rieb er sich die Hände, zupfte seine geräumige Weste zurecht, lachte über und über von den Zehenspitzen bis zur Kehle und rief mit einer behäbigen, fetten, weichklingenden und heitern Stimme:
»Heda! Ihr Burschen da drinnen! Ebenezar, Fritz!«
Scrooges früheres Ebenbild, das inzwischen ein junger Mann geworden war, eilte in Begleitung seines Lehrgenossen diensteifrig herein.
»Ei, ei! das ist ja Fritz Wilkins, nicht wahr?« fragte Scrooge den Geist; – »meiner Treu! ja, er ists! der gute Bursche war recht anhänglich an mich! – der arme, gute, liebe Fritz!«
»Heda, meine Jungen!« rief Fezzigwig – »für heute ists Feierabend, es ist ja Weihnachtsabend, Fritz! 's ist Christnacht, Ebenezar! Schließt nun die Fensterladen, ehe einer sagen kann: Jack Robinson!« rief der alte Fezziwig und schlug laut klatschend seine Hände zusammen.
Ihr könnt euch kaum einen Begriff davon machen, wie schnell die beiden Jungen dem Befehl folgten. Blitzschnell packten sie die Läden und eilten auf die Straße hinaus – eins, zwei drei – rückten sie an Ort und Stelle zurecht – vier, fünf, sechs – stießen die Querstangen und

Vorlegeschlösser hinein – sieben, acht, neun – und waren wieder zurück, ehe einer bis zwölf zu zählen vermochte, atemlos wie Rennpferde.

»Heißa!« rief der alte Fezziwig und sprang mit wundersamer Behendigkeit von seinem hohen Pult herunter – »räumt das Zimmer aus, Jungens, und laßt uns hier Raum schaffen! Hurra, Fritz! Heißa, Ebenezar!«

Ausräumen! Es gab nichts, was sie nicht wegräumen wollten oder wegräumen konnten, wenn der alte Fezziwig nur mit den Augen winkte. In einer Minute war alles geschehen: was nicht niet- und nagelfest war, wurde weggeschafft, als sollte es für immer aus dem öffentlichen Leben verschwinden, der Hausflur ward reingekehrt und gespritzt, die Lampen wurden geputzt, Kohlen auf das Feuer gehäuft, und das Warenhaus war ein so behaglicher und warmer und trockener und strahlender Ballsaal, wie man sich ihn an einem schönen Winterabend nur wünschen mag.

Und herein trat ein Fiedler mit einem Notenbuch, bestieg das hohe Schreibepult, machte ein Orchester daraus und fiedelte und dudelte wie fünfzig hungrige Tauber! Und herein trat die alte gute Frau Fezziwig, deren umfangreiches Gesicht nur ein seelenvergnügtes Lächeln war; – und herein traten die drei Fräulein Fezziwig in strahlender Schönheit und Liebenswürdigkeit, und ihnen folgten die sechs jungen Anbeter, denen sie fast das Herz brachen! – Und herein traten alle die jungen Leute, die im Geschäft angestellt waren, und herein trat die Hausmagd mit ihrem Vetter, dem Bäcker, und sodann die Köchin mit ihres Bruders Busenfreund, dem Milchmann. Herein trat auch der Laufbube vom Hause gegenüber, der, wie man sagte, bei seinem Herrn fast Hungers sterben mußte; er suchte sich hinter der Hausmagd vom zweitnächsten Nachbar zu verbergen, von der man wußte, daß ihre Herrin sie manchmal bei den Ohren nahm. Sie alle kamen hintereinander herein, die einen schüchtern, andre verwegen, die einen anmutig, die andern tölpelhaft, einige stießen, andre zerrten einander; aber alle kamen auf irgendeine Art herein. Und nun ging es ans Tanzen, zwanzig Paare zugleich. Eine halbe Runde hin, eine halbe zurück, dann hinauf durch den ganzen Saal und wieder hinunter, und dann walzten sie, sich liebevoll umschlingend, herum. Das alte Paar an der Spitze blieb immer im unrechten Augenblick stehen; das neue anführende Paar fing immer wieder an, wenn es stehen bleiben sollte, so daß es zum Schluß nur erste und keine letzten Paare gab! Als sie so weit waren, klatschte der alte Fezziwig in die Hände zum Zeichen, daß der Tanz aus sei, rief ein begeistertes »Bravo!« und der Fiedler vergrub sein heißes Gesicht in einem Krug voll Porter, der ausschließlich zu diesem Zweck herbeigeschafft worden war. Da er aber bei seinem Wiederauftauchen jedes Ausruhen verabscheute, fiedelte er von neuem darauflos, obwohl noch keine Tänzer da waren, und tat nicht anders, als hätte man den ersten Fiedler erschöpft auf einer Tragbahre heimgeschafft und einen andern kommen lassen, der ihn ausstechen oder sterben wollte.

Dann folgten wieder Tänze, dann Pfänderspiele und nochmals Tänze, dann gab es Kuchen und Gewürzpunsch, und dann ein großes Stück kalten Bratens, dann ein ebensolches Stück kalten Sudfleisches, dann kamen die süßen Fleischpastetchen und zahllose Glas Bier anmarschiert. Der Haupteffekt des Abends kam nach dem Braten und Sudfleisch, als der Fiedler (ein pfiffiger Kerl! ein Stück von einem Menschen, der sein Handwerk besser verstand, als ich und du, lieber Leser, es ihn hätten lehren können!) »Sir Roger de Coverley« aufspielte. Da stand auf einmal der alte Fezziwig auf, um mit Frau Fezziwig zu tanzen; und das war ein hübsches Stück Arbeit für sie! – dreiundzwanzig oder vierundzwanzig weitere Paare nahmen daran teil – Leute, die im Tanzen nicht mit sich spaßen ließen, und Leute, die tanzen wollten und doch kaum einen Begriff vom Gehen hatten.

Aber wenn ihrer doppelt so viele – ja viermal so viele gewesen wären – der alte Fezziwig würde es mit ihnen aufgenommen haben, und ebenso Frau Fezziwig. Was diese anbelangt, so war sie ihres Partners in jeder Hinsicht würdig. Wenn das kein hohes Lob ist, so sagt mir ein höheres, und ich wills gern auf sie anwenden. Ein wirkliches Leuchten schien von Fezziwigs Waden auszugehen, die in jeder Art von Tanz wie Monde schienen – man konnte nämlich nie zu einer gegebenen Zeit prophezeien, was zunächst aus ihnen werden wollte – und als der alte Fezziwig und Frau Fezziwig sich in allen Arten von Tänzen, im Vorwärts und Zurück, im Balancieren, Kompliment und Verbeugung, Korkzieher, Nadeleinfädeln und wie die veralteten Tanztouren alle heißen mochten, gezeigt hatten, machte der alte Fezziwig, bevor er auf seinen Platz zurücktrat, noch einen so kühnen Luftsprung, daß er mit den Füßen zu winken schien und doch ohne Straucheln wieder glücklich auf seine Füße kam.

Als aber die Glocke elf Uhr schlug, war der Hausball zu Ende. Herr und Frau Fezziwig stellten sich zu beiden Seiten der Tür auf und drückten freundlich grüßend und dankend jeder Person noch insbesondere die Hand, als er oder sie hinausgingen, und wünschten ihm oder ihr fröhliche Weihnachten. Als jedermann, bis auf die beiden Lehrlinge, sich entfernt hatte, verfuhren sie ebenso mit diesen, der fröhliche Lärm erstarb allmählich, und die Burschen blieben allein, um sich in ihre Betten zu begeben, die sich unter einem Zahltisch im hintern Teil des Ladens befanden.

Während dieser ganzen Zeit hatte sich Scrooge wie außer sich gebärdet. Sein Herz und Wesen waren bei der fröhlichen Unterhaltung und mit seinem einstigen Selbst beschäftigt. Er tat bei allem mit, erinnerte sich wieder an jede Kleinigkeit, freute sich darüber und befand sich in der seltsamsten Aufregung. Erst jetzt, als die freudestrahlenden Gesichter seines früheren Ebenbildes und seines Lehrkameraden Fritz verschwunden waren, erinnerte er sich wieder des Gespenstes und fühlte, daß dieses ihn aufmerksam betrachtete, während das Licht auf seinem Kopf heller als je strahlte.

»Es bedarf nur einer Kleinigkeit, diese dummen Leute zu so innigem Dank zu bringen«, sagte das Gespenst.

»Einer Kleinigkeit?« fragte Scrooge.

Der Geist winkte ihm, auf die beiden Lehrlinge zu hören, die von ganzem Herzen und mit voller Kehle sich in Fezziwigs Lob erschöpften; und als Scrooge dies getan hatte, fuhr das Gespenst fort:

»Nicht wahr, 's ist nicht der Rede wert, was Fezziwig getan hat? Er hat nur ein Paar Pfund von eurem vergänglichen, sterblichen Golde geopfert – höchstens drei oder vier! Ist das der Mühe wert, daß man ihm so großes Lob zollt?«

»Das ist es nicht«, sagte Scrooge gereizt, und unwillkürlich sprach er sich jetzt nicht mehr wie sein gegenwärtiges, sondern wie sein früheres Ebenbild darüber aus. »Fezziwig hat es in seiner Gewalt, uns glücklich oder unglücklich, unsern Dienst leicht oder mühsam zu machen, uns den Himmel oder eine Pein zu bereiten. Sage selbst, seine Macht liege in Worten und Blicken, in Umständen, die so gering und unbedeutend sind, daß man sie kaum aufzählen kann; was schadet das? Die Glückseligkeit, die er uns zu schaffen weiß, ist ebenso groß, als hätte sie ein ganzes Vermögen gekostet.«

Er fühlte den Blick des Geistes und schwieg.

»Was hast du?« fragte ihn das Gespenst.

»Hm – nichts Besonderes«, gab Scrooge zur Antwort.

»Etwas doch, glaube ich?« fuhr das Gespenst fort.

»O nein«, versetzte Scrooge, »nein. Ich möchte nur jetzt meinem Schreiber ein oder zwei Worte sagen. Nichts sonst.«

Sein früheres Selbst drehte in diesem Augenblick, da er den Wunsch äußerte, die Lampen ab, und Scrooge und der Geist standen wiederum nebeneinander unter freiem Himmel.

»Mein Frist läuft zu Ende«, meinte die Erscheinung. »Rasch!«

Dieser Befehl galt nicht Scrooge noch irgendeinem sichtbaren Wesen, tat aber sofort seine Wirkung, denn Scrooge sah wieder sich selbst. Er war jetzt älter, ein Mann in der Blüte seiner Jahre. Sein Gesicht zeigte nicht die schroffen, strengen Züge späterer Jahre, allein es trug bereits den Stempel der Sorge und des Geizes. In seinem Auge brannte ein unstetes, flackerndes, gieriges Feuer, das die Leidenschaft verriet, die schon Wurzel gefaßt hatte und bereits andeutete, wohin der Schatten des heranwachsenden Baumes fallen würde.

Er war nicht mehr allein, sondern saß an der Seite eines hübschen jungen Mädchens in Trauer, in dessen Augen Tränen standen, die hell erglänzten in dem Licht, das der Geist der vergangenen Weihnacht ausströmte.

»Es liegt ja nichts daran«, sprach das Mädchen leise, »dir liegt ja gar nichts daran: ein anderes Götzenbild hat mich aus deinem Herzen verdrängt, und wenn es dir in Zukunft der Trost und die Stütze sein wird, die ich dir werden wollte, so habe ich keine gerechte Ursache, zu klagen.«

»Und was für ein Götzenbild sollte dich denn aus meinem Herzen verdrängt haben?« fragte der junge Mann.

»Ein goldenes.«

»Das nennt sich die Gerechtigkeit der Welt!« sagte er. »Niemandem ist sie so feind wie der Armut, und dennoch verdammt sie kaum etwas so streng und mit so viel Hartherzigkeit, als das Streben nach Reichtum und Wohlstand!«

»Du fürchtest die Welt zu sehr!« gab sie bescheiden zur Antwort. »Alle deine andern Hoffnungen sind von dem

Streben aufgezehrt, der Welt keine Gelegenheit zu herbem Tadel zu geben; ich habe gesehen, wie alle deine edleren Regungen nacheinander in dir erloschen, bis nur noch die Hauptleidenschaft – der Drang nach *Gewinn* – dich beseelte. Ists nicht so?«

»Nun, und was weiter?« entgegnete er. »Auch wenn ich um so viel klüger geworden bin, was weiter? Gegen dich bin ich immer derselbe.«

Sie schüttelte traurig den Kopf.

»Bin ich wirklich dir gegenüber anders geworden?« fragte der junge Mann.

»Unser Verlöbnis ist vor Jahren geschlossen worden; damals, als wir beide noch arm und dabei zufrieden waren, und wir wollten ruhig warten, bis wir unsere Verhältnisse durch geduldigen Fleiß gebessert haben würden. Du *hast* dich geändert. Als wir uns verlobten, warst du anders.«

»Ich war zu jener Zeit noch ein Knabe«, gab er ungeduldig zur Antwort.

»Dein eignes Gefühl sagt dir, daß du damals nicht so warst, wie du jetzt bist«, versetzte sie; »ich bin noch immer dieselbe. Was uns einst Glück versprach, als wir beide noch ein Herz und eine Seele waren, ist nun voll Elend und Unglück, da wir nicht mehr eins sind. O, ich will dir nicht sagen, wie oft und mit welch bitterem Gefühl ich mir all das gesagt habe; es ist genug, daß mich jener Gedanke quälte und daß ich dich deiner Verpflichtungen gegen mich entbinden kann.«

»Habe ich je meinen Pflichten ungetreu zu werden gesucht?« fragte der junge Mann düster.

»In Worten niemals«, versetzte sie, »nein, wahrlich, niemals!«

»Wodurch aber denn?« fragte er.

»Durch ein verändertes Betragen«, versetzte sie, »durch Stolz, dadurch, daß du einem andern Lebenskreise dich anschlossest, daß du andre Hoffnungen hegtest und ei-

nem andern Ziel nachstrebtest, kurzum, es hat sich für *dich* alles geändert, was meine Liebe in deinen Augen irgend wertvoll oder wünschenswert machen mußte. Sage mir nun selbst«, fuhr das Mädchen fort, indem sie ihm mild, aber fest und forschend ins Auge sah, »würdest du, falls unser Verlöbnis nicht bereits bestünde, würdest du mich noch aufsuchen und dir Mühe geben, jetzt um mich zu freien? Nicht wahr, du würdest es nicht tun?«
Wider Willen schien er zuzugeben, daß das Mädchen in seiner Vermutung sich nicht geirrt habe; zögernd versetzte er ihr: »Du glaubst ›nein‹.«
»Es sollte mich sehr freuen, wenn ich anders von dir denken könnte«, erwiderte sie, »Gott weiß es. Wenn *ich* einmal eine Wahrheit wie diese gelernt habe, dann weiß ich wohl, wie stark und unwiderstehlich sie sein muß. Nehmen wir an, du wärest gestern oder heute frei geworden, würdest es morgen – kann ich glauben, daß du ein armes Mädchen wählen wolltest, du, der du sogar in den verschwiegensten Stunden alles nach dem Gewinn abschätzest? Oder wenn du auch für kurze Zeit deinem einzigen und hauptsächlichsten Streben ungetreu wärest und sie tatsächlich wähltest, glaubst du, ich weiß nicht, daß Reue und Bedauern dich hinterher erfassen würden? Ich weiß es, und daher gebe ich dich frei. Mit einem Herzen voll Liebe für dich, für den, der du einst warst.«
Er wollte etwas darauf entgegnen, allein sie ließ ihn nicht zu Wort kommen und fuhr mit abgewendetem Gesicht fort: »Es wird dir vielleicht weh tun – die Erinnerung an das Vergangene läßt es mich fast hoffen. Aber nur eine ganz kurze Zeit – und dann wirst du die Erinnerung als einen nutzlosen Traum verscheuchen, aus dem du zum Glück rechtzeitig erwacht bist. Mögest du glücklich sein in dem von dir gewählten Leben!«
Sie verließ ihn, und so schieden sie voneinander. »Geist!« rief Scrooge, »zeige mir nichts mehr! Führe mich heim. Warum macht es dir ein Vergnügen, mich so zu foltern?«

»Nur noch einen einzigen Schatten sollst du sehen!« versetzte der Geist.
»Nein, keinen mehr!« rief Scrooge, »ich will nichts mehr sehen! Zeige mir nichts mehr!«
Allein das unerbittliche Gespenst umfaßte ihn mit beiden Armen und nötigte ihn, auch das mit anzusehen, was sich jetzt vor seinen Blicken eröffnete.
Sie standen nun auf einmal auf einem andern Schauplatz in einem Zimmer, das weder groß noch hübsch, aber äußerst wohnlich und behaglich war. Neben dem Feuer am Kamin saß ein schönes junges Mädchen, dem vorigen so ähnlich, daß Scrooge es für dasselbe hielt, bis er die Geliebte seiner Jugend, nun eine gutmütige, liebenswürdige Matrone, der Tochter gegenüber sitzen sah. Der Lärm in diesem Gemach war wahrhaft tumultuarisch, denn es waren mehr Kinder da, als Scrooge in seinem aufgeregten Gemütszustand zu zählen vermochte; und im Gegensatz zu dem berühmten Herd in dem bekannten epischen Gedicht betrugen sich nicht vierzig Kinder wie eines, sondern jedes betrug sich wie vierzig. Die Folge davon war ein unglaublicher Aufruhr, um den sich doch niemand zu kümmern schien. Mutter und Tochter lachten im Gegenteil herzlich darüber und schienen viel Gefallen daran zu finden; und letztere, die bald an dem lauten Tollen der Kleinen teilnahm, ward von den jungen Spitzbuben ganz unbarmherzig ausgeplündert. Was hätte ich nicht darum gegeben, wenn ich einer von ihnen hätte sein können, obwohl ich nie so grausam und roh gewesen wäre! Nein, wahrlich, für alle Schätze der Welt hätte ich dieses schön gescheitelte Haar nicht verwirren und herabzerren mögen, und den zierlich kleinen Schuh hätte ich – fürwahr nicht, um mein Leben zu retten – vom Fuß gezogen. Auch das wäre mir nicht möglich gewesen, wie die kleine, freche, junge Brut ihre schlanke Taille im Spaß zu messen; ich hätte gefürchtet, mein Arm würde zur Strafe dafür verkrümmen und nie wieder gerade werden.

Und hätte doch, o wie gern, ihre Lippen berührt, sie etwas gefragt, damit sie den Mund öffne; hätte gern die Wimpern ihrer niedergeschlagenen Augen betrachtet, ohne ein Erröten bei ihr hervorzurufen; hätte nur zu gern ihr wogendes Haar gelöst, von dem mir eine einzige Locke ein über alle Maßen kostbares Andenken gewesen wäre; kurz, ich muß gestehen, ich hätte gern das kleinste Vorrecht eines Kindes als Mann gehabt, der dessen Wert wohl zu schätzen weiß.

Nun ließ sich ein Klopfen an der Tür vernehmen, dem ein solcher Sturmangriff gegen dieselbe folgte, daß sie mit lachendem Gesicht und zerzausten Kleidern inmitten einer lärmenden, mutwilligen Gruppe der Tür zugedrängt wurde und eben recht kam, um den Vater zu begrüßen, der in Begleitung eines mit Weihnachtsspielzeug und Geschenken beladenen Mannes nach Hause kam. Da hätte einer das Kreischen und das Drängen und den hartnäckigen Angriff sehen sollen, der auf den wehrlosen Lastträger eröffnet wurde! Stühle anstatt Leitern herbeischleppend, kletterten sie an ihm empor, um seine Taschen auszuleeren, ihn der braunen Papierpaketchen zu berauben, an sein Halstuch sich zu klammern, sich ihm um den Nacken zu schlingen und in maßloser Aufwallung von Liebe ihm auf den Rücken zu trommeln und in die Waden zu klemmen! Wer beschreibt den lauten Ausbruch des Staunens und des Jubels, der die Eröffnung jedes Pakets begleitete – den Schreck bei der Entdeckung, daß das Wickelkind die kleine Schmorpfanne der Puppe in den Mund gesteckt hatte und stark im Verdacht stand, einen Truthahn, der auf ein hölzernes Blöckchen festgeleimt war, verschluckt zu haben! Wer schildert den unaussprechlichen Trost, als man fand, daß dies nur ein blinder Lärm war! Die Freude und die Dankbarkeit und das Entzücken! Das alles läßt sich nicht beschreiben. Es genügt zu wissen, daß sich die Kinder samt ihrer Aufgeregtheit allmählich aus der Wohnstube entfernten und, Stufe

auf Stufe überspringend, endlich in die Mansarde gelangten, wo sie zu Bett gingen und so stille wurden.
Als nun Scrooge aufmerksamer als früher die Vorgänge beobachtet und sah, wie der Herr des Hauses, an dessen Schulter seine Tochter sich liebkosend schmiegte, sich mit dieser und ihrer Mutter zum Kamin setzte; und als er sich vorstellte, daß ein ebenso liebliches und verheißungsvolles Wesen ihn hätte Vater nennen und ihm ein Frühling in seinen alten Wintertagen hätte sein können, da wurden seine Augen sehr trübe.
»Bella«, sprach der Hausherr lächelnd zu seinem treuen Weib, »ich sah heute nachmittag einen deiner alten Anbeter!«
»Und welchen denn?«
»Rate.«
»Wie kann ich! Gott, als ob ichs nicht wüßte«, fügte sie noch mit demselben Atemzug hinzu und stimmte in sein Lachen ein. »Herrn Scrooge.«
»Ei freilich! eben den«, versetzte der Gatte; »ich ging heute abend unter den Fenstern seines Kontors vorüber, und da die Läden noch nicht geschlossen und drinnen schon Lichter angezündet waren, mußte ich ihn sehen. Sein Associé liegt auf den Tod krank, wie ich höre, und da saß er nun ganz allein. Ich glaube, ganz allein in der Welt.«
»Höre, Geist!« hub Scrooge mit bebender Stimme an, »ich bitte dich, führe mich weg von hier.«
»Ich sagte dir ja«, gab die Erscheinung zur Antwort, »dies sind alles nur Schatten von Wesen, die *einst* waren! Daß sie so anders geworden sind, darfst du mir nicht zum Vorwurf machen!«
»Führe mich weg!« rief Scrooge. »Ich kann es nicht ertragen!«
Er drehte sich nach dem Gespenst um, und als er sah, daß dieses ihn mit einem Gesicht anblickte, auf dem sich seltsamerweise alle jene Gesichter spiegelten, die

Scrooge zu sehen bekommen hatte, da begann er mit ihm zu ringen.
»Verlaß mich jetzt«, rief er, »bring mich wieder nach Hause zurück. Verfolge mich nicht länger!«
In dem Kampf – wenn es ein Kampf genannt werden kann, da der Geist, ohne irgendeinen sichtbaren Widerstand von seiner Seite, doch von dem Angriff seines Gegners ganz unversehrt blieb – bemerkte Scrooge, daß

sein Licht hell und hoch brannte, und da er instinktiv dieses Licht mit der Macht des Geistes in Verbindung brachte, ergriff er die Mütze in Gestalt eines Lichtauslöschers und drückte sie ihm mit einer raschen Bewegung auf seinen Kopf.
Der Geist verschwand darunter, so daß der Auslöscher seine ganze Gestalt überdeckte; allein, obwohl ihn Scrooge aus vollen Kräften niederdrückte; konnte er doch das Licht nicht auslöschen, das darunter

hervor sich über den ganzen Boden schimmernd ergoß.
Scrooge fühlte sich ganz erschöpft und von unwiderstehlicher Schläfrigkeit überwältigt und war sich auch zugleich bewußt, wieder in seinem Schlafzimmer zu sein. Nun gab er noch der Mütze zum Abschied einen letzten Druck, ließ sie alsdann fahren und hatte sich kaum ins Bett gelegt, als er auch schon in tiefen Schlaf versank.

Dritte Strophe. Der zweite der drei Geister

Als Scrooge mitten in einem wunderbar sägenden Schnarchen erwachte und, sich im Bett aufrichtend, seine Gedanken zusammensuchte, brauchte man ihm nicht erst zu sagen, daß die Glocke wiederum aushole, um die erste Stunde nach Mitternacht zu verkündigen. Er fühlte, daß er gerade im rechten Augenblick wieder zum Bewußtsein gekommen sei, um jetzt ein Zwiegespräch mit dem zweiten Boten zu führen, der ihm durch Marleys Vermittlung geschickt worden war. Aber da ihn bei dem Gedanken, welche von den Bettgardinen der Geist wohl zurückziehen würde, ein unheimliches Frösteln überlief, schlug er sie eigenhändig zurück, und nachdem er sich wieder niedergelegt hatte, hielt er vom Bett aus scharfe Umschau. Er wollte den Geist im Augenblick seiner Erscheinung anreden und sich nicht durch Überraschung überrumpeln und einen jähen Schreck einjagen lassen.

Leute von etwas ungenierter Art, die sich rühmen, es schon mit den verschiedensten Dingen – gleichviel zu welcher Zeit – aufgenommen zu haben, bezeichnen den weiten Kreis ihrer Fähigkeiten für abenteuerliche Wagnisse, indem sie behaupten, in allem, vom Kopf- oder Adlerspiel angefangen bis zum Morden, ihren Mann zu stehen; zwischen welchen Extremen zweifellos ziemlich viele Dinge ihrer Betätigung harren. Ich möchte nun nicht gerade behaupten, daß Scrooge eine solche Kühnheit besaß, aber ich glaube versichern zu dürfen, daß er vor einer ziemlich bedeutenden Anzahl seltsamer Erscheinungen nicht zurückbebte und daß zwischen einem Säugling und einem Nashorn ihn nichts besonders außer Atem gebracht oder in Erstaunen gesetzt haben würde.

Gerade weil er auf alles vorbereitet war, war er keineswegs auf nichts gefaßt, und als nun die Glocke ein Uhr schlug und kein Gespenst erschien, wurde er von einem heftigen Zittern ergriffen. Fünf Minuten, zehn Minuten, ja eine ganze Viertelstunde ging vorüber, ohne daß etwas erschien. Inzwischen lag er auf dem Bett und sah nichts als den weiten Schein und Lichtkreis einer Art rötlicher Glut, der auf sein Bett floß, als die Glocke ein Uhr geschlagen hatte; und nun, weil es nichts andres als Licht war, übte es einen viel entsetzlicheren Eindruck aus als ein ganzes Dutzend Gespenster, da er sich durchaus nicht erklären konnte, was es zu bedeuten hatte oder woher es kam. Manchmal fürchtete er beinahe, er bilde einen sehr interessanten Fall von Selbstverbrennung, ohne auch nur den Trost zu haben, davon zu wissen. Endlich begann er doch – was ich oder du, mein verehrter Leser, wahrscheinlich gleich von Anfang gedacht haben würden, denn es pflegt ja stets zu geschehen, daß eine Person, die nicht an einer Sache beteiligt oder in sie verwickelt war, stets am besten weiß, was zu tun gewesen wäre und was sie in einem solchen Fall unzweifelhaft auch getan haben würde! – zuletzt, sage ich, begann er doch zu mutmaßen, daß die geheime Quelle und Ursache des gespenstischen Lichtes in dem anstoßenden Zimmerchen sein könnte, von dem es wenigstens, wie genauere Nachforschung ergab, auszuströmen schien.

Dieser Gedanke nahm ihn ganz in Beschlag, er stand deshalb leise auf und schlürfte in seinen Pantoffeln nach der Tür hin.

Im selben Augenblick, da Scrooges Hand den Türdrücker berührte, hörte er sich von einer unbekannten Stimme angerufen, die ihn einzutreten bat und der er auch alsbald Folge leistete.

Es war sein eignes Zimmer. Unbestreitbar. Aber es hatte eine überraschende Umwandlung erfahren. Wände und Decken waren über und über so mit frischem Grün und Laubwerk behangen, daß es ganz einem vollständigen Hain oder Lustwäldchen gleich sah, aus dessen Dunkel

überall prächtige glänzende Beeren schimmerten. Die steifen, glänzenden Blätter der Stechpalme, der Mistel und des Efeu strahlten das Licht zurück, als ob ebensoviel kleine Spiegel hier verteilt worden wären, und im Kamin prasselte und lohte ein so mächtiges Feuer, wie dieser starre Steinherd in Marleys oder in Scrooges Zeiten oder schon seit vielen, vielen Wintern nicht gekannt hatte. Auf dem Boden aber lagen, zu einer Art von Thron aufgehäuft, Truthühner, Gänse, Wildbret, Hühner, Pökelfleisch, mächtige Keulen verschiedener Tiere, Spanferkel, große Kränze von Würsten, süße, gewürzte Fleischpasteten, Fäßchen voll Austern, Plumpuddings, geröstete Kastanien, rotbackige Äpfel, saftige Orangen, süße, leckere Birnen, ungeheure Dreikönigskuchen und dampfende Schüsseln mit Punsch, die das ganze Zimmer mit ihrem würzigen Duft erfüllten. Auf diesem Lager der verschiedensten Leckerbissen saß in nachlässiger Haltung ein lustiger Riese, köstlich anzuschauen, der eine brennende Fackel fast in der Gestalt eines Füllhorns in der Hand trug und sie hoch, hoch emporhielt, um ihr Licht auf Scrooge fallen zu lassen, als er schüchtern durch die Türspalte blinzelte.

»Komm herein!« rief ihm der Geist zu; »komm herein, Männchen! und lerne mich näher kennen!«

Scrooge trat schüchtern hinein und beugte sein Haupt vor dem Geist; er war nicht mehr der hartherzige, störrische alte Scrooge, der er gewesen, und wiewohl die Augen des Geistes klar und gütig auf ihn gerichtet waren, verspürte er keine Lust, ihnen zu begegnen.

»Ich bin der Geist der diesjährigen Weihnacht!« hub die Erscheinung an. »Sieh mich an!«

Scrooge gehorchte ehrerbietig. Der Geist trug einen einfachen langen, grünen Rock oder Mantel, der mit weißem Pelz besetzt war; diese Kleidung hing ihm so lose um den Körper, daß seine breite Brust bloß war, als ob er es verschmähe, sie durch irgendein künstliches Mittel zu verbergen. Auch seine Füße, die unter dem faltenreichen Gewand hervorsahen, waren bloß, und auf dem Kopf trug er keine andre Bedeckung als einen Kranz von Stechpalmen, an dem hie und da lustig glänzende Eiszapfen hingen. Seine dunkelbraunen Locken wallten frei über Stirn und Nacken, frei wie sein lustiges Gesicht, seine funkelnden Augen, seine offene Hand, seine muntere

Stimme, sein zwangloses Benehmen und vergnügtes Aussehen. Um seine Hüfte war eine antike Schwertscheide gegürtet, aber die Klinge fehlte, und die alte Scheide war von Rost zerfressen.

»Du hast wohl nie zuvor meinesgleichen gesehen?« rief der Geist.

»Nein, niemals!« gab Scrooge zur Antwort.

»Du bist wohl nie mit den jüngeren Gliedern meiner Familie umhergewandert?« fuhr das Gespenst fort; »damit meine ich eigentlich – denn ich bin noch sehr jung – meine älteren Brüder, die in den letzten Jahren zur Welt kamen.«

»Ich kann mich nicht entsinnen!« sagte Scrooge; »ich glaube kaum, daß es der Fall war. Hast du viele Brüder, Geist?«

»Mehr als achtzehnhundert!« gab dieser zur Anwort.

»Eine schauerlich zahlreiche Familie für den, der für sie sorgen muß!« meinte Scrooge.

Der Geist der gegenwärtigen Weihnacht erhob sich.

»Hör, Geist!« sprach Scrooge untertänig, »führe mich, wohin du willst; die Erscheinung der vergangenen Nacht nahm mich gegen meinen Willen mit sich, und mir wurde eine Lehre gegeben, die jetzt in mir wirkt. Wenn du mich heute nacht etwas lehren willst, so tu's! Ich will von dir lernen.«

»Berühre meinen Rock«, sprach die Erscheinung.

Scrooge tat, wie ihm befohlen, und hielt sich am grünen Kleid des Geistes fest.

Stechpalmen, Misteln, Vogelbeeren, Efeu, Truthühner, Gänse, Wildbret, Hühner, gepökeltes und andres Fleisch, Ferkel, Würste, Austern, Pasteten, Puddings, Obst und Punsch, alles verschwand im selben Augenblick. Desgleichen das Zimmer, das Feuer, der rötliche Schein, die späte Nachtstunde, und sie standen in den Straßen der City an einem Christtagsmorgen, an dem (es war furchtbar kalt) die Leute eine rauhe, doch fröhliche und nicht ungefällige

Musik machten, indem sie den Schnee von dem Pflaster vor ihren Häusern und von ihren Dächern abkratzten. Und es war ein Jubel für die Knaben, die zusahen, wie der Schnee von den Dächern auf die Straße plumpste und in tausend niedliche kleine Schneestürme zerstob.

Die Häuserfronten sahen schwarz und düster drein, die Fenster aber noch schwärzer im Vergleich mit dem zarten weißen Schneelager auf den Dächern und dem schmutzigeren Schnee der Straßen, in dessen tiefe Schichten die schweren Räder der Karren und Wagen tiefe Furchen eingewühlt hatten – Furchen, die einander hundertmal durchkreuzten an den Stellen, wo die großen Straßen einmündeten, und schmale, labyrinthische Kanäle in den dicken gelben Schmutz und das eisige Wasser eingruben. Der Himmel war düster und die kürzesten Straßen tief in dicken, halbstarren Nebel gehüllt, dessen schwerere Teilchen in Wolken von schwärzlichen Atomen herabfielen, als ob alle Kamine in Großbritannien mit einemmal Feuer gefangen hätten und nun aus vollem Herzen und vollen Backen ihren inneren Gehalt an Ruß und Dampf von sich bliesen. Es lag nichts Heiteres in dem Wetter noch in der Stadt, und doch herrschte eine fröhliche Stimmung, die zu verbreiten sich der klarste Sommertag umsonst bemüht hätte.

Denn die Leute, die den Schnee von den Dächern schaufelten, waren lustig und voller Freuden, riefen einander lachend von den Brüstungen der Fenster und Dachgiebel aus zu, bewarfen einander hier und da neckend mit Schneebällen – Wurfgeschosse, die gutmütiger sind als so manches Spaßwort – und lachten herzlich, wenn der Wurf traf, und nicht minder herzlich, wenn er fehlging.

Die Läden der Geflügelhändler waren noch halb offen, und die der Obsthändler prunkten noch in ihrem ganzen Schmuck. Da sah man schöne, große, runde, dickwanstige Kastanien, körbeweise aufgeschüttet – nicht anders anzuschauen als wie Bäuchlein lustiger alter Herren, die unter ihren Haustüren lungerten und in ihrer apoplektischen Behaglichkeit sich auf die Straße hinausrollten. Da waren rötliche, braungeflammte, breitgedrückte spanische Zwiebeln, die in der Rundung ihrer Bäuchlein glänzten wie wohlgemästete spanische Ordensbrüder und von ihren Brettern und Gestellen herab in üppiger Selbstzufriedenheit den vorübergehenden Mädchen zuwinkten und ehrbarlich auf die aufgehängten Mistelzweige blickten. Da waren Birnen und Äpfel zu blühenden Pyramiden hoch aufgeschichtet; da hingen Bündel von Trauben, von den Händlern in wohlmeinender Absicht an weithin sichtbaren Haken angebracht, damit den Vorübergehenden gratis der Mund wässere; da waren ganze Haufen von Lambertsnüssen, die braun und moosig durch ihren Wohlgeruch an die früheren einsamen Spaziergänge durch die Wälder und das angenehme Rauschen der fast fußtief liegenden, bunten, vom Herbst abgestreiften Blätter gemahnten; da gab es Backäpfel aus Norfolk, so nett und dunkelbraun, daß sie dem Goldgelb der Orangen und Limonen gleichsam zur Folie dienten und durch die Dicke ihrer saftigen Gestalten verlockend einluden, daß man sie in Papiertüten nach Hause nähme und sich an ihnen nach aufgehobener Mahlzeit gütlich tue. Ja sogar die Gold- und Silberfische, die in einem weiten Glas unter den auserlesenen Früchten prangten, schienen, obwohl einem stummen, kaltblütigen Geschlecht angehörend, wohl zu fühlen, daß hier etwas Ungewöhnliches vorgehe, und ruderten, lustig genug für einen Fisch, in träger, leidenschaftsloser Munterkeit im enggefangenen Element umher.

Und nun erst die Gewölbe der Spezerei- und Gewürzhändler, die fast geschlossen waren und höchstens nur einen oder zwei Läden offen hatten, welch lustiges Schauspiel gewährten sie durch diese kleinen Gucklöcher hindurch! Nicht allein daß die Waagschalen, die auf dem Ladentisch auf- und niederstiegen, einen hellen, lustigen

Klang von sich gaben, daß der Bindfaden behende von der Rolle sich abwickelte, oder die Büchsen wie Taschenspielerbecher hin und her geschüttelt wurden, oder daß der gesegnete Duft von Tee und Kaffee den Beschauern so lecker und lüstern in die Nase stach oder auch die Rosinen und Korinthen so groß waren und von so seltener Schönheit, die Mandeln so ausnehmend weiß, die Zimtstengel so lang und kerzengerade, die andern Gewürze so süßduftend und verführerisch, die kandierten Früchte so dick mit geschmolzenem Zucker bereift und übereist, daß auch dem kaltblütigsten Zuschauer weich ums Herz und er in der Folge von Neid ergriffen wurde; auch nicht, daß die Feigen so saftig und fleischig waren, daß die gedörrten Pflaumen aus ihren geschmückten Schachteln heraus vor bescheidener Koketterie erröteten, oder daß alles im Weihnachtskleid so gut schmeckte –: die Hauptsache waren die Käufer, die alle so eifrig und in der Hoffnung auf ein schönes Fest hin- und herschossen, daß sie an den Türen gegeneinander rannten, mit den Weidenkörben krachend aufeinander stießen, ihre Einkäufe auf dem Ladentisch liegen ließen, um im nächsten Augenblick auf der Suche nach ihnen wieder hereinzuwirbeln, und Hunderte von ähnlichen Verstößen auf diese Weise in der besten Laune begingen, während der Kaufmann und seine Leute so froh und frisch waren, daß die polierten Herzen, mit denen sie rückwärts ihre Schürzen zusammenhielten, ihre eignen hätten sein können, die sie zur allgemeinen Ansicht außen am Leib trugen und an denen die Weihnachtsraben picken durften, wenn sie wollten.

Bald darauf riefen die Kirchenglocken männiglich zu Kirche und Kapelle, und nun sah man die Leute in ihren besten Kleidern und in ihren besten Launen und mit ihren fröhlichsten Mienen durch die Gassen strömen. Und gleichzeitig quollen aus zahllosen Nebengäßchen und namenlosen Winkeln Hunderte von Leuten, um ihre Pasteten beim Bäcker backen zu lassen. Der Anblick dieser armen Schwelger schien das Gespenst sehr zu interessieren, denn es blieb mit Scrooge unter dem Torweg vor einem Bäckerladen stehen, nahm die verhüllenden Tücher und Deckel von den Töpfen und Schüsseln, wenn deren Träger an ihm vorübergingen, und sprengte aus seiner Fackel Weihrauch auf ihr Mahl. Es war eine wundersame Fackel, denn ein- oder zweimal, als sich ein Streit zwischen einigen, ihre Speisen tragenden Leuten infolge allzu heftigen Zusammenprallens erhoben hatte, goß der Geist aus ihr einige Tropfen Wasser auf sie hernieder, die die Aufgebrachten besänftigten, wie Öl die wogende Flut, und ihnen ihren ursprünglichen Frohsinn wiedergaben. Denn sie sagten dann plötzlich, es sei eine Schande, am Christtag zu streiten. Und das war es auch! Weiß Gott, das war es auch!

Einige Zeit später verstummten die Glocken, und die Bäckerläden wurden geschlossen, und doch leuchteten noch all diese verschiedenen Mittagsmahle während ihrer Zubereitung durch den aufgetauten Fleck an jedem Ofen, dessen Kacheln rauchten, als ob auch die Steine kochten.

»Liegt denn eine besondere Würze in den Tropfen aus deiner Fackel?« fragte Scrooge den Geist.

»Allerdings!« gab dieser zur Antwort, »meine eigne!«

»Und wird es heute eine Würze werden für jede Art von Mahl?« fragte Scrooge weiter.

»O ja, für jede, die gern gegeben wird. Insbesondere für das Mahl eines Armen.«

»Und warum denn besonders für dieses?« forschte der Alte.

»Weil dieses der Würze am meisten bedarf.«

Scrooge versank eine Weile in tiefes Nachdenken; dann hub er wieder an: »Mich wundert, lieber Geist, daß du, der einzige unter den vielen Wesen aller Welten um uns, Gefallen daran findest, diesen armen Leuten jede Gelegenheit zu unschuldigem Vergnügen zu erschweren.«

»Ich?!« rief der Geist.

»Du willst sie ja der Mittel berauben, jeden siebenten Tag, oft den einzigen, an dem sie eigentlich speisen können, sich ihr Mittagsmahl zu bereiten«; sprach Scrooge, »ist dem nicht so?«
»Ich?!« rief der Geist.
»Du trachtest danach, ihnen jeden siebenten Tag diese Orte zu verschließen«, sagte Scrooge, »und das kommt wohl auf eins heraus.«
»Ich trachte danach!« entfuhr es dem Geist.
»Vergib mir, wenn ich mich irre!« versetzte Scrooge; »man gibt wenigstens vor, es geschehe in deinem Namen oder in dem deiner Familie!«
»Es gibt Menschen auf eurer Erde«, versetzte der Geist, »die behaupten, uns zu kennen, und die alle ihre Taten des Stolzes, der Leidenschaft, der Bosheit, des Hasses, der Heuchelei und der Selbstsucht, die sie sich zuschulden kommen lassen, in unserm Namen tun; die aber uns und unsern Verwandten so fremd sind, als hätten sie nie gelebt. Erwäge das und lege ihr Tun in Zukunft ihnen selbst zur Last, nicht uns!«
Scrooge versprach dies zu tun, und wiederum begannen sie, unsichtbar wie zuvor, nach den Vorstädten der großen Hauptstadt hinzuschweben. Der Geist besaß – wie Scrooge unter dem Torweg des Bäckers bemerkt hatte – die seltsame Eigenschaft, daß er trotz seiner riesigen Größe sich leicht in jeden Raum zu schicken wußte, und daß er unter einem niederen Dach ebenso voll Anmut und von seinem übernatürlichen Wesen umflossen war, wie in einer hochgewölbten, luftigen Halle.
Vielleicht war es das Vergnügen, das der Geist darin fand, diese Macht zu zeigen, oder vielleicht war es nur sein gütiges, großmütiges und edles Wesen und seine Vorliebe für alle Armen und Bedrängten, die ihn direkt zu Scrooges Schreiber führten – jedenfalls ging es dorthin, und er nahm Scrooge mit sich, der sich an seinem Faltengewand festhielt. Auf der Schwelle des Hauses aber blieb

der Geist lächelnd stehen, um *Bob Cratchits* niederes Haus durch Besprengung mit seiner Fackel einzuweihen und zu segnen. Denkt euch nur! der gute, arme Bob Cratchit hatte selber nur ein Gehalt von fünfzehn »Bob«[1]; er heimste an den Samstagen nur fünfzehn seiner Namensvettern ein, und doch segnete der Geist der diesjährigen Weihnacht sein kleines Häuschen, das nur vier Gemächer enthielt! ...

Da erhob sich vor ihnen Frau Cratchit, Bob Cratchits Weib, in einem ärmlichen, bereits zweimal gewendeten Kleide, das aber hübsch mit Bändern geputzt war, die billig sind und für sechs Pence prächtigen Staat machen. Sie deckte den Tisch und ließ sich dabei von Belinda Cratchit, ihrer zweiten Tochter, helfen, deren Kleidchen auf gleiche Weise mit Bändern verziert war, während Master Peter Cratchit seine Gabel in einen Topf mit Kartoffeln versenkte. Und als ihm dabei die Ecken des ungeheuren Hemdkragens (Eigentum Bobs, heute aber dem Festtag zu Ehren seinem Sohn und Erben übertragen) in den Mund kamen, war er ehrlich von seiner schönen Ausrüstung begeistert und sehnte sich danach, sein Weißzeug in den eleganten Parks zu zeigen. Und nun stürmten die beiden jüngsten Cratchits, ein Knabe und ein Mädchen, tobend ins Gemach herein und riefen, daß sie draußen im Vorübergehen am Bäckerhaus den Duft einer gebratenen Gans gerochen und diese für ihre eigne erkannt hätten, die in des Bäckers Ofen schmore; und im lüsternen Vorgenusse und süßer Ahnung von Salbei und Zwiebeln schwelgend, tanzten die beiden jüngsten Cratchits um den Tisch herum und erhoben Master Peter Cratchit bis zum Himmel, während er – gar nicht stolz, obwohl sein Hemdkragen ihn schier erwürgte – das Feuer anblies, bis die trägen Kartoffeln endlich sprudelten und aufwallten und laut an den Deckel des Topfes pochten, weil sie herausspazieren und geschält werden wollten. –

[1] Bedeutet im Dialekt Schilling.

»Wo bleibt denn nur euer Vater?« fragte Frau Cratchit. »Und euer Bruder Klein-Gottlieb? Und auch Martha war voriges Jahr schon eine halbe Stunde früher zu Hause!«

»Hier ist ja Martha, liebe Mutter!« rief ein Mädchen, das mit diesen Worten in die Tür trat.

»Hier ist Martha, liebe Mutter!« riefen die beiden Kleinen; »hurra, Martha! Du solltest nur die Gans sehen, die mächtige Gans, die wir heute verzehren!«

»Gottlob, daß du da bist, liebes Kind! Wo steckst du denn so lange?« rief Frau Cratchit ihrer Tochter zu und küßte sie wohl ein dutzendmal und nahm ihr mit geschäftigem Eifer Halstuch und Hut ab.

»Wir hatten gestern noch bis spät in die Nacht zu arbeiten«, versetzte das Mädchen, »und heute früh mußten wir den Laden noch aufräumen, liebe Mutter!«

»Nun, daß macht nichts, wenn du nur da bist!« sagte Frau Cratchit. »Setz dich jetzt zum Feuer, liebes Kind, und wärme dich!«

»Nein, nein! Der Vater kommt«, schrien die beiden jungen Cratchits, die überall und nirgends waren, »Martha! verstecke dich! verstecke dich!« —

Martha eilte hinter die Tür des Alkovens, und herein trat der kleine Bob, der Vater, dem die Enden des Halstuchs, abgesehen von den Fransen sicherlich drei Fuß lang vor der Brust baumelten und dessen abgetragener Anzug gestopft und gut abgebürstet war, um ihm ein festliches Aussehen zu geben. Auf seinen Schultern saß Klein-Gottlieb. Der arme kleine Gottlieb aber war recht zu beklagen, denn er trug eine kleine Krücke, und seine Glieder waren durch eine eiserne Maschine gestützt.

»Wo steckt denn unsre Martha?« rief Bob Cratchit laut und sah sich im ganzen Stübchen um.

»Sie kommt heute nicht«, sagte Frau Cratchit.

»Sie kommt nicht?« fragte Bob, und sein Frohsinn sank bedeutend; denn er war den ganzen Weg von der Kirche her Gottliebs Vollblutreitpferd gewesen und keuchend, aber dennoch vergnügten Sinnes auf seiner eignen Schwelle angelangt. – »Kommt nicht am Weihnachtstag?!«

Martha konnte ihn nicht so enttäuscht sehen, und wäre es auch nur zum Spaß gewesen, darum eilte sie schon jetzt hinter der Alkoventür hervor und stürzte dem Vater in die Arme, während die beiden jungen Cratchits den armen Gottlieb aufnahmen und ihn in die Küche hinaustrugen, damit er auch den Pudding im Kessel brodeln höre.

»Und wie betrug sich denn der kleine Gottlieb?« fragte Frau Cratchit, als sie Bob über seine Leichtgläubigkeit ausgezankt und Bob seine Tochter mit warmer Zärtlichkeit ans Herz gedrückt hatte.

»So gut wie Gold und besser noch«, versetzte Bob. »Das arme Kind wird von dem vielen Alleinsein zu nachdenklich, und da kommen ihm die seltsamsten Dinge in den Kopf. So sagte er mir auf dem Heimweg: er hoffe, daß die Leute ihn in der Kirche gesehen haben, weil er ein armer, kleiner Krüppel sei, und daß sie vielleicht nun um so fröhlicher und andächtiger am Christtag an Ihn denken, der lahme Bettler gehend und Blinde sehend machte.«

Bobs Stimme erbebte vor Rührung, als er ihnen dies erzählte, und zitterte noch mehr, als er ihnen sagte, daß das arme, gebrechliche Kind jetzt sichtlich stärker und mutiger werde.

Von draußen aber hörte man die geschäftige Krücke des Kleinen auf dem Hausflur näher kommen, und ehe noch ein andres Wort gesprochen ward, kam Klein-Gottlieb, von seinem Brüderchen und Schwesterchen geleitet, in die Stube zurück und setzte sich in seinen Stuhl neben dem Kamin; Bob aber schlug seine Rockärmel zurück – als ob sie überhaupt noch schäbiger werden könnten! – braute mit Wacholderbranntwein und Zitronen ein heißes Getränk in einem Krug, rührte es emsig um und stellte es dann ans Feuer, um es kochen zu lassen; Master Peter aber und die beiden allgegenwärtigen jungen Cratchits entfernten sich, um die Gans vom Bäcker zu holen, mit der sie bald in feierlicher Prozession zurückkamen. Darob entstand ein solcher Freudenlärm, als ob eine Gans der seltenste aller Vögel, ein befiedertes Phänomen gewesen wäre – eine Kuriosität, neben der ein schwarzer Schwan noch etwas ganz Gewöhnliches war! – und in diesem Haus war sie auch eins. Frau Cratchit wärmte die Sauce, die schon zuvor in einem kleinen Pfännchen fertig gewesen, am Feuer wieder auf; Master Peter zerstampfte mit unglaublicher Kraft und Rüstigkeit die Kartoffeln; Fräulein Belinda versüßte mit Zucker das Apfelmus, und Martha wischte die gewärmten Teller ab; Bob aber nahm den armen Gottlieb und setzte ihn neben sich auf einen Stuhl an ein kleines Eckchen des Tisches, während die beiden jungen Cratchits für jedermann Stühle zum Tisch rückten und natürlich sich selbst nicht dabei vergaßen, dann aber wie Schildwachen ihre Posten bezogen und ihre Löffel in den Mund steckten, damit sie nicht nach der Gans schreien sollten, bevor die Reihe an sie kam. Endlich wurden alle Gerichte aufgetragen und das Tischgebet gesagt. Nun folgte eine atemlose Pause, als Frau Cratchit das Tranchiermesser von der Spitze bis zum Heft prüfend überflog und sich anschickte, den schneidenden Stahl in die Brust des leckeren Tieres zu versenken. Und als dies endlich geschah und die lang ersehnte Fülle des Bratens durch die Wunde quoll, erscholl rings um den Tisch ein anhaltendes, lautes Rauschen des Beifalls und Vergnügens, und selbst der kleine Gottlieb schlug, von den beiden jüngeren Geschwistern und ihrer Fröhlichkeit angesteckt, mit dem Heft seines Messers freudig auf den Tisch und rief mit schwacher Stimme ein begeistertes Hurra.

Ja wahrlich! eine solche Gans war noch nie gesehen worden. Bob konnte unmöglich glauben, daß ein solcher

Vogel je gebraten worden war. Seine Zartheit und sein leckerer Wohlgeruch, seine Größe und Wohlfeilheit waren der Gegenstand allgemeiner Bewunderung. Mit Hilfe des Apfelmuses und der Kartoffeln bildete die Gans eine hinreichende Mahlzeit für die ganze Familie, und als Frau Cratchit noch einen ganz kleinen Knochen auf der Schüssel liegen sah, da bemerkte sie mit großer Freude, sie hätten noch nicht alles aufgegessen. Aber jeder hatte genug, und insbesondere die beiden kleinen Cratchits waren bis zu den Augenbrauen voll Salbei und Zwiebeln. Als aber endlich Fräulein Belinda die Teller wechselte, verließ Frau Cratchit allein das Zimmer – ihre Aufgeregtheit duldete keine Zeugen – um den Pudding zu holen und hereinzubringen.

Denkt euch nur einmal, der Pudding wäre nur halb gekocht gewesen, oder er wäre zerfallen, als man ihn aus der Serviette nahm! Denkt euch nur, irgend jemand hätte inzwischen sich über die Mauer des Hinterhofes geschwungen und ihn aus der Waschküche gestohlen, während die guten Leutchen sich hier an der Gans gütlich taten! – ein Gedanke, bei dem die jungen Cratchits erblichen wären! Man hätte alle möglichen Schrecken gemutmaßt.

Hallo! welch eine Dampfmasse! . . . Der Pudding war jetzt aus dem Kessel genommen. Nun roch es gar wie an einem Waschtag – das war die Serviette. Ein Geruch wie in einem Gasthaus, zu dessen linker Hand sich ein Kuchenbäcker, zur rechten eine Wäscherin befindet. Dies war der Pudding. Eine halbe Minute später trat Frau Cratchit wieder herein: bescheiden errötend zwar, allein mit selbstzufriedenem Lächeln, und trug den Pudding herein, hart und fest und wie eine gesprenkelte Kanonenkugel anzuschauen, die in einer Flamme von mindestens einem Viertelliter Rum loderte und von einem Stechpalmenreis gekrönt war.

O, ein herrlicher Pudding! Bob Cratchit sagte, und zwar

mit ganz sicherer Stimme, daß er ihn für das größte Kochkunststück halte, das Frau Cratchit während ihrer ganzen Ehe je zutage gefördert. Frau Cratchit aber sagte, jetzt, da ihr der Stein vom Herzen gefallen sei, müsse sie wohl gestehen, daß sie um die Menge des dazu gehörigen Mehles nicht mehr recht Bescheid wußte. Jedes wußte etwas darüber zu sagen, allein keines wagte zu behaupten oder auch nur zu denken, daß der Pudding am Ende doch etwas klein ausgefallen sei für so eine zahlreiche Familie. Bah! es wäre auch pure Ketzerei gewesen, etwas derartiges zu behaupten, und ein Cratchit würde sich geschämt haben, hierauf auch nur anzuspielen.

Endlich war das Mahl vorüber, der Tisch abgedeckt, der Herd gefegt und frisches Feuer angemacht. Als man das Gebräu im Krug versucht und fertig befunden hatte, wurden Äpfel und Orangen auf den Tisch gesetzt und eine Schaufel voll Kastanien auf den Rost geschüttet; dann rückte die ganze Familie Cratchit dem Herd näher und bildete, was Bob Cratchit einen Zirkel nannte, obwohl es nur ein halber war; und an Cratchits Ellbogen stand der ganze Vorrat an Glas, den die Familie aufzuweisen hatte, nämlich zwei Sturzbecher und eine Rahmkanne ohne Henkel.

Diese faßten ja den heißen Inhalt des Kruges am Ende ebenso gut, als es goldne Pokale getan haben würden, und Bob machte mit freudestrahlenden Blicken den Mundschenk, während die Kastanien über dem Feuer lustig knisterten und fauchten. Dann erhob Bob sein Glas:

»Gott sei mit uns allen, meine Lieben«, sagte er, »und schenke uns fröhliche Weihnachten!«

Die ganze Familie stimmte mit froher Andacht in diesen Wunsch ein. »Gott segne uns alle und jeden!« sagte Klein-Gottlieb als der letzte.

Er saß auf seinem kleinen Stuhl hart an des Vaters Seite, und Bob hielt seine kleine abgemagerte Hand in der seinigen, als ob er das Kind besonders liebe und es an seiner Seite zu behalten wünsche, obwohl er fürchtete, es möchte ihm entrissen werden.

»Höre, Geist«, sprach Scrooge mit einer Teilnahme, wie er sie noch nie zuvor gefühlt hatte, »sag mir doch, ob der kleine arme Gottlieb am Leben bleiben wird?«

»Ich sehe einen leeren Stuhl«, versetzte der Geist, »in der Ecke am armseligen Kamin und eine Krücke ohne Eigentümer, die man sorgsam aufgehoben; wenn diese Schatten von der Zukunft nicht geändert werden, wird das Kind unfehlbar sterben.«

»Nein, nein!« rief Scrooge, »o sage das nicht, guter Geist! Versichere mir lieber, daß er verschont bleibe.«

»Wenn diese Schatten nicht durch die Hand der Zukunft geändert werden«, wiederholte das Gespenst, »so wird keiner meiner Brüder ihn mehr hier finden. Was liegt auch daran; wenn der Knabe lieber sterben will, so mag er sterben und dadurch beitragen, der Übervölkerung vorzubeugen.«

Scrooge senkte sein Haupt beschämt, als er seine eignen Worte aus dem Munde des Gespenstes wiederholt hörte, und war ganz überwältigt von Kummer und Reue.

»Höre, Mensch!« hub der Geist an, »wenn du wirklich das Herz eines Menschen und nicht einen Diamant im Busen trägst, so hüte dich vor einer solchen verfluchten Rede, bis du erst entdeckt hast, was Übervölkerung heißt und wo sie stattfindet. Maßest du dir an, zu entscheiden, was für Menschen leben und welche sterben sollen? Vielleicht bist du in den Augen des Himmels weit weniger würdig und geeignet zu leben als Millionen andrer solcher Geschöpfe, wie das Kind dieses armen Mannes. O Gott! das elende Insekt auf dem Blatt über die zu große Zahl seiner hungrigen Brüder im Staub klagen zu hören!«

Scrooge beugte sich vor dem Vorwurf des Geistes und schlug die Augen nieder. Aber rasch blickte er wieder auf, als er seinen Namen hörte.

»Nun wollen wir auch Herrn Scrooge leben lassen!« rief Bob. »Kommt her, meine Lieben! das Wohlsein des Herrn Scrooge, der doch der Gründer dieses Festes ist!«
»Ein sauberer Gründer dieses Festes«, versetzte Frau Cratchit mit unwilligem Erröten; »ich wollte, ich hätte ihn hier, ich wollte ihm meine Meinung zu kosten geben, und ich hoffe, er wird Geschmack daran finden!«
»Still, liebes Weib!« erwiderte Bob; »bedenke, 's ist Weihnachten, und die Kinder sind hier!«
»Freilich, es kann auch nur an einem Weihnachtstag sein«, sagte sie, »daß man auf die Gesundheit eines so verhaßten, mürrischen, unbarmherzigen und gefühllosen Mannes trinkt wie Herrn Scrooges. Du weißt ja, wie er ist, Robert! Niemand kann es besser wissen als du, armer Mann!«
»Schweige doch, liebes Kind!« gab Bob milde zur Antwort. »Bedenke, es ist Weihnachtstag!«
»Nun ja!« meinte Frau Cratchit widerstrebend; »um deinetwillen und dem Tag zuliebe, nicht aber Scrooge zu Ehren will ich auf seine Gesundheit trinken. Wir wollen ihm langes Leben, fröhliche Weihnachten und ein glückliches Neujahr wünschen! Ich kann mir schon denken, wie vergnügt und glücklich er sein wird!«
Auch die Kinder tranken nach ihr auf Scrooges Gesundheit. Es war allerdings das erste an diesem Abend, das sie mit Unlust taten. Der arme gebrechliche Gottlieb trank zu allerletzt, aber es lag ihm gar nichts daran. Herr Scrooge war der Popanz und Kinderschreck der ganzen Familie, und die Erwähnung seines Namens genügte schon, einen düsteren Schatten über die Gesichter der ganzen Gesellschaft zu verbreiten, der sich volle fünf Minuten lang nicht wieder verwischen ließ.
Als er wieder verschwunden war, waren sie freilich zehnmal vergnügter als zuvor, nur darum, weil sie den Trost hatten, Scrooge den Schrecklichen los zu sein. Bob Crat-

chit teilte ihnen nun mit, wie er sich schon nach einem Plätzchen für Master Peter umgesehen, das, falls er es erlangen konnte, dem jungen Mann wöchentlich fünf und einen halben Schilling in runder Summe eintragen würde. Die beiden jungen Cratchits lachten überlaut bei dem Gedanken, daß Peter nun ein Geschäftsmann werden sollte, und Peter selbst blickte über seine Vatermörder hinweg so gedankenvoll ins Feuer, als ob er soeben bei sich überlegte, in welchen Papieren er sein grandioses Einkommen anlegen sollte. Martha, die bei einer Putzmacherin in der Lehre war, erzählte ihnen hierauf, was für Arbeiten sie zu machen und wieviel Stunden sie hintereinander zu sticheln habe und daß sie morgen, am Feiertag, der ihr gehöre, bis in den Vormittag schlafen wolle. Dann berichtete sie auch, daß sie vor einigen Tagen eine Gräfin, und einen Lord gesehen und der Lord sei fast ebenso groß gewesen wie Peter, bei welcher Neuigkeit Peter seinen Vatermörder so hoch hinaufzupfte, daß man unmöglich sein Gesicht hätte sehen können, und hätte man ihm auch gegenüber gestanden. Unterdessen gingen die Kastanien und der Krug in der Runde herum, und der arme kleine Gottlieb, der ein gar klägliches, rührendes Stimmchen hatte, gab gelegentlich ein Lied zum besten von einem armen Kind, das sich auf der Reise im Schnee verloren. Er sang das Liedchen recht gut.

Darin lag freilich nicht viel Merkwürdiges. Sie waren keine hübsche Familie, waren nicht gut gekleidet, ihre Schuhe waren alles andre eher als wasserdicht, ihre Kleider schäbig und abgetragen, und Peter mochte, was auch in der Tat der Fall war, recht wohl wissen, wie eine Pfandleihanstalt von innen aussehe. Allein sie alle waren glücklich, genügsam, dankbar, liebten einander und waren mit ihrem Leben zufrieden. Und als ihre Gestalten langsam entschwanden und sie beim hellen Funkensprühen der Fackel des Geistes, der sich jetzt zum Gehen anschickte, noch glücklicher dreinblickten, faßte Scrooge sie fest ins Auge, insbesondere Klein-Gottlieb, der als letzter seinem Blick entrückt wurde.

Inzwischen war Dunkelheit hereingebrochen, und es hatte tüchtig zu schneien begonnen, und als Scrooge und der Geist durch die Straßen gingen, entzückte sie der Glanz der hellknisternden Feuer in Küchen, Wohnzimmern und aller Art von Gemächern. Hier zeigte der Flackerschein Vorbereitungen zu einem Familienmahl, die heißen Teller, die von dem Feuer fast gebacken wurden, und die dunkelroten Vorhänge, die bald die fröhlich Feiernden von der Dunkelheit und Kälte draußen abschließen sollten. Dort rannten die Kinder eines Hauses alle in den Schnee hinaus, um ihren verheirateten Schwestern, Brüdern, Vettern, Oheimen, Muhmen usw. entgegenzueilen und die ersten zu sein, die sie willkommen hießen. Dort erschienen wieder Schatten von Gästen an den Fenstervorhängen eines geräumigen Wohngemaches und deuteten auf eine zahlreiche Gesellschaft; und hier trippelte eine Gruppe hübscher junger Mädchen in Hüten, Mänteln und Pelzstiefeln mit frohem Geplauder und Kichern einem Nachbarhaus zu, und wehe dem ledigen Mann, der sie dort über und über vor Freude glühend eintreten sah – und die kleinen Hexchen wußten das recht gut!

Wenn man nach der Zahl der Menschen hätte schließen müssen, die zu den Gesellschaften ihrer Freunde eilten, wäre man eher zu glauben versucht gewesen, daß sie niemand im Hause zum Willkommen getroffen hätten, als daß jedes Haus Gäste erwartete und zu diesem Zweck hellodernde Kaminfeuer brannten. Du lieber Gott, wie freute sich der Geist! Wie er seine breite Brust entblößte und die geräumige Hand öffnete und mit unerschöpflicher Freigebigkeit seine frohe, harmlose Lust reichlich nach allen Seiten hin, so weit er reichen konnte, spendete! Sogar der Lampenanzünder, der wie verrückt mit seinem kleinen Laternchen in der Hand durch die düsteren, nebligen Gassen sprang, um hie und da Lichtflecke aufflammen zu lassen, und der bereits sein Festkleid trug, weil er für den Abend geladen war, lachte laut auf, als der Geist vorüberschwebte, obwohl der Laternenanzünder keine Ahnung hatte, daß Weihnachten neben ihm gegangen war!

Nun standen sie auf einmal, ohne daß der Geist zuvor eine Andeutung gemacht hätte, auf einer fahlen, einsamen und verlassenen Heide, auf einem Moorgrund, wo riesige Massen roher Steine verstreut lagen, als wäre hier der Begräbnisplatz eines Riesengeschlechts. Überall rieselte Wasser, wo es nur Lust hatte, oder wäre gerieselt, wenn der Frost es nicht in Banden geschlagen hätte. Moos und Ginster und hartes Gras, wohin man schaute, sonst keine einzige Pflanze. Tief im Westen hatte die Sonne einen feuerroten Streifen hinter sich gelassen, der nun für einen Augenblick über die öde Fläche blitzte wie ein drohendes Auge und immer finsterer wurde, bis er sich in dem dunklen Düster der schwärzesten Nacht verlor.

»Wo sind wir hier?« fragte Scrooge.

»An einem Ort, wo arme Bergleute wohnen, die tief in den Eingeweiden der Erde arbeiten!« gab der Geist zur Antwort. »Aber sie kennen mich. Sieh!«

Heller Schein drang aus den Fenstern einer Hütte, auf die sie rasch zuschwebten. Als sie durch die aus Lehm und Steinen aufgeführte Wand eintraten, fanden sie eine lustige Gesellschaft um ein helles Feuerchen versammelt. Ein steinaltes Ehepaar mit Kindern und Kindeskindern und einer noch jüngeren Generation um sich, alle in festlichen Gewändern. Der alte Mann, dessen Stimme nur selten das Heulen und Brausen des Sturmes draußen zu übertönen vermochte, sang ein Weihnachtslied, das schon in seinen Knabenjahren eine alte, vielgesungene Weise war; und von Zeit zu Zeit fielen sie alle im Chor ein. Und sooft sie ihre Stimmen erhoben, sang auch der Alte lauter und lustiger, und wenn sie innehielten und verstummten, sank auch die Kraft seiner Stimme wieder um ein bedeutendes.

Der Geist verweilte nicht lange hier, sondern bat Scrooge, sich an seinem Kleid zu halten, und schwebte mit ihm weit über die Heide hin – und wohin meint ihr wohl? – Doch nicht auf die See? Ja, auf die See! Als Scrooge zurückschaute, sah er zu seinem furchtbaren Schrecken, daß auch die letzte Landspitze, der äußerste starre Gürtel von Felsen hinter ihm verschwand; donnerähnliches Getöse des Wassers, der brandenden, überstürzenden Wogen, die in den Höhlen, die sie selber ausgewühlt, schäumend zerschellten, schlug an sein Ohr und brüllte, als ob die wildbewegte Flut der Erde Grundfesten unterwühlen wollte.

Auf dem einsamen Riff einer unsichtbaren Klippe, einige Meilen von der Küste entfernt, an die das Wasser jahrein, jahraus schäumte und toste, stand ein Leuchtturm. Große Haufen Tang und Seegras hingen um den Fuß des Felsens, von der tosenden Flut hinaufgespült, und Sturmvögel – man hätte sie für Kinder des Windes halten mögen, wie den Tang für das des Meeres – umschweiften des Turmes hohe Zinnen und stiegen auf und nieder wie die Wogen, in deren Schaum sie ihre Schwingen tauchten.

Aber selbst hier hatten die Männer, denen die Bewachung anvertraut war, ein Feuer angemacht, das durch das Guckloch in der dicken Steinmauer einen glänzenden Strahl weit hinaus in die furchtbare See warf. Über den rauhen Tisch hin, an dem sie saßen, reichten sie einander die Hände und stießen mit ihren Groggläsern auf ein fröhliches Weihnachten an; und einer von ihnen, der Ältere, in dessen grobe Züge Wind und Wetter ebenso viele Furchen gezogen und Narben eingewühlt, als die Figur am Vorderteil eines Schiffes aufzuweisen vermochte, stimmte einen hellen, mutigen und kräftigen Gesang an, der selber wie eine frische Brise klang.

Da brach der Geist wiederum auf und schwebte weiter,

weiter über die schwarze, wogende See hin, bis sie, weit, weit vom Gestade entfernt, wie der Geist Scrooge mitteilte, sich auf ein Schiff herniedersenkten. Sie standen neben dem Steuermann am Rade, neben dem Ausluger im Mastkorb, neben den Offizieren, die Wachdienst hatten – alles dunkle, geisterhafte Gestalten an den verschiedenen Posten, aber jeder von ihnen summte ein Weihnachtsliedchen, oder hatte einen Weihnachtsgedanken, oder sprach leise mit seinem Kameraden von irgendeinem vergangenen Weihnachtstag und den heimatlichen Hoffnungen, die sich mit diesem verknüpften. Und jeder Mann an Bord, ob wach oder im Schlaf, hatte heute ein freundlicheres Wort für seine Gefährten als an irgendeinem andern Tag des Jahres, und hatte auch bis zu einem gewissen Grad den Festtag gefeiert. Er erinnerte an diejenigen in der Ferne, die er liebte und von denen er wußte, daß sie in Liebe an ihn dachten.
Es war für Scrooge eine große Überraschung, als er, während er auf das Stöhnen des Windes lauschte und nachdachte, wie großartig schauerlich es sei, so durch die einsame Finsternis über unbekannte Schlünde zu fahren, deren Tiefen so geheimnisvoll und verschwiegen wie der Tod sind: es war ihm eine große Überraschung, als er, aus diesen Gedanken gerissen, plötzlich ein herzliches Lachen hörte. Es war aber eine noch viel größere Überraschung, dieses Lachen als das seines Neffen zu erkennen und zu finden, daß er in einem hellerleuchteten, wohldurchwärmten Zimmer stand und neben ihm der Geist, der den lachenden Neffen mit leutseligem, beifälligem Lächeln betrachtete.
»Ha ha!« lachte Scrooges Neffe, »ha ha ha!«
Wenn du, geneigter Leser, durch einen unwahrscheinlichen Zufall einen Mann kennen lernen solltest, der mit einem noch ansteckenderen, herzerquickenderen Lachen begabt ist als Scrooges Neffe, so kann ich dir nur versichern, daß ich ihn ebenfalls kennen lernen möchte! Führe

ihn bei mir ein, mache mich mit ihm bekannt, und er soll keinen gleichgültigen Freund an mir haben!
Es ist eine schöne, ausgleichende, edle Einrichtung der Natur, daß, so ansteckend auch Krankheit und Kummer sein mögen, nichts uns so unwiderstehlich mitreißt wie Lachen und gute Laune. Als Scrooges Neffe in der Weise lachte, daß er sich die Seiten hielt, mit dem Kopf wackelte und sein Gesicht zu den unglaublichsten Grimassen verzerrte, da mußte auch seine Gattin, die durch Heirat Scrooges Nichte geworden war, in ein ebenso herzliches Gelächter ausbrechen. Ihre versammelten Freunde, die nicht widerstehen konnten, brüllten vor Vergnügen.
»Ha ha! ha ha ha!«
»So wahr ich lebe«, rief Scrooges Neffe, »er nannte Weihnachten eine Posse! Und wahrlich, er glaubt auch im Ernst daran!«
»Um so größer die Schande für ihn, Fred!« rief Scrooges Nichte voll Entrüstung. – Gott segne diese Frauen! nie tun sie ein Ding nur halb, stets ist es ihnen ernst.
Sie war hübsch, auffallend hübsch. Sie hatte ein entzückendes, stets erstaunt dreinblickendes Gesichtchen mit Grübchen in den Wangen; einen frischen kleinen Mund, der ganz zum Küssen geschaffen schien, wie man gar nicht zweifeln konnte; alle Arten guter kleiner Fleckchen und Pünktchen um ihr Kinn herum, die alle ineinander flossen, wenn sie lachte, und das freundlichste sonnigste Augenpaar, das man je im Köpfchen eines so lieben Wesens sehen konnte. Sie war dabei, was man gewöhnlich pikant nennt, aber dabei doch äußerst bescheiden, äußerst kindlich und unbefangen.
»Er ist ein komischer alter Kauz«, sagte Scrooges Neffe, »und nicht so nett, wie er sein könnte. Aber schließlich rächen sich seine Fehler an ihm selbst, und ich habe nichts gegen ihn zu sagen.«
»Er ist sicherlich sehr reich, Fred«, meinte Scrooges Nichte. »Wenigstens hast du mir das immer gesagt.«

»Nun, und was bedeutet das für uns?« fragte Scrooges Neffe. »Sein Reichtum nützt ihm nichts. Er tut nichts Gutes damit. Er gönnt sich selbst nichts. Er hat nicht einmal die Befriedigung und den Trost des Gedankens, daß er mit all seinem Zwacken und Kargen am Ende nur uns einen Gefallen tut.«
»Ich habe weder Geduld noch Erbarmen mit ihm«, sprach Scrooges Nichte, und ihre Schwestern und die übrigen Damen stimmten ihrer Meinung bei.
»O, ich schon!« sagte Scrooges Neffe. »Er tut mir leid; ich könnte ihm nicht böse sein, auch wenn ich mir Mühe geben würde. Wer leidet denn am meisten unter seinen törichten Launen? Kein andrer Mensch als immer und ewig er selbst! Da hat ers sich nun einmal in den Kopf gesetzt, uns nicht leiden zu können, und darum will er auch nicht kommen und mit uns speisen; die einzige Folge davon ist, daß er – nicht viel von einem Mittagessen verliert.«
»Ei, ich bitte mirs aus!« unterbrach ihn seine Gattin, »ich denke, er büßt ein sehr gutes Mittagsmahl ein!«
Die andern behaupteten dasselbe, und man mußte sie als kompetente Richter gelten lassen, da sie soeben das Mittagsmahl verzehrt und nun, mit dem Dessert auf dem Tisch, beim Lampenlicht sich um den Kamin versammelt hatten.
»Nun, es freut mich, das zu hören«, versetzte Scrooges Neffe. »Ich habe nun einmal kein besonderes Vertrauen zu diesen jungen Hausfrauen. Was meinst du, Topper?«
Topper hatte augenscheinlich ein Auge auf eine der Schwestern von Scrooges Nichte geworfen, denn er behauptete jetzt, ein Junggeselle sei zu unwürdig und verstoßen, um über einen solchen Gegenstand seine Meinung abgeben zu können, worüber eine von des jungen Scrooges Schwägerinnen – die dicke mit dem Spitzenhalskragen, nicht die mit den Rosen im Haar – bescheidentlich errötete.

»Vorwärts, vorwärts, Fred«, rief Scrooges Nichte, in die Hände klatschend. »Er wird nie mit dem fertig, was er zu sagen hat! 's ist ein zu kurioser Kauz, mein Alfred.«
Scrooges Neffe brach wiederum in ein Gelächter aus, und da es unmöglich war, der Ansteckungskraft zu widerstehen, obwohl seine dicke Schwägerin es mit Würzessig zu unterdrücken versuchte, folgten die andern einstimmig seinem Beispiel.
»Ich wollte vorhin nur sagen,« hub Scrooges Neffe wieder an, »daß die Folge seines Hasses gegen uns und die Folge seiner Weigerung, mit uns lustig zu sein, meines Erachtens keine andre ist, als daß er sich selbst um ein paar vergnügte Augenblicke bringt, die ihm keineswegs geschadet hätten. Ich bin überzeugt, daß er sich dadurch um lustigere Gesellschaft bringt, als er in seinen eignen Gedanken oder in seinem verschimmelten alten Kontor oder in seinen staubigen Zimmern finden kann. Ich will ihm jedes Jahr die gute Gelegenheit bieten, gleichviel, ob er sie benutzt oder nicht, denn der arme alte Mann tut mir in der Seele leid. Mag er auch über Weihnachten spotten, bis er stirbt, so behaupte ich ihm doch zum Trotz, daß er schließlich davon eine bessere Meinung kriegen wird, wenn er mich Jahr um Jahr gutgelaunt heranstapfen sieht und mich fragen hört: ›Onkel Scrooge, wie geht es Ihnen?‹ Wenn es ihm nur den Gedanken eingibt, seinem armen Schreiber fünfzig Pfund zu hinterlassen, so ist das schon etwas, und ich glaube, ich habe ihn gestern etwas aufgerüttelt.«
Nun brachen die andern in ein fröhliches Gelächter aus, als Scrooges Neffe behauptete, daß er den Oheim aufgerüttelt habe; der junge Mann aber war so gutmütig und kümmerte sich so wenig darum, worüber sie lachten, wenn sie nur lachten, daß er sie selbst in ihrer Lustigkeit aufmunterte und fröhlich die Flasche herumbot.
Nachher wurde musiziert. Denn sie waren eine sehr musikalische Familie und wußten wohl, was sie taten, wenn

sie ein mehrstimmiges Lied oder einen Kanon sangen; das dürft ihr mir glauben! Besonders Topper, der den Baß nach Leibeskräften brummte, ohne daß ihm die Stirnadern anschwollen oder sein Gesicht ganz kirschbraun wurde. Scrooges Nichte spielte die Harfe gut und spielte unter andern Weisen auch ein schlichtes Liedchen (ein wahres Nichts, das man in zwei Minuten hätte pfeifen lernen können), das einst auch jenes Kind gesungen hatte, das Scrooge von der Kostschule abholte, wie es ihm der Geist der vergangenen Weihnacht ins Gedächtnis gerufen hatte. Als diese Melodie erklang, zogen alle diese Dinge, die ihm der Geist gezeigt hatte, an seiner Seele vorüber, er wurde immer milder und weicher gestimmt und fühlte deutlich, daß, wenn ihm dieses Liedchen vor Jahren öfter zu Ohren gekommen wäre, er die angenehmen Seiten dieses Lebens um seines eignen Glückes willen mehr gepflegt hätte, ohne seine Zuflucht zu dem Spaten des Totengräbers zu nehmen, der Jakob Marley beerdigt hatte.

Aber sie widmeten nicht den ganzen Abend der Musik, sondern begannen nach einer Weile ein Pfänderspiel, da es doch gut ist, zuweilen wieder zum Kinde zu werden, und das inbesondere zu Weihnachten, da doch dessen mächtiger Begründer selbst ein Kind war. Halt! Vorher spielten sie Blindekuh. Natürlich. Und ich glaube ebensowenig, daß Topper wirklich blind war, als ich glaube, daß er Augen in den Stiefeln gehabt habe, und meine Meinung geht dahin, daß es eine abgemachte Sache zwischen ihm und Scrooges Neffen war, um die auch der Geist der gegenwärtigen Weihnachten wohl wußte. Die Art und Weise, wie Topper die dicke Schwägerin des jungen Scrooge im Spitzenkragen verfolgte, war ein Frevel an der Leichtgläubigkeit menschlicher Natur; wohin die dicke Schwägerin auch ging, folgte ihr Topper, gleichviel ob er auch die Schüreisen umwarf, über Stühle stolperte, gegen das Piano anstieß oder sich selbst in den Vorhängen verwickelte. Er wußte immer, wo die dicke Schwägerin war; niemals wollte er jemand andern fangen. Trat man ihm absichtlich in den Weg (wie einige taten), heuchelte er einen Versuch, die betreffende Person auf eine Art zu fangen, die ein wahrer Schimpf auf deren Geisteskräfte war, und tänzelte gleich darauf in der Richtung der plumpen Schwägerin weiter. Oft rief sie aus, daß er nicht ehrlich spiele, und das tat er wirklich nicht. Aber als er sie zuletzt fing und sie trotz ihres Hin- und Herhuschens in ihrem rauschenden Seidenkleidchen in eine Ecke gedrängt hatte, aus der sie nicht flüchten konnte, da betrug er sich erst recht verdammenswert. Denn sein Vorgeben, daß er sie nicht kenne und deshalb ihren Kopfputz berühren sowie einen bestimmten Ring an ihrem Finger und ihre Halskette befühlen müsse, um sich ihrer Identität zu versichern, das war abscheulich, unerhört! – Wahrscheinlich zankte sie ihn auch recht derb aus, als sie hernach, während eine andre Blindekuh im Zimmer herumtappte, sich mit ihm in eine Fensternische hinter die Vorhänge zurückgezogen hatte.

Scrooges Nichte nahm an dem Blindekuhspiel nicht teil, sondern machte es sich in einer traulichen Ecke in einem Lehnstuhl bequem, wo der Geist und Scrooge hart hinter ihr standen. Bei dem Pfänderspiel tat sie gern mit und wußte im Nu für den Gegenstand ihrer Liebe die liebevollsten Worte herzusagen, zu deren Anfangsbuchstaben sie das ganze Alphabet verbrauchte. Auch im »Wie, Wann, Wo« brillierte sie und besiegte zur großen Freude von Scrooges Neffen ihre Schwestern, die auch nicht auf den Kopf gefallen waren, wie Topper euch hätte sagen können. Es mochten wohl ihrer zwanzig Leutchen jung und alt hier versammelt gewesen sein, aber alle spielten; sogar Scrooge. Denn er ward von dem, was um ihn vorging, so sehr in Anspruch genommen, daß er ganz vergaß, daß seine Stimme hier nicht vernehmbar war, und gar häufig mit dem, was er erraten und merkwürdigerweise auch recht erraten hatte, laut herausplatzte; denn die schärfste, spitzigste englische Nähnadel von der berühmten Whitechapelsorte konnte sich nicht mit Scrooges Scharfsinn und Spitzfindigkeit messen, zumal wenn er sichs in den Kopf gesetzt hatte, so zu sein.

Der Geist schien großes Vergnügen daran zu finden, als er ihn in dieser Stimmung sah, und blickte ihn so wohlwollend an, daß der alte Scrooge ihn wie ein Kind bat, doch hierbleiben zu dürfen, bis die Gäste sich trennten. Aber der Geist sagte, dies sei ganz unmöglich.

»Ich bitte dich«, bat Scrooge, »bleibe nur noch ein halbes Stündchen da, sie beginnen eben ein neues Spiel.«

Dies Spiel hieß: »Ja und Nein«, und Scrooges Neffe sollte sich dabei etwas denken, das die übrigen erraten mußten, während er nur ihre Fragen je nach Umständen mit Ja oder Nein beantworten durfte. Das rasche Kreuz- und Querfeuer von Fragen, dem der Neffe ausgesetzt war, brachte endlich so viel an den Tag, daß er sich ein Tier, und zwar ein lebendiges denke, ein ziemlich unangenehmes, ein wildes, ein Tier, das manchmal brummte und grunzte, manchmal sprach, in London wohne, auf den Straßen umhergehe, nicht ausgestellt und von niemandem geführt werde, das in keiner Menagerie lebe, nie im Schlachthaus getötet werde, kein Pferd, noch ein Esel, noch ein Bulle, noch ein Tiger, noch ein Hund oder ein Schwein, noch eine Katze oder gar ein Bär sei. Bei jeder neuen Frage, die man an ihn richtete, brach der Neffe in schallendes Gelächter aus und fühlte sich von seinem Lachreiz so gekitzelt, daß er vom Sofa aufstehen und mit den Füßen stampfen mußte. Endlich geriet seine dicke Schwägerin in einen ähnlichen Zustand und rief nun gar:

»Ich habe es erraten, Alfred! ich weiß jetzt, was es ist!«

»Und was ists denn?« rief Alfred.

»Dein Onkel Scrooge ists!« erwiderte sie lachend.

Und der war es auch. Bewundernde Ausrufe wurden

hörbar, obgleich jemand einwandte, daß die Frage: »Ist es ein Bär?« unbedingt hätte bejaht werden müssen, weil eine verneinende Antwort hinreichend gewesen wäre, ihre Gedanken von Herrn Scrooge abzuleiten, falls sie je diesen Weg hätten einschlagen wollen.
»Der Oheim hat uns recht viel Vergnügen gemacht, nicht wahr?« hub Alfred an, »und es wäre daher von uns schwarzer Undank, wenn wir darum nicht auf seine Gesundheit trinken würden; wir haben da eben ein Glas Glühwein bei der Hand, und ich rufe daher aus vollem Herzen: Oheim Scrooge soll leben!«
»Jawohl, er soll leben!« riefen die andern.
»Gott schenke dem alten Mann fröhliche Weihnachten und ein glückliches Neujahr, was er auch davon denken mag!« rief Scrooges Neffe. »Er wollte es zwar nicht von mir annehmen, aber nun muß er es sich doch nichtsdestoweniger gefallen lassen. Oheim Scrooge soll leben!«
Oheim Scrooge war unmerklich so lustig und seelenvergnügt geworden, daß er der ahnungslosen Gesellschaft Bescheid getan und in einer fulminanten Rede seinen Dank ausgesprochen haben würde, wenn ihm der Geist Zeit dazu gelassen hätte. Aber alles verschwand mit dem Hauch des letzten Wortes, das der Neffe sprach, und Scrooge und der Geist befanden sich aufs neue auf der Reise. Sie sahen viel, und gingen weit, und besuchten manchen stillen, vergnügten Herd, und trafen nur auf fröhliche, vergnügte Menschen. Der Geist stand neben Kranken, und sie waren fröhlich; in fremden Ländern, und die Menschen sprachen oder träumten von der Heimat; neben hart um das Leben Ringenden, und sie waren geduldig und gefaßt, in der Hoffnung auf bessere Zeiten; er stand neben der Armut, und sie wurde Reichtum. Im Armenhaus, im Spital und im Kerker, in jedem Zufluchtsort des Elends, kurz überall, wo der eitle Mensch in seiner kleinlichen, schwachen Willkür nicht selbst die Tür verriegelt und den Geist ausgeschlossen hatte, ließ

dieser seinen Segen zurück und unterwies Scrooge in seiner Lehre.

Es war eine lange Nacht, falls es nur eine Nacht gewesen, was jedoch Scrooge bezweifelte, denn die Weihnachtsfeiertage schienen in den kleinen Zeitraum zusammengezogen, den er in der Gesellschaft des Geistes verbracht hatte. Es war auch merkwürdig, daß der Geist merklich älter wurde, während Scrooge in seiner äußeren Gestalt ganz unverändert blieb. Scrooge hatte diesen Wechsel wohl bemerkt, aber kein Wörtchen davon verlauten lassen, bis sie aus einer Weihnachtskindergesellschaft schieden und er, als sie draußen im Freien standen, plötzlich sah, daß des Geistes Haare grau geworden waren.

»Ist das Leben der Geister so kurz?« fragte Scrooge.

»Mein Leben auf dieser Erde ist sehr kurz«, versetzte der Geist; »es endigt mit der heutigen Nacht.«

»Mit der heutigen Nacht?« fragte Scrooge.

»Jawohl«, versetzte der Geist, »heute um Mitternacht; horch nur, schon rückt die Zeit heran!« Und die Glocke des benachbarten Kirchturms schlug gerade in diesem Augenblick drei Viertel auf zwölf.

»Vergib mir, wenn ich eine unberufene Frage tue«, sprach Scrooge, indem er aufmerksam auf das Gewand des Geistes blickte; »ich sehe etwas Sonderbares, was nicht dir selbst angehört, unter dem Saum deines Kleides hervorragen; ist es ein Fuß oder ein Klaue?«

»Es könnte eine Klaue sein, mit Rücksicht auf das wenige Fleisch, das an dem Knochen sitzt«, war die traurige Antwort. »Sieh her!«

Aus dem Falten seines Gewandes zog er zwei Kinder hervor: unglückliche, häßliche, verstörte, bejammernswerte Geschöpfe. Sie knieten vor ihm nieder und klammerten sich an sein Gewand.

»O Mensch, sieh her! Sieh, sieh vor dich hin!« rief der Geist.

Es war ein Mädchen und ein Knabe, gelb, hager, zerlumpt, verwahrlost und mit heimtückischen Gesichtern, die aber dennoch in Demut sich fußfällig vor dem Geist krümmten. Wo Jugendanmut ihre Züge hätte füllen und sie mit den frischesten Farben zieren sollen, hatte eine dürre, knöcherne und verschrumpfte Hand wie die des

Alters sie berührt und gezeichnet. Wo Engel hätten thronen können, lauerten wild drohende Teufel; kein Wechsel, keine Entwürdigung und Verworfenheit der Menschen – auf welcher Stufe sie auch sein mochte – hat in allen Geheimnissen der Schöpfung halb so drohende und entsetzliche Ungeheuer aufzuweisen.
Erbleichend bebte Scrooge zurück; als man sie ihm auf

diese Weise gezeigt hatte, wollte er sagen, es seien hübsche Kinder; allein die Worte hätten ihn beinahe erwürgt, als ob sie selbst gefürchtet, sich zu einer Lüge so erstaunlicher Größe zu gestalten.

»Sind das deine Kinder, Geist?« fragte Scrooge, allein er vermochte nicht mehr zu sagen.

»Es sind die Kinder der Menschen«, gab der Geist zur Antwort, indem er auf sie herniederblickte; »sie klammern sich nun an mich, um Klage zu führen gegen ihre Väter. Der Knabe hier heißt *Unwissenheit;* das Mädchen ist der *Mangel;* hüte dich vor ihnen beiden und allen ihres Geschlechts; hüte dich aber insbesondere vor diesem Knaben, denn auf seiner Stirn lese ich Verderben geschrieben, wenn die Schrift nicht verlöscht wird. Leugnet es!« rief der Geist, indem er seine Hand nach der Stadt hin ausstreckte. »Straft diejenigen Lügen, die es euch sagen! Gebt es zu um eurer Parteizwecke halber und verschlimmert es noch! Und wartet das Ende ab!«

»Haben denn die Armen keine Zuflucht, keine Stütze?« fragte Scrooge.

»Gibts denn keine Gefängnisse mehr?« fuhr der Geist fort, indem er sich mit des Alten eignen Worten zum letztenmal an ihn wandte, »bestehen keine Arbeitshäuser mehr?«

In diesem Augenblick schlug die Glocke zwölf. Scrooge sah sich nach dem Geist um und erblickte ihn nicht mehr. Als der letzte Schlag der Glocke in der Luft erzitterte, gedachte er der Prophezeiung des alten Jakob Marley, und die Augen aufschlagend, sah er ein feierliches, stattliches Gespenst, das, in weite Tücher gehüllt, wie ein Nebel am Boden ihm entgegenschwebte.

Vierte Strophe. Der letzte der Geister

Das Gespenst kam langsam, ernst und schweigend heran. Als es vor ihm stand, fiel Scrooge auf die Knie, denn sogar die Luft, durch die dieser Geist schwebte, schien Düsterheit und mysteriöses Dunkel zu verbreiten.
Die Erscheinung war in ein tiefschwarzes Gewand gehüllt, das ihren Kopf, ihr Antlitz und ihre Gestalt verhüllte und nichts von ihr sehen ließ, als eine ausgestreckte Hand. Wenn diese nicht gewesen wäre, würde es Scrooge schwer gefallen sein, die Gestalt von der Nacht zu unterscheiden und sie von der Düsterheit zu trennen, die sie umgab. Scrooge fühlte nur, daß das Gespenst hochgewachsen und stattlich war, als es auf ihn zutrat, und daß sein geheimnisvolles Nahen ihn mit unheimlich feierlichem Bangen erfüllte. Mehr wußte er nicht, denn der Geist sprach und rührte sich nicht.
»Ich stehe wohl vor dem Geist der zukünftigen Weihnacht?« sprach Scrooge.
Der Geist gab keine Antwort, sondern deutete mit der Hand vor sich hin.
»Du bist gekommen, mir die Schatten der Dinge zu zeigen, die sich noch nicht begeben haben, sondern erst geschehen werden in der Zeit, die vor uns liegt?« fuhr Scrooge fort; »ist dem nicht so?«
Der obere Teil des Gewandes zog sich für einen Augenblick in Falten, als ob der Geist sein Haupt geneigt habe. Dies war die einzige Antwort, die Scrooge erhielt.
Obwohl Scrooge sich inzwischen an den Umgang mit Geistern gewöhnt hatte, fürchtete er sich doch vor der schweigenden Gestalt so sehr, daß seine Beine unter ihm wankten und er fühlte, daß er kaum stehen konnte, als er sich anschickte, dem Geist zu folgen. Der Geist wartete einen Augenblick, wie wenn er Scrooges Ver-

fassung bemerkte und ihm Zeit geben wollte, sich zu erholen.
Dadurch erging es Scrooge noch schlimmer. Der Gedanke, daß hinter dem düstern Gewand geisterhafte Augen ihn mit starrem Blick maßen, während er, so sehr er auch sein eignes Auge anstrengte, doch nur eine gespenstische Hand und einen einzigen großen schwarzen Schatten erblicken konnte, erfüllte ihn mit einem bangen, unbestimmten Grauen.
»Geist der Zukunft!« rief er aus; »ich fürchte dich mehr, als irgendeines der Gespenster, die ich gesehen! Da ich aber weiß, daß du keinen andern Zweck hast, als mir Gutes zu tun, und da ich hoffe, noch so lange zu leben, um ein andrer Mensch, als ich es bisher war, werden zu können, bin ich darauf vorbereitet, dir Gesellschaft zu leisten, und tue es mit dankbarem Herzen. Willst du nicht mit mir reden?«
Der Geist gab ihm keine Antwort, sondern deutete nur mit der Hand vor sich hinaus.
»Geh voran«, sprach Scrooge, »führe mich; die Nacht neigt sich schnell zu Ende, und ich weiß, daß es eine kostbare Zeit für mich ist. Führe mich, Geist!«
Der Geist glitt von ihm weg, wie er auf ihn zugekommen war. Scrooge folgte im Schatten seines Gewandes, das ihn, wie er glaubte, emporhob und mit sich von dannen trug.
Es war, als ob nicht sie sich der Stadt näherten, sondern vielmehr, als ob die Stadt plötzlich vor ihnen auftauchte und sie aus eignem Antrieb umschloß. Jedenfalls befanden sie sich auf einmal im Herzen derselben, auf der Börse unter den reichsten Kaufleuten der Welt, die eifrig hin und her eilten, mit dem Geld in ihrer Tasche klimperten, in Gruppen miteinander verkehrten oder auf die Uhr blickten und gedankenvoll mit den großen, schweren Siegeln an den Uhrketten spielten und dergleichen mehr taten, wie Scrooge sie so oft gesehen hatte.

Der Geist blieb neben einem kleinen Häuflein solcher Geschäftsleute stehen. Als Scrooge sah, daß die Erscheinung mit ausgestrecktem Arm auf sie wies, näherte er sich ihnen, um ihr Gespräch zu belauschen.

»Nein«, sprach ein großer, dicker Mann mit einem monströsen Kinn; »ich weiß keineswegs etwas Näheres darüber, sondern nur, daß er gestorben ist.«

»Und wann starb er denn?« fragte ein andrer.

»Heute nacht, glaube ich«, war die Antwort.

»Was fehlte ihm denn?« fragte ein dritter und nahm dabei eine tüchtige Prise aus seiner sehr großen Schnupftabaksdose; »ich dachte, der alte Narr wolle gar nie sterben.«

»Gott weiß, was ihm fehlte«, erwiderte der erste gähnend.

»Was hat er denn mit all seinem Geld angefangen?« fragte ein rundlicher Herr mit weingerötetem Gesicht und einem herabhängenden Auswuchs an der Nase, der wie die Bartläppchen eines Truthahns wackelte.

»Ich habe nichts darüber gehört«, gab der Mann mit dem mächtigen Kinn zur Antwort, indem er von neuem gähnte; »er hat es vielleicht seiner Genossenschaft vermacht. *Mir* hat er es nicht vermacht, das weiß ich.«

Dieser Spaß ward mit allgemeinem beifälligen Gelächter aufgenommen.

»Es wird wohl ein recht billiges Leichenbegängnis werden«, fuhr derselbe Sprecher fort; »so wahr ich lebe, ich weiß niemanden, der mit dem Leichenzug geht. Wollen wir uns nicht zusammentun und als Freiwillige mitgehen?«

»Ich habe nichts dagegen, wenn für ein Gabelfrühstück gesorgt wird«, meinte der Mann mit dem Nasenmonstrum. »Aber ich muß gut gefüttert werden, wenn ich mithalten soll.«

Diesem Spaß folgte wiederum lautes Gelächter.

»Seht, Freunde, da bin ich noch der Uneigennützigste von euch allen«, sagte der erste Sprecher, »denn ich trage nie schwarze Handschuhe und pflege nie ein Gabelfrühstück einzunehmen, aber dennoch erbiete ich mich hinzugehen, wenn noch jemand mit will. Wenn ich mich genau besinne, glaube ich fast, ich war sein intimster Freund, denn sooft wir einander trafen, pflegten wir stehen zu bleiben und ein bißchen miteinander zu plaudern. Auf Wiedersehen!«

Hörer und Sprecher zerstreuten sich hierauf und mischten sich unter andre Gruppen. Scrooge kannte diese Männer wohl und blickte den Geist an, als erwarte er von diesem eine Erklärung.

Das Phantom aber schwebte auf die Straße hinaus und deutete mit dem Finger auf zwei Personen, die einander eben begegneten. Scrooge hörte auch ihnen zu, in der Hoffnung, daß die Erklärung bei diesen beiden zu finden sei.

Er kannte die beiden Männer ebenfalls recht gut – sie waren beide Geschäftsleute, sehr reich und von großem Einfluß; er hatte sich stets Mühe gegeben, sich ihre Achtung zu erhalten und mit ihnen in gutem Einvernehmen zu bleiben, das heißt vom geschäftlichen Standpunkt aus; nur von diesem.

»Wie gehts Ihnen?« fragte der eine.

»Wie befinden Sie sich?« gab der andre zur Antwort.

»O leidlich«, versetzte der erste; »der alte Filz hat heute nacht das Zeitliche gesegnet; wissen Sie's schon?«

»Ich habs gehört«, entgegnete der andre; »kaltes Wetter heute, nicht wahr?«

»Wie sichs für die Weihnachtszeit paßt«, entgegnete der erstere; »Sie sind doch nicht einer der Leidtragenden?«

»Behüte, behüte«, gab der zweite zur Antwort; »nichts weniger als das; guten Morgen!«

Kein Wort mehr. So trafen sie einander, so unterhielten sie sich, und so schieden sie voneinander.

Scrooge wollte sich zuerst über die Wichtigkeit verwundern, die der Geist so banalen Gesprächen beimaß; aber da er überzeugt war, daß sie irgendeinen geheimen

Zweck hatten, dachte er eifrig über deren Natur nach. Sie konnten sich doch unmöglich auf den Tod des alten Jakob Marley, seines früheren Gesellschafters, beziehen; denn dieser gehörte ja der Vergangenheit an, während des Geistes Reich die Zukunft war. Auch konnte er sich nicht irgendeines Menschen erinnern, der in unmittelbarer Beziehung zu ihm stand, und auf den er diese Worte hätte anwenden können. Das aber lag außer allem Zweifel, daß sie, wen sie nun auch immer angehen mochten, irgendeine verborgen liegende, tiefe Moral für seine eigne Läuterung enthielten, und er beschloß, jedes Wort, das er hörte, und alles, was er sah, wohl aufzubewahren in seinem Gedächtnis, und insbesondere seinen eignen Schatten zu beachten, falls dieser ihm erschiene. Er erwartete, daß die Erscheinung seines zukünftigen Selbst ihm den Schlüssel, den er bis jetzt noch vermißte, geben und ihm die Lösung dieser Rätsel erleichtern würde.
Überall sah er sich daher nach seinem eignen Bilde um, allein ein andrer Mann stand an seinem gewohnten Eckchen an der Börse, und obwohl die Uhr auf die Tageszeit hindeutete, zu der er sich hier einzufinden pflegte, sah er sich doch nicht unter den vielen, die durch das Tor hineinströmten. Indessen kümmerte ihn dies nicht viel, denn er hatte im Geist schon einen neuen Lebensplan für sich entworfen, der von seinem bisherigen Leben wesentlich verschieden war, und glaubte und hoffte nun seine neuen Entschlüsse bereits verwirklicht.
Düster und ruhig stand das Gespenst neben ihm mit ausgestreckter Hand. Als er aus seinem Brüten erwachte, schloß er aus der Handbewegung und Stellung des Geistes ihm gegenüber, daß dessen unsichtbare Augen fest auf ihm hafteten, und dies erweckte in ihm einen Schauder und einen eiskalten Schreck, der sein ganzes Gebein durchrieselte.
Sie verließen den geschäftigen Schauplatz und traten in einen dunkeln, abgelegenen Teil der Hauptstadt, wohin

Scrooge nie zuvor gekommen war, wiewohl er seine Lage und seinen übeln Ruf kannte. Die Gäßchen waren düster und eng, Häuser und Läden schmutzig und verfallen, die Leute auf den Gassen fast nackt, betrunken, abschreckend häßlich und zerlumpt. Torwege und Gäßchen spien wie ebenso viele Senkgruben ihre übelriechenden Dünste und Schmutz und Menschen in die Straßen; der ganze Stadtteil schmeckte nach Verbrechen, Elend und Verworfenheit.

Tief drinnen in dieser Höhle der scheußlichsten Verruchtheit befand sich ein niederer, finsterer Laden, von einem Wetterdach vorn überdeckt, wo Eisen, alte Fetzen, Knochen und schmierige Abfälle zu Kauf und Verkauf ausgestellt waren. Im Innern des niederen Gewölbes waren Haufen von rostigen Schlüsseln, Nägeln, Ketten, Türangeln, Scharnieren, Feilen, Drähten, Waagschalen, Gewichten und allerhand altes Eisen aufgeschichtet. Geheimnisse, deren Aufdeckung wohl nur wenige gewünscht hätten, lagen versteckt unter Bergen von greulichen Fetzen, Massen von verdorbenem Fett und Hügeln von Knochen. Unter all diesen Waren, mit denen er handelte, saß neben einem alten Ofen aus Backsteinen ein alter, grauköpfiger Halunke von fast siebzig Jahren, der sich zum Schutz vor der Kälte draußen einen zerfetzten Vorhang von verschiedenen Lappen über einen Strick gehängt hatte und in aller Ruhe und Behaglichkeit sein Pfeifchen rauchte.

Scrooge und der Geist traten zu diesem Mann, als gerade ein Weib mit einem schweren Bündel zu ihm ins Gewölbe schlüpfte; kaum war sie jedoch eingetreten, als ein andres Weib mit einer ähnlichen Last ihr auf dem Fuß folgte; hinter dieser kam ein Kerl in schäbigem, schwarzem Anzug, der ebensosehr erstaunt war, die beiden hier zu treffen, wie die beiden Frauen selbst, als sie einander erkannten. Nachdem sie eine Weile sich in ihrem wortlosen Erstaunen gefallen hatten, an dem auch der alte

Gauner mit der Tabakspfeife Anteil nahm, brachen alle drei in lautes Gelächter aus.

»Laßt die Scheuerfrau hier ihr Geschäft zuerst allein abmachen!« hub das Weib an, das zuerst hergekommen war, »dann kann die Wäscherin als zweite und der Leichenbitter als dritter drankommen. Schau, alter Joe, was das für ein glückliches Zusammentreffen ist! Da kommen wir alle drei zusammen, ohne es selbst zu ahnen!«

»Ihr könntet auch keinen besseren Ort gewählt haben, Leutchen!« sprach der alte John und nahm die schmierige Pfeife aus dem Mund. »Kommt in das Wohnzimmer. Ihr habt euch ja das Recht dazu schon lange erworben; und die beiden andern sind mir auch nicht fremd. Wartet nur, bis ich die Ladentür verriegelt habe! Ha, wie die knarrt! Im ganzen Laden gibts kein so rostiges Metall wie die Türangeln und sicherlich auch keine so alten Knochen wie die meinen. Ha ha! Wir passen alle so gut zu unserm Beruf; wir gleichen einander alle auf ein Haar! Kommt herein ins Wohnzimmer!«

Darunter verstand er nämlich den Raum hinter dem zerlumpten Vorhang; der alte Schuft schürte mit einer alten Teppichstange das Feuer zusammen, und nachdem er die rußige Lampe (denn es war Abend) mit dem Rohr seiner Pfeife geputzt hatte, steckte er diese wieder in den Mund.

Während es dies tat, hatte die Frau, die früher das Gespräch führte, ihr Bündel auf den Boden geworfen und sich herausfordernd auf einen Stuhl gesetzt, indem sie sich mit gekreuzten Armen auf ihre Knie stützte und die beiden andern frech ansah.

»Was wundert Ihr Euch so, Frau Dilber? Was glotzt Ihr mich so an?« fragte das Weib; »jedermann hat ein Recht, für sich selber zu sorgen! Er hats auch immer so gehalten!«

»Ja, wahrlich, das hat er!« gab die Wäscherin zur Antwort; »kein Mensch verstand das besser als er!«

»Drum also!« versetzte die Tagelöhnerin, »drum guckt nicht so verdutzt darein, als wärt Ihr nicht recht bei Trost, Weibchen! Wer ist denn wohl der Klügere? Wir wollen doch einander nicht auffressen?«

»Nein, sicher nicht!« gaben Frau Dilber und der Mann zusammen zur Antwort, »hoffentlich nicht!«

»Drum eben!« fuhr die Scheuerfrau fort, »das ist schon genug! Wem tuts denn weh, wenn er um so ein paar Fetzen da ärmer wird? Doch wahrlich keinem Toten, denk ich!«

»Nein, wahrhaftig!« gab Frau Dilber lachend zur Antwort.

»Wenn ihm dran lag, sie nach dem Tod noch zu behalten«, sprach das Weib weiter, »warum ging er alsdann bei Lebzeiten nicht vernünftiger zu Werke? Hätte er dies getan, so wäre jemand bei ihm gewesen, der ihn gepflegt und sich um ihn bekümmert hätte, als er auf dem Totenbett lag, anstatt ganz allein und verlassen seinen letzten Atem auszuschnaufen!«

»Das ist das wahrste Wort, das je gesprochen wurde«, sagte Frau Dilber. »Das ist die Strafe des Himmels.«

»Ich wünschte, sie wäre ein wenig härter gewesen«, entgegnete die Frau, »und sie wäre es auch gewesen, mein Wort darauf, wenn ich noch etwas andres unter die Finger bekommen hätte. Macht das Bündel da auf, alter John, und sagt mir, wieviel es wert ist! Sprecht nur frisch von der Leber weg und geniert Euch nicht, denn ich kümmere mich auch nicht drum, ob ich die erste bin, oder ob sie es sehen. Wir wissen alle recht wohl, daß wir einander in die Hände arbeiten mußten, ehe wir hierher kamen, nicht wahr? Das ist keine Schande! Macht das Bündel auf, John!«

Die Artigkeit ihrer Freunde erlaubte dies aber nicht, und der Mann in dem schäbigen schwarzen Frack erstieg zuerst die Bresche und wies seine Beute vor. Sie war nicht groß. Ein oder zwei Petschafte, ein Bleistifthalter, ein

Paar Manschettenknöpfe und eine Busennadel von geringem Wert, das war alles. Die Stücke wurden einzeln und nacheinander von dem alten Joe gemustert und geschätzt, und er schrieb die Summen, die er dafür geben wollte, mit Kreide an die Wand und addierte ihren Betrag, als er fand, daß nichts mehr nachkam.

»Das ist Eure Rechnung, guter Freund«, sagte er, »mehr könnte ich nicht geben, und wenn Ihr meines Vaters Sohn wäret; ich will mich in Öl sieden lassen, wenn ich Euch auch nur sechs Pfennige mehr gebe! Wer kommt jetzt?«

Frau Dilber trat vor; sie brachte Bettlaken und Handtücher, verschiedene Kleidungsstücke, zwei altväterliche silberne Teelöffel, eine Zuckerzange von gleichem Metall und noch einige Stiefelpaare. Auch ihre Rechnung wurde an die Wand gekreidet.

»Den Damen gebe ich immer zu viel, das ist meine Schwäche, und darum ruiniere ich mich noch selber!« sagte der alte Joe; »seht, Weibchen, hier ist Eure Rechnung. Wenn Ihr mir aber nur *einen* Pfennig mehr abzwacken wollt und Euern Entschluß davon abhängig macht, so muß ich bereuen, so freigebig gewesen zu sein, und Euch eine halbe Krone abziehen!«

»Nun kommt endlich einmal an *mein* Bündel, Joe!« drängte die Scheuerfrau, die zuerst gekommen war.

Joe ließ sich zu größerer Bequemlichkeit auf beide Knie nieder und brachte, nachdem er eine große Menge verwirrter Knoten gelöst hatte, eine große schwere Rolle dunklen Stoffes hervor.

»Was ist denn das für Zeug?« fragte Joe; »etwa Bettvorhänge?«

»Natürlich!« versetzte das Weib, indem es sich lachend und mit gekreuzten Armen zu ihm herabbeugte. »Bettvorhänge!«

»Ihr werdet diese Vorhänge doch nicht mit den Ringen und Schnüren, wie sie da sind, fortgenommen haben, während er noch dahinter lag?« fragte Joe ernst.

»Freilich tat ich das!« versetzte das Weib, »und warum denn nicht?«

»Dann seid Ihr wahrlich mit einer Glückshaube auf die Welt gekommen!« meinte Joe, »Ihr müßt ganz gewiß noch einmal reich werden!«

»Bah, alter Joe!« gab das Weib hohnlachend und kaltblütig zur Antwort, »ich werde doch die Hände nicht in die Tasche stecken, wenn ich sie nur auszustrecken brauche, um etwas zu erwischen, aus Rücksicht für so einen Kerl, wie der war?! Darauf könnt Ihr Gift nehmen, Joe«, versetzte die Frau kaltblütig. »Tropft mir nur kein Öl auf diese Bettücher!«

»Sind das die Tücher von seinem Bett?« fragte Joe.

»Wessen sonst? was glaubt Ihr denn?« versetzte das scheußliche Weib, »es wird ihn doch nicht mehr frieren, wenn er nun auch keine mehr hat, denk ich!«

»Er ist doch hoffentlich an keiner ansteckenden Krankheit gestorben?« fragte Joe zögernd und blickte dem Weib forschend ins Gesicht.

»Habt keine Angst!« gab das Weib zur Antwort, »ich hab den alten Kerl nie so gern gehabt, daß ich noch jetzt um solcher Sachen willen mich bei ihm aufhalten möchte, wenn dem so wäre. Ja, blickt nur durch dieses Hemd da, bis Euch die Augen weh tun, alter Joe, Ihr werdet doch kein Loch darin finden noch eine fadenscheinige Stelle; 's ist das beste, das er besaß, und wirklich noch äußerst fein, und sie hätten es vermutlich verdorben, wenn ich mich nicht ins Mittel gelegt hätte.«

»Was nennt Ihr denn verderben, gute Frau?« fragte der alte Joe.

»Ei nun, sie hättens ihm angelegt und ihn darin begraben, meine ich!« versetzte das häßliche Weib mit garstigem Gelächter. »Jemand war wirklich verrückt genug, es zu tun, ich habe es ihm aber wieder ausgezogen. Wenn ein baumwollenes für einen solchen Zweck nicht genügt, dann weiß ich nicht, wozu es überhaupt gut ist; es steht ja dem Leichnam ebenso gut, und er sieht darin nicht häßlicher aus als in diesem feinen.«

Scrooge hörte voll Entsetzen der Unterhaltung zu. Als sie so um ihre Beute gruppiert dasaßen und von dem trüben Schein der Ampel des Alten beleuchtet wurden, betrachtete er sie mit einer Verachtung und mit einem Abscheu, der nicht hätte größer sein können, wenn sie scheußliche Dämonen gewesen wären, die um den Leichnam feilschten.

»Ha ha ha!« lachte dasselbe Weib, als der alte Joe einen zerlumpten Geldbeutel von Flanell herauszog und jedem den Gewinn auf den Boden hinzählte. »Seht, das ist das Ende. Er schreckte und schuppte jedermann von sich zurück, solange er noch lebte, damit wir uns seinen Tod zunutze machen konnten! Ha ha ha!«

»Geist!« sprach Scrooge, und ein Schauer durchbebte seinen ganzen Körper vom Kopf bis zu den Füßen; »ich verstehe dich, ich verstehe. Das Schicksal dieses unglücklichen Mannes könnte auch das meinige werden, mein Leben führte demselben Ziel zu! Barmherziger Himmel, was ist das?!«

Entsetzt bebte er zurück, denn die Szene hatte sich geändert, und nun stand er dicht vor einem Bett: einem Bett ohne Vorhänge und ohne Decken, auf dem unter einem zerrissenen Leinentuch ein verdeckter Körper lag, der, obwohl stumm, sich doch selbst in fürchterlicher Sprache ankündigte. Das Gemach war sehr dunkel, zu dunkel beinahe, als daß man es genau beschauen konnte, obwohl Scrooge, einem geheimen Drang folgend, sich darin umsah und zu erkennen strebte, was für eine Art von Gemach es war. Ein schwacher, bleicher Lichtschein, der von draußen durchs Fenster hereinströmte, fiel gerade auf das Bett, auf dem, geplündert und beraubt, unbewacht und unbeweint, ungepflegt und frevelhaft verhöhnt, der Leichnam jenes Mannes lag.

Scrooge blickte auf das Gespenst, dessen starre Hand auf den Kopf des Leichnams deutete. Das Tuch war so nachlässig über ihn gebreitet, daß die geringste Verschiebung, die leiseste Berührung von Scrooges Finger das Antlitz enthüllt hätte. Scrooge dachte wohl daran, fühlte auch, wie leicht dies zu machen sei, und trug Verlangen, es zu tun, allein er vermochte ebensowenig, den Schleier hinwegzuziehen, als das Gespenst zu entlassen, das ihm zur Seite stand.

O kalter, kalter, strenger, fürchterlicher Tod! Hier baue deinen Altar auf und ziere ihn mit allen Schrecken, die dir zu Befehl stehen, denn dies hier ist dein Reich! Aber dem geliebten, verehrten und teuren Haupt kannst du kein Haar krümmen oder an ihm auch nur einen Zug häßlich machen. Nicht weil die Hand schwer ist und herabsinkt, wenn wir sie freigeben, nicht weil Herz und Pulse zu schlagen aufgehört haben, sondern weil die Hand offen, freigebig und wahr, das Herz tapfer, liebevoll und zärtlich und die Pulse die eines echten Mannes waren. Hole aus zum Schlag, Schatten! Und sieh, wie seine guten Taten aus der Wunde quellen und unsterbliches Leben über die Welt hinsäen!

Keine Stimme flüsterte diese Worte in Scrooges Ohr, und doch hörte er sie, wenn er auf das Bett blickte, fragte sich, was wohl die ersten Gedanken dieses Mannes sein würden, wenn er mit einemmal auferstünde? Etwa Geiz, mühsame Arbeit, quälende Sorge? Sie haben ihm wahrlich ein sauberes Ende bereitet. Da lag er nun im dunkeln, leeren Haus, und nicht ein Mann oder Weib oder Kind hielt bei ihm aus, um zu sagen: er war einst in dieser oder jener Weise gütig und wohlwollend gegen mich, und um der Erinnerung willen an eines seiner gütigen Worte will ich dankbar gegen ihn sein und bei ihm aushalten! Eine Katze miaute an der Tür, und unter dem Herdstein ließ sich das Geräusch nagender Ratten vernehmen; was sie im Zimmer des Toten wollten und warum sie so

geschäftig und ruhelos waren, wagte Scrooge nicht auszudenken.
»Komm, Geist«, sprach er zu diesem, »laß uns hinweggehen! Dies ist ein schauerlicher Ort, und seine Lehre, wenn wir ihn verlassen, soll nicht an mir verloren sein! – Komm, laß uns gehen!«
Der Geist aber blieb stehen und deutete noch immer mit regungslosem Finger auf das Haupt des Leichnams.
»Ich begreife, was du willst«, versetzte Scrooge, »und ich würde es tun, wenn es in meiner Macht stünde, allein ich fühle mich nicht stark genug dazu; mir bangt davor.«
Wiederum schien der Geist auf ihn zu blicken.
»Wenn irgendeine Person in dieser Stadt ist, die bei dem Tode dieses Mannes etwas fühlt«, sprach Scrooge fast todesmatt, »so beschwöre ich dich, Geist, daß du mir sie zeigst!«
Die Erscheinung breitete ihr dunkles Gewand einen Augenblick wie eine Schwinge vor ihm aus und enthüllte dann, als sie es wieder wegzog, ein taghelles Zimmer, in dem eine Mutter mit ihren Kindern sich aufhielt. Sie schien mit ängstlicher Spannung auf jemanden zu warten, denn sie schritt im Zimmer auf und nieder, erbebte bei jedem Geräusch, blickte aus dem Fenster, schielte nach der Uhr, versuchte alsdann vergebens, ihre Näherei wieder aufzunehmen, und konnte kaum die Stimme der Kinder hören, die hier um sie her spielten.
Endlich ließ sich das lang erwartete Pochen vernehmen, und sie eilte zur Tür und ihrem Gatten entgegen, einem Mann, dessen Antlitz ganz bekümmert und niedergeschlagen schien, obwohl er noch jung war. Ein seltsamer Ausdruck lag jetzt in seinen Zügen, eine Art ernste Freude, deren er sich schämte und die er mühsam niederzukämpfen strebte.
Er setzte sich zum Mahl nieder, das man für ihn am Feuer aufgehoben hatte, und als ihn sein Weib mit schwacher Stimme und schüchtern nach der Nachricht fragte, die er

mitbringe, was freilich erst nach einer langen Pause geschah, schien er verlegen, wie er darauf erwidern sollte.

»Wie steht es?« fragte sie ihn, um ihm die Antwort zu erleichtern, »gut oder schlecht?«

»Schlecht!« erwiderte er.

»So sind wir also ganz ruiniert?« fragte sie in verzweiflungsvollem Ton.

»Noch nicht, liebe Karoline«, gab er zur Antwort, »es ist vielmehr noch einige Hoffnung vorhanden.«

»Wenn er nachgibt«, sagte sie erstaunt, »dann können wir hoffen! Dann ist aber auch keine Hoffnung zu kühn, wenn solch ein Wunder sich zutragen sollte.«

»Es ist zu spät für ihn, um nachzugeben: er ist tot!« gab ihr Gatte zur Antwort.

Sie war ein mildes, geduldiges Wesen, wenn ihr Gesicht nicht trog, allein sie war in innerster Seele erfreut, als sie dies hörte, und gestand es auch mit gefalteten Händen; freilich bat sie schon im nächsten Augenblick den Himmel um Vergebung und machte sich selbst darüber Vorwürfe, allein jener erste Gedanke war doch die eigentliche Regung ihres Herzens gewesen.

»Es stellt sich nun heraus«, fuhr ihr Gatte fort, »daß das, was das halbbetrunkene Weib, von dem ich dir gestern erzählte, mir gesagt, als ich ihn sprechen und nur noch einen Aufschub von einer Woche mir erbitten wollte, und was ich damals für eine leere Ausrede gehalten hatte, dennoch lautere Wahrheit war. Er war damals nicht nur krank, sondern lag vielleicht bereits in den letzten Zügen.«

»Wem wird nun aber unsre Schuld abgetreten werden?« fragte die Frau.

»Ich weiß es nicht«, gab ihr der Gatte zur Antwort; »allein bis dahin werden wir jedenfalls das Geld zusammenbringen, und wenn das auch nicht der Fall wäre, müßte es doch wahrhaftig ein arges Mißgeschick sein, wenn wir in seinem Nachfolger einen ebenso hartherzigen Mann fänden. Glaub mir, Karoline, wir können heute nacht leichteren Herzens schlafen.«

Ja. Sie mochten es beschönigen, wie sie wollten; ihre Herzen waren doch leichter. Die Gesichter der Kinder, die sich schweigend herzudrängten, um das zu hören, was sie so wenig verstanden, erhellten sich, und das ganze Haus wurde durch den Tod dieses Mannes glücklicher! Das einzige durch diesen Vorfall erregte Gefühl, das der Geist Scrooge zeigen konnte, war das der Freude.

»Laß mich nun auch eine zärtliche Regung sehen, die mit dem Todesfall zusammenhängt«, sprach Scrooge zum Geist, »sonst wird jenes dunkle Gemach, daß wir vorhin gesehen haben, mir immer vor Augen schweben.«

Der Geist führte ihn durch mehrere Straßen, die dem Alten genau bekannt waren, und im Vorüberschweben forschte Scrooge ängstlich nach seiner Gestalt, die er aber nirgends entdecken konnte. Sie traten in das Haus des armen Bob Cratchit, in dieselbe Wohnung, die Scrooge mit dem andern Geist zuvor besucht hatte, und fanden Mutter und Kinder um das Feuer sitzen.

Alles war ruhig und wie ausgestorben; die lärmenden kleinen Cratchits saßen still wie Bildsäulen in einer Ecke und blickten zu Peter auf, der ein Buch in der Hand hatte. Mutter und Töchter nähten. Aber auch sie waren still; ganz still!

»Und er nahm ein Kind und stellte es in ihre Mitte.«

Wo hatte Scrooge diese Worte bereits gehört? Er hatte sie doch nicht geträumt Der Knabe mußte sie gelesen haben, als er mit dem Geist die Schwelle überschritt. Warum las er nicht weiter?

Die Mutter legte ihre Arbeit auf den Tisch und bedeckte ihr Gesicht mit beiden Händen.

»Die Farbe tut meinen Augen weh«, sprach sie.

Die Farbe? Ah, armer kleiner Gottlieb!

»Jetzt sind sie wieder besser«, sprach Bob Cratchits Weib nach einer Weile; »das Kerzenlicht schwächt und rötet sie so, und ich möchte um keinen Preis dem Vater bei seiner Rückkehr mit geröteten Augen entgegentreten. Er muß jetzt bald kommen; es ist ja schon seine Zeit.«

»Fast schon vorüber«, meinte Peter und klappte das Buch zu. »Aber mir kommt vor, Mutter, er geht seit einigen Abenden langsamer als gewöhnlich.«

Sie waren wieder sehr still. Endlich sagte sie mit fester, heiterer Stimme, die nur ein einziges Mal erzitterte:

»Ich habe ihn – ich habe ihn mit Klein-Gottlieb auf den Schultern sehr rasch gehen sehen.«

»Ich auch«, gab Peter zur Antwort; »das war oft der Fall!«

»Ich auch«, rief ein andrer. Sie hatten ihn alle gesehen.

»Er war nicht schwer zu tragen«, fuhr die Mutter fort und verwandte keinen Blick von ihrer Arbeit, und der Vater liebte den armen Knaben so sehr, daß es keine Mühe für ihn war – er tat es recht gern, der gute Vater! – Ei, da ist er ja schon vor der Tür!«

Sie eilte hinaus und ihm entgegen, und der arme Bob mit seinem Schal, Tröster genannt – er hatte ihn sehr notwendig, der arme Kerl – trat ein. Der Teekessel sprudelte schon für ihn über dem Feuer, und alle versuchten, ihn am schnellsten damit zu bedienen. Dann kletterten die beiden kleinsten Kinder auf seine Knie, lehnten ihre Wangen von beiden Seiten an sein Gesicht, als wollten sie sagen: erinnere dich nicht mehr daran, guter Vater, kränke dich nicht so!

Und Bob spielte mit ihnen und war recht liebreich gegen sie und unterhielt sich freundlich mit der ganzen Familie; dann blickte er auf die Arbeiten, die auf dem Tisch lagen, und lobte den Fleiß und den Eifer der Frau Cratchit und der Mädchen; er meinte, sie würden noch lange vor dem Sonntag mit ihrer Arbeit fertig.

»Vor dem Sonntag?« fragte seine Gattin, »du bist also heute dort gewesen, Robert?«

»Allerdings, meine Liebe!« gab Bob zur Antwort; »ich wünschte, du wärest mitgegangen, denn es hätte dir ganz gewiß einige Erleichterung verschafft, wenn du gesehen hättest, was für ein lieblich grünes Plätzchen es ist; aber du sollst es noch öfters sehen. Ich versprach ihm, jeden Sonntag hinzukommen. Mein liebes, liebes Kind!« weinte Bob. »Mein kleines Kind!«

Er brach auf einmal zusammen. Er konnte nichts dafür. Wenn er etwas dafür gekonnt hätte, so wären er und Klein-Gottlieb nicht so innig miteinander verwachsen gewesen.

Er verließ das Zimmer und stieg die Treppe hinan in die Oberstube, die hell erleuchtet und mit Weihnachtszweigen behangen war; neben dem Bettchen des Kindes stand ein Stuhl, und alles deutete darauf hin, daß jemand erst kürzlich hier gewesen war. Der arme Bob setzte sich in den Stuhl, und als er sich ein wenig seinen Gedanken hingegeben und sich wieder beruhigt hatte, küßte er das Antlitz des Kleinen. Er hatte sich mit dem Geschehenen abgefunden und kam ganz glücklich wieder zu den übrigen in die Wohnstube hinunter.

Sie setzten sich um den Kamin und sprachen miteinander, während die Mutter mit ihren Töchtern weiter arbeitete. Bob erzählte ihnen von der außerordentlichen Güte von Scrooges Neffen, den er kaum ein einziges Mal gesehen hatte und der ihn, als er Bob heute auf der Straße traf und seine Niedergeschlagenheit bemerkte – »ich war ein bißchen traurig«, sagte Bob – gleich fragte, was ihm denn geschehen sei. »Darauf habe ich ihm«, schloß Bob, »alles erzählt, denn er ist der leutseligste und freundlichste Herr, den man sich nur denken kann. ›Da bedaure ich Sie herzlichst, Herr Cratchit‹, gab er mir zur Antwort, ›und ebenso auch Ihre gute Frau!‹ Wieso er das weiß, möchte ich übrigens wissen.«

»Was weiß, mein Schatz?«

»Nun«, meinte Bob, »daß du eine gute Frau bist.«

»Das weiß ja jedermann«, meinte Peter.

»Gut gesprochen, mein Junge!« rief Bob; »ich hoffe es

wenigstens. ›Herzlich bedaure ich Ihre gute Frau‹, sagte er. ›Wenn ich Ihnen irgendwie von Nutzen sein kann‹, fügte Herrn Scrooges Neffe hinzu, indem er mir seine Karte in die Hand drückte, ›so erfahren Sie hieraus, wo ich wohne, und ich hoffe, daß Sie sich an mich wenden werden!‹ Seht, meine Lieben«, setzte Bob hinzu, »mich freut es weit weniger, daß er uns vielleicht von Nutzen sein kann, als daß er sich so wohlwollend nach unsrer Lage erkundigte; es schien in der Tat, als hätte er unsern armen Gottlieb gekannt und fühle mit uns unsern Verlust.«

»Ich bin überzeugt, er hat ein gutes Herz«, sagte Frau Cratchit.

»Diese Überzeugung würde bei dir noch stärker sein«, gab ihr Bob zur Antwort, »wenn du ihn erst kennen würdest und mit ihm gesprochen hättest. Es sollte mich in der Tat gar nicht wundern – hört, was ich sage! – wenn er unserm Peter eine bessere Stelle verschaffte!«

»Hörst du es, Peter!« rief die Mutter diesem zu.

»Und dann«, rief eines der Mädchen, »wird sich Peter mit jemandem zusammentun und sich selbständig machen.«

»Ei, sei still!« versetzte Peter grinsend.

»Das kann einmal ganz gut sein«, meinte Bob, »aber bis dahin hats noch seine gute Weile. Aber wann und wie wir uns auch trennen, ich bin überzeugt, daß niemand von uns allen den armen Gottlieb oder den ersten Abschied vergessen wird, zu dem wir gezwungen wurden.«

»Nein,Väterchen! das werden wir niemals!« riefen alle zusammen.

»Und ich weiß wohl«, fuhr Bob fort, »ich weiß wohl, meine Lieben, daß, wenn wir uns erinnern, wie geduldig und milde er war, obwohl er nur ein armes kleines Kind gewesen, wir nicht leicht untereinander Zwist und Streit beginnen und dadurch den armen kleinen Gottlieb vergessen werden!«

»Nein, Väterchen, das soll niemals geschehen«, versicherten wiederum die andern.
»Ich bin sehr glücklich«, sprach der kleine Bob, »ich bin wahrlich sehr glücklich!«
Frau Cratchit und ihre Tochter küßten den Vater, und die beiden Kleinen folgten ihrem Beispiel, Peter aber drückte ihm warm die Hand. Geist des kleinen Gottlieb, deine Wesenheit war Gottes!
»Höre, Gespenst«, sprach Scrooge, »ein unbegreifliches Etwas sagt mir, daß der Augenblick unsres Scheidens nahe ist. Ich weiß es, aber ich weiß nicht, woher. Sage mir, wer der Mann war, der auf dem Totenbett lag?«
Der Geist der zukünftigen Weihnacht führte ihn wiederum wie zuvor – wiewohl zu ganz verschiedener Zeit, wie es Scrooge dünkte, denn diese letzten Visionen schienen an keine Zeitenfolge gebunden zu sein, nur daß sie alle der Zukunft angehörten – zu den Versammlungsorten der Geschäftswelt, allein er zeigte ihm nicht sein Ebenbild. Der Geist verweilte überhaupt nirgends, sondern schritt immer geradeaus, als wolle er das ersehnte Ziel erreichen, bis ihn Scrooge selbst bat, noch einen Augenblick stehen zu bleiben.
»In diesem Hof hier, durch den wir eben eilen«, sagte Scrooge, »ist meine Arbeitsstätte, und zwar schon seit vielen Jahren. Ich sehe das Haus, laß mich jetzt auch wissen, was in Zukunft aus mir werden wird!«
Der Geist hielt an, doch seine Hand wies in eine andre Richtung.
»Dort liegt ja mein Haus!« rief Scrooge, »warum deutest du anderswo hin?«
Der unerbittliche Finger rührte sich nicht.
Scrooge eilte an das Fenster seines Kontors und blickte hinein. Noch war es das Geschäftslokal eines Kaufmanns, aber nicht das seinige: die Einrichtung war nicht dieselbe, und die Gestalt, die in dem Stuhl saß, war auch nicht sein Ebenbild. Der Geist deutete noch immer in die frühere

Richtung hinaus. Scrooge holte ihn wieder ein und schritt, sich verwundernd, wohin es wohl gehen mochte, an der Seite des Gespenstes, bis sie ein eisernes Gitter erreichten; hier stand Scrooge eine Weile still und blickte sich um, ehe er eintrat.

Es war ein Kirchhof – hier lag er also, der Unglückliche, dessen Namen er noch erfahren sollte. Hier lag er in kühler Erde eingesargt. Es war ein würdiger Platz – ein Ort, der seiner wert war; rings von Häusern umschlossen, von Gras und Unkraut überwachsen, deren Wuchern der Vegetation den Tod und nicht das Leben brachte; vollgepfropft von zu vielen Leichen; übersatt von zu reichlichem Genuß. Ein würdiger Ort!

Der Geist stand zwischen den Gräbern und deutete auf eines derselben hernieder, auf das Scrooge zitternd zuschritt. An dem Geist war keine Veränderung vorgegangen, aber er fürchtete doch eine neue Absicht in dieser ernst-feierlichen Gestalt zu spüren. »Bevor ich an den Stein trete, auf den du deutest«, sagte Scrooge, »beantworte mir eine Frage: Sind dies die Schatten der Dinge, die sein *werden,* oder nur derjenigen, die sein *können*?«

Der Geist blieb stumm und deutete beharrlich auf das Grab, vor dem er stand.

»Der Menschen Lebensbahnen deuten auf ein gewisses Ziel hin, zu dem sie führen müssen, wenn man auf der Bahn beharrt«, fuhr Scrooge fort; – »wenn man aber von der Lebensbahn abweicht, muß auch das Ziel ein andres werden. Sage, daß es auch mit dem, was du mir zeigen willst, so sein wird!«

Der Geist war so unbeweglich wie zuvor.

Scrooge nahte zitternd und zögernd dem Grabe und las, als er dem weisenden Finger folgte, auf dem Stein des öden, verlassenen Grabes seinen eignen Namen: *»Ebenezar Scrooge.«*

»Bin ich der Mann, der auf jenem Totenbett lag?« rief er auf den Knien liegend dem Geist zu.

Der Finger deutete von dem Grab auf ihn und von ihm wieder auf das Grab zurück.

»O schone meiner, Geist!« rief er, »sage nein!«

Der Finger verharrte noch immer in seiner früheren Richtung.

»Geist!« rief Scrooge verzweiflungsvoll aus und klammerte sich fest an das Gewand der dunkeln Erscheinung. »Höre mich! Ich bin nicht mehr der Mann, der ich zuvor war. Ich will nicht der Mensch sein, der ich geworden

wäre, ohne euer Dazwischentreten. Warum zeigst du mir also dies, wenn ich nicht mehr zu retten bin?«
Zum erstenmal schien jetzt die Hand zu zittern.
»Guter Geist!« fuhr er fort, noch immer auf den Knien, in die er früher gesunken war. »Du selbst legst eine Fürbitte für mich ein und bemitleidest mich! Gib mir nur Gewißheit, daß es noch in meiner Macht steht, die Schatten, die du mir gezeigt hast, durch einen andern Lebenswandel zu ändern!«
Des Gespenstes gütige Hand zitterte jetzt heftiger.
»Ich will Weihnachten in meinem Herzen ehren und versuchen, das ganze Jahr darnach zu handeln. Ich will der Vergangenheit, Gegenwart und Zukunft leben, und die Geister dieser heiligen Dreizahl sollen mich in meinem Streben unterstützen. Ich will mich nicht der Lehre verschließen, die sie mir gegeben haben. O sage mir, ob es noch möglich ist, diese Schrift auf dem Grabstein hier auszulöschen!«
In seiner Angst erfaßte er die Hand des Gespenstes. Sie versuchte sich loszumachen, aber sein Flehen verlieh ihm Kraft, und er hielt sie fest. Der Geist aber, der noch stärker war, stieß ihn zurück.
Und als Scrooge seine Hände gefaltet emporstreckte zu einem letzten Flehen um Änderung seines Schicksals, da sah er, wie die Gestalt der Erscheinung sich wandelte, wie das verhüllende Gewand von ihm fiel, sein riesiger Körper zusammenschrumpfte, in Nebel verschwand und sich endlich in einen Bettpfosten verkehrte!

Fünfte Strophe. Das Ende von dem Lied

Ja, und der Bettpfosten gehörte ihm. Das Bett gehörte ihm, das Zimmer gehörte ihm. Und was das Schönste und das größte Glück war – auch die Zukunft gehörte ihm, damit er sich bessere!
»Ich will der Vergangenheit, der Gegenwart und der Zukunft leben«, wiederholte Scrooge, als er aus dem Bett kletterte; – »die Geister dieser heiligen Dreizahl sollen mich in meinem Streben unterstützen. O Jakob Marley! Du und der Himmel und die heilige Weihnachtszeit seien dafür gepriesen! Das rufe ich hier auf meinen Knien; guter alter Jakob, sieh, hier auf meinen Knien!«
Er war von seinen guten Vorsätzen so sehr erfüllt und von einem so heiligen Drang durchglüht, daß seine zitternde Stimme ihm kaum gehorchen wollte. In seinem Ringen mit dem Geist hatte er heftig geweint, und sein Gesicht war noch jetzt von Tränen feucht.
»Sie sind nicht weggerissen worden!« rief Scrooge und wickelte einen der Bettvorhänge um seine Arme – »sie sind noch nicht mit Ringen und Schnüren weggerissen, sondern sind noch hier, ich bin noch hier; die Schatten der Dinge, die gewesen wären, sollen nun Lügen gestraft werden – ja wahrhaftig, das werden sie, ich weiß es!«
Seine Hände packten inzwischen seine Kleidungsstücke, die er umdrehte, mit der inneren Seite nach außen, verkehrt anzog, zerriß, verlegte, kurz die seltsamsten Dinge mit ihnen machte.
»Ich weiß gar nicht, was ich tun soll!« rief Scrooge, der in einem Atem lachte und weinte und vermittelst seiner Strümpfe einen wahrhaften Laokoon aus sich machte. »Ich fühle mich so leicht wie eine Feder, so glücklich wie ein Engel und so lustig wie ein Schulknabe! Mir ist so wirr im Kopf wie einem Betrunkenen! Fröhliche Weih-

nachten allen und jedem! Ein glückliches Neujahr der ganzen Welt! Hallo! Hupp! Hallo!«
Er war ins Wohnzimmer gesprungen und stand nun ganz atemlos da.
»Da ist ja noch das Pfännchen, in dem die Grütze war!« rief Scrooge, indem er wieder zu hüpfen anfing und lustig um den Herd tanzte; – »da ist die Tür, durch die Jakob Marleys Geist hereintrat! Hier ist die Ecke, wo der Geist der gegenwärtigen Weihnacht saß, dort ist das Fenster, von wo aus ich die wandernden Geister erblickte! – Alles ist Wirklichkeit, alles Wahrheit, alles hat sich zugetragen. Ha ha!«
Wirklich, für einen Mann, der so viele Jahre lang aus der Übung gekommen war, ein prächtiges Lachen, ein herrliches Lachen! Der Vater einer langen, langen Reihe herzlichsten Lachens! »Ich weiß nicht, was für ein Datum wir heute haben!« rief Scrooge, »ich weiß nicht, wie lange ich unter den Geistern gewesen bin; ich weiß eigentlich gar nichts mehr, sondern bin just wie ein Säugling. Was liegt aber auch daran? Ich kümmere mich nicht darum, und möchte lieber ein Säugling sein, hallo! hopp! hallo!«
In seiner Begeisterung und Ausgelassenheit unterbrach ihn plötzlich das Geläute der Glocken, das nun auf einmal in den lustigsten Klängen, die er je gehört, von allen Türmen herniedertönte. Bim – bam –ding – dong – kling – klang – bim – bam – ding – dong! – O es klang herrlich, herrlich! Er eilte zum Fenster, öffnete es und streckte den Kopf hinaus; da war kein Nebel, keine dicke trübe Luft; hell, heiter, glänzend und lustig kalt war es draußen; goldnes Sonnenlicht schien vom wunderschönen Himmel hernieder, süße Frische wehte durch die Luft, die von den heiteren Glockentönen erzitterte! O es war herrlich, herrlich!
»Was ist denn heute?« rief Scrooge einem kleinen Jungen im Sonntagskleid zu, der wahrscheinlich in den Hof getreten war, um sich ein wenig umzusehen.

»Was meint Ihr?« rief der Knabe und wunderte sich über alle Maßen über diese Frage.
»Was haben wir denn heute für einen Tag, mein hübscher Junge?« fragte Scrooge.
»Heute?« versetzte der Knabe; »ei, 's ist ja *Christtag*!«
»'s ist Christtag«, murmelte Scrooge vergnügt vor sich hin, »ich habe ihn also nicht versäumt. Die Geister haben alles in einer einzigen Nacht abgemacht; sie können natürlich auch tun, was sie wollen, denn sie haben ja die Macht dazu. Heda, du hübscher Junge!«
»Heda!« rief der Knabe.
»Weißt du wohl den Laden des Geflügelhändlers an der Ecke der zweitnächsten Straße?« fragte Scrooge.
»Ei, das will ich meinen!« entgegnete der verständige Knabe.
»Ein kluger Junge!« sagte Scrooge, »ein prächtiger Junge! Weißt du wohl, ob man den großen mächtigen Truthahn schon verkauft hat, der dort hing? Ich meine nicht den kleinen, sondern den großen, dicken, fetten.«
»Aha! Ihr meint wohl den, der so groß ist wie ich?« fragte der Knabe.
»Was für ein prächtiger Junge!« rief Scrooge – »'s ist ein Vergnügen, sich mit ihm zu unterhalten, Ja, mein Söhnchen, den eben meine ich.«
»O, der hängt noch!« rief der Knabe.
»So?« sprach Scrooge, »gehe hin und kaufe ihn!«
»Ihr wollt mich zum besten haben!« rief der Knabe.
»Nicht doch, nicht doch!« sagte Scrooge, »'s ist mein Ernst; gehe hin und kaufe ihn und sag, man soll ihn hierher bringen, daß ich die Adresse angeben kann, unter der er fortgeschickt werden muß; komm mit dem Mann wieder zurück, so sollst du einen Schilling haben; komm, bevor fünf Minuten vergehen, so will ich dir eine halbe Krone geben!«
Der Knabe schoß wie der Blitz davon. Es hätte wohl eine

sehr sichere Hand dazu gehört, einen Schuß nur halb so geschwind abzugeben.

»Ich will ihn Bob Cratchit ins Haus schicken«, flüsterte Scrooge, indem er sich die Hände rieb und fast vor Lachen platzte. »Er soll gar nicht wissen, wer ihm denselben zusendet. Der Vogel ist zweimal so groß, als der arme kleine Gottlieb. Der gute Joe Miller[1] hat niemals einen so guten Scherz gemacht, wie es diese Sendung an Bob sein wird!«

Seine Hand zitterte, als er die Adresse schrieb; aber er brachte sie schließlich doch zustande und eilte dann die Treppe hinab, um die Haustür zu öffnen, weil der Austräger des Geflügelhändlers jeden Augenblick kommen konnte. Während er auf dessen Ankunft wartete, fiel sein Blick auf den Türklopfer.

»Du sollst mir lieb sein, solang ich lebe!« rief Scrooge, indem er das kalte Messing mit der Hand streichelte; – »ich sah ihn zuvor kaum einmal an. Was für ein ehrlicher Ausdruck liegt doch in seinem Gesicht! 's ist gar ein wunderschöner Türklopfer! – Da ist der Truthahn! Hallo, hopp! wie stehts? Fröhliche Weihnachten!«

Das war ein Truthahn! Der Vogel konnte wohl nie auf seinen Füßen gestanden haben, sonst wären sie unter ihm zusammengebrochen wie zwei Siegellackstangen!

»Nein, 's ist unmöglich, daß Ihr den nach Camden-Town hinunter *tragen* könnt«, sagte Scrooge zu dem Austräger. »Ihr müßt einen Wagen nehmen.«

Das Kichern, mit dem er dies sagte, das Kichern, mit dem er den Truthahn bezahlte, das Kichern, mit dem er dem Austräger das Wagengeld gab, das Kichern, mit dem er den Jungen belohnte, wurde nur noch von dem krampfhaften Kichern übertroffen, mit dem er sich atemlos wieder setzte und kicherte und kicherte, bis ihm die Tränen über die Wangen kugelten.

Das Barbieren war für ihn heute keine leichte Aufgabe,

[1] Ein englischer Komiker.

weil seine Hand fortwährend heftig zitterte, und das Rasieren erfordert doch immer einige Aufmerksamkeit, auch wenn man nicht gerade dabei tanzt. Aber selbst wenn er sich das Nasenspitzchen weggeschnitten hätte – er würde sich eben ein Heftpflaster darauf geklebt haben und ganz zufrieden gewesen sein.

Er zog seinen »Allerbesten« an und trat endlich auf die Straße. Die Menschen strömten gerade aus allen Häusern, so wie er es bereits in Gesellschaft des Geistes gesehen hatte, und Scrooge wanderte, die Hände auf dem Rücken, heiter und zufrieden vor sich hin und blickte jedermann lächelnd ins Gesicht, Kurz, er schaute so unwiderstehlich vergnügt darein, daß ihm einige lustige Burschen fröhlich zuriefen: »Guten Morgen, Sir! Fröhliche Weihnachten!« Und Scrooge erzählte oft später, daß von allen willkommenen Lauten, die er je gehört, diese in seinen Ohren doch bei weitem die angenehmsten gewesen seien.

Er war noch nicht weit gegangen, als er denselben stattlichen Herrn auf sich zukommen sah, der am vorigen Abend in seinem Kontor erschienen war und nach den Herren Scrooge und Marley gefragt hatte. Es ward ihm ganz eng ums Herz, als er bedachte, mit welchen Blicken ihn wohl der alte Herr messen würde, wenn er ihm begegnete; allein er wußte nun auch, was für ein Weg vor ihm lag, und er schlug ihn ein.

»Bester Herr!« sprach Scrooge, rascher gehend und den alten Herrn an beiden Händen fassend. »Wie geht es Ihnen? Ich hoffe, Sie haben gestern Glück gehabt. Es war sehr hübsch von Ihnen. Ich wünsche Ihnen fröhliche Weihnachten, Sir!«

»Sie sind Herr Scrooge, nicht wahr?« fragte der andre verwundert.

»Allerdings«, erwiderte Scrooge, »so heiße ich und fürchte fast, daß Sie keinen besonderen Gefallen an meinem Namen finden. Aber Sie werden mir verzeihen. Sie werden gewiß die Güte haben . . .« Scrooge flüsterte ihm etwas ins Ohr.

»Du lieber Gott!« rief der fremde Herr, als ob ihm der Atem ausgehe, »ist das wirklich Ihr Ernst, bester Herr Scrooge?«

»Ei freilich«, versetzte dieser, »keinen Heller weniger! Ich versichere Ihnen, es sind sehr viele Rückstände dabei. Wollen Sie die Freundlichkeit haben?«

»Ich weiß gar nicht, bester Herr«, versetzte der andre, indem er ihm die Hände drückte, »was ich über eine solche Freigeb . . .«

»Sagen Sie gar nichts, bitte«, versetzte Scrooge, »aber schenken Sie mir die Ehre Ihres Besuches! Wollen Sie?«

»Ei freilich!« rief der alte Herr, und es war offenbar, daß es ihm damit Ernst war.

»Ich danke Ihnen«, sprach Scrooge, »ich bin Ihnen sehr verbunden und danke Ihnen nochmals tausendmal, Gott behüte Sie!« Und damit eilte Scrooge nach der Kirche und wanderte dann durch die Straßen und beobachtete die Leute, die hin und her eilten, klopfte vertraulich den Kindern auf den Kopf, forschte die Bettler aus, guckte in die Küchen der Häuser und zu den Fenstern empor und fand, daß ihm heute alles Vergnügen machen konnte. Nie hätte er sich träumen lassen, daß irgendein Spaziergang oder sonst etwas ihn in so glückliche Stimmung versetzen könne. Am Nachmittag lenkte er seine Schritte zu dem Haus seines Neffen.

Er ging wohl zwanzigmal an der Tür vorüber, ehe er den Mut hatte, anzuklopfen. Endlich aber faßte er sich ein Herz und pochte doch.

»Ist Ihr Herr zu Hause, liebes Kind?« fragte Scrooge das Hausmädchen. »Hübsches Mädchen! Sehr hübsch!«

»O ja, Sir«, gab sie zur Antwort.

»Und wo ist er denn, mein Schatz?« fragte Scrooge weiter.

»Er ist eben im Speisezimmer, Sir, mit der gnädigen Frau«, erwiderte das Mädchen, »soll ich Sie vielleicht melden?«

»Nicht doch!« sprach der Alte, »ich danke Ihnen; er kennt mich ja.« Mit diesen Worten legte Scrooge bereits die Hand auf die Türklinke des Speisezimmers und sprach zu der Magd, sich umwendend: »Ich will hier hineintreten.« Er öffnete leise die Tür, streckte den Kopf durch die Türspalte und sah sich im Zimmer um. Niemand achtete auf ihn, und alle blickten auf den Tisch, der heute aufs schönste geziert war, denn die jungen Hausfrauen halten stets viel auf solche Dinge und sehen es gern, wenn alles hübsch in Ordnung ist.

»Alfred!« flüsterte Scrooge.

Du lieber Gott! wie schrak seine Nichte zusammen! Scrooge hatte für einen Augenblick vergessen, daß sie im Eckchen auf dem Schemel saß, sonst hätte er es wahrlich um keinen Preis getan.

»Alle Teufel!« rief Alfred, erschrocken sich umwendend, »wer ist denn das?«

»Ich bins, dein Onkel Scrooge«, gab er zur Antwort.

»Ich habe mich selbst bei dir zu Tisch gebeten – willst du mich herein lassen, Alfred?«

Herein lassen! Es war schon ein Wunder, daß er ihm den Arm nicht abriß. Der Alte fühlte sich in fünf Minuten wie zu Hause; denn niemand konnte herzlicher und vergnügter sein als Neffe und Nichte miteinander. Auch Topper war voll Herzlichkeit, als er kam. Desgleichen die dicke Schwester, als sie anrückte. Und so waren alle bei ihrem Kommen. Wundervolle Gesellschaft, wundervolle Spiele, wundervolle Eintracht, wun–der–volle Glückseligkeit!

Am andern Morgen stellte er sich sehr früh auf seinem Kontor ein. O, sehr früh sogar. Wenn er nur als erster ankommen und Bob Cratchit beim Zuspätkommen erwischen könnte! Darauf hatte er es heute abgesehen.

Und es gelang ihm; jawohl! Die Uhr schlug neun. Kein Bob. Viertel zehn. Kein Bob. Er kam um volle achtzehneinhalb Minuten zu spät. Scrooge hatte die Verbindungstür weit offen, damit er ihn sehen konnte, sobald er seinen Kasten betrat.

Endlich keuchte Bob heran; den Hut und den Schal hatte er schon abgenommen, ehe er die Tür öffnete, und mit Blitzesschnelle saß er auf seinem Stuhl vor dem Pult und ließ die Feder kritzeln, als wolle er die entschwundene neunte Stunde wieder einholen.

»Heda!« brummte Scrooge mit seiner gewöhnlichen Stimme, so gut er sie in seiner jetzigen Stimmung nachzuahmen vermochte, »was fällt Euch ein, Herr Cratchit, so spät zu kommen?«

»Es tut mir sehr leid, Sir«, versetzte Bob, »ich habe mich verspätet.«

»So?« brummte Scrooge. »Ja, das glaube ich wohl auch. Kommt her zu mir, Sir, wenns gefällig ist!«

»Es geschieht ja nur einmal im Jahre, Sir«, bat Bob reumütig, indem er aus seinem Kasten auftauchte. »Es soll nicht wieder vorkommen. Wir waren gestern ziemlich lustig, Sir.«

»Ich werde Euch etwas sagen, mein Freund«, schrie Scrooge, »so geht das nicht weiter! Und deshalb«, fuhr er mit lauter Stimme fort, indem er von seinem Stuhl aufsprang und Bob einen wohlgemeinten Rippenstoß von solcher Kraft gab, daß dieser wieder in den Kasten zurücktaumelte, »und deshalb will ich Euer Gehalt erhöhen!«

Bob zitterte und retirierte in die Nähe des Lineals; ja, es fuhr ihm sogar der Gedanke durch den Kopf, Scrooge damit zu Boden zu schlagen, ihn zu halten und die Leute im Hof um Hilfe und um eine Zwangsjacke zu bitten.

»Fröhliche Weihnachten, Bob!« sagte Scrooge mit einem nicht mißzuverstehenden Ernst, als er ihm auf die Schulter klopfte. »Ein fröhlicheres Weihnachten, guter Mann, als ich Euch jahrelang bereitet habe! Ich will Euer Gehalt erhöhen und mir Mühe geben, Eurer zahlreichen bedürftigen Familie beizuspringen, und wir wollen Eure Angelegenheiten noch heute nachmittag über einem Weihnachtsnapf voll dampfenden Punsches besprechen, Bob! Nun macht Euch gleich Feuer an und kauft einen andern Kohlenkorb, eh Ihr nur ein Tüpfelchen auf ein i macht, Bob Cratchit!«

Scrooge tat noch mehr, als er versprochen hatte, und

ward dem armen kleinen Gottlieb, der nicht starb, ein wahrer zweiter Vater. Er wurde ein ebenso guter Freund und gütiger Herr und menschenfreundlicher Mann, als man nur in der guten alten City oder in irgendeiner andern guten alten Stadt, in irgendeinem Städtchen oder Flecken in der guten alten Welt finden mochte. Manche Leute lachten freilich, als sie diese Veränderung an ihm gewahr wurden, allein er ließ sie lachen und kehrte sich

nicht daran, denn er war klug genug, um zu wissen, daß auf dieser weiten Welt nie etwas Gutes geschehen könne, worüber nicht gewisse Leute ihr Gelächter und Gespött haben müssen. Und da er wohl wußte, daß solche Menschen irgendwie verblendet seien, kümmerte er sich nicht darum, ob diese Leute über ihn Mund und Augen zu einer höhnischen Fratze verzerrten oder die Krankheit der Spottsucht in einer weniger anziehenden Gestalt an den Tag legten. Sein eignes Herz lachte überlaut, und das genügte ihm vollkommen.
Er kam in keine Berührung mehr mit »geistigen« Dingen jeder Art und lebte ein höchst regelmäßiges Leben. Und jeder behauptete, daß er am besten wisse, wie man Weihnachten halten müsse, und daß sich darin kein Mensch der Christenheit mit ihm messen könne. O, ließe sich das doch auch in Wahrheit von uns, und zwar von uns allen sagen! Und so spreche ich denn mit dem armen kleinen gebrechlichen Gottlieb: »Gott segne alle und jeden von uns!«

Die Silvesterglocken

Das erste Viertel

Es gibt nicht viele Menschen – und da es wünschenswert ist, daß ein Erzähler und sein Leser einander so rasch als möglich vollkommen verstehen, so bitte ich, darauf zu achten, daß ich meine Bemerkung nicht auf junge oder kleine Leute beschränke, sondern sie auf alle ausdehne, mögen sie nun klein oder groß, jung oder alt, erst im Aufschießen oder bereits wieder im Verwelken begriffen sein – ich sage, es gibt nicht viele Menschen, die gern in einer Kirche schliefen. Ich meine damit nicht ein Einschlafen während der Predigt bei warmem Wetter, das wohl hin und wieder vorkommen mag, sondern ein regelrechtes Übernachten, und zwar mutterseelenallein. Ich weiß, sehr viele würden schon am hellichten Tag über ein derartiges Beginnen sich höchlich verwundern. Aber meine Behauptung bezieht sich auf die Nacht. Und diese soll auch den Beweis liefern. Ich verpflichte mich, in einer stürmischen Winternacht, die zu diesem Zweck gewählt werde, meiner Behauptung zu einem glorreichen Sieg zu verhelfen, wenn sich mir ein Gegner aus der Menge allein auf einem alten Friedhof vor ein altes Kirchtor stellt und mich vorher ermächtigt hat, falls es zu seiner Befriedigung notwendig wäre, ihn bis zum Morgen einzusperren.

Denn der Nachtwind besitzt eine unheimliche Geschicklichkeit, ein derartiges Gebäude stöhnend zu umkreisen, mit unsichtbarer Hand an Fenstern und Türen zu rütteln und irgendeine Spalte aufzuspüren, durch die er sich hineinpfeifen kann. Ist er endlich drinnen, so winselt und heult er, um wieder hinauszukommen, wie jemand, der nicht gefunden hat, was er sucht; und dabei begnügt er sich nicht damit, durch die Schiffe zu schleichen, um die Pfeiler zu huschen, die tiefe Orgel zu probieren, sondern schwingt sich auf zur Decke und bemüht sich, das Sparrenwerk zu zerreißen, stürzt sich verzweifelt hinunter auf die Steinfliesen und dringt murrend in die Grüfte. Gleich darauf kommt er verstohlen wieder herauf, schleicht an

den Wänden hin und scheint in Flüstertönen die Inschriften, die den Toten geweiht sind, zu lesen. Vor einigen derselben bricht er schrill aus, wie im Gelächter, während er vor andern ächzt und schluchzt wie in großem Schmerz. In der Nähe des Altars stimmt er einen gar gespenstigen Ton an und singt in seiner wilden Weise von Unrecht, Mord, falscher Gottesverehrung und Trotz gegen die Gesetzestafeln, die so oft gebrochen und mit Füßen getreten werden, obschon sie so schön und glatt aussehen. Hu! der Himmel bewahre uns, die wir so gemächlich um das Feuer sitzen! Er hat eine gar schreckliche Stimme – dieser Wind um Mitternacht, wenn er in einer Kirche singt!
Aber erst hoch oben im Turm! Dort brüllen und pfeifen die unheimlichen Windstöße! Hoch oben im Turm, wo sie frei aus- und einziehen können durch manche luftige Öffnung, sich um die schwindelnde Treppe winden, den stöhnenden Wetterhahn umherwirbeln und sogar das Gemäuer zittern und beben lassen! Hoch oben im Turm, wo der Glockenstuhl ist, wo die eisernen Geländer sich infolge des langjährigen Rostes schuppen, wo die Blei- und Kupferplatten, runzelig vor Alter und Wetterstürzen, unter dem ungewohnten Tritt krachen und seufzen; wo Vögel ihre Kotnester in die Ecken des alten Eichengebälks stopfen, der Staub alt und grau wird, fleckige Spinnen, während ihrer ungestörten Ruhe fett und faul geworden, gemächlich sich von den schwingenden Glocken hin und her pendeln lassen und niemals die Verbindung mit ihren gesponnenen Luftschlößchen verlieren, oder wie Matrosen in rascher Unruhe hinanklettern, wenn sie sich nicht lieber auf den Boden niederlassen, um ein Dutzend hurtiger Füße zur Rettung eines einzigen Lebens in Tätigkeit zu setzen! Hoch oben im Turm einer alten Kirche, weit über dem Licht und Gemurmel der Stadt, dennoch aber weit unter den fliegenden Wolken, die sie beschatten, ist das wilde, traurige,

nächtige Plätzchen, und hoch oben im Turm einer alten Kirche hausen die Glocken, von denen ich spreche.
Es waren, glaubt mir, alte Glocken. Schon vor Jahrhunderten wurden diese Glocken von Bischöfen getauft; vor so vielen Jahrhunderten bereits, daß ihr Taufregister seit unvordenklichen Zeiten verloren ging und niemand mehr ihre Namen wußte. Sie hatten ihre Paten und Patinnen gehabt (nebenbei gesagt, ich für meinen Teil möchte lieber die Verantwortlichkeit übernehmen bei einer Glocke, als bei einem Knaben Gevatter zu stehen) und ohne Zweifel auch ihre silbernen Becher erhalten. Aber die Zeit hatte ihre Taufzeugen dahingerafft und Heinrich VIII. ihre Becher, die er einschmelzen ließ. Und so hängen sie denn jetzt namen- und herrenlos in dem Kirchturm.
Wortlos allerdings nicht. Im Gegenteil. Sie hatten klare, laute, lustige, volltönende Stimmen, diese Glocken; und auf dem Rücken des Windes fortgetragen, konnte man sie weithin hören. Sie waren aber viel zu kühne Glocken, als daß sie sich dem Belieben des Windes unterworfen hätten. Denn wenn er ihnen zu launenhaft war, kämpften sie tapfer gegen ihn an und ließen ihre fröhlichen Klänge stolz in ein lauschendes Ohr strömen; sie waren darauf erpicht, in stürmischen Nächten von einer armen Mutter, die bei einem kranken Kinde wachte, oder einer einsamen Frau, deren Gatte zur See war, gehört zu werden. Ja, man weiß sogar, daß sie hin und wieder einen pustenden Nordwest besiegten, ja ihn sogar »in Grund und Boden« schlugen, wie Toby Veck sagte; – denn obgleich man ihn Trotty Veck nannte, hieß er doch Toby, und niemand (außer ihm selbst) konnte ihn ohne ausdrückliche Parlamentsakte zu etwas anderm machen. Er war zu seiner Zeit so gesetzlich getauft worden, wie die Glocken zu der ihrigen, obschon nicht mit ganz so viel Feierlichkeit oder öffentlichem Jubel.
Ich bekenne mich für meinen Teil zu Toby Vecks Glauben; denn ich bin überzeugt, daß er hinreichend Gelegenheit

hatte, sich eine richtige Ansicht zu bilden. Was daher Toby Veck sagte, sage ich auch, und ich will auf Tobys Seite stehen, obgleich er den ganzen Tag (und das war eine mühsame Arbeit) vor der Kirchentür zu stehen pflegte. Er war nämlich Dienstmann und wartete dort auf Aufträge.

Freilich ein windiger, gänsehäutiger, blaunasiger, rotäugiger, steifzehiger und zähneklappernder Warteplatz zur Winterszeit, wie Toby Veck wohl wußte. Der Wind kam wütend um die Ecke gefahren – insbesondere der Ostwind – als wenn er sich direkt von den Grenzen der Erde aufgemacht hätte, nur um Toby anzuschnauben. Ja, oft schien er den armen Teufel sogar früher zu treffen, als er erwartet hatte; denn wenn er um die Ecke raste und an Toby vorbeifuhr, wirbelte er plötzlich wieder zurück, als wollte er sagen: »Ha, da ist er ja schon!« Unaufhaltsam flog dann Tobys kleine weiße Schürze wie das Röckchen eines unartigen Jungen über seinen Kopf, und man sah das schwache Stöcklein vergeblich in seiner Hand ringen und kämpfen, sah seine Beine in heftige Bewegung geraten, während Toby selbst in schräger Körperhaltung, das Gesicht bald da- bald dorthin wendend, so umhergetrieben und gestoßen wurde, wohl auch zeitweise den Boden unter den Füßen verlor, daß es fast als ein Wunder erschien, wenn er nicht gleich einer Kolonie von Fröschen, Schnecken oder andern tragbaren Geschöpfen in die Luft geführt und an irgendeinem fernen Weltende, wo Dienstmänner unbekannt sind, zum großen Erstaunen der Eingeborenen niedergeregnet wurde.

Windig Wetter war übrigens doch eine Art Festtag für Toby, obschon es ihm so roh zusetzte. Das ist Tatsache. Er schien in dem Wind nicht so lange auf ein Sechspencestück warten zu müssen wie zu andern Zeiten. Der Kampf mit dem ungestümen Element lenkte seine Aufmerksamkeit ab und frischte ihn auf, wenn er hungrig oder kleinmütig war. Auch ein harter Frost oder ein Schneegestöber wurde für ihn zu einem Ereignis und schien ihm in der einen oder andern Weise gutzutun, obschon sich der eigentliche Grund nur schwer angeben ließ. Wie dem übrigens sein mochte, Wind, Frost, Schnee und vielleicht ein tüchtiger Hagel waren für Toby Veck die rotgedruckten Tage im Kalender.

Nasses Wetter war das schlimmste – die kalte, unfreundliche Feuchtigkeit, die ihn wie ein nasser Mantel einhüllte – die einzige Art von Mantel, die Toby sein Eigen nennen konnte, auf den er aber doch zur Erhöhung seiner Behaglichkeit gern verzichtet hätte. Die nassen Tage, wenn der Regen langsam, dicht und hartnäckig niederträufelte, wenn die Straßenschlünde wie sein eigner mit schwefeligem Nebel erfüllt waren, wenn dampfende Schirme hin und her gingen und wie ebenso viele Kreisel tanzten, sooft sie auf dem gedrängten Fußweg aneinander anstießen und eine wirbelnde Brause ungemütlicher Tröpfchen von sich schleuderten, wenn die Dachrinnen klatschten und es in den vollen Wassertraufen donnerte, wenn die Nässe von dem vorspringenden Gestein der Kirche – tropf, tropf, tropf – auf Toby niederplumpste und den Strohwisch, auf dem er stand, im Nu zu bloßem Schmutz wandelte – das waren für ihn Tage der Heimsuchung. Und dann konnte man Toby tatsächlich beobachten, wie er ängstlich und mit trostlosem, langem Gesicht aus seinem Schlupfwinkel in einer Ecke der Kirchenmauer hervorguckte. Dieser Zufluchtsort war ein so kärglicher Schutz, daß er zur Sommerszeit nie einen breitern Schatten auf das sonnige Pflaster warf, als ein dicker Spazierstock. Bald aber kam er wieder heraus, um sich durch Bewegung warm zu machen, trottete etliche Male hin und her, was seine Laune wieder aufheiterte, und kehrte dann ganz wohlgemut in seine Nische zurück.

Man nannte ihn Trotty wegen seines Ganges, der wenigstens Eile *andeuten* sollte. Er hätte vielleicht schneller gehen können; aber würde man ihn seines Trottes beraubt haben, so wäre er krank geworden und gestorben. Dieser Trott bespritzte ihm bei schlechtem Wetter den Rock mit Kot, verursachte ihm zahllose Unannehmlichkeiten und Beschwerden; Toby hätte ungleich müheloser marschieren können – aber das war gerade ein Grund mehr, diese schwierige Gangart krampfhaft beizubehalten. Obschon ein schwaches, schmächtiges altes Männlein, war Toby doch ein wahrer Herkules in seinen guten Absichten. Er hatte eine Freude daran, wenn er sein Geld *verdienen* konnte. Es gewährte ihm ein großes Vergnügen, zu glauben – Toby war sehr arm und konnte nicht gut auf ein Vergnügen verzichten – daß er seines Lohnes auch wert sei. Mit einem Auftrag, der ihm einen Schilling oder achtzehn Pence eintrug, oder mit einem kleinen Päckchen in der Hand, steigerte sich sein Mut, an dem es ihm nie gebrach, um ein beträchtliches. Wenn er so dahin trabte, pflegte er den schnelleren Briefträgern vor seiner Nase zuzurufen, sie sollten ihm aus dem Weg gehen, weil er nicht anders glaubte, als daß er im Lauf der Dinge sie unausbleiblich einholen und niederrennen müsse; auch lebte er der festen Überzeugung, die freilich nicht oft auf die Probe gestellt wurde, daß er alles zu tragen imstande sei, was ein Mensch zu heben vermöge.

Toby trabte daher auch, wenn er an einem nassen Tag aus seinem Winkel hervorkam, um sich zu wärmen. Er trabte, wenn er mit lecken Schuhen eine krumme Linie wieder zusammenlaufender Fußstapfen durch den Kot zog und, mit gebeugten Knien und sein Rohr unter dem Arm, seine frostigen Hände blies oder gegeneinander rieb, da sie nur ganz ungenügend gegen die schneidende Kälte durch fadenscheinige grauwollene Fäustlinge geschützt waren, an denen nur der Daumen ein eignes Appartement und die übrigen Finger eine gemeinschaftliche Herberge hatten. Desgleichen trabte er, wenn er auf die Straße hinausging, um bei dem Schall der Glocken an dem Turm hinaufzusehen.

Diesen letztern Ausflug machte er mehrere Male des Tages; denn die Glocken waren gleichsam seine Gesellschaft, und wenn er ihre Stimme hörte, blickte er gern zu ihrem luftigen Wohnsitz hinauf, während er darüber nachdachte, wie sie bewegt wurden und was für Hämmer auf sie schlügen. Vielleicht hatten sie um so mehr Interesse für ihn, weil es zwischen ihnen und ihm selbst Ähnlichkeiten gab. Sie hingen da oben bei jedem Wetter, in Wind und Regen, sahen nur die Außenseite aller jener Häuser, kamen den lodernden Feuern, die durch die Fenster leuchteten oder zu den Schornsteinen herauspusteten, niemals nahe und waren nie imstande, an den guten Dingen teilzunehmen, die ohne Unterlaß durch die Haustüren und Vorhof-Geländer an verschwenderische Köchinnen abgegeben wurden. Viele Gesichter kamen an die Fenster und entfernten sich wieder – bisweilen hübsche Gesichter, jugendliche Gesichter, angenehme Gesichter, hin und wieder aber auch das Gegenteil; doch Toby wußte ebensowenig wie die Glocken (sooft er auch, wenn er müßig in den Straßen stand, Betrachtungen über diese Kleinigkeiten anstellte), woher sie kamen und wohin sie gingen, oder ob im ganzen Jahr nur ein einziges freundliches Wort über ihn gesprochen wurde, wenn sich die Lippen bewegten.

Toby war kein Kasuist – seines Wissens wenigstens nicht – und ich will nicht behaupten, daß er nach und nach sich durch solche Betrachtungen hindurchgerungen oder eine förmliche Heerschau über seine Gedanken abgehalten hatte, ehe er zu den Glocken eine Neigung faßte und seine erste oberflächliche vermittels zarter Fäden zu einem innigeren Bündnis wob. Was ich aber sagen will und auch sage, ist, daß in derselben Weise, wie Tobys körperliche Funktionen, seine Verdauungsorgane zum Beispiel, vermöge ihrer eignen Schlauheit und ihres mannigfaltigen, ihm unbewußten Zusammenwirkens, dessen Kenntnis ihn nicht wenig in Erstaunen gesetzt haben würde, zu einem gewissen Ziel gelangten, auch seine geistigen Fähigkeiten, ohne daß er dabei wissentlich tätig war, alle diese Räder und Federn nebst tausend andern in Bewegung setzten, als sie daran arbeiteten, in ihm eine Neigung zu den Glocken wachzurufen.

Und wenn ich gesagt hätte seine Liebe, so würde ich auch dies Wort nicht zurücknehmen, obgleich es kaum ein passender Ausdruck für seine komplizierte Empfindung gewesen wäre. Denn da er ein ganz einfacher Mensch war, verlieh er ihnen einen wundersamen und feierlichen Charakter. Sie waren so geheimnisvoll, weil man sie oft hörte und nie sah, so hoch oben, so weit weg und so voll tiefer, kräftiger Melodie, daß er mit einer Art von Ehrfurcht zu ihnen aufblickte. Ja, wenn er die dunkeln, gewölbten Fenster im Turm betrachtete, erwartete er bisweilen, es werde ihm etwas zuwinken, das keine Glocke war und doch in jenen Klängen ihm so oft ans Ohr getönt hatte. Dennoch wies Toby mit Entrüstung ein gewisses leises Gerücht zurück, daß die Töne behext seien, weil dadurch die Möglichkeit zugegeben war, sie stünden mit irgend etwas Bösem im Bund. Mit einem Wort, sie tönten sehr oft in seinen Ohren, beschäftigten sehr oft seine Gedanken und standen stets hoch in seiner guten Meinung; oft, wenn er lange mit weit offenem Munde an dem Kirchturm hinaufgeschaut hatte, bekam er einen so steifen Nacken, daß er nachher, um ihn zu kurieren, ein oder zwei Extragetrabe einlegen mußte.

Mit dieser außertourlichen Übung war er an einem kalten Tage gerade beschäftigt, als der letzte schläfrige Ton der Zwölfuhrglocke wie ein melodisches, bienenartiges Ungeheuer, aber keineswegs ein fleißiges Bienchen, durch den ganzen Turm summte.

»Wie, Essenszeit?« sagte Toby, vor der Kirche auf und ab trottend. »Ah!«

Tobys Nase war sehr rot; und seine Augenlider waren sehr rot; und er zwinkerte mächtig; und seine Schultern waren dicht an den Ohren, und seine Beine waren sehr steif, und er war überhaupt auf dem frostigsten Punkt der kühlen Temperatur angelangt.

»So, Essenszeit?« wiederholte Toby, den Fäustling seiner rechten Hand wie einen jugendlichen Boxhandschuh gebrauchend und seine Brust züchtigend, weil sie sich unterstand, zu frieren. »Ah-h-h-h!«

Hierauf schlug er für ein paar Minuten einen stummen Trab an.

»Es gibt nichts . . .« sagte Toby, aufs neue lostrabend; aber mit einem Male machte er in seinem Trott halt und betastete mit einem Gesicht voll Interesse und auch etwas

Unruhe seine Nase sorgfältig von unten bis oben. Er war bald damit fertig, denn der Weg war kurz, da er mit einer Nase nicht allzu reichlich gesegnet war.

»Ich glaubte schon, sie sei pfutsch«, fuhr Toby fort, indem er wieder weiter trabte. »Es stimmt aber alles. Ich könnte sie jedoch wirklich nicht tadeln, wenn sie sich auf und davon machte. Sie hat wohl einen herzlich schweren Dienst in dieser Hundekälte und herzlich wenig zu erwarten – denn ich schnupfe ja nicht. Selbst in den besten Zeiten wird das arme Ding hart geprüft; denn wenn sie schon einmal einen angenehmen Duft erwischt, was auch nicht oft vorkommt, dann entsteigt er gewöhnlich dem Mittagessen eines andern, das von dem Pastetenbäcker nach Hause getragen wird.«

Diese Betrachtung erinnerte ihn an die andre, die er unbeendigt gelassen hatte.

»Es gibt nichts Regelmäßigeres«, fuhr er fort, »als die Wiederkehr der Essenszeit, und nichts Unregelmäßigeres, als die Wiederkehr des Mittagessens selbst. Darin besteht ihr großer Unterschied. Ich habe lange dazu gebraucht, es ausfindig zu machen. Möchte doch wissen, ob sichs nicht für einen Gentleman der Mühe lohnte, diese Beobachtung für die Zeitungen oder für das Parlament zu kaufen!«

Toby meinte dies bloß im Scherz, denn er schüttelte in gravitätischer Verneinung seinen Kopf.

»Du mein Himmel!« sagte er, »die Zeitungen sind voll Beobachtungen, und das Parlament auch. Da habe ich eine Nummer von der letzten Woche« – er zog ein sehr schmutziges Blatt aus seiner Tasche und hielt es auf Armeslänge vor sich hin – »nichts als Beobachtungen – nichts als Beobachtungen! Ich möchte so gerne als irgend jemand Neuigkeiten erfahren«, fügte er langsam bei, indem er den Bogen noch ein wenig kleiner zusammenfaltete und ihn wieder in seine Tasche steckte; »aber es geht mir fast gegen den Magen, jetzt eine Zeitung zu lesen. Ich erschrecke beinahe davor und weiß nicht, wohin es noch mit uns armen Leuten kommen, was uns noch bevorstehen wird. Gott gebe, daß uns im neuen Jahr etwas Besseres bevorsteht!«

»Vater! Vater!« rief eine angenehme Stimme in der Nähe.

Aber Toby hörte sie nicht, sondern fuhr fort, hin und her zu trotten und seine Gedanken laut werden zu lassen.

»Es ist, als ob wir nichts recht machen könnten oder uns niemals Recht werden würde«, sagte Toby. »Als ich jung war, habe ich nicht viel gelernt; und ich kann nicht herauskriegen, ob wir auf der Erde etwas zu schaffen haben oder nicht. Manchmal glaube ich es wohl – wenn wir auch nicht viel hier zu tun haben; manchmal aber meine ich wieder, daß wir nur Eindringlinge sind. Mitunter bin ich so verdutzt, daß ich nicht mit mir ins reine kommen kann, ob überhaupt etwas Gutes an uns ist, oder ob uns die Schlechtigkeit angeboren ist. Es sieht aus, als täten wir schreckliche Dinge und fielen ungeheuer beschwerlich; man beklagt sich immer über uns und trifft Verwahrungsmaßregeln. Ob so oder so – jedenfalls sind die Zeitungen von uns voll. Da spricht man von einem Neuen Jahr!« fuhr Toby traurig fort. »Ich kann ebensoviel ertragen wie jemals irgendein Mensch; besser sogar als viele, denn ich bin stark wie ein Löwe, was sich nicht von allen Leuten sagen läßt; aber gesetzt, es wäre wirklich wahr, daß wir kein Recht auf ein Neujahr haben, angenommen, daß wir wirklich nur Eindringlinge sind . . .«

»Vater! Vater!« ließ sich die liebliche Stimme abermals vernehmen.

Toby hörte es diesmal; er stutzte, blieb stehen, rief seinen Blick zurück, der weitausgerichtet war, als suche er im Herzen des herannahenden Jahres Erleuchtung, und fand sich nun seinem eignen Kinde gegenüber, dem er jetzt ganz nahe in die Augen schaute.

Und es waren glänzende Augen – Augen, in die eine ganze Welt schauen konnte, ohne ihnen auf den Grund zu kommen. Dunkle Augen, die die hineinblickenden Augen wi-

derspiegelten, nicht blitzend oder auf Wunsch der Eigentümerin, sondern mit einem klaren, ruhigen, ehrlichen, geduldigen Glanze, der Anspruch auf die Zugehörigkeit zu jenem Licht erhob, das der Himmel ins Dasein rief. Augen, schön, wahr und hoffnungsstrahlend – mit so junger und frischer, mit so schwungkräftiger und heller Hoffnung, trotz der zwanzig Jahre Arbeit und Armut, die sie gesehen hatten, daß sie für Trotty Veck zu einer Stimme wurden, die ihm sagte: »Ich glaube, wir haben hier wohl etwas zu schaffen – wenn auch nicht viel!«
Trotty küßte die Lippen, die zu den Augen gehörten, und drückte das blühende Gesicht zwischen seine Hände.
»Ei, Herzchen«, sagte Trotty, »was gibts? Ich habe dich heute nicht erwartet, Meg.«
»Auch ich habe nicht aufs Kommen gerechnet, Vater«, rief das Mädchen, indem es lächelnd nickte. »Aber da bin ich – und obendrein nicht allein; nicht allein!«
»Wie? du willst doch nicht sagen«, bemerkte Trotty, neugierig nach einem bedeckten Korbe blickend, den sie in ihrer Hand trug, »daß du . . .«
»Riech daran, lieber Vater«, versetzte Meg. »Riech mal!«
Trotty war eben im Begriff, hastig den Deckel abzuheben, als das Mädchen scherzend mit der Hand dazwischenfuhr.
»Nein, nein, nein«, erwiderte Meg fröhlich wie ein Kind. »So geschwind gehts nicht. Ich will nur den Deckelrand ein klein winzig bißchen aufheben«, fügte sie bei, indem sie ganz sachte ihr Vorhaben ausführte und dabei so leise sprach, als fürchte sie, im Innern des Korbes gehört zu werden. »So. Also, was ists?«
Toby schnüffelte ein klein wenig an dem Rande des Korbes und rief entzückt: »Ei, 's ist heiß!«
»'s ist brennend heiß«, versetzte Meg. »Ha ha ha! 's ist siedend heiß.«
»Ha ha ha!« brüllte Toby mit einem Luftsprung. »'s ist siedend heiß.«

»Aber was ist es, Vater?« fragte Meg. »Vorwärts! Du hast es noch nicht erraten. Und du mußt erraten, was es ist. Ich kann nicht daran denken, es herauszunehmen, bis du es erraten hast. Aber laß dir Zeit! Warte eine Minute! Ich will ein bißchen mehr von dem Deckel zurückschieben. Jetzt rate!«

Meg war wirklich in Angst, er könnte vielleicht zu rasch das Richtige raten, und wich deshalb ein wenig zurück, während sie ihm den Korb hinhielt, indem sie zugleich ihre hübschen Schultern in die Höhe zog und das Ohr mit der Hand zuhielt, als könne sie in dieser Weise das richtige Wort von Tobys Lippen fernhalten. Dabei ließ sie immer ein sanftes Lachen hören.

Toby hatte mittlerweile die Hände auf seine Knie gelegt, seine Nase zu dem Korb niedergebeugt und sog nun den Duft außerhalb des Deckels tief ein. Während dieser angenehmen Beschäftigung verbreitete sich sein Grinsen immer mehr über das welke Gesicht, als atme er pures Lachgas.

»Ach, das riecht prächtig«, sagte Toby. »Ist es nicht – es werden doch keine Schweinswürste sein?«

»Nein, nein, nein!« rief Meg entzückt. »Etwas ganz andres!«

»Nein«, fuhr Toby nach einem abermaligen Schnüffeln fort, »es ist – es ist zarter als Schweinswürste. Es riecht ausgezeichnet und mit jedem Augenblick besser. Der Geruch ist zu stark für Kalbsfüße – nicht wahr?«

Meg war außer sich vor Freude. Er hätte nicht weiter vom Ziele abschießen können als mit Kalbsfüßen – Schweinswürste ausgenommen.

»Leber?« sagte Toby zu sich selber. »Nein. Der Geruch hat eine Milde, die sich an der Leber nicht findet. Ferkelfüßchen? Nein. Er ist zu stark für Ferkelfüße. Auch fehlt ihm der Beigeschmack der Hahnenköpfe. Und ich weiß, Würste sinds auch nicht. Ich will dir sagen, was drinnen ist – Kalbsgekröse!«

»Nein, nein«, erwiderte Weg, vor Entzücken aufjubelnd. »Nicht erraten!«
»Ei, woran denke ich auch!« entgegnete Toby, plötzlich eine so aufrechte Stellung einnehmend, als ihm möglich war. »Ich werde zuletzt noch meinen eignen Namen vergessen. ’s sind Kuttelflecke!«
Und Kuttelflecke waren es auch. Und Meg beteuerte in strahlender Freude, er werde in einer weitern halben Minute sagen, es seien die besten Kuttelflecke, die jemals gedünstet wurden.
»Und so will ich jetzt gleich den Tisch decken, Vater«, fuhr Meg fort, indem sie sich jubelnd mit dem Korbe beschäftigte; »denn ich habe die Kuttelflecke in einer Schüssel gebracht und die Schüssel in ein Taschentuch eingebunden. Wenn ich nun einmal stolz sein und es als Tischtuch ausbreiten will, so kann mich kein Gesetz hindern, es Tischtuch zu nennen. Nicht wahr, Vater?«
»Nicht daß ich wüßte, meine Liebe«, sagte Toby. »Aber sie erlassen alle Augenblicke ein oder das andre neue Gesetz.«
»Und nach dem, was ich dir neulich aus der Zeitung vorlas, Vater, weißt du noch, was der Richter sagte, setzt man bei uns armen Leuten voraus, daß wir alle diese Gesetze kennen. Ha ha! welch ein Irrtum! du meine Güte, sie halten uns für gewaltig gescheit.«
»Ja, meine Liebe«, rief Trotty, »und sie würden eine gewaltige Freude an einem von uns haben, wenn er sie alle wüßte. Er würde fett werden von der Arbeit, die er kriegte, dieser Mann, und er kriegte einen Stein im Brett bei all den vornehmen Leuten in seiner Nachbarschaft. Gewiß und wahrhaftig!«
»Wer er auch sein möchte, er würde sein Mittagessen mit gutem Appetit verschmausen, wenn es so gut duftete wie dieses hier«, sagte Meg fröhlich. »Beeile dich, Vater, denn da ist außerdem auch noch eine heiße Kartoffel und ein Seidel frisch abgezogenen Bieres in einer Flasche. Wo

willst du essen, Vater? In der Nische oder auf den Stufen? Du mein Himmel, wie gut wirs haben – zwei Plätze zur Auswahl!«

»Heute die Stufen, mein Kind«, versetzte Trotty. »Bei trockenem Wetter sind die Stufen, bei nassem die Nische gut. Stufen sind immer bequemer, weil man dabei sitzen kann; aber wenns naß ist, kriegt man Rheumatismus.«

»Hier also«, sagte Meg, nachdem sie sich eine halbe Minute eifrig zu schaffen gemacht hatte und nun in die Hände klatschte; »hier ist es – alles bereit – und wie schön es aussieht! Komm, Vater, komm!«

Seit Trotty entdeckt hatte, was in dem Körbchen war, stand er da und sah Meg an – sprach auch ab und zu – aber in einer zerstreuten Weise, welche bekundete, daß er, obschon sie allein seine Gedanken und Augen beschäftigte – nicht einmal die Kuttelflecke konnten ihn ihr untreu machen – nicht im entferntesten an sie dachte, wie sie in jenem Augenblicke war, sondern irgendein visionäres, undeutliches Bild oder ein Drama ihres künftigen Lebens vor sich hatte. Durch ihre heitere Aufforderung geweckt, unterdrückte er nun ein melancholisches Kopfschütteln, das ihn eben anwandelte, und trabte an ihre Seite. In demselben Augenblick, als er sich niederbeugte, um seinen Sitz einzunehmen, erklangen die Glocken.

»Amen!« sagte Trotty, seinen Hut abnehmend und nach denselben aufblickend.

»Amen den Glocken, Vater?« rief Meg.

»Sie fielen ein wie ein Tischgebet, meine Liebe«, sagte Trotty, indem er Platz nahm. »Ich bin überzeugt, sie würden ein gutes sprechen, wenn sie könnten, und sagen mir überhaupt manches Liebe.«

»Die Glocken, Vater?« lachte Meg, als sie die Schüssel niedersetzte und Messer und Gabel dazulegte. »Der Tausend!«

»Sie scheinens zu tun, mein Herzchen«, versetzte Trotty, indem er mit Eifer über seine Kuttelflecke herfiel. »Und worin liegt da der Unterschied? Wenn ich sie nur höre, was macht es aus, ob sie es wirklich sagen oder nicht? Gott behüte, mein Kind«, fügte er bei, indem er mit der Gabel nach dem Turm deutete und unter dem Einfluß seines Mahles lebhafter wurde, »wie oft habe ich jene Glocken nicht sagen hören: ›Toby Veck, Toby Veck, sei guten Mutes! Toby! Toby Veck, Toby Veck, sei guten Mutes, Toby! Millionenmal? Reicht nicht – 's war öfter!«

»Nun, das habe ich noch nie gehört!« rief Meg.

Dennoch war es schon oft und oft der Fall gewesen, denn es war Tobys unaufhörlicher Gesprächsgegenstand.

»Wenn es recht schlecht geht«, fuhr Trotty fort; »ich meine, wenn es recht schlecht geht – fast am schlechtesten, dann rufen sie: ›Toby Veck, Toby Veck, bald kommt Arbeit, Toby! Toby Veck, Toby Veck, bald kommt Arbeit, Toby!‹«

»Und sie kommt dann auch – endlich, Vater«, versetzte Meg mit einem Anflug von Trauer in ihrer lieblichen Stimme.

»Immer«, erwiderte der arglose Toby. »Bleibt nie aus.«

Während dieses Gesprächs machte Trotty keine Pause in seinen Angriffen auf das würzige Mahl vor ihm, sondern schnitt ab und aß, schnitt ab und trank, schnitt ab und kaute, kam von den Kuttelflecken zu den heißen Kartoffeln und von den heißen Kartoffeln wieder zu den Kuttelflecken mit breitem, unermüdlichem Behagen zurück. Als er endlich um die Straßenecke sah, um sich zu überzeugen, ob man nicht von irgendeiner Türe oder einem Fenster nach einem Dienstmann winkte, begegneten seine Augen auf dem Rückweg dem Mädchen, das mit verschlungenen Armen ihm gegenübersaß und mit glücklichem Lächeln seinem emsigen Geschäft zusah.

»Ach, Gott verzeih mir!« rief Trotty, indem er sein Messer und seine Gabel fallen ließ. »Meg, mein Täubchen, warum sagst du mir nicht, was ich für ein Vieh bin?«

»Vater!«

»Sitze ich da«, fuhr Trotty in reuiger Erklärung fort, »und

stopfe mich voll, während du vor mir bist, ohne auch nur ein bißchen dein Fasten zu unterbrechen noch den Wunsch dazu zu äußern, während . . .«

»Aber ich habe mein Fasten schon gebrochen, Vater, und zwar ausgiebig«, unterbrach ihn seine Tochter lachend. »Ich habe mein Mittagessen bereits gehabt.«

»Sprich keinen Unsinn«, versetzte Trotty. »Zwei Mittagessen an einem Tag? Nicht möglich! Du könntest mir ebensogut sagen, daß zwei Neujahrstage auf einmal kommen, oder daß ich mein ganzes Leben über ein Goldstück gehabt habe, ohne es je wechseln zu lassen.«

»Dennoch habe ich schon zu Mittag gegessen, Vater«, sagte Meg, näher herankommend; »und wenn du deines weiter ißt, will ich dir sagen, wie und wo dein Mittagessen zustande kam und – und noch etwas andres dazu.«

Toby machte noch immer eine ungläubige Miene; aber sie sah ihm mit ihren klaren Augen ins Gesicht, legte ihre Hand auf seine Schulter und winkte ihm, weiterzuessen, solange das Fleisch noch warm sei. Trotty nahm daher Messer und Gabel wieder auf und schickte sich zur Arbeit an; sie ging aber viel langsamer vonstatten als zuvor, und er schüttelte den Kopf, als sei er durchaus nicht mit sich zufrieden.

»Ich habe schon gespeist, Vater«, sagte Meg nach einigem Zögern, »mit – mit Richard. Er ißt früh, und da er sein Mittagessen mitbrachte, als er mich besuchte, so – so verzehrten wir es miteinander, Vater.«

Trotty nahm ein Schlücklein Bier und schmatzte mit den Lippen. Dann sagte er »oh!« – weil sie darauf wartete.

»Und Richard sagt, Vater . . .« nahm Meg wieder auf. Dann stockte sie abermals.

»Was sagt Richard, Meg?« fragte Toby.

»Richard sagt, Vater . . .« Neues Stocken.

»Richard braucht lange, bis er etwas sagt«, bemerkte Toby.

»Nun ja, Vater, er sagt«, fuhr Meg fort, indem sie endlich ihre Augen erhob und in bebendem, obschon völlig deutlichem Ton sprach, »es sei wieder ein Jahr beinahe herum, und was es nütze, von einem Jahr auf das andre zu warten, wenn es doch so unwahrscheinlich ist, daß es uns je besser als jetzt ergehen werde. Er sagt, Vater, wir seien jetzt arm und würden auch dann arm sein; aber wir seien jung, und die Jahre würden uns alt machen, ehe wir es wüßten. Er meint, wenn Leute in unsrer Lage warten wollten, bis wir unsern Weg klar vor uns sähen, so würde er wohl recht eng werden – der gemeinschaftliche Weg – das Grab, Vater.« Sogar ein kühnerer Mann als Trotty Veck hätte alle seine Kühnheit zusammennehmen müssen, um dies in Abrede zu stellen; er blieb daher lieber still.

»Und wie hart ist es, Vater, alt zu werden und zu sterben, wenn wir daran denken, daß wir einander hätten Freude machen und helfen können! Wie hart ist es, sein ganzes Leben über einander liebzuhaben und sich doch getrennt zu sehen, jeden für sich abhärmen zu sehen und zuschauen zu müssen, wie der andre arbeitet, sich verändert, alt und grau wird. Selbst wenn ich es überwinden und ihn vergessen könnte, was nie möglich ist – o lieber Vater, wie schwer wäre es dann, ein Herz zu haben, so voll wie das meinige jetzt ist, und das Leben langsam, tropfenweise verrinnen zu sehen, ohne einen Rückblick auf einen einzigen glücklichen Augenblick, der mich trösten und besser machen könnte!«

Trotty blieb mäuschenstill. Meg trocknete ihre Augen und fuhr heiterer fort – das heißt manchmal unter Lachen und manchmal unter Schluchzen und dann wieder lachend und schluchzend zu gleicher Zeit:

»Richard sagt daher, Vater, da er gestern für soundso lange eine feste Beschäftigung erhalten habe und ich ihn schon volle drei Jahre liebe – ach, es ist schon länger her, wenn er es nur wüßte! – so solle ich mich am Neujahrstag mit ihm zusammengeben lassen: der beste und glücklichste Tag im ganzen Jahr, sagt er, einer, bei dem man fast sicher annehmen kann, daß er Glück mit sich bringt. Das ist eine kurze Frist – nicht wahr, Vater? – aber ich habe ja kein Vermögen in Ordnung zu bringen und keine Hochzeitskleider machen zu lassen, wie die vornehmen Damen; nicht wahr, Vater? Und er sagte so viel und sagte es in so nachdrücklicher, ernster, aber doch so sanfter und freundlicher Weise, daß ich ihm versprach, ich wolle mit dir darüber sprechen, Vater. Und da mir ganz unerwarteterweise heute morgen das Geld für meine Arbeit ausbezahlt wurde, und du während der ganzen Woche nur ein armseliges Essen gehabt hast, und ich den Wunsch nicht zurückdrängen konnte, daß etwas getan werden müßte, was dir den heutigen Tag zu einem Feiertag macht, wie er für mich ein glücklicher Tag ist, so kochte ich diesen Festschmaus und brachte ihn dir als Überraschung.«

»Und siehst nun, wie er ihn auf der Treppe kalt werden läßt!« ließ sich eine andre Stimme vernehmen.

Es war die Stimme desselbigen Richard, der unbemerkt herangekommen war und nun vor Vater und Tochter stand. Er blickte mit einem Gesicht auf sie nieder, so glühend wie das Eisen, auf dem täglich sein schwerer Schmiedehammer erklang. Richard war ein schöner, wohlgebauter, kräftiger Bursche mit Augen, die gleich den rotglühenden Funken eines Essenfeuers sprühten. Sein schwarzes Haar kräuselte sich üppig um die dunklen Schläfen, und sein Lächeln – ein Lächeln, das Megs Lob über seinen Konversationsstil beträchtlich unterstützte.

»Und siehst, wie er ihn auf der Treppe kalt werden läßt!« sagte Richard. »Meg weiß nicht, was er liebt – nein, gewiß nicht!« Voll Behendigkeit und Feuer reichte Trotty augenblicklich Richard die Hand und wollte eben eine hastige Erwiderung geben, als unversehens die Haustür aufging und ein Bedienter beinahe seinen Fuß in die Kuttelflecke setzte.

»Aus dem Wege da! Müßt Ihr Euch denn immer auf unsre Stufen setzen, und könnt Ihr nicht auch einmal die eines Nachbars dazu nehmen? Ich frage, ob Ihr den Weg räumen wollt!«

Genau genommen war die letzte Aufforderung ganz unnötig, weil sie ihr bereits nachgekommen waren.
»Was gibts da?« sagte der Gentleman, für den die Tür geöffnet worden war, und der jetzt mit jenem leichtschweren Tritt aus dem Hause kam, den man so häufig bei Gentlemen antrifft, die die zweite, absteigende Hälfte ihres Lebens sorgenlos genießen, wenn sie, ohne ihrer Würde etwas zu vergeben, mit knarrenden Stiefeln, Uhrketten und reinen Hemden aus ihren Häusern kommen und in ihrer Miene ausdrücken, daß sie irgendwo eine wichtige, viel Geld einbringende Beschäftigung haben.
»Was gibts da? Was gibts da?«
»Muß man Euch denn immer auf den Knien bitten«, fuhr der Bediente mit großem Nachdruck gegen Trotty Veck fort, »unsre Türtreppen sein zu lassen? Warum kommt Ihr denn immer wieder? Könnt Ihr nicht einmal wegbleiben?«
»Schon gut! Das genügt! Das genügt!« sagte der Gentleman. »Heda, Dienstmann!« Er bedeutete Trotty Veck durch eine Kopfbewegung, näher zu treten. »Kommt her da. Was ist dies – Euer Mittagessen?«
»Ja, Sir«, versetzte Trotty, seine Schüssel in einer Ecke stehen lassend.
»Laßt es nicht dort, sondern bringt es her, bringt es her!« rief der Gentleman. »So; das ist also Euer Essen, wie?«
»Ja, Sir«, antwortete Trotty, mit festem Blick und wässerndem Mund den letzten Brocken ängstlich verfolgend, den er sich als köstlichen Schlußbissen aufgehoben hatte, und den nun der Gentleman an dem Gabelende um und um drehte.
Mit ihm waren auch zwei andere Gentlemen herausgekommen. Der eine, ein niedergeschlagenes, schmächtiges Männchen von mittlerem Alter und mit einem trostlosen Gesicht, hielt seine Hände unaufhörlich in den schlappohrigen Taschen seiner knappen Pfeffer- und Salzhosen versteckt und schien mit der Bürste oder Seife

keine sonderlich intime Bekanntschaft zu unterhalten. Der andre war ein großer, geschmeidiger, gut angezogener Gentleman in einem blauen Rock mit gelben Knöpfen und weißer Krawatte. Dieser hatte ein sehr rotes Gesicht, als ob ihm ein ungebührlicher Anteil Blut nach dem Kopf gedrängt worden sei, was vielleicht auch der Grund war, daß er ziemlich kaltherzig aussah.

Derjenige, welcher Tobys Fleisch an der Gabel hatte, rief nun den ersten Gentleman, den er Filer nannte, heran, und dieser, der sehr kurzsichtig war, mußte zur Untersuchung von Tobys noch übrigem Mittagsmahl seinen Kopf so nahe an den Leckerbissen bringen, daß Toby das Herz bis zum Hals schlug. Aber Herr Filer aß ihn nicht.

»Das ist eine Art von animalischer Kost, Alderman«, sagte Filer, indem er mit einem Bleistift kleine Löcher hineinstach, »die gemeiniglich bei der arbeitenden Klasse dieses Landes unter dem Namen Kuttelflecke bekannt ist.«

Der Alderman lachte und blinzelte – denn Alderman Cute war ein lustiger Knabe und dabei auch ein schlauer, verschmitzter Bursche, der über alles ein wachsames Auge hatte und sich nicht hintergehen ließ. Ja, er sah tief in die Herzen der Leute! Er kannte sie gut, dieser Cute. Das will ich glauben!

»Aber wer ißt Kuttelflecke?« fuhr Herr Filer fort, indem er umherschaute. »Kuttelflecke sind ausnahmslos der unökonomischste und verschwenderischste Konsumartikel, den die Märkte dieses Landes nur hervorbringen können. Man hat gefunden, daß ein Pfund Kuttelflecke durch Sieden sieben Vierzigstel mehr verliert, als ein Pfund jeder andern animalischen Nahrung. Kuttelflecke sind also verhältnismäßig kostspieliger, als die Treibhaus-Ananas. Wenn man die Anzahl der jährlich geschlachteten Tiere in Betracht zieht und einen niedrigen Überschlag über die Menge von Kuttelflecken macht, die die Leiber dieser – vorausgesetzt verständig – geschlachteten Tiere liefern, so stellt sich heraus, daß man von dem Sud-

verlust der Kuttelflecke allein eine Garnison von fünfhundert Mann fünf Monate lang, jeder zu einunddreißig Tagen gerechnet, und noch einen Februar dazu, viktualisieren könnte. Welche Vergeudung – Vergeudung!«

Trotty stand entsetzt da, und die Knie zitterten unter ihm. Er schien eigenhändig eine Garnison von fünfhundert Mann ausgehungert zu haben.

»Wer ißt Kuttelflecke?« fuhr Herr Filer mit Wärme fort. »Wer ißt Kuttelflecke?«

Trotty machte eine klägliche Verbeugung.

»Ihr also, Ihr?« sagte Herr Filer. »So will ich Euch etwas bedeuten. Ihr reißt Eure Kuttelflecke aus dem Munde der Witwen und Waisen, mein Freund.«

»Ich hoffe nicht, Sir«, versetzte Trotty mit matter Stimme. »Lieber wollte ich verhungern!«

»Teilt man die Menge der vorerwähnten Kuttelflecke durch die geschätzte Anzahl von existierenden Witwen und Waisen, Alderman«, nahm Herr Filer wieder auf, »so trifft auf jeden Kopf für ungefähr einen Penny. Für diesen Mann da bleibt kein Gran übrig – folglich ist er ein Räuber.«

Trotty war so erschüttert, daß er sich nichts daraus machte, als er den Alderman seinen letzten Leckerbissen verzehren sah. Es war ihm eine Erlösung, von diesem irgendwie befreit zu werden.

»Und was sagt Ihr?« fragte der Alderman scherzhaft den rotgesichtigen Gentleman in blauem Rock. »Ihr habt Freund Filer gehört. Was sagt *Ihr*?«

»Was läßt sich da auch möglicherweise sagen?« entgegnete der Gentleman. »Was läßt sich überhaupt sagen? Wer kann sich in so schlechten Zeiten für einen Menschen wie diesen da (er meinte Trotty) interessieren? Schaut ihn an! Welch ein Gegenstand! O die guten alten Zeiten, die herrlichen alten Zeiten, die großartigen alten Zeiten! *Das* waren die Zeiten für ein kühnes Bauernvolk und dergleichen mehr. Das waren tatsächlich die Zeiten für alles und jedes. Heutzutage gibt es dergleichen nicht mehr. Ach!«

seufzte der rotgesichtige Gentleman. »Die guten alten Zeiten, die guten alten Zeiten!«

Der Gentleman setzte nicht näher auseinander, was für besondre Zeiten er meinte, und ließ sich ebensowenig darauf ein, was er an der gegenwärtigen auszusetzen hatte, weil er sich wahrscheinlich bewußt war, daß sie nichts sehr Merkwürdiges geleistet hatte dadurch, daß sie ihn ins Leben gerufen.

»Die guten alten Zeiten, die guten alten Zeiten«, wiederholte der Gentleman. »Was waren das für Zeiten! Das waren noch die einzigen Zeiten. Wozu nützts auch, von andern Zeiten zu reden oder sich darüber auszulassen, was die Leute in diesen Zeiten sind. Ihr werdet sie doch nicht etwa Zeiten nennen wollen? Ich wenigstens tue es nicht. Betrachtet nur einmal Strutts Kostüme und seht, was ein Dienstmann während irgendeiner der guten alten englischen Regierungen zu sein pflegte.«

»Wenn es ihnen recht gut ging, so hatten sie nicht einmal ein Hemd auf dem Leib oder Strümpfe an den Füßen, und in ganz England wuchs für sie kaum ein einziges Gemüse«, sagte Herr Filer. »Ich kann dies durch Tabellen beweisen.«

Aber dennoch pries der rotgesichtige alte Gentleman die guten alten Zeiten, die herrlichen Zeiten, die großartigen Zeiten. Es war ganz gleichgültig, was ein andrer sagte; er haspelte unaufhörlich dieselben Phrasen von den alten Zeiten ab, wie ein armes Eichhörnchen seine Tretmühle abhaspelt, von deren Mechanismus und Ränken es wahrscheinlich ebenso klare Vorstellungen hat, wie dieser rotgesichtige Gentleman von seinem verschwundenen tausendjährigen Reich hatte.

Möglich, daß der Glaube des armen alten Trotty an diese sehr verworrenen alten Zeiten nicht ganz zerstört wurde, denn er fühlte sich in jenem Augenblick verwirrt genug; so viel aber wurde ihm in seiner Not klar, daß, wie sehr auch diese Gentlemen im einzelnen verschiedener Meinung sein mochten, seine Bedenken von heute morgen und von vielen andern Morgen ganz begründet waren. »Nein, nein, wir können nichts recht machen«, dachte Trotty in Verzweiflung. »Es ist nichts Gutes in uns. Wir werden bereits schlecht geboren!«

Aber Trotty hatte ein Vaterherz in seinem Innern, das trotz dieser göttlichen Verordnung irgendwie sich in seine Brust geschwindelt hatte, und konnte es nicht ertragen, daß diese weisen Gentlemen Meg, deren Wangen noch vor Freude strahlten, ihr Schicksal weissagen sollten. »Gott helfe ihr«, dachte der arme Trotty; »sie wird es bald genug kennen lernen.«

Er gab daher dem jungen Schmied ängstlich durch Zeichen zu verstehen, daß er sie fortnehmen möchte; aber Richard plauderte in einiger Entfernung so angelegentlich mit ihr, daß ihm dieser Wunsch erst zu gleicher Zeit mit dem Alderman Cute deutlich wurde. Der Alderman hatte sein Sprüchlein noch nicht angebracht; aber er war ein Philosoph – und obendrein ein praktischer, o ein sehr praktischer Philosoph, und da er sichs nicht einfallen ließ, auf einen Teil seiner Zuhörerschaft zu verzichten, so rief er: »Halt!«

»Ihr wißt«, sagte der Alderman mit einem selbstgefälligen Lächeln, das gewöhnlich um seine Lippen spielte, zu seinen beiden Freunden, »ich bin ein einfacher, praktischer Mann und liebe es, in einfacher, praktischer Weise zu Werke zu gehen. Das ist so meine Art. Es ist durchaus nicht schwer, und es steckt kein Geheimnis dahinter, mit derartigen Leuten umzugehen, wenn man sie nur versteht und in ihrer eignen Weise mit ihnen sprechen kann. Hört also, Dienstmann! Bemüht Euch nur ja nicht, mein Freund, mir oder jemand anderm weiszumachen, Ihr hättet nicht immer vom Besten und im Überfluß zu essen; ich weiß das besser. Ihr wißt, ich habe Eure Kuttelflecke gekostet, und Ihr könnt mich nicht beschummeln. Ihr wißt, was ›beschummeln‹ bedeutet, he? Das ist das rechte

Wort – nicht wahr? Du mein Himmel«, fuhr der Alderman gegen seine Freunde fort, »es ist das allerleichteste von der Welt, mit derartigen Leuten zu verkehren, wenn man sie nur versteht.«
Ein famoser Mann für das gemeine Volk, der Alderman Cute! Nie aufgebracht über sie! Ein umgänglicher, gesprächiger, scherzhafter, gescheiter Herr!
»Ihr seht, mein Freund«, fuhr der Alderman fort, »man spricht da viel Unsinn vom Mangel und ›Schlechtgehen‹ – nicht wahr, so nennt mans? Ha ha ha! – aber ich gedenke, das Geschrei zu widerlegen. 's ist nachgerade Mode, viel übers Verhungern zu deklamieren; aber ich will der Sache einen Riegel vorschieben. Gott weiß«, fuhr der Alderman gegen seine Freunde fort, »man kann solchen Leuten alles legen, wenn man nur weiß, wie mans anzugreifen hat!«
Trotty ergriff Megs Hand und zog sie durch seinen Arm, ohne eigentlich recht zu wissen, was er tat.
»Eure Tochter, he?« fragte der Alderman, sie vertraulich unter das Kinn fassend.
Stets leutselig gegen die arbeitende Klasse – der Alderman Cute! Wußte, was ihnen gefiel! Kein bißchen stolz!
»Wo ist ihre Mutter?« fragte der würdige Gentleman.
»Tot«, antwortete Toby. »Ihre Mutter verfertigte Wäsche und wurde in den Himmel abberufen, als Meg auf die Welt kam.«
»Vermutlich wird sie *dort* keine Wäsche verfertigen«, bemerkte der Alderman scherzhaft.
Toby konnte oder wollte sich vielleicht auch nicht seine Frau im Himmel ohne ihre gewöhnliche Beschäftigung vorstellen. Die Frage ist: wenn Frau Alderman Cute gegen Himmel gefahren wäre, würde sich Herr Alderman Cute seine Gattin so vorgestellt haben, daß sie dort Staat macht und eine hohe Stellung einnimmt?
»Und Ihr macht ihr den Hof, he?« fragte Cute den jungen Schmied.

»Ja«, entgegnete Richard hastig, denn die Frage brannte ihn wie eine Nessel. »Und wir werden am Neujahrstag heiraten.«
»Was sagt Ihr da?« rief Herr Filer scharf. »Heiraten?«
»Nun ja, wir denken daran, Herr«, versetzte Richard. »Ihr seht, wir müssen ein bißchen eilen, für den Fall, daß man uns vielleicht unser Vorhaben ›legen‹ würde.«
»Ah!« rief Filer mit einem Stöhnen. »Jawohl, Alderman, wenn Ihr dies legen könntet, so würdet Ihr etwas tun. Heiraten! heiraten!! Die Unwissenheit dieser Leute in den ersten Grundsätzen der Staatsökonomie, ihr Unverstand und ihre Gottlosigkeit sind, beim Himmel, genug, um – na, seht mir nur einmal dieses Paar an!«
Ei ja, man durfte sie wohl ansehen – und das Heiraten schien eine so vernünftige und billige Handlung zu sein, daß sie es wohl in Betracht ziehen durften.
»Man kann so alt werden wie Methusalem«, sagte Herr Filer, »und sich sein ganzes Leben über zum Besten solcher Leute abmühen; man kann berghoch Zahlen von Tatsachen, Zahlen von Tatsachen und Zahlen von Tatsachen anhäufen, aber vergeblich hofft man, sie zu überzeugen, daß sie keine Befugnis und kein Recht haben, zu heiraten – ebensowenig als man sie zu belehren vermag, wie ihnen alle Befugnis abgeht, geboren zu werden. Und daß dies der Fall ist, wissen wir recht wohl, da wirs längst zu einer mathematischen Gewißheit erhoben haben.«
Alderman Cute war ungemein aufgeräumt und legte seinen rechten Zeigefinger an die Seite seiner Nase, als wollte er zu seinen beiden Freunden sagen: »Seid nun so gut, auf mich achtzugeben. Richtet euer Augenmerk auf den praktischen Mann!« – Dann rief er Meg heran.
»Kommt her, mein Mädchen!« sagte Alderman Cute. Das junge Blut ihres Liebhabers war in den letzten paar Minuten zornig aufgewallt, und er hatte keine Lust, sie gehen zu lassen. Dennoch tat er sich Zwang an, trat, als sich Meg näherte, mit einem großen Schritt vor und

stellte sich an ihre Seite. Trotty hielt noch immer ihre Hand unter seinem Arm, blickte aber so wirr wie ein Schläfer im Traum von Gesicht zu Gesicht.

»Ich will Euch jetzt ein paar Wörtchen als guten Rat geben, mein Mädchen«, sagte der Alderman in seiner leichten, angenehmen Weise. »Ihr wißt, daß es mir zusteht, Rat zu erteilen, weil ich Friedensrichter bin. Es ist Euch wahrscheinlich bekannt, daß ich die Stellung eines Friedensrichters innehabe?«

Meg antwortete schüchtern mit ja. Aber jedermann wußte, daß Alderman Cute ein Friedensrichter war – und, o mein Gott, welch ein tätiger Friedensrichter! Nie gab es einen so glänzenden Splitter im Auge der Öffentlichkeit als Cute.

»Ihr wollt also heiraten, sagt Ihr?« fuhr der Alderman fort. »Das ist sehr unschicklich und unzart von einer Person Eures Geschlechts! Doch reden wir nicht davon. Wenn Ihr geheiratet habt, werdet Ihr mit Euerm Mann streiten und ein unglückliches Weib werden. Ihr glaubts vielleicht nicht, aber Ihr werdet es mit der Zeit, weil ichs Euch sage. Ich warne Euch deshalb ehrlich und bemerke Euch zum voraus, daß ich mir vorgenommen habe, auch den unglücklichen Weibern einen Riegel vorzuschieben. Mir dürft Ihr nicht kommen. Ihr werdet Kinder kriegen – Jungen. Diese Jungen wachsen auf bösen Wegen auf und laufen ohne Schuhe und Strümpfe wild durch die Straßen. Merkt Euch dies, meine junge Freundin – ich werde sie samt und sonders summarisch einstecken lassen, denn ich bin entschlossen, auch den Buben ohne Schuhe und Strümpfe das Handwerk zu legen. Vielleicht stirbt Euer Mann jung (sehr wahrscheinlich) und läßt Euch mit einem Säugling zurück. Man weist Euch dann die Tür, und Ihr müßt auf der Straße umherwandern. Kommt aber nur mir nicht in die Nähe, meine Liebe, denn ich bin entschlossen, es allen wandernden Müttern zu legen. Ja, ich bin entschlossen, es allen jungen Müttern, welcher Art und von welchem Schlag sie sein mögen, zu legen. Glaubt nicht, Ihr könnt Euch mit Krankheit oder mit Säuglingen vor mir entschuldigen, denn ich habe mir vorgenommen, es allen kranken Personen und kleinen Kindlein (hoffentlich kennt Ihr die Stelle im Gebetbuch, ich fürchte aber, nein) zu legen; und wenn Ihr gar verzweifelt, undankbar, gottlos und betrügerisch einen Versuch macht, Euch zu ersäufen oder zu hängen, so will ich kein Mitleid mit Euch haben, denn ich bin festen Willens, es auch dem Selbstmord zu legen! Wenn es etwas gibt«, fuhr der Alderman mit einem selbstgefälligen Lächeln fort, »von dem ich sagen kann, daß mein Sinn mehr darauf erpicht sei als auf etwas andres, so ist es das Legen des Selbstmordes. Probierts also nicht erst! Ha ha! Jetzt verstehen wir einander.«

Toby wußte nicht, sollte er sich mehr grämen oder freuen, als er bemerkte, daß Meg totenblaß wurde und die Hand ihres Verlobten fallen ließ.

»Und was Euch betrifft, Ihr junger Bullenbeißer«, fuhr der Alderman fort, indem er sich mit erhöhter Heiterkeit und Leutseligkeit an den jungen Schmied wandte, »was fällt Euch denn ein, daß Ihr heiraten wollt? Wozu braucht Ihr überhaupt das Heiraten, Ihr einfältiger Mensch? Wenn ich ein hübscher, starker junger Bursche wäre wie Ihr, so würde ich mich schämen, so milchsuppig zu sein, um mich an die Schürzenbänder eines Weibes zu hängen! Sie ist ein altes Weib, bevor Ihr ein Mann in den besten Jahren seid! Und Ihr werdet dann eine schöne Figur machen, wenn Euch auf Schritt und Tritt eine Schmutzliese von Frau und ein Haufen krakeelender Kinder nachschreien!«

Oh, wie angenehm wußte Alderman Cute mit den gemeinen Leuten zu scherzen!

»So – jetzt packt Euch und bereut«, sagte der Alderman. »Macht keine solchen Narren aus Euch, am Neujahrstag zu heiraten. Bevor sich dieser Tag jährt, seid Ihr längst andrer Meinung – so ein schmucker junger Bursche wie Ihr, nach dem sich alle Mädels den Hals ausrecken. Also! Geht jetzt!«

Und sie gingen. Nicht Arm in Arm, Hand in Hand oder leuchtende Blicke austauschend: sondern sie in Tränen, er aber düster und niedergeschlagen. Waren dies die Herzen, die erst kürzlich noch das des alten Toby aufhüpfen machten aus seiner Schwäche? Nein, nein. Der Alderman – Segen über sein Haupt! – hatte es ihnen »gelegt«.

»Da Ihr zufällig hier seid«, sagte der Alderman zu Toby, »so könnt Ihr mir einen Brief besorgen. Wie stehts aber mit der Geschwindigkeit? – Ihr seid ein alter Mann.«

Toby, der ganz betäubt Meg nachgesehen hatte, versuchte zu murmeln, daß er sehr hurtig und recht gut bei Kräften sei.

»Wie alt seid Ihr?« fragte der Alderman.

»Sechzig vorbei, Sir«, versetzte Toby.

»Der Mann hat das Durchschnittsalter weit überschritten«, fiel Herr Filer ein, als ob seine Geduld wohl einer Heimsuchung fähig sei, dies aber wirklich die Sache ein wenig zu weit treiben heiße.

»Ich spüre wohl, daß ich zur Last bin, Sir«, sagte Toby. »Ich – ich habs schon heute morgen geargwöhnt. Ach du mein Himmel!«

Der Alderman unterbrach ihn, indem er einen Brief aus seiner Tasche zog und ihn Toby Veck übergab. Letzterer würde dazu auch einen Schilling erhalten haben; da aber Herr Filer deutlich bewies, daß er in diesem Fall eine gewisse gegebene Anzahl von Personen je um neuneinhalb Pence bringe, so erhielt er nur ein Sechspencestück und war schon darüber überglücklich.

Dann gab der Alderman jedem seiner Freunde einen Arm und zog triumphierend von dannen; unmittelbar darauf kam er jedoch eiligst allein zurück, als ob er etwas vergessen hätte.

»Dienstmann!« sagte der Alderman.

»Sir!« versetzte Toby.
»Gebt auf Eure Tochter acht. Sie ist viel zu schön.«
»Vermutlich hat sie auch ihr hübsches Gesicht jemandem gestohlen«, dachte Toby, indem er das Sechspencestück in seiner Hand ansah und an die Kuttelflecke dachte. »Sollte mich nicht wundern, wenn sie fünfhundert vornehmen Damen je ein Stück Blüte entrissen hätte. 's ist ja ganz schrecklich!«
»Sie ist viel zu schön, mein guter Mann«, wiederholte der Alderman. »Ich sehe klar voraus, daß es mit ihr kein gutes Ende nehmen wird. Merkt auf das, was ich Euch sage, und habt ein wachsames Auge auf sie!«
Mit diesen Worten eilte er wieder fort.
»Überall Unrecht – überall Unrecht!« sagte Trotty, seine Hände zusammenschlagend. »Schon als schlecht geboren! Nichts hier zu schaffen!«
Die Glocken tönten hallend zusammen, als er diese Worte sprach – voll, laut und kräftig tönend, aber ohne Ermutigung. Nein, keine Spur davon.
»Die Weise hat sich geändert«, rief der alte Mann, als er aufhorchte. »'s ist nicht eine Silbe darin, an der man eine Freude haben könnte. Doch warum auch? Was geht mich das neue oder das alte Jahr an? Laßt mich sterben!«
Dennoch hallten die Töne fort, daß die ganze Luft in Schwingungen geriet: »Leg es ihnen, leg es ihnen! Gute alte Zeiten, gute alte Zeiten! Tatsachen und Zahlen, Tatsachen und Zahlen! Leg es ihnen, leg es ihnen!« Wenn sie überhaupt etwas sagten, so sagten sie nur dies, bis es in Tobys Gehirn zu kreisen begann.
Er preßte seinen armen, wirren Kopf in beide Hände, als ob er ihn vor dem Zerspringen bewahren wollte. Dies war eine Bewegung zur rechten Zeit, denn sie ließ ihn in der einen Hand den Brief fühlen, und so wurde er an seinen Auftrag erinnert. Mechanisch setzte er sich in seinen gewöhnlichen Trab und trottete von hinnen.

Das zweite Viertel

Der Brief, den Toby von Alderman Cute erhalten hatte, war an einen großen Mann in dem großen Distrikt der Stadt adressiert. Der größte Distrikt der Stadt. Er mußte es auch wohl sein, weil er allgemein von seinen Einwohnern, die »Welt« genannt wurde.

Der Brief kam entschieden Tobys Hand weit schwerer vor, als ein andrer Brief – nicht weil ihn der Alderman mit einem sehr großen Wappen und einer endlosen Lackverschwendung gesiegelt hatte, sondern wegen des wichtigen Namens auf dem Umschlag und der schweren Menge von Gold und Silber, an die er erinnerte.

»Wie ganz verschieden von uns!« dachte Toby in aller Einfalt, als er die Adresse las. »Wenn man die zum Tod bestimmten Schildkröten durch die Anzahl der vornehmen Leute teilte, die sie kaufen könnten, würde er nur seinen eignen Anteil beanspruchen und würde es verachten, irgendeinem Menschen die Kuttelflecke vor dem Mund wegzuschnappen!«

Mit der unwillkürlichen Huldigung, die einem so hochstehenden Charakter gebührte, brachte Toby einen Zipfel seiner Schürze zwischen den Brief und seine Finger.

»Seine Kinder«, fuhr Trotty fort, und ein Nebel legte sich vor seine Augen, »seine Töchter – vornehme Herren können kommen, ihre Herzen gewinnen und sie heiraten. Sie dürfen glückliche Weiber und Mütter werden – sind vielleicht schön, wie meine liebe M–e–.«

Er konnte den Namen nicht zu Ende bringen, denn der letzte Buchstabe schwoll in seiner Kehle zum Umfang des ganzen Alphabets an.

»Doch gleichviel«, dachte Trotty. »Ich weiß, was ich meine, und das ist mehr als genug für mich.«

Und mit dieser tröstlichen Betrachtung trabte er weiter.

Es hatte an diesem Tag hart gefroren, und die Luft war stärkend, frisch und klar. Die winterliche Sonne gab zwar keine Wärme, blickte aber glänzend auf das Eis nieder, das sie nicht schmelzen konnte, und ließ darin ihre Strahlen spiegeln. Zu andern Zeiten hätte Trotty vielleicht dieser Wintersonne eine Lehre für den armen Mann abgewinnen können, aber er war jetzt darüber hinaus.

Das Jahr war sterbensalt an diesem Tag. Das geduldige Jahr hatte die Vorwürfe und Schmähungen seiner Lästerer überlebt und war getreulich mit seinem Werk zustande gekommen. Frühling, Sommer, Herbst, Winter. Es hatte sich durch den ihm angewiesenen Kreislauf gearbeitet und legte jetzt sein müdes Haupt nieder, um zu sterben. Abgeschnitten von aller Hoffnung, von allen starken Impulsen, von allem Lebendigen, und nur noch ein Bote vieler Freuden für andre, verlangte es weiter nichts, als daß man sich seiner vielen mühsamen Tage und geduldigen Stunden erinnere und es dann in Frieden hinscheiden lasse. Trotty hätte aus dem entschwindenden Jahr ein Sinnbild des armen Mannes lesen können – aber er war jetzt darüber hinaus.

Und nur er? Oder war vielleicht seit siebzig Jahren derselbe Aufruf zumal an jeden englischen Arbeiter ergangen, aber vergeblich?

Die Straßen waren sehr belebt und die Läden prunkhaft ausgestattet. Wie einem jugendlichen Erben der ganzen Welt sah man dem neuen Jahr mit Freude, Willkomm und Geschenken entgegen. Da lagen Bücher und Spielzeug für das neue Jahr, funkelndes Geschmeide für das neue Jahr, Anzüge für das neue Jahr, Glücksentwürfe für das neue Jahr; neue Erfindungen, um es um seine Zeit zu betrügen. Sein Leben war in Kalendern und Taschenbüchern haargenau eingeteilt; das Erscheinen der Monde, der Sterne und der Gezeiten war im voraus bis auf die Sekunde bekannt; ja sogar das Wirken der Jahreszeiten bei Tag und bei Nacht war mit ebenso großer Genauigkeit berechnet, wie Herr Filer aus Männern und Weibern Summen herausarbeiten konnte.

Das neue Jahr, das neue Jahr – überall das neue Jahr! Das

alte betrachtete man schon als tot, und seine Effekten wurden spottbillig verkauft, wie die eines ertrunkenen Matrosen an Bord. Seine Moden wurden schon der Vergangenheit beigezählt und fielen als Opfer, ehe noch sein Atem ausgegangen war. Seine Schätze waren bloßer Schmutz neben den Reichtümern des neugeborenen Nachfolgers!

Trotty dachte für sich: »Du hast doch keinen Teil weder an dem neuen noch an dem alten Jahr.«

»Leg es ihnen, leg es ihnen! Tatsachen und Zahlen, Tatsachen und Zahlen! Gute alte Zeiten! Leg es ihnen, leg es ihnen!« – sein Trab ging nach diesem Takt und wollte sich in keinen andern schicken.

Doch auch dieser, so traurig er war, brachte ihn endlich ans Ende seiner Wanderung nach der Wohnung des Sir Joseph Bowley, Parlamentsmitglied.

Die Tür wurde durch einen Portier geöffnet. Und noch dazu durch was für einen Portier! Kein Porter[1] von Tobys Rang. Etwas ganz andres. Und bei seiner Stellung konnte er die Botengänge wohl entbehren; nicht aber Toby.

Dieser Portier mußte zuvor schwer schnauben, ehe er sprechen konnte; denn er hatte sich außer Atem gehetzt, weil er unvorsichtigerweise von seinem Stuhl aufgestanden war, ohne daß er sich zuvor Zeit genommen hatte, darüber nachzudenken und sein Gemüt zu beruhigen. Als er endlich seine Stimme gefunden hatte – freilich dauerte dies eine geraume Zeit, denn sie war weg und unter einer Last Fleisch verborgen – begann er in fettem Geflüster:

»Von wem ists?«

Toby sagte es ihm.

»Ihr müßt es selbst hineintragen«, sagte der Portier, nach einem Zimmer am Ende eines langen Ganges deutend, der an die Halle stieß. »An diesem Tag des Jahres geht alles direkt hinein. Ihr kommt nicht eine Sekunde zu früh, denn

[1] Ein Wortspiel mit »Porter«, das im Englischen einen Portier und einen Last- oder Austräger bezeichnet.

der Wagen steht schon vor der Tür, und sie sind ausdrücklich nur für ein paar Stunden nach der Stadt gekommen.«
Toby wischte sich sorgfältig die Füße ab, obschon sie ganz trocken waren, und schlug den ihm angedeuteten Weg ein. Während er durch die Halle trottete, bemerkte er, daß es ein schauerlich großartiges Haus war, aber alles so still und verhüllt, als befände sich die Familie auf dem Land. Er klopfte an die Zimmertür, und als er auf ein ›Herein!‹ eintrat, gelangte er in ein geräumiges Bibliothekzimmer, in dem vor einem mit Papieren bedeckten Tisch eine stattliche Dame im Hut saß. Ein nicht sehr stattlicher, schwarz gekleideter Gentleman schrieb, was sie diktierte, und ein andrer älterer und viel stattlicherer Gentleman, dessen Hut und Stock auf dem Tisch lagen, ging auf und ab, die eine Hand in die Brust steckend und von Zeit zu Zeit sein eignes Porträt in Lebensgröße, das über dem Kamin hing, betrachtend.
»Was ist dies?« fragte der letzterwähnte Gentleman. »Herr Fish, wollen Sie nicht die Güte haben, sich darum zu kümmern?«
Herr Fish bat um Verzeihung, nahm Toby den Brief ab und überreichte ihn mit großer Ehrfurcht.
»Von Alderman Cute, Sir Joseph.«
»Ist dies alles? Habt Ihr sonst nichts, Austräger?« fragte Sir Joseph.
Toby antwortete verneinend.
»Habt Ihr keinen Wechsel, keine Forderung an mich, von welcher Seite her es auch sein mag?« sagte Sir Joseph. »Mein Name ist Bowley – Sir Joseph Bowley; wenn Ihr etwas habt, so gebt es her. Herr Fish hat ein Scheckbuch neben sich liegen. Ich lasse nichts ins neue Jahr hinübergehen. Jede Art Rechnung muß in diesem Haus am Schluß des alten beglichen werden, damit, wenn der Tod – wenn der Tod . . .«
»Mich wegraffen sollte«, ergänzte Herr Fish.
»Die Saite meines Daseins zerreißen sollte, Sir«, erwiderte

Sir Joseph mit großer Strenge – »meine Angelegenheiten hoffentlich im Zustande der Vorbereitung gefunden werden.«
»Mein teurer Sir Joseph!« sagte die Dame, die viel jünger war als der Gentleman. »Wie entsetzlich!«
»Mylady Bowley«, entgegnete Sir Joseph, der wie unter der ungeheuerlichen Tiefsinnigkeit seiner Bemerkungen hin und wieder stockte, »zu dieser Zeit des Jahres müssen wir an – an – uns selbst denken. Wir sollten Einsicht nehmen in – in unsre Rechnungen. Wir sollten fühlen, daß jede Wiederkehr einer so ereignisvollen Periode im menschlichen Leben Dinge mit sich führt – Dinge von tiefer Bedeutung zwischen dem Menschen und seinem – und seinem Bankier.«
Sir Joseph entledigte sich dieser Worte in einer Weise, als fühle er die volle Moralität derselben und wünsche, daß sogar Trotty Gelegenheit habe, sich an einem derartigen Gespräch zu erbauen. Vielleicht lag dies in seiner Absicht, weil er immer das Siegel des Briefes noch uneröffnet ließ und zu Trotty sagte, er solle noch eine Minute warten.
»Mylady, Sie wollten Herrn Fish schreiben lassen . . .« bemerkte Sir Joseph.
»Herr Fish hat es, glaube ich, schon geschrieben«, versetzte die gnädige Frau, nach dem Brief hinsehend. »Aber auf mein Wort, Sir Joseph, ich glaube nicht, daß ich es zulassen kann. Es ist so kostspielig.«
»Was ist kostspielig?« fragte Sir Joseph.
»Dieser Wohltätigkeitsverein, mein Lieber. Sie gestatten nur zwei Stimmen für eine Unterzeichnung von fünf Pfund. Das ist in der Tat zu arg.«
»Mylady Bowley«, entgegnete Sir Joseph, »Ihr setzt mich in Erstaunen. Steht der Hochgenuß des Gefühls im Verhältnis zu der Anzahl der Stimmen, oder steht er für eine edle Seele im Verhältnis zu der Anzahl der Bewerber und der ganzen Gesinnung, in die sie durch ihre Bewerbung versetzt werden? Liegt nicht Aufregung der reinsten Art

in dem Umstand, unter fünfzig Personen über zwei Stimmen zu verfügen?«

»Ich gestehe, für mich nicht, denn man langweilt sich dabei«, entgegnete die gnädige Frau. »Außerdem kann man sich keine Freunde verbinden. Doch ich weiß ja, Ihr seid des armen Mannes Freund, Sir Joseph, und denkt anders.«

»Ich bin allerdings des armen Mannes Freund«, bemerkte Sir Joseph, nach dem anwesenden armen Mann hinblickend. »Als solchen mag man mich immerhin verhöhnen, wie man mich schon verhöhnt hat; ich verlange dennoch keinen andern Titel!«

»Gott segne diesen edlen Gentleman!« dachte Trotty.

»Mit Cute da zum Beispiel bin ich nicht einverstanden«, sagte Sir Joseph, indem er den Brief ausstreckte. »Ebensowenig sagt mir Filers Partei zu. Ich will nichts von einer Partei wissen. Mein Freund, der arme Mann, hat nichts mit irgend etwas dieser Art zu schaffen, und solche Dinge gehen *ihn* auch durchaus nichts an. Mir liegt mein Freund, der arme Mann in meinem Distrikt, am Herzen, und kein Mensch und keine Parteigruppe, mögen ihrer auch noch so viele sein, haben ein Recht, sich zwischen mich und meinen Freund zu drängen. Dies ist das Feld, von dem ich nicht weiche. Ich stehe meinem Freunde in der – in der Eigenschaft eines Vaters gegenüber und sage zu ihm: mein guter Bursche, ich will väterlich an dir handeln.«

Toby hörte mit großem Ernst zu – es wurde ihm nachgerade wohler zumute.

»Mein guter Freund«, fuhr Sir Joseph fort, indem er zerstreut nach Toby hinblickte, »du hast in diesem Leben nichts – ganz und gar nichts zu tun, als dich auf mich zu verlassen, und brauchst dich nicht zu bemühen, über irgend etwas nachzudenken. Ich will für dich denken, denn ich weiß, was gut für dich ist, und bin stets dein Vater. Dies ist die Fügung einer allweisen Vorsehung! Du bist nicht dazu geschaffen, um zu schlemmen, zu trinken und wie das Vieh deine Lust im Essen zu suchen« – Toby dachte mit Gewissensbissen an seine Kuttelflecke – »du sollst nur die *Würde der Arbeit* fühlen. Geh aufrecht hinaus in die erfrischende Morgenluft und – und bleibe daselbst. Lebe spärlich und mäßig, benimm dich respektvoll, übe dich in der Selbstverleugnung, erziehe deine Familie mit fast nichts, zahle deine Steuer so regelmäßig als die Uhr schlägt, sei pünktlich in deinem Verkehr – ich gebe dir darin ein gutes Beispiel, denn du wirst Herrn Fish, meinen Geheimschreiber, stets mit einer Geldtruhe vor sich sehen – und du kannst auf mich als auf deinen Freund und Vater bauen.«

»In der Tat, saubere Kinder, Sir Joseph«, sagte die Dame mit einem Schauder. »Rheumatismen, Fieber, verkrümmte Beine, Asthma und dergleichen Schrecken.«

»Mylady«, versetzte Sir Joseph mit Feierlichkeit; »nichtsdestoweniger bin ich des armen Mannes Freund und Vater. Nichtsdestoweniger soll er aus meinen Händen Ermutigung erhalten. An jedem Vierteljahrstag kann er sich mit Herrn Fish besprechen. An jedem Neujahrstag werde ich mit Freunden auf seine Gesundheit trinken. Einmal im Jahr werden ich selbst und meine Freunde tief empfundene Worte an ihn richten. Einmal in seinem Leben kann er vielleicht öffentlich und in Anwesenheit der Honoratiorenschaft sogar eine Kleinigkeit von einem Freund erhalten. Und wenn er, nicht mehr durch derartige Antriebe und durch die Würde der Arbeit aufrechtgehalten, in sein trostreiches Grab sinkt, dann, Mylady« – hier blies Sir Joseph seine Nase auf – »werde ich unter denselben Bedingungen ein Freund und Vater sein – seinen Kindern.« Toby fühlte sich tief bewegt.

»O! Da habt Ihr auch eine dankbare Familie, Sir Joseph!« rief seine Gattin.

»Mylady«, versetzte Sir Joseph in majestätischem Ton, »Undank ist bekanntermaßen die Sünde dieser Klasse. Ich erwarte keinen andern Lohn.«

»Ah! schon als schlecht geboren!« dachte Toby. »Nichts kann unser verhärtetes Gemüt rühren.«

»Was ein Mensch tun kann, geschieht von *meiner* Seite aus«, fuhr Sir Joseph fort. »Ich erfülle meine Pflicht als des armen Mannes Freund und Vater und bemühe mich, seinen Geist zu bilden, indem ich ihm bei allen Gelegenheiten die *eine* große moralische Lehre, die diese Klasse braucht, ans Herz lege. Das heißt, unbedingte Abhängigkeit von mir. Sie haben durchaus nichts mit – mit sich selbst zu schaffen. Aber auch wenn gottlose und hinterlistige Personen sie eines andern belehren wollen – wenn sie ungeduldig und unzufrieden werden, sich eines unbotmäßigen Betragens und schwarzen Undanks schuldig machen, was ohne Zweifel der Fall sein wird, bleibe ich dennoch ihr Freund und Vater. Es ist so von der Vorsehung verordnet und liegt in der Natur der Dinge.«

Mit diesem großartigen Gefühl öffnete er den Brief des Alderman und las ihn.

»In der Tat sehr höflich und aufmerksam!« rief Sir Joseph. »Mylady, der Alderman ist so verbindlich, mich zu erinnern, daß er die ›ausgezeichnete Ehre‹ hatte – er ist sehr gütig – mich in dem Haus unsres gemeinschaftlichen Freundes, des Bankiers Deedles, zu treffen, und erweist mir die Gunst, anzufragen, ob es mir angenehm sei, wenn er Will Fern das Handwerk legte.«

»*Höchst* angenehm!« versetzte Lady Bowley. »Der Schlimmste von allen! Hoffentlich hat er einen Raub begangen.«

»Ei nein«, entgegnete Sir Joseph, in den Brief blickend. »Nicht ganz. Zwar nahe daran, aber nicht ganz. Es scheint, daß er nach London kam, um sich nach Arbeit umzusehen (sich zu verbessern, sagt er), und da wurde er denn nachts in einem Schuppen schlafend gefunden, in Haft genommen und am andern Morgen vor den Alderman gebracht. Der Alderman bemerkt (und zwar sehr richtig), daß er fest entschlossen sei, mit derartigen Vorkommnissen aufzuräumen, und wenn es mir angenehm sei, daß man es Will Fern endlich lege, so schätze er sich glücklich, mit ihm den Anfang zu machen.«

»Jedenfalls soll ein Exempel an ihm statuiert werden«, entgegnete die gnädige Frau. »Als ich letzten Winter unter den Männern und Knaben des Dorfes als eine hübsche Abendbeschäftigung das Spitzen und Öhren der Nadeln einführte und bei dieser Gelegenheit den Vers

O laßt uns unsre Arbeit üben,
Den Squire und dessen Haus stets lieben,
Von unserm Tagsverdienste leben,
Uns unsres Stands nicht überheben

in Musik setzte, damit sie ihn dazu sängen, langte derselbige Fern – ich kann ihn noch sehen – an seinen Hut und sagte: ›Bitt demütig um Verzeihung, Mylady, aber ist nicht doch noch ein Unterschied zwischen mir und einem großen Mädchen?‹ Natürlich erwartete ich dies, denn von dieser Klasse ist doch nichts als Unverschämtheit und Undank vorauszusehen. Doch warum sollte ich mich auch ereifern! Sir Joseph, laßt ein Exempel an ihm statuieren.«

»Hm!« hustete Sir Joseph. »Herr Fish, wollen Sie so gut sein, aufzumerken . . .«

Herr Fish ergriff augenblicklich seine Feder und schrieb, wie ihm Sir Joseph diktierte:

»Privat.

Mein teurer Sir!

Ich bin Euch für Eure Höflichkeit in der Sache dieses William Fern, von dem ich leider nichts Günstiges sagen kann, sehr verpflichtet. Ich habe mich ihm gegenüber stets im Lichte eines Vaters und Freundes gesehen, bin aber (wie es leider nur zu gewöhnlich der Fall ist) mit Undank und beharrlicher Opposition gegen meine Pläne belohnt worden. Er ist ein unruhiger, rebellischer Geist. Sein Charakter duldet kein Erforschen. Nichts wird ihn dazu vermögen, glücklich zu sein, da er es doch so gut könnte. Unter diesen Umständen gestehe ich, daß Ihr meiner Ansicht nach der Gesellschaft einen Dienst leisten und ein heilsames Beispiel in einem Land geben würdet – wo, sowohl um derer willen, die im guten oder im bösen Ruf eines Vaters und Freundes der Armen stehen, als auch mit Rücksicht auf die irregeleitete Klasse selbst, Beispiele so nötig sind – wenn Ihr diesen Mann für einige Zeit als Vagabunden einsperren ließet, falls sich derselbe, wie er Euch in dem Verhör versprochen hat (und ich zweifle nicht, daß er Wort halten wird), wieder bei Euch einstellen sollte. Ich verbleibe« usw.

»Es kommt mir vor«, bemerkte Sir Joseph, als er diesen Brief unterzeichnet hatte und Herr Fish ihn eben versiegelte, »als ob dies wahrhaftig eine Verordnung der Vorsehung sei. Am Schluß des Jahres kann ich sogar mit William Fern meine Rechnung begleichen und meine Bilanz aufstellen.«

Trotty, dem der Mut schon längst wieder ganz und gar entsunken war, trat jetzt mit einer Jammermiene vor, um den Brief in Empfang zu nehmen.

»Mit meinem Kompliment und meinem Danke«, sagte Herr Joseph. »Halt!«

»Halt!« wiederholte Fish.

»Ihr habt vielleicht gewisse Bemerkungen gehört«, fuhr Sir Joseph orakelhaft fort, »zu denen ich mich durch den feierlichen Zeitpunkt, an dem wir angelangt sind, und durch die gebieterische Pflicht, in einem solchen Augenblick alle häuslichen Angelegenheiten zu ordnen, verleiten ließ. Ihr habt bemerkt, daß ich mich nicht hinter meine hohe Stellung in der Gesellschaft verschanze, sondern daß Herr Fish – dieser Gentleman da – ein Scheckbuch neben sich liegen hat und nur dazu hier ist, um mich in den Stand zu setzen, ein vollkommen neues Blatt aufzuschlagen, damit die neue Epoche mit einem vollkommen reinen Buche angetreten werden kann. Nun, mein Freund, seid Ihr gleichfalls imstande, Eure Hand aufs Herz zu legen und zu sagen daß Ihr Eure Vorbereitungen für ein neues Jahr getroffen habt?«

»Ich fürchte, Sir«, stammelte Trotty, ihn demütig anblickend, »daß ich mit der Welt ein – ein – wenig im Rückstand bin.«

»Im Rückstand mit der Welt?« wiederholte Sir Joseph Bowley in einem Ton von erschreckender Deutlichkeit.

»Ich fürchte, Sir«, stotterte Trotty, »daß da noch zehn oder zwölf Schilling sind, die ich Frau Chickenstalker schuldig bin.«

»Frau Chickenstalker schuldig?« wiederholte Sir Joseph in demselben Ton wie zuvor.

»Sie hält einen Laden, in dem alles zu haben ist«, entgegnete Toby. »Auch ein – ein wenig fehlt noch an der Hausmiete. Nur sehr wenig, Sir. Ich weiß, wir sollten nichts schuldig sein, aber es ist uns wahrhaftig recht schlimm ergangen.«

Sir Joseph musterte zweimal seine Gattin, Herrn Fish und Trotty im Kreis, worauf er mit beiden Händen eine trostlose Gebärde machte, als gebe er die Sache ganz und gar auf.

»Wie kann ein Mann, sogar einer aus dieser unbekümmerten und unpraktischen Rasse – ein alter Mann, ein grauer Mann, einem neuen Jahre ins Gesicht sehen, während seine Angelegenheiten sich in einem solchen Zustand befinden! Wie kann er sich nachts zu Bett legen und am Morgen wieder aufstehen, während – da!« fügte er bei, indem er Trotty den Rücken zuwandte – »nehmt den Brief, nehmt den Brief!«

»Wollte Gott, es wäre anders, Sir«, sagte Trotty, der sich sehnlichst zu entschuldigen wünschte. »Aber wir sind bitter heimgesucht worden.«

Da Sir Joseph noch immer sein: »Nehmt den Brief, nehmt den Brief!« wiederholte, und Herr Fish nicht nur das gleiche sagte, sondern auch der Aufforderung dadurch einen weitern Nachdruck gab, daß er gegen die Tür wies, blieb dem armen Trotty nichts übrig, als daß er seine Verbeugung machte und das Haus verließ. Auf der Straße angelangt, zog er seinen alten, abgenützten Hut ins Gesicht, um den Schmerz zu verbergen, den er darüber fühlte, daß er nirgends dem Neujahr einen Halt abgewinnen konnte.

Er hob seine Kopfbedeckung nicht einmal, um an dem Glockenturm hinaufblicken zu können, als er auf dem Rückweg an der alten Kirche vorbeikam. Für einen Augenblick blieb er gewohnheitshalber stehen. Er wußte, daß es dunkel wurde und der Kirchturm schwach und undeutlich über ihm in die trübe Luft stieg; auch wußte er, daß die Glocken alsbald erschallen würden, und daß sie zu einer solchen Zeit wie Stimmen aus den Wolken in seine Ohren zu tönen pflegten. Aber er beeilte sich nur um so mehr, den Brief an den Alderman abzuliefern und ihnen aus dem Wege zu kommen, ehe sie anfingen, denn er fürchtete, in ihrem Bimmeln nichts andres als den ewigen Refrain »Freunde und Väter, Freunde und Väter« zu hören.

Toby sputete sich daher nach Kräften, seinen Auftrag auszurichten, und trabte dann nach Hause. Sein Gang war aber im besten Fall linkisch und wurde durch den tief ins Gesicht gedrückten Hut nicht verbessert, weshalb er nach kurzer Zeit gegen jemand anprallte, der ihn taumelnd auf den Fahrweg hinausschleuderte.

»Ich bitte um Verzeihung!« sagte Trotty, in großer Verwirrung seinen Hut in die Höhe ziehend, dessen zerrissenes Futter aber auf der Stirn sitzen blieb, so daß sein Kopf wie in einem Bienenkorb steckte. »Hoffentlich habe ich Euch nicht verletzt?«

Toby war kein so absoluter Samson, daß er möglicherweise irgend jemand hätte beschädigen können; dagegen lag die Wahrscheinlichkeit weit näher, daß er selbst Schaden genommen hatte, denn er war wie ein Federball auf die Straße hinausgeflogen. Dennoch hatte er eine so hohe

Meinung von seiner eignen Kraft, daß er um den andern wirklich besorgt war und noch einmal fragte:
»Hoffentlich habe ich Euch nicht verletzt?«
Der Mann, gegen den er angerannt war, ein sonnverbrannter, muskulöser Bauer mit grauen Haaren und rauhem Kinn, stierte ihn einen Augenblick an, als glaube er, Toby wolle sich mit ihm einen Scherz erlauben. Sobald er jedoch dessen ehrliche Miene gesehen hatte, antwortete er: »Nein, mein Freund, Ihr habt mich nicht verletzt.«
»Und auch das Kind nicht?« fragte Trotty.
»Auch das Kind nicht«, erwiderte der Mann. »Ich danke Euch sehr.«
Bei diesen Worten blickte er auf das kleine Mädchen, das er schlafend in seinen Armen trug, beschattete ihr Gesicht mit dem langen Ende seines zerrissenen Halstuches und ging langsam weiter.
Der Ton, in dem er sagte: »Ich danke Euch sehr«, drang in Tobys Herz. Der Mann war so ermattet, von der Wanderung beschmutzt und sah so seltsam und betrübt umher, daß es ihm wohl ein Trost sein mußte, jemand danken zu können, für wie wenig es auch sein mochte. Toby blieb stehen und schaute ihm nach, wie er mit wunden Füßen weiter ging, während das Kind den Arm um seinen Hals geschlungen hatte.
Trotty hatte nur noch Augen für die Gestalt in den abgenutzten Schuhen – jetzt nur noch die Schatten und Gespenster einer Fußbekleidung – in den rauhen Lederhosen, dem Zwilchkittel und dem breitkrempigen Hute, wie sie, das an ihren Hals sich anklammernde Kind auf ihrem Arm, dahinglitt. Ehe der Wanderer in der Dunkelheit verschwand, machte er halt und blickte umher. Als er Trotty noch dastehen sah, schien er unschlüssig zu sein, ob er weitergehen oder umkehren sollte. Nachdem er zuerst das eine, dann das andre getan hatte, kam er wieder zurück, und Trotty ging ihm auf halbem Weg entgegen.
»Könnt Ihr mir vielleicht sagen«, begann der Mann mit

einem matten Lächeln, »wo Alderman Cute wohnt? Wenn Ihrs wißt, werdet Ihr mir gewiß Auskunft geben. Ich frage lieber Euch, als irgend jemand andern.«
»Ganz in der Nähe«, versetzte Toby. »Ich will Euch mit Freuden sein Haus zeigen.«
»Ich sollte morgen an einem andern Ort mit ihm zusammentreffen«, sagte der Mann, neben Toby hergehend, »aber man hat einen Argwohn auf mich, und ich möchte mich von ihm reinigen, damit ich frei ausgehen und mein Brot suchen kann, obschon ich nicht weiß, wo ichs zu finden habe. Er wird mir daher wohl vergeben, wenn ich heute abend in sein Haus komme.«
»Wie – nein, unmöglich!« rief Toby zusammenfahrend. »Ihr werdet doch nicht Fern heißen?«
»He?« entgegnete der andre, sich erstaunt gegen den Dienstmann umwendend.
»Fern? Will Fern?« sagte Trotty.
»Das ist mein Name«, versetzte der Mann.
»Dann, ums Himmels willen, geht nicht zu ihm!« rief Trotty, ihn am Arm fassend und vorsichtig umherblickend. »Geht nicht zu ihm! Er wird Euch hopp nehmen, so wahr Ihr geboren seid. Da – kommt in dieses Gäßchen herauf; ich will Euch dann sagen, was ich meine. Aber zu *ihm* müßt Ihr nicht gehen.«
Der Mann sah Toby an, als halte er ihn für toll, folgte ihm aber demungeachtet. Sobald sie sich aller Beobachtung entzogen hatten, teilte ihm Trotty alles mit, was er im Hause des Sir Joseph Bowley über ihn vernommen und was man über seinen Charakter gesagt hatte.
Der Fremde hörte mit einer Ruhe zu, die unsern armen Trotty in Erstaunen setzte. Er widersprach auch nicht ein einziges Mal, sondern nickte nur hin und wieder, mehr wie zur Bekräftigung einer alten Alltagsgeschichte, wie es schien, als in der Absicht, sie von sich abzuweisen. Ein- oder zweimal schob er seinen Hut zurück und fuhr mit der sommersprossigen Hand über eine Stirn, wo jede

Furche, die er gepflügt hatte, ihr Bild im kleinen abgedrückt zu haben schien. Doch dies war alles.

»Es ist in der Hauptsache wahr genug«, sagte er. »Ich könnte zwar da und dort den Weizen von der Spreu sichten – aber lassen wirs lieber. Wozu auch? Ich habe gegen seine Pläne gehandelt, und das ist mein Unglück, obschon ich nicht anders konnte und es morgen wieder ebenso machen würde. Was den Charakter betrifft, so spähen und spähen diese vornehmen Leute und wollen ihn frei von allem Makel haben, ehe sie uns mit einem dürren, guten Worte aushelfen! Na, ich hoffe, daß sie ihren guten Leumund nicht so leicht verlieren als wir, denn ihr Leben wäre dann schlimm genug, und es verlohnte sich kaum der Mühe, es zu erhalten. Was mich betrifft, Herr, so hat diese Hand« – er streckte sie vor sich aus – »nie etwas angetastet, daß nicht mein Eigentum war, und ist nie zurückgeschreckt vor der Arbeit, wie schwer sie auch und wie ärmlich der Lohn sein mochte. Wer dies leugnen kann, der soll sie mir abhacken! Aber wenn mich die Arbeit nicht wie ein menschliches Geschöpf erhält – wenn ich so schlecht leben muß, daß ich in und außer dem Haus hungere – wenn ich sehe, daß ein ganzes Leben voll Tätigkeit so beginnt, so fortmacht und so endet, ohne eine Aussicht auf einen Wechsel, dann sage ich zu dem vornehmen Volk: ›Haltet euch fern von mir und laßt meine Hütte ungeschoren! Meine Türen sind dunkel genug, ohne daß noch euer Schatten dazu kommt. Von mir dürft ihr nicht verlangen, daß ich in dem Park die Schaustellung vermehren helfe, wenns da einen Geburtstag, eine schöne Rede oder weiß der Himmel was gibt. Führt eure Komödien ohne mich auf, und mögen sie euch wohl bekommen. Wir haben nichts miteinander zu schaffen, und 's ist am besten, wenn man mich gehen läßt!‹«

Da er bemerkte, daß das Kind in seinen Armen jetzt die Augen geöffnet hatte und verwundert umhersah, hielt er inne, plauderte ein bißchen in seinem Kinderkauderwelsch mit ihm und stellte es neben sich auf die Erde. Dann wand er sich langsam eine der langen Locken des Mädchens wie einen Ring um den Finger, und während die Kleine sich an sein staubiges Bein anklammerte, sagte er zu Trotty:

»Ich bin, glaub ich, nicht von Natur aus widerhaarig und lasse mich leicht zufriedenstellen. Auch trage ich niemand einen Groll nach und wünsche nur zu leben, wie die andern Geschöpfe Gottes. Das kann ich nicht – das tu ich nicht, und so liegt denn eine tiefe Kluft zwischen mir und denen, die es können und tun. Es gibt noch viele, denen es geradeso ergeht wie mir, und Ihr könnt sie eher zu Hunderten und Tausenden abzählen als zu Einern.«

Trotty wußte, daß der Mann hierin die Wahrheit sprach, und nickte zustimmend.

»Ich habe dadurch einen schlimmen Namen erhalten«, sagte Fern, »und fürchte, daß ich wahrscheinlich nie zu einem bessern kommen werde. Es ist gesetzwidrig, unmutig zu sein, und ich bin wirklich unmutig, obgleich Gott weiß, daß ich weit lieber frohgemut wäre, wenn ichs sein könnte. Nun, ich weiß nicht, ob dieser Alderman *mir* weh tun könnte, wenn er mich ins Gefängnis schickte; aber falls nicht ein Freund ein Wort für mich spräche, so wär ers wohl imstande, und Ihr seht . . .!«

Er deutete mit dem Finger auf das Kind.

»Sie hat ein schönes Gesicht«, sagte Trotty.

»Ei ja!« entgegnete der Mann mit gedämpfter Stimme, indem er das kleine Gesichtchen mit beiden Händen sanft zu sich emporrichtete und es unverwandt anschaute, »das habe ich mir schon oft gedacht. Daran dachte ich, wenn mein Herd sehr kalt und mein Schrank leer war. Daran dachte ich erst gestern nacht, als wir wie zwei Diebe aufgegriffen wurden. Aber sie – sie sollten das kleine Gesicht nicht zu oft vor Gericht bringen – meinst nicht, Lilian? Das ist kaum einem Mann erwünscht!«

Er dämpfte seine Stimme fast bis zur Lautlosigkeit und starrte das Kind so seltsam und ernst an, daß Toby, um seinen Gedanken eine andre Richtung zu geben, die Frage stellte, ob sein Weib noch am Leben sei.
»Ich habe nie ein Weib gehabt«, entgegnete er mit Kopfschütteln. »Sie ist meines Bruders Kind – eine Waise – neun Jahre alt, obschon Ihrs kaum glauben würdet; aber sie ist jetzt müde und abgezehrt. Die Union wollte die Sorge für sie übernehmen und sie achtundzwanzig Meilen von dem Orte, wo wir wohnen, zwischen vier Wände einsperren, wie sie's auch mit meinem alten Vater machten, als er nicht mehr arbeiten konnte, obschon er ihnen nicht lange lästig fiel. Da hab denn ich sie zu mir genommen, sie lebt bei mir. Ihre Mutter hatte einmal eine Freundin hier in London. Wir wollen versuchen, ob wir sie nicht entdecken und zugleich Arbeit finden können; aber 's ist ein großer Platz. Nun ja, 's ist auch recht – wir haben dafür um so mehr Raum umherzugehen, Lilly!«
Er sah das Kind mit einem Lächeln an, das Toby mehr als zu Tränen rührte, und drückte dann dem armen Austräger die Hand.
»Ich kenne Euch zwar nicht einmal dem Namen nach«, sagte er; »aber ich habe Euch mein Herz ausgeschüttet, denn ich bin Euch dankbar – und zwar aus gutem Grund. Ich will Euern Rat befolgen und mich fern halten von diesem . . .«
»Friedensrichter«, ergänzte Toby.
»Ah!« fuhr er fort; »wenn dies der Name ist, den man ihm gibt. Von diesem Friedensrichter. Und morgen will ich versuchen, ob mir nicht irgendwo in der Nähe von London ein besseres Glück blüht. Gute Nacht. Ein glückliches Neujahr!«
»Halt!« rief Trotty, die Hand des andern fest umklammernd, als sie sich losmachen wollte. »Halt! das Neujahr kann nicht glücklich für mich sein, wenn wir uns so trennen. Wie könnte ich auch von einem glücklichen

Neujahr sprechen, wenn ich mit ansehen müßte, wie ihr mit dem Kind weiter zieht, ohne zu wissen, wohin, und ohne ein Obdach für die Nacht. Kommt mit mir nach Hause! Ich bin zwar nur ein armer Mann und habe bloß ein elendes Quartier; aber ich kann Euch doch für eine Nacht ein Lager geben, ohne es zu entbehren. Kommt mit mir! So, ich will sie nehmen!« fügte Trotty bei, indem er das Kind aufhob. »Eine hübsche Kleine! Ich wollte mir zwanzigfach ihr Gewicht aufladen lassen, ohne daß ich es besonders spürte. Sagt mir, ob ich vielleicht zu schnell für Euch gehe – 's ist meine Gewohnheit zu eilen!«

Während Trotty dies sagte, mußte er stets sechs von seinen kurzen Trabschritten während eines einzigen langen seines müden Gefährten hopsen; und seine dünnen Beine zitterten unter der Last, die er trug.

»Ei, sie ist so leicht«, sagte Trotty, dessen Worte ebenso rasch und stoßweise kamen, wie sein Schritt war, denn er wollte auf keine Danksagung hören und scheute sich, eine Pause eintreten zu lassen; »so leicht wie eine Feder, leichter als eine Pfauenfeder – viel leichter. So, da sind wir – jetzt gehts da hinein, um die erste Ecke rechts, Onkel Will, an dem Brunnen vorbei und dann den Weg links hinauf, dem Wirtshaus gegenüber. Jetzt über den Weg hinüber, Onkel Will, und dort auf den Nierenpastetenmann an der Ecke zu! Da wären wir! Nun an den Ställen hinunter, Onkel Will, und dann macht Ihr an der schwarzen Tür halt, über der ›Toby Veck, Dienstmann‹ auf einem Brett geschrieben steht. So, und jetzt sind wir da, jetzt sind wir wirklich da, und jetzt wirst du dich wundern, liebe Meg!«

Mit diesen Worten setzte der atemlose Trotty das Kind mitten in der Stube zu den Füßen seiner Tochter nieder. Der kleine Gast sah Meg an und lief, da er in ihrem Gesicht nichts Zweifelerregendes fand, vertrauensvoll in ihre Arme.

»So, da sind wir und da bleiben wir!« rief Toby, keu-

chend im Zimmer umherlaufend. »Hier, Onkel Will – Ihr seht, hier ist ein Feuer! Warum kommt Ihr nicht ans Feuer? Ha, da sind wir und da bleiben wir! Meg, mein Herz, wo ist der Kessel? So – er wird augenblicklich kochen!«
Trotty hatte wirklich während seines wilden Hin- und Herrennens den Kessel aufzuheben gewußt und über das Feuer gesetzt, während Meg in einer warmen Ecke vor dem Kind niedergekniet war, um ihm die Schuhe auszuziehen und mit einem Tuch die nassen Füßchen zu trocknen. Ja, und sie lachte auch über Trotty – so vergnügt, so herzlich, daß Trotty sie augenblicklich hätte segnen mögen, denn er hatte ja beim Eintreten gesehen, wie sie in Tränen vor dem Feuer saß.
»Ei, Vater«, sagte Meg, »du bist, glaube ich, diesen Abend ganz närrisch. Ich weiß nicht, was die Glocken dazu sagen würden. Die armen Füßchen – wie kalt sie sind!«
»O, sie sind jetzt wärmer!« rief das Kind. »Sie sind jetzt ganz warm!«
»Nein, nein, nein«, sagte Meg. »Wir haben sie noch nicht halb genug gerieben. Wir sind ja so fleißig! So fleißig! Und wenn sie ganz warm sind, dann wollen wir das feuchte Haar auskämmen. Sind wir damit fertig, so wollen wir mit ein bißchen frischem Wasser einige Farbe in das arme blasse Gesicht bringen, und dann wollen wir so froh, so heiter und glücklich sein!«
Das Kind umschlang in einem Anfall von Schluchzen ihren Hals, streichelte mit seinen Händchen ihre Wange und sagte:
»O Meg! o liebe Meg!«
Tobys Segen hätte nicht mehr tun können. Wer wäre auch imstande gewesen, mehr zu tun?
»Ei, Vater!« rief Meg nach einer Pause.
»Da bin ich und da steh ich, mein Lieb!« sagte Trotty.
»Gütiger Himmel!« rief Meg, »er ist ganz von Sinnen!

Setzt er da das Hütlein des lieben Kindes auf den Kessel und hängt den Deckel hinter die Tür!«

»Ich habe dies nicht mit Absicht getan, mein Lieb«, entgegnete Trotty, indem er hastig sein Versehen wieder gutmachte. »Meg, mein Kind?«

Meg blickte nach ihm hin und sah, daß er sich mit Vorbedacht hinter den Stuhl seines männlichen Gastes gestellt hatte, wo er mit vielen geheimnisvollen Gebärden das Sechspencestück, das er eingenommen, in die Höhe hielt.

»Als ich hereinkam«, sagte Trotty, »habe ich irgendwo auf der Treppe eine halbe Unze Tee liegen sehen; auch glaube ich wahrhaftig, daß ein Stückchen Speck dabei lag. Ich entsinne mich nicht mehr recht auf den Platz, will aber hingehen und sehen, ob ichs nicht finde.«

Unter diesem unergründlich scharfsinnigen Vorwande entfernte sich Toby, um die besprochenen Lebensmittel für bares Geld bei Frau Chickenstalker zu kaufen. Er kam bald wieder zurück und sagte, er habe die Sachen anfangs in der Dunkelheit nicht finden können.

»Aber da sind sie endlich«, sagte Trotty, das Teegeschirr aufsetzend – »alles richtig! Ich wußte es ja, daß es Tee und eine schöne Schnitte war. Da, seht selbst. Meg, mein Herzchen, wenn du den Tee zurichten willst, während dein unwürdiger Vater den Speck röstet, so wird alles bald fertig sein. 's ist eine kuriose Sache«, fuhr Trotty fort, indem er mit Hilfe der Röstgabel seine Kochkunst betrieb, »kurios, aber allen meinen Freunden wohlbekannt, daß ich für meine Person mir niemals weder aus Tee noch aus Speck etwas machte. Ich sehe es nur gern, wenn andre Leute sichs dabei wohl sein lassen«, sagte er in sehr lautem Tone, um seinen Gast die Tatsache recht merklich zu machen, »obschon diese Nahrung mir selbst durchaus nicht behagt.«

Doch schnüffelte Trotty den Wohlgeruch des zischenden Specks ein – ah! – als ob er mit Freuden selbst hätte zulangen mögen, und als er das kochende Wasser in den Teetopf goß, blickte er sehnsüchtig in dessen Tiefe hinunter und ließ sich gern den würzigen Dampf um die Nase kräuseln und den Kopf von einer dichten Wolke bekränzen. Aber trotzdem genoß er nichts weiter davon, als im Anfang der Höflichkeit halber einen einzigen Bissen, der ihm ungemein gut zu schmecken schien, obschon er erklärte, daß er sich nicht das mindeste daraus mache.

Nein, Trottys Beschäftigung bestand darin, Will Fern und Lilian essen und trinken zu sehen, und das gleiche war bei Meg der Fall. Und nie fand ein Zuschauer bei einem Stadt- oder Hofbankett einen solchen Hochgenuß darin, andre – ja, wäre es sogar ein König oder ein Papst gewesen – schmausen zu sehen, als unser Pärlein an jenem Abend. Meg lächelte zu Trotty hinüber, Trotty lachte Meg an. Meg nickte und tat, als klatsche sie mit den Händen, um Trotty ihren Beifall zu erkennen zu geben, während Trotty in stummer Zeichensprache Meg eine unverständliche Geschichte erzählte, wann und wo er seine Gäste gefunden hatte. Und sie waren glücklich – sehr glücklich.

»Obgleich ich sehen muß, daß Megs Verlobung gelöst ist«, dachte Trotty bekümmert, als er Megs Gesicht betrachtete.

»Nun, jetzt werde ich Euch was sagen«, begann Trotty nach dem Tee. »Die Kleine schläft bei Meg.«

»Bei der guten Meg!« rief das Kind, sie liebkosend. »Bei Meg.«

»So ists recht«, sagte Trotty. »Und es sollte mich nicht wundern, wenn sie Megs Vater einen Kuß gäbe. Was meinst du, Kind? Ich bin Megs Vater.«

Trotty war hochentzückt, als sich ihm das Kind schüchtern näherte, ihn küßte und dann wieder zu Meg zurückkehrte.

»Sie ist so verständig wie Salomo«, sagte Trotty. »Da

kommen und da gehen – nein, das meinte ich nicht – ich – was wollte ich denn sagen, meine liebe Meg?«

Meg blickte auf ihren Gast, der sich an ihren Stuhl gelehnt hatte und, während er das Gesicht von ihr abwandte, den in ihrem Schoß verborgenen Kopf der Kleinen streichelte.

»Natürlich«, sagte Toby. »Natürlich! Weiß ich doch wahrhaftig nicht, was ich heute abend treibe. Ich bin heute ganz zerstreut, glaube ich. Will Fern, Ihr kommt mit mir, denn Ihr seid todmüde und völlig erschöpft, weil Ihr so lange nicht geruht habt. Kommt mit mir.«

Der Mann spielte noch immer mit den Locken des Kindes, lehnte noch immer mit abgewandtem Gesicht an Megs Stuhl. Er sprach kein Wort, aber in seinen rauhen Fingern, die sich im Haar des Kindes ballten und wieder lösten, lag eine Beredsamkeit, die mehr als alle Worte sagte.

»Ja, ja«, fuhr Trotty fort, der unwillkürlich die Frage beantwortete, die auf Megs Gesicht stand. »Nimm sie mit dir, Meg. Bring sie zu Bett. So! jetzt will ich Euch zeigen, wo Ihr liegen könnt, Will. 's ist zwar nicht viel Platz, sondern nur Heuboden; aber ein Heuboden ist, wie ich immer sage, die größte Bequemlichkeit, wenn man in Ställen wohnt; und bis dieser Schuppen und der Stall besser vermietet werden, leben wir hier sehr billig. Droben ist viel vortreffliches Heu, das einem Nachbar gehört und ein so reinliches Lager bietet, als es Hände und Meg nur machen können. Frischauf! Laßts Euch nicht nahe gehen. Für jedes neue Jahr ein neues Herz!«

Die Hand, die sich aus dem Haar des Kindes losgemacht hatte, war zitternd in die unsers Toby gefallen, und letzterer führte nun seinen Gast, in einem fort sprechend, so zärtlich hinaus, als wäre dieser gleichfalls ein Kind.

Da er vor Meg wieder zurückkam, so horchte er einen Augenblick an der Tür ihrer an die Stube stoßenden kleinen Kammer. Die Kleine murmelte ein einfaches

Nachtgebet, mit dem sie auch den Namen der »lieben Meg« in Verbindung brachte – dann hörte Trotty, wie sie innehielt und nach dem seinigen fragte.
Es dauerte eine kleine Weile, bis der törichte alte Knabe sich so weit fassen konnte, um das Feuer nachzuschüren und seinen Stuhl an den warmen Herd zu ziehen. Als es aber endlich geschehen war und er das Licht geputzt hatte, nahm er seine Zeitung aus der Tasche und begann zu lesen, anfangs gleichgültig, indem er rasch über die Spalten hinflog, sehr bald aber mit großem Ernst und trauriger Aufmerksamkeit.
Denn diese schreckliche Zeitung lenkte Trottys Gedanken abermals auf den nämlichen Pfad, auf dem sie den ganzen Tag über, namentlich infolge der erlebten Ereignisse, gewandert waren. Sein Interesse an den beiden Wanderern hatte ihn zwar für eine Weile in eine glücklichere Stimmung versetzt; sobald er aber wieder allein war und die Verbrechen und Gewalttaten der Leute las, versank er wieder in die frühere zurück.
Endlich kam er zu einem Bericht (und es war nicht der erste derartige, den er las) von einer Frau, die verzweiflungsvoll Hand nicht nur an ihr eignes Leben, sondern auch an das ihres jungen Kindes gelegt hatte. Dieses schreckliche Verbrechen wirkte so empörend auf ihn, daß er, als er dabei an Megs Liebe dachte, das Zeitungsblatt fallen ließ und entsetzt in seinen Stuhl zurücksank.
»Unnatürlich und grausam!« rief Toby. »Unnatürlich und grausam. Nur Leute von ganz verstocktem Herzen, die schon schlecht geboren werden und auf Erden eigentlich nichts zu schaffen haben, können solche Taten verüben. Was ich heute den Tag über gehört habe, ist nur zu wahr, nur zu erwiesen. Wir sind schlecht!«
Die Glocken nahmen die Worte so plötzlich auf und ertönten so laut, so klar und voll, daß er meinte, ihre Stimme dringe aus seinem Stuhl hervor.
Und was sagten sie?

»Toby Veck, Toby Veck, wir warten auf dich, Toby! Toby Veck, Toby Veck, wir warten auf dich, Toby! Komm, besuch uns; komm, besuch uns! – Schleppt ihn zu uns, schleppt ihn zu uns – hetzt und jagt ihn, hetzt und jagt ihn! Soll nicht schlafen! Soll nicht schlafen! Toby Veck, Toby Veck, die Tür steht offen, Toby –« dann begannen sie diesen Gesang wieder von vorn und klangen dermaßen, daß die Töne sogar aus den Ziegeln und dem Mörtel hervorzuquellen schienen.

Toby lauschte. Einbildung, Einbildung! Das waren wohl nur die Gewissensbisse, weil er ihnen diesen Abend entlaufen war? Nein, nein. Nichts der Art. Aber wieder und wieder, ja noch dutzendmal erklang es: »Hetzt und jagt ihn – schleppt ihn zu uns, schleppt ihn zu uns!« die ganze Stadt betäubend.

»Meg«, sagte Trotty leise, indem er an ihre Tür klopfte. »Hörst du nichts?«

»Ich höre die Glocken, Vater. Sie sind heute abend sehr laut.«

»Schläft sie?« fuhr Toby fort, diese Frage als Vorwand benutzend, um hineinschauen zu können.

»So ruhig und glücklich! Aber ich kann sie noch nicht verlassen, Vater – schau nur, wie sie meine Hand festhält!«

»Meg!« flüsterte Trotty. »Höre nur auf die Glocken!«

Sie kehrte ihrem Vater das Gesicht zu und lauschte; aber in ihren Zügen ließ sich keine Veränderung bemerken, da sie die Glockenstimmen nicht verstand.

Trotty entfernte sich, nahm wieder bei dem Feuer Platz und lauschte abermals allein. So verblieb er eine Weile.

Aber nein, unmöglich konnte er es länger ertragen; denn ihre Ausdruckskraft war zu schrecklich.

»Wenn die Turmtür wirklich offen ist«, sagte Toby, indem er hastig seine Schürze beiseite legte, ohne jedoch an seinen Hut zu denken, »was hindert mich dann, hinaufzugehen und mich zu überzeugen? Ist sie aber geschlossen, so brauche ich keinen weitern Beweis mehr. Dann ists genug.«

Er glitt ruhig auf die Straße hinaus, fest überzeugt, daß er die Turmtür geschlossen und verriegelt finden werde; denn er kannte die Tür wohl und hatte sie selten, vielleicht in seinem ganzen Leben nicht mehr als dreimal, offen stehen sehen. Es war ein niederes Bogenportal außerhalb der Kirche, das in einer dunkeln Nische hinter einer Säule stand, und hatte so schwere Eisenbeschläge und ein ungeheures Schloß, daß von der Tür fast nichts zu sehen war.

Aber wie groß war sein Erstaunen, als er barhäuptig zu der Kirche kam, mit der Hand die dunkle Nische tastete – wiewohl er gute Lust hatte, sie schaudernd wieder zurückzuziehen, weil er fürchtete, sie möchte unerwartet gepackt werden – und nun bemerkte, daß die Tür, die nach außen aufging, wirklich halb offen stand!

In der ersten Überraschung wollte er wieder zurückgehen oder doch ein Licht oder einen Begleiter holen; sein Mut kam ihm jedoch bald zu Hilfe, und er beschloß, allein hinaufzusteigen.

»Was habe ich zu fürchten?« fragte Trotty. »Es ist eine Kirche! Außerdem sind vielleicht noch die Läuter da und haben vergessen, die Tür zu schließen.«

Er ging daher hinein und tastete sich weiter wie ein blinder Mann, denn es war sehr dunkel – dazu herrschte tiefe Stille, denn die Glocken ließen keinen Laut mehr vernehmen.

Der Straßenstaub war überallhin gedrungen und lag so dicht aufgehäuft, daß der Fuß wie auf weichen Samt trat. Auch hierin lag etwas Befremdliches. Zugleich befand sich die enge Treppe so nahe an der Tür, daß er auf der ersten Stufe strauchelte. Dadurch stieß er mit dem Fuß an die Tür, daß sie anprallte und schwerfällig in ihr Schloß zurückflog, und als er sie wieder zu öffnen versuchte, war all seine Bemühung vergeblich.

Dies war jedoch nur ein Grund mehr, weiter zu gehen. Trotty tastete sich vorwärts – hinauf, hinauf, hinauf – stets kreisend hinauf, hinauf, hinauf – höher, höher und höher hinauf! Fürs Tasten war es ein sehr unangenehmes Treppenhaus, so niedrig und so schmal, daß die untersuchende Hand stets etwas berührte. Ja, es dünkte ihn oft, als stehe ein Mensch oder eine gespenstige Gestalt aufrecht da und mache Platz für ihn, damit sie unentdeckt an ihm vorbeigleiten könne. Dabei strich er mit der Hand an der glatten Mauer aufwärts, um deren Gesicht, und abwärts, um deren Füße zu suchen, während zugleich ein eisiger Schauer seinen Körper durchrieselte. Zwei- oder dreimal unterbrach eine Tür oder eine Nische die einförmige Oberfläche, und dann kam es ihm vor, als sei eine Öffnung da, so weit wie die ganze Kirche. Er meinte bei solcher Gelegenheit am Rand eines Abgrundes zu stehen, in den er kopfüber hinunterstürzen müsse, bis er die Mauer wieder gefunden hatte.

Dennoch ging es hinauf, hinauf, hinauf – im Kreis hinauf, hinauf, hinauf – höher, höher, höher hinauf!

Endlich begann die dumpfe, erstickende Atmosphäre frischer zu werden. Der Wind strömte durch und blies bald so stark, daß er sich kaum auf den Beinen halten konnte. Aber er gelangte an ein gewölbtes, brusthohes Fenster in dem Turm, hielt sich an demselben fest und schaute hinunter auf die Hausgiebel, die rauchenden Schornsteine und das Gewirr von Lichtern (in die Richtung, wo Meg sich jetzt vielleicht über seine Abwesenheit wunderte und nach ihm rief) – alles zu einer Teigmasse von Nebel und Dunkelheit zusammengeknetet.

Dies war der Teil des Glockenhauses, zu dem die Läuter kamen. Er hatte eines der abgeriebenen Seile gefaßt, die durch Öffnungen in dem Eichendach niederhingen. Anfangs fuhr er zusammen, denn es kam ihm vor, als hätte er Haare ergriffen, dann aber zitterte er schon bei dem Gedanken, die tiefe Glocke zu wecken. Die

Glocken selbst hingen höher, und auch Trotty tastete sich höher hinauf, dem Zauber folgend, der ihn lockte. Der Weg wurde jetzt mühsamer und führte auf steilen Leitern weiter, die dem Fuß keinen allzu sichern Halt boten.

Hinauf, hinauf, hinauf geht es, klimmend und kletternd; hinauf, hinauf, hinauf – höher, höher, höher hinauf!

Endlich kam er auf den obern Boden und gelangte, wie er den Kopf über das Gebälk erhob, unter die Glocken. Kaum vermochte er die großen Formen im Dunkel zu unterscheiden; aber da waren sie – schattenhaft, stumm und nachtumhüllt.

Ein banges Gefühl von Furcht und Einsamkeit bemächtigte sich seiner augenblicklich, als er in dieses luftige Nest von Stein und Metall hineinkletterte. Sein Kopf schwindelte – er lauschte und erhob dann seine Stimme zu einem wilden: »Hallo!«

»Hallo!« schallte kläglich das gedehnte Echo nach.

Wirr, schwindlig, erschreckt und atemlos stierte Toby um sich her und brach dann ohnmächtig zusammen.

Das dritte Viertel

Schwarz sind die brütenden Wolken und aufgerührt die tiefen Grundwasser, wenn das Meer der Gedanken nach einer Windstille zu rollen beginnt und seine Toten herausgibt. Wilde, gräßliche Ungeheuer erheben sich in voreiliger, unvollkommener Auferstehung; die Teile und Gestalten verschiedener Dinge mischen und vereinigen sich nach dem Walten des Zufalls; und wann und wie und durch welche wunderbaren Abstufungen sich eines von dem andern trennt oder jedes Gefühl oder jeder Gegenstand des Geistes die gewöhnliche Form, das gewöhnliche Leben wieder annimmt, weiß niemand zu sagen, obgleich der Mensch jeden Tag das Abbild dieses großen Geheimnisses in sich selbst beobachten kann.

Wann und wie also die Dunkelheit des nachtschwarzen Kirchturms sich in helles Licht umwandelte – wann und wie der einsame Raum sich mit Myriadengestalten bevölkerte – wann und wie das geflüsterte: »Hetz und jag ihn«, das eintönig durch seinen Schlummer oder seine Ohnmacht zog, zu einer Stimme wurde, die in Trottys erwachendes Ohr rief: »Sollst nicht schlafen!« – wann und wie er aufhörte, eine träge und wirre Vorstellung zu hegen, daß es solche Dinge gebe, die sich mit einer Schar andrer nicht vorhandener verbündeten – dafür gibt es keine bestimmten Angaben. Aber wachend stand er jetzt da auf den Brettern, auf denen er kurz vorher gelegen hatte, und sah dieses Gespenstergesicht.

In dem Turm, wohin ihn seine behexten Schritte gebracht hatten, umschwärmten ihn zwerghafte Phantome, Geister und Elfengestalten der Glocken. Er sah, wie sie ohne Unterlaß aus den Glocken herausquollen, sprangen, flogen oder niederfielen. Sie umringten ihn auf dem Boden, in der Luft, kletterten an den Glockenseilen abwärts, schauten von den massiven, eisenbeschlagenen Balken auf ihn nieder, blickten durch die Spalten und Öffnungen der Mauern nach ihm hin und umflatterten ihn in immer weiter werdenden Kreisen, ähnlich denen im Wasser,

wenn plötzlich ein großer Stein hineingeworfen wird. Er sah sie in allen Gestalten, mit allen möglichen Gesichtszügen. Er sah unter ihnen Häßliche, Hübsche, Krüppel und wundervolle Gebilde. Er sah unter ihnen Junge, sah Alte, sah Gütige, sah Grausame, sah Fröhliche, sah Grimmige, er sah sie tanzen, hörte sie singen, sah sie ihre Haare raufen und hörte sie heulen. Er sah, daß die Luft von ihnen erfüllt war. Er sah sie unablässig kommen und gehen. Er sah sie hinabgleiten, sich emporschwingen, in die Ferne schweben, neben sich kauern – ruhelos, in wilder Bewegung. Steine, Ziegel und Schiefer wurden für ihn so durchsichtig wie für sie. Er sah sie in den Häusern geschäftig an den Betten der Schläfer. Da brachten sie den Leuten beruhigende Träume, dort schlugen sie dieselben mit knotigen Peitschen. Er sah, wie sie den Schlummernden in die Ohren zeterten oder über ihren Pfühlen die sanfteste Musik spielten. Er sah, wie sie einige mit dem jubelnden Gesang der Vögel und mit dem Duft von Blumen beglückten und erheiterten; sah, wie sie aus Zauberspiegeln, die sie mit sich führten, gräßliche Fratzen in den unruhigen Traum andrer blitzen ließen.
Aber er sah diese Gestalten nicht nur unter den Schlafenden, sondern auch unter den Wachenden, wo sie in unversöhnlichem Haß gegeneinander kämpften und ihre verschiedenen Naturen bezeugten, die entweder echt oder auch nur, ihrem Zweck entsprechend, angenommen waren. Dort hatte sich ein Phantom zahllose Schwingen angeschnallt, um seine Eile zu vergrößern, während ein andres sich mit Ketten und Gewichten belud, um die seinige zu mäßigen. Einige trieben die Uhrzeiger vorwärts, andre drehten sie wieder zurück, während wieder andre bemüht waren, das Räderwerk ganz zum Stillstand zu bringen. Hier stellten sie eine Heiratszeremonie, dort eine Beerdigung, in diesem Saal eine Wahl, in jenem einen Ball dar; aber wo sie auch waren – nichts als rastlose, unermüdliche Bewegung.

Von der Unzahl der wechselnden und ungewöhnlichen Gestalten, wie auch durch das Getöse der Glocken, die alle läuteten, verwirrt, klammerte sich Toby an einen hölzernen Pfeiler und drehte in stummem, betäubtem Erstaunen sein leichenblasses Gesicht bald dahin, bald dorthin.

Wie er umhersah, hielt das Glockengeläute inne. Augenblicklicher Wechsel! Der ganze Schwarm wurde undeutlicher; ihre Gestalten fielen zusammen und ihre Eile verließ sie. Sie suchten im Flug zu enteilen; aber im Niedersinken erstarben sie und zerflossen in Luft. Keine neue Schar folgte ihnen. Ein einziger Nachzügler sprang noch ziemlich rüstig von der großen Glocke herunter und kam auf seine Füße zu stehen; aber er war tot und dahin, noch ehe er sich umwenden konnte. Einige von den Spätlingen, die sich im Turm umgetrieben hatten, schwirrten noch eine Weile länger umher; sie wurden jedoch bei jedem Kreise schwächer und minder zahlreich, bis auch sie das Ende der übrigen fanden. Der letzte von allen war ein kleiner, buckeliger Kobold, der sich in eine widerhallende Ecke geflüchtet hatte, wo er noch geraume Zeit wirbelte und wirbelte und für sich auf und ab schwebte; dabei zeigte er eine solche Hartnäckigkeit, daß er zuletzt zu einem einzigen Bein, ja zu allerletzt zu einem einzigen Fuß zusammenschmolz, ehe er ganz entschwand, und als dies endlich geschehen, war es stumm und still im Turm.

Jetzt erst und nicht früher bemerkte Trotty in jeder Glocke eine bärtige Gestalt von dem Umfang und der Statur der Glocke – unbegreiflich, eine Figur und die Glocke selbst. Riesenhaft, ernst und ihn düster ins Auge fassend, während er in den Boden festgewurzelt stand.

Geheimnisvolle, grausenhafte Gestalten, die nirgends ausruhten, sondern in der Nachtluft des Turmes schwebten, die verhüllten und mit Kapuzen versehenen Köpfe zu dem dunkeln Dach erhebend – regungslos und schattenhaft. Schattenhaft und finster, obgleich er sie an einem

fahlen Schein, den sie selbst verbreiteten, sehen konnte – sonst gab es nirgends Licht – und jede Gestalt hielt die eingehüllte Hand auf den gespenstigen Mund gelegt.
Er konnte sich nicht entsetzt durch die Öffnung im Boden hinabstürzen, denn alle Kraft der Bewegung hatte ihn verlassen. Andernfalls würde er dies getan, ja, sich sogar kopfüber von der Turmspitze auf die Straße hinabgestürzt haben – weit lieber, als daß er sich hier mit Augen betrachten lassen mußte, die da gewacht haben würden, selbst wenn ihnen die Pupillen herausgenommen worden wären.
Wieder und wieder berührte ihn der Schrecken und das Entsetzen des einsamen Ortes sowohl als der wilden, furchtbaren Nacht, die hier herrschte wie eine Gespensterhand. Die Ferne jeglicher Hilfe, der lange, finstere, gewundene und von Geistern belagerte Weg, der zwischen ihm und der von Menschen bewohnten Erde lag; der hohe, hohe, hoch oben gelegene Ort, wo es ihn schon schwindelte, wenn er bei Tag dem Flug der Vögel zusah; abgeschnitten von allen guten Leuten, die zu einer solchen Stunde wohlbehalten zu Hause waren und in ihren Betten schliefen – alles dies durchzuckte ihn kalt, nicht als eine Betrachtung, sondern nur als ein körperliches Gefühl. Mittlerweile waren seine Augen, seine Gedanken und seine gräßliche Furcht auf die wachsamen Gestalten gerichtet. Sie sahen in dem tiefen Düster und in dem sie einschließenden Schatten nicht aus wie Gebilde dieser Welt, um so weniger, da sie so übernatürlich über dem Boden schwebten; aber dennoch waren sie so deutlich zu unterscheiden, wie das alte, eichene Rahmenwerk und das Kreuz- und Quergebälk, das die Glocken unterstützte. Dies engte sie ein wie ein ganzer Wald von geschlagenem Holz, zwischen dessen Verschränkungen sie wie unter Zweigen toter Bäume, die zu ihrem gespenstigen Gebrauch ersterben mußten, ihre düstere unablässige Wache hielten.

Ein Windstoß – wie kalt und schrill! – kam stöhnend durch den Turm. Als er dahinstarb, begann die große Glocke oder vielmehr der Geist der großen Glocke zu sprechen.
»Was ist dies für ein Besuch?« fragte er.
Die Stimme war dumpf und tief, und Trotty meinte, sie ertöne ebensowohl aus den andern Formen.
»Ich glaubte, die Glocken hätten meinen Namen gerufen!« sagte Trotty, seine Hände mit flehentlicher Gebärde erhebend. »Ich weiß kaum, warum ich hier bin oder wie ich heraufkam. Ich habe schon seit vielen Jahren den Glockentönen zugehört, und sie haben mich oft wieder froh gestimmt.«
»Hast du ihnen auch gedankt?« fragte die Glocke.
»O, tausendmal!« rief Trotty.
»Wie?«
»Ich bin ein armer Mann«, stotterte Trotty, »und konnte ihnen nur mit Worten danken.«
»War dies auch immer der Fall?« fragte der Geist der Glocke. »Hast du uns nie in Worten unrecht getan?«
»Nein!« rief Trotty hastig.
»Uns nie mit Worten schnödes, falsches, böswilliges Unrecht getan?« fuhr der Glockengeist fort.
Trotty wollte eben antworten: »Nie!«, hielt aber mit einem Male verwirrt inne.
»Die Stimme der Zeit«, sagte das Phantom, »ruft dem Menschen zu: ›Vorwärts!‹ Die Zeit dient seinem Fortschreiten und seiner Verbesserung, der Erhöhung seines Wertes und seines Glückes, der Veredelung seines Lebens, der Annäherung an jenes Ziel, das ihm mit Wohlbedacht bereits damals gesteckt wurde, als die Zeit und er ihren Anfang nahmen. Jahrhunderte der Finsternis, der Gottlosigkeit und der Gewalttat sind gekommen und gegangen; unzählige Millionen haben geduldet, gelebt und sind gestorben, um ihm den Weg, der vor ihm liegt, zu zeigen. Wer ihn zur Umkehr zu bewegen sucht oder in

seinem Lauf anhalten will, vergeht sich an einer gewaltigen Maschine, die den Unberufenen erschlägt und nur um so ungestümer und wilder wieder losbricht, weil sie für einen Augenblick gestört wurde!«

»Meines Wissens habe ich dies nie getan«, sagte Trotty, »und wenn es geschah, muß es ganz unabsichtlich geschehen sein. Ich würde mich sicherlich nicht einmengen.«

»Wer in den Mund der Zeit oder ihrer Diener einen Klageruf über Tage legt«, fuhr der Glockengeist fort, »die ihre Heimsuchungen und Täuschungen gehabt und so tiefe Spuren zurückgelassen haben, daß sie sogar die Blinden sehen können – einen Klageruf, der nur insofern der Gegenwart dient, als er den Menschen sagt, wie sehr ihre Hilfe notwendig ist, wenn ein Ohr eine solche Klage um Vergangenes zu hören glaubt – wer dies tut, begeht ein Unrecht. Und du hast uns, den Glocken, ein solches Unrecht angetan.«

Trottys größte Furcht war jetzt vorüber. Aber, wie wir wissen, hatte er Liebe und Dankbarkeit für die Glocken empfunden, und als er sich als einen Menschen anklagen hörte, der sie so schwer beleidigt hatte, wurde sein Herz von Reue und Kummer schwer.

»Wenn ihr wüßtet«, sagte Trotty, seine Hände zusammenschlagend – »oder vielleicht wißt ihr es – wenn ihr also wißt, wie oft ihr mir Gesellschaft geleistet, wie oft ihr mich aufgeheitert habt, wenn ich niedergeschlagen war, und wie ihr meiner kleinen Tochter Meg fast als ein Spielzeug dientet (beinahe das einzige, das sie je hatte), da ihre Mutter starb und uns allein zurückließ, so würdet ihr mir wegen eines übereilten Wortes keinen Groll nachtragen!«

»Wer in uns, den Glocken, nur einen einzigen Ton hört, der Lieblosigkeit oder finsteren Zweifel ausdrückt an den Hoffnungen, Freuden und Schmerzen der vielbedrängten Menge; wer uns antworten hört auf Gesinnungen, die die menschlichen Leidenschaften und Gefühle abmessen,

gleich der Menge der erbärmlichen Nahrung, an der die Menschheit dahinsiecht – tut uns unrecht. Dieses Unrecht hast du uns angetan!« sagte die Glocke.
»Ja, ich habe!« versetzte Trotty. »O vergib mir!«
»Wer uns dem schlechten Gewürm der Erde nachlallen hört – den Unterdrückern bereits gebeugter und gebrochener Wesen, die geschaffen sind, um sich viel höher zu erheben, als solche Maden der Zeit klettern oder denken können«, fuhr der Glockengeist fort – »wer dies tut, begeht ein Unrecht an uns. Du hast uns unrecht getan!«
»Nicht mit Absicht!« sagte Trotty. »Nur in meiner Unwissenheit – nicht mit Absicht.«
»Zuletzt und vor allem« – nahm die Glocke wieder auf – »wer den Gefallenen seines Geschlechts den Rücken kehrt, sie als schlecht aufgibt und nicht mit mitleidigem Auge den offenen Abgrund mißt, durch den sie vom Guten abfielen, obschon sie noch in ihrem Sturz nach einigen Schollen des verlorenen Bodens griffen und sich an dieselben anklammerten, selbst als sie schon zerquetscht und sterbend in der Kluft unten lagen – wer dies tut, begeht ein Unrecht an dem Himmel, an der Menschheit, an Zeit und Ewigkeit. Du hast dieses Unrecht getan!«
»Schone mich!« rief Trotty, auf seine Knie niederfallend; »um aller Barmherzigkeit willen!«
»Höre!« sagte der Schatten.
»Höre!« riefen die übrigen Schatten.
»Höre!« sagte eine klare, kindliche Stimme, die Trotty schon früher gehört zu haben vermeinte.
Die Orgel tönte leise in der Kirche unten. Nach und nach anschwellend, stieg die Melodie bis zu dem Dach hinan und erfüllte Chor und Schiff. Mehr und mehr sich ausbreitend, schwang sie sich hinauf, immer höher und höher hinauf, wobei sie in dem derben Eichengebälk, den hohlen Glocken, den eisenbeschlagenen Türen und den steinernen Treppen erregte Herzen weckte, bis die Turm-

mauern sie nicht mehr fassen konnten und sie gen Himmel schwebte.
Kein Wunder, daß das Herz eines alten Mannes einen so ungeheuren, gewaltigen Ton nicht einzuschließen vermochte. Er brach aus diesem schwachen Gefängnis in einem Strom von Tränen, und Trotty preßte seine Hände vor das Gesicht.
»Höre!« sagte der Schatten.
»Höre!« riefen die andern Schatten.
»Höre!« sagte die Kinderstimme.
Feierliche Akkorde gemischter Stimmen erhoben sich nun in dem Turm.
Es war eine gedämpfte, wehmütige Melodie – ein Totengesang; und wie Trotty lauschte, hörte er sein Kind unter den Sängern.
»Sie ist tot!« rief der alte Mann. »Meg ist tot! Ihr Geist ruft mich – ich höre ihn!«
»Der Geist deines Kindes beklagt die Toten und mischt sich unter die Toten – die erstorbenen Hoffnungen und erstorbenen Jugendträume«, erwiderte die Glocke. »Aber sie lebt. Lerne aus ihrem Leben eine lebendige Wahrheit. Lerne aus dem Wesen, das deinem Herzen am teuersten ist, wie schlecht die schlecht Geborenen sind. Sieh, wie jede Knospe und jedes Blatt nacheinander von dem schönsten Stengel gepflückt wurde, und erkenne daraus, wie kahl und elend er dann sein mag. Folge ihr – in die Verzweiflung!«
Jede von den Schattengestalten streckte ihren rechten Arm aus und deutete nach unten.
»Der Geist der Glocken ist dein Begleiter«, sagte die Gestalt. »Geh! er steht hinter dir!«
Trotty wandte sich um und sah – das Kind? das Kind, das Will Fern in der Straße getragen hatte; das Kind, das jetzt schlief und an dessen Bett Meg wachte!
»Ich habe es selbst diesen Abend getragen«, sagte Trotty. »In diesen meinen Armen!«

»Zeigt ihm, was er sein Selbst nennt«, sagten die dunkeln Gestalten im Chor.

Der Turm öffnete sich unter seinen Füßen. Er sah hinab und sah seine Gestalt außen auf dem Boden liegen – zerschmettert und regungslos.

»Nicht mehr ein lebendiger Mensch!« rief Trotty. »Tot!«

»Tot!« sagten die Gestalten alle zugleich.

»Barmherziger Himmel! Und das Neujahr . . .«

»Vergangen«, sagten die Gestalten.

»Wie?« rief er schaudernd. »So verfehlte ich wohl meinen Weg, gelangte in der Dunkelheit an die Außenseite dieses Turmes und fiel hinunter – vor einem Jahr?«

»Vor neun Jahren!« versetzten die Schatten.

Während sie diese Antwort gaben, nahmen sie ihre ausgestreckten Hände wieder an sich, und wo ihre Gestalten geschwebt hatten, befanden sich jetzt die Glocken.

Und sie erklangen – ihre Zeit war wieder gekommen. Und abermals sprangen zahllose Phantome ins Dasein, die dieselbe Zusammenhangslosigkeit zeigten wie früher; abermals verblichen sie, sobald die Glockenzungen ruhten, und fielen in ein Nichts zusammen.

»Wer sind diese?« fragte er seinen Führer. »Wenn ich nicht verrückt werden soll, wer sind diese?«

»Es sind Geister der Glocken – ihr Ton in der Luft«, entgegnete das Kind. »Sie nehmen dieselben Gestalten und Beschäftigungen an, die ihnen von den Hoffnungen, Gedanken und Erinnerungen der Sterblichen gegeben werden.«

»Und du«, rief Trotty außer sich – »wer bist du?«

»Still, still!« erwiderte das Kind. »Sieh da hin!«

In einem schlechten, ärmlichen Gemach arbeitete an derselben Art von Stickerei, wie er es oft gesehen hatte, seine liebe Tochter Meg. Er versuchte nicht, Küsse auf ihr Gesicht zu drücken oder sie an sein klopfendes Herz zu pressen, denn er wußte, daß es für ihn keine solchen

Liebkosungen mehr gab. Aber er hielt seinen zitternden Atem an und wischte die blendenden Tränen weg, um sie sehen, nur sehen zu können.
Ach! verändert – und wie verändert! Wie trüb war das Licht des klaren Auges, wie verblichen der Schmelz ihrer Wangen. Zwar war sie noch so schön wie immer, aber die Hoffnung, die Hoffnung, die Hoffnung – ach, wo war die frische Hoffnung, die ihn wie eine Stimme angerufen hatte!
Sie blickte von ihrer Arbeit auf nach einer Gefährtin. Der alte Mann folgte ihren Augen und fuhr betroffen zurück.
In dem erwachsenen Mädchen erkannte er sie auf den ersten Blick. Er sah in den langen seidenen Haaren noch dieselben Locken, und um die Lippen noch immer den kindlichen Ausdruck. Ja, in den Augen, die sich jetzt fragend an Meg wandten, leuchtete noch derselbe Blick, wie zur Zeit, als er sie nach Hause brachte.
Was war denn dies neben ihm?
Mit Grausen sah er sich nach dem Kinde um und bemerkte in dessen Gesicht etwas Überirdisches, Unbestimmtes, Undeutliches, das kaum mehr an jenes Kind erinnerte als die andre Gestalt; und doch war es dieselbe – dieselbe – und trug auch das nämliche Kleid.
Horch! Sie sprachen.
»Meg«, sagte Lilian stockend. »Wie oft du von deiner Arbeit aufschaust, um mich anzusehen!«
»Sind meine Blicke so verändert, daß sie dich erschrecken?« sagte Meg.
»Nein, meine Liebe! Aber du lächelst selbst darüber! Warum lächelst du nicht, wenn du mich ansiehst?«
»Ich tue es ja. Oder nicht?« antwortete sie, ihr zulächelnd.
»Jetzt wohl«, sagte Lilian, »aber gewöhnlich nicht. Wenn du denkst, ich sei beschäftigt und sehe dich nicht, ist deine Miene so ängstlich und bekümmert, daß ich kaum meine

Augen zu erheben wage. Man hat wohl in diesem harten und mühsamen Leben wenig Grund zum Lächeln; aber du warst einst so heiter.«

»Bin ichs nicht noch?« rief Meg im Ton seltsamer Unruhe und erhob sich, um ihre Gefährtin zu umarmen. »Mache ich dir das mühsame Leben noch mühsamer, Lilian?«

»Du warst das Einzige, das unser Leben überhaupt zu einem Leben machte«, sagte Lilian, sie glühend küssend, »und auch das Einzige, das mir bisweilen noch ein solches Leben wert macht, Meg. Ach, diese Arbeit, diese Arbeit! So viele Stunden, so viele Tage, so viele lange, lange Nächte hoffnungsloser, ertötender und nie endender Arbeit – nicht um Reichtümer aufzuhäufen, nicht um herrlich und in Freuden zu leben, nicht um auch bloß sorglos leben zu können, so einfach auch unsre Kost sein mag, sondern nur, um das trockene Brot zu verdienen, just um so viel zusammenzuscharren, damit wir weiterleben und weiter Not leiden und in uns das Bewußtsein unsres harten Schicksals lebendig erhalten können! O Meg, Meg!« Sie erhob ihre Stimme und schlang ihre Arme um sie, wie in herbem Schmerze. »Wie kann die grausame Welt ihren Kreislauf gehen und den Anblick solcher Leben ertragen!«

»Lilly!« sagte Meg beschwichtigend, indem sie ihr das Haar aus dem feuchten Gesicht strich. »Ach Lilly! Du! so hübsch und so jung!«

»O Meg!« fiel ihr Lilian ins Wort, indem sie ihre Freundin auf Armeslänge vor sich hinhielt und flehend in ihr Gesicht blickte. »Das ist das Schlimmste, das Schlimmste von allem! Mache mich alt, Meg! Gib mir Runzeln und einen welken Leib, um mich von den schrecklichen Gedanken zu befreien, die mich in meiner Jugend zu verlocken suchen!«

Trotty wandte sich, um nach seinem Führer zu sehen. Aber der Geist des Kindes war entflohen – fort.

Aber auch er blieb nicht an demselben Platze. Sir Joseph

Bowley, der Freund und Vater der Armen, hielt in Bowley Hall zu Ehren des Geburtstags der Lady Bowley ein großes Festgelage; und da Lady Bowley am Neujahrstag geboren war – ein Umstand, den die Lokalzeitungen als einen ausdrücklichen Wink der Vorsehung bezeichneten, daß Lady Bowley in der Zahlenreihe der Schöpfung für Nummer Eins bestimmt sei – fand auch dieses Gelage an einem Neujahrstag statt.

Bowley Hall strotzte von Gästen. Der rotgesichtige Gentleman war da, Herr Filer war da, der große Alderman Cute war da – Alderman Cute empfand ein sehr wohltuendes Gefühl im Verkehr mit vornehmen Leuten und hatte vermöge seines aufmerksamen Briefes große Fortschritte in Sir Josephs Bowleys Bekanntschaft gemacht, indem er seitdem eigentlich zu einem Familienfreund wurde – und noch viele andre Gäste waren da. Auch Trottys Geist war zugegen und wanderte traurig als ein armes Phantom auf der Suche nach seinem Führer umher.

In der großen Hall sollte ein prachtvolles Festmahl gegeben werden, und Sir Joseph Bowley in seinem gefeierten Charakter als Freund und Vater der Armen sollte eine bedeutsame Rede dabei halten. Seine Freunde und Kinder durften zuerst in einer andern Halle eine gewisse Anzahl von Pflaumenpuddingen verzehren und sollten dann auf ein gegebenes Signal zu ihren Freunden und Vätern hineinströmen, um eine Familienversammlung zu bilden, bei der kein Männerauge von Tränen unbefeuchtet bleiben sollte.

Aber noch mehr als dies sollte geschehen. Sogar noch mehr. Sir Joseph Bowley, Baronet und Parlamentsmitglied, hatte sich vorgenommen, mit seinen Pächtern eine Kegelpartie – eine wirkliche Kegelpartie – zu machen.

»Das erinnert mich ganz an die Tage des alten Königs Heinz, des wackern Königs Heinz, des leutseligen Königs Heinz«, sagte Alderman Cute. »Ah! ein prächtiger Mann!«

»Sehr«, bemerkte Herr Filer trocken, »um Weiber zu heiraten und sie umzubringen. Und noch obendrein beträchtlich mehr als die Durchschnittszahl der Weiber.«

»Ihr werdet die schönen Damen heiraten und sie nicht umbringen, he?« sagte Alderman Cute zu dem Erben von Bowley, einem zwölfjährigen Jungen. »Ein süßer Knabe! Wir werden diesen kleinen Gentleman im Parlament haben«, fügte er bei, indem er ihn bei der Schulter faßte und ihn so aufmerksam als nur möglich ansah, »ehe wir wissen, wo wir sind. Wir werden hören von seinen Erfolgen bei den Wahlen, von seinen Reden im Hause, von den Anträgen, die ihm die Regierung macht, von seinen herrlichen Kenntnissen auf allen Gebieten! Ja, ich stehe dafür, wir werden im Gemeinderat gleichfalls kleine Reden über ihn halten, ehe wir Zeit haben, uns umzusehen!«

»O welch ein Unterschied bei Schuhen und Strümpfen!« dachte Trotty. Aber sein Herz sehnte sich nach seinem kleinen Führer um derselben schuh- und strumpflosen Knaben willen, die die Kinder der armen Meg sein konnten und der Prophezeiung des Alderman zufolge schlecht ausfallen mußten.

»Richard«, stöhnte Trotty, unter der Gesellschaft auf- und abgehend; »wo ist er? Ich kann Richard nicht finden! Wo ist Richard?«

Wahrscheinlich nicht hier, wenn er noch am Leben ist! Aber Trottys Kummer und das Gefühl der Einsamkeit hatten ihn ganz wirr gemacht; er wanderte noch immer unter der prunkenden Gesellschaft umher, spähte nach seinem Führer und rief: »Wo ist Richard? Zeigt mir Richard!«

Auf seinen Kreuz- und Quergängen begegnete er Herrn Fish, dem vertrauten Sekretär, der in großer Aufregung ausrief:

»Gott behüte mich! Wo ist Alderman Cute? Hat niemand den Alderman gesehen?«

Den Alderman gesehen? O Himmel, wer hätte auch den Alderman übersehen können? Er war so rücksichtsvoll, so leutselig und verlangte so sehr danach, den Wunsch der Leute, ihn zu Gesicht zu bekommen, so oft als möglich zu erfüllen, daß – angenommen er hätte einen Fehler – es nur der sein konnte, unaufhörlich präsentiert zu werden. Und wo immer vornehme Leute waren, da durfte man sicher auch auf Cute zählen, weil die verwandtschaftliche Sympathie großer Seelen stets anziehend wirkt.

Mehrere Stimmen riefen, er befände sich in dem Kreise um Sir Joseph. Herr Fish eilte dorthin, fand ihn und nahm ihn heimlich an das nächste Fenster. Trotty näherte sich ihnen – nicht aus eigenem Antrieb; er fühlte, daß seine Schritte in diese Richtung gelenkt wurden.

»Mein teurer Alderman Cute«, sagte Herr Fish; »ein wenig mehr hierher. Es hat sich, wie ich in diesem Augenblick erst erfahre, etwas höchst Schreckliches zugetragen, und ich glaube, es wird am besten sein, Sir Joseph erst davon in Kenntnis zu setzen, wenn der Tag vorüber ist. Ihr kennt Sir Joseph und werdet mir Eure Ansicht mitteilen. Der schreckliche und beklagenswerteste Vorfall!«

»Fish!« entgegnete der Alderman, »Fish! mein guter Freund, was gibt es? Hoffentlich doch nichts Revolutionäres? Nein – doch kein Versuch, sich in die Schritte der Obrigkeit zu mengen?«

»Deedles, der Bankier«, keuchte der Sekretär. »Gebrüder Deedles – der heute hätte kommen sollen – der eine so hohe Stellung in der Genossenschaft der Goldschmiede einnimmt . . .«

»Hat doch nicht seine Zahlungen eingestellt?« rief der Alderman. »Es kann nicht sein!«

»Sich selbst erschossen.«

»Guter Gott!«

»In seinem eignen Kontor sich eine doppelläufige Pistole

an den Mund gesetzt und sich das Gehirn hinausgeblasen. Kein Beweggrund. Fürstliche Verhältnisse!«
»Verhältnisse!« rief der Alderman. »Ein Mann von edlem Vermögen. Einer der achtbarsten Männer. Selbstmord, Herr Fish, durch eigne Hand?«
»Erst diesen Morgen«, erwiderte Herr Fish.
»O das Gehirn, das Gehirn!« rief der fromme Alderman, seine Hände erhebend. »O die Nerven, die Nerven – die Geheimnisse dieser Maschine, die man Mensch nennt! Welche Kleinigkeit reicht nicht hin, sie in Unordnung zu bringen! Was sind wir nicht für arme Geschöpfe! Vielleicht ein Diner, Herr Fish. Vielleicht die Lebensweise seines Sohnes, der, wie ich gehört habe, etwas über den Strang schlagen und ohne jede Ermächtigung Wechsel auf den Namen seines Vaters ausstellen soll. Ein höchst achtbarer Mann – einer von den achtbarsten Männern, die ich je kannte! Ein beklagenswerter Fall, Herr Fish! Ein öffentliches Unglück! Ich werde mirs zur Ehrensache machen, um ihn die tiefste Trauer zu tragen! Ein höchst achtbarer Mann. Aber es ist einer über uns. Wir müssen uns darein fügen, Herr Fish. Wir müssen uns fügen!«
Wie, Alderman? Kein Wort von »den Selbstmord legen«? Erinnere dich, Friedensrichter, wie du dich stolz deiner hohen Moral rühmtest! Bring diese Waagschalen ins Gleichgewicht, Alderman! Wirf in die leere das *fehlende* Mittagessen und die Quellen der Natur, die bei irgendeinem armen Weib durch das hungernde Elend ausgetrocknet und zum Widerstand gebracht wurden gegen die Ansprüche, zu denen ihr Sprößling von der heiligen Mutter Eva her berechtigt ist. Wäge mir diese beiden, du richtender Daniel, wenn dein Gerichtstag kommen wird! Wäge sie in den Augen leidender Tausender, die aufmerksam der greulichen Posse, die du spielst, zusehen! Oder angenommen, du hättest deine fünf Sinne verloren – du hast nicht so weit dazu, daß es nicht möglich wäre – und legtest Hand an diese deine Kehle, zur Warnung für

deinesgleichen (wenn es noch deinesgleichen gibt), damit sie nicht ihre behagliche Schlechtigkeit den zum Wahnsinn getriebenen Gehirnen und gequälten Herzen vorkrächzen – was dann?

Die Worte erhoben sich in Trottys Brust, als würden sie in seinem Innern von einer andern Stimme gesprochen.

Alderman Cute machte sich anheischig, Herrn Fish zu unterstützen, um nach Ablauf des Tages Sir Joseph die traurige Kunde beizubringen. Ehe sie sich trennten, drückte er noch Herrn Fish in bitterm Schmerze die Hand und sagte abermals: »Der achtbarste Mann!« Und dann fügte er noch hinzu, daß er kaum verstehe (nicht einmal er!), warum solche Trübsal auf Erden vorkommen dürfe.

»Wenn mans nicht besser wüßte, so möchte man fast glauben«, fuhr Alderman Cute fort, »daß bisweilen in den Dingen eine Umsturzbewegung vorgehe, die die allgemeine Ordnung des sozialen Baues aus ihren Fugen hebt. Gebrüder Deedles!«

Das Kegelspiel verlief mit ungeheurem Erfolg. Sir Joseph warf die Kegel mit wunderbarer Geschicklichkeit um; Master Bowley machte aus kürzerer Entfernung gleichfalls einen Anfangsversuch, und jedermann sagte, daß nun, da ein Baronet und der Sohn eines Baronets Kegel spielten, die Verhältnisse des Landes eine rasche Wendung zum Bessern nehmen müssen.

Im richtigen Moment wurde das Festmahl aufgetragen. Trotty begab sich unwillkürlich mit den übrigen nach der Halle, denn er fühlte sich durch eine stärkere Gewalt, als die seines eignen freien Willens, dahin gedrängt. Der Anblick war ein ungewöhnlich glänzender; die Damen waren sehr hübsch und alle Gäste entzückt, fröhlich und heiter gestimmt. Als die untern Türen geöffnet wurden und die Leute in ihrer ländlichen Kleidung hereinschwärmten, erreichte die Schönheit des Schauspiels ihren Höhepunkt; aber Trotty murmelte nur um so angelegentlicher: »Wo ist Richard? er sollte ihr helfen und sie trösten! Ich kann Richard nicht sehen!«

Es wurden einige Reden gehalten: man trank auf die Gesundheit Lady Bowleys; Sir Joseph hatte sich bedankt und hielt eben seine große Rede, indem er an mancherlei Tatsachen bewies, daß er der geborene Freund und Vater usw. der Armen sei, und brachte ein Hoch auf seine Freunde und Kinder und auf die Würde der Arbeit aus, als eine kleine Unruhe unten in der Halle Tobys Aufmerksamkeit fesselte. Nach einiger Verwirrung, etwas Lärm und Widerstand brach ein einzelner Mann durch die Reihen der übrigen und trat vor.

Nicht Richard. Nein, Aber einer, an den er auch schon gedacht und nach dem er sich oftmals umgesehen hatte. Bei einer spärlichen Beleuchtung würde er die Identität des alten, grauen, gebeugten und abgelebten Mannes bezweifelt haben; so aber fiel ein heller Lampenglanz auf dessen verwitterten Kopf, und er erkannte in der Person, sobald sie sich vorgedrängt hatte, augenblicklich Will Fern.

»Was soll das?« rief Sir Joseph aufstehend. »Wer hat diesen Mann eingelassen? Dies ist ein Verbrecher aus dem Gefängnis! Herr Fish, Sir, wollen Sie die Güte haben . . .«

»Eine Minute!« sagte Will Fern. »Eine Minute! Gnädige Frau, Ihr seid an diesem Tag mit einem neuen Jahr geboren worden. Laßt mich eine einzige Minute sprechen!«

Sie legte eine Fürbitte für ihn ein, und Sir Joseph nahm mit angeborener Würde wieder Platz.

Der zerlumpte Gast – denn er war erbärmlich gekleidet – blickte in der Gesellschaft umher und bezeigte ihr seine Huldigung mit einer demütigen Verbeugung.

»Ihr vornehmen Leute«, sagte er, »ihr habt auf die Gesundheit des Arbeiters getrunken. Seht mich an!«

»Kommt just aus dem Gefängnis«, sagte Herr Fish.

»Ja, ich komme aus dem Gefängnis«, versetzte Will. »Und zwar nicht zum ersten, zweiten, dritten – ja nicht einmal zum viertenmal.«
Man hörte Herrn Filer verdrießlich bemerken, daß viermal die Durchschnittszahl übersteige, und er sollte sich vor sich selbst schämen.
»Seht mich immerhin an, ihr vornehmen Leute«, wiederholte Will Fern. »Ihr seht, ich bin bis zum Ärgsten herabgesunken. Man kann mir nichts Schlimmeres mehr anhaben, und ich bin außer dem Bereich eurer Hilfe, denn die Zeit, in der eure freundlichen Worte oder eure freundlichen Handlungen *mir* hätten guttun können« – er schlug dabei mit der Hand auf die Brust und schüttelte seinen Kopf – »ist vorbei, wie der Duft des Klees vom vorigen Jahr. Aber laßt mich ein Wort für diese sprechen« – er deutete auf die Arbeiter in der Halle – »und hört, da ihr wieder zusammengekommen seid, wenigstens einmal die reine Wahrheit!«
»Es ist niemand hier«, sagte der Wirt, »der ihn zum Sprecher haben möchte.«
»Wahrscheinlich genug, Sir Joseph. Ich glaube es. Aber darum ist das, was ich sage, nicht weniger wahr. Vielleicht dient mir das nur zum Beweis meiner Wahrheitstreue. Ihr vornehmen Leute, ich habe manches Jahr an diesem Ort gelebt, und ihr könnt dort meine Hütte mit dem eingefallenen Zaune sehen. Hundertmal war ich Zeuge, wie die Damen sie in ihre Bücher zeichneten. Ich habe sagen hören, sie nehme sich gut auf einem Bilde aus; aber auf Bildern gibt es kein Wetter, und sie mag sich daher besser dazu eignen, als zu einem Wohnplatz. Also! Dort habe ich gelebt. Wie hart – wie bitterhart es mir dort erging, will ich nicht sagen. Ihr könnt es jeden Tag im Jahr selber beurteilen.«
Er sprach, wie er in der Nacht gesprochen hatte, als ihn Trotty in der Straße traf. Seine Stimme klang tiefer und heiserer und zitterte dann und wann ein wenig. Aber er

ließ sie niemals leidenschaftlich werden, und selten sprach er lauter, als es die schlichten Dinge und Tatsachen forderten, die er berichtete. »Es ist schwerer, als ihr vornehmen Leute denken mögt, an einem solchen Platz als ordentlicher Mensch zu leben. Daß ich zu einem Mann und nicht zu einem Vieh darin heranwuchs – damals –, sagt schon etwas für mich. Über meine jetzige Lage läßt sich nichts mehr sagen, wie denn auch nichts mehr für mich getan werden kann. Ich bin darüber hinaus.«

»Ich freue mich, daß dieser Mann eingetreten ist«, sagte Sir Joseph, heiter im Kreis umherblickend. »Stört ihn nicht. Es scheint Bestimmung zu sein. Er ist ein Beispiel – ein lebendiges Exempel. Ich hoffe und erwarte zuversichtlich, daß es an meinen Freunden hier nicht verloren geht.«

»Ich schleppte mich fort«, sagte Fern nach einer kurzen Pause, »wie es eben gehen mochte. Weder ich noch irgendein andrer Mensch weiß, wie – jedenfalls aber so schwer, daß ich kein heiteres Gesicht dazu schneiden oder andern glauben machen konnte, ich sei etwas andres, als was ich war. Nun, Gentlemen – ihr Gentlemen, die ihr in den Parlamentssitzungen zusammentrefft – wenn ihr einen Mann mit einem unzufriedenen Zug im Gesicht seht, so sagt ihr zueinander: ›Er ist verdächtig. Ich habe meine Bedenken‹, sagt ihr, ›über Will Fern. Faßt diesen Burschen ins Auge.‹ Ich will nicht behaupten, Gentlemen, daß dies nicht ganz natürlich sei – aber ich sage, es ist so, und von dieser Stunde an wird alles auf sein Schuldkonto gebucht, mag nun Will Fern tun oder lassen, was er will.«

Alderman Cute steckte seine Daumen in seine Westentaschen, lehnte sich lächelnd in seinem Stuhl zurück und blinzelte einem benachbarten Leuchter zu, als wollte er sagen: »Natürlich! ich sagte es ja. Das gewöhnliche Geschrei! Gott behüte, wir sind derartigen Dingen längst gewachsen – ich selbst und die menschliche Natur.«

»Wohlan, Gentlemen«, fuhr Will Fern fort, indem er seine Hände ausstreckte und ein flüchtiges Rot sein hageres Gesicht einen Augenblick überflammte. »Seht, wie eure Gesetze gemacht sind, um uns einzufangen und zu hetzen, wenn es einmal so weit mit uns gekommen ist. Ich versuche, anderswo meinen Unterhalt zu finden, und man behandelt mich als einen Landstreicher. Ins Gefängnis mit ihm! Ich komme hierher zurück, sammle in den Wäldern Nüsse und breche – wer täte es nicht? – ein paar dünne Zweige ab. Ins Gefängnis mit ihm! Einer von den Förstern sieht mich am hellen Tag in der Nähe meines eignen Gartens mit einem Gewehr. Ins Gefängnis mit ihm! Sobald ich wieder frei bin, kommts natürlich zu einem zornigen Wortwechsel mit diesem Mann. Ins Gefängnis mit ihm! Ich schneide mir einen Stock. Ins Gefängnis mit ihm! Ich esse einen faulen Apfel oder eine Rübe. Ins Gefängnis mit ihm! Es ist zwanzig Meilen entfernt, und als ich wieder zurückkomme, bettle ich an der Straße um eine Kleinigkeit. Ins Gefängnis mit ihm! Kurz, der Polizeimann oder der Wildhüter oder sonst jemand findet immer, daß ich hier oder dort irgend etwas anstelle. Ins Gefängnis mit ihm, denn er ist ein Landstreicher und bekannter Zuchthausvogel. So ist denn das Zuchthaus zu seiner einzigen Heimat geworden!«
Der Alderman nickte wohlweise, als wollte er sagen: »Und obendrein eine recht gute Heimat!«
»Glaubt ja nicht, daß ich dies sage, um *meiner* Sache zu dienen!« rief Fern. »Wer kann mir meine Freiheit, meinen guten Namen und meine unschuldige Nichte zurückgeben? Alle Lords und Ladies in dem weiten England sind es nicht imstande. Aber ihr Gentlemen, wenn ihr mit andern zu tun bekommt, wie mit mir, fangt die Sache an dem rechten Ende an. Seid so barmherzig, uns, wenn wir in unsern Wiegen liegen, eine bessere Heimat zu geben; reicht uns bessere Kost, wenn wir für unsern Unterhalt arbeiten, und gebt uns wohlwollende Gesetze, die uns auf

den rechten Weg zurückbringen können, wenn wir von demselben abweichen; aber stellt uns nicht überall, wohin wir uns auch wenden mögen, ewig nur das Gefängnis, das Gefängnis, das Gefängnis vor die Augen! Jede Herablassung, die ihr dem Arbeiter erweisen mögt, wird er so bereitwillig und dankbar hinnehmen, wie nur ein Mensch kann, denn er hat ein geduldiges, friedliches und williges Herz; aber ihr müßt zuerst den rechten Geist in ihm fassen, denn bis jetzt noch ist der seinige von euch getrennt, mag er nun eine solche Ruine oder ein Wrack sein

wie ich, oder denen gleichen, die hier herumstehen. Bringt ihn zurück, bringt ihn zurück, ihr vornehmen Leute! bringt ihn zurück, ehe der Tag kommt, da in seiner veränderten Gesinnung auch die Bibel eine andre Gestalt gewinnt und ihm die Worte derselben erscheinen, wie sie mir bisweilen in dem Gefängnis vorkamen: ›Wohin du gehst, kann ich *nicht* hingehen; wo du wohnst, wohne ich *nicht*; dein Volk ist *nicht* mein Volk und dein Gott *nicht* der meinige!‹«

In der Halle fand nun eine plötzliche Bewegung und Aufregung statt. Trotty meinte anfangs, es hätten sich einige aufgerafft, um den Mann hinauszuwerfen, und daher rühre der Wechsel in der Szene. Aber der nächste Augenblick belehrte ihn, daß der Saal mit der ganzen Gesellschaft seinen Augen entschwunden war und seine Tochter wieder vor ihm saß, wie sie sich bei ihrer Arbeit abmühte. Ihr Dachstübchen war armseliger und schlechter als das frühere, und Lilian befand sich nicht an ihrer Seite.

Der Rahmen, an dem letztere gearbeitet hatte, lag auf einem Sims und war zugedeckt, ihr Stuhl stand gegen die Wand gelehnt. In diesen kleinen Dingen und in Megs gramvollem Gesicht sprach sich eine lange Geschichte aus – o, wer hätte sie nicht zu lesen vermocht!

Meg hatte die Augen auf ihre Arbeit geheftet, bis es zu dunkel war, um den Faden zu sehen, und als die Nacht hereinbrach, zündete sie ihre dünne Kerze an, um weiter zu arbeiten. Noch immer befand sich ihr alter Vater unsichtbar in ihrer Nähe, schaute auf sie nieder und sprach mit ihr – o, mit welch inniger Liebe! – in leiser Stimme über alte Zeiten und über die Glocken, obschon der arme Trotty wohl wußte, daß sie ihn nicht hören konnte.

Der größere Teil des Abends war bereits entschwunden, als an ihre Tür gepocht wurde. Sie öffnete. Ein Mann stand auf der Schwelle – ein mürrischer, schlottriger, schmutziger Trunkenbold, den Laster und Unmäßigkeit gezeichnet hatten und dem die wirren Haare und der ungeschorene Bart ein wildes Aussehen verliehen; aber dennoch waren einige Spuren an ihm zu bemerken, die zeigten, daß er in seiner Jugend gut gebaut und hübsch gewesen war.

Er blieb stehen und wartete, bis ihm Meg einzutreten erlaubte; sie aber wich ein paar Schritte von der offenen Tür zurück und sah ihn stumm und bekümmert an. Trottys Wunsch war erfüllt – er hatte Richard vor sich.

»Darf ich hereinkommen, Margaret?«

»Ja! komm herein. Komm herein!«

Es war gut, daß ihn Trotty erkannt hatte, ehe er sprach; denn wenn auch nur ein Zweifel in ihm geherrscht hätte, so würde ihn die rauhe, mißtönige Stimme überzeugt haben, daß es nicht Richard, sondern ein andrer Mann sei.
Es waren nur zwei Stühle in der Stube. Sie gab ihm den ihrigen und blieb eine Weile in einiger Entfernung stehen, wartend, was er ihr zu sagen habe.

Er setzte sich nieder und blickte mit glanzlosem, blödsinnigem Lächeln stier auf den Boden – ein Anblick so tiefer Verkommenheit, gänzlicher Hoffnungslosigkeit und kläglicher Verwahrlosung, daß sie die Hand vor das Gesicht hielt und sich abwandte, um ihn nicht sehen zu lassen, wie sehr sie sein Wesen erschütterte.
Durch das Rauschen ihres Kleides oder irgendein andres unbedeutendes Geräusch aus seinem Stumpfsinn ge-

weckt, erhob er seinen Kopf und begann zu sprechen, als ob seit seinem Eintritt keine Pause gewesen wäre.

»Noch immer bei der Arbeit, Margaret? Du arbeitest spät.«

»Das geschieht gewöhnlich so.«

»Und früh?«

»Und früh.«

»Das hat sie mir gesagt. Sie sagte, du seiest unablässig tätig und gestehest nie deine Müdigkeit. Nie, solange ihr beisammen lebtet – nicht einmal, als du von Arbeit und Fasten ohnmächtig wurdest. Doch ich habe dir dies bereits gesagt, als ich das letzte Mal hier war.«

»Das tatest du«, antwortete sie; »und ich beschwor dich, mir nichts mehr darüber zu sagen. Auch hast du mirs feierlich versprochen, Richard.«

»Feierlich versprochen«, wiederholte er mit einem kindischen Lachen und einem blöden Blick ins Leere. »Feierlich versprochen, natürlich. Feierlich versprochen!«

Nach einer Weile schien er sozusagen in den früheren Zustand aufzuwachen, denn er fügte mit plötzlicher Lebhaftigkeit bei: »Aber was kann ich dafür, Margaret? Was soll ich tun? Sie ist wieder bei mir gewesen!«

»Wieder?« rief Meg, ihre Hände zusammenschlagend. »O denkt sie so oft an mich? Schon wieder?«

»O schon zwanzigmal«, sagte Richard. »Margaret, sie läßt mir keine Ruhe. Sie kommt auf der Straße hinter mir her und steckt mirs in die Hand. Ich höre ihren Fuß in der Asche, wenn ich bei meiner Arbeit bin (ha ha! das ist nicht oft), und ehe ich meinen Kopf umwenden kann, tönt mir ihre Stimme ins Ohr: ›Richard, dreh dich nicht um. Gib ihr das, um aller Barmherzigkeit willen!‹ Sie bringt es mir in die Wohnung, schickt es in Briefen, klopft an das Fenster und legt es auf den Sims. Was *kann* ich tun? Schau her!« Er hielt ihr in der Hand eine kleine Börse entgegen und klimperte mit dem darin enthaltenen Gelde.

»Steck es ein«, sagte Meg, »steck es ein! Wenn sie wiederkommt, so sage ihr, Richard, daß ich sie von ganzem Herzen liebe – daß ich mich nie schlafen lege, ohne sie zu segnen und für sie zu beten – daß ich bei meiner einsamen Arbeit nie aufhöre, an sie zu denken, daß ich Tag und Nacht bei ihr bin und daß ich, wenn ich morgen sterbe, mit meinem letzten Atemzug noch ihrer gedenken will, daß ich aber dies nicht ansehen kann!«
Er zog die Hand langsam wieder an sich, knitterte den Beutel zusammen und sagte mit einer Art schläfriger Nachdenklichkeit:
»Ich sagte ihr dies. Ich sagte ihrs so deutlich, als es sich durch Worte nur aussprechen läßt. Dutzendmal nahm ich seitdem diese Gabe wieder zurück und ließ sie an ihrer Tür liegen. Aber als sie zum letztenmal kam und Angesicht gegen Angesicht vor mich hintrat, was konnte ich tun?«
»Du hast sie gesehen?« rief Meg. »Du hast sie gesehen? O Lilian, mein süßes Mädchen! O Lilian, Lilian!«
»Ich habe sie gesehen«, fuhr er fort, nicht gerade als Antwort, sondern seinem Gedankengang folgend. »Sie stand zitternd da – ›Wie sieht sie aus, Richard? Spricht sie nie von mir? Ist sie schmächtiger geworden? Mein alter Platz an dem Tisch – was ist an meinem alten Platz? Und der Rahmen, an dem sie mich unsre frühere Arbeit lehrte – hat sie ihn verbrannt, Richard?‹ Sie war da, und ich hörte sie so sprechen.«
Meg unterdrückte ihr Schluchzen und beugte sich mit hervorstürzenden Tränen über ihn, um ihm zuzuhören und ja keinen Laut von seinen Worten zu verlieren.
Seine Arme waren auf die Knie aufgestützt, und er lehnte sich in seinem Stuhl vornüber, als sei das, was er sagte, in halb leserlichen Zügen, so daß er Mühe hätte sie zu entziffern, auf den Boden geschrieben. Er fuhr fort:
»›Richard, ich bin sehr tief gefallen, und du kannst dir denken, wie viel ich gelitten habe, als mir dies zurückgeschickt

wurde. Wenn ich es nur über mich bringen könnte, es eigenhändig dir wiederzubringen. Aber soviel ich mich erinnern kann, hast du sie einmal zärtlich geliebt. Andre sind zwischen euch getreten. Furcht, Eifersucht, Zweifel und Eitelkeit entfremdeten dich ihr. Doch du liebtest sie, soweit ich mich erinnern kann.‹ Ich glaube, sie hat darin recht«, sagte er, sich für einen Augenblick unterbrechend. »Es war wirklich der Fall! Doch das gehört nicht hierher. ›O Richard, wenn du sie jemals lieb hattest, wenn du noch ein Gedächtnis hast für das, was dahin ist und verloren, so bring es ihr noch einmal. Nur noch ein einziges Mal! Sag ihr, wie ich gebeten und gebettelt habe. Sag ihr, wie ich meinen Kopf auf deine Schulter legte, wo ihr eigner Kopf hätte ruhen können, und wie ich so demütig gegen dich war, Richard. Sag ihr, du hast mir ins Gesicht gesehen und gefunden, daß meine Schönheit, die sie sonst so zu preisen pflegte, völlig entschwunden sei – völlig dahin – und an ihrer Stelle nur eine so arme, abgezehrte hohle Wange, daß sie weinen würde, wenn sie ihr zu Gesicht käme. Sag ihr alles dies und nimm es wieder mit, sie wird es nicht aufs neue zurückweisen. Nein, sie wird nicht das Herz haben!‹«

Er blieb nachsinnend sitzen und wiederholte die letzten Worte, bis er wieder erwachte und sich erhob.

»Du willst es nicht nehmen, Margaret?«

Sie schüttelte den Kopf und bat ihn mit stummer Gebärde, sich zu entfernen.

»Gute Nacht, Margaret.«

»Gute Nacht!«

Er wandte sich wieder nach ihr um, betroffen von dem Schmerz und vielleicht auch von dem Mitleid mit ihm, das in ihrer Stimme zitterte. Die Bewegung war rasch und hastig, und für einen Augenblick schien etwas von seinem frühern Wesen in seiner Haltung aufzuzucken. Im nächsten Moment aber ging er, wie er gekommen war. Dieses Aufblitzen eines erloschenen Feuers schien in ihm kein

lebendigeres Bewußtsein seiner Würdelosigkeit zu entflammen.
Meg mußte in jeder Stimmung, bei schwerem Kummer, bei körperlichen wie seelischen Qualen ihre Arbeit vollenden. So setzte sie sich daher wieder und nähte fort. Abend, Mitternacht – sie arbeitete noch immer.
Ein schwaches Feuer brannte auf ihrem Herd, denn die Nacht war sehr kalt. Sie stand von Zeit zu Zeit auf, um es zu schüren. Während sie so beschäftigt war, schlugen die Glocken halb eins, und als sie ausgetönt hatten, hörte sie ein leises Pochen an der Tür. Sie öffnete sich, noch ehe Meg Zeit hatte, sich Gedanken darüber zu machen, wer sie wohl zu einer so ungewöhnlichen Stunde besuchen möge.
O Jugend und Schönheit, die ihr glücklich sein sollt, schaut hierher! O Jugend und Schönheit, die ihr selbst gesegnet seid und alles segnet, was in euerm Bereich ist, die ihr die Absichten eures Schöpfers erfüllt, schaut hierher!
Sie sah die eintretende Gestalt und schrie auf: »Lilian!«
Die Gestalt trat schnell vor, fiel vor ihr auf die Knie nieder und klammerte sich an ihr Kleid.
»Ach Himmel, steh auf – steh auf, Lilian! meine teure Lilian!«
»Nie, Meg; nimmermehr! Hier! hier! zu deinen Füßen will ich mich an dich klammern, damit ich deinen teuern Atem auf meinem Gesicht fühle!«
»Süße Lilian! meine teure Lilian! Kind meines Herzens – die Liebe einer Mutter kann nicht zärtlicher sein. Lege dein Haupt an meine Brust!«
»Nie, Meg. Nimmermehr! Als ich zum erstenmal zu deinem Gesicht aufblickte, knietest du vor mir. Laß mich auf den Knien vor dir sterben. Laß – laß mich!«
»Du bist zurückgekommen. Mein Kleinod, wir wollen wieder beisammenleben, miteinander arbeiten, miteinander hoffen und miteinander sterben.«

»Ach, küsse mich, Meg; schlinge deine Arme um mich und drücke mich an dein Herz! Sieh mich freundlich an – aber laß mich hier liegen! Laß mich zum letztenmal dein liebes Gesicht auf den Knien betrachten!«

O glückliche Jugend und Schönheit, blickt hierher! O Jugend und Schönheit, die ihr den Zwecken eures wohltätigen Schöpfers dient, blickt hierher!

»Vergib mir, Meg! Teure liebe Meg! vergib mir! Ich weiß, du tust es – ich sehe, daß du es tust; aber sprich es auch aus, Meg!«

Sie sprach es aus, ihre Lippen auf Lilians Wange gedrückt. Und mit ihren Armen umschlang sie – sie wußte es jetzt – ein gebrochenes Herz!

»Gottes Segen über dich, meine Teure. Küsse mich noch einmal! Er duldete es, daß die Sünderin sich zu seinen Füßen niedersetzte und sie mit ihren Haaren abtrocknete. O Meg, welch ein Erbarmen – welch ein Mitleid!«

Als sie starb, berührte der Geist des zurückkehrenden Kindes strahlend und unschuldig den alten Mann mit seiner Hand und winkte ihm weiterzugehen.

Das vierte Viertel

Eine neue Erinnerung an die gespenstischen Gestalten in den Glocken, ein unbestimmtes Gefühl, als ob letztere wieder läuteten, ein schwindelndes Bewußtsein, den Phantomenschwarm erneut und wieder erneut gesehen zu haben, bis sich das Bild desselben in dem wirren Durcheinander zahlloser Gestalten verloren hatte – eine sekundenlange Erkenntnis, obwohl er nicht wußte, woher sie kam, daß noch mehr Jahre entschwunden waren – und Trotty stand, von dem Geist des Kindes begleitet, wieder vor menschlicher Gesellschaft.

Eine beleibte Gesellschaft, eine rosenwangige Gesellschaft, eine behagliche Gesellschaft. Es waren ihrer nur zwei, aber sie waren rot genug für zehn. Sie saßen vor einem lustig prasselnden Feuer, zwischen sich einen kleinen, niedrigen Tisch, und wenn nicht der Duft von heißem Tee und Semmeln in diesem Gemach länger weilte als in den meisten andern, so mußte der Tisch kurz zuvor eine Mahlzeit gesehen haben. Aber die Tassen waren rein und standen an ihren Plätzen in dem Eßschrank; die Messingröstgabel hing in ihrem gewöhnlichen Winkel und breitete ihre vier müßigen Finger aus, als wolle sie sich einen Handschuh anmessen lassen, und es waren keine weiteren erkennbaren Merkmale eines eben beendigten Mahles vorhanden als diejenigen, die sich in dem Schnurren und Bartputzen der sich wärmenden Katze und in den lieblich (um nicht zu sagen fettig) glänzenden Gesichtern der beiden Personen aussprachen.

Dieses behäbige Paar (augenscheinlich verheiratet) hatte das Feuer ehrlich zwischen sich geteilt und sah den sprühenden Funken zu, die in den Rost fielen, bald ein wenig einnickend, bald wieder aufwachend, wenn etwa ein ungewöhnlich großes glühendes Fragment prasselnd niederkam, als wollte ihm das Feuer nachfolgen.

Es lief jedoch nicht Gefahr, bald zu verlöschen, denn es erglänzte nicht nur in dem kleinen Zimmer, an den Glasscheiben in der Tür und an dem darüber gezogenen

Vorhang, sondern auch in dem kleinen Laden draußen. Ein kleiner Laden, zum Ersticken vollgestopft mit dem Überfluß seiner Vorräte – ein wahrhaft gefräßiger kleiner Laden mit einem Magen so bequem und voll wie der eines Haifisches. Käse, Butter, Brennholz, Seife, Pökelfleisch, Schwefelhölzer, Speckseiten, Tafelbier, Schnurrkreisel, Eingemachtes, Papierdrachen, Hanfsamen, kalter Schinken, Birkenbesen, Herdsteine, Salz, Weinessig, Stiefelwichse, Heringe, Schreibmaterialien, Schweinefett, Champignonsauce, Schnürbänder, Brotlaibe, Federbälle, Eier und Schieferstifte – alles war Fisch, was in das Netz dieses gierigen kleinen Ladens kam, und alle diese Gegenstände befanden sich in seinem Netz. Was für andre kleine Waren noch vorhanden waren, würde sich schwer aufzählen lassen; aber da befanden sich noch Bindfadenrollen, Zwiebelreihen, Lichterbündel, Kohlnetze und Bürsten, die traubenförmig wie eine außerordentliche Frucht von der Decke niederhingen, während verschiedene Büchsen, denen ein aromatischer Duft entströmte, den Wahrheitsbeweis der Aufschrift über der Ladentür lieferten, die dem Publikum kundtat, daß der Inhaber dieses Kramladens auch ein privilegierter Tee-, Kaffee-, Tabak-, Pfeffer- und Schnupftabakshändler sei.

Diese Artikel, die in dem Licht des Feuers und in dem weniger lieblichen Glanze zweier rauchender Lampen unterscheidbar wurden, welche düster in dem Laden brannten, als wenn ihnen dessen Vollblütigkeit schwer auf den Lungen läge, und dann ein Blick auf eines von den beiden Gesichtern bei dem Stubenfeuer ließen Trotty leicht die stämmige alte Dame Frau Chickenstalker erkennen. Sie hatte stets zur Korpulenz geneigt, schon in den Tagen, als er sie gekannt und ein kleines Pöstchen in ihren Büchern stehen hatte.

Die Züge ihres Gesellschafters waren ihm nicht so vertraut. Das große breite Kinn mit Falten, groß genug, daß man einen Finger hineinlegen konnte; die erstaunten Augen, die sich selbst Vorwürfe zu machen schienen, daß sie immer tiefer und tiefer in das nachgiebige Fett seines schwammigen Gesichts einsanken; die Nase, die mit jener Funktionsstörung behaftet war, die man in der Regel Stockschnupfen nennt; der kurze, dicke Hals und die asthmatische Brust mit andern derartigen Schönheiten konnte Trotty, wie sehr sie auch geeignet sein mochten, sich dem Gedächtnis einzuprägen, anfangs niemand zuschreiben, den er gekannt hatte, obschon es ihm vorkam, als hätte er alles dies schon gesehen. Endlich aber erkannte er in Frau Chickenstalkers Lebens- und Handelsassocié den vormaligen Portier des Sir Joseph Bowley – eine apoplektische Unschuld, die in Trottys Geist vor Jahren schon in eine Beziehung zu Frau Chickenstalker getreten war, weil sie ihm Zutritt zu dem Herrenhaus gegeben, wo er seine Verbindlichkeiten gegen diese Dame bekannt und sich dadurch einen so ernsten Vorwurf auf sein unglückliches Haupt geladen hatte.

Nach den Veränderungen, die Trotty bereits gesehen hatte, interessierte er sich wenig für einen derartigen Wechsel; indes sind die Ideenverknüpfungen doch bisweilen sehr stark, und er sah unwillkürlich hinter die Stubentür, wo gewöhnlich die Posten der borgenden Kunden aufgekreidet waren. Sein Name war nicht mehr dabei. Es standen einige Namen da, doch waren sie Trotty fremd und außerdem in beträchtlich geringerer Anzahl als in früherer Zeit, woraus er schloß, daß der Portier die Barzahlung bevorzuge und daß er bei seinem Eintritt ins Geschäft den säumigen Kunden ziemlich scharf zugesetzt haben mußte.

Trotty fühlte ein solches Herzweh und trauerte so sehr um die Jugend und die Aussichten seines armen Kindes, daß es ihm sogar leid tat, keinen Platz mehr in Frau Chickenstalkers Schuldbuch einzunehmen.

»Was ists für eine Nacht, Anna?« fragte der vormalige Portier des Sir Joseph Bowley, indem er seine Beine vor dem Feuer ausstreckte und sie so weit rieb, als er mit seinen kurzen Armen reichen konnte, während seine Miene deutlich zu sagen schien: »Ich sitze da, wenns schlecht ist, und verlange nicht auszugehen, wenns gut ist.«

»Es stürmt, graupelt und droht mit Schnee«, entgegnete seine Frau. »Dunkel. Und sehr kalt.«

»Es freut mich, daran zu denken, daß wir Wecken hatten«, sagte der vormalige Portier in dem Ton eines Mannes, der sein Gewissen zur Ruhe gebracht hat. »'s ist eine Nacht, wie für Wecken gemacht; auch für Pfannkuchen und Teegebäck.«

Der ehemalige Portier brachte die Namen dieser aufeinander folgenden Leckerbissen vor, als ob er nachdenklich seine guten Taten aufzählte. Dann rieb er sich wieder seine fetten Beine, drehte sie in den Kniegelenken vor dem Feuer, um die strahlende Hitze auch den bisher ungerösteten Teilen zuzuführen, und lachte, als ob ihn jemand gekitzelt hätte.

»Du bist ja recht heiter, mein lieber Tugby«, bemerkte seine Frau.

Die Firma hieß jetzt Tugby, vormals Chickenstalker.

»Nein«, versetzte Tugby, »nein. Nicht besonders. Bin nur in etwas gehobener Stimmung. Die Wecken kamen so gelegen!«

Dabei kicherte er, bis er ganz schwarz im Gesicht war, und hatte so viel Not, wieder eine andre Farbe zu kriegen, daß seine fetten Beine die seltsamsten Exkursionen in die Luft machten. Auch wollten sie erst wieder einigermaßen Vernunft annehmen, als ihn Frau Tugby heftig auf den Rücken geklopft und wie eine große Flasche geschüttelt hatte.

»O du grundgütiger Himmel über diesen Mann!« schrie Frau Tugby entsetzt. »Was er nur treibt!«

Herr Tugby wischte sich die Augen und wiederholte mit matter Stimme, daß er sich ein wenig in gehobener Stimmung befinde.

»Na, sei so gut und laß es in Zukunft bleiben«, versetzte Frau Tugby, »wenn du mich mit deinem Zappeln und Herumfechten nicht zu Tod erschrecken willst!«
Herr Tugby erklärte, es nicht mehr tun zu wollen. Aber seine ganze Existenz war ein Fechtgang, bei dem er, wenn man nach seinem stets kürzer werdenden Atem und dem tiefen Purpur seines Gesichtes urteilen durfte, immer den kürzern zog.
»So stürmts also und graupelts und drohts mit Schnee; ists dunkel und sehr kalt, meine Liebe?« sagte Herr Tugby, indem er nach dem Feuer sah und wieder auf die Ursache und den Kern seiner momentanen gehobenen Stimmung kam.
»Bei Gott, ein rauhes Wetter«, erwiderte seine Frau, den Kopf schüttelnd.
»Ja, ja!« sagte Herr Tugby. »Jahre sind in dieser Hinsicht wie die Christen: Einige von ihnen sterben schwer, und bei andern geht es leicht ab. Das gegenwärtige hat nicht mehr weit hin und wehrt sich deshalb; aber es gefällt mir dafür nur um so besser. Es ist ein Kunde da, meine Liebe!«
Frau Tugby hatte das Knarren der Tür bereits vernommen und sich erhoben.
»Nun, was solls?« fragte die Dame, in den kleinen Laden hinausgehend. »O! ich bitt' um Verzeihung, Sir; wahrhaftig, ich wußte nicht, daß Sie es wären.«
Diese Entschuldigung galt einem Gentleman in Schwarz, der mit zurückgeschlagenen Ärmeln, den Hut seitwärts auf den Kopf gedrückt und die Hände in seinen Rocktaschen, rittlings auf dem Tafelbierfäßchen saß und ihr entgegennickte.
»Das ist eine schlimme Geschichte da oben, Frau Tugby«, sagte der Gentleman. »Der Mann kann nicht leben.«
»Wie, der aus dem hintern Dachstübchen?« rief Tugby, der in den Laden herauskam und sich an dem Gespräch beteiligte.

»Der Dachstübler, Herr Tugby«, entgegnete der Gentleman, »wird demnächst die Treppe herunterkommen und gar bald unter dem Rasen liegen.«
Während er abwechselnd Tugby und dessen Gattin anschaute, klopfte er mit den Knöcheln das Faß ab, um zu untersuchen, wieviel Bier noch darin sei, und sobald er dies ausfindig gemacht hatte, trommelte er einen Marsch auf dem leeren Teil.
»Das hintere Dachstübchen, Herr Tugby«, sagte der Herr, nachdem Tugby eine Zeitlang in stummer Bestürzung vor sich hingestarrt hatte, »ist im Begriff abzufahren.«
»Dann«, sagte Tugby, sich an seine Frau wendend, »muß er abfahren, bevor er abgefahren ist.«
»Ich glaube nicht, daß Ihr ihn fortschaffen könnt«, sagte der Gentleman, den Kopf schüttelnd. »Ich für meinen Teil möchte wenigstens nicht die Verantwortung auf mich nehmen und die Möglichkeit zugestehen. Laßt ihn bleiben, wo er ist. Er kanns nicht mehr lange treiben.«
»'s ist der einzige Gegenstand«, sagte Tugby, die Butterwaagschale krachend auf den Ladentisch drückend, indem er seine Faust darin wog, »über den wir je einen Wortwechsel miteinander gehabt haben – sie und ich – und da sieht man, was am Ende dabei herausgekommen ist! Stirbt er zuletzt gar hier – stirbt auf unserm Grund und Boden – stirbt in unserm Haus!«
»Und wo willst du denn, daß er sterben soll, Tugby?« rief seine Frau.
»Im Armenhaus«, entgegnete er. »Wozu hat man denn Armenhäuser?«
»Dazu nicht«, erwiderte Frau Tugby mit großem Nachdruck. »Dazu nicht! Dazu habe ich dich auch nicht geheiratet. Schlag dir diese Gedanken aus dem Kopf, Tugby – ich wills nicht haben. Ich leide es einmal nicht – lieber ließe ich mich zuerst scheiden, um dein Gesicht nie wiederzusehen. Als mein Witwenname noch über dieser Tür

stand – und er hat viele, viele Jahre da gestanden – war dieses Haus weit und breit als Frau Chickenstalkers bekannt, und jedermann rühmte es wegen seines ehrlichen Kredits und seines guten Rufes. Als mein Witwenname noch über jener Tür stand, Tugby, kannte ich ihn als einen schönen, kräftigen, männlichen, unabhängigen Jüngling – ich kannte sie als das süßeste und gutmütigste Mädchen, das man je gesehen hat – ich kannte ihren Vater (der arme alte Mann stürzte vom Turm, den er schlafwandelnd erstiegen hatte, und erschlug sich) als den einfachsten, unermüdlichsten und wohlwollendsten Mann, der nur je geatmet hat, und wenn ich sie aus dem Haus stoße, mögen mich die Engel aus dem Himmel stoßen. Das täten sie auch! Und mir würde nur recht geschehen!«

Ihr altes Gesicht, das zu Tobys Zeiten rund und voll Grübchen gewesen, schien wieder aus ihrem jetzigen hervorzuleuchten, als sie diese Worte sprach. Sie trocknete dann die Augen und schüttelte mit einem Ausdruck von Festigkeit, die augenscheinlich keinen Widerstand duldete, den Kopf und ihr Schnupftuch gegen Tugby, so daß Trotty vor sich hinsprach: »Gott segne sie! Gott segne sie!«

Dann horchte er mit klopfendem Herzen auf das, was nun folgen mochte; denn er wußte noch nichts, als daß sie von Meg sprachen.

Wenn Tugby in dem Stübchen ein wenig in gehobener Stimmung gewesen war, so wurde jetzt das Gleichgewicht mehr als erforderlich wieder hergestellt, indem er nun im Laden nicht wenig gedrückt dastand und seine Frau stumm anglotzte. Dabei – sei es in Anwandlung von Zerstreutheit oder als Vorsichtsmaßregel – ließ er heimlich alles Geld aus der Schublade in seine eignen Taschen gleiten.

Der Gentleman auf dem Tafelbierfaß, der augenscheinlich ein autorisierter Armenarzt war, mochte wohl an kleine Meinungsverschiedenheiten zwischen Mann und

Weib zu sehr gewöhnt sein, um sich im gegenwärtigen Fall eine Bemerkung zu erlauben. Er blieb pfeifend sitzen und ließ kleine Tropfen aus dem Hahn auf den Boden rinnen, bis vollkommene Stille eingetreten war. Dann hob er seinen Kopf und sagte zu Frau Tugby, vormals Chickenstalker:

»Es ist sogar jetzt noch etwas Interessantes an der Frauensperson. Wie kam sie dazu, ihn zu heiraten?«

»Ach«, versetzte Frau Tugby, ihren Sitz neben ihm nehmend, »das ist ein recht grausamer Teil ihrer Geschichte, Sir. Ihr müßt nämlich wissen, daß sie und Richard vor vielen Jahren miteinander verlobt waren. Als sie noch ein junges und schönes Paar waren, hatten sie alles miteinander ausgemacht, und sie wollten sich an einem Neujahrstag trauen lassen. Da setzte aber ein Gentleman Richard in den Kopf, daß er etwas Besseres tun könne; er werde den Schritt bald bereuen – das Mädchen sei nicht gut genug für ihn, und ein lebensfroher junger Mann habe keinen Grund, zu heiraten. Und der Gentleman schüchterte auch sie ein und machte sie melancholisch, indem er ihr sagte, ihr Mann werde sie dann verlassen, ihre Kinder kämen an den Galgen, und es sei gottlos, zu heiraten, und was dergleichen mehr war. Kurz, sie zögerten und zögerten – ihr Vertrauen zueinander wurde gebrochen, und so ging es auch mit der Verlobung. Aber der Fehler lag an ihm, denn sie würde ihn mit Freuden geheiratet haben, Sir. Oftmals nachher habe ich gesehen, wie ihr fast das Herz brach, wenn er in stolzer, gleichgültiger Weise an ihr vorbeiging, und nie grämte sich ein Mädchen aufrichtiger um einen Mann als sie, wie sie zum erstenmal hörte, daß Richard auf Abwege gerate.«

»O! ist er auf Abwege geraten?« sagte der Gentleman, indem er den Luftzapfen des Fäßchens herauszog und durch das Loch nach dem Bier hinunterzugucken versuchte.

»Ja, seht Ihr, Sir, ich glaube nicht, daß er sich selbst

recht verstand. Ich glaube, es bedrückte ihn sehr, daß sie miteinander gebrochen hatten, und hätte er sich nicht vor dem Gentleman geschämt – vielleicht trug er auch Bedenken, weil er nicht wußte, wie sie es aufnehmen würde – so hätte er vielleicht alles über sich ergehen lassen, nur um Megs Versprechen und Hand wiederzugewinnen. So glaube ich wenigstens, obschon er mirs leider nie gesagt hat. Er legte sich dann aufs Trinken, wurde ein Faulenzer und hielt sich an schlechte Gesellschaft – lauter Vergnügungen, die – nach dem Ausspruch des Gentleman – so viel besser für ihn sein würden als das behagliche Heim, das er hätte haben können. So verlor er denn sein gutes Aussehen, seinen guten Ruf, seine Gesundheit, seine Kräfte, seine Freunde, seine Arbeit – kurz alles!«

»Er hat nicht alles verloren, Frau Tugby«, erwiderte der Gentleman, »denn er gewann ja ein Weib, und ich möchte wissen, wie dies zuging.«

»Ich komme sofort dazu, Sir. So trieb ers Jahre um Jahre und sank immer tiefer und tiefer; das arme Ding aber erduldete Elend genug, um sich ganz aufzureiben. Endlich war er so herabgekommen, daß ihm niemand mehr Beschäftigung geben oder auf ihn achten wollte, und wohin er kam, wurde ihm die Tür vor der Nase zugeschlagen. Er wanderte von einem Ort zum andern und kam zum hundertstenmal zu einem gewissen Herrn, der es oft und oft mit ihm versucht hatte; denn er war bis zu allerletzt ein guter Arbeiter. Und dieser Herr, der seine Geschichte kannte, sagte zu ihm: ›Ich glaube, Ihr seid unverbesserlich; es gibt nur eine einzige Person in der Welt, die Euch möglicherweise noch retten kann. Bittet mich nicht mehr um mein Vertrauen, bevor sie nicht einen Versuch mit Euch gemacht hat.‹ So ähnlich fuhr er ihn in seinem Zorn an.«

»Ah!« entgegnete der Gentleman. »Und was weiter?«

»Nun, Sir, er ging zu ihr und kniete vor ihr nieder – sagte, so stehe es und so sei es bisher gegangen, und bat dann, ihn zu retten.«

»Und sie? – Laßts Euch nicht so zu Herzen gehen, Frau Tugby.«

»Sie kam noch am nämlichen Abend zu mir und fragte mich, ob sie nicht in meinem Haus wohnen könnten. ›Was er mir einmal gewesen ist‹, sagte sie, ›ist tot und begraben, Seite an Seite mit dem, was ich ihm war. Aber ich habe mir die Sache überlegt und will den Versuch machen – in der Hoffnung, ihn zu retten, und um der Liebe des frohherzigen Mädchens willen, das Ihr noch gekannt habt und das an einem Neujahrstag heiraten sollte; um jener Liebe für ihren Richard willen.‹ Und sie sagte, er sei von Lilian zu ihr gekommen, und Lilian habe ihm vertraut, und sie könne dies nie vergessen. So heirateten sie; und als sie hierherkamen und ich sie sah, hoffte ich, daß sich Prophezeiungen, wie diejenigen, die sie in ihrer Jugend trennten, nicht oft erfüllen möchten, wie in diesem Falle; wenigstens möchte ich sie nicht um ganze Goldberge voraussagen.«

Der Gentleman stieg von dem Faß herunter und streckte sich, indem er zugleich bemerkte:

»Vermutlich mißhandelte er sie, sobald sie verheiratet waren?«

»Ich glaube nicht, daß er dies je getan hat«, versetzte Frau Tugby kopfschüttelnd und sich die Augen trocknend. »Es ging mit ihm eine kurze Zeit besser; aber seine Gewohnheiten waren zu stark und zu festgewurzelt, als daß er sie hätte los werden könne. Er wurde ein wenig rückfällig, und das wiederholte sich immer öfter und stärker, bis ihn sein Leiden erfaßte. Ich glaube, er hat sie immer geliebt, und bin fest davon überzeugt. Ich habe gesehen, wie er in seinen Anfällen weinend und zitternd ihre Hand zu küssen versuchte, und hörte, wie er sie Meg nannte und wie er sagte, es sei ihr neunzehnter Geburtstag. Jetzt liegt er schon wochen- und monatelang da. Da sie ihre

Zeit zwischen ihm und ihrem Kinde teilen muß, war sie nicht imstande, ihre frühere Arbeit fortzusetzen; sie verlor dieselbe, weil sie sie nicht regelmäßig abliefern konnte, wenn sie auch schließlich mit ihr fertig wurde. Wie sie ihr Leben fortzubringen vermochte, weiß ich kaum zu sagen.«

»Aber *ich* weiß es«, murmelte Herr Tugby, indem er nach der Geldschublade, im Geschäft umher und auf seine Frau blickte; dann wiegte er mit schlauer Miene den Kopf und sagte: »Wie Kampfhähne!«

Er wurde jetzt durch einen Schrei – einen Klagelaut aus dem obern Stockwerk des Hauses unterbrochen. Der Gentleman eilte hastig zur Tür.

»Mein Freund«, sagte er zurückblickend, »Ihr braucht jetzt nicht mehr zu streiten, ob er fortgeschafft werden soll oder nicht; denn ich glaube, er hat Euch die Mühe erspart.«

Mit diesen Worten eilte er die Treppe hinauf, und Frau Tugby folgte ihm nach, während Herr Tugby hinterdrein keuchte und brummte, denn er war kurzatmiger als gewöhnlich infolge der Beute aus der Geldlade, die eine unbequeme Menge Kupfer enthalten hatte. Trotty schwebte, das Kind an seiner Seite, wie ein Windhauch die Treppe hinauf.

»Folge ihr! folge ihr! folge ihr!« Er hörte beim Hinansteigen die gespenstigen Stimmen in den Glocken ihre Worte wiederholen. »Lerne es von dem Wesen, das deinem Herzen am teuersten ist!«

Es war vorüber. Es war vorüber. Dies also war sie, der Stolz und die Freude ihres Vaters! – dieses hagere, unglückliche Weib, die neben dem Bett, wenn es diesen Namen verdiente, weinte und gesenkten Hauptes ein Kind an ihre Brust drückte? Wie abgezehrt, krank und elend das arme Kind aussah – aber doch, wer kann sagen, wie teuer es ihr war?

»Gott sei Dank!« rief Trotty, die Hände gefaltet in die

Höhe haltend. »O, Gott sei gedankt! Sie liebt ihr Kind!«
Der Gentleman war durch täglich sich wiederholende ähnliche Szenen gleichgültig gegen den Anblick geworden und wußte, daß sie nur bedeutungslose Ziffern in Filers Summen waren – nur Striche in den Berechnungen. Er legte seine Hand auf das Herz, das nicht mehr schlug, lauschte auf den Atem und sagte:
»Seine Leiden sind vorüber. Ihm ist wohl!«
Frau Tugby versuchte, die arme Frau mit liebevoller Teilnahme zu trösten, während Herr Tugby mit philosophischen Beruhigungsmitteln angestiegen kam.
»Nun, nun!« sagte er, die Hände in seinen Taschen; »Ihr müßt Euch nicht dem Schmerz hingeben. Es führt zu nichts. Ihr müßt dagegen ankämpfen. Was wäre aus mir geworden, wenn ich mich als Portier hätte so unterkriegen lassen, wo wir wohl sechsmal in der Nacht durch das zweimalige Klopfen, das immer einen Wagen ankündigte, aus dem Schlaf gerissen wurden, um dann zu sehen, daß man uns genarrt hatte. Ich aber besaß Geistesstärke genug und machte nicht auf!«
Abermals hörte Trotty die Stimmen sagen: »Folge ihr!« Er wandte sich nach seinem Führer um und sah, wie dieser sich in die Luft schwang. »Folge ihr!« sagte er und verschwand.
Trotty schwebte um sie her, setzte sich zu ihren Füßen nieder, blickte zu ihrem Gesicht auf, um auch nur eine einzige Spur ihres früheren Aussehens zu finden, und lauschte auf einen Ton ihrer alten lieblichen Stimme. Auch das Kind umwandelte er – es war so abgezehrt, so frühalt, so schrecklich in seinem Ernst, so kläglich in seinem schwachen, traurigen Wimmern. Er betete es beinahe an; er klammerte sich an das kleine Geschöpf als ihren einzigen Schutz, als das letzte lebendige Glied, das sie noch an die Welt fesselte. Er setzte seine Vaterhoffnung, sein ganzes Vertrauen auf dieses hinfällige Kind,

bewachte jeden ihrer Blicke, als sie es in ihren Armen hielt, und rief zu tausend Malen:
»Sie liebt es! Gott sei Dank, sie liebt es!«
Er war Zeuge, wie die Frau sie nachts pflegte und zu ihr zurückkehrte, sobald ihr brummender Mann schlief und alles still war, um ihr Nahrung zu bringen, sie zu ermutigen und mit ihr zu weinen. Der Tag kam und dann wieder die Nacht – abermals ein Tag und wieder eine Nacht; die Zeit entschwand. Das Haus des Todes entledigte sich seines Toten, und das Zimmer blieb ihr und dem Kind überlassen. Er hörte es stöhnen und weinen; er sah, wie es die Mutter quälte und ermüdete – ja, die vor Erschöpfung kaum Eingeschlummerte wieder wachrief und sie mit seinen kleinen Händchen auf der Folter erhielt. Aber sie blieb ausdauernd, sanft und geduldig. Geduldig! Sie war seine liebende Mutter von ganzer Seele und ganzem Herzen, und sein Leben war mit dem ihrigen so verknüpft, als sei es noch nicht geboren.
In all dieser Zeit litt sie Not, siechte dahin in schrecklichem, verzehrendem Mangel. Das Kind in ihren Armen, wanderte sie da- und dorthin, um Beschäftigung zu suchen, und während sein hageres Gesichtchen in ihrem Schoß lag und zu ihrem Antlitz aufblickte, verrichtete sie jede Arbeit für den erbärmlichsten Preis – Tag und Nacht sich abmühend für so viele Kreuzer, als da Ziffern sind auf dem Uhrblatt! Wenn sie es gezankt, vernachlässigt, nur einen Augenblick mit Haß angesehen oder gar in hastigem Zornaufwallen geschlagen hätte! Nein. Sein Trost war, daß sie es immer liebte.
Sie teilte niemand ihre äußerste Not mit und wanderte tags draußen umher, um nicht von ihrer einzigen Freundin befragt zu werden; denn jede neue Hilfe, die sie von ihren Händen erhielt, hatte einen neuen Hader zwischen der guten Frau und ihrem Gatten zur Folge. Und der Gedanke, da auch noch die Ursache zu täglichem Zank und Wortwechsel zu werden, wo sie schon so viel schuldete, bereitete ihr neues Leid.

Dennoch liebte sie ihr Kind. Sie liebte es mehr und mehr. Aber es kam eine Nacht, in der auch ihre Liebe sich anders gestaltete.
Damals sang sie es leise in den Schlaf und ging auf und ab, um es einzulullen, als sich sacht die Tür öffnete und ein Mann hereinsah.
»Zum letztenmal!« sagte er.
»William Fern!«
»Zum letztenmal!«
Er lauschte wie einer, hinter dem die Verfolger her sind, und sprach flüsternd:
»Margarete, meine Uhr ist nahezu abgelaufen. Ich konnte nicht enden, ohne Abschied von dir zu nehmen, ohne dir ein Wort des Dankes zu sagen.«
»Was habt Ihr getan?« fragte sie, ihn mit Entsetzen betrachtend.
Er sah sie an, gab aber keine Antwort.
Nach einem kurzen Schweigen machte er eine Gebärde mit der Hand, als wollte er ihre Frage abwehren, sie beiseite schieben, und sagte:
»Es ist jetzt schon lange her, Margarete; aber jene Nacht ist noch so frisch in meinem Gedächtnis, als wäre es erst gestern gewesen. Damals dachten wir nicht«, fügte er, mit einem Blick auf ihre Umgebung, hinzu, »daß wir uns jemals unter solchen Umständen wiedersehen sollten. Ist das dein Kind, Margarete? Laß es mich umarmen. Gib mir dein Kind.«
Er legte seinen Hut auf den Boden und nahm es auf, zitterte aber dabei vom Kopf bis zum Fuß.
»Ist es ein Mädchen?«
»Ja.«
Er hielt seine Hand vor ihr kleines Gesichtchen.
»Schau, wie schwach ich geworden bin, Margarete, wenn ich nicht einmal den Mut habe, es anzusehen! Laß sie mir einen Augenblick. Ich tue ihr nichts. Es ist lange her, aber ... Wie heißt die Kleine?«

»Margarete«, antwortete sie rasch.
»Das freut mich«, sagte er. »Das freut mich.«
Er schien freier zu atmen. Nach einer kurzen Pause nahm er seine Hand weg und sah dem Kind ins Antlitz. Dann aber bedeckte er es augenblicklich wieder.
»Margarete!« sagte er und gab ihr das Kind zurück. »Es ist Lilians Gesicht.«
»Lilians?«
»Ich hielt dasselbe Gesicht in meinen Armen, als Lilians Mutter starb und sie zurückließ.«
»Als Lilians Mutter starb und sie zurückließ?« wiederholte sie außer sich.
»Wie schrill du sprichst! Warum starrst du mich so an, Margarete?«
Sie sank in einen Stuhl, preßte das Kind an ihre Brust und weinte. Dann sah sie ihm ängstlich ins Gesicht und drückte es abermals an ihr Herz. Wenn sie es aber so betrachtete, schien sich etwas Wildes und Schreckliches in ihre Liebe zu mischen, und ihr alter Vater begann darob zu zittern.
»Folge ihr!« tönte es durch das Haus. »Lerne es von dem Wesen, das deinem Herzen am teuersten ist!«
»Margarete«, sagte Fern, sich über sie beugend und sie auf die Stirn küssend. »Ich danke dir zum letztenmal. Gute Nacht. Gott behüte dich! Gib mir deine Hand und versprich mir, mich von dieser Stunde an zu vergessen, und bilde dir ein, ich sei hier gestorben.«
»Was habt Ihr getan?« sagte sie abermals.
»Es wird heute nacht ein Feuer geben«, sagte er, von ihr zurücktretend. »Es werden in diesem Winter viele Feuer sein, um die dunkeln Nächte zu erhellen im Osten, Westen, Norden und Süden. Wenn du den fernen Himmel rot siehst, dann wird die Farbe von Flammen herrühren. Wenn du den fernen Himmel rot siehst, denke nicht mehr an mich; oder wenn du nicht anders kannst, so erinnere dich, welche Hölle in meinem Innern angezündet wurde,

und denke, es seien ihre Flammen, die sich in den Wolken spiegeln. Gute Nacht. Gott befohlen!«
Sie rief ihm nach; aber er war fort. Dann setzte sie sich betäubt nieder, bis sie durch ihr Kind zum Gefühl des Hungers, der Kälte und der Dunkelheit geweckt wurde. Sie ging die liebe lange Nacht in der Stube auf und ab, es in den Armen wiegend und beschwichtigend, wobei sie mitunter vor sich hinmurmelte: »Es gleicht Lilian, als ihre Mutter starb und sie zurückließ!« Warum war ihr Schritt so hastig, ihr Auge so wild, ihre Liebe so ungestüm und schrecklich, sooft sie diese Worte wiederholte?
»Aber es ist Liebe«, sagte Trotty. »Es ist Liebe. Sie wird nie aufhören, es zu lieben. Meine arme Meg!«
Am andern Morgen kleidete sie das Kind mit ungewöhnlicher Sorgfalt – ach, welch eitle Mühe bei so elenden Fetzen! – und versuchte abermals, irgendeinen Verdienst aufzutreiben. Es war der letzte Tag des alten Jahres. Ohne etwas über die Lippen zu bringen, lief sie bis in die Nacht umher; aber all ihre Bemühungen waren vergeblich!
Sie mischte sich unter eine Gruppe herabgekommener Bittsteller, die im Schnee standen, bis ein Beamter, der zur Verteilung der öffentlichen Almosen – die das Gesetz gebot, nicht aber die Barmherzigkeit, die einst auf einem Berg gepredigt wurde – bestellt worden war, sich gnädigst herbeiließ, die Leute hereinzurufen, ins Verhör zu nehmen, dem einen zu sagen, »er solle da und dahin gehen«, dem andern zu bemerken, »er solle nächste Woche wiederkommen«, oder einen dritten Elenden wie einen Ball von hierher dorthin, von Hand zu Hand, von Haus zu Haus zu schleudern, bis er kraftlos umsank, um zu sterben, oder wieder aufsprang, um einen Diebstahl zu begehen und so zu einer höheren Art von Verbrecher zu werden, dessen Ansprüche keine Zögerung gestatteten.
Aber auch hier sollte sie ihre Erwartung trügen. Sie liebte ihr Kind und wünschte, daß es an ihrer Brust läge. Dies war ganz genug.

Es war Nacht – eine kalte, dunkle, schneidende Nacht, als sie, das Kind an ihrem Leib wärmend, an das Haus gelangte, das sie ihr Heim nannte. Sie war so matt und schwindlig, daß sie niemand unter dem Haustor stehen sah, bis sie dicht daran war und eintreten wollte. Jetzt erst erkannte sie den Hausherrn, der sich so aufgepflanzt hatte – bei seiner Beleibtheit war dies nicht schwer – daß er den ganzen Eingang versperrte.
»O!« sagte er halblaut. »Ihr seid zurückgekommen?«
Sie blickte ihr Kind an und schüttelte den Kopf.
»Glaubt Ihr nicht, Ihr habt hier lange genug gewohnt, ohne Miete zu bezahlen? Glaubt Ihr nicht, daß Ihr für jemand, der nichts zahlt, eine recht anhängliche Kundin gewesen seid?« sagte Herr Tugby.
Sie wiederholte dieselbe stumme, flehentliche Bitte.
»Was würdet Ihr dazu sagen, wenn Ihr es versuchtet, woanders einzukaufen«, meinte er, »und Euch ein andres Quartier zu verschaffen? Nun?! Glaubt Ihr nicht, es ließe sich machen?«
Sie versetzte mit gedämpfter Stimme, »daß es schon sehr spät sei. Morgen.«
»Ah, ich sehe schon, was Ihr wollt und was Ihr im Sinn habt«, entgegnete Tugby; »Ihr wißt, daß es in diesem Hause wegen Euch zwei Parteien gibt, und es macht Euch Freude, sie gegeneinander zu hetzen. Ich will keinen Streit haben und spreche jetzt so leise, um jeder Zänkerei vorzubeugen; aber wenn Ihr nicht geht, will ich laut reden, und es wird Worte setzen, die stolz und heftig genug sind, um Euch zu gefallen. Aber herein kommt Ihr mir nicht, das steht fest.«
Sie strich sich das Haar mit der Hand zurück und sah plötzlich zum Himmel auf in die düstere, dunkle Ferne.
»Dies ist die letzte Nacht des alten Jahres, und ich will nicht Euch oder irgend jemand anderm zuliebe böses Blut, Händel und Unfrieden ins neue hinübernehmen«, sagte Tugby, der in kleinerem Maßstab ein ›Freund und

Berater‹ war. »Es wundert mich, daß Ihr Euch nicht vor Euch selbst schämt, mit solchen Kniffen ein neues Jahr anzufangen. Wenn Ihr in der Welt nichts andres zu tun habt als stets zu heulen und den Samen der Zwietracht zu streuen zwischen Mann und Weib, so tut Ihr besser, aus ihr hinauszugehen. Fort mit Euch!«

»Folge ihr! zur Verzweiflung!«

Abermals hörte der alte Mann die Stimmen. Er blickte auf und sah die Gestalten in der Luft schweben, die ihm den dunkeln Weg zeigten, den sie ging.

»Sie liebt es!« rief er in dringlichem Flehen. »Ihr Glocken, sie liebt es noch immer!«

»Folge ihr!«

Die Schatten schwebten in die Richtung, die sie eingeschlagen hatte, gleich einer Wolke.

Er schloß sich den Verfolgern an, hielt sich dicht an die Unglückliche und blickte ihr ins Gesicht. Da war derselbe wilde, schreckliche Ausdruck, der sich in ihre Liebe mengte und aus ihren Augen blitzte. Er hörte sie sagen: »Wie Lilian! So zu werden wie Lilian!« und ihre Eile verdoppelte sich.

O, gab es denn gar nichts, das sie aus ihrem Taumel reißen konnte? Nur ein Anblick, ein Schall, ein Geruch, der in einem Gehirn voll Feuer zartere Erinnerungen heraufbeschwören könnte? O Gott, nur ein einziges friedliches Bild der Vergangenheit sollte sich ihrem Auge zeigen!

»Ich war ihr Vater! ich war ihr Vater!« rief der alte Mann, seine Hand nach den dunkeln Schatten ausstreckend, die in der Luft dahinflogen. »Habt Erbarmen mit ihr und mit mir! Wohin geht sie? Führt sie zurück! Ich war ihr Vater!«

Aber sie deuteten bloß nach ihr hin, während sie weiter eilte, und sagten:

»Zur Verzweiflung! Lerne es an dem Geschöpf, das deinem Herzen am teuersten war!«

Hundert Stimmen hallten es nach, und die ganze Luft war ein für diese Worte verbrauchter Atem. Toby schien sie mit jedem seiner Atemzüge in sich zu saugen. Sie waren überall, und er konnte ihnen nicht entkommen. Dennoch eilte sie weiter – dasselbe unheimliche Licht in ihren Augen, dieselben Laute auf ihren Lippen: »Wie Lilian! So zu werden wie Lilian!«

Mit einem Male machte sie halt.

»O holt sie zurück!« rief der alte Mann, sich das weiße Haar zerraufend! »Mein Kind! Meine Meg! Holt sie zurück! Ewiger Vater, tu ihr Einhalt!«

Sie wickelte das Kind warm in ihr eignes dünnes Halstuch. Mit fieberigen Händen streichelte sie seine Glieder, legte sein Köpfchen zurecht und ordnete den armseligen Anzug. Sie umschlang es mit ihren abgezehrten Armen, als wollte sie es nimmer von sich lassen, und mit ihren vertrockneten Lippen küßte sie es im höchsten Schmerz und im letzten langen Kampf der Liebe.

Sie legte des Kindes abgezehrte Hand auf ihren Hals, hielt es unter ihrem Kleid geschützt, drückte es an ihr verzweifeltes Herz und wandte das schlafende Gesichtchen dem ihren zu – dann eilte sie dem Fluß entgegen.

Dem rollenden, raschen und trüben Strom entgegen, auf dem die Winternacht brütend saß wie die letzten düsteren Gedanken vieler, die früher hier eine Zuflucht gesucht hatten. Wo zerstreute Lichter am Ufer unheimlich rot und trübe glommen, als wären sie Fackeln, die den Weg zum Tode wiesen. Wo kein Wohnplatz lebender Menschen seinen Schatten warf auf das tiefe, undurchdringliche, melancholische Schattenreich.

Dem Fluß entgegen! Zu jener Pforte der Ewigkeit lenkte sie ihre verzweifelten Schritte mit derselben Schnelligkeit, mit der seine raschen Wellen dem Meer zuströmten. Er versuchte, sie festzuhalten, als sie auf ihrem Weg nach dem dunkeln Spiegel an ihm vorbeikam; aber die wirre, wahnsinnige Gestalt, die wilde und schreckliche Liebe, die Verzweiflung, die alles menschliche Hindernis weit hinter sich gelassen hatte, rauschte wie der Wind an ihm vorbei.

Er folgte ihr. Sie hielt einen Augenblick an dem Rand inne, ehe sie den entsetzlichen Sprung tat. Er fiel auf seine Knie nieder und rief kreischend den Gestalten in den Glocken zu, die jetzt über ihnen schwebten.
»Ich habe es gelernt!« rief der alte Mann. »Von dem Wesen, das meinem Herzen am teuersten ist! O rettet sie, rettet sie!«
Er konnte seine Finger in ihren Anzug krampfen, konnte ihn halten! Als diese Worte seinen Lippen entschlüpft waren, fühlte er seinen Tastsinn zurückkehren, und er wußte, daß er sie abhielt.
Die Gestalten schauten festen Blickes auf ihn nieder.
»Ich habe es gelernt!« rief der alte Mann. »O habt Erbarmen mit mir in dieser Stunde, wenn ich in meiner Liebe zu ihr, die so jung und so gut ist, die Natur in den Herzen der Mütter schmähte und sie zur Verzweiflung brachte! Habt Mitleid mit meiner Anmaßung, mit meinem Frevel und mit meiner Unwissenheit – rettet sie!«
Er fühlte, wie seine Hand kraftloser wurde. Sie schwiegen noch immer.
»Habt Erbarmen mit ihr!« rief er. »Dieses schreckliche Verbrechen wurde nur durch sinnlose Liebe gezeitigt; durch die stärkste, innigste Liebe, die wir gefallenen Menschen kennen! Bedenkt, wie groß ihr Elend gewesen sein muß, wenn solcher Same solche Frucht trägt. Der Himmel hat sie zum Guten bestimmt. Es gibt keine liebende Mutter auf der Erde, die nicht auch so weit getrieben werden könnte, wenn ein solches Leben vorhergegangen. O habt Erbarmen mit meinem Kinde, das selbst in diesem Augenblick Erbarmen mit dem ihren hegt und selber stirbt und ihre unsterbliche Seele dem Verderben preisgibt, um es zu erlösen!«
Sie lag in seinen Armen. Er hielt sie fest. Er hatte die Kraft eines Riesen.
»Ich sehe den Geist der Glocken unter euch«, sagte der alte Mann, das Kind erblickend, mit einer Art von Begei-

sterung, die dessen Blicke in ihm entzündeten. »Ich weiß, daß die Zeit unser Erbteil uns verwaltet. Ich weiß, daß eines Tages ein Meer der Zeit sich erheben und alle wie Blätter wegspülen wird, die uns unrecht tun und uns unterdrücken. Ich sehe, wie es heranflutet! Ich weiß, daß wir vertrauen und hoffen müssen und weder an uns noch an andern das Gute bezweifeln dürfen. Ich habe es von dem Wesen gelernt, das meinem Herzen am teuersten. Ich halte es wieder in meinen Armen. O ihr gnädigen und gütigen Geister, ich verschließe eure Lehre in die Brust, an der ich sie halte. O ihr gnädigen und guten Geister, ich danke euch!«

Er hätte vielleicht noch mehr gesagt, wenn nicht die Glocken, die alten, lieben Glocken, seine guten, treuen, beständigen Freunde, ihr Freudengeläut zum neuen Jahr so munter, so fröhlich und so schwellend begonnen hätten, daß er auf die Füße sprang und so den Zauber löste, der ihn fesselte. –

»Und was du auch tust, Vater«, sagte Meg, »du mußt jedenfalls den Arzt befragen, bevor du wieder Kuttelflecke ißt, damit er dir sagen kann, ob sie dir zuträglich sind. Denn was du getrieben hast! Du lieber Gott!«

Sie saß an dem kleinen Tisch am Feuer und nähte an ihrem einfachen Hochzeitskleide, das sie mit Bändern schmückte, und war so stillselig, so blühend und jugendlich, so voll schöner Verheißung, daß er laut aufschrie, als wenn ein Engel in seinem Haus wäre. Dann stürzte er auf sie zu, um sie in seine Arme zu schließen. Doch er verwickelte sich mit den Füßen in die Zeitung, die auf die Erde gefallen war, und jemand drängte sich zwischen ihn und Meg.

»Nein«, sagte die Stimme des besagten Jemand, und es war eine prächtige, helle Stimme! »Nicht einmal Ihr. Der erste Kuß von Meg im neuen Jahr gehört mir. Mir! Ich habe eine Stunde vor dem Haus gestanden, um die

Glocken zu hören und mir ihn zu verdienen. Meg, mein liebster Schatz, ein glückliches Neujahr! und mögen wir noch recht viel glückliche Jahre verleben, mein liebes Weibchen!«

Und Richard erstickte sie fast mit seinen Küssen.

Als dies geschah, konnte man keinen glücklicheren Menschen sehen, als Trotty. Ich kümmere mich nicht um das, was ihr gesehen und wo ihr es erlebt habt, denn es ist ausgeschlossen, daß ihr auch nur annähernd etwas Ähnliches geschaut habt. Er setzte sich auf seinen Stuhl, schlug sich auf die Knie und weinte. Er setzte sich auf seinen Stuhl und schlug sich auf die Knie und lachte. Er setzte sich auf seinen Stuhl und schlug sich auf die Knie und lachte und weinte in einem Atem. Er stand von seinem Stuhl auf und herzte Meg. Er stand von seinem Stuhl auf und herzte Richard. Er stand von seinem Stuhl auf und herzte beide zu gleicher Zeit. Er lief zu Meg und nahm ihr frisches Gesicht zwischen seine Hände und küßte sie und ging rückwärts wie ein Krebs, um sie nicht aus den Augen zu verlieren, und lief weiter auf sie zu, wie eine Figur in einer Zauberlaterne; und was immer er tat, er setzte sich beständig wieder in seinen Stuhl, blieb aber nicht einen Augenblick sitzen. Genug – und das ist die Wahrheit – er war außer sich vor Freude.

»Und morgen ist dein Hochzeitstag, mein Herzenskind?« sagte Trotty, »wirklich dein glücklicher Hochzeitstag?«

»Heute!« jauchzte Richard und schüttelte ihm die Hände, »heute! Die Glocken läuten eben das neue Jahr ein. Hört sie nur!«

Und sie läuteten wirklich.

Gott segne die kräftigen Burschen! O, es waren große Glocken, melodische, tiefstimmige, edle Glocken, von keinem gemeinen Metall gegossen, von keinem gemeinen Gießer geformt. Wann hätten sie jemals geläutet wie heute!

»Heute, meine Meg«, sagte Trotty, »hattest du wohl mit Richard einen kleinen Wortwechsel?«

»Weil er ein so schlechter Mensch ist, Vater«, sagte Meg. »Bist du das nicht, Richard? Solch ein heftiger, halsstarriger Mensch! Wollte er doch dem großen Herrn Alderman seine Meinung sagen, und er genierte sich so wenig, als er sich genieren würde . . .«

»Meg zu küssen«, half Richard ein und tat es sogleich.

»Nein, nicht ein bißchen mehr. Doch ich wollte ihn nicht lassen, Vater. Was hätte es genützt?«

»Richard, mein Junge«, sagte Trotty, »du bist ein Prachtkerl und wirst ein Prachtkerl bleiben bis an dein seliges Ende. Doch du, mein Liebling, weintest heute abend am Feuer, als ich nach Hause kam? Warum weintest du denn am Feuer?«

»Ich dachte an die Jahre, die wir miteinander verlebt haben, Vater. Bloß deshalb. Und ich dachte, du würdest mich recht vermissen und dich allein fühlen.«

Trotty kehrte wieder zu jenem ominösen Stuhl zurück, als das Kind, das von dem Lärm erwacht war, halb angekleidet hereinkam.

»Ei, hier ist sie ja«, sagte Trotty und hob sie auf, »hier ist sie ja, die kleine Lilian! Ha ha! hier sind wir und hier gehen wir! O, hier sind wir und hier gehen wir wieder! Und hier sind wir und hier gehen wir und auch Onkel Will!«

Er hielt in seinem Trab inne, um ihn herzlich zu begrüßen. »Ach, Onkel Will, was hab ich heute abend für eine Erscheinung gehabt, weil ich Euch beherbergt habe. Ach, Onkel Will, wie bin ich Euch verpflichtet, daß Ihr zu mir gekommen seid, mein guter Freund!«

Ehe Will Fern die mindeste Antwort geben konnte, trat eine Musikbande in das Zimmer in Begleitung von einer Menge Nachbarn, die alle: »Glückliches Neujahr, Meg! Fröhliche Hochzeit! Noch recht lange Jahre!« und andre gute Wünsche dieser Art riefen. Der Trommler, der ein

besonders guter Freund Trottys war, trat hervor und sagte: »Trotty Veck, mein alter Knabe, wir haben erfahren, daß Eure Tochter heute heiratet. Es gibt keine Menschenseele, die Euch kennt und Euch nicht das beste Glück wünscht, oder die sie kennt und ihr nicht Segen gönnt, oder die Euch beide kennt und Euch beiden nicht alles Glück wünscht, das das neue Jahr bescheren kann. Und hier sind wir deshalb, um es einzuspielen und einzutanzen.«

Das wurde mit allgemeinem Jubel aufgenommen. Der Trommler war freilich ziemlich betrunken, aber das schadete weiter nichts.

»Was für ein Glück ist es doch«, sagte Trotty, »in solcher Achtung zu stehen! Wie freundlich und nachbarlich ihr seid! Das geschieht alles meiner lieben Tochter wegen. Sie verdient es!«

Sie waren in einer halben Sekunde zum Tanz fertig, Meg und Richard voran, und der Trommler war eben im Begriff, aus allen Kräften loszuledern, da ließ sich draußen ein Gemisch von wunderbaren Tönen hören, und eine gutmütig aussehende, schmucke Frau von fünfzig Jahren oder daherum trat herein in Begleitung eines Mannes, der einen steinernen Henkelkrug von erschrecklichem Umfang trug. Dicht hinter ihnen wurden die Klapperinstrumente und Glocken getragen; aber nicht *die* Glocken, sondern ein tragbares Glockenspiel in einem Gestell.

Trotty sagte: »Frau Chickenstalker!« und setzte sich nieder und schlug sich wieder auf die Knie.

»Was? heiraten und mir kein Wort davon sagen, Meg?« sagte die gute Frau. »Unerhört! Ich konnte am letzten Abend des alten Jahres nicht ruhen, ohne zu kommen und dir Glück und Freude zu wünschen. Nein, ich hätte es nicht gekonnt, Meg, und wenn ich bettlägerig gewesen wäre. Und so bin ich denn hier, und da es Neujahrsabend und zugleich dein Polterabend ist, so habe ich ein wenig Eierpunsch machen lassen und denselben mitgebracht.«

Frau Chickenstalkers Begriff von »ein wenig Eierpunsch« machte ihrem Charakter alle Ehre. Der Krug dampfte und rauchte wie ein Vulkan, und dem Mann, der ihn trug, war ganz schwach zumute.

»Frau Tugby«, sagte Trotty, der ganz entzückt um sie herumging, »ich wollte sagen Chickenstalker, Gott segne

Sie! Ein glückliches Neujahr und noch recht viele hinterdrein, Frau Tugby«, sagte Trotty, als er sie geküßt hatte, »ich wollte sagen Chickenstalker – dies ist William Fern und Lilly.«

Die würdige Frau wurde zu seinem Erstaunen sehr blaß und sehr rot.

»Doch nicht Lilly Fern, deren Mutter in Dorsetshire gestorben ist?« sagte sie.

Ihr Onkel bejahte, und sie wechselten schnell einige Worte miteinander, deren Ergebnis war, daß Frau Chickenstalker ihm beide Hände schüttelte, Trotty noch einmal aus freien Stücken auf die Wange küßte und das Kind an ihre geräumige Brust drückte.

»Will Fern«, sagte Trotty, indem er seinen rechten Fausthandschuh anzog, »doch nicht die Freundin, die Ihr zu finden hofftet?«

»Freilich«, entgegnete Will und legte Trotty beide Hände auf die Schultern, »und wie es scheint, eine ebenso gute Freundin, wenn das sein kann, wie der Freund, den ich in Euch gefunden habe.«

»O!« sagte Trotty, »wollt ihr dort nicht aufspielen? Seid so gut!«

Bei dem Klang der Musik, der Schellen, der Klapperinstrumente – alles zu gleicher Zeit – und während noch die Glocken lustig vom Turm niederbrummten, führte Trotty Frau Chickenstalker, Meg und Richard als zweites Paar folgend, zum Tanz und haspelte denselben in einem vorher und nachher unbekannten Pas ab, der auf seinen eigentümlichen Trab begründet war. –

Hatte Trotty geträumt? Oder sind Freuden und Leiden und die handelnden Personen darin nur ein Traum? Er selber ein Traum? Der Erzähler dieser Geschichte ein Träumer, der eben erwacht? – Sollte dies so sein, lieber Leser, dann präge die bösen Wirklichkeiten, aus denen diese Schatten entspringen, deiner Seele ein und suche sie in deinem Kreise – keiner ist zu weit und keiner zu enge für solch einen Zweck – zu bessern und minder drückend zu machen. Möge das neue Jahr ein glückliches für dich, ein glückliches noch für viele sein, deren Glück von dir abhängt! Möge jedes Jahr glücklicher sein als das letzte, und nicht der geringste unsrer Brüder oder Schwestern ausgeschlossen bleiben von dem gerechten Anteil an dem, was unser großer Schöpfer zu ihrer Freude geschaffen!

Das Heimchen am Herd

Erstes Gezirp

Der Kessel fing an! Kommt mir nicht mit dem, was Frau Peerybingle sagte. Ich weiß es besser. Frau Peerybingle mag es meinetwegen bis zum Jüngsten Tag überliefern lassen, daß sie wirklich beim besten Willen nicht sagen könnte, wer von den beiden anfing; ich aber behaupte, es war der Kessel. Und ich sollte es hoffentlich doch wissen?! Der Kessel fing, nach der kleinen Schwarzwälderuhr gerechnet, die mit ihrem wachsgelben Gesicht aus der Ecke guckte, volle fünf Minuten vor dem ersten Gezirp des Heimchens an.

Als ob die Uhr nicht längst ausgeschlagen und der kleine zappelnde Mäher über dem Zifferblatt, der vor einem maurischen Palast rechts und links seine Sense schwang, nicht einen halben Morgen eingebildeten Grases niedergemäht hätte, ehe das Heimchen überhaupt einstimmte!

Ich bin von Natur aus wahrhaftig nicht rechthaberisch, und jedermann weiß dies – ich würde daher auch meine Ansicht nicht gegen die von Frau Peerybingle so bestimmt ausspielen, wenn ich nicht aufs entschiedenste überzeugt wäre. Andernfalls würde mich nichts zu einer so bündigen Versicherung veranlassen können. Hier aber handelt es sich um Tatsachen. Und Tatsache ist, daß der Kessel anfing, und zwar mindestens fünf Minuten früher, bevor noch das Heimchen irgendein Lebenszeichen von sich gab. Widersprecht mir, und ich sage, daß es sogar zehn waren!

Laßt mich genau erzählen, wie es zuging. Ich würde gleich damit angefangen haben, wenn mich nicht ein sehr glaubhaftes Bedenken gehindert hätte, nämlich: wenn ich eine Geschichte erzählen soll, muß ich mit dem Anfang anfangen; und wie ist es möglich, mit dem Anfang anzufangen, wenn ich nicht mit dem Kessel anfange?

Ihr müßt nämlich wissen, daß es den Anschein hatte, als sei es dem Kessel und dem Heimchen um eine Art Wettstreit, um eine Probe ihrer Kunst zu tun gewesen. Und nun hört, was den Anlaß gab und wie es kam.

Frau Peerybingle, die im Zwielicht ausging und in ein

paar Holzschuhen, welche zahllose rohe Abdrucke des Euklidischen Lehrsatzes im ganzen Hof hinterließen, über die nassen Steine klapperte, füllte den Kessel an dem Wasserfaß. Gleich darauf kam sie zurück, vermindert um die Holzschuhe (und zwar sehr vermindert, da diese groß und Frau Peerybingle nur klein waren), und setzte den Kessel aufs Feuer. Hierbei verlor sie ihre gute Laune oder verlegte sie wenigstens für einen Augenblick; denn das Wasser, das unbehaglich kalt, zugleich aber auch in jenem schlüpfrigen, eisigen Zustand war, in dem es jede Art von Substanz, sogar Holzschuhe nicht ausgenommen, zu durchdringen scheint, hatte Frau Peerybingles Zehen erwischt und sogar ihre Beine angespritzt. Und wenn wir uns – noch obendrein mit Recht – etwas auf unsre Beine zugute tun und insbesondre auf fleckenlose Strümpfe sehen, berührt uns dies einen Augenblick tief schmerzlich.

Außerdem war der Kessel aufreizend und störrisch. Er wollte sich nicht auf seinen Ring setzen lassen; er wollte sich absolut nicht den Kohlenklumpen anbequemen; immer wieder lehnte er sich wie ein Betrunkener vor und sabberte, ein richtiger Idiot von einem Kessel, unaufhörlich ins Feuer. Er war streitsüchtig und zischte und spuckte ärgerlich auf die Glut. Um dem Ganzen noch die Krone aufzusetzen, leistete der Deckel Frau Peerybingles Fingern Widerstand, drehte sich anfangs kopfüber und tauchte dann seitwärts mit stolzer Hartnäckigkeit, die einer bessern Sache wert gewesen wäre, bis auf den Boden des Kessels hinunter. Und der Rumpf des Royal George hat nicht halb so viel Eigenwillen den Bergungsarbeiten entgegengesetzt, als dieser Kesseldeckel Frau Peerybingle, bis sie ihn endlich doch erwischte.

Aber auch dann sah der Kessel noch genügend verdrießlich und dickköpfig aus, indem er den Handgriff mit herausfordernder Miene trug und seinen Schnabel keck und höhnisch gegen Frau Peerybingle rümpfte, als wollte

er sagen: »Ich mag nicht sieden. Nichts soll mich dazu bringen!«
Aber Frau Peerybingle hatte ihren Humor wiedergefunden, klopfte mit ihren runden Händchen gegeneinander und setzte sich lachend vor dem Kessel nieder. Mittlerweile zuckten die lustigen Flammen auf und ab und huschten im Widerschein über den kleinen Heumäher oben auf der Schwarzwälderuhr, daß man hätte glauben mögen, er stehe stockstill vor dem maurischen Palast und nichts sei in Bewegung als die Flamme.
Er bewegte sich jedoch gerade und zappelte mit seiner Sense zweimal in der Sekunde regelmäßig hin und her. Aber sein Leiden, wenn die Uhr zu schlagen begann, war fürchterlich anzuschauen, und als ein Kuckuck aus einer Falltür im Palast heraussah und sechsmal seinen Ruf erhob, erschütterte es ihn jedesmal wie eine Geisterstimme – oder wie etwas Drahtiges, das an seinen Füßen zupfte. Erst nachdem eine ungestüme Bewegung und ein rasselndes Getös zwischen den Gewichten und Schnüren unter ihm sich gelegt hatte, wurde der erschreckte Mäher wieder er selbst. Auch war sein Entsetzen nicht ohne Grund, denn diese rasselnden knöchernen Skelette von Wanduhren haben etwas ungemein Verwirrendes in ihrer Wirkung, und ich wundere mich sehr, wie Menschen, vor allem aber wie Holländer einen Gefallen daran finden konnten, sie zu erfinden. Man behauptet nämlich allgemein, daß die Holländer weite Hüllen und ausgiebige Bekleidung ihres untern Ichs lieben; sie hätten daher erfahrungsgemäß ihre Uhren wahrlich nicht gar so mager und ungeschützt lassen sollen.
Jetzt war es gerade, daß der Kessel mit seiner Abendunterhaltung anfing. Gerade jetzt wurde der Kessel sentimental und musikalisch, fing an, nicht zurückzuhaltende Gurgellaute zu glucksen und sich einem wohlklingenden Schnauben hinzugeben, das er aber im Keim wieder erstickte, als sei er mit seinem Entschluß, einen

lustigen Gesellschafter abzugeben, noch nicht ganz ins reine gekommen. Nach zwei oder drei solchen vergeblichen Versuchen übrigens, seine geselligen Gefühle zu unterdrücken, warf er seine mürrische Laune, alle Zurückhaltung ab und brach in ein so gemütliches und fröhliches Singen aus, wie es sich nie eine liebeskranke Nachtigall auch nur im Traum vorstellen könnte.

Und noch obendrein so einfach! Wahrhaftig, man hätte ihn verstehen können wie ein Buch – besser vielleicht als manche Bücher, die der liebe Leser oder ich aufzählen könnten. Mit dem warmen Atem, der in einer leichten Wolke lustig und zierlich aufstieg, dann an dem Kaminsims als dem häuslichen Himmel hängen blieb, trällerte er sein Liedchen mit so starker Lust, daß sein eiserner Körper summte und unruhig auf der Glut herumrutschte; und sogar der Deckel, der erst vor kurzem so eigenwillige Deckel – da sehen wir wieder den Einfluß eines guten Beispiels – führte eine Art von Tanz auf und klapperte wie eine taubstumme junge Zimbel, die von dem Gebrauch ihrer Zwillingsschwester noch nie etwas gehört hat.

Daß dieser Gesang des Kessels ein Einladungs- und Bewillkommnungslied für jemand draußen, für jemand, der in diesem Augenblick sich dem gemütlichen kleinen Heim und dem lustigen Feuer näherte, war, hierüber konnte durchaus kein Zweifel obwalten. Frau Peerybingle wußte dies recht wohl, als sie nachsinnend vor dem Herd saß. »Die Nacht ist finster«, sang der Kessel, »und das müde Laub liegt auf dem Weg. Über allem liegt Nebel und Dunkelheit, und unten ist alles Kot und Lehm. Es gibt nur einen einzigen erfreulichen Lichtblick in all dieser traurigen, dumpfen Luft, und ich weiß nicht einmal, ob es einer ist, denn er ist nichts als ein greller Schein von tiefem, zornigem Scharlach, wo Sonne und Wind gemeinschaftlich die Wolken in Brand zu stecken suchen, weil diese sich eines solchen Wetters schuldig gemacht haben. Das weite offene Feld ist ein langer, trüber Streifen

Schwarz; auf dem Wegweiser liegt Reif, und auf der Straße taut es. Und das Eis, es ist nicht Wasser, und das Wasser ist nicht frei – und man kann wahrhaftig nicht sagen, daß irgend etwas ist, wie es sein sollte; aber er kommt, er kommt, er kommt!«

Und jetzt, wenn ihr so wollt, stimmte das Heimchen wirklich wie ein Chor mit ein – mit einem Zirp, zirp, zirp von solcher Stärke, mit einer Stimme von so erstaunlichem Mißverhältnis zu seinem eignen Umfang, wenn man es mit dem Kessel verglich (Umfang! man konnte es gar nicht einmal sehen!), daß man es nur für eine natürliche und unausbleibliche Folge der übergroßen Anstrengung hätte halten müssen, wenn das arme Tierchen geplatzt wäre wie eine überladene Kanone, wenn es als Opfer auf dem Platz geblieben wäre und das kleine Körperchen in fünfzig Teilchen zerzirpt hätte.

Mit der Sololeistung des Kessels war es vorbei; sein Eifer ließ zwar nicht nach, aber das Heimchen riß die erste Violine an sich und hielt sie fest. Du lieber Himmel, wie es zirpte! Seine schrille, scharfe, eindringliche Stimme klang durch das ganze Haus und schien in der Finsternis draußen wie ein Stern zu flimmern. Selbst wenn es am lautesten war, lag ein unbeschreibliches kleines Trillern und Beben darin, daß man hätte glauben mögen, das Tierchen richte sich auf und setze im Übermaß seiner Begeisterung stets zu einem Sprung an. Und doch hielten sie gut Takt, die beiden, das Heimchen und der Kessel. Der Refrain war stets derselbe, und in ihrem Wetteifer sangen sie ihn lauter, lauter und immer lauter.

Die hübsche kleine Lauscherin – denn hübsch war sie und jung dazu, obgleich von jener Knödelfigur, gegen die ich übrigens nichts einzuwenden habe – zündete eine Kerze an, blickte nach dem Mäher oben auf der Uhr, der bereits eine ganz nette Summe von Minuten geerntet hatte, und schaute zum Fenster hinaus, wo sie vor Dunkelheit nichts sah als das Abbild ihres eignen Gesichts im

Glas. Und meiner Meinung nach (wie wohl auch der des lieben Lesers, wenn er das kleine Frauchen gekannt hätte) hätte sie sehr weit ausschauen und doch nichts halb so Erfreuliches sehen können. Als sie wieder zurückkam und sich auf den frühern Sitz niederließ, arbeiteten sich Heimchen und Kessel noch immer in einem wahren Wettkampf ab. Die schwache Seite des Kessels bestand offenbar darin, daß er nicht wußte, wann er besiegt wurde.

Es war dieselbe Aufregung wie bei einem Wettrennen. Zirp, zirp, zirp! Das Heimchen eine Weile voraus. Hum, hum, hum, m – m – m –! machte der Kessel hinterdrein, wie ein großer Brummkreisel. Zirp, zirp, zirp! Das Heimchen ist schon um die Ecke. Hum, hum, hum – m – m – m! macht ihm der Kessel in seiner eignen Weise nach und denkt nicht daran, nachzugeben. Zirp! zirp, zirp! ruft das Heimchen frischer als je. Hum, hum, hum, – m – m – m! läßt sich der Kessel langsam und stetig vernehmen. Zirp, zirp, zirp! macht das Heimchen fort, um den andern Musikanten zum Schweigen zu bringen. Hum, hum, hum – m – m – m! der Kessel läßt sich nicht darauf ein. Schließlich gerieten sie in der Hast und dem Holterdiepolter des Wettrennens so aneinander, daß es wohl eines klareren Kopfes als des meinigen oder des deinigen bedurft haben würde, um mit Sicherheit zu ermitteln, ob der Kessel zirpte und die Grille summte, die Grille zirpte und der Kessel summte oder ob beide zirpten und beide summten. Aber eines steht fest: daß der Kessel und das Heimchen in ein und demselben Augenblick und kraft einer Vereinigung, die ihnen wohl am besten bekannt war, plötzlich ihren anheimelnden Gesang mit einem Strahl der Kerze durch das Fenster und weit hinaus auf die Straße sandten. Und dieses Licht, das eine gewisse Person traf, die in demselben Augenblick aus der Dunkelheit darauf zukam, erklärte letztrer die ganze Sache buchstäblich in einem Nu und rief sie an mit einem: »Willkommen zu Haus, alter Kamerad! Willkommen zu Haus, mein

Junge!« Als es so weit gekommen war, nahm es auch mit dem Kessel ein Ende, denn er lief über und wurde vom Feuer weggesetzt. Frau Peerybingle eilte sodann nach der Tür, wo unter dem Rasseln der Räder eines Karrens, dem Stampfen eines Pferdes, der Stimme eines Menschen, dem Hinein- und wieder Hinausrasen eines aufgeregten Hundes und der überraschenden, geheimnisvollen Erscheinung eines Bübchens bald ein Küßchen zu entrichten war. Wo das Bübchen herkam, oder wie Frau Peerybingle seiner mit dieser Blitzesgeschwindigkeit habhaft wurde, weiß ich nicht. Aber ein lebendiges Bübchen war da in Frau Peerybingles Armen, und sie schien sich ziemlich viel darauf einzubilden, als sie sachte ans Feuer gezogen wurde von einem stämmigen Mann, der viel größer, auch viel älter war als sie selbst und der sich tief bücken mußte, um sie zu küssen. Aber sie war wohl dieser Mühe wert. Ein sechs Fuß und sechs Zoll großer Mann, der noch dazu den Hexenschuß hat, würde es gern getan haben.
»Ach du meine Güte, John!« rief Frau Peerybingle. »Wie dich das Wetter mitgenommen hat!«
Es hatte ihn ohne Frage ein wenig zerzaust, denn der dicke Nebel hing schwer wie kandierter Tau auf seinen Wimpern, und vor dem Feuer ließ der Dunst sogar in seinem Backenbart Regenbogen erscheinen.
»Nun ja, du siehst, Dot«, antwortete John langsam, als er sich das Tuch von seinem Hals abwickelte und seine Hände wärmte, »'s ist – 's ist nicht gerade Sommerwetter. Kein Wunder also.«
»Du sollst mich nicht Dot[1] nennen, John; ich hab das gar nicht gern«, versetzte Frau Peerybingle, in einer Weise schmollend, die deutlich zeigte, daß sie es sogar sehr gern hörte.
»Ei, was bist du denn anders?« entgegnete John, lächelnd auf sie niederschauend und ihre Taille so leicht umschlingend, als dies seiner breiten Hand und seinem mächtigen

[1] Zu deutsch: Pünktchen.

Arm nur möglich war. »Ein Pünktchen und –« – er blickte jetzt nach dem Bübchen – »ein Pünktchen und – doch nein, ich wills nicht sagen, weil ich es zu verderben fürchte; aber ich bin einem Scherz sehr nahe gewesen. Ich weiß nicht, ob je einem näher.«

Wenn man seiner eignen Angabe Glauben schenken durfte, so war er oft nahe daran, eines oder das andre sehr Gescheite zu sagen – dieser hölzerne, langsame, ehrliche John; dieser John, so schwerfällig und so fidel, so rauh von außen und so sanft im Innern, so täppisch äußerlich und doch so beweglichen Geistes, so tölpisch und doch so gut! – O Mutter Natur, gib deinen Kindern die wahre Poesie des Herzens, die sich in der Brust dieses armen Kärrners barg – beiläufig bemerkt, er war nur ein Kärrner – und wir könnens ihnen wohl nachsehen, wenn sie prosaisch sprechen und ein prosaisches Leben führen; sie sind immerhin gute Gesellschaft, und wir segnen dich dafür!

Dots kleine Gestalt mit dem Bübchen, einem wahren Puppenbaby, auf dem Arm war ein reizender Anblick; sie schaute mit kokett sinnendem Ausdruck ins Feuer und neigte ihren zartgeformten kleinen Kopf just genug auf die eine Seite, um ihn in einer eigentümlichen, halb gezierten, halb natürlichen, im ganzen aber anschmiegenden und lieblichen Weise an der gewaltigen, derben Gestalt des Kärrners ausruhen zu lassen. Es war auch erfreulich, mitanzusehen, wie er in linkischer Zärtlichkeit sich Mühe gab, seine rauhe Stütze ihren kleinen Wünschen anzubequemen und sein kräftiges mittleres Alter zu einem geeigneten Halt für ihre blühende Jugend zu machen. Es war ein Vergnügen, Zeuge zu sein, wie Tilly Slowboy, die im Hintergrund auf das Bübchen wartete (sie war noch keine Zwanzig), speziell Notiz von dieser Gruppe nahm, mit weit offenen Augen und weit offenem Mund dastand, den Kopf vorschob und den Anblick einsog, als wäre er Luft. Nicht weniger lieblich war es, zu bemerken, wie der Kärrner John, als Dot des vorbesagten Bübchens Erwähnung tat, nach dem Kind greifen wollte, aber seine Hand zurückhielt, als fürchte er, es zu zerbrechen; er beugte sich dann vor und betrachtete es aus sicherer Entfernung mit einer Art verlegenen Stolzes, wie man ihn etwa an einem gutmütigen Bullenbeißer bemerken könnte, der eines Tages die Wahrnehmung macht, er sei Vater eines jungen Kanarienvogels geworden.

»Ist er nicht schön, John? Sieht er nicht fein aus in seinem Schlaf?«

»Sehr fein«, versetzte John. »Überaus. Er schläft fast immer, oder nicht?«

»Was fällt dir ein, John? Du meine Güte, nein!«

»O«, entgegnete John nachdenklich, »ich glaubte, seine Augen seien gewöhnlich geschlossen. Hallo!«

»Himmel, John, wie du einen erschreckst!«

»Es schadet ihm doch nichts, wenn er die Augen so aufschlägt, oder doch?« fragte der erstaunte Kärrner. – »Sieh, wie er mit beiden zugleich blinzelt! Und betrachte nur seinen Mund! Ei, er schnappt wie ein Gold- und Silberfisch!«

»Du verdienst wahrhaftig nicht, ein Vater zu sein«, sagte Dot mit der ganzen Würde einer erfahrenen Matrone. »Aber wie solltest du auch wissen, mit welchen kleinen Beschwerden Kinder geplagt sind, John! Du kennst sie nicht einmal dem Namen nach, du dummer Mensch.«

Und nachdem sie das Bübchen auf den linken Arm hinübergelegt und ihm zur Ermunterung auf den Rücken geklopft hatte, zwickte sie lachend ihren Mann ins Ohr.

»Nein«, versetzte John, seinen Überrock ausziehend. »Es ist sehr wahr, Dot. Ich verstehe mich nicht viel auf dergleichen und weiß nur, daß ich heute abend mit dem Wind gekämpft habe, bis ich ganz steif wurde. Auf dem ganzen Heimweg hat er aus Nordosten direkt in meinen Karren hineingeblasen.«

»Armer Alter, ists wahr?« rief Frau Peerybingle, die augenblicklich sehr rührig wurde. »Da, nimm das kostbare Herzchen, Tilly, während ich mich selbst ein bißchen nützlich mache. Gott segne es, ich könnte es wahrhaftig mit Küssen ersticken! Leg dich, guter Hund – leg dich, Boxer! Laß mich nur erst den Tee machen, John, und dann will ich dir bei den Paketen helfen wie eine emsige Biene. ›Was macht das kleine . . .‹ – und so weiter, du kennst es ja, John. Hast du es je gelernt: ›Was macht das kleine . . .‹, als du in die Schule gingst?«

»Nicht so weit, daß ichs auswendig wüßte«, entgegnete John. »Ich war einmal sehr nahe daran, hätts aber wahrscheinlich nur verdorben.«

»Ha ha!« lachte Dot. Sie hatte das fröhlichste Lachen, das man hören konnte. »Was bist du doch für ein gutes, liebes, altes Dummerchen, John!«

Ohne diese Behauptung auch nur im mindesten bestreiten zu wollen, ging John hinaus, um zu sehen, ob der Knabe mit der Laterne, der vor der Tür und dem Fenster wie ein Irrwisch hin und her tanzte, auch für das Pferd genügend gesorgt habe, das fetter war, als der Leser wohl glauben würde, wenn ich ihm sein Maß angeben wollte, und so alt, daß sein Geburtstag sich in dem Nebel des Altertums verlor. Boxer, der fühlte, daß seine Aufmerksamkeit der Familie im allgemeinen gehörte und unparteiisch verteilt werden mußte, stürzte in kopfloser Unbeständigkeit hinaus und wieder herein, indem er bald mit kurzem Gebell das Pferd umkreiste, das bei der Stalltür abgerieben wurde, bald wie in mörderischer Absicht gegen seine Herrin sprang, auf halbem Wege aber mit schlauem Gesicht stehen blieb, jetzt Tilly Slowboy einen Angstschrei erpreßte, indem er ihr, die auf dem niedern Schemel beim Feuer saß, seine kaltfeuchte Nase ins Gesicht steckte, nun wieder sich außerordentlich für das Baby interessierte, im nächsten Augenblick den Herd umschlich und sich niederlegte, als ob er es sich für die Nacht bequem machen

wollte, um in der nächsten Sekunde wieder aufzuspringen und seinen Stumpfschwanz, ein wahres Nichts von einem Schwanz, ins Wetter hinauszutragen, als erinnere er sich eben an eine Verabredung, die er einhalten und derentwegen er im Galopp forteilen müßte.
»Sieh, da ist der Teetopf bereits aufgesetzt«, sagte Dot, die mit so geschäftiger Wichtigkeit umherschoß wie ein

Kind, das Haushalten spielt. »Und hier ist das kalte Schweinsknöchlein – und hier die Butter – und hier der knusprige Laib Brot und alles! Da ist ein Wäschekorb für die kleinen Paketchen, John, wenn du welche hast – wo bist du, John? Tilly, laß mir ja nicht das liebe Kind unter das Kamingitter fallen!«

Von Fräulein Slowboy muß hier bemerkt werden, daß sie, obschon sie sich gegen die eben vorgebrachte Warnung ziemlich lebhaft verwahrte, ein seltenes und überraschendes Talent besaß, selbiges Bübchen in alle möglichen schwierigen Situationen zu verwickeln und schon mehrere Male dessen junges Leben gefährdet hatte, und zwar in der ihr eigentümlichen stillen Art. Die junge Dame war von schmächtiger, hagerer Gestalt, und ihre Kleider schienen stets Gefahr zu laufen, von jenen eckigen Klammern, ihren Schultern, an denen sie lose hingen, herunterzurutschen. Ihre Kleidung zeichnete sich bei allen möglichen Gelegenheiten durch die teilweise Entfaltung einer Flanellhülle von auffallender Struktur aus und ließ außerdem in der Gegend des Rückens Blicke nach einem Schnürleib von verschlossenem Grün tun. Da Tilly sich stets in einem Zustand starrer Bewunderung für alles befand und außerdem fortwährend in Betrachtungen über die Vorzüge und Vollkommenheiten ihrer Herrin und deren Bübchen versunken war, konnte man wohl sagen, daß die kleinen Verirrungen ihres Urteils ihrem Kopf und ihrem Herzen gleiche Ehre machten; denn obschon der Kopf des Bübchens weniger gut dabei wegkam, indem diese Verirrungen ihn gelegentlich in Berührung mit Türen, Kommoden, Treppengeländern, Bettpfosten und andern fremden Substanzen brachten, so waren diese Verstöße doch nur einfach die Resultate von Tilly Slowboys unablässigem Staunen, daß sie eine so freundliche Behandlung und ein so behagliches Heim gefunden hatte. Die mütterliche und der väterliche Slowboy waren nämlich der Fama

gleich unbekannt, und Tilly hatte als Findling ihre Erziehung der öffentlichen Wohltätigkeit verdanken müssen.
Wie die kleine Frau Peerybingle mit ihrem Gatten zurückkam, an dem Wäschekorb zerrte und sich den Anschein gab, als strenge sie sich gewaltig an, obschon sie nichts tat, da er den Korb trug – dieser Anblick würde dich, lieber Leser, fast ebensosehr erbaut haben, als er John erbaute. Ich möchte fast sagen, daß auch das Heimchen großen Gefallen daran fand, denn so viel ist gewiß, daß es jetzt mit allem Ungestüm wieder zu zirpen begann.
»Heida!« sagte John in seiner langsamen Weise. »Mir scheint, das ist heute noch lustiger als sonst.«
»Und es wird uns sicherlich Glück bringen, John! Es hat es noch immer getan. Ein Heimchen am Herd zu haben, bedeutet das größte Glück in der Welt!«
John sah sie an, als hätte er beinahe den Gedanken in seinen Kopf gebracht, daß *sie* hauptsächlich sein Heimchen sei und er ganz ihre Ansicht teile. Wahrscheinlich kam es aber nur wie gewöhnlich zu dem »beinahe«, denn er sagte nichts.
»Das erstemal, John, hörte ich seinen lieblichen Gesang am Abend, als du mich hierher brachtest – als du mich in mein neues Heim führtest, als kleine Herrin. Es ist fast ein Jahr her. Du erinnerst dich, John?«
O ja. John erinnerte sich. Das wollte ich meinen!
»Sein Gezirp war mir ein so erfreulicher Willkomm – es klang so verheißungsvoll und ermutigend und schien mir zu sagen, du werdest sanft und freundlich gegen mich sein, nicht aber – wie ich damals fürchtete, John – auf den Schultern deines törichten Weibchens einen alten Kopf erwarten.«
John tätschelte nachdenklich eine dieser Schultern und dann den Kopf, als wollte er sagen: nein, nein, etwas Derartiges habe ich gar nicht erwartet; ich bin ganz zu-

frieden gewesen, sie so zu nehmen, wie sie waren. Und er hatte auch wirklich allen Grund dazu. Sie waren sehr hübsch.

»Das Heimchen hat wahr gesprochen, John, als es so zu prophezeien schien; denn wahrhaftig, du bist gegen mich stets der beste, rücksichtsvollste und zärtlichste Ehemann gewesen. Wir sind glücklich in unserm Heim, John; und deswegen habe ich das Heimchen gern!«

»Ei, ich auch«, versetzte der Kärrner. »Ich auch, Dot.«

»Ich liebe es, weil es sich so oft hören ließ und weil seine harmlose Musik mir Gelegenheit zu so vielem Nachdenken gegeben hat. Bisweilen, wenn ich mich im Dämmern ein bißchen einsam und niedergeschlagen fühlte, John – in der Zeit, eh noch das Bübchen hier war, um mir Gesellschaft zu leisten und das Haus lustig zu machen –, wenn ich dann nachdachte, wie einsam du sein würdest im Fall meines Todes und wie einsam ich sein würde, wenn ich wüßte, daß du mich verloren hättest, mein Lieber – da schien mir das Zirp, zirp, zirp bei dem Herd von einer andern kleinen Stimme zu erzählen, so süß und mir so teuer, daß mir meine Sorgen vor diesem kommenden Klang wie Träume schwanden. Und wenn ich fürchtete – ich fürchtete wirklich einmal, John, denn du weißt, ich war sehr jung –, daß wir ein zu ungleiches Paar wären, weil ich doch noch so ein Kind war und du mehr wie mein Vormund als mein Mann warst; und daß du mich vielleicht nicht so liebhaben konntest – so sehr du dir auch Mühe gabst –, wie ich es mir immer erhoffte und wünschte; aber sein Zirp, zirp, zirp hat mich froh gemacht und mich mit Zuversicht und Zutrauen erfüllt. Auch heute abend dachte ich über diese Dinge nach, mein Lieb, als ich dasaß und dich erwartete; und darum habe ich das Heimchen so lieb!«

»Ich auch«, wiederholte John. »Aber Dot, was ist dies für ein Gerede, daß du sagst, du hoffst und betest, daß ich dich lieben lernen möchte? Ich habe dies gelernt, Dot, lange ehe ich dich hierher brachte, damit du die kleine Herrin des Heimchens seist!«

Sie legte einen Augenblick ihre Hand auf seinen Arm und blickte ihn mit aufgeregtem Gesicht an, als hätte sie ihm etwas zu sagen. Im nächsten Augenblick aber lag sie vor dem Korb auf den Knien, machte sich mit den Paketen eifrig zu schaffen und sprach in lebhaftem Tone:

»Du hast diesen Abend nicht viele, John, aber ich sah eben vorhin einige Waren hinten im Karren, und obschon sie vielleicht mehr Mühe geben, machen sie sich ebenso gut bezahlt; wir haben also gar keinen Grund, unzufrieden zu sein, nicht wahr? Außerdem hast du wahrscheinlich auf dem Heimwege einige abgeliefert?«

»O ja«, versetzte John. »Ziemlich viel.«

»Was ist wohl in dieser runden Schachtel? So wahr ich lebe, John, 's ist ein Hochzeitskuchen!«

»Das können doch nur die Weiber so rasch erraten!« sagte John bewundernd. »Ein Mann würde nie daran gedacht haben. Ich glaube wahrhaftig, wenn man einen Hochzeitskuchen in eine Teekiste, in ein zusammenklappbares Bett, in ein Faß für gepökelten Lachs oder in irgend so einen unwahrscheinlichen Behälter packt, so würde es ein Weib zuverlässig auf der Stelle ausfindig machen. Ja, ich habe die Schachtel bei dem Pastetenbäcker abgeholt.«

»Und sie wiegt, ich weiß nicht wieviel – einen ganzen Zentner!« rief Dot, eine große Anstrengung machend, als versuche sie die Schachtel zu heben. »An wen ist sie, John? Wohin geht sie?«

»Lies die Aufschrift auf der andern Seite«, sagte John.

»Ei, John! du meine Güte, John!«

»Ah! wer würde es auch gedacht haben!« entgegnete John.

»Du willst doch nicht sagen«, fuhr Dot fort, als sie auf

dem Boden saß und John kopfschüttelnd ansah, »daß es Gruff und Tackleton, der Spielzeugfabrikant, ist?«

John nickte.

Frau Peerybingle nickte gleichfalls und wohl fünfzigmal – nicht als Zustimmung, sondern in stummem, bedauerndem Erstaunen. Sie kräuselte dabei so gut sie konnte ihre Lippen (sie waren gar nicht dazu gemacht) und sah den guten Fuhrmann, ganz verloren, durchdringend an. Miß Slowboy, die eine mechanische Fertigkeit besaß, Brocken aus der vorhergehenden Unterhaltung zur Ergötzung des Bübchens ganz sinnlos wiederzukauen und dabei die Worte stets in die Mehrzahl umwandelte, fragte laut ihren jungen Pflegebefohlenen: »Waren es also die Gruffs und Tackletons, die Spielzeugmacher, und wollten die Bübchen auch bei Pastetenbäckern Hochzeitskuchen bestellen, und kannten seine Mütter die Schachteln, wenn sie von seinen Vätern nach Hause gebracht wurden?« usw.

»Und das soll also wirklich wahr werden!« sagte Dot. »Mein Gott, sie und ich waren Schulfreundinnen, John!«

Er hatte vielleicht daran gedacht, möglicherweise auch nur beinahe daran gedacht, wie sie um diese Zeit des Schulgehens wohl ausgesehen haben mochte. Er blickte sie mit sinnendem Wohlbehagen an, gab aber keine Antwort.

»Und er ist so alt, ihr so ungleich! – Wieviel Jahre mag wohl Gruff und Tackleton älter sein als du, John?«

»Ich möchte wissen, wieviel Tassen Tee ich heute abend in einem Sitz mehr trinken werde, als Gruff und Tackleton je in vier einnahm«, entgegnete John scherzhaft, indem er einen Stuhl an den runden Tisch zog und über das Schweinsknöchlein herzufallen begann. »Was das Essen betrifft, so nehme ich nur wenig; aber dieses wenige schmeckt mir, Dot.«

Selbst dies – sein gewöhnlicher Spruch beim Essen und

eine seiner unschuldigen Selbsttäuschungen, denn sein Appetit war stets hartnäckig und widersprach ihm – weckte kein Lächeln in dem Gesicht seines Weibchens, das zwischen den Paketen stand, die Kuchenschachtel langsam mit dem Fuß zurückschob und, obgleich ihre Augen niedergeschlagen waren, auch nicht ein einziges Mal auf ihre netten Schuhe blickte, die sie doch sonst so sehr in acht nahm. In Gedanken vertieft stand sie da, ohne auf den Tee oder auf John Rücksicht zu nehmen (obschon dieser ihr zurief und mit dem Messer auf den Tisch klopfte, um sie aufzuschrecken), bis er sich erhob und sie am Arm faßte. Jetzt erst blickte sie ihn einen Moment an und eilte nach ihrem Platz hinter dem Teebrett, über ihre eigne Nachlässigkeit lachend. Aber ihr Lachen klang nicht wie sonst. Die Art und der Klang waren ganz anders.

Auch das Heimchen hatte aufgehört. Wie es auch kommen mochte, das Zimmer war nicht mehr so gemütlich wie zuvor – bei weitem nicht.

»Dies sind also alle Pakete, John?« sagte sie, ein langes Stillschweigen unterbrechend, währenddessen der ehrliche Fuhrmann sich einer praktischen Illustration des einen Teils seines beliebten Spruches beflissen hatte – daß ihm nämlich das, was er aß, vorzüglich schmeckte, wenn man eben auch nicht sagen konnte, daß er nur wenig aß – »dies sind also alle Pakete, John?«

»'s ist alles«, versetzte John. »Doch – nein – ich –« er legte Messer und Gabel nieder, um tief aufzuatmen. »Wahrhaftig – ich habe den alten Herrn rein vergessen.«

»Den alten Herrn?«

»Im Karren«, entgegnete John. »Als ich ihn zum letztenmal sah, schlief er unter dem Stroh. Seit ich hereinkam, war ich zweimal nahe daran, mich an ihn zu erinnern, aber er kam mir wieder aus dem Kopf. Hallo! Ihr da draußen – aufgewacht! So recht, mein Schatz!«

John sprach diese letzten Worte bereits draußen vor der Tür, wohin er mit dem Licht in der Hand geeilt war. Fräulein Slowboy, die sich irgendeiner geheimnisvollen Andeutung auf den ›alten Herrn‹[1] bewußt war und in ihrer krausen Phantasie mit der Phrase gewisse religiöse Ideen in Verbindung brachte, geriet in solche Aufregung, daß sie hastig von dem Schemel beim Feuer aufstand, um in der Nähe der Rockschöße ihrer Gebieterin Schutz zu suchen; dabei prallte sie aber, als sie an der Türe vorbeieilte, mit dem alten Fremden zusammen, bei welcher Gelegenheit sie instinktartig mit dem einzig verfügbaren Instrument, das in ihrem Bereich war, einen abwehrenden Angriff auf ihn machte. Da dieses Instrument zufällig das Bübchen war, so folgte nun ein großes Geschrei und eine namenlose Aufregung, die durch den Scharfsinn Boxers noch erhöht wurde; denn dieser gute Hund hatte – wie es schien, aufmerksamer als sein Gebieter – den alten Herrn in seinem Schlaf bewacht, damit er nicht mit einigen jungen Pappelbäumen abspaziere, die hinten auf dem Karren aufgebunden waren, und folgte ihm auch jetzt noch auf den Fersen, ja, er belästigte sogar dessen Gamaschen und machte beharrliche Angriffe auf deren Knöpfe.

»Ihr seid ein so unleugbar guter Schläfer, Sir«, sagte John, sobald die Ruhe wiederhergestellt war, zu dem alten Herrn, der barhäuptig und regungslos in der Mitte des Gemachs stand, »daß ich halb Lust habe, Euch zu fragen, wo die andern sechs seien. Dies wäre freilich ein Spaß, und ich würde ihn, glaube ich, verderben. War nahe daran«, murmelte der Fuhrmann kichernd, »sehr nahe!«

Der Fremde, der lange weiße Haare, ein angenehmes Gesicht und für einen alten Mann eine auffallend freie und gute Haltung hatte, blickte mit seinen dunkeln, glänzenden, durchbohrenden Augen lächelnd umher und begrüßte das Weib des Kärrners mit einem ernsten Kopfnei-

* »Der alte Herr« bedeutet im Englischen: der Teufel.

gen. Sein Gewand war seltsam und altertümlich – weit, weit hinter der Zeit zurück; die Farbe braun. In der Hand trug er einen großen braunen Knüttel oder Spazierstock, und als er mit demselben auf den Boden schlug, tat er sich auseinander und wurde zu einem Stuhl. Auf diesen setzte er sich ganz ruhig nieder.

»Da!« sagte der Kärrner, sich zu seinem Weib wendend. »So habe ich ihn gefunden, am Weg sitzend, aufrecht wie ein Meilenstein und fast ebenso taub.«

»Wie, er saß im Freien, John?«

»Ja, im Freien, just wie's dunkel wurde«, entgegnete der Kärrner. »›Fahrt bezahlt‹, sagte er und gab mir achtzehn Pence. Dann stieg er ein, und hier ist er.«

»Ich glaube, er ist im Begriff zu gehen, John!«

»Keine Spur. Er war nur im Begriff zu sprechen.«

»Entschuldigen Sie, bitte, ich soll bleiben, bis man mich abholt«, sagte der Fremde mild. »Schert Euch nicht um mich.«

Mit diesen Worten nahm er aus einer seiner großen Taschen eine Brille und aus einer andern ein Buch, worauf er in aller Ruhe zu lesen begann, ohne sich um Boxer mehr als um ein Hauslämmlein zu kümmern!

Der Kärrner und sein Weib wechselten verlegene Blicke. Der Fremde richtete den Kopf auf, schaute von dem letztern auf erstern und begann:

»Eure Tochter, guter Freund?«

»Mein Weib«, entgegnete John.

»Nichte?«

»Weib«, schrie John.

»Wirklich?« bemerkte der Fremde. »Ists wahr? Sehr jung!«

Er blätterte um und nahm seine Lektüre wieder auf, hatte aber noch keine zwei Zeilen gelesen, als er sich wieder mit den Worten unterbrach:

»Das Kind Euer?«

John antwortete mit einem riesigen Nicken, gleichbedeutend mit einer bejahenden Antwort durch ein Sprachrohr.

»Mädchen?«

»Knabe!« schrie John.

»Auch sehr jung, eh?«

Frau Peerybingle fiel augenblicklich ein: »Zwei Monate und drei Tage! Just vor sechs Wochen geimpft! Sind großartig aufgegangen! Der Doktor sagt, es sei ein merkwürdig schönes Kind – komme einem von fünf Monaten gleich! Paßt schon auf, daß es rein zum Staunen ist! Ihr haltets vielleicht für unmöglich, aber es fühlt schon seine Füßchen.«

Jetzt hielt die atemlose kleine Mutter, die diese abgerissenen Sätze in das Ohr des alten Mannes geschrien hatte, bis ihr hübsches Gesichtchen ganz scharlachrot wurde, das Bübchen als eine unwiderlegliche triumphierende Tatsache in die Höhe, während Tilly Slowboy mit dem melodischen Ausruf: »Hatzi, hatzi« – man glaubte unbekannte Worte zu hören, die einem populären Niesen angepaßt waren – wie ein Kälblein um die von allem nichts ahnende Unschuld hertanzte.

»Horch, wahrhaftig, man holt ihn ab«, sagte John. »Es ist jemand an der Tür. Mach auf, Tilly.«

Ehe aber diese so weit kam, wurde besagte Tür von außen geöffnet, denn sie war primitiver Art, mit einem Holzknopf, den jeder, wer da wollte, leicht drehen konnte – und gar viele wollten es, kann ich euch sagen, weil die ganze Nachbarschaft gern ein paar gemütliche Worte mit dem Kärrner plauderte, obschon dieser selbst recht mundfaul war. Durch die geöffnete Tür trat ein mageres, nachdenklich aussehendes Männchen von grauer Gesichtsfarbe ein, das sich aus dem sackleinenen Überzug einer alten Kiste einen Überrock gemacht zu haben schien; denn als er sich umwandte, um die Tür wieder zuzudrücken und den Wind auszuschließen, sah man auf der Rückseite dieses Gewandes mit großen Buchstaben

die Inschrift G. & T.; auch konnte man das Wort GLAS in kühnem Zug darauf unterscheiden.
»Guten Abend, John!« sagte der kleine Mann. »Guten Abend, Madam. Guten Abend, Tilly. Guten Abend, Unbekannter. Was macht das Bübchen, Madam? Boxer ist doch hoffentlich wohlauf?«
»Alles geht gut, Kaleb«, versetzte Dot. »Wahrhaftig, Ihr braucht nur das liebe Kind anzusehen, um gleich das eine zu wissen.«
»Und ich bin überzeugt, ich brauche nur Euch anzusehen, um auch das andre noch zu erfahren«, versetzte Kaleb.
Er sah sie übrigens nicht an, denn er hatte einen unsteten, sinnenden Blick und schien bei allem, was er sagte, irgendeine andre Zeit oder einen andern Platz im Auge zu haben – eine Eigenschaft, die ebensogut auch auf seine Stimme zu passen schien.
»Meinetwegen auch John oder Tilly, was dies betrifft; oder Boxer«, sagte Kaleb.
»Wohl jetzt viel zu tun, Kaleb?« fragte der Kärrner.
»Ei, so ziemlich, John«, entgegnete er mit der zerstreuten Miene eines Mannes, der sich zumindest mit der Erfindung des Steins der Weisen abgibt. »So ziemlich. Es ist starke Nachfrage gegenwärtig nach Noahs Archen. Ich hätte wünschen mögen, der Familie aufzuhelfen, sehe aber nicht ein, wie es um diesen Preis möglich wäre. Es wäre mir eine gar angenehme Beruhigung, wenn man klarer andeuten könnte, wer die Sems und Hams oder wer die Weibspersonen sind. Die Fliegen stehen auch nicht in dem rechten Verhältnis zu den Elefanten! Ach ja! Habt Ihr unter den Paketen etwas für mich, John?«
Der Kärrner langte in die Tasche des Rockes, den er abgenommen, und brachte, sorgfältig in Moos und Papier verpackt, einen winzigen Blumentopf hervor.
»Das ists«, sagte er, ihn mit großer Sorgfalt aufputzend. »Nicht ein Blättchen daran beschädigt. Voll Knospen!«

Kalebs matte Augen glänzten, als er den Topf nahm und John dankte.
»Teuer«, sagte der Kärrner. »Sehr teuer in dieser Jahreszeit.«
»Macht nichts; für mich ist noch der höchste Preis billig«, entgegnete der kleine Mann. »Vielleicht noch etwas, John?«
»Eine kleine Schachtel«, entgegnete der Kärrner. »Hier!«
»›Für Kaleb Plummer‹«, buchstabierte der kleine Mann die Adresse, »mit ›Barschaft‹. Mit Barschaft, John? Ich glaube nicht, daß dies für mich sein kann.«
»›Posthaft‹ heißts«, entgegnete der Kärrner, ihm über die Schulter schauend. »Wie bringt Ihr auch Barschaft heraus?«
»O natürlich!« sagte Kaleb. »'s ist schon recht. Mit Posthaft! Ja, ja – dies gehört mir. Es könnte auch Barschaft heißen, wenn mein lieber Junge in dem goldnen Südamerika noch lebte, John. Ihr habt ihn wie einen Sohn geliebt, nicht wahr? Ah, Ihr brauchts nicht zu sagen, denn ich weiß es ja selbst. ›Kaleb Plummer, mit Posthaft.‹ Ja, ja, das stimmt. Es ist eine Schachtel mit Puppenaugen für die Arbeit meiner Tochter. Ich wollte, es wären ihre eignen Augen in einer Schachtel, John.«
»Ich wollt es auch, wenns nur sein könnte!« versetzte der Kärrner.
»Danke«, sagte der kleine Mann. »Ihr sprecht vom Herzen. Wenn man bedenkt, daß sie die Puppen nie sehen kann, und doch stieren sie das Mädchen den ganzen Tag lang so keck an! Das tut weh. Was zahle ich Euch, John?«
»Ich werds Euch gleich heimzahlen, wenn Ihr fragt«, versetzte John. »Dot! War ich nahe daran?«
»Na, die Antwort sieht Euch gleich«, bemerkte der kleine Mann. »'s ist so Eure freundliche Art. Laßt mich sehen – ich denke, dies wird alles sein.«

»Ich denke nicht«, erwiderte der Kärrner. »Versuchts noch einmal.«
»Etwas für unsern Herrn, he?« fragte Kaleb, nachdem er eine Weile nachgedacht hatte. »Natürlich; deshalb bin ich auch hergekommen. Aber der Kopf geht mir durch mit diesen Archen und Dingern! – Er ist nicht da gewesen, oder?«
»O nein«, entgegnete der Kärrner. »Er hat zu viel zu tun – geht auf Freiers Füßen.«
»Er kommt gleichwohl noch herüber«, sagte Kaleb, »denn er sagte mir, ich solle auf dem Heimweg mich auf der linken Seite des Weges halten, und es ist zehn gegen eins zu wetten, daß er mich einholen würde. 's ist daher am besten, ich gehe jetzt. – Ihr werdet wohl nicht so gut sein, mich Boxer in den Schwanz kneipen zu lassen, Madam – nur eine halbe Sekunde, he?«
»Mein Gott, Kaleb! So eine Frage!«
»O, macht nichts, Madam«, versetzte der kleine Mann. »Es wird ihm vielleicht nicht gefallen. 's ist eben ein kleiner Auftrag eingelaufen auf bellende Hunde – sechs Pence für das Stück, und ich möchte der Natur so nahe als möglich kommen. Dies ist alles. 's liegt nichts daran, Madam.«
Es traf sich nun sehr gelegen, daß Boxer ohne die vorgeschlagene Anregung mit großem Eifer zu bellen begann. Da jedoch dies die Annäherung eines neuen Gastes in Aussicht stellte, verschob Kaleb sein Studium nach dem Leben auf eine passendere Zeit, nahm die runde Schachtel auf den Rücken und verabschiedete sich hastig. Er hätte sich übrigens die Mühe ersparen können, da ihm der Besuch schon auf der Schwelle entgegentrat.
»Ah, Ihr seid hier – wartet noch ein wenig – ich will Euch mit nach Hause nehmen. Gott zum Gruß, John Peerybingle – Gott zum Gruß, besonders Euerm hübschen Weib. Wird mit jedem Tag schöner – womöglich auch besser –

und jünger«, fügte der Sprecher mit gedämpfter Stimme bei. »Das ist eben das Teufelsspiel!«

»Ich würde über Ihr Kompliment erstaunen, Herr Tackleton«, sagte Dot, nicht in der holdseligsten Stimmung von der Welt, »wenn mir nicht Ihre Situation bekannt wäre.«

»Sie wissen also alles?«

»Ich habe mich endlich überzeugen lassen«, sagte Dot.

»Nach einem harten Kampf, vermute ich?«

»Gewiß.«

Tackleton, der Spielzeugfabrikant, allgemein nur unter dem Namen Gruff und Tackleton bekannt – denn so lautete die Firma, obgleich Gruff (grämlich) längst ausgekauft war und im Geschäft nichts als seinen Namen und, wie einige sagten, auch sein Wesen, wenigstens der Wörterbuchbedeutung nach, gelassen hatte – Tackleton, der Spielzeugfabrikant, war ein Mann, bei dessen Berufswahl seine Eltern und Vormünder sich schwer geirrt hatten.

Wären sie auf den Gedanken gekommen, einen Geldverleiher, einen scharfen Advokaten, einen Sheriffbeamten oder einen Makler aus ihm zu machen, so hätte er sich vielleicht seine Hörner in der Jugend abgestoßen und wäre, nachdem er sich in einer Reihe von häßlichen Geschäften ausgetobt, vielleicht um der Neuheit und Abwechslung willen liebenswürdig geworden. Aber stets gehemmt und sich aufreibend in dem friedlichen Beruf eines Spielzeugmachers, war er für seine Umgebung zu einem bösen Menschenfresser geworden, der sein Leben lang von Kindern lebte und ihr unversöhnlicher Feind war. Er verachtete alles Spielzeug, würde um die Welt keines gekauft haben und fand in seiner Bosheit eine herzliche Freude daran, den Pappendeckel-Bauern, die Schweine auf den Markt trieben, den Ausrufern, die verlorene Advokatengewissen ankündigten, den beweglichen alten Damen, die Strümpfe nähten oder Pasteten zuschnitten, kurz allen derartigen Exemplaren seines Handelsvorrats einen recht grimmigen Ausdruck in die Gesichter zu legen. Seine Seele schwelgte in abschreckenden Masken, häßlichen, haarigen, rotäugigen Schachtelmännchen, vampirartigen Papierdrachen und dämonischen Gauklern, die sich nicht legen wollten, sondern beharrlich wieder hervorsprangen, um die armen Kinder in Angst zu jagen. Dies war seine einzige Erholung, die einzige Sicherheitsklappe, und er war wahrhaft groß in solchen Erfindungen, wie ihm denn auch nichts größere Wonne bereitete, als wenn er auf eine Idee verfiel, die in ihrer Verwirklichung sicherlich ein Alpdrücken nach sich ziehen mußte. Er hatte sogar Geld verloren und diesen Verlust mit aller erdenklichen Gelassenheit hingenommen, indem er für Zauberlaternen Koboldschlitten erfand, auf denen die Mächte der Finsternis nach Art eines übernatürlichen Schellfisches mit menschlichen Gesichtern abgemalt waren. Auf die Ausführung einer im Ausdruck gesteigerten Darstellung von Riesenporträts hatte er ein kleines Kapital verwendet, und obschon er nicht zu malen verstand, konnte er doch zur Belehrung der Künstler mit einem Stückchen Kreide für die Gesichter dieser Ungeheuer ein gewisses verstohlenes Schielen andeuten, das unbedingt den Seelenfrieden eines jeden jungen Gentleman zwischen dem Alter von sechs und elf Jahren für die ganze Christfest- oder Sommervakanz stören würde.

Wie er in dem Spielzeug war, war er nach Art der meisten Menschen auch in allen andern Dingen. Man kann sich daher leicht denken, daß in dem großen grünen Kragen, der ihn bis auf die Waden hinunterreichte, das Kinn eines ungemein angenehmen Gesellen eingeknöpft war und daß er ein so lauterer Charakter und angenehmer Gefährte war, wie nur je einer in ein paar kaulquappig aussehenden Stiefeln mit mahagonifarbigen Stulpen steckte.

Und doch ging Tackleton, der Spielzeugfabrikant, auf Freiersfüßen. Trotz alledem war er im Begriff, sich zu verehelichen – dazu noch mit einem jungen und schönen Frauenzimmer. Er hatte keineswegs das Aussehen eines Bräutigams, als er so mit seinem verzerrten, magern Gesicht, seinem schraubenförmig gekrümmten Leib und dem bis auf den Nasenrücken gestülpten Hut in der Hütte des Kärrners dastand, die Hände ganz in seine Taschen gebohrt, während sein sarkastisches, boshaftes Ich aus einem kleinen Winkel seines kleinen Äugleins hervorlugte wie die Quintessenz der Scheelsucht zahlloser Raben. Aber Bräutigam zu sein, hatte er sich vorgenommen.

»In drei Tagen. Nächsten Donnerstag. Am letzten Tag des ersten Monats im Jahr. Dies ist mein Hochzeitstag«, sagte Tackleton.

Habe ich schon erwähnt, daß er stets ein Auge weit offen und das andre fest geschlossen hielt – daß ferner dieses eine fest geschlossene Auge unter allen Umständen das ausdrucksvollere Auge war? Ich glaube nicht.

»Dies ist mein Hochzeitstag!« sagte Tackleton, mit seinem Geld klimpernd.

»Ei, 's ist auch unser Hochzeitstag!» rief der Kärrner.

»Ha ha!« lachte Tackleton. »Seltsam! Ihr seid just ein zweites solches Paar. Ganz so!«

Dots Unwille über diese anmaßende Behauptung läßt sich nicht schildern. Was mochte danach kommen? Seine Einbildungskraft verstieg sich vielleicht sogar bis zur Möglichkeit just eines andern solchen Bübchens; der Mensch war toll.

»Laßt Euch sagen – ein Wort ins Ohr«, murmelte Tackleton, den Kärrner mit dem Ellbogen anstoßend und ihn ein wenig beiseite nehmend. »Ihr werdet doch zur Hochzeit kommen? Ihr wißt, wir teilen dasselbe Schicksal.«

»Wieso dasselbe Schicksal?« fragte John.

»Nun, was die geringfügige Ungleichheit anbelangt«, versetzte Tackleton mit einem zweiten vertraulichen Rippenstoß. »Kommt und verbringt einen Abend bei uns – noch vorher.«

»Warum?« fragte John, über diese nachdrückliche Gastfreundschaft erstaunt.

»Warum?« erwiderte der andre. »Dies ist eine neue Art, eine Einladung anzunehmen. Ei, doch zum Vergnügen – der Geselligkeit halber und aus ähnlichen Gründen!«

»Ich habe Euch nie für gesellig gehalten«, sagte John in seiner einfachen Weise.

»Tschah! ich sehe schon, bei Euch muß man frei mit der Farbe heraus«, sagte Tackleton. »Wohlan denn, die Wahrheit ist, Ihr macht, wie's die teetrinkenden Leute zu nennen pflegen, so einen behaglichen Eindruck als Paar. Wir wissen es zwar besser, aber . . .«

»Ei, wir wissen nichts«, fiel John ein. »Wovon sprecht Ihr?«

»Wohlan, so wissen wir es also nicht besser«, versetzte Tackleton. »Sagen wir also, daß wir es nicht wissen. Ganz wie es Euch beliebt; was liegt daran? Ich wollte sagen, da Ihr diese Art von Aussehen habt, so wird Eure Gesellschaft einen günstigen Eindruck auf die künftige Frau Tackleton machen, und obschon ich nicht glaube, daß mir Eure gute Frau sehr freundlich gesinnt ist, so kann sie doch in diesem Fall nicht umhin, meine Ansicht zu teilen; denn es liegt eine solche Sicherheit und Lieblichkeit in ihrer Erscheinung, die stets für sich selbst spricht, selbst in einem gleichgültigen Fall. Ihr sagt also zu, daß Ihr kommen wollt?«

»Wir haben miteinander ausgemacht, unsern Hochzeitstag – so weit, als dies geht – zu Hause zu feiern«, sagte John. »Wir freuten uns schon sechs Monate darauf, und Ihr werdet wohl einsehen, daß ein Heim . . .«

»Pah! Was ist ein Heim?« rief Tackleton. »Vier Wände und eine Decke! – Warum bringt Ihr diese Grille nicht um? *Ich* wollte ihr – ihr Lärm ist mir verhaßt, und ich mache allen den Garaus. – Auch mein Haus hat vier Wände und eine Decke. Kommt zu mir!«

»Wie, Ihr tötet Eure Heimchen?« fragte John.

»Krrtsch damit, Herr«, erwiderte der andre, die Ferse schwerfällig auf den Boden setzend. »Na, versprecht Ihr mir, daß Ihr kommen wollt? Ihr wißt, 's liegt ebensogut in Eurem als in meinem Interesse, wenn die Weiber einander überreden, daß sie zufrieden und glücklich sind und es nicht besser haben könnten. Ich kenne ihre Art. Was die eine sagt, darauf schwört auch die andre steif und fest. Sie sind alle von einem solchen Wetteifer besessen, Herr, daß mein Weib, wenn die Eurige zu ihr sagt: ›Ich bin die glücklichste Frau auf der Welt und habe den besten Mann von der Welt, den ich von Herzen liebe‹, geradeso sprechen wird wie sie oder gar noch mehr – ja, sie wirds sogar beinahe glauben.«

»Ihr wollt also damit sagen, daß sie es nicht ist?!« fragte der Fuhrmann.

»Nicht ist!« rief Tackleton mit einem kurzen scharfen Lachen. »Was nicht ist?«

Der Kärrner hatte die leise Absicht, hinzuzufügen: »In Euch verliebt?« Als er jedoch dem halbgeschlossenen Auge begegnete, wie es ihm über den aufgeschlagenen Kapuzenkragen zuzwinkerte, der es auszustoßen drohte, da fühlte er ganz deutlich, daß Tackleton nicht der Mensch sei, in den man sich verlieben könnte, weshalb er geschwind dafür einsetzte: »Davon überzeugt ist?«

»Ah, Schlaukopf! Ihr spaßet wohl«, sagte Tackleton.

Aber der Kärrner begriff zu langsam, um den vollen Sinn seiner Worte zu verstehen, und sah den andern so ernst an, daß dieser ein wenig ausführlicher sich erklären mußte.

»Ich bin geneigt«, sagte Tackleton, die Finger seiner linken Hand ausspreizend und mit der rechten den Zeigefinger berührend, um damit anzudeuten: ›Dies bin ich, Tackleton nämlich‹, »ich bin geneigt, Herr, eine junge und hübsche Frau zu heiraten.« Und während er dies sagte, schlug er nicht sanft, sondern energisch, in dem Gefühl seiner Macht, auf seinen kleinen Finger, um damit die Braut zu bezeichnen. »Ich bin imstande, meine Laune zu befriedigen, und tu es auch. Das ist eben eine Grille von mir. Aber – schaut Euch das an!«

Er deutete auf die Stelle, wo Dot nachdenklich vor dem Feuer saß, das Grübchenkinn in die Hand gestützt, und in die hellen Flammen starrte. Der Kärrner blickte nach ihr hin, dann auf die andern, dann wieder auf sie und endlich wieder auf Tackleton.

»Seht Ihr, sie ehrt und gehorcht Euch zweifellos«, sagte Tackleton, »und das genügt *mir* vollkommen, da ich kein Mann von Gefühlsduseleien bin. Aber glaubt Ihr denn, daß noch mehr dahinter steckt?«

»Ich glaube«, bemerkte John, »daß ich jeden aus dem Fenster expedieren würde, der da nein sagte.«

»Ganz richtig«, entgegnete der andre, mit einer ungewöhnlichen Lebhaftigkeit zustimmend. »Natürlich! das würdet Ihr ohne Zweifel. Ich bin überzeugt davon. Gute Nacht. Angenehme Träume!«

Der gute Kärrner war verblüfft und fühlte sich wider Willen unbehaglich. Er ließ es auch unwillkürlich merken.

»Gute Nacht, mein lieber Freund«, sagte Tackleton mitleidig. »Ich muß fort. Ich sehe, daß wir in Wirklichkeit ganz gleich sind. Ihr wollt uns den morgigen Abend nicht schenken? Gut! Ich weiß, Ihr macht übermorgen einen Besuch. Ich will Euch bei dieser Gelegenheit treffen und meine Künftige mitbringen. Es wird ihr gut tun. Es ist Euch doch angenehm? Danke. Was solls?!«

Zu der letzten Frage gab ein lauter Schrei der Kärrnerin Anlaß, ein lauter, scharfer, plötzlicher Schrei, der in dem Zimmer nachhallte, wie wenn man auf ein Glas schlägt.

Sie hatte sich von ihrem Sitz erhoben und stand wie ein durch Schrecken und Überraschung gebanntes Wesen da. Der Fremde hatte sich dem Feuer genähert, um sich zu wärmen, und stand nur einen kleinen Schritt von ihrem Stuhl, aber vollkommen ruhig.

»Dot!« rief der Kärrner. »Marie! Schätzchen, was gibts?«

Alle waren im Nu um sie. Kaleb, der auf der Kuchenschachtel geschlummert hatte, faßte, ehe er noch recht zur Besinnung kam, Fräulein Slowboy beim Zopf, bat aber augenblicklich um Verzeihung.

»Marie!« rief der Kärrner, Dot mit seinen Armen unterstützend. »Bist du krank? Was gibts denn? Sprich, mein Lieb!«

Statt jeder Antwort schlug sie die Hände zusammen und brach in ein wildes Gelächter aus. Dann sank sie aus seinen Händen zu Boden, bedeckte das Gesicht mit ihrer Schürze und weinte bitterlich. Dann begann sie wieder zu lachen und zu schreien, beklagte sich über Kälte und ließ sich von John nach dem Feuer führen, vor dem sie wieder wie zuvor Platz nahm. Der alte Mann blieb so still und ruhig stehen wie früher.

»Ich fühle mich besser, John«, sagte sie. »Ich bin jetzt ganz wohl – ich . . .«

»John!« Aber John befand sich auf ihrer andern Seite. Warum wendet sie ihr Gesicht dem fremden alten Herrn zu, als gälten ihre Worte ihm? Phantasierte sie?

»Nur eine Einbildung, lieber John – eine Art von Schreck – ein Etwas, das mir plötzlich vor die Augen kam – ich weiß nicht, was es war. Aber 's ist jetzt ganz weg, ganz und gar weg.«

»Ich bin froh, daß es weg ist«, murmelte Tackleton, das ausdrucksvolle Auge durch das ganze Gemach gleiten lassend. »Möchte doch wissen, wohin es verschwand und was es war. Hm, Kaleb, kommt hierher! Wer ist dies mit dem grauen Haar?«

»Weiß nicht, Sir«, entgegnete Kaleb flüsternd. »Habe ihn nie zuvor gesehen, in meinem ganzen Leben nicht. Eine schöne Figur für einen Nußknacker, ein ganz neues Modell. Mit einer Schraubenkinnlade, die in die Weste hinunterginge, wäre er allerliebst!«
»Nicht häßlich genug«, sagte Tackleton.

»Oder für ein Zündbüchschen«, bemerkte Kaleb in tiefer Betrachtung. »Welch ein Modell! Man könnte den Kopf abschrauben, um die Schwefelhölzchen hineinzutun, und ihn umwenden, um an den Sohlen den Strich anzubringen. Wahrhaftig, wie er dasteht, das schönste Zündbüchschen sogar für den Kaminsims eines Gentlemans.«

»Nicht halbwegs häßlich genug«, sagte Tackleton. »'s ist durchaus nichts an ihm. Kommt, bringt die Schachtel! – 's ist doch hoffentlich jetzt wieder alles vorbei?«
»O, ganz vorbei – ganz vorbei!« sagte die kleine Frau, ihn hastig fortwinkend. »Gute Nacht!«
»Gute Nacht«, entgegnete Tackleton. »Gute Nacht, John Peerybingle! Nehmt die Schachtel in acht, Kaleb. Wenn Ihr sie fallen laßt, bringe ich Euch um. Pechfinster und das Wetter schlimmer als je, wie? Gute Nacht!«
Er sah sich noch einmal rasch im Zimmer um und ging dann zur Tür hinaus, während Kaleb, den Hochzeitskuchen auf dem Kopfe, ihm folgte.
Der Kärrner war über sein Weibchen so sehr erschrocken und so eifrig bemüht, sie zu beruhigen und ihr behilflich zu sein, daß er sich kaum der Anwesenheit des Fremden bewußt war, bis nun wieder sein Blick auf ihn, den einzigen Gast, fiel.
»Du siehst, er gehört nicht zu ihnen«, sagte endlich John. »Ich muß ihm zu verstehen geben, daß er endlich geht.«
»Ich bitte um Verzeihung, Freund«, sagte der alte Herr, auf ihn zugehend, »um so mehr, da ich fürchte, Eurer Frau ist nicht wohl gewesen. Aber der Begleiter, welchen mein Gebrechen« – er berührte dabei sein Ohr und schüttelte den Kopf – »fast unerläßlich macht, ist nicht angelangt, und ich fürchte, daß irgendein Mißverständnis vorliegt. Die schlimme Nacht, die mir das Obdach Eures behaglichen Karrens (möchte ich nie ein schlechteres haben) so wünschenswert machte, hat sich nicht im geringsten gebessert. Würdet Ihr mir in Eurer großen Güte auch noch erlauben, für ein Nachtlager zu zahlen?«
»Ja, ja«, rief Dot. »Ja! gewiß!«
»O!« versetzte der Kärrner, über die Plötzlichkeit dieser Zustimmung erstaunt. »Na, ich habe nichts einzuwenden; aber ich bin nicht ganz sicher, daß . . .«

»Pst!« unterbrach sie ihn. »Lieber John!«
»Ei, er ist ja stocktaub«, erwiderte John.
»Ich weiß es wohl, aber – ja, Sir, soll nicht fehlen – gewiß! Ich will ihm sogleich ein Bett aufschlagen, John.«
Als sie zu diesem Zweck hinauseilte, waren ihre Erregtheit und ihre hastenden Bewegungen so befremdend, daß ihr der Kärrner völlig verdutzt nachblickte.
»Die Mütterlein schlagen also Betten auf!« rief Fräulein Slowboy dem Bübchen zu; »und seine Haare sind braun und lockig geworden, als seine Käppchen gelüpft wurden, und die köstlichen Bübchen sind erschrocken, wie sie bei dem Feuer saßen!«
Mit jener unerklärlichen Aufmerksamkeit für ganz unbedeutende Dinge, die häufig mit einem Zustand des Zweifels und der Verwirrung zusammenhängt, ertappte sich der Kärrner, der langsam hin und her ging, oftmals dabei, wie er im Geist diese sinnlosen Worte wiederholte. So oft, daß er sie auswendig wußte und doch immer wieder von vorn anfing, wie bei einer Aufgabe, als Tilly, nachdem sie in der Weise der Wärterinnen das kleine kahle Köpfchen mit der Hand so lange gerieben, als sie es für heilsam hielt, dem Bübchen das Häubchen wieder aufgesetzt hatte.
»Und die köstlichen Bübchen sind erschrocken, wie sie bei dem Feuer saßen. Möchte doch wissen, was Dot erschreckt hat?« sann der Kärrner beim Auf- und Abgehen vor sich hin.
Er verachtete die Andeutungen des Spielzeugfabrikanten aus tiefstem Herzen, und dennoch erfüllten sie ihn mit einer unbestimmbaren Unruhe; denn Tackleton war schlau und erfaßte alles mit Blitzesschnelle, während er selbst das peinliche Gefühl in sich trug, nur langsam zu begreifen, weshalb er auch immer von halben Andeutungen gequält wurde. Er hatte gewiß nicht im Sinn, irgend etwas, was Tackleton gesagt, mit dem ungewöhnlichen Benehmen seines Weibes in Verbindung zu bringen; aber die beiden Gegenstände der Betrachtung tauchten vor

seiner Seele immer zusammen auf, und er konnte sie nicht trennen.

Das Bett war bald zubereitet, und der Gast, der jede anderweitige Erfrischung, mit Ausnahme einer Tasse Tee, ablehnte, zog sich zurück. Und Dot – wieder ganz beruhigt, sie sagte, sie sei wieder ganz wohl – rückte den großen Armstuhl für ihren Mann in der Kaminecke zurecht, füllte seine Pfeife, gab sie ihm und nahm neben ihm am Herd auf ihrem gewöhnlichen kleinen Schemel Platz.

Sie wollte nirgends anders sitzen als auf diesem kleinen Schemel – ich denke wohl, sie muß gewußt haben, daß es ein einschmeichelnder, beschwatzender kleiner Schemel war.

Ich möchte behaupten, daß sie auf allen vier Vierteln des Globus die beste Pfeifenstopferin war. Es war wirklich ein reizender Anblick, wenn sie den runden kleinen Finger in den Kopf steckte und dann in das Rohr hineinblies, um es zu säubern; und wenn sie dies getan hatte, so zu tun, als glaube sie, es sei wirklich noch etwas drinnen, und dann wieder zehnmal hineinblies, es wie ein Teleskop vor ein Auge hielt und ein verschmitztes Lächeln sich über ihr Gesichtchen stahl, wenn sie durchschaute. Auch was den Tabak betraf, so verstand sie sich meisterhaft darauf; und die Art, die Pfeife mit einem Papierfidibus anzuzünden, wenn sie der Fuhrmann zwischen den Zähnen hielt – den Papierstreifen ganz nahe vor Johns Nase hielt und sie doch nicht versengte – das war Kunst, hohe Kunst!

Und das Heimchen und der Kessel, die wieder ihre Weise anstimmten, waren gleichfalls damit einverstanden! Die helle Flamme, die hoch aufloderte, sagte ja dazu! Auch der kleine Mäher auf der Uhr mit seiner undankbaren Arbeit hieß es gut! Und der Fuhrmann mit seiner glatten Stirn und seinem breiten Gesicht erkannte es von allen am bereitwilligsten an.

Und wie er gesetzt und gedankenvoll an seiner alten

Pfeife sog und den Rauch vor sich hinpaffte, und wie die holländische Wanduhr tickte, und wie das rote Feuer strahlte, und wie die kleine Grille zirpte, da trat jener Hausgott (denn ein solcher war das Heimchen) in feenhafter Gestalt hervor und beschwor viele heimische Formen um ihn her. Dots von jedem Alter und jeder Größe erfüllten das Gemach. Dots als lustige Kinder, die vor ihm herliefen und Feldblumen sammelten – scheue Dots, die halb vor seinem rauhen Gesicht zurückwichen, halb sich an dasselbe anschmiegten – neu verheiratete Dots, die an der Tür abstiegen und verwundert Besitz von den Haushaltungsschlüsseln nahmen – mütterliche kleine Dots, von nachgemachten Slowboys begleitet, die Bübchen zur Taufe trugen – matronenhafte Dots, noch jung und blühend, die töchterlichen Dots zusahen, wie sie auf ländlichen Bällen tanzten – wohlbeleibte Dots, von Scharen rosiger Enkelkinder umkreist und umlagert – welke Dots, die sich auf Krücken lehnten und nur wankend weiterkrochen. Auch alte Kärrner tauchten auf mit blinden alten Boxern zu ihren Füßen – und neuere Fuhrwerke mit jüngern Kärrnern, auf der Plane die Inschrift »Gebrüder Peerybingle« führend – und kranke, alte Kärrner, die von freundlichen Händen gepflegt wurden, und Gräber von toten und heimgegangenen alten Kärrnern, grünend auf dem Kirchhof. Und wie das Heimchen ihm alle diese Dinge zeigte – er sah sie deutlich, obschon seine Augen fest auf dem Feuer hafteten – wurde das Herz des Kärrners leicht und froh; er dankte seinen Hausgöttern von ganzer Seele und kümmerte sich nicht mehr um Gruff und Tackleton als unser geneigter Leser.

Aber was war jene junge Mannesgestalt, die dasselbe feenhafte Heimchen so nahe an *ihren* Schemel stellte und die einsam und allein dort stehen blieb? Warum zögert sie so in ihrer Nähe, den Arm auf den Kaminsims gestützt, und warum wiederholt sie stets die Worte: »Verheiratet und nicht mit mir!«

O Dot! O irrende Dot! Diese Gestalt deckt sich mit keinem der Gesichte deines Mannes; warum hat der Schatten dieser Gestalt auf seinen Herd fallen müssen!

Zweites Gezirp

Kaleb Plummer und seine blinde Tochter lebten ganz allein für sich, wie es in den Märchenbüchern heißt – und mein Segen, hoffentlich mit dem deinigen, lieber Leser, obendrein, über die Märchenbücher, daß sie in dieser Alltagswelt sich überhaupt hören lassen! – Kaleb und seine blinde Tochter lebten ganz allein für sich in seiner kleinen, rissigen Nußschale von einem hölzernen Hause, das sich in Wahrheit nicht besser ausnahm, als eine Pustel auf der vorspringenden, ziegelroten Nase von Gruff und Tackleton. Die Baulichkeiten von Gruff und Tackleton bildeten den Hauptzug der Straße; aber Kaleb Plummers Wohnung hätte man mit einem oder zwei Hämmern zusammenschlagen und die Stücke in einem Karren fortführen können.

Wenn irgend jemand nach einer solchen Verwüstung Kaleb Plummers Hütte die Ehre erwiesen haben würde, sie zu vermissen, so wäre es ohne Zweifel nur mit dem Beisatz geschehen, daß die Abtragung als eine ungeheure Verbesserung höchlich zu loben sei. Sie klebte an Gruff und Tackletons Haus wie eine Entenmuschel am Schiffskiel, eine Schnecke an einer Tür oder eine kleine Gruppe von Pilzen an dem Stamm eines Baums. Aber sie war der Keim, aus dem der ausgewachsene Stamm von Gruff und Tackleton hervorgegangen; und unter ihrem gebrechlichen Dach hatte der vorletzte Gruff mit einem ganz kleinen Kapital Spielzeug für eine Generation von Knaben und Mädchen verfertigt, die sich damit unterhielten, es zuletzt satt wurden, den Tand zerbrachen und sich dann schlafen legten.

Ich habe gesagt, daß Kaleb und seine arme blinde Tochter hier lebten, hätte aber diese Behauptung nur auf Kaleb beschränken sollen, denn seine arme blinde Tochter hauste anderswo – in einem Zauberheim, das Kaleb ausgestattet, das weder Mangel noch Dürftigkeit noch Sorgen kannte. Kaleb war nur in der einzigen magischen Kunst, die uns noch übrig geblieben ist, ein Zauberer – in

der Magie einer aufopfernden unsterblichen Liebe. Die Natur hatte seinem Studium zum Vorbild gedient, und aus ihrer Schule kamen alle die Wunder.
Das blinde Mädchen erfuhr nie, daß die Decken mißfarbig, die Wände fleckig und hie und da des Gipsanwurfes beraubt waren, die Mauerrisse unverstopft blieben und die Deckenbalken faulten und herabzufallen drohten. Es war ihr unbekannt, daß Eisen rosten, Holz mürbe werden und Tapeten sich abschälen könnten – daß sogar der Umfang, die Gestalt und die Verhältnisse der Wohnung mehr und mehr einschrumpften. Sie erfuhr nicht, daß häßliche Formen aus Ton und Steingut auf dem Sims standen, daß Kummer und Mutlosigkeit im Hause herrschte, und daß Kalebs spärliche Haare vor ihren blinden Augen grauer und grauer wurden. Das blinde Mädchen hatte keine Idee davon, daß sie unter einem kalten, erpresserischen, eigennützigen Herrn stand – sie wußte nie, daß Tackleton wirklich Tackleton war, sondern lebte in dem Wahn, er sei ein exzentrischer Humorist, der es liebte, seinen Scherz mit ihnen zu haben, und nichts von Dankbarkeit hören wollte, obschon er der Schutzengel von ihrem und ihres Vaters Leben war.
Und all das war das Werk Kalebs; das Werk ihres schlichten Vaters! Doch auch er hatte ein Heimchen an seinem Herd, auf dessen Gesang er schon wehmütig lauschte, als das mutterlose blinde Kind noch ganz jung war, und dieser Geist hatte ihm den Gedanken eingehaucht, daß selbst dieses furchtbare Entbehren fast in einen Segen umgewandelt und das Mädchen durch seine geringen Mittel glücklich gemacht werden könne. Denn alle von der Grillenzunft sind gewaltige Geister, obschon es häufig der Fall ist, daß die Leute, die mit ihnen Zwiesprache halten, es nicht einmal wissen. Ja, wahrlich, in der ganzen unsichtbaren Welt gibt es keine sanftere und ehrlichere Stimme, auf die man sich so zuversichtlich verlassen

könnte, oder die verläßlicher in der Erteilung der liebevollsten Ratschläge wäre, als die Stimme, mit der sich die guten Hausgeister an die Menschen wenden.
Kaleb und seine Tochter arbeiteten gemeinschaftlich in ihrer gewöhnlichen Arbeitsstube, die ihnen zugleich als Wohnzimmer diente; und es war ein seltsamer Raum. Er barg Häuschen – fertige und angefangene – für Puppen in allen Lebensstellungen. Vorstadtwohnungen für Puppen in bescheideneren Verhältnissen; Küchen und einzelne Zimmer für Puppen der niederen Klasse, Stadtpaläste für Puppen von hohem Rang. Einige von diesen Wohnstätten waren bereits für die Bequemlichkeit von Puppen mit beschränktem Einkommen möbliert; andre konnten jeden Augenblick in kostbarstem Maße mit Sesseln, Tisch, Sofas, Bettstellen und sonstigen Tapezierwaren ausgestattet werden, von denen ganze Fächer und Wandbretter strotzten. Der Adel, die Honoratiorenschaft und das Volk im allgemeinen, für deren Bequemlichkeit die Behausungen berechnet waren, lagen da und dort in Körben und stierten die Zimmerdecke an; aber bei der Bezeichnung ihres jeweiligen Gesellschaftsgrades und bei der Bestimmung ihres Ranges (etwas, das im wirklichen Leben erfahrungsgemäß so jämmerlich schwer ist) hatten die Schöpfer dieser Puppen die oft so törichte und verkehrte Natur in hohem Grade überholt, da sie, mit den willkürlichen Abzeichen von Seide, Kattun und schlechten Fähnchen sich nicht begnügend, augenfällige persönliche Unterschiede anzubringen wußten, die keinen Irrtum aufkommen ließen. So hatte z. B. die Puppenlady von Stand Wachsglieder von vollkommener Symmetrie, die übrigens nur bei ihr und ihren Rangsgenossinnen zu finden waren; die nächste Abstufung auf der sozialen Leiter war aus Leder, die darauf folgende aus grobem Sackleinen gemacht. Was das gemeine Volk betraf, so hatten sie statt der Arme und Beine Schwefelhölzchen aus den Zündbüchsen, waren somit von vornherein ihrer

Sphäre zugewiesen und jeder Möglichkeit beraubt, sie je zu überschreiten.
In Kaleb Plummers Zimmer befanden sich übrigens außer den Puppen noch viele andre Pröbchen von seinem Handwerk. So sah man z. B. Noahs Archen, in die die Vögel und Tiere mit knapper Not hineingingen; man konnte sie jedoch durch das Dach stopfen und durch Schütteln und Beuteln auf einen winzigen Raum beschränken. Vermöge einer kühnen poetischen Lizenz hatten die meisten dieser Archen Klopfer an den Türen – vielleicht unpassende Anhängsel, da sie an Morgenbesuche und Briefboten erinnerten; aber gleichwohl verliehen sie der Front dieser Gebilde einen hübschen Anstrich. Man sah ganze Schocke von melancholischen kleinen Karren, die bei jeder Umdrehung der Räder eine höchst klägliche Musik von sich gaben – viele kleine Geigen, Trommeln und andre Folterinstrumente, zahllose Kanonen, Schilde, Schwerter, Speere und Schießgewehre. Da waren kleine Gaukler in roten Hosen, die unablässig hohe Hindernisse von roter Schnur erkletterten und kopfüber auf der andern Seite wieder hinunterschossen – zahllose alte Gentlemen von achtbarem, um nicht zu sagen ehrwürdigem Aussehen, die wie unsinnig über horizontale Pflöcke sprangen, welche eigens zu diesem Zweck an ihren Haustüren angebracht waren – Tiere von allen Arten, namentlich Pferde jeder nur erdenklichen Zucht, angefangen von der scheckigen Walze auf vier Pfählen mit einem Stoffstreifchen statt der Mähne bis zum feurigen Vollblutrenner. So schwer es fallen würde, die vielen Dutzend grotesker Figuren zu zählen, die stets bereit waren, auf Befehl einer kleinen Handkurbel allen möglichen Unsinn zu vollführen, so würde es auch nicht leicht fallen, irgendeine menschliche Schwäche, ein Laster oder eine Torheit zu nennen, die nicht in Kaleb Plummers Stübchen ihre mehr oder minder getreue Personifikation gefunden hätte. Und zwar nicht in übertriebener Form;

denn es sind nur ganz geringe Anregungen nötig, um Männer und Weiber zu so seltsamen Verrichtungen zu bewegen, als nur je einem Spielzeug zugemutet werden konnten.

Inmitten all dieser Gegenstände saßen Kaleb und seine Tochter an der Arbeit. Das blinde Mädchen war mit der Anfertigung von Puppenputz beschäftigt, und Kaleb malte und verglaste die acht Gassenfenster einer neiderweckenden Familienbehausung.

Die Sorgenfalten in Kalebs Antlitz und sein zerstreutes, träumerisches Wesen, welches einem Alchimisten oder einem Hieroglyphenforscher gut gestanden haben würde, bildeten auf den ersten Anblick einen seltsamen Gegensatz zu seiner Beschäftigung und den Spielsachen um ihn her. Aber Spielzeug, um des lieben Brotes willen erfunden und ausgeführt, wird zu einer ernsten Angelegenheit; und abgesehen von diesem Gesichtspunkt: ich weiß nicht, ob Kaleb, wäre er ein Kammerherr, ein Parlamentsmitglied, ein Rechtsgelehrter oder ein großer Spekulant gewesen, seine Spielereien mit geringerem Ernst betrieben hätte, während ich sehr bezweifle, ob diese ebenso harmlos gewesen wären.

»Du bist also gestern abend in diesem Regen mit deinem schönen neuen Überrock ausgewesen, Vater?« sagte Kalebs blinde Tochter.

»Ja, in meinem schönen neuen Überrock«, antwortete Kaleb, auf die durchs Zimmer gespannte Wäscheleine blickend, an der das früher beschriebene Sackleinengewand sorgfältig zum Trocknen aufgehängt war.

»Wie freut es mich, Vater, daß du ihn gekauft hast!«

»Und noch obendrein von einem solchen Schneider«, sagte Kaleb. »Ganz neumodisch. Er ist zu gut für mich.«

Das blinde Mädchen unterbrach sich in ihrer Arbeit und lachte fröhlich.

»Zu gut, Vater? Was kann für dich zu gut sein?«

»Und doch schäme ich mich fast, ihn zu tragen«, versetzte Kaleb, die Wirkung seiner Worte in ihrem sich aufhellenden Gesicht beobachtend; »ja wahrhaftig! Wenn ich höre, wie die Knaben und Leute hinter mir herrufen: ›Holla, da läuft ein richtiger Zierbengel!‹ so weiß ich nicht, wohin ich schauen soll. Und als der Bettler gestern abend nicht fortgehen wollte, während ich ihm doch erklärte, ich sei nur ein ganz gemeiner Mann, und er sagte: ›Ei, nein, Euer Gnaden – Gott behüt' Euer Gnaden, sagt so etwas nicht!‹

da schämte ich mich eigentlich, und es war mir, als hätte ich kein Recht, ihn zu tragen.«

Glückliches blindes Mädchen! Wie selig fühlte sie sich in ihrer Herzensfreude!

»Ich sehe dich so deutlich, Vater«, sagte sie, ihre Hände zusammenschlagend, »als hätte ich die Augen, die ich nie vermisse, wenn du bei mir bist. Ein blauer Rock . . .«

»Hellblau«, versetzte Kaleb.

»Ja, ja! hellblau!« rief das Mädchen, ihr leuchtendes Antlitz aufrichtend. »Dieser Farbe kann ich mich just noch erinnern von dem lieben Himmel her! Du sagtest mir früher, daß er blau sei. Ein hellblauer Rock . . .«

»Halb anliegend«, ergänzte Kaleb.

»Ja, halb anliegend!« rief das blinde Mädchen unter herzlichem Lachen, »und du, lieber Vater, steckst in ihm, mit deinen lustigen Augen, dem lachenden Gesicht, mit deinem leichten Tritt, deinem dunklen Haar – und siehst so hübsch und jung aus!«

»Ei da, Mädchen!« entgegnete Kaleb. »Du machst mich ja wahrhaftig ganz eitel.«

»Ich glaube, du bist es schon«, rief das Mädchen, in ihrer Fröhlichkeit mit dem Finger auf ihn weisend. »Ich kenne dich, Vater! Ha ha ha! Siehst du, ich bin dir dahinter gekommen!«

Wie sehr verschieden war das Bild, das sie in ihrem Innern trug, von dem Kaleb, wie er dasaß und sie beobachtete! Sie hatte von seinem leichten, raschen Schritt gesprochen – hierin hatte sie recht, denn seit Jahren und Jahren war er nie in seinem gewöhnlichen langsamen Gang, sondern mit raschen Schritten, die ganz für ihr Ohr berechnet waren, über die Schwelle ins Zimmer getreten; und selbst wenn sein Herz am schwersten war, vergaß er nie, den leichten Tritt anzunehmen, der ihrem Herzen Freude und frischen Mut bedeutete!

Der Himmel mag es wissen! Aber ich glaube, daß Kalebs verwirrtes Wesen halb seinen Grund darin hatte, daß er aus Liebe zu seiner blinden Tochter nicht mehr wußte, wie er mit sich selbst und mit seiner ganzen Umgebung daran war. Wie könnte es denn auch möglich sein, daß das kleine Männchen nicht verwirrt wäre, nachdem es doch so viele Jahre sich bemüht hatte, seine Identität wie die all der Dinge, die sich auf ihn bezogen, zu zerstören!

»Da wären wir also«, sagte Kaleb, ein paar Schritte zurücktretend, um seine Arbeit besser beurteilen zu können, »dem lebendigen Vorbild so nahe gekommen, wie zwei Heller einem Kreuzer. Wie schade, daß die ganze Vorderseite des Hauses mit einem Male aufgeht! Wenn nur auch eine Treppe drin wäre – und regelmäßige Türen zu den Zimmern, daß man durch sie eintreten könnte! Aber dies ist das schlimmste in meinem Geschäft, daß ich mich stets selbst täusche und betrüge.«

»Du sprichst ja ganz leise. Du bist doch nicht müde, Vater?«

»Müde?« wiederholte Kaleb mit einem Ausbruch von Lebhaftigkeit. »Was sollte mich müde machen, Berta? Ich bin nie müde – weiß gar nicht, was das Wort heißen will.«

Um seiner Versicherung größern Nachdruck zu geben, unterbrach er sich plötzlich in einer unwillkürlichen Nachahmung zweier sich streckenden und gähnenden Figuren auf dem Kaminsims, wo sie sich in einem ewigen Zustand von Schläfrigkeit von der Hüfte aufwärts präsentierten. Dazu summte er das Bruchstück eines Liedes – eines bacchanalischen Gesangs, in dem etwas von einem funkelnden Becher vorkam. Er sang mit einer gewissen verwegenen Stimme, was sein Gesicht noch tausendmal hagerer und gedankenvoller als je aussehen ließ.

»Der Tausend – ich glaube wahrhaftig, Ihr singt?« sagte Tackleton, der seinen Kopf zur Tür hereinstreckte. »Immer zu! Ich kann nicht singen.«

Niemand würde es ihm zugetraut haben. Er hatte nicht, was man in der Regel ein ›singendes Gesicht‹ nennt.

»Ich finde keine Zeit zum Singen«, sagte Tackleton. »Freut mich übrigens, daß es bei Euch der Fall ist. Aber hoffentlich versäumt Ihr die Arbeit nicht darüber. Die Zeit wird kaum zu beidem reichen, sollte ich meinen.«

»Wenn du ihn nur sehen könntest, Berta, wie er mir zublinzelt!« flüsterte Kaleb. »O, ein solcher Spaßvogel! Wenn du ihn nicht kenntest, würdest du meinen, es sei ihm Ernst – glaubst du nicht?«

Das blinde Mädchen lächelte und nickte.

»Es heißt im Sprichwort, den Vogel, der singen kann und nicht will, muß man dazu zwingen«, brummte Tackleton. »Wie hält mans aber mit der Eule, die nicht singen kann, auch nicht singen sollte und doch singen will – gibts da etwas, wozu man sie zwingen kann?«

»O, wie er in diesem Augenblick wieder blinzelt!« flüsterte Kaleb seiner Tochter zu. »Du mein gütiger Himmel!«

»Stets heiter und sorglos bei uns!« rief die lächelnde Berta.

»Ah, Ihr seid auch da, wie?« entgegnete Tackleton. »Armes blödsinniges Ding!«

Er glaubte wirklich, sie sei blödsinnig, und gründete seine Meinung – ich weiß nicht, ob er sich dessen selbst bewußt war oder nicht – auf den Umstand, daß sie ihn gern hatte.

»Na, weil Ihr einmal da seid – wie gehts Euch?« sagte Tackleton in seiner brummigen Weise.

»O, gut – ganz gut. Und so glücklich, wie sogar Ihr es mir nur wünschen könnt. So glücklich, wie Ihr die ganze Welt machen würdet, wenns in Eurer Macht stünde!«

»Armes blödes Ding!« murmelte Tackleton. »Kein Strahl von Vernunft – nicht ein Fünkchen!«

Das blinde Mädchen nahm seine Hand, küßte sie, hielt sie einen Augenblick zwischen den ihrigen fest und schmiegte innig ihre Wange an sie, ehe sie sie wieder losließ. Es lag eine so unaussprechliche Liebe, ein so glühender Dank in diesem Akt, daß sich Tackleton selbst bewogen fand, in einem mildern Brummen zu fragen: »Nun, was gibts denn?«

»Ich stellte es neben mein Kissen, als ich mich gestern nacht schlafen legte, und es erschien mir in meinen Träumen. Und als der Tag anbrach und die herrliche rote Sonne – die *rote* Sonne, Vater?«

»Rot morgens und abends, Berta«, versetzte der arme Kaleb mit einem betrübten Blick auf seinen Brotherrn.

»Als sie aufging und das helle Licht – ich fürchtete mich fast, ihm entgegenzugehen – ins Zimmer drang, drehte ich das kleine Stöckchen der Sonne zu und pries den Himmel, daß er die Dinge so köstlich macht. Auch Euch segnete ich, daß Ihr es mir sandtet, um mich zu erfreuen!«

»Das Tollhaus ist los!« entgegnete Tackleton halblaut. »Bald wirds zur Zwangsweste und zu den Armfesseln kommen. Es wird zusehends schlechter!«

Kaleb stierte, während seine Tochter sprach, mit leicht gefalteten Händen seinen Dienstherrn an, als wisse er wirklich nicht – und ich glaube, es war auch so – ob Tackleton am Ende nicht doch etwas getan habe, was ihren Dank verdiene. Hätte er in diesem Augenblick vollkommen frei handeln können, und wäre er bei Todesstrafe aufgefordert worden, dem Spielzeughändler einen Fußtritt zu versetzen oder ihm zu Füßen zu fallen, je nach seinen Verdiensten, so wäre ihm, glaube ich, in der Tat die Wahl sehr schwer geworden. Übrigens wußte Kaleb wohl, daß er eigenhändig mit großer Sorgfalt den kleinen Rosenstock für seine Tochter heimgebracht, und daß seine eignen Lippen sich zu diesem unschuldigen Betrug geformt hatten, der den Argwohn von ihr ableiten sollte, wieviel er sich jeden Tag selbst versagte, er tue alles nur, damit sie sich glücklicher fühle.

»Berta!« sagte Tackleton, für den Augenblick ein wenig Herzlichkeit annehmend. »Kommt her.«

»O, ich kann gerade auf Euch zukommen – Ihr braucht mich nicht zu führen!« entgegnete sie.

»Soll ich Euch ein Geheimnis sagen, Berta?«

»Wenn Ihr wollt«, entgegnete sie hastig.

Wie klärte sich das düstere Antlitz auf, und wie strahlengeschmückt ward der lauschende Kopf.

»Heute ist der Tag, an dem die kleine – wie heißt sie doch – das verzogene Kind, Peerybingles Weib, Euch ihren regelmäßigen Besuch macht – hier ihr phantastisches Picknick begeht – ists nicht so?« fragte Tackleton mit einem Ausdruck lebhaften Mißbehagens an der ganzen Sache.

»Ja«, versetzte Berta. »Das ist heute.«

»Dacht ichs ja«, sagte Tackleton. »Ich möchte mich auch gerne der Gesellschaft anschließen.«

»Hörst du's, Vater?« rief das blinde Mädchen entzückt.

»Ja, ja, ich höre es«, murmelte Kaleb mit dem starren Blick eines Nachtwandlers; »aber ich glaubs nicht. 's ist eine von meinen Lügen, ohne Zweifel.«

»Ja, seht, ich – ich möchte die Peerybingles ein bißchen mehr in Verbindung mit May Fielding bringen«, sagte Tackleton. »Ich stehe im Begriff, May zu heiraten.«

»Zu heiraten?« rief das blinde Mädchen, von ihm zurückweichend.

»Sie ist so verwünscht blödsinnig«, murmelte Tackleton, »daß ich im voraus fürchtete, sie werde mich nie begreifen. Ja, Berta – heiraten! Kirche, Pfarrer, Küster, Kirchendiener, Glaskutsche, Glocken, Frühstück, Brautkuchen, Festschleifen, Katzenmusik und was sonst zu dieser Narretei gehört. Eine Hochzeit – wohlverstanden, eine Hochzeit. Wißt Ihr, was eine Hochzeit ist?«

»Ich weiß«, versetzte das blinde Mädchen in sanftem Ton. »Ich verstehe.«

»Wirklich?« murmelte Tackleton. »Dies ist mehr, als ich erwartete. Gut, deswegen möchte ich mich der Gesellschaft anschließen und May mit ihrer Mutter herbringen.

Ich will vorher ein bißchen von dem einen oder dem andern herschicken – eine kalte Hammelkeule oder sonst irgendeine erfreuliche Kleinigkeit. Ihr werdet mich also erwarten?«

»Ja«, antwortete sie.

Sie hatte den Kopf gesenkt und sich abgewandt; so blieb sie dann mit verschlungenen Händen nachsinnend stehen.

»Ich glaubs in Ewigkeit nicht«, murmelte Tackleton, nach ihr hinsehend, »denn Ihr scheint mir jetzt schon alles vergessen zu haben. Kaleb!«

»Darf wohl sagen, daß ich hier bin«, dachte Kaleb. »Herr?«

»Sorgt mir dafür, daß sie nicht vergesse, was ich ihr gesagt habe.«

»*Sie* vergißt nie«, entgegnete Kaleb. »Dies ist eins von den wenigen Dingen, in denen sie nicht gescheit ist.«

»Jeder hält seine eignen Gänse für Schwäne«, bemerkte der Spielzeughändler mit einem Achselzucken. »Der arme Teufel!«

Nachdem sich der alte Gruff und Tackleton mit unaussprechlicher Verachtung dieser Bemerkung entledigt hatte, entfernte er sich.

Berta verharrte an der Stelle, wo er sie verlassen hatte, in tiefe Betrachtung verloren. Die Heiterkeit war aus ihrem gesenkten Gesicht verschwunden, und ihre Züge drückten Trauer aus. Drei- oder viermal schüttelte sie den Kopf, als trauere sie um irgendeine Erinnerung oder einen Verlust; aber ihre kummervollen Betrachtungen machten sich nicht in Worten Luft.

Erst als Kaleb bereits längere Zeit damit beschäftigt war, ein Paar Rosse durch den summarischen Prozeß, daß er das Geschirr auf die edlen Körperteile seiner Tiere nagelte, vor einen Frachtwagen zu spannen, näherte sie sich seinem Arbeitsschemel und setzte sich neben ihn mit den Worten:

»Vater, ich fühle mich einsam in der Finsternis. Ich möchte meine Augen haben – meine geduldigen, willigen Augen.«

»Hier sind sie«, versetzte Kaleb. »Stets bereit. Jede Stunde in den vierundzwanzig gehören sie mehr dir als mir, meine Berta. Was sollen meine Augen für dich tun, Berta?«

»Betrachte das Zimmer, Vater.«

»Gut«, sagte Kaleb. »Gesagt, getan, Berta.«

»Erzähl mir davon.«

»Es ist ganz so, wie gewöhnlich«, entgegnete Kaleb. »Einfach, aber gemütlich. Die helle Farbe an den Wänden, die schönen Blumen auf den Tellern und Schüsseln, das helle Holz der Balken und Täfelung, die Gemütlichkeit und Nettigkeit des Hauses im allgemeinen – alles dies macht es sehr hübsch.«

Gemütlich und nett war es, wo immer Berta die geschäftigen Hände anlegen konnte. Aber nirgends anders war Gemütlichkeit und Nettigkeit möglich in dem alten gebrechlichen Schuppen, den Kalebs Phantasie also umgewandelt hatte.

»Du hast deinen Arbeitskittel an und bist nicht so schön, als wenn du den neuen Rock trägst?« sagte Berta, ihn betastend.

»Nicht so geputzt«, antwortete Kaleb; »aber doch recht hübsch.«

»Vater«, sagte das blinde Mädchen, sich an seine Seite schmiegend und einen Arm um seinen Hals legend, »erzähle mir etwas von May. Sie ist sehr schön?«

»Jawohl«, versetzte Kaleb.

Und er hatte recht. Es war etwas Seltenes für Kaleb, nicht seinen erfinderischen Geist zu Hilfe nehmen zu müssen.

»Ihr Haar ist dunkel«, sagte Berta nachsinnend. »Dunkler als das meinige. Ich weiß, ihre Stimme ist süß und melodisch. Ich habe ihr oft gern zugehört. Ihre Gestalt . . .«

»Es ist keine Puppe im ganzen Zimmer, die sich mit ihr vergleichen könnte«, entgegnete Kaleb. »Und ihre Augen . . .«

Er hielt inne, denn Berta hatte seinen Hals fester umschlungen und von dem Arme ging ein warnender Druck aus, den er nur zu gut verstand.

Er hustete einen Augenblick und hämmerte ein bißchen; dann kam er wieder auf sein Lied von dem funkelnden Becher zurück – seine stete Zuflucht in allen derartigen Schwierigkeiten.

»Unser Freund, Vater, unser Wohltäter. Du weißt, ich werde nie müde, von ihm zu hören. – Oder war ich es je?« fügte sie hastig bei.

»Natürlich nicht«, antwortete Kaleb. »Und du hast auch allen Grund dazu.«

»Ach, und wie vielen Grund!« rief das blinde Mädchen mit einer Innigkeit, daß Kaleb trotz der Reinheit seiner Beweggründe ihr nicht ins Gesicht sehen konnte. Er schlug seine Augen nieder, als wäre sie imstande, den unschuldigen Trug darin zu lesen.

»So erzähl mir wieder von ihm, lieber Vater«, sagte Berta.

»Noch oft! Sein Gesicht ist wohlwollend, freundlich und zärtlich. Gewiß auch ehrlich und treu. Das männliche Herz, das alle seine Wohltaten mit dem Anschein von Rauheit und Unwillen zu bemänteln sucht, muß sich in jeder Miene und in jedem Blick zu erkennen geben.«

»Und macht es edel«, fügte Kaleb in seiner ruhigen Verzweiflung bei.

»Und macht es edel!« rief das blinde Mädchen. »Er ist älter als May, Vater?«

»J–a«, versetzte Kaleb widerstrebend. »Er ist ein bißchen älter als May; aber dies hat nichts zu bedeuten.«

»O Vater, ja! welch herrliche Vorrechte sind es nicht, seine geduldige Gefährtin zu sein, wenn er schwach und alt, seine sanfte Pflegerin, wenn er krank ist, seine treue Freundin, wenn er leidet und Sorgen hat; nicht zu ermüden in der Arbeit um seinetwillen, für ihn zu wachen, ihn zu pflegen, an der Seite seines Bettes zu sitzen und wachend mit ihm zu sprechen, im Schlafe für ihn zu beten! Welche Gelegenheit, ihm Treue und Hingebung zu beweisen! Wird sie wohl alles dies tun, lieber Vater?«

»Ohne Zweifel«, sagte Kaleb.

»Ich liebe sie, Vater; ich kann sie von ganzem Herzen lieben!« rief das blinde Mädchen.

Und mit diesen Worten legte sie ihr armes erblindetes Antlitz auf Kalebs Schulter und weinte so sehr, daß es ihm fast leid tat, dieses tränenvolle Glück über sie gebracht zu haben.

Mittlerweile hatte es in John Peerybingles Hause nicht wenig Aufruhr gegeben; denn die kleine Frau Peerybingle konnte natürlich nicht daran denken, ohne das Bübchen irgendwohin zu gehen, und das Bübchen unter Segel zu bringen, brauchte Zeit. Nicht daß viel an dem Geschöpflein gewesen wäre, sofern Maß und Gewicht in Betracht kam, aber es machte gewaltig zu schaffen, und alles mußte in gemächlicher Reihenfolge geschehen. Wenn z. B. das Bübchen auf irgendeine Art bis zu einem gewissen Punkte angezogen war und jedermann mit Recht hätte glauben können, daß nur noch ein paar Kleinigkeiten fehlten, um ihn zu einem kleinen Hauptkerl zu machen, der alle Welt herausforderte, verschwand es plötzlich unter einer Flanellkappe und wurde hurtig zu Bett gebracht, wo es fast eine Stunde zwischen zwei Decken sozusagen langsam sott. Aus diesem Zustand der Untätigkeit wurde es nun glänzend und ungestüm schreiend herausgeholt, um –? also sagen wir, wenn es gestattet ist: eine kleine Mahlzeit einzunehmen. Dann ging es wieder schlafen. Diesen Zwischenraum benutzte Frau Peerybingle, um sich in ihrer bescheidenen Weise so schmuck, wie der liebe Leser nur je in seinem Leben ein kleines Weibchen gesehen hat, herauszuputzen; und im Laufe desselben kurzen Waffenstillstandes steckte sich Fräulein Slowboy in einen Spenzer von so überraschendem und sinnreichen Schnitt, daß er durchaus in keinem Zusammenhang mit ihr selbst oder mit irgend etwas anderm im Weltall stand, sondern ein eingeschrumpftes, zerknittertes, unabhängiges Faktum war, das seine einsame Bahn ohne die mindeste Rücksicht auf irgend jemand verfolgte. Mittlerweile war das Bübchen wieder ganz lebendig geworden und wurde jetzt mit Frau Peerybingles und Fräulein Slowboys vereinten Kräften in einen rahmfarbigen Mantel gesteckt, während seinem Kopf eine Art nankingfarbige Pastete zum Schutz dienen mußte. Und so gelangten im Lauf der Zeit alle drei zur Tür, wo der alte Gaul bereits mehr als den vollen Wert seines täglichen Mautgeldes der Wegbaugesellschaft entwendet hatte, indem er die Straße mit seiner ungeduldigen Hufschrift aufscharrte. Boxer konnte man in der Ferne sehen, wie er zurückschauend dastand, als wolle er das Roß verleiten, daß es ihm ohne Auftrag nachkomme.

Was einen Stuhl oder irgendein Erleichterungsmittel zum Besteigen des Karrens betrifft, so schmeichle ich mir, daß der Leser unsern John schlecht kennt, wenn er glaubt, daß etwas der Art nötig war. Ehe ihr sehen konntet, wie er sie vom Boden aufhob, war sie schon frisch und rosig an ihrem Platz und sagte:

»John! wie kannst du nur! Denk doch an Tilly!«

Wenn es gestattet wäre, unter was immer für Verhältnissen von den Beinen einer jungen Dame zu sprechen, würde ich bemerken, daß die von Fräulein Slowboy vom Geschick dazu bestimmt zu sein schienen, sich bei jeder Gelegenheit aufzuschürfen, und daß besagtes Persönchen nie auch nur den kleinsten Auf- und Abstieg bewerkstelligte, ohne diesen Umstand mit einer Kerbe zu bezeichnen, wie Robinson Crusoe die Tage in seinen hölzernen Kalender schrieb. Doch da dies vielleicht für unschicklich gelten könnte, will ich nur daran *denken*.

»John, du hast doch den Korb mit der Kalbs- und Ham-

melpastete samt den übrigen Dingen – und die Flaschen mit Bier?« fragte Dot. »Wenn du's nicht hast, mußt du augenblicklich wieder umkehren.«
»Du bist mir eine saubere kleine Person«, entgegnete der Kärrner, »daß du von Umkehren sprichst, nachdem du mich eine volle Viertelstunde aufgehalten hast.«
»Es tut mir leid, John«, versetzte Dot mit großer Geschäftigkeit, »aber ich könnte wirklich nicht daran denken, zu Berta zu gehen – nein, ich möchte es um keinen Preis, John – ohne die Kalbs- und Hammelpastete mit den andern Dingen und den Bierflaschen. O!«
Dieses einsilbige Wort galt dem Pferd, welches nicht im geringsten darauf achtete.
»Ruf du o, John!« sagte Frau Peerybingle. »Sei so gut!«
»Es wird Zeit genug dazu sein«, entgegnete John, »wenn ich anfange, Sachen zurückzulassen. Der Korb ist hier – wohlbehalten.«
»Was bist du für ein hartherziges Ungeheuer, John, daß du es nicht sogleich sagst und mir die Sorge ersparst. Ja, wahrhaftig, ich möchte nicht um die Welt zu Berta gehen, ohne die Kalbs- und Hammelpastete nebst den andern Dingen und den Bierflaschen. Regelmäßig einmal in vierzehn Tagen haben wir, seit wir verheiratet sind, John, unsre kleinen Picknicks dort gehalten. Wenn etwas schief ginge, würde ich fast glauben, wir könnten nie wieder glücklich sein.«
»Es war von Anfang an ein guter Gedanke«, sagte der Kärrner, »und ich ehre dich darum, mein Weibchen.«
»Mein lieber John«, versetzte Dot errötend »sprich doch nicht von einem *mich* ehren. Du meine Güte!«
»Was ich sagen wollte –« bemerkte der Kärrner, »jener alte Herr . . .«
Abermals ganz deutliches Rotwerden und Verlegenheit.
»Er ist ein kurioser Kauz«, sagte der Kärrner, geradeaus vor sich hinblickend. »Ich werde nicht klug aus ihm. Ich glaube aber nicht, daß er böse Absichten hat.«

»Durchaus nicht. Ich bin – ich bin überzeugt, nicht die mindeste.«

»Ja?« versetzte der Kärrner, infolge ihres großen Eifers die Augen auf ihr Antlitz heftend. »Es freut mich, daß du dies so gewiß weißt, weil es auch für mich eine Bestätigung ist. Übrigens finde ichs doch sonderbar, daß er sichs in den Kopf setzte, bei uns ein Nachtlager zu erbitten; nicht? Es kommen so merkwürdige Sachen vor.«

»So sehr merkwürdige«, entgegnete sie mit gedämpfter, kaum hörbarer Stimme.

»Gleichwohl ist er ein gutmütiger alter Herr«, sagte John, »und zahlt wie ein Gentleman, und ich glaube, man kann sich auf sein Wort verlassen wie auf das eines Gentlemans. Ich habe heute früh ein langes und breites mit ihm gesprochen. Er versteht mich bereits besser, sagt er, da er sich mehr an meine Stimme gewöhnt hat. Dann erzählte er mir ziemlich viel von sich selber, und ich erzählte ihm viel von mir, und er stellte eine Unmenge Fragen an mich. Ich teilte ihm mit, wie ich zwei Rundfahrten in meinem Geschäft hätte – den einen Tag rechts von unserm Hause und wieder zurück, den andern Tag links und wieder zurück (denn er ist ein Fremder, kennt also nicht die Namen der Ortschaften hier herum), und er schien eigentlich vergnügt darüber zu sein. ›Gut, dann werde ich abends auf Euerm Wege nach Hause zurückkehren‹, sagte er, ›während ich dachte, Ihr würdet in der entgegengesetzten Richtung fahren. Das ist ja ausgezeichnet! Ich bemühe Euch vielleicht abermals um einen Platz, verspreche aber, nicht wieder so tief einzuschlafen.‹ Und er hat wahrhaftig einen recht gesunden Schlaf gehabt. – Dot, woran denkst du?«

»Woran ich denke, John? Ich – ich hörte dir zu.«

»O, dann ists schon recht«, sagte der ehrliche Kärrner. »Nach dem Ausdruck deines Gesichts fürchtete ich, daß dich meine weitschweifige Erzählung auf andre Gedanken gebracht hätte. Bei Gott, ich wahr sehr nahe daran, es zu glauben.«

Dot gab keine Antwort, und sie holperten eine Weile schweigend weiter. Indes war es nicht leicht, in John Peerybingles Karren sehr lange stumm zu bleiben, da jedermann am Weg ihm etwas zu sagen hatte; und obschon es, was gar häufig vorkam, nur ein »Wie gehts?« war, so verlangte die Erwiderung, wenn sie mit der gleichen Herzlichkeit gegeben werden sollte, doch mehr als ein bloßes Nicken oder Lächeln; sie verlangte eine ebenso gesunde Betätigung der Lungen wie eine langatmige Parlamentsrede. Bisweilen trabten Leute zu Fuß oder zu Pferd eine Strecke weit neben dem Karren einher, nur um ein bißchen plaudern zu können, und dann gab es auf beiden Seiten gar viel zu sagen.

Ferner gab Boxer Anlaß zu weit mehr wohlgemeinten Begrüßungsszenen, als ein halb Dutzend Christen getan haben könnten. Auf dem ganzen Weg kannte ihn alles, namentlich aber die Sippschaft der Hühner und Schweine, die, wenn sie ihn herankommen sahen, in seiner beigedrehten Haltung, mit den neugierig gespitzten Ohren und dem Stummelschwänzchen, das, so hoch es ihm möglich war, aufwärtsstrebte, sich schleunigst in einen geborgenen Winkel versteckten, damit ihnen nicht die Ehre einer nähern Bekanntschaft zuteil werde. Er hatte überall zu schaffen, lief alle Straßenwindungen hinab, guckte in alle Brunnen, schoß in alle Haustüren hinein und wieder heraus, stürmte zwischen friedlich spazierenden Mädchenschulen hindurch, verscheuchte alle Tauben, verlängerte die Schwänze aller Katzen und trabte wie ein Stammgast in die Wirtshäuser hinein. Und wohin er auch gehen mochte, hörte man einen oder den andern schreien: »Ei, da ist Boxer!«, und dieser Jemand kam dann unverweilt von wenigstens zwei oder drei andern Jemanden begleitet heraus, um John Peerybingle und seinem hübschen jungen Weib guten Tag zu wünschen.

Die Pakete und Schachteln für den Botenkarren waren zahlreich, und man mußte oft haltmachen, um welche entgegenzunehmen oder abzuliefern, und das machte die Fahrt sehr reizvoll. Einige warteten mit ungeduldiger Spannung auf ihre Pakete, andre konnten sich vor Verwunderung über ihre Sendungen nicht fassen, und wieder andre schickten ihre Pakete mit endlosen Aufträgen und Verhaltungsmaßregeln ab, und John wieder nahm an allem einen so lebhaften Anteil, daß man sich wie in einer Komödie vergnügen konnte. Und so gab es auch Sendungen, die eine besondere Berücksichtigung und Debatte

erforderten und für deren regelrechte Verpackung Beratungen zwischen dem Fuhrmann und dem Absender stattfanden. Boxer assistierte gewöhnlich, indem er in kurzen Anfällen von Aufmerksamkeit eifrig zuhörte und in lange andauernden Anfällen die versammelten Weisen umkreiste und sich heiser bellte. Zu all diesen kleinen Vorkommnissen gab Dot die belustigte und erstaunte Zuschauerin ab; und als sie da oben auf ihrem Sitz im Karren saß und zusah – ein entzückendes kleines Bild, das noch durch die Plane vorteilhaft eingerahmt wurde – da fehlte es nicht an leisen Rippenstößen und Blicken und Geflüster und Neid unter den jungen Burschen. Hierüber nun war namentlich John, der Kärrner, über die Maßen erbaut, denn er fühlte einen Stolz darin, sein Weibchen bewundert zu sehen; wußte er ja, daß sie sich nichts daraus machte oder daß sie vielleicht eher noch eine Freude daran hatte.

Der Ausflug lief ein bißchen neblig ab, denn es war rauhes, kaltes Januarwetter. Aber wer kümmert sich um solche Kleinigkeiten? Dot gewiß nicht. Auch nicht Tilly Slowboy, denn sie hielt das Fahren in einem Karren unter allen Umständen für die höchste aller menschlichen Vergnügungen – für die Krone aller irdischen Hoffnungen. Ebensowenig das Bübchen – darauf will ich einen Eid ablegen; denn kein Bübchen, wie groß auch seine Fähigkeit in der einen wie in der andern Hinsicht sein mochte, konnte sich wärmer fühlen oder fester schlafen als eben dieser gesegnete junge Peerybingle auf dem ganzen Weg.

Im Nebel war natürlich nicht weit zu schauen – aber gleichwohl konnte man viel, o wie viel sehen! Es ist erstaunlich, wie viel man sogar in einem noch dichtern Nebel, als dieser war, bemerken kann, wenn man nur seine Augen gebrauchen will. Ja, sogar ruhig zu sitzen und den Elfenreigen in den Feldern, die bereiften Fleckchen, die noch in der Nähe der Bäume und Hecken geschützt ihr Dasein fristeten, zu beobachten, war ein angenehmer Zeitvertreib; gar nicht zu reden von den unerwarteten Gestalten, in denen die Bäume selbst aus dem Nebel hervortraten und wieder in ihm verschwanden. Die Hecken waren wirr und kahl und schwenkten eine Menge von Reifgirlanden im Wind; aber hierin lag nichts Entmutigendes. Es war im Gegenteil ein angenehmer Anblick, denn es ließ den eignen Herd, den man hatte, wärmer und den in Aussicht stehenden Sommer grüner erscheinen. Der Fluß sah allerdings frostig aus, aber er stockte nicht, sondern floß sogar ziemlich rasch – was ja die Hauptsache war. Nur der Kanal sah faul und träg aus; doch gleichviel, er gefror dann nur um so schneller, wenn es kälter wurde, und dann konnte man Schlittschuh laufen und schlittern. Und die schweren alten Barken, die irgendwo in der Nähe des Kais eingefroren waren, würden dann ihre rostigen eisernen Rauchfänge den ganzen Tag qualmen lassen und auf der faulen Haut liegen.

An einer Stelle wurde ein großer Haufen Stoppeln oder Unkraut verbrannt, und sie beobachteten das Feuer, das im Tageslicht so strahlend weiß, nun durch den Nebel flimmerte und nur hin und wieder einen roten Streifen blicken ließ, bis endlich Fräulein Slowboy, wie sie sagte, »der Rauch in die Nase stieg«, so daß sie husten mußte – sie konnte dies bei dem mindesten Anlaß – und das Bübchen aufwachte, ohne wieder einschlafen zu wollen. Aber Boxer, der ein paar hundert Schritte voraus war, hatte bereits die Vorposten der Stadt hinter sich und die Straßenecke erreicht, wo Kaleb mit seiner Tochter lebte; und lange, bevor sie an der Tür vorfuhren, befanden er und das blinde Mädchen sich schon unten beim Eingang, um sie zu bewillkommnen.

Nebenbei gesagt, Boxer machte in seinem Verkehr mit Berta gewisse zarte Unterscheidungen, die mir die Überzeugung aufdrängen, daß er um ihre Blindheit wußte. Er versuchte niemals, ihre Aufmerksamkeit dadurch auf sich zu ziehen, daß er sie ansah, wie ers oft mit andern Leuten hielt, sondern bediente sich stets zu diesem Zweck der Berührung. Welche Erfahrungen er über blinde Leute oder blinde Hunde gemacht haben konnte, weiß ich nicht. Er hatte nie bei einem blinden Herrn gelebt, und ebensowenig waren, soviel mir bewußt ist, Herr Boxer der ältere, Frau Boxer oder irgendein Glied seiner achtbaren Familie, väterlicher- oder mütterlicherseits, je mit Blindheit geschlagen gewesen. Vielleicht hatte er es ganz allein ausfindig gemacht; jedenfalls hatte er, wie dem auch sei, das Ganze wohl erfaßt, und daher faßte er auch Berta beim Rock und hielt sie fest, bis Frau Peerybingle, das

Bübchen, Fräulein Slowboy und der Korb samt und sonders wohlbehalten ins Haus gelangt waren.
May Fielding war bereits gekommen, desgleichen auch ihre Mutter, ein kleiner, streitsüchtiger Spahn von einer alten Dame mit einem grämlichen Gesicht, die kraft des Umstandes, daß sie eine Taille gleich einem Bettpfosten bewahrt hatte, für eine ganz transzendente Figur galt und gar vornehm und gönnerhaft tat, weil sie einmal bessere Tage gesehen oder – was so ziemlich aufs gleiche hinauskommt – weil sie an der Einbildung krankte, daß sie bessere Tage hätte erleben können, wenn etwas eingetreten wäre, das sich aber nie zutrug und aller Wahrscheinlichkeit nach auch sich nie zutragen konnte. Gruff und Tackleton war gleichfalls zugegen und spielte den Angenehmen; er tat, als fühle er sich recht zu Hause und so unstreitig in seinem Element wie ein frischer junger Salm auf der Spitze der großen Pyramide.
»May! meine liebe alte Freundin!« rief Dot, auf sie zueilend. »Wie froh bin ich, dich wiederzusehen!«
Die alte Freundin war ebenso herzlich froh wie sie, und man darf mir aufs Wort glauben, wenn ich sage, daß es ein höchst lieblicher Anblick war, wie sich beide umarmten. Tackleton besaß ohne Frage Geschmack. May war sehr hübsch.
Ist man an ein hübsches Gesicht gewöhnt, so erscheint es einem bisweilen für einen Augenblick gewöhnlich und verblichen, wenn es neben einem andern hübschen Gesicht gesehen und mit diesem verglichen wird, und verdient dann augenscheinlich nicht mehr die große Bewunderung, die man früher für seine Züge hatte. Bei Dot oder May war dies übrigens durchaus nicht der Fall, denn das Gesicht der einen hob das der andern so natürlich und angenehm, daß sie eigentlich – wie John Peerybingle beinahe gesagt haben würde, als er ins Zimmer trat – als Schwestern hätten geboren werden sollen; denn dies wäre die einzige Verbesserung gewe-

sen, die man möglicherweise noch hätte wünschen können.
Tackleton hatte seine Hammelkeule und – wunderbar zu berichten – noch außerdem eine Torte mitgebracht. Freilich, wenn Bräute in Frage kommen, macht man sich nichts aus ein bißchen Verschwendung, denn man heiratet nicht alle Tage. Außer diesen Leckerbissen waren noch die Kalbs- und Hammelpastete und die »andern Sachen«, wie Frau Peerybingle sie nannte, vorhanden – nämlich Nüsse, Orangen, Kuchen und ähnliche kleine Näschereien. Sobald dieses Mahl nebst Kalebs Beitrag – einer großen hölzernen Schüssel voll dampfender Kartoffeln; denn er durfte, vermöge feierlichen Vertrags, kein andres Gericht liefern – auf den Tisch gesetzt war, führte Tackleton seine künftige Schwiegermutter zu dem Ehrenplatz. Die majestätische alte Seele hatte sich nämlich, um bei der hohen Festlichkeit den Platz desto besser zu zieren, mit einer Haube herausgeputzt, die darauf berechnet war, den Leichtfertigen Gefühle der Ehrfurcht einzuflößen. Außerdem hatte sie ihre Handschuhe an. Ja, lieber sterben als unvornehm sein!
Kaleb saß neben seiner Tochter, Dot mit ihrer alten Schulkameradin Seite an Seite, und der gute Kärrner übernahm die Obhut über den untern Teil der Tafel. Fräulein Slowboy sah sich abgesondert und zurzeit, mit Ausnahme des Stuhles, auf dem sie saß, jedes andern Möbelstücks beraubt, mit dem sie den Kopf des Bübchens in Berührung hätte bringen können.
So wie Tilly die Puppen und Spielsachen um sie her anstarrte, so stierten diese sie und die Gesellschaft an. Die ehrwürdigen alten Herren zwischen ihren Haustüren, die alle in voller Tätigkeit waren, zeigten besonderes Interesse für die Gesellschaft, hielten gelegentlich an, ehe sie einen Sprung machten, als wollten sie auf die Unterhaltung hören, und hüpften dann einigemal hintereinander wie wahnsinnig über die Barriere, ohne sich nur zum

Atmen Zeit zu lassen, als seien sie vor Entzücken über den Vorgang völlig außer sich.

Freilich, wenn besagte alte Herren Lust hatten, über Tackletons Unmut eine teuflische Freude zu äußern, so war ihnen hinreichender Grund hierzu gegeben. Tackleton konnte sich durchaus nicht in die Sache schicken, und je heiterer seine Braut in Dots Gesellschaft wurde, desto unangenehmer war es ihm, obschon er sie ausdrücklich zu diesem Zweck zusammengebracht hatte. Tackleton war nämlich ein neidischer Hund; und wenn sie lachten, ohne

daß er mitlachen konnte, so setzte er es sich augenblicklich in den Kopf, daß sie sich über ihn selbst lustig machen müßten.

»Ah, May!« sagte Dot. »Du mein Himmel, wie sich alles ändert! Man wird wieder jung, wenn man von den frohen Tagen der Schulzeit sprechen kann.«

»Ei, Ihr seid jedenfalls nicht besonders alt – oder?« bemerkte Tackleton.

»Betrachtet nur meinen besonnenen, sich schwer abmühenden Mann da«, entgegnete Dot. »Er legt meinem Alter wenigstens zwanzig Jahre zu. Etwa nicht, John?«

»Vierzig«, versetzte John.

»Wieviel *Ihr* Mays Alter zulegen werdet, weiß ich wahrhaftig nicht«, sagte Dot lachend. »Aber an ihrem nächsten Geburtstag kann sie nicht viel weniger als hundert Jahre zählen.«
»Ha ha!« lachte Tackleton; aber sein Lachen klang so hohl wie eine Trommel. Und er machte dabei eine Miene, als hätte er mit großem Behagen Dot den Hals umdrehen können.
»Du meine Güte!« rief Dot. »Denk nur daran, wie wir in der Schule über die Männer schwatzten, die wir einst wählen würden. Ich weiß nicht, wie jung und wie schön und wie lustig und wie froh der meinige sein sollte – und was Mays betrifft! – Ach Himmel, ich weiß kaum, soll ich lachen oder weinen, wenn ich daran denke, was für einfältige Mädchen wir waren!«
May schien wohl zu wissen, was *sie* tun sollte, denn eine Glut überflog ihr Gesicht, und Tränen standen in ihren Augen.
»Ja, sogar die Personen selbst – leibhaftige, lebendige junge Männer – hatten wir uns schon ausgesucht«, sagte Dot. »Wir hatten keine Ahnung, wie die Dinge kommen würden. John habe ich mir sicherlich nie ausgesucht – ja nicht einmal an ihn gedacht; und wenn ich dir je gesagt hätte, du müssest einmal Herrn Tackleton heiraten, so würdest du mir wahrhaftig einen Klaps gegeben haben. Meinst du nicht, May?«
Obschon May nicht ja sagte, antwortete sie zuverlässig auch nicht mit nein, oder gab es durch eine Bewegung zu verstehen.
Tackleton lachte – lachte so laut, daß es wie ein Brüllen klang.
Auch John Peerybingle lachte in seiner gewöhnlichen gutmütigen und zufriedenen Weise; aber es war nur ein Flüstern gegen das Gelächter von Tackleton.
»Und doch konntet ihr nichts dagegen tun. Ihr seht, daß ihr uns nicht zu widerstehen vermochtet«, sagte Tackle-

ton. »Wir – wir sind da; aber wo sind jetzt eure schmucken jungen Bräutigame?«

»Einige von ihnen sind gestorben«, sagte Dot, »und einige vergessen. Manche, wenn sie in diesem Augenblick unter uns stehen könnten, würden gar nicht glauben, daß wir dieselben Geschöpfe seien, würden ihren Sinnen nicht trauen, wenn sie die Wirklichkeit sehen und hören könnten – wenn sie sich überzeugen müßten, daß wir imstande waren, sie so ganz und gar zu vergessen. Nein, sie würden kein Wort davon glauben.«

»Ei Dot!« rief der Kärrner. »Weibchen!«

Sie hatte so eifrig und mit solchem Feuer gesprochen, daß es ohne Zweifel sehr nötig war, sie wieder zur Besinnung zu bringen. Der Zuruf ihres Gatten war zwar sanft und sollte seiner Absicht nach nur den alten Tackleton in Schutz nehmen; aber er erwies sich wirksamer, denn er brachte die Sprecherin ganz und gar zum Verstummen. Doch auch in ihrem Schweigen lag eine ungewöhnliche Aufregung, die der schlaue Tackleton – er hatte sein halb geschlossenes Auge scharf auf sie geheftet – aufmerksam beobachtete und, wie man später sehen wird, auch für seine Absichten zu benutzen wußte.

May sprach keine Silbe, weder in Gutem noch in Bösem, sondern blieb still und mit niedergeschlagenen Augen sitzen. Kein Anzeichen verriet, daß sie an dem, was vorging, irgendein Interesse nahm.

Die gute Dame, ihre Mutter, legte sich jetzt ins Mittel, indem sie zuerst bemerkte, daß Mädchen eben Mädchen und vergangene Zeiten vergangen seien; solange das junge Volk jung und gedankenlos sei, werde es sich stets als junges und gedankenloses Volk benehmen. Nachdem sie noch ein paar andre Sätze von nicht weniger gesunder und unbestreitbarer Wahrheit aufgestellt hatte, fuhr sie in frommem Tone fort, sie danke dem Himmel, daß sie in ihrer Tochter May stets ein pflichtgetreues, gehorsames Kind gefunden habe; sie wolle sich aber nichts darauf einbilden, obwohl sie sich zu dem Glauben berechtigt fühle, daß die gute Erziehung ihrer Tochter ihr alleiniges Verdienst sei. In bezug auf Tackleton: er sei in moralischer Hinsicht ein unanfechtbarer Mensch und in punkto Heiratsfähigkeit der wünschenswerteste Schwiegersohn, woran kein vernünftiger Mensch zweifeln könne. Und was die Familie betraf, in die er nach einigem Werben so bald aufgenommen werden sollte, so glaubte sie, Herr Tackleton werde wohl wissen, daß diese, wenn auch mit geschmälertem Einkommen, berechtigte Ansprüche auf Vornehmheit habe; und wenn gewisse Umstände, die – soviel könne sie wohl verraten, aber näher wolle sie nicht darauf eingehen – nicht ohne Zusammenhang mit dem Indigohandel gestanden, anders ausgefallen wären, könnte sie vielleicht im Besitz von Reichtümern sein. Sie bemerkte sodann, sie wolle nicht auf die Vergangenheit anspielen und deshalb ganz außer acht lassen, daß ihre Tochter eine Zeitlang Tackletons Bewerbungen zurückgewiesen habe, wie sie denn überhaupt nicht von vielen andern Dingen reden wollte, die sie schließlich doch ausführlich erzählte. Zuletzt überlieferte sie als Gesamtresultat ihrer Beobachtungen und Erfahrungen die Erklärung, daß diejenigen ehelichen Verbindungen, in die sich am wenigsten von der sogenannten Liebe, wie überspannte und törichte Menschen sagen, mische, stets die glücklichsten wären, und daß sie sich von der bevorstehenden Ehe die erdenklichste Segensfülle verspreche – nicht einen schwindeligen Taumel, sondern ein solides Glück, das sich stets als gangbarer Artikel beweise. Den Schluß bildete eine Mitteilung an die Gesellschaft, daß der morgige Tag derjenige sei, für welchen sie allein gelebt habe; sei dieser vorüber, so habe sie keinen besseren Wunsch mehr, als eingesargt und in irgendeinem vornehmen Grab versorgt zu werden.

Da diese Bemerkungen ganz unwiderleglich waren – eine glückliche Eigenschaft aller derjenigen, die sich in gebüh-

render Entfernung von der wahren Absicht des Sprechers halten – nahm das Gespräch eine andre Wendung, und die allgemeine Aufmerksamkeit wurde der Kalbs- und Hammelpastete, der kalten Keule, den Kartoffeln und der Torte zugewendet. Damit das Flaschenbier nicht vielleicht in Vergessenheit geriete, brachte John Peerybingle einen Trinkspruch auf den nächsten Tag, den Hochzeitstag, aus und verlangte von allen, daß sie ein volles Glas darauf leerten, ehe er seine Fahrt wieder antrete.
Man muß nämlich wissen, daß er hier nur für eine Weile haltgemacht und seinem alten Gaul Futter gegeben hatte, denn er mußte noch ein paar Stunden weiter und wollte, wenn er abends zurückkehrte, wieder eine kurze Rast machen und Dot abholen. Dies war so sein Brauch bei allen dergleichen Picknickangelegenheiten, und er hatte es seit ihrer Einführung nie anders gehalten.
Außer der Braut und dem glücklichen Bräutigam waren noch zwei Personen anwesend, die dem Toast keine sonderlich augenfällige Ehre erwiesen. Die eine von ihnen war Dot, die zu erhitzt und zerstreut war, um sich für den Augenblick irgendeinem geringfügigen Vorgange anbequemen zu können, die andre Berta, welche vor den übrigen hastig aufstand und den Tisch verließ.
»Behüt euch Gott!« sagte der derbe John Peerybingle, seinen Unzerreißlichen anlegend. »Ich werde zu der gewöhnlichen Zeit wieder zurück sein. Behüte Gott euch alle!«
»Behüt Euch Gott!« entgegnete Kaleb.
Er schien diesen Segenswunsch mechanisch herzusagen und in derselben unbewußten Weise mit der Hand zu winken, denn er stand da und beobachtete Berta mit ängstlich verwundertem Gesicht, das nie seinen Ausdruck wechselte.
»Behüt dich Gott, junger Schreier!« sagte der lustige Kärrner, indem er sich niederbeugte, um das Bübchen zu küssen, das Tilly Slowboy, jetzt nur noch auf ihr Messer

und ihre Gabel achtend, in seinem Schlafe – seltsamerweise ohne Schaden anzurichten – auf ein kleines, von Berta gefertigtes Bett gelegt hatte. »Behüt dich Gott! Schätz' wohl, die Zeit wird auch kommen, wann du, mein kleiner Freund, ins kalte Wetter hinausfährst, damit sich dein alter Vater seiner Pfeife erfreuen und seine Gicht in der Kaminecke ausbrüten kann. Wo ist Dot?«

»Hier bin ich, John!« sagte sie aufspringend.

»Vorwärts, vorwärts!« entgegnete der Kärrner, klatschend seine Hände zusammenschlagend. »Wo ist die Pfeife?«

»Ich habe sie ganz vergessen, John.«

Die Pfeife vergessen! Hat man je von einem solchen Wunder gehört? *Sie* die Pfeife vergessen!

»Ich will – ich will sie augenblicklich stopfen. Es ist im Nu geschehen.«

Aber es war nicht so ganz im Nu abgetan. Die Pfeife stak an ihrem gewöhnlichen Platz in der Tasche von Johns Unzerreißlichem, bei dem kleinen Beutel, den sie selbst gefertigt hatte und aus dem sie dieselbe zu füllen pflegte. Doch ihre Hand zitterte so, daß sie sich ganz verstrickte (und doch war ihre Hand sicherlich klein genug, um leicht wieder herauskommen zu können) und sie beim Stopfen sich wie eine stümperhafte Anfängerin betrug. Das Füllen und Anzünden der Pfeife – kleine Obliegenheiten, in denen wir ihr, wenn sich der Leser erinnern will, schon früher großes Lob gespendet haben – lief vom Anfang bis zum Ende in ganz schnöder Weise ab. Während des ganzen Prozesses stand Tackleton daneben und sah boshaft mit dem halbgeschlossenen Auge zu; und sooft letzteres dem ihrigen begegnete – oder es vielmehr auffing, denn man konnte kaum von seinem Auge sagen, daß es je einem andern Auge entgegengekommen wäre, sintemal es eher eine Art Zuschnappfalle war – wurde ihre Verwirrung in einem höchst merkwürdigen Grade vermehrt.

»Der Tausend, was bist du doch diesen Nachmittag für eine ungeschickte Dot!« sagte John. »Ich glaube wahrhaftig, daß ich selbst es hätte besser machen können!«
Mit diesen gutmütigen Worten schritt er hinaus, und bald nachher hörte man, wie er in Gemeinschaft mit Boxer, dem alten Gaul und dem Karren lustig und laut die Straße hinunter klapperte. Die ganze Zeit über hatte der träumerische Kaleb dagestanden, mit dem gleichen Gesichtsausdruck seine blinde Tochter beobachtend.
»Berta!« sagte Kaleb sanft. »Was hats gegeben? Wie verändert bist du, mein Herz, seit wenigen Stunden – seit heute morgen erst. Du bist stumm und traurig den ganzen Tag! Was gibts – sprich!«
»O Vater, Vater!« rief das blinde Mädchen, in Tränen ausbrechend. »O mein hartes Schicksal!«
Kaleb fuhr mit der Hand über die Augen, ehe er ihr antwortete.
»Aber denk nur daran, wie heiter und wie glücklich du gewesen bist, Berta! wie gut und wie sehr geliebt von vielen Leuten.«
»Eben dies geht mir zu Herzen, lieber Vater. Immer so rücksichtsvoll für mich – stets so freundlich gegen mich!«
Kaleb war in großer Verlegenheit und wußte nicht, wie er sie verstehen sollte.
»Jawohl – blind zu sein, meine liebe arme Berta«, stotterte er, »ist ein großes Unglück; aber . . .«
»Ich habe es nie gefühlt!« rief das blinde Mädchen – »empfand es nie in seiner ganzen Schwere. Niemals! Ich habe wohl bisweilen gewünscht, ich möchte dich sehen können oder ihn sehen – nur ein einziges Mal, lieber Vater – nur eine einzige kleine Minute, damit ich auch wissen möge, was ich hier« – sie legte ihre Hand auf die Brust – »aufbewahre und hier festhalte! damit ich überzeugt sein könne, daß ich die richtige Vorstellung hatte! Und bisweilen (aber damals war ich noch ein Kind) weinte ich

abends beim Beten, wenn ich mir dachte, daß eure Gesichter, so wie ich sie mir ausmale und für sie bete, euch in Wirklichkeit vielleicht nicht ähnlich sind. Aber dieses schmerzliche Gefühl dauerte nicht lange. Es verging wieder, und meine Ruhe und Zufriedenheit kehrten zurück.«

»Dies wird wieder so werden«, sagte Kaleb.

»Aber Vater – o mein guter, sanfter Vater, habe Nachsicht mit mir, wenn ich mich versündige!« sagte das blinde Mädchen. »Dies ist nicht der Kummer, der mich so bedrückt!«

Ihr Vater konnte seine aufsteigenden Tränen nicht mehr zurückhalten; sie war so ernst, so feierlich. Aber er verstand sie nicht.

»Führe sie zu mir«, sagte Berta. »Ich kanns nicht in mir verschlossen tragen. Führe sie zu mir, Vater!«

Sie wußte, daß er zögerte, und sagte daher: »May – bring mir May!«

May hörte ihren Namen nennen, kam ruhig heran und berührte sie am Arm. Das blinde Mädchen wandte sich augenblicklich gegen sie und ergriff ihre beiden Hände.

»Sieh mir ins Gesicht, teures Herz, süßes Herz«, sagte Berta. »Lies darin mit deinen schönen Augen und sag mir, ob Wahrheit auf ihm geschrieben steht?«

»Liebe Berta, ja!«

Das blinde Mädchen hatte noch immer das blasse, gesichtlose Antlitz, über das Träne auf Träne rollte, aufwärts gekehrt und redete sie in folgenden Worten an:

»In meiner Seele birgt sich kein Wunsch oder Gedanke, der nicht dein Bestes will, schöne May. In meiner Seele ist kein dankbares Andenken stärker als die unvergeßliche Erinnerung an die vielen, vielen Momente, da du, die Schönste und Lieblichste, immer rücksichtsvoll warst gegen die blinde Berta, sogar als wir Kinder waren, oder als Berta so sehr Kind war, wie es die Blindheit nur je sein kann. Gesegnet seist du! Licht falle auf deinen glücklichen Lebensweg! Mein Wunsch ist nicht weniger innig, meine teure May«, und sie zog ihre Freundin fester an sich – »mein Wunsch ist nicht weniger innig, weil die Kunde, daß du sein Weib werden sollst, mir fast das Herz gebrochen hat! Vater, May – o vergebt mir, daß es so ist, um all dessen willen, was er getan hat, um die Qualen meines umnachteten Lebens zu erleichtern, und um des Glaubens willen, den ihr mir schenkt, wenn ich den Himmel zum Zeugen aufrufe, daß ich ihm kein Weib wünschen könnte, welches seiner Güte würdiger wäre!«

Während sie sprach, hatte sie May Fieldings Hände losgelassen und umklammerte deren Kleid mit einer Bewegung und in einer Haltung, in der sich ängstliches Flehen und innige Liebe ausdrückten. Im Verlauf ihres seltsamen Bekenntnisses sank sie immer tiefer und tiefer, bis sie zuletzt ganz zu den Füßen ihrer Freundin lag, wo sie ihr erblindetes Antlitz in den Falten ihres Gewandes begrub.

»O gütige Allmacht!« rief ihr Vater, dem jetzt mit einem Mal die Wahrheit grell vor die Seele trat. »Mußte ich sie von ihrer Wiege an täuschen, nur um ihr endlich das Herz zu brechen?!«

Es war gut für sie alle, daß Dot, die blühende, nützliche, geschäftige kleine Dot – denn dies war sie, was immer für Fehler sie auch hatte und wie sehr wir sie vielleicht später hassen mögen – ich sage, es war gut für sie alle, daß sie da war, denn sonst wäre kaum abzusehen gewesen, wohin alles dies geführt hätte. Dot hatte kaum ihre Fassung wiedergewonnen, als sie sich, ehe noch May antworten oder Kaleb ein weiteres Wörtchen sprechen konnte, ins Mittel legte.

»Komm, komm, liebe Berta – komm mit mir! Gib ihr deinen Arm, May. So! Seht, wie sie schon wieder gefaßt ist und wie lieb es von ihr ist, uns nicht zu vergessen«, sagte das herzige Weibchen, sie auf die Stirn küssend.

»Komm mit, liebe Berta. So – und auch Ihr, guter Vater, geht mit – oder nicht, Kaleb? O – natürlich!«
Nun, nun! Sie war eine edle kleine Dot in solchen Dingen, und nur eine ganz verhärtete Natur wäre imstande gewesen, ihrem Einfluß Trotz zu bieten. Sobald sie den armen Kaleb und seine Berta fortgebracht hatte, damit sie einander beruhigen und trösten möchten, was, wie sie wohl wußte, nur sie allein konnten, kam sie augenblicklich – im Sprichwort heißts, so frisch wie ein Röschen, *ich* aber sage, frischer – wieder zurück, um bei jenem reizbaren kleinen Stück Wichtigkeit in Haube und Handschuhen ihren Wachtposten zu beziehen und zu verhindern, daß das liebe alte Geschöpf Entdeckungen machte.
»So, bring mir das kostbare Bübchen her«, sagte sie, einen Stuhl ans Feuer ziehend, »und während ichs in meinem Schoß habe, Tilly, wird mir Frau Fielding da sagen, wie man mit Kindern umgeht, und mich in vielen Dingen anweisen, in denen ich so ungeschickt als nur möglich bin. Nicht wahr, Frau Fielding?«
Nicht einmal der welsche Riese, der so dumm war, in der eifrigen Nachahmung eines Gauklerstückchens, das ihm sein Erzfeind beim Frühstück vorgemacht hatte, eine verhängnisvolle chirurgische Operation an sich selbst vorzunehmen – nicht einmal dieser ging nur halb so bereitwillig in die ihm gelegte Schlinge, als die alte Dame in diese arglistige Grube plumpste. Der Umstand, daß Tackleton hinausgegangen war und außerdem zwei oder drei Personen ohne Rücksicht auf sie einige Minuten miteinander gesprochen hatten und sie auf ihre eignen Gedanken angewiesen war, genügte, ihr für vierundzwanzig Stunden die volle Würde zu geben, in der sie jene geheimnisvolle Katastrophe im Indigohandel beklagte. Doch diese gebührende Unterwerfung in bezug auf ihre Erfahrung von seiten der jungen Mutter war so unwiderstehlich, daß sie nach einigem bescheiden tuenden Zieren in der besten Stimmung von der Welt anhub, die andern

mit ihrer Weisheit zu erleuchten. Sie saß bolzengerade vor der boshaften Dot und entledigte sich im Lauf einer halben Stunde einer größern Anzahl von untrüglichen Hausmitteln, als notwendig gewesen wären, um dem kleinen Peerybingle – vorausgesetzt, daß man sie anwandte – den Garaus zu machen, selbst wenn er ein Simson von einem Kind gewesen wäre.
Um das Thema zu ändern, griff Dot nach einer kleinen Handarbeit – sie führte nämlich (wie sie's machte, weiß ich nicht) stets den Inhalt eines ganzen Arbeitskörbchens

in der Tasche – gab sich dann wieder mit dem Kind ab, griff abermals zum Strickzeug, flüsterte gelegentlich ein wenig mit May, während die alte Dame schlummerte, und so verlief zwischen kleinen Anfällen von Geschäftigkeit, Kindespflege und Plaudern der Nachmittag sehr schnell. Als es dunkel wurde – es war nämlich feierlicher Picknickvertrag, daß sie bei dieser Gelegenheit alle Hausfrauenarbeit und -pflichten Bertas übernehmen sollte – schürte sie das Feuer, fegte den Herd, machte den Teetisch zurecht, ließ den Vorhang herunter und zündete eine Kerze an. Dann spielte sie ein paar Weisen auf einer rohen Art Harfe, die Kaleb für Berta erfunden hatte, und spielte sie auch sehr gut; denn die Natur hatte ihr kleines zartes Ohr sowohl für Musik wie für Juwelen bestimmt, wenn sie welche zum Tragen gehabt hätte. Mittlerweile war die Stunde des Tees herangekommen, und Tackleton fand sich wieder ein, um an dem Mahl teilzunehmen und den Abend in Gesellschaft zu verbringen.

Kaleb und Berta waren schon geraume Zeit wieder zurückgekehrt, und ersterer saß bei seiner Nachmittagsarbeit, obschon dem armen Burschen die Sorgen und die Vorwürfe, die er sich wegen seiner Tochter machte, keinen Augenblick Ruhe ließen. Es war rührend, mitanzusehen, wie er müßig auf seinem Werkstuhl saß und gedankenvoll nach ihr hinschaute, während sein Gesicht stets deutlich ausdrückte: »Habe ich sie von ihrer Jugend an täuschen müssen, bloß um ihr endlich das Herz zu brechen!«

Als es Nacht wurde, der Tee getrunken und Dot mit dem Abspülen des Teegeschirrs bereits fertig war – mit einem Wort (denn ich muß darauf kommen, und es führt zu nichts, es zu verschieben), als die Zeit herannahte, in der man jeden Augenblick fernes Rädergerassel und die Rückkehr des Kärrners erwartete, änderte sich Dots Wesen wieder. Ihre Farbe kam und ging, und sie wurde sehr unruhig – nicht wie es guten Frauen zusteht, wenn sie die

Ankunft ihrer Männer erwarten; nein, nein, nein, es war eine ganz andre Art von Unruhe.

Man hörte einen Wagen fahren – die Huftritte eines Pferdes – das Bellen eines Hundes. Die Töne kamen allmählich näher. Endlich kratzte Boxers Pfote an die Tür.

»Wessen Schritt ist das?« rief Berta auffahrend.

»Wessen Schritt?« entgegnete der unter der Tür stehende Kärrner, dessen braunes Gesicht von der scharfen Nachtluft wie eine Winterbeere gerötet war. »Ei, der meinige.«

»Der andre«, sagte Berta. »Der männliche Tritt hinter Euch!«

»Die ist nicht leicht zu täuschen«, bemerkte der Kärrner lachend. »Kommt nur, Sir. Seid unbesorgt, Ihr werdet willkommen sein!«

Er sprach dies in lautem Ton, und unmittelbar darauf trat der taube alte Herr ein.

»Er ist nicht so fremd, daß Ihr ihn nicht einmal bereits gesehen hättet, Kaleb«, sagte der Kärrner. »Ihr werdet ihm Platz im Hause geben, bis wir gehen?«

»O freilich, John; und ich rechne mirs zur Ehre an.«

»Er ist die beste Gesellschaft auf Erden, wenns etwas Heimliches zu sagen gibt«, bemerkte John. »Ich habe doch leidlich gute Lungen, aber er hat ihnen zu schaffen gemacht, kann ich Euch sagen. Nehmt Platz, Sir! Lauter Freunde da, die sich freuen, Euch zu sehen.«

Nachdem er ihm diese Versicherung mit einer Stimme gegeben hatte, die in vollem Maße bekräftigte, was er von seinen Lungen gesprochen, fügte er in natürlichem Ton bei: »Er braucht nichts als einen Stuhl in der Kaminecke, auf dem er ruhig sitzen und behaglich sich umschauen kann. Er ist leicht zufriedengestellt.«

Berta hatte mit größter Aufmerksamkeit zugehört. Sobald Kaleb den Stuhl zurechtgerückt hatte, rief sie ihn an ihre Seite und bat ihn in gedämpfter Stimme, ihr den Besuch zu beschreiben. Er tat es – in diesem Fall mit gewissenhafter Treue; und zum erstenmal, seit er hereingekommen war, rührte sich das arme Mädchen seufzend von ihrer Stelle, augenscheinlich kein weiteres Interesse an dem Fremden nehmend. Der gute Bursche, der Kärrner, war sehr aufgeräumt und gegen sein Weibchen zärtlicher als je.

»Nun, ungeschickt war sie schon heute nachmittag, die kleine Dot!« meinte er, als er, abseits von den übrigen stehend, seinen derben Arm um ihren Leib schlang; »aber gleichwohl muß ich sie gern haben. Schau dorthin, Dot!«

Er deutete auf den alten Mann. Sie schlug die Augen nieder und – ich glaube gar – sie zitterte.

»Er ist – ha ha ha! – ein großer Bewunderer von dir!« sagte der Kärrner. »Hat auf dem ganzen Weg hierher von nichts anderm gesprochen, Na, er ist ein wackerer alter Knabe, und ich liebe ihn darum!«

»Ich wünschte, er hätte sich einen bessern Gegenstand gewählt«, sagte sie unruhig im Zimmer umher und namentlich nach Tackleton hinblickend.

»Einen bessern Gegenstand?« rief der lustige John. »So etwas gibt es nicht. Na, herunter jetzt mit dem Überrock, herunter mit dem dicken Halstuch, herunter mit dem schweren Zeug – und ein behagliches halbes Stündchen beim Feuer! Gehorsamer Diener, Frau! Ein Spielchen Cribbage, Ihr und ich? Dies ist ja prächtig. Karten und die Tafel, Dot! Und ein Glas Bier hierher, wenn noch davon übrig ist, Weibchen!«

Diese Aufforderung zum Spiel war an die alte Dame gerichtet, und da sie mit gnädiger Bereitwilligkeit angenommen wurde, saßen beide bald beim Spiel. Anfangs schaute sich John bisweilen lächelnd um oder rief mitunter Dot zu, sie solle sein Spiel überblicken und ihm bei irgendeinem schwierigen Punkt raten. Da jedoch seine Gegnerin streng auf die Spielregel hielt und gelegentlich der Schwäche unterworfen war, für sich mehr Points zu notieren als ihr zukamen, bedurfte es von seiner Seite bald aller Aufmerksamkeit, und er konnte weder Ohr noch Auge für etwas andres gebrauchen. Er vertiefte sich daher ganz und gar in seine Karten, ohne an sonst etwas zu denken, bis ihm eine Hand, die auf seine Schulter niederfiel, zum Bewußtsein brachte, daß auch Tackleton zugegen war.

»Es tut mir leid, daß ich störe – aber rasch nur auf ein Wort!«

»Ich muß gehen«, entgegnete der Kärrner. »'s ist eine Krisis.«

»Jawohl«, versetzte Tackleton. »Kommt hierher, Mann!«

In dem blassen Gesicht Tackletons lag etwas, das den Kärrner bewog, sich augenblicklich zu erheben und den andern hastig zu fragen, was es gebe.

»Pst! John Peerybingle«, sagte Tackleton. »Es tut mir leid, wahrhaftig. Aber ich habs gefürchtet – habs beargwöhnt von Anfang an.«

»Was ist es denn?« fragte John mit erschrockener Miene.

»Pst! ich wills Euch zeigen, wenn Ihr mit mir kommen wollt.«

Der Kärrner begleitete ihn wortlos. Sie gingen über einen Hof, auf den die Sterne niederblickten, und durch eine kleine Seitentür in Tackletons Kontor, aus dem man durch ein Glasfenster das nachts geschlossene Magazin überschauen konnte. In dem Kontor selbst befand sich kein Licht; dagegen waren in dem langen engen Magazin Lampen angebracht, folglich auch das Fenster erhellt.

»Einen Augenblick!« sagte Tackleton. »Glaubt Ihr, es über Euch gewinnen zu können, durch dieses Fenster zu schauen?«

»Warum nicht?« entgegnete der Kärrner.

»Noch einen Augenblick«, sagte Tackleton. »Aber begeht keine Gewalttat! Es nützt doch nichts und ist zu gefährlich. Ihr seid ein starkgebauter Mann und könntet einen Mord begehen, ehe Ihrs wißt.«

Der Kärrner sah ihm ins Gesicht und wich, wie vom Blitz

getroffen, ein Schritt zurück. Im Nu war er an dem Fenster und sah ...

O ihr Hausgötter! O du trugloses Heimchen! O treuloses Weib!

Er sah sie mit dem alten Mann, nicht länger alt, sondern zierlich und aufrecht, der in der Hand das falsche weiße Haar trug, das ihm den Weg in ihr nun unglückliches Heim gebahnt hatte. Er sah, wie sie ihm zuhörte, wie er den Kopf niederbeugte, um ihr ins Ohr zu flüstern. Sie duldete es, daß er seinen Arm um ihren Leib schlang, während sie langsam die düstere Holzgalerie hinab der Tür zugingen, durch die sie eingetreten waren. Sie blieben wieder stehen, und er sah, wie sie sich umwandte – o, das Gesicht, das Gesicht, das er so sehr liebte, so erblicken zu müssen! – Er sah, wie sie mit ihren eignen Händen die Lüge seinem Kopf wieder anpaßte – und sie tat es, lachend über sein argloses Wesen!

Anfangs ballte er seine kräftige Rechte, als wolle er damit einen Löwen niederschlagen. Sogleich aber öffnete er sie wieder und breitete sie vor Tackletons Augen aus – denn er liebte Dot auch jetzt noch – und sobald sie hinausgegangen waren, sank er, schwach wie ein Kind, auf ein Pult nieder.

Er war bis ans Kinn eingehüllt und machte sich eben mit seinem Pferd und seinen Paketen zu schaffen, als sie, für die Heimfahrt bereit, in das Zimmer kam.

»Hier bin ich, lieber John! Gute Nacht, May! Gute Nacht, Berta!«

Konnte sie ihre Freundinnen küssen? Konnte sie beim Abschied so heiter und froh sein? Konnte sie es wagen, ohne Erröten ihr Gesicht vor ihnen zu zeigen? Ja. Tackleton bewachte sie aufs genaueste – sie konnte alles.

Tilly beruhigte das Bübchen und schritt wohl ein dutzendmal vor Tackleton auf und ab, schläfrig vor sich hin leiernd: »Hatte also die Kunde, daß es seine Frauen werden soll, seine Herzen fast zum Brechen gebracht, und mußte sein Vater es täuschen von seinem Wiegen an, nur um zuletzt seine Herzen zu brechen!«

»Tilly, gib mir jetzt das Bübchen! Gute Nacht, Herr Tackleton! Um Gottes willen, wo ist John?«

»Er will neben dem Pferd hergehen«, sagte Tackleton, der ihr auf den Sitz half.

»Mein lieber John! – gehen? bei Nacht?«

Die eingehüllte Gestalt ihres Gatten machte ein hastiges Zeichen der Bejahung, und sobald der falsche Fremde und das kleine Kindermädchen an ihren Plätzen waren, zog der alte Gaul an. Boxer, der nichts ahnende Boxer, lief wie früher voraus, zurück, um den Karren herum und bellte so triumphierend und lustig als nur je.

Nachdem Tackleton, May und ihre Mutter nach Hause geleitend, sich gleichfalls entfernt hatte, setzte sich der arme Kaleb neben seine Tochter am Feuer nieder. Er war von Sorge und Gewissensbissen erfüllt, und wie er sie gedankenvoll betrachtete, sagte er noch immer vor sich hin: »Mußte ich sie täuschen von ihrer Wiege an; nur um zuletzt ihr Herz zu brechen!«

Die Spielsachen, die um des Bübchens willen in Bewegung gesetzt worden, waren längst abgelaufen und standen ruhig da. In dem schwachen Licht und in der tiefen Stille hätte man glauben können, die unerschütterlich ruhigen Puppen, die aufgeregten Schaukelpferde mit weit aufgerissenen Augen und gedehnten Nüstern, die alten Herren an den Haustüren, die gebeugt auf ihren einknickenden Knien und Knöcheln standen, die gesichterschneidenden Nußknacker und sogar die Tiere auf ihrem Weg nach der Arche, den sie paarweise wie die Kinder einer Kostschule einschlugen, seien vor ungläubigem Staunen wie festgewurzelt, daß unter was immer für einer Verkettung von Umständen Dot falsch oder Tackleton geliebt sein könne.

Drittes Gezirp

Die Schwarzwälderuhr in der Ecke schlug zehn, als der Kärrner sich an seinem Herd niedersetzte. Er war bekümmert und vergrämt, daß er sogar den Kuckuck zu verscheuchen schien, der, nachdem er seine zehn melodischen Rufe in möglichster Kürze abgesungen hatte, wieder in den maurischen Palast zurückstürzte und die kleine Tür hinter sich zuschlug, als sei der ungewohnte Anblick zu viel für seine Gefühle.

Wäre der kleine Mäher mit der schärfsten aller Sensen bewaffnet gewesen und wäre jeder Streich derselben in das Herz des Kärrners gedrungen, so hätte er es nicht tiefer verwunden können, als es Dot getan hatte. Es war ein Herz so voll Liebe für sie – so gefesselt und zusammengehalten durch zahllose Fäden froher Erinnerungen, die die tägliche Entfaltung ihrer vielen gewinnenden Eigenschaften gesponnen hatte. Es war ein Herz, in dem sie so liebevoll und fest eingeschlossen war – ein Herz, so einfach und so innig in seiner Treue, so stark im Recht und so schwach im Unrecht, daß es anfangs keiner Leidenschaft oder Rachsucht fähig war, sondern nur Raum für das Zerrbild seines Idols hatte.

Aber langsam, langsam – während der Kärrner brütend an seinem jetzt kalten und düstern Herde saß – begannen andre, heftigere Gedanken in ihm aufzutauchen, wie ein zorniger Wind, der nachts einherfährt. Der Fremde befand sich unter seinem geschändeten Dach. Drei Schritte brachten ihn nach seiner Kammertür. Ein einziger Schlag, und sie war eingestoßen. »Ihr könntet einen Mord begehen, ehe Ihr es wißt«, hatte Tackleton gesagt. Wie konnte von Mord die Rede sein, wenn er dem Schurken Zeit ließ, Faust gegen Faust mit ihm zu kämpfen? Er war der Jüngere!

Es war ein ungelegener Gedanke, gefährlich in Johns düsterer Stimmung. Es war ein zorniger Gedanke, der ihn zu irgendeiner Rachetat spornte – zu einer Tat, die sein gemütliches Haus in ein Spukhaus verwandeln würde, an dem der einsame nächtliche Wanderer nur zitternd vorbeiginge und der Furchtsame im matten Mondlicht hinter den verfallenden Fenstern Schatten kämpfen sehen und in stürmischem Wetter wildes Getöse hören würde.

Es war der Jüngere! Ja, ja; irgendein Liebhaber, der das Herz gewonnen, das nie für ihn selbst geschlagen. Irgendein Liebhaber aus früherer Zeit, an den sie dachte und von dem sie träumte, nach dem sie sich sehnte und sehnte, wenn er sie glücklich an seiner Seite glaubte. O welche furchtbare Qual, daran zu denken!

Sie war mit dem Bübchen hinaufgegangen, um es zu Bett zu bringen. Als John so vor sich hinbrütend neben dem Feuer saß, kam sie dicht an seine Seite und rückte ihren kleinen Schemel vor seine Füße – obschon er nichts davon wußte, denn die Folter seines Elends hatte ihn gegen alle andern Töne taub gemacht. Erst als sie ihre Hand auf die seinige legte, fühlte er ihre Gegenwart und bemerkte, wie sie zu seinem Gesicht aufblickte.

Mit Verwunderung? Nein. Er glaubte es zwar anfangs und mußte deshalb noch einmal nach ihr hinsehen, um seinen Irrtum zu berichtigen. Nein, nicht mit Verwunderung. Wohl mit einem angelegentlichen und fragenden Blick, aber nicht mit Verwunderung. Anfangs war dieser Blick beunruhigt, eindringlich, dann wich er einem seltsamen, irren, schrecklichen Lächeln, als sie seine Gedanken erriet; dann verschwand ihr Gesicht hinter den zusammengeschlagenen Händen, man sah nichts als den gesenkten Kopf und die vornüberfallenden Haare.

Und wenn in diesem Augenblick die ganze Allmacht in seinen Händen gelegen hätte – er hätte doch viel zu viel von der noch göttlicheren Eigenschaft des Erbarmens in seiner Brust gehabt, um sie auch nur das Geringste seiner Kraft fühlen zu lassen. Aber er konnte es nicht ertragen, sie auf dem kleinen Schemel kauern zu sehen, auf dem er sie immer so unschuldig und froh, mit seinem von Liebe und Stolz gechwellten Herzen gesehen hatte, und als sie aufstand und ihn schluchzend verließ, fühlte er, daß ihm der leere Platz weit mehr Erleichterung brachte als ihre sonst so teure Anwesenheit. Dies war an sich eine Folter, peinlicher als alles andre, denn sie erinnerte ihn daran, wie einsam er jetzt geworden und wie das feste Band seines Lebens zerrissen war.

Je mehr er dies fühlte und je mehr er zu der Überzeugung kam, daß er es leichter ertragen könnte, wenn sie, frühzeitig vom Tod ereilt, mit ihrem Kindlein an der Brust vor ihm läge, desto mehr steigerte sich der Grimm gegen seinen Feind. Er sah sich nach einer Waffe um.

An der Wand hing ein Gewehr. Er nahm es herunter und näherte sich einige Schritte der Tür des Gemachs, in dem sich der verräterische Fremde befand. Er wußte, daß das Gewehr geladen war. Eine unbestimmte Vorstellung, daß es nur gerecht wäre, diesen Menschen wie ein wildes Tier niederzuschießen, bemächtigte sich seiner, wurde immer stärker, bis sie ihn wie ein furchtbarer Dämon vollständig gefangennahm, alle versöhnlichen Gedanken verbannte und ihn ganz beherrschte.

Der Ausdruck ist unrichtig – sie verdrängte nicht die versöhnlicheren Gedanken, sondern formte sie arglistig um – verwandelte sie in Geißeln, die ihn vorwärts trieben, verkehrte Wasser in Blut, Liebe in Haß und Sanftmut in blinde Wildheit. Ihr Bild, kummervoll, gedemütigt, aber doch noch immer mit unwiderstehlicher Gewalt ihn um Milde und Erbarmen bittend, stand ihm immer vor Augen; aber weil es da war, drängte es ihn nach der Tür, setzte ihm die Waffe an die Schulter, führte den krampfhaft zuckenden Finger nach dem Drücker und rief ihm zu: Töte ihn! töte ihn in seinem Bett!

Er kehrte das Gewehr um, in der Absicht, mit dem Schaft die Tür einzuschlagen. Er hielt ihn bereits hoch erhoben; aber in seinem Innern bildete sich der unbestimmte Vor-

satz, ihm zuzurufen, er solle um Gottes willen zum Fenster hinausfliehen.
Da erhellte plötzlich das zuckende Feuer den ganzen Kamin mit einem hellen Schein, und das Heimchen auf dem Herd begann zu zirpen. Kein Ton, den er je hörte, keine menschliche Stimme, nicht einmal die ihrige, hätte ihn so ergreifen und besänftigen können. Die kunstlosen Worte, in denen sie ihm von ihrer Liebe zu dem Heimchen erzählt hatte, hörte er nun wieder ganz deutlich; ihre zitternde Aufregung und ihr Ernst traten in diesem Moment abermals vor seine Blicke. Ihre süße Stimme – o, was war es doch für eine Stimme, die am Herd eines ehrlichen Mannes wie Musik klang! – durchschauerte ihn bis ins Innerste und erweckte seine bessere Natur zu Leben und Betätigung.
Er wich wie ein Nachtwandler, der aus einem schrecklichen Traum erwacht, von der Tür zurück und stellte das Gewehr beiseite. Dann drückte er die Hände vors Gesicht, setzte sich wieder neben dem Feuer nieder und schaffte sich durch Tränen Erleichterung.
Das Heimchen kam wieder aus seinem Schlupfwinkel hervor ins Zimmer und trat in Feengestalt vor ihn hin.
»›Ich liebe es‹«, sagte die Feenstimme, die Worte wiederholend, deren er sich so gut erinnerte, »›weil es sich so oft hören ließ, und weil seine harmlose Musik mir so viel Gelegenheit zum Nachdenken gegeben hat.‹«
»So sagte sie«, rief der Kärrner. »Ganz richtig.«
»›Unser Heim wurde ein glückliches, John, und ich liebe die Grille darum!‹«
»Ja, so war es – der Himmel weiß es«, entgegnete der Kärrner. »Sie machte es stets glücklich – bis heute.«
»So lieblich und gutmütig; ein so gutes Hausmütterchen, so fröhlich, so rührig und so munter!« sagte die Stimme.
»Sonst hätte ich sie nie so lieben können, wie ich sie liebte«, entgegnete der Kärrner.
Die Stimme versetzte, ihn verbessernd, »liebe«.

Der Kärrner wiederholte: »wie ich sie liebte«, aber nicht mehr mit fester Stimme. Seine stotternde Zunge wollte nicht gehorchen und hätte gern in ihrer eignen Weise für sich und für ihn gesprochen.
Die Gestalt erhob in einer beschwörenden Haltung ihre Hand und sagte:
»Bei deinem eignen Herd . . .«
»Dem Herd, den sie geschändet«, fiel der Kärrner ein.
»Dem Herd, den sie – o, und wie oft! – gesegnet und erhellt hat!« sagte das Heimchen. »Bei dem Herd, der ohne sie nur aus einigen Steinen, Ziegeln und rostigen Stangen bestünde, durch sie aber der Altar deines Hauses wurde, auf dem du jede Nacht irgendeine kleinliche Leidenschaft, ein Stückchen Selbstsucht oder irgendeine Sorge opfertest, während du dafür einen ruhigen Sinn, ein vertrauensvolles Wesen und ein überströmendes Herz gewannst, so daß der Rauch von diesem armen Kamin einen weit lieblicheren Duft aufwärts trug als der reichste Weihrauch, der je vor den kostbarsten Altären in all den prachtvollen Tempeln dieser Welt verbrannt wurde! – Bei deinem eignen Herd, diesem ruhigen Heiligtum, das umwoben ist von Erinnerungen und sanften Stimmungen, höre sie! Höre mich! Höre alles, was die Sprache deines Herdes und Heimes spricht!«
»Und zu ihren Gunsten spricht?« fragte der Kärrner.
»Alle Dinge, die die Sprache deines Herdes und deines Heimes reden, *müssen* zu ihren Gunsten sprechen!« entgegnete das Heimchen; »denn sie sprechen die Wahrheit.«
Und während der Kärrner, den Kopf auf seine Hände gestützt, in seinem Sessel zu brüten fortfuhr, trat die Gegenwart an seine Seite, durch ihre Macht seine Betrachtungen leitend und sie ihm wie in einem Spiegel oder in einem Gemälde vorführend. Es war keine einsame Gegenwart. Aus dem Herdstein, aus dem Kamin, aus der Uhr, aus der Pfeife, aus dem Kessel und aus der Wiege –

aus dem Boden, aus den Wänden, aus der Decke und aus den Treppen – aus dem Karren draußen und aus dem Schrank drinnen, wie aus allen Haushaltungsgeräten – aus jedem Ding und jedem Plätzchen, mit dem sie in Berührung gekommen war oder das ihm eine kleine Erinnerung an sie brachte, strömten zahllose Feen. Nicht um an seine Seite zu treten, wie das Heimchen tat, son-

dern um sich geschäftig zu rühren und *ihrem* Bilde alle Ehre zu erweisen – ihn an den Schößen zu zupfen und ihm zu zeigen, wenn es erschien – es zu umringen, zu umarmen und Blumen unter seine Füße zu streuen – das schöne Köpfchen mit ihren winzigen Händen zu krönen, zu zeigen, daß sie es liebten und daß es unter allen, die es kannten, nicht ein einziges häßliches, boshaftes oder anklägerisches Geschöpf gab – nichts

als ihre eignen, neckischen Beifall zollenden Persönchen.
Seine Gedanken beschäftigten sich unablässig mit ihrem Bild. Es wollte nicht weichen.
Sie saß strickend vor dem Feuer und sang vor sich hin – eine so schmucke, blühende, standhafte kleine Dot! Die feenhaften Gestalten wandten sich jetzt, wie auf Verabredung, ihm selbst zu und blickten ihn fest mit großen Augen an, als wollten sie sagen: ist dies das leichtfertige Weib, um das du trauerst?
Draußen ließen sich lustige Klänge vernehmen – musikalische Instrumente, geräuschvolle Zungen und Gelächter. Eine Schar jungen, frohen Volkes strömte herein, darunter May Fielding und ein Schock hübscher Mädchen. So jung auch alle waren, mußte man doch Dot die Palme der Schönheit und jugendlichen Frische zuerkennen. Sie kamen, um sie aufzufordern, sich ihrer Gesellschaft anzuschließen. Es galt einen Tanz. Wenn je ein kleiner Fuß zum Tanzen geformt war, so konnte man dies zuverlässig von dem ihrigen behaupten. Aber sie lachte, schüttelte den Kopf und deutete auf ihr Kochgeschirr am Feuer, auf den bereits gedeckten Tisch – sie tat dies mit einem frohlockenden Trotz, der sie noch bezaubernder machte, als sie je zuvor war. Und sie entließ sie mit sehr fröhlicher Miene, indem sie jedem, der sie zum Tanz geführt hätte, beim Hinausgehen mit einer komisch wirkenden Gleichgültigkeit zunickte, die genügt hätte, ihre Anbeter, wenn sie es waren – und mehr oder weniger mußten sie es sein, ob sie wollten oder nicht – sofort zu veranlassen, sich schnurstracks zu ersäufen. Und doch lag Gleichgültigkeit nicht in ihrem Charakter. O nein; denn gleich darauf kam ein gewisser Kärrner an die Tür, und – du lieber Gott! – mit welch einem Willkomm empfing sie ihn nicht!
Abermals sammelten sich die glotzäugigen Gestalten hurtig rings um ihn her und schienen zu fragen:

»Ist dies das Weib, das dich vergessen hat?«
Ein Schatten fiel auf den Spiegel oder auf das Bild – wie man es nun nennen will. Ein großer Schatten des Fremden, wie er zum ersten Male unter ihrem Dach gestanden hatte, der das Bild vollständig deckte und alle übrigen Gegenstände vergessen ließ. Aber die hurtigen Elfen arbeiteten wie Bienen, um es von dem Schatten zu befreien, und Dot trat abermals hervor – noch immer schön und heiter.
Sie schaukelte das Bübchen in seiner Wiege und sang leise dazu. Ihr Haupt ruhte auf einer Schulter, die das treue Abbild der sinnenden Gestalt war, neben der das Feenheimchen stand.
Die Nacht – ich meine die wirkliche Nacht, nicht die, die nach Feenuhren abläuft – rückte vor, und in dem Augenblick, da die Gedanken Johns bei diesem letzten Bilde waren, brach der Mond durch die Wolken und erglänzte hell am Himmel. Vielleicht war auch irgendein ruhiges und sanftes Licht in Johns Seele aufgeflammt, und er konnte besonnener nachdenken über das, was sich zugetragen hatte.
Obschon der Schatten des Fremden von Zeit zu Zeit auf das Spiegelbild fiel – stets bestimmt, groß und in deutlichen Umrissen – er nahm sich doch nie mehr so dunkel aus wie am Anfang. Sooft er sich zeigte, stießen die Elfen unisono einen Schrei der Bestürzung aus und rührten mit unbegreiflicher Behendigkeit Ärmchen und Beinchen, um ihn wieder zu verwischen. Und sooft sie wieder auf Dot stießen und sie ihm aufs neue schön und heiter zeigen konnten, jubelten sie in der begeisterndsten Weise.
Sie zeigten sie nie anders als schön und heiter, denn sie waren die Schutzgeister des Herdes, denen Lüge und Betrug den Tod bringt; und für sie gab es eben nur die rührige, strahlende, lustige kleine Dot, die das Licht und die Sonne für des Kärrners Heim gewesen war!
Und wie unglaublich rege waren nicht die Elfen, als sie Dot mit dem Bübchen zeigten, wie sie in einer Gruppe

weißer, alter Matronen plauderte und selbst so erstaunlich alt und matronenhaft tat. Sie stützte sich in einer gesetzten, affektiert ehrbaren Weise auf den Arm ihres Gatten und versuchte – sie, diese Knospe von einem jungen Weibchen – allen begreiflich zu machen, daß sie den Eitelkeiten der Welt im allgemeinen abgeschworen habe, und daß sie zu jenen Leuten gehöre, denen es durchaus nichts Neues war, Mutter zu sein. In derselben Sekunde zeigten sie, wie Dot über die Ungeschicklichkeit ihres Mannes lachte, wie sie seinen Hemdkragen zurechtzupfte, um ihn herauszuputzen, und heiter in dem nämlichen Stübchen umherwirbelte, um ihn das Tanzen zu lehren!

Die Elfen wandten sich wieder um und stierten ihn groß an, als sie ihre Dot in Gesellschaft mit dem blinden Mädchen zeigten; denn obschon sie überallhin Heiterkeit und Leben mit sich brachte, wo sie ging und stand, in Kalebs ärmlichen Stübchen übertraf sie sich selbst. Die Liebe, das Vertrauen, die Dankbarkeit des blinden Mädchens gegen sie, ihre eigne Art, so liebevoll und rasch als möglich den Dank Bertas zu vermeiden, ihre kleinen Kunstkniffe, jeden Augenblick ihres Besuchs mit nützlichem Wirken für das Haus auszufüllen und in Wirklichkeit sauer zu arbeiten, während sie tat, als erhole sie sich dort – ihre wohlwollende Vorsorge mit jenen ständigen Leckerbissen, der Kalbs- und Hammelpastete samt den Bierflaschen – das strahlende Gesichtchen, wenn sie anlangte und wenn sie Abschied nahm – der wundervolle Ausdruck ihrer ganzen Person, von ihrem zierlichen Fuß an bis zum Wirbel ihres Kopfes, die zum Haushalt gehörte als eine Notwendigkeit, die man durchaus nicht missen könne: dies waren lauter Dinge, bei denen die Elfen frohlockten und sie liebten. Und wieder sahen sie insgesamt bittend nach ihm hin und schienen zu sagen, während einige von ihnen sich in ihr Kleid nestelten und sie liebkosten:

»Ist dies das Weib, das dein Vertrauen mißbraucht hat?« Mehr als einmal, zweimal oder dreimal in der langen, gedankenvollen Nacht zeigten sie ihm Dot, wie sie auf ihrem Lieblingsschemel saß, das Haupt gesenkt, die Hände vor das Gesicht geschlagen, mit den vornüber fallenden Haaren – so, wie er sie zum letzten Male gesehen hatte. Und wenn sie sie so fanden, wandten sie sich weder um, noch sahen sie nach ihm hin, sondern sie scharten sich um sie und trösteten sie unter Küssen. Sie drängten und stießen einander sogar in dem übergroßen Eifer, ihr Teilnahme und Liebe zu erzeigen, während sie ihn ganz und gar vergaßen.

So entschwand die Nacht. Der Mond ging unter, die Sterne erblichen, der kalte Tag brach an, und die Sonne erhob sich. Der Kärrner saß noch immer brütend in der Kaminecke. Er hatte die ganze Nacht da gesessen, den Kopf in die Hände gestützt. Die ganze Nacht hatte das treue Heimchen sein Zirp, zirp, zirp auf dem Herde vernehmen lassen. Und die ganze Nacht hatte er ihm zugehört. Die ganze Nacht hatten sich die Hausgeisterchen um ihn beschäftigt. Die ganze Nacht hatte sie lieblich und tadellos sich in dem Spiegelbild gezeigt, ausgenommen, wenn jener eine Schatten auf sie fiel.

Es war schon heller Tag, als er aufstand, um sich zu waschen und umzukleiden. Er konnte seinen Geschäften nicht mit der gewöhnlichen Heiterkeit nachkommen, denn sein Geist war trübe; es lag übrigens wenig daran, weil Tackletons Hochzeitstag war und er die Vorkehrung getroffen hatte, seine Botenfahrt durch einen Stellvertreter versehen zu lassen. Er hatte sich gedacht, fröhlich mit Dot zur Kirche zu gehen, aber mit diesen Plänen hatte es ein Ende. Auch sein eigner Hochzeitstag war heute – ach, wie wenig hatte er einem solchen Schluß des Jahres entgegengesehen!

Der Kärrner hatte erwartet, Tackleton werde ihm früh einen Besuch machen, und er hatte recht behalten. Kaum

war er einige Minuten vor seiner Tür auf und ab gegangen, als er den Spielzeughändler in seiner Chaise des Weges kommen sah. Als das Fuhrwerk sich näherte, bemerkte er, daß Tackleton stattlich zur Hochzeit herausgeputzt war und sogar den Kopf seines Pferdes mit Blumen und Schleifen geschmückt hatte.
Das Pferd sah weit eher wie ein Bräutigam aus als Tackleton, denn sein halbgeschlossenes Auge hatte einen unangenehmeren Ausdruck als je. Der Kärrner achtete übrigens nur wenig darauf; seine Gedanken waren anderswo.
»John Peerybingle!« sagte Tackleton mit der Miene bedauernder Teilnahme, »mein guter Freund, wie gehts Euch diesen Morgen?«
»Ich habe eine traurige Nacht gehabt, Meister Tackleton«, entgegnete der Kärrner, den Kopf schüttelnd, »denn meine Ruhe ist gestört worden. Doch jetzt ists vorüber! Habt Ihr ein halbes Stündchen etwa zu einem Privatgespräch für mich übrig?«
»Ich bin in dieser Absicht hierher gekommen«, entgegnete Tackleton, absteigend. »Laßt das Pferd nur. Es wird ruhig bleiben, wenn ich die Zügel um diesen Pfosten schlinge und Ihr ihm einen Mundvoll Heu geben wollt.«
Der Kärrner holte das Gewünschte aus seinem Stall und warf es dem Tiere vor, worauf sie sich in das Haus begaben.
»Ich denke, Ihr werdet wohl nicht vor Mittag getraut werden?« sagte er.
»Nein«, antwortete Tackleton. »Noch reichlich Zeit. Zeit über die Maßen.«
Als sie in die Küche traten, klopfte Tilly Slowboy eben an die Tür des Fremden, die nur um einige Stufen höher lag. Sie hielt eins ihrer sehr geröteten Augen (denn Tilly hatte die ganze Nacht hindurch geweint, weil ihre Gebieterin weinte) vor dem Schlüsselloch; dabei klopfte sie sehr laut und schien in Angst zu sein.

»Mit Erlaubnis, ich kann niemand zum Hören bringen«, sagte Tilly, sich umsehend. »Hoffentlich ist doch niemand fort und gestorben, mit Erlaubnis!«

Fräulein Slowboy verlieh diesem philanthropischen Wunsche mit verschiedenen neuen Schlägen und Fußstößen an die Tür größern Nachdruck, ohne jedoch ein Resultat zu erzielen.

»Soll ich gehen?« sagte Tackleton. »'s ist merkwürdig.«

Der Kärrner, der sein Gesicht von der Tür abgewandt hatte, bedeutete ihm, er solle tun, was er wolle.

Tackleton kam also Tilly Slowboy zu Hilfe; auch er stieß und klopfte, ohne übrigens nur die mindeste Antwort zu erhalten. Dann kam er auf den Gedanken, es mit der Türklinke zu versuche. Die Tür ließ sich leicht öffnen. Er guckte hinein, schob den ganzen Kopf nach und trat zuletzt in das Gemach, kam aber bald wieder eiligst heraus.

»John Peerybingle«, sagte ihm Tackleton ins Ohr, »ich hoffe, es ist in der Nacht nichts – nichts Übereiltes geschehen?«

Der Kärrner wandte sich rasch gegen ihn um.

»Weil er fort ist«, nahm Tackleton wieder auf, »und das Fenster offen steht. Ich sehe keine Spuren – natürlich, 's ist fast in gleicher Höhe mit dem Garten; aber ich fürchtete, es möchte eine – eine Balgerei abgesetzt haben. He?«

Er schloß das ausdrucksvolle Auge fast ganz, so fest sah er John an. Und er verdrehte und verrenkte Auge und Gesicht und Körper, als wolle er aus dem andern die Wahrheit herausbohren.

»Seid ganz ruhig«, sagte der Kärrner. »Er ging gestern abend in dieses Zimmer, ohne daß ihm von mir in Wort oder Tat ein Leid getan worden wäre, und niemand ist seitdem hineingekommen. Er ist freiwillig gegangen. Ich würde auch gern aus dieser Tür gehen und mein Leben lang mein Brot von Haus zu Haus erbetteln, wenn ich die

Vergangenheit dahin abändern könnte, daß er nie gekommen wäre. Na, er ist gekommen und gegangen, und ich bin fertig mit ihm!«

»O! – Nun, ich denke, er ist ziemlich leicht davongekommen«, versetzte Tackleton, einen Stuhl nehmend.

Der Hohn ging an dem Kärrner verloren. Er setzte sich gleichfalls nieder und beschattete eine Weile das Gesicht mit seiner Hand, ehe er fortfuhr:

»Ihr habt mir gestern abend mein Weib gezeigt«, sagte er endlich; »das Weib, das ich liebe; insgeheim . . .«

»Und gar zärtlich«, fügte Tackleton bei.

»Hat sie in die Verkleidung dieses Menschen gewilligt und ihm Gelegenheit gegeben, allein mit ihr zusammenzutreffen? Ich glaube, es gibt keinen Anblick, der mir nicht lieber gewesen wäre als dieser, und ich glaube von jedem andern Mann in der Welt, der mich darauf aufmerksam machte, hätte ich es besser ertragen können.«

»Ich gestehe, daß ich stets meinen Argwohn hatte«, sagte Tackleton. »Und dies hat mich hier so unbeliebt gemacht, ich weiß es wohl.«

»Da Ihr mir aber die Szene gezeigt habt«, fuhr der Kärrner fort, ohne auf ihn zu achten, »und da Ihr mein Weib saht, das Weib, das ich liebe« – seine Stimme, sein Auge und seine Hand wurden fester und stetiger, als er dieses Wort wiederholte, denn er war augenscheinlich entschlossen, auf einem bestimmten Vorsatz zu beharren – »da Ihr sie in diesem unvorteilhaften Licht saht, so ist es nur recht und billig, daß Ihr sie auch mit meinem Auge seht, daß Ihr einen Blick tut in meine Brust und erfahrt, wie ich über die Sache denke. Denn mein Entschluß steht fest«, sagte der Kärrner, ihn aufmerksam beobachtend, »und nichts kann ihn jetzt mehr erschüttern.«

Tackleton murmelte einige allgemeine Worte der Zustimmung und daß man das eine oder das andre gewiß verteidigen müsse; das Wesen seines Begleiters schüchterte ihn aber völlig ein, da es trotz seiner Rauheit und Einfachheit etwas Würdevolles und Edles an sich hatte, das ihm nur seine großmütige Seele verleihen konnte.

»Ich bin ein rauher, einfacher Mann«, fuhr der Kärrner fort, »und habe nur wenig, was mir zur Empfehlung gereicht. Ihr wißt wohl, daß ich nicht sonderlich gescheit und auch nicht jung bin. Ich liebte meine kleine Dot, weil ich sie von Kindesbeinen an in ihres Vaters Haus aufwachsen sah, weil ich wußte, wie kostbar sie war, und weil sie Jahr um Jahr mein Leben bedeutete. Es gibt viele Männer, mit denen ich mich nicht vergleichen kann, aber sie hätten, glaube ich, meine kleine Dot nie so lieben können wie ich.«

Er hielt inne und scharrte eine Weile mit dem Fuß auf dem Boden, ehe er wieder begann.

»Ich habe oft gedacht, ich könne ihr einen liebevollen Mann abgeben und wisse vielleicht besser ihren Wert zu schätzen als ein andrer, wenn ich für sie auch nicht gut genug war. So glich ich meine Bedenken aus, und der Gedanke, sie zu heiraten, schien mir mit jedem Tag möglicher. Und am Ende kams so weit, daß wir wirklich heirateten.«

»Ha!« sagte Tackleton mit einem bedeutsamen Kopfschütteln.

»Ich hatte mich geprüft, machte Erfahrungen an mir und wußte, wie ich sie liebte und wie glücklich ich sein könnte«, fuhr der Kärrner fort. »Aber ich hatte – jetzt fühle ichs wohl – nicht genügend Rücksicht auf sie genommen.«

»Natürlich«, versetzte Tackleton. »Vergnügungssucht, Leichtfertigkeit, Wankelmut, Gefallsucht! Dies wurde nicht bedacht! Ganz außer acht gelassen! ha!«

»Es wird am besten sein, wenn Ihr mich nicht unterbrecht, bis Ihr mich verstanden habt«, sagte der Kärrner mit finsterer Miene; »und bis dahin habt Ihr noch weit. Wenn ich gestern jenen Mann mit einem Streich niedergestreckt hätte, der es wagte, ein Wort gegen sie zu sagen, so würde ich ihm heute meinen Fuß ins Gesicht stoßen, und wäre er mein Bruder!«

Der Spielzeughändler sah ihn erstaunt an. Der Kärrner fuhr darauf in sanfterem Tone fort:

»Hab ich bedacht, daß ich sie – bei ihrer Jugend und bei ihrer Schönheit – dem Kreis ihrer jungen Spielgefährtinnen und einem Schauplatz entriß, dessen höchste Zierde sie war, der hellste Stern, um sie Tag für Tag in einem langweiligen Haus einzuschließen und auf meine Gesellschaft anzuweisen? Habe ich mir klargemacht, wie wenig ich zu ihrer heitern Laune paßte und wie bald sie bei ihrem lebhaften Geist eines Mannes überdrüssig werden mußte, der nichts ist als ein sich schwer abmühender Arbeiter? Kam mir je der Gedanke, daß es gar kein Verdienst oder Vorrecht sei, sie zu lieben, da dies jeder mußte, der sie nur kannte? Nie! Ich machte mir ihr hoffnungsfrohes Wesen, ihr stets heiteres Naturell zunutze und heiratete sie. Wollte Gott, ich hätt es nie getan! Ihretwegen, nicht meinetwegen!«

Der Spielzeughändler schaute ihn an, ohne zu blinzeln. Sogar das sonst halbgeschlossene Auge war jetzt offen.

»Der Himmel segne sie« – sagte der Kärrner – »für die gleichmütige Heiterheit, hinter der sie die Sache vor mir zu verbergen suchte! Und Gott verzeihe mir, daß ich es in meiner Einfalt nicht früher selbst entdeckte! Armes Kind! Arme Dot! Daß *ich* nicht dahinterkam, wenn ich sah, wie sich ihre Augen mit Tränen füllten, sooft von einer Heirat, ähnlich der unsrigen, die Rede war! Ich, der ich hundertmal das geheime Zittern auf ihren Lippen bemerkte, ohne bis gestern abend auch nur einen Argwohn zu schöpfen! Armes Ding – daß ich je hoffen konnte, sie werde mich lieben! Daß ichs je glauben mochte!«

»Sie stellte sich wenigstens so«, sagte Tackleton. »Sie hat so viel Wesens davon gemacht, daß ich Euch offen gestehen muß, dies war die Ursache meiner Bedenken.«

Und nun behauptete er, daß May Fielding viel besser sei, weil sie absolut keine Liebe zu ihm heuchle.
»Sie hat sich Mühe gegeben«, fuhr der arme Kärrner mit größerer Bewegung, als er bisher gezeigt hatte, fort; »ich fange jetzt erst an zu begreifen, wie sehr sie sich Mühe gegeben hat, mein gehorsames und pflichteifriges Weib zu sein. Wie gut sie gewesen ist – wie viel sie getan hat – was für ein gutes, tapferes Herz in ihr schlägt – die glücklichen Stunden müssen es bezeugen, die ich unter diesem Dach mit ihr verlebte! Dies wird mir einigermaßen Beruhigung und Trost sein, wenn ich hier allein bin.«
»Hier allein?« versetzte Tackleton. »»O! Ihr gedenkt also von dieser Geschichte Notiz zu nehmen?«
»Ich will sie mit aller Liebe behandeln«, erwiderte der Kärrner, »und wieder gutmachen, soviel in meiner Gewalt steht. Ich kann sie von der täglichen Qual einer so ungleichen Ehe und dem schweren Kampf erlösen, diese Pein zu verbergen. Sie soll so frei sein, als ich sie machen kann.«
»Bei *ihr* wollt Ihr etwas gutmachen?« rief Tackleton, mit den Händen an seinen großen Ohren drehend und zerrend. »Da muß etwas nicht richtig sein. Natürlich habt Ihr dies nicht so gemeint?«
Der Kärrner packte den Spielzeughändler am Kragen und schüttelte ihn wie ein Rohr.
»Hört mich an!« sagte er. »Und seht zu, daß Ihr richtig hört! Hört mich an. Spreche ich deutlich?«
»In der Tat, sehr deutlich«, antwortete Tackleton.
»Als obs mir Ernst damit sei?«
»Ganz so, als obs Euch Ernst sei.«
»Ich saß vergangene Nacht – die ganze Nacht an diesem Herd«, rief der Kärrner. »An derselben Stelle, an der sie so oft an meiner Seite gesessen und mit ihrem süßen Antlitz zu dem meinigen aufgeblickt hatte. Ich ließ ihr ganzes Leben, Tag für Tag, an mir vorüberziehen. Ihre

teure Gestalt stand in jedem Moment vor meinen Augen. Und ich schwöre bei meiner Seele, sie ist unschuldig, wenn es einen gibt, der da richtet über Schuld und Unschuld!«

Wackeres Heimchen am Herd! Treue Hausgeisterchen!

»Leidenschaft und Mißtrauen haben mich verlassen«, sagte der Kärrner, »und nichts ist zurückgeblieben als mein Kummer. In einem unglücklichen Augenblick ist irgendein Anbeter aus früherer Zeit, der ihrem Geschmack und ihrem Alter näher gestanden hätte, der vielleicht um meinetwillen und gegen ihren Willen abgewiesen wurde, plötzlich zurückgekehrt. In einem unglücklichen Augenblick – sie war überrascht, und es fehlte ihr an Zeit, darüber nachzudenken, was sie tat – machte sie sich seines Verrats teilhaftig, indem sie ihre Neigung verheimlichte. Gestern nacht sprach sie ihn bei der Zusammenkunft, die wir mitansahen. Es war nicht recht. Aber in jeder andern Beziehung ist sie unschuldig, wenn es überhaupt noch Wahrheit auf Erden gibt!«

»Wenn dies Eure Meinung ist . . .« begann Tackleton.

»So möge sie ziehen!« fuhr der Kärrner fort. »Ziehen mit meinem Segen für die vielen glücklichen Stunden, die sie mir bereitet hat – auch mit meiner Vergebung für die Wunden, die sie meinem Herzen schlug. Möge sie ziehen und den Seelenfrieden finden, den ich ihr wünsche! Sie wird mich nie hassen – ja, sie lernt mich vielleicht mehr lieben, wenn ich ihr nicht mehr zur Last bin und sie die Kette, die ich geschmiedet, nicht mehr so schwer fühlt. Heute jährt sich der Tag, an dem ich sie mit so wenig Rücksicht auf ihr Glück aus ihrer Heimat holte. Heute soll sie dahin zurückkehren, und ich will sie nicht mehr beunruhigen. Ihr Vater und ihre Mutter werden heute kommen – wir hatten einen kleinen Plan entworfen, den Tag zusammen zu feiern – sie können sie wieder in ihr Heim mitnehmen. Ich kann ihr dort wie überall trauen. Sie verläßt mich ohne Makel, und ich bin überzeugt, daß sie auch so leben wird. Wenn ich sterbe – und vielleicht geschiehts, solange sie noch jung ist, denn ich habe in wenigen Stunden viel von meinem Lebensmut verloren – wird sie finden, daß ich ihrer eingedenk war und daß ich sie bis zum letzten Augenblick geliebt habe. Dies ist das Ende von dem, was Ihr mir gezeigt habt. So, jetzt ists vorüber!«

»O nein, John, nicht vorüber. Sage nicht, es sei schon vorüber! Noch nicht ganz! Ich habe deine edlen Worte gehört. Ich konnte mich nicht wegstehlen und tun, als wisse ich nichts von dem, was mich mit so tiefem Dank ergriffen hat. Sage nicht, es sei schon vorüber, bevor die Uhr nicht wieder geschlagen hat!«

Sie war bald nach Tackleton eingetreten und dageblieben. Nach Tackleton blickte sie nie hin, sie hatte ihre Augen nur auf ihren Gatten geheftet. Sie hielt sich übrigens fern und hatte einen möglichst weiten Raum zwischen sich und ihn gebracht; und obgleich sie mit leidenschaftlicher Innigkeit sprach, kam sie ihm auch jetzt nicht näher. Wie hatte sie sich doch geändert!

»Keine Hand kann die Uhr machen, die mir wieder die Stunden verkündigen wird, die dahin sind«, versetzte der Kärrner mit einem matten Lächeln. »Aber sei es so, wenn du willst, mein Lieb. Sie wird bald schlagen. Was liegt viel an dem, was wir sagen? Ich würde mich bemühen, deinen Wunsch auch in einer schwierigeren Sache zu erfüllen.«

»Gut!« murmelte Tackleton. »Ich muß fort, denn wenn die Uhr wieder schlägt, wirds höchste Zeit, daß ich zur Kirche gehe. Guten Morgen, John Peerybingle. Es tut mir leid, mich des Vergnügens Eurer Gesellschaft berauben zu müssen; ich bedaure deren Verlust und auch die Gelegenheit, die sie herbeiführte.«

»Habe ich verständlich gesprochen?« fragte der Kärrner, als er ihn bis zur Tür begleitete.

»O, vollkommen.«

»Und Ihr wollt Euch merken, was ich gesagt habe?«

»Nun, wenn Ihr durchaus so wollt«, versetzte Tackleton, der zuerst vorsichtshalber in seine Chaise stieg, »so muß ich Euch sagen, es kam mir so ganz und gar unerwartet, daß ich es nicht so leicht vergessen werde.«

»Um so besser für uns beide«, erwiderte der Kärrner. »Gott befohlen! Ich wünsche Euch Glück!«

»Ich wollte, ich könnte Euern Glückwunsch erwidern«, sagte Tackleton. »Da mir dies aber nicht möglich ist, so danke ich Euch. Unter uns (wie ich Euch schon früher sagte, he?), ich glaube kaum, daß ich deswegen weniger Freude an meinem ehelichen Leben haben werde, weil May sich nicht allzusehr um mich bemühte und nicht gar so sehr verliebt tat. Gott befohlen! Nehmt Euch in acht!«

Der Kärrner sah ihm nach, bis er sich in der Entfernung sogar noch kleiner ausnahm als die Blumen und Festschleifen seines Pferdes in der Nähe, und schlich dann mit einem tiefen Seufzer unruhig und gedrückt unter den benachbarten Ulmen umher, denn er wollte erst mit dem Glockenschlag wieder zurückkehren.

Sein kleines Weib, das allein zurückblieb, schluchzte bitterlich; aber oft hielt sie inne und trocknete sich die Augen, um sich zu sagen, wie gut, wie vortrefflich er sei. Einmal oder zweimal lachte sie sogar, und zwar so herzlich, triumphierend und zusammenhanglos (denn inzwischen erschütterte wieder ein Schluchzen ihren Körper), daß Tilly ganz entsetzt war.

»Oo, bitte nicht!« sagte Tilly. »Es reicht ja hin, das Bübchen umzubringen und zu begraben, so wie es ist, mit Erlaubnis.«

»Willst du ihn bisweilen bringen, damit er seinen Vater besuche, Tilly«, fragte ihre Gebieterin, sich die Augen trocknend, »wenn ich nicht mehr hier wohnen darf und zurückgekehrt bin in meine alte Heimat?«

»Oo, bitte nicht!« rief Tilly, ihren Kopf zurückwerfend und in ein Geheul ausbrechend. Sie sah in diesem Augenblick fast ganz wie Boxer aus. »Oo, bitte nicht! Oo, was haben denn alle allen gemacht und getan, daß alle so unglücklich sind? Ooo – o – o – o!«

Die weichherzige Slowboy brach nun in das kläglichste Geheul aus, das, weil es so lange unterdrückt worden, nur um so schrecklicher gellte, und würde auch unfehlbar das Bübchen aufgeweckt und so erschreckt haben, daß es etwas Ernstes, wahrscheinlich die Fraisen, bekommen hätte, wenn ihre Augen nicht plötzlich auf Kaleb Plummer gefallen wären, der seine Tochter hereinführte. Dieser Anblick stellte ihr Gefühl für Schicklichkeit wieder her, denn sie stand nunmehr einige Minuten schweigend und mit weit offenem Mund da; dann stampfte sie nach dem Bett, auf dem das Bübchen schlief, übte sich in einem veitsartigen Hexentanz auf dem Boden und stöberte zu gleicher Zeit mit ihrem Gesicht und Kopf in den Bettlaken umher – eine körperliche Übung, die ihr anscheinend große Erleichterung verschaffte.

»Mary!« sagte Berta. »Nicht bei der Hochzeit?«

»Ich sagte ihr, daß Ihr nicht dort sein würdet, Ma'am«, flüsterte Kaleb. »Ich hörte gestern abend davon. Aber Gott behüte Euch«, fügte der kleine Mann hinzu, indem er sie freundlich bei den Händen faßte, *ich* kümmere mich nicht um das, was sie sagen, und glaube auch nicht daran. Es ist nicht viel an mir, aber dieses bißchen ließe ich mir lieber in Stücke reißen, als daß ich einem Wort gegen Euch Glauben schenken möchte.«

Er schlang seine Arme um ihren Hals und drückte sie an sich, wie etwa ein Kind eine seiner Puppen umarmt haben würde.

»Berta konnte heute morgen nicht zu Hause bleiben«, sagte Kaleb. »Ich weiß, sie scheute sich davor, die Glocken läuten zu hören, und konnte ihnen am Hochzeitstag nicht so nahe sein. So brachen wir denn frühzeitig auf und kamen hierher. Ich dachte darüber nach, was ich getan habe«, fuhr Kaleb nach kurzer Pause fort, »und habe mir Vorwürfe gemacht, bis ich kaum mehr wußte, was ich tun oder wohin ich mich wenden sollte – alles wegen des Kummers, den ich ihr bereitete. Und da kam ich denn zu dem Schluß, es würde wohl am besten sein, wenn ich ihr die Wahrheit sagte. Nur müßt Ihr während der Zeit dabei sein. Ihr helft mir doch?« fragte er, vom Kopf bis zu den Füßen zitternd. »Ich weiß nicht, welch eine Wirkung es auf sie hat – weiß nicht, was sie überhaupt von mir denken wird – ich weiß nicht, ob sie ihren armen Vater je wieder liebhaben wird nachher. Aber es ist am besten für sie, wenn man sie aus ihrem Wahn reißt, und ich muß eben die Folgen tragen, wie ichs verdiene.«

»Mary«, sagte Berta, »wo ist deine Hand! Ah! hier ist sie, hier ist sie!« Sie drückte sie lächelnd an ihre Lippen und legte sie in ihren Arm. »Ich hörte sie gestern nacht leise untereinander sprechen und dich lästern. Sie hatten unrecht.«

Die Frau des Kärrners blieb stumm. Kaleb antwortete für sie.

»Sie hatten unrecht«, sagte er.

»Ich wußte es wohl«, rief Berta stolz, »und ich sagte es ihnen auch. Ich wollte kein Wort von ihnen hören! Wie sollte man *ihr* mit Recht Vorwürfe machen können!« Sie drückte Dots Hand zwischen den ihrigen und schmiegte ihre Wange an das Antlitz ihrer Freundin. »Nein, so blind bin ich nicht.«

Kaleb trat neben sie hin, während Dot, ihre Hand haltend, auf der andern Seite blieb.

»Ich kenne euch alle«, sagte Berta; »besser als ihr glaubt. Aber niemand so gut als sie. Nicht einmal dich, Vater. Es ist nichts auch nur halb so gut und so wahr an mir, als sie ist. Wenn ich in diesem Augenblick mein Gesicht erhielte, könnte ich sie, ohne daß ein Wort gesprochen würde, aus einer ganzen Schar ausfindig machen! Meine Schwester!«

»Berta, mein Lieb!« sagte Kaleb, »ich habe etwas auf dem Herzen, was ich dir sagen muß, während wir drei hier allein sind. Höre mich freundlich an. Ich habe dir ein Bekenntnis abzulegen, mein Herz.«

»Ein Bekenntnis, Vater?«

»Ich bin von der Wahrheit abgeirrt und habe mich verloren, mein Kind«, fuhr Kaleb mit einem kläglichen Ausdruck in seinem verlegenen Gesicht fort. »Es geschah in guter Absicht, aber ich bin von der Wahrheit abgeirrt und deshalb grausam gewesen.«

Sie wandte ihm ihr erstauntes Gesicht zu und wiederholte:

»Grausam?«

»Er ist zu strenge gegen sich, Berta«, sagte Dot, »wie du bald selbst merken wirst. Du wirst die erste sein, die ihm das sagt.«

»Er grausam gegen mich!« rief Berta mit einem ungläubigen Lächeln.

»Nicht mit Absicht, mein Kind«, sagte Kaleb. »Aber ich bins gewesen, obschon ich bis gestern nie eine Ahnung davon hatte. Meine teure blinde Tochter, höre mich an und vergib mir! Die Welt, in der du lebst, mein Herz, ist nicht so, wie ich sie dir dargestellt habe. Meine Augen, auf die du bautest, haben dir falsch berichtet.«

Noch immer war das erstaunte Antlitz ihm zugekehrt; das Mädchen selbst aber wich zurück und schmiegte sich inniger an die Freundin.

»Dein Lebensweg war rauh, mein armes Kind«, sagte Kaleb, »und ich wollte ihn für dich eben machen. Ich habe die Gegenstände und die Charakter der Menschen dir anders dargestellt, habe viele Dinge, die nie vorhanden waren, erfunden, um dich glücklicher zu machen. Manches hielt ich vor dir geheim, ich täuschte und betrog dich – Gott verzeih mir! – und umgab dich mit Phantasiegebilden.«

»Aber lebende Menschen sind doch keine Phantasiegebilde?« entgegnete sie hastig und wurde sehr blaß, während sie sich immer weiter von ihm zurückzog. »Die kannst du doch nicht ändern.«
»Und doch habe ichs getan, Berta«, erwiderte Kaleb. »Es gibt jemand, den du kennst, meine Taube . . .«
»O Vater! warum sagst du, ich kenne ihn?« antwortete sie im Ton herben Vorwurfs. »Was und wen kenne ich – ich, die ich keinen Führer habe! Ich arme Blinde!«
In der Betrübnis ihres Herzens streckte sie ihre Hände aus, als wolle sie ihren Weg weiter tasten, und breitete sie dann in trostloser Weise vor ihr Gesicht.
»Die Hochzeit, die heute stattfindet«, sagte Kaleb, »wird von einem finstern, schmutzigen Leuteschinder gefeiert. Von einem, der seit Jahren dir und mir ein harter Herr war. Häßlich in seinem Aussehen und in seinem Wesen, stets kalt und gefühllos und in nichts dem Bilde ähnlich, das ich dir von ihm entworfen habe.«
»O, warum« – rief das blinde Mädchen, von fast unerträglichem Schmerz gefoltert – »warum hast du das getan?! Warum fülltest du mein Herz mit so viel Leben, wenn du dann wie der Tod erbarmungslos wieder alles vernichtest! O Himmel, wie blind – wie hoffnungslos und verlassen bin ich!«
Ihr unglücklicher Vater senkte den Kopf, und die Antwort sprach aus seinem kummervollen, reuigen Gesicht.
Sie hatte kaum ihrem leidenschaftlichen Schmerz nachgegeben, als das Heimchen, nur für sie hörbar, zu zirpen begann. Nicht fröhlich, sondern in gedämpftem, leisem, teilnehmendem Ton. Das Lied klang so traurig, daß sich ihre Augen mit Tränen füllten, die ihr unaufhaltsam über die Wangen strömten, als der Geisterreigen, der die ganze Nacht über an der Seite des Kärrners gewesen, hinter ihr erschien und auf ihren Vater deutete.
Sie hörte die Stimme des Heimchens bald deutlicher und

wurde sich trotz ihrer Blindheit bewußt, daß der Geisterreigen ihren Vater umschwebte.
»Mary«, sagte das blinde Mädchen, »erzähle mir, wie es in meinem Heim aussieht – was es in Wirklichkeit ist.«
»Es ist ein armseliges Haus, Berta; wirklich ärmlich und kahl. Das Haus wird kaum noch einen Winter Wind und Regen abhalten. Es ist ebenso schlecht gegen das Wetter geschützt, Berta«, fuhr Dot mit gedämpfter, aber klarer Stimme fort, »wie dein armer Vater in seinem Rock von Sackleinwand.«
Das blinde Mädchen erhob sich in großer Aufregung und führte die Frau des Kärrners ein wenig beiseite.
»Und jene Geschenke, die ich so behütete, die fast meinen Wünschen zuvorkamen und mir so willkommen waren«, sagte sie in bebendem Tone; »woher kamen sie? Hast du sie mir gesandt?«
»Nein.«
»Wer denn?«
Dot bemerkte, daß sie es bereits wußte, und schwieg. Das blinde Mädchen schlug die Hände abermals vor das Gesicht – aber jetzt in ganz andrer Weise.
»Liebe Mary, einen Augenblick. Einen einzigen Augenblick! Mehr hierher. Sprich leise mit mir. Ich weiß, du bist wahr. Gewiß, du kannst mich jetzt nicht täuschen.«
»Nein, Berta; sicherlich nicht.«
»Ich wußte es ja, denn du hast zu viel Mitleid mit mir, Mary. Blicke zurück auf die Stelle, an der wir eben noch saßen – dorthin, wo mein Vater ist – mein Vater, der mich so sehr liebt und ein so mitleidiges Herz hat – sage mir, was du siehst!«
»Ich sehe« – versetzte Dot, die sie wohl verstand – »einen alten Mann, der in einem Stuhl sitzt, kummervoll auf die Lehne sich stützt und das Gesicht auf der Hand ruhen läßt, als ob sein Kind ihn trösten sollte, Berta.«
»Ja, ja. Das will es auch. Weiter.«
»Er ist ein alter Mann, aufgerieben von Sorgen und

Arbeit. Er ist ein schmächtiger, gedrückter, nachdenklicher, grauhaariger Mann. Ich sehe ihn jetzt, wie er, gebeugt und verzagt, gegen ein Nichts anzukämpfen sich müht. Aber Berta, ich habe ihn früher schon oft gesehen, wie er auf mannigfache Art sich für einen einzigen großen, heiligen Zweck abmühte. Und ich ehre darum sein graues Haupt und segne ihn.«
Das blinde Mädchen riß sich von ihr los, warf sich vor ihrem Vater auf die Knie und drückte sein graues Haupt an ihre Brust.
»Mein Gesicht ist wiederhergestellt. Ich sehe!« rief sie. »Ich bin blind gewesen, und jetzt sind meine Augen offen. Ich kannte ihn nie! O, wenn ich daran denke, daß ich hätte sterben können, ohne meinen Vater, der mich so liebte, im wahren Lichte gesehen zu haben!«
Kaleb konnte in seiner Erregung keine Worte finden.
»Es gibt keine schöne Gestalt auf dieser Erde«, rief das blinde Mädchen, ihn mit ihren Armen festhaltend, »die ich so innig lieben, die ich so treu pflegen könnte, wie diese! Je grauer und gedrückter, mir desto teurer, Vater! Man soll nimmermehr sagen, ich sei wieder blind. Es gibt keine Furche in diesem Antlitz, es gibt kein Haar auf diesem Kopf, das in meinen Bitt- und Dankgebeten vergessen werden soll!«
Kaleb gelang es, mühsam »meine liebe Berta!« hervorzustoßen.
»Und in meiner Blindheit glaubte ich«, rief das Mädchen, ihn unter Tränen inniger Liebe streichelnd, »er sei so ganz anders! Tag um Tag hatte ich ihn an meiner Seite; er war stets so fürsorglich gegen mich, und trotzdem ahnte ich nie die Wahrheit!«
»Der frische, geschniegelte Vater in dem blauen Rock, Berta«, sagte der arme Kaleb. »Er ist fort!«
»Nichts ist fort«, antwortete sie. »Teuerster Vater, nein! Alles ist hier – in dir. Der Vater, den ich so sehr liebte; der Vater, den ich nie genug liebte und nie kannte; der Wohl-

täter, den ich lieben und verehren lernte, weil er so große Teilnahme für mich hatte – alles ist in dir vereint. Nichts ist tot für mich. Die Seele von allem, was mir am teuersten war, finde ich hier – in dem abgezehrten Antlitz, in dem grauen Haupt. Und ich bin nicht länger blind, Vater!«

Dots ganze Aufmerksamkeit war während dieses Gesprächs dem Vater und der Tochter zugewandt. Jetzt aber blickte sie nach dem kleinen Mäher auf der maurischen Wiese, und da sie bemerkte, daß die Uhr bald zum Schlagen ausholen werde, bemächtigte sich ihrer eine große Unruhe und Aufregung.

»Vater«, sagte Berta zögernd. »Mary.«

»Ja, mein Lieb«, entgegnete Kaleb. »Hier ist sie.«

»*Sie* bleibt doch, was sie war? Du hast mir nie etwas von ihr gesagt, was nicht wahr wäre?«

»Ich fürchte, ich würde es getan haben, mein Kind«, erwiderte Kaleb, »wenn ich imstande gewesen wäre, sie besser zu machen, als sie ist. Wenn ich sie anders geschildert hätte, müßte ich sie schlechter gemacht haben. Sie kann nicht vollkommener werden, Berta.«

So zuversichtlich auch das blinde Mädchen ihre Frage gestellt hatte, ihr Entzücken und ihre Freude über diese Antwort kannte keine Grenzen, und es war ein rührender Anblick, wie sie immer von neuem Dot umarmte.

»Vielleicht ereignen sich noch mehr Veränderungen, als du glaubst, mein Schatz«, sagte Dot. »Ich meine, Veränderungen zum Guten; Veränderungen, die einigen von uns große Freude bereiten werden. Du mußt dich nur nicht allzusehr aufregen lassen, wenn sich etwas ereignet, was dir nahe geht. Rollen da nicht Räder auf der Straße? Du hast ein feines Gehör, Berta. Sind es Räder?«

»Ja. Sie kommen sehr schnell.«

»Ich – ich – ich weiß, du hast ein feines Gehör«, sagte Dot, die Hand auf ihr Herz legend und augenscheinlich so schnell wie möglich sprechend, um das Klopfen desselben zu verbergen; »ich bemerkte es schon oft – namentlich gestern abend, als du den fremden Tritt so schnell heraushörtest. Freilich weiß ich nicht, Berta, warum du fragtest – denn ich entsinne mich der Worte noch recht gut – ›wessen Schritt ist dies?!‹ – und warum du mehr auf ihn achtetest, als auf jeden andern Tritt. Doch, wie gesagt, es gibt gar vielerlei Wechselfälle auf der Welt – große Veränderungen, und wir können nichts Besseres tun, als uns gegen jede Überraschung wappnen.«

Kaleb wunderte sich, was sie wohl damit meinte, denn er bemerkte, daß ihre Rede ebensogut ihm als seiner Tochter galt. Staunend gewahrte er, daß sie vor Unruhe und Aufregung kaum atmen konnte und sich an einem Stuhl halten mußte, um nicht umzusinken.

»Es sind in der Tat Räder«, keuchte sie, »die immer näher kommen! Näher! ganz nahe! Und nun hört ihr, wie sie am Gartentor haltmachen! Jetzt hört ihr einen Schritt vor der Tür –denselben Schritt, nicht wahr, Berta?! –Und jetzt!« –

Sie stieß einen wilden Schrei namenlosen Entzückens aus und eilte auf Kaleb zu, dem sie die Augen mit den Händen zuhielt. Zu gleicher Zeit stürzte ein junger Mann ins Zimmer, schleuderte seinen Hut in die Luft und kam hastig auf sie zu.

»Ists vorüber?« rief Dot.

»Ja.«

»Glücklich vorüber?«

»Ja!«

»Erinnert Ihr Euch der Stimme, lieber Kaleb? Habt Ihr je eine ähnliche früher gehört?« rief Dot.

»Wenn mein Junge in dem goldenen Südamerika noch lebte . . .« sagte Kaleb zitternd.

»Er lebt!« schrie Dot, ihre Hände von seinen Augen entfernend und sie jubelnd zusammenschlagend. »Betrachtet ihn! Seht, wie er gesund und stark vor Euch steht! Euer lieber Sohn! Dein teurer, lebender, liebender Bruder, Berta!«

Ehre dem kleinen Geschöpf für ihren Freudenausbruch! Ehre ihren Tränen und ihrem Jubel, als das Familienkleeblatt einander fest umschlungen hielt! Ehre der Herzlichkeit, mit der sie dem sonnverbrannten Matrosen mit seinem dunkeln, wallenden Haar halb entgegenkam und ihren rosigen kleinen Mund auch nicht ein bißchen zur Seite wandte, sondern sich frischweg von ihm küssen und an die klopfende Brust drücken ließ!

Und Ehre auch dem Kuckuck – warum nicht? – daß er aus der Falltür des maurischen Palastes wie ein Einbrecher stürzte und zwölfmal der versammelten Gesellschaft zuschluchzte, als sei er trunken vor Freude!

Der eintretende Kärrner fuhr zurück – und wohl durfte er, da er sich in so guter Gesellschaft sah.

»Schaut, John!« rief Kaleb jubelnd. »Schaut her! mein Junge aus dem goldenen Südamerika! Mein einziger Sohn! Er, den Ihr selbst ausstattetet und fortschicktet – er, dem Ihr stets ein so treuer Freund gewesen seid!«

Der Kärrner trat vor, um ihm die Hand zu reichen, wich aber wieder zurück, da er in den Zügen des Jünglings Ähnlichkeit mit denen des schwerhörigen Mannes im Karren entdeckte, und sagte:

»Edward! Bist du es gewesen?«

»Sag ihm jetzt alles!« rief Dot. »Sag ihm jetzt alles, Edward, und schone mich nicht, denn nichts soll mich veranlassen, mich selbst je wieder in seinen Augen zu schonen!«

»Ich war der Mann«, sagte Edward.

»Und du konntest dich verkleidet in das Haus deines alten Freundes schleichen?« entgegnete der Kärrner. »Es gab einmal einen freimütigen Jungen – wieviel Jahre ist her, Kaleb, seit wir hörten, daß er tot sei, und wir glaubten, er habe es bewiesen? – der das nie getan haben würde.«

»Ich hatte einmal einen edelmütigen Freund«, sagte Edward, »der mir mehr ein Vater als ein Freund war und der mich oder irgendeinen andern Mann nicht ungehört verurteilt haben würde. Dieser seid Ihr gewesen, und ich bin deshalb auch überzeugt, daß Ihr mir jetzt Gehör schenken werdet.«

Mit einem unruhigen Blick auf Dot, die sich noch immer weit abgesondert hielt, erwiderte John:

»Gut! dies ist nur billig. Ich will hören.«

»Ihr müßt wissen«, sagte Edward, »daß ich, als ich in meinen jüngern Jahren die Heimat verließ, verliebt war, und daß meine Liebe erwidert wurde. Sie war ein sehr junges Ding, das vielleicht, wie Ihr mir sagen werdet, selbst nicht wußte, was sie wollte. Ich aber kannte meinen Sinn wohl und fühlte eine tiefe Leidenschaft für sie.«

»Ihr?« rief der Kärrner. »Ihr?«

»Jawohl«, entgegnete der andre. »Und sie erwiderte sie. Ich habe es stets geglaubt, und jetzt bin ich überzeugt davon.«

»Der Himmel steh mir bei!« sagte der Kärrner. »Dies ist schlimmer als alles.«

»Ich war ihr treu«, sagte Edward, »und kehrte nach viel Mühen und Gefahren voll Hoffnung zurück, meinen Anteil an unserm Vertrag einzulösen. Da hörte ich – zwanzig Meilen von hier – sie sei falsch gegen mich gewesen, habe mich vergessen und ihre Hand einem andern, einem reicheren Mann gegeben. Ich hatte nicht im Sinn, ihr Vorwürfe zu machen, wünschte aber, sie zu sehen und jeden Zweifel an der Wahrheit des Gehörten zu beseitigen. Immer noch hoffte ich, daß man sie vielleicht gegen ihren Willen und gegen das, was sie einst gelobte, gezwungen habe. Freilich nur ein ärmlicher Trost, aber doch ein Trost, dachte ich; und ich kam. Um die Wahrheit, die wirkliche Wahrheit zu erfahren, um für mich selbst beobachten und beurteilen zu können, ohne einerseits hinderlich einzuwirken oder anderseits meinen eignen Einfluß, wenn ich welchen besaß, gegen sie geltend zu machen, verkleidete ich mich – Ihr wißt wie – und wartete an dem Weg, wie Euch gleichfalls bekannt ist. Ihr hattet keinen Argwohn gegen mich und auch sie nicht« – er deutete auf Dot – »bis ich es ihr an diesem Kamin ins Ohr flüsterte und sie mich beinahe verraten hätte.«

»Aber als sie wußte, daß Edward noch lebte und zurückgekommen war«, schluchzte Dot, die jetzt für sich selber sprach – sie hatte schon während der ganzen Erzählung vor Verlangen danach gebrannt – »und als sie seine Absicht erfuhr, riet sie ihm, ja sein Geheimnis gut zu bewahren; denn sein alter Freund, John Peerybingle, sei viel zu offenherzig und viel zu ungeschickt für alle Kunstgriffe – wie er überhaupt ungeschickt sei«, sagte Dot, halb lachend und halb weinend – »um es für sich zu behalten. Und als sie – das bin ich, John«, schluchzte das Weibchen – »ihm alles sagte, und wie sein Liebchen ihn für tot gehalten, und wie sie endlich von ihrer Mutter zu einer Heirat beredet worden sei, die das törichte, liebe alte Ding vorteilhaft nannte; und als sie – das bin wieder ich, John – ihm sagte, sie seien noch nicht verheiratet, obgleich nahe daran, und daß es nur ein Opfer sein würde, wenn die Hochzeit vor sich ginge, denn auf ihrer Seite sei keine Liebe vorhanden; und als er nahezu vor Freude toll wurde bei dieser Nachricht, sagte sie – das bin wieder ich – sie wolle die Vermittlerin machen, wie sie so oft in alten Zeiten getan habe, John, und wolle sein Liebchen ausholen und sich überzeugen, ob das, was sie sagte und dachte – nämlich abermals ich, John – auch wirklich recht sei. Und es *war* recht, John! Und sie kamen zusammen, John! Und sie sind jetzt seit einer Stunde verheiratet, John! Und da ist die Braut! Und Gruff und Tackleton kann als Junggeselle sterben! Und ich bin eine glückliche kleine Frau, May – Gott segne dich!«

Sie war eine unwiderstehliche kleine Frau, wenn dies etwa zur Sache gehört, und nie so unwiderstehlich als in ihrem jetzigen grenzenlosen Jubel. Und noch nie gab es so herzinnige und begeisterte Glückwünsche, als diejenigen waren, mit denen sie sich und die Braut überhäufte.

In dem Sturm seiner innern Erregung stand der Kärrner ganz verdutzt da; aber als er auf Dot zustürzen wollte, streckte diese ihre Hand aus, um ihn abzuhalten, und zog sich wie früher zurück.

»Nein, John, nein! höre alles! Du mußt mich nicht wieder lieben, John, bis du jedes Wort vernommen hast, das ich zu sagen habe. Es war unrecht, daß ich ein Geheimnis vor dir hatte, John. Es tut mir sehr leid. Freilich habe ich bis gestern abend, als ich mich zu dir auf den Schemel setzte, nichts Böses daran gefunden. Aber als ich von deinem Gesicht ablas, daß du mich in der Galerie mit Edward gesehen hast, und als ich deine Gedanken erriet, da fühlte ich, wie übereilt und unrecht ich gehandelt hatte. Doch, lieber John, wie konntest du – wie konntest du nur so denken!«

Die kleine Frau, wie sie jetzt wieder schluchzte! John Peerybingle wollte sie mit seinen Armen umfassen – aber nein, sie litt es nicht.

»Du darfst mich noch nicht liebhaben, John – noch lange nicht! Als ich traurig war über diese beabsichtigte Heirat, war es nur deswegen, weil ich mich an das junge Liebespaar, May und Edward, erinnerte und weil ich wußte, daß ihr Herz nichts von Tackleton wissen wollte. Jetzt glaubst du es doch, John. Nicht wahr, John?«

Auf diese Berufung hin wollte John abermals auf sie zueilen; aber sie hielt ihn wieder ab.

»Nein, sei so gut und bleib ruhig, John! Wenn ich über dich lache, wie ich bisweilen tue, John – wenn ich dich ungeschickt, einen lieben alten Gänserich und dergleichen nenne, so geschieht es, weil ich dich so sehr liebe, John, und mir deine Manieren gefallen. Ich möchte um alles in der Welt nicht, daß du dich ändertest, und wenn du morgen König werden könntest.«

»Hurra!« rief Kaleb mit ungewöhnlichem Eifer. »Ganz meine Ansicht!«

»Und wenn ich von gesetzten Leuten in mittlerem Alter spreche, John, und tue, als seien wir ein schnurriges Pärlein, das in gar ungleichem Trab gehe, so geschieht dies nur, weil ich ein so törichtes kleines Ding bin, John, und weils mir bisweilen einfällt, eine Art Kinderkomödie zu spielen und den andern etwas weiszumachen.«

Sie sah, daß er herankam, und hielt wieder die Hand vor; aber es war beinahe zu spät.

»Nein, nur noch eine Minute oder zwei, wenn ich bitten darf! Was mich am meisten drückt, habe ich bis zuletzt aufgespart. Mein lieber, guter, großmütiger John! Als wir kürzlich von dem Heimchen sprachen, lag es mir auf der Lippe, dir zu sagen, daß ich dich anfangs nicht so innig liebte wie jetzt; denn als ich zum erstenmal hierher kam, fürchtete ich, ich könnte dich vielleicht nicht so lieb gewinnen, wie ich hoffte und wie ich darum betete – weil ich so gar jung war, John! Aber, mein teurer John, jeden Tag und jede Stunde liebte ich dich mehr und mehr. Und wenn ich dich je inniger lieben könnte, als ich es tue, so würden mich die edlen Worte dazu veranlaßt haben, die ich von dir heute früh hörte. Aber dies ist unmöglich. Ich habe allen Vorrat an Liebe, den ich besitze (und er war sehr groß, John), dir gegeben – schon längst, längst, denn du verdiensts in vollem Maße, und es ist mir nichts mehr übrig geblieben. Jetzt, mein teurer Mann, nimm mich wieder an dein Herz! Dies ist meine Heimat, John, und denke mir nie, nie mehr daran, mich in eine andre zu schicken!«

Mein lieber Leser, sicherlich hätte es dir unter keinen Umständen so viel Freude machen können, ein herrliches kleines Weibchen in den Armen einer dritten Person zu sehen, als du beim Anblick Dots, wie sie an Johns Brust flog, gefühlt haben würdest. Es war die vollendetste, beste, innerlichste Szene, die du je vor Augen hattest.

Man kann sich denken, daß sich der Kärrner in einem Zustand höchster Verzückung befand. Ebenso erging es auch Dot, und ebenso erging es allen Anwesenden, Fräulein Slowboy eingeschlossen, die vor Freuden laut heulte und schluchzte und auch ihren jungen Pflegling an dem allgemeinen Austausch von Glückwünschen teilnehmen lassen wollte, indem sie der Reihe nach das Bübchen jedermann hinbot, als ob er etwas zu trinken sei.

Aber nun ließ sich abermals das Rasseln von Rädern draußen vernehmen, und jemand rief, daß Gruff und Tackleton zurückkomme. Bald darauf trat auch dieser würdige Gentleman mit erhitzter, verstörter Miene ein.

»Ei, was zum Teufel ist dies, John Peerybingle?« fragte Tackleton. »Da muß ein Irrtum sein. Ich habe mit Frau Tackleton verabredet, sie solle an der Kirche mit mir zusammentreffen, und ich wollte darauf schwören, daß ich an ihr vorbeifuhr, als sie ihren Weg hierher nahm. O, da ist sie! Ich bitte um Verzeihung, Sir. Ich habe nicht das Vergnügen, Euch zu kennen, muß Euch aber um den Gefallen bitten, diese junge Dame mir abzutreten, da sie für heute morgen eine wichtige Abmachung eingegangen ist.«

»Es ist nicht daran zu denken, daß ich sie Euch abtreten könnte«, entgegnete Edward.

»Was wollt Ihr damit sagen, Ihr Landstreicher?« sagte Tackleton.

»Nichts weiter, als daß ich, Euerm Ärger Rechnung tragend, heute vormittag gegen jeden lauten Wortwechsel ebenso taub bin, wie ich es gestern abend gegen jedes Gespräch war«, entgegnete der andre lächelnd.

O, wie ihn Tackleton anstarrte und wie er zusammenzuckte!

»Es tut mir leid, Sir«, sagte Edward, Mays linke Hand und namentlich den dritten Finger festhaltend, »daß die junge Dame Euch nicht in die Kirche begleiten kann; aber da sie heute früh schon einmal dort gewesen ist, so werdet Ihr sie vielleicht entschuldigen.«

Tackleton blickte scharf nach dem dritten Finger hin. Dann nahm er ein kleines Stück Silberpapier, das augenscheinlich einen Ring enthielt, aus seiner Westentasche.
»Fräulein Slowboy«, sagte Tackleton, »wollt Ihr so gut sein, dies ins Feuer zu werfen? Danke.«
»Es war ein früherer Vertrag, ein sehr alter Vertrag, der meine Gattin hinderte, die Verabredung mit Euch einzuhalten. Dies kann ich Euch versichern«, sagte Edward.
»Herr Tackleton wird mir Gerechtigkeit widerfahren lassen und zugeben, daß ich ihm alles wahrheitsgetreu mitteilte und ihm auch sagte, daß ich meine Liebe nie verwinden könnte«, fügte May errötend bei.
»O, zuverlässig!« sagte Tackleton. »O gewiß. O, es ist alles recht – vollkommen in Ordnung. Frau Edward Plummer vermutlich?«
»Dies ist ihr Name«, entgegnete der Bräutigam.
»Ah, ich würde Euch nicht wiedererkannt haben, Sir«, sagte Tackleton, sein Gesicht scharf musternd und eine tiefe Verbeugung machend. »Ich wünsche Euch Glück, Sir!«
»Schönen Dank!«
»Frau Peerybingle«, fuhr Tackleton fort, indem er sich plötzlich nach der Stelle umwandte, wo diese neben ihrem Gatten stand; »es tut mir leid. Ihr habt mir nie sehr viel Freundschaft erwiesen, aber es tut mir doch leid. Ihr seid besser, als ich von Euch glaubte. John Peerybingle, ich bedaure; Ihr versteht mich, dies ist genug. Es ist alles in Ordnung, Ladies und Gentlemen; ingesamt und vollkommen befriedigend. Guten Morgen!«
Mit diesen Worten empfahl er sich, indem er an der Tür nur einen Augenblick stehen blieb, um die Blumen und Festschleifen vom Kopf seines Pferdes zu nehmen und dem armen Tier einen Fußtritt in die Rippen zu versetzen, als wolle er ihm dadurch andeuten, daß etwas schief gegangen sei.

Natürlich war es nun eine ernste Pflicht, den Tag in einer Weise zu begehen, daß der durch diese Ereignisse für immer zu einem hohen Fest- und Feiertag im Peerybingles-Kalender gestempelt wurde. Demgemäß machte sich Dot daran, ein Mahl zu rüsten, das dem Hause und allen Dazugehörigen unsterbliche Ehre bringen sollte. Nach sehr kurzer Zeit wühlte sie bis über ihre Grübchenellenbogen im Mehl, das sie auch in seiner blendenden Weiße auf Johns Rock übertrug, wenn sie ihn am Ärmel zupfte, damit er ihr einen Kuß gebe. Dieser gute Bursche wusch das Gemüse, schälte die Rüben, zerbrach die Teller, stürzte die mit kaltem Wasser gefüllten Eisentöpfe ins Feuer und machte sich auf alle nur erdenkliche Weise nützlich, während ein paar kunstfertige Gehilfinnen, die, als gälte es Leben und Tod, hastig irgendwo in der Nachbarschaft aufgeboten wurden, in allen Türen aneinanderprallten, um die Ecke schossen und bei jeder Bewegung über Tilly Slowboy und das Bübchen stolperten. Tilly hatte sich nie zuvor in solcher Glorie gezeigt, und ihre Allgegenwart war das Thema der allgemeinen Bewunderung. Fünfundzwanzig Minuten nach zwei diente sie als Stolperbock in dem Flur, punkt halb zwei Uhr stellte ihr jemand in der Küche ein Bein, und fünf Minuten später kugelte jemand im Dachstübchen über sie. Der Kopf des Bübchens war sozusagen ein Probierstein für alle Arten von Materie, tierischer, vegetabilischer und mineralischer, und es gab an jenem Tag nichts nur halbwegs Brauchbares, das nicht das eine oder andre Mal in sehr enge Berührung mit ihm gekommen wäre.

Dann machte sich eine große Expedition auf die Beine, um Frau Fielding aufzusuchen und gegen diese vortreffliche Dame ganz kläglich reumütig zu tun. Man wollte sie im Notfall mit Gewalt zurückbringen und dazu zwingen, glücklich und versöhnlich zu sein. Und als die Expedition sie endlich auffand, wollte sie anfangs um keinen Preis etwas hören, sondern jammerte unzählige Male, daß sie diesen Tag erleben mußte! und konnte zu keiner Äußerung bewogen werden als »Bringt mich zu Grabe«, was abgeschmackt genug schien, sintemalen sie nicht nur nicht tot war, sondern auch durchaus nicht danach aussah. Nach einer Weile verfiel sie in einen Zustand von schrecklicher Ruhe und bemerkte, daß sie, als jene unglückliche Verkettung von Umständen bei der Indigohandelgeschichte eingetreten, vorausgesehen habe, sie werde ihr ganzes Leben hindurch jeder Art von Schimpf und Schmach ausgesetzt sein; es freue sie daher, zu finden, daß sie damals recht gehabt, und bitte, man solle sich nicht weiter um sie kümmern – denn was sei sie im Grunde? O Himmel, ein Nichts – Man solle nur vergessen, daß ein solches Wesen noch am Leben sei, und ohne sie auszukommen suchen. Aus dieser Art sarkastischer Stimmung ging sie in eine zornige über, in welcher sie den bemerkenswerten Ausspruch tat, daß der getretene Wurm sich krümme; und dann gab sie sich einem milden Bedauern hin und sagte, wenn man ihr nur Vertrauen geschenkt haben würde, wie hätte sie dann mit Rat und Tat an die Hand gehen können! Diese seelische Krisis beim Schopf nehmend, umarmten die Abgesandten die tief Gekränkte, die bald darauf ihre Handschuhe anhatte und sich in einem Zustand tadelloser Vornehmheit auf dem Weg zu John Peerybingles Haus befand. An ihrer einen Seite baumelte ein Papiersack, der eine Staatshaube, fast so hoch und steif wie eine Mitra, enthielt.

Ferner wurden Dots Vater und Mutter in einer andern kleinen Chaise erwartet. Da sie über die Zeit ausblieben, wurde man besorgt, und alle spähten ängstlich die Straße hinunter nach ihnen aus. Frau Fielding blickte dabei stets in die falsche und unmögliche Richtung, und wenn man sie darauf aufmerksam machte, erklärte sie, hoffentlich stehe es ihr doch frei, hinzusehen, wohin sie wolle. Endlich kamen sie – ein pausbäckiges kleines Paar, das in gemächlicher, sorgloser Weise, wie sie der ganzen Dot-

schen Familie eigentümlich war, einherpolterte. Und Dot und ihre Mutter, Seite an Seite, waren wundervoll anzusehen. Sie glichen einander aufs Haar.
Dann hatte Dots Mutter ihre Bekanntschaft mit Mays Mutter zu erneuern, und Mays Mutter bestand immer auf ihrer Vornehmheit, während Dots Mutter nie auf etwas anderm als auf ihren rührigen kleinen Füßen stand. Und der alte Dot – wenn wir Dots Vater so nennen dürfen, denn ich vergaß, wie sein eigentlicher Name lautete, doch gleichviel – der alte Dot nahm sich Freiheiten, drückte Leuten, die er zum erstenmal sah, gleich die Hände, schien eine Haube nur für Musselin und Stärke zu halten, und zeigte gar keinen Respekt vor dem Indigohandel, sondern meinte, da sei jetzt nicht mehr zu helfen. Wenn Frau Fielding daher alles zusammenfaßte, so kam sie zu dem Ergebnis, er sei zwar ein gutmütiger, freundlicher Mann – aber roh, und wie roh!
Und Dot – meinen Segen über ihr strahlendes Gesicht – ich hätte Dot um keinen Preis missen mögen, als es galt, im Hochzeitskleid die Honneurs zu machen. Nein, und auch den guten Kärrner nicht, der so heiter und herzensfroh unten am Tisch saß. Ebensowenig den gebräunten, frischen Matrosen und sein schmuckes Weibchen. Kurz, keinen von allen. Das Mahl zu missen, wäre der Verlust des lustigsten und kräftigsten Mahles gewesen, an dem sich je ein Mensch delektierte, und die überströmenden Becher zu missen, mit denen sie den Hochzeitstag hoch leben ließen, wäre der allergrößte Verlust gewesen.
Nach dem Diner sang Kaleb das Lied vom funkelnden Becher. So wahr ich am Leben bin und noch ein Jährchen oder zwei zu bleiben hoffe, er sang es ganz durch!
Ja, apropos! Als der letzte Vers beendet war, trat ein höchst unerwartetes Ereignis ein.
An der Tür ließ sich ein Pochen vernehmen, und ein Mann stolperte herein, ohne »mit Erlaubnis« oder »bitt um Entschuldigung« zu sagen, der etwas Schweres auf

dem Kopfe hatte. Er setzte dies mitten auf dem Tisch nieder, symmetrisch in den Mittelpunkt der Nüsse und Äpfel, und sagte:
»Ein Kompliment von Herrn Tackleton, und da der Kuchen ihm selbst unnütz sei, so würdet ihr ihn vielleicht essen.«
Und mit diesen Worten zog er ab.
Man kann sich denken, daß dies eine Überraschung unter der Gesellschaft hervorrief. Frau Fielding, die eine Dame von gar feinem Scharfblick war, stellte die Vermutung auf, daß der Kuchen vergiftet sei, und erzählte eine Geschichte von einem Kuchen, durch den ein ganzes Seminar voll junger Frauenzimmer blau geworden sei. Aber sie wurde per acclamationem überstimmt, und May schnitt unter Beobachtung der althergebrachten Weise und unter allgemeinem Jubel den Kuchen an.
Ich glaube kaum, daß schon jemand davon gekostet hatte, als sich abermals ein Pochen an der Tür vernehmen ließ und derselbe Mann wieder erschien, unter seinem Arm ein ungeheures braunes Papierpaket tragend.
»Ein Kompliment von Herrn Tackleton, und er schicke hier einiges Spielzeug für das Bübchen. Die Sachen seien nicht häßlich.«
Nachdem er sich dieses Auftrags entledigt hatte, entfernte er sich wieder.
Es wäre wohl der ganzen Gesellschaft sehr schwer gefallen, Worte für ihr Erstaunen zu finden, selbst wenn sie hinreichend Zeit gehabt hätte, danach zu suchen. So aber war letzteres nicht der Fall, denn der Bote hatte kaum die Tür hinter sich zugedrückt, als sich aufs neue ein Pochen vernehmen ließ, und Tackleton selbst hereintrat.
»Frau Peerybingle«, sagte der Spielzeughändler, den Hut in der Hand, »es tut mir leid – noch mehr leid sogar als heute morgen. Ich habe Zeit gehabt, darüber nachzudenken. John Peerybingle, ich bin sauertöpfisch von Natur, kann aber nicht umhin, mein Wesen mehr oder weniger

versüßen zu lassen, indem ich einem Mann wie Euch gegenübertrete. Kaleb, dieses nichts ahnende kleine Kindermädchen gab mir gestern abend einen Wink, den ich heute verstehen gelernt habe. Ich erröte bei dem Gedanken, wie leicht ich Euch und Eure Tochter hätte an mich fesseln können, und welch ein blödsinniger Tropf ich war, als ich sie für blödsinnig hielt! Ihr Freunde insgesamt, mein Haus ist sehr einsam diesen Abend. Ich habe nicht einmal ein Heimchen an meinem Herd, denn ich habe sie alle fortgescheucht. Seid gnädig gegen mich und gestattet mir, daß ich mich diesem glücklichen Kreis anschließe!«
Er fühlte sich in fünf Minuten heimisch – so heimisch, daß du, lieber Leser, gewiß nie einen solchen Menschen gesehen hast. Was hatte er wohl sein ganzes Leben über mit sich selbst angefangen, daß er nie zuvor erfuhr, wie heiter er sein konnte! Oder was hatten die Hausgeisterchen mit ihm getrieben, daß eine solche Umwandlung möglich wurde!
»John, du wirst mich doch heute abend nicht nach Hause schicken – oder?« flüsterte Dot.
Er war nahe daran gewesen!
Es fehlte nur ein einziges lebendes Wesen, um die Gesellschaft zu vervollständigen; aber ehe man an das dachte, war es da – sehr durstig vom schnellen Laufen und mit der hoffnungslosen Anstrengung beschäftigt, seinen Kopf in einen engen Krug zu zwängen. Er war mit dem Karren bis ans Ende der Fahrt gelaufen, sehr ärgerlich über die Abwesenheit seines Gebieters und erstaunlich rebellisch gegen den Stellvertreter. Nachdem er eine Weile um den Stall geschnuppert und vergeblich den Versuch gemacht hatte, den alten Gaul zu einer meuterischen Umkehr auf eigne Rechnung zu veranlassen, war er in die Schenkstube gegangen und hatte sich daselbst vor dem Feuer niedergelegt. Aber plötzlich schien er die Überzeugung zu gewinnen, daß die Sache mit dem Stell-

vertreter ein großer Schwindel sei, der ihn gar nichts anginge, weshalb er wieder aufstand, dem Wirtshaus den Schwanz zukehrte und nach Hause lief.

Abends wurde getanzt. Ich hätte es bei dieser allgemeinen Erwähnung bewenden lassen, wenn ich nicht mit Recht annehmen könnte, daß es ein ganz origineller Tanz mit höchst ungewöhnlichen Figuren war. Letztere bildeten sich in seltsamer Weise, in folgender: Edward, der Matrose – ein guter, kecker, schmucker Bursche – hatte allerlei Wunder von Papageien, Minen, Mexikanern und Goldstaub erzählt, als es ihm auf einmal einfiel, von seinem Sitz aufzuspringen und einen Tanz vorzuschlagen; denn Bertas Harfe war gleichfalls da, und das blinde Mädchen hatte eine Fertigkeit darauf, wie man sie selten zu hören bekommt. Dot (ein schlaues, affektiertes kleines Ding, wenn sie wollte) sagte, ihre Tanztage seien vorüber; ich aber glaube, sie sagte es nur deshalb, weil der Kärrner seine Pfeife rauchte und sie am liebsten bei ihm saß. Da blieb natürlich Frau Fielding keine andre Wahl, als gleichfalls zu sagen, ihre Tanztage seien vorüber; und jedermann sagte das nämliche, ausgenommen May. May war bereit.

So fingen denn May und Edward unter großem Beifall allein zu tanzen an, während Berta ihre lieblichste Weise spielte.

Nun, wenn ihr mir glauben wollt – sie hatten noch keine fünf Minuten getanzt, als der Kärrner plötzlich seine Pfeife wegwirft, Dot um den Leib faßt, ins Zimmer hineinschießt und mit ihr – sich regelrecht wiegend – ganz wundervoll herumfährt. Tackleton hat dies kaum gesehen, als er zu Frau Fielding hinübersegelt, sie um den Leib faßt und sich der Tour anschließt. Der alte Dot wird bei diesem Anblick gleichfalls ganz lebendig, huscht mit Frau Dot mitten unter die Tanzenden und ist bald der vorderste. Kaleb faßt angesichts solcher Vorgänge Tilly Slowboy bei beiden Händen und tanzt drauflos – Fräulein Slowboy in der festen Meinung, hitzig unter die andern Paare hineinzufahren und alle Augenblicke mit ihnen zusammenzuprallen sei das einzige Prinzip des Fußsetzens.

Horcht, wie das Heimchen mit seinem Zirp, zirp, zirp sich der Musik anschließt, und wie der Kessel summt!

Doch was ist dies? Wie ich noch fröhlich zuhöre und mich

gegen Dot wende, um mir die kleine Gestalt, die mir so lieb ist, zum letzten Mal zu betrachten, ist sie samt den übrigen in der Luft verschwunden, und ich bin allein. Ein Heimchen zirpt an dem Herd, ein zerbrochenes Kinderspielzeug liegt auf dem Boden, und nichts andres ist übrig geblieben.

Der verwünschte Mann

Erstes Kapitel

Der Empfang der Gabe

Jedermann sagte das.

Fern sei es von mir, zu behaupten, das, was jedermann sagt, müsse wahr sein. Jedermann hat meistens ebensooft unrecht als recht. Allgemeiner Erfahrung nach hat jedermann sehr oft unrecht gehabt, und es dauerte meistens so entsetzlich lange, bevor man herausfand, wie sehr, daß seine Autorität zweifelhaft geworden ist. Jedermann mag manchmal recht haben, aber das ist nicht die Regel, wie Giles Scroggins' Geist in der Ballade sagt.

Das schauererregende Wort Geist bringt mich wieder ins Geleise.

Jedermann sagte, er sehe aus wie ein Verwünschter. Für diesmal beanspruche ich für jedermann den Glauben, daß er so weit recht hatte. Er sah so aus.

Wer hätte seine hohlen Wangen sehen können, seine tiefliegenden leuchtenden Augen, seine schwarz gekleidete, in ihrem Ernst abstoßende Gestalt, obwohl kräftig und wohlgebaut, sein ergrauendes Haar, das wie verfilztes Seegras ihm ums Gesicht hing – als wäre er sein ganzes Leben lang wie ein öder Markstein von den tosenden Wellen der Menschheit umspült worden – ohne zu sagen, er sehe wie ein Verwünschter aus?

Wer hätte sein schweigsames, nachdenkliches, finsteres Wesen, das durch seine geflissentliche Reserve noch unnahbarer wurde, wer ihn, der niemals fröhlich war, sondern sich immer zurückzog mit der zerstreuten Miene eines Mannes, der an entschwundne Zeiten und Orte denkt oder auf Klänge aus alten Zeiten in seinem Innern lauscht, beobachten können, ohne zu sagen, er habe das Wesen eines Verwünschten?

Wer seine langsame, tiefe und ernste Stimme vernehmen, mit ihrer natürlichen Volltönigkeit und Melodie, gegen die er sich zu wehren schien, ohne zu sagen, seine Stimme sei die eines Verwünschten?

Wer ihn in seinem Studierzimmer sah, halb Bibliothek und halb Laboratorium – denn er war ein Chemiker von

Weltruf und als Lehrer ein Mann, an dessen Lippen täglich Hunderte von Wißbegierigen hingen – wer ihn dort sah in einer stillen Winternacht, umgeben von seinen Flaschen und Instrumenten und Büchern; der Schatten seiner überschirmten Lampe, ein riesengroßer Käfer an der Wand, bewegungslos unter einer Menge gespenstiger Gestalten, die das Flackern des Feuers auf den seltsam geformten und fremdartig aussehenden Instrumenten um ihn bildete; einige dieser Phantome (Schatten von Gläsern mit Flüssigkeiten) im Herzen zitternd, wie Dinge, die seine Macht kannten, sie zu zersetzen und ihre Bestandteile dem Feuer und dem Rauch wiederzugeben: – wer ihn dort sah nach getaner Arbeit, wie er nachdenklich dasaß vor dem rotflackernden Feuer, die schmalen Lippen bewegend, als ob er spräche, aber stumm wie die Toten, mußte der nicht sagen, daß der Mann aussehe wie ein Verwünschter, und das Zimmer dazu?
Wer konnte nicht durch ein leises Aufblühen der Phantasie zu dem Glauben kommen, daß alles um ihn diesen gespensterhaften Ton annahm und daß er den Fuß auf Gespensterboden setze?
Seine Wohnung war einsam und gruftartig – ein alter, abgelegener Teil einer ehemaligen Stiftung für Studierende, einst ein schönes Gebäude auf einem freien Platz, jetzt aber ein alter wunderlicher Einfall längst vergessener Architekten, von Alter, Rauch und Wetter gebräunt, auf jeder Seite eingeklemmt von dem um sich greifenden Wachstum der großen Stadt und wie ein alter Brunnen zugestopft mit Steinen und Ziegeln; seine kleinen Höfe in wahren Abgründen liegend zwischen den Straßen und Gebäuden, die im Verlauf der Zeit die unförmlichen Schornsteine des alten Gebäudes übertürmt haben; seine alten Bäume umqualmt von dem Rauch der benachbarten Essen, der so gnädig ist, sich so tief herabzulassen, wenn er sehr schwach und das Wetter sehr neblig ist; seine Grasflecke mit der unfruchtbaren Erde um ihre Existenz

kämpfend; seine stillen Gänge ungewohnt des menschlichen Trittes und selbst der Betrachtung durch menschliche Augen, außer wenn einmal ein verirrtes Gesicht aus der Oberwelt herabblickte und sich verwundert fragte, was für ein Winkel dies sei; seine Sonnenuhr in einer kleinen, halbvermauerten Ecke, wo seit hundert Jahren sich kein Sonnenstrahl hinverlaufen, aber wo zum Ersatz für das Ausbleiben der Sonne der Schnee noch wochenlang lag, wenn er schon überall sonst verschwunden war, und der scharfe Ostwind sich wie ein ungeheurer Brummkreisel drehte, wenn er an allen andern Plätzen schwieg.

Seine Stube in des Gebäudes innerstem Herzen war so düster und alt, so verfallen und doch noch so fest mit ihren wurmstichigen Holzbalken in der Decke und dem soliden Flur, der sich von der Tür abwärts senkte, bis zu dem großen Kamin aus Eichenholz; so mitten in der Stadt und eingeengt von ihren andrängenden Gebäuden, so veraltet in ihrem ganzen Aussehen; so still und doch so reich an schallendem Echo, wenn eine ferne Stimme erklang oder eine Tür zufiel – Echos, die sich nicht auf die vielen niedrigen Gänge und leeren Zimmer beschränkten, sondern fortkollerten und murrten, bis sie in der schweren Luft der vergessenen Krypta erstickten, deren normannische Bogen halb in der Erde begraben waren.

Ihr hättet ihn sehen sollen in seiner Stube in der Dämmerstunde im tiefen Winter.

Wenn der Wind mit dem Sinken der fahlen Sonne schrill und scharf zu blasen anfing; wenn die Dämmerung gerade so weit vorgeschritten war, daß die Formen der Gegenstände undeutlich und massig waren, aber nicht ganz unsichtbar; wenn die Leute vor dem Feuer in den Kohlen ungeheuerliche Gestalten und Gesichter, Berge und Abgründe, Hinterhalte und Armeen zu sehen anfingen; wenn Leute auf der Straße den Kopf senkten und vor dem Winde herliefen; wenn diejenigen, die ihm entgegengehen mußten, an zugigen Ecken aufgehalten und von eisigen Schneeflocken geprickelt wurden, die sich auf ihre Augenwimpern senkten und zu sparsam fielen und zu rasch wieder weggeweht wurden, um eine Spur auf dem gefrorenen Erdboden zu hinterlassen; wenn die Fenster der Häuser sorgsam und luftdicht verschlossen blieben; wenn das helle Gas in den geschäftigen und den stillen Straßen aufflammte, die sonst tief schwarz gewesen wären; wenn vereinzelte Fußgänger, fröstelnd durch die stillen Gassen eilend, hinabschauten auf die flackernde Flamme in den Küchen und ihren Appetit noch stachelten, indem sie den Duft von ganzen Serien von Mittagsmahlen einschlürften.

Wenn Reisende auf dem Land vor Kälte bebten und verdrossen auf die dunkle Landschaft, die im Sturm rauschte und zitterte, hinaussahen; wenn Seeleute auf eisüberzogenen Rahen hoch über dem tosenden Meere hin- und hergeworfen wurden; wenn die Leuchttürme auf Klippen und Kaps einsame Wacht hielten und von der Nacht überraschte Seevögel ihren Riesenlaternen zuflatterten und sich daran zerschmetterten; wenn die kleinen Märchenleser beim Feuerschein zitternd an Cassim Baba dachten, wie er gevierteilt in der Räuberhöhle hing, oder böse Ahnungen hatten, daß ihnen die garstige Alte mit der Krücke, die aus dem Kasten in Kaufmann Abudahs Schlafzimmer sprang, einmal nachts auf der Treppe begegnen könnte, auf der langen, kalten, dunkeln Reise zu Bett.

Wenn auf dem Land der letzte Schimmer des Tageslichts an dem Ende der Alleen erblich und die sie überwölbenden Bäume finster und schwarz wurden; wenn in Park und Forst das hohe nasse Farnkraut und das feuchte Moos und Haufen welken Laubes und Baumstämme sich in undurchdringlichen Schattenmassen verloren; wenn Nebel aus Gräben, Sumpf und Fluß emporstieg; wenn der

Lichterschein aus alten Hallen- und Hüttenfenstern ein erquicklicher Anblick wurde; wenn die Mühle feierte, der Radmacher und der Schmied ihre Werkstatt schlossen, der Schlagbaum niederging, Pflug und Egge verlassen im Felde standen, der Ackersmann mit seinem Gespann sich heimwärts wandte, die Kirchenglocke mit tieferem Ton schlug als mittags und das Kirchhofspförtchen sich für diesen Tag nicht mehr in den Angeln drehte.

Wenn die Dämmerung überall die den ganzen Tag lang eingekerkerten Schatten erlöste, die jetzt dichter und dichter wurden, wie sich sammelnde Scharen von Geistern; wenn sie dräuend in Zimmerecken standen und finster hinter halboffenen Türen hervorlugten; wenn sie im vollen Besitz unbewohnter Zimmer waren; wenn sie auf den Fußböden, an den Wänden und Decken leerer Gemächer tanzten, während das Feuer fast ersterben wollte, und sich wie die ebbenden Wellen zurückzogen, sobald es hell auflohte; wenn sie die Formen vertrauter Gegenstände phantastisch verzerrten, die Amme zu einer Kinderfresserin machten, das Schaukelpferd zu einem Ungeheuer und das halb von Angst und halb von Ergötzen erfüllte Kind sich selbst zu einer fremden Gestalt – sogar die Feuerzange auf dem Herd zu einem spreizbeinigen Riesen, der die Arme in die Seite stemmte, ersichtlich Menschenfleisch roch und aus andrer Leute Gebeinen Mehl zu seinem Brot mahlen wollte.

Wenn diese Schatten älteren Leuten andre Gedanken in den Sinn brachten und ihnen andre Bilder zeigten; wenn sie aus ihren heimlichen Winkeln hervorkamen als Gestalten und Gesichter aus der Vergangenheit, aus dem Grab, aus dem tiefen, tiefen Abgrund, wo die Dinge, die da hätten sein können, aber nie waren, immer hinwandern.

Wenn er so dasaß, in das Feuer starrend; wenn mit dessen wechselndem Flackern die Schatten kamen und gingen; wenn er ihrer nicht achtete mit seinen körperlichen Au-

gen, sondern, sie mochten kommen oder gehen, starr ins Feuer sah.

Wenn die Klänge, die mit den Schatten sich erhoben hatten und herauskamen aus ihrem Versteck auf des Zwielichts Ruf, alles ringsum nur noch stiller zu machen schienen; wenn der Wind im Schornstein polterte und im Haus manchmal winselte und manchmal heulte; wenn die alten Bäume draußen so geschüttelt wurden, daß eine grämliche, alte Krähe, in ihrem Schlaf gestört, dann und wann mit einem schwachen, schläfrigen, hoch aus den Wipfeln herabtönenden Krah! dagegen protestierte; wenn zuzeiten die Fenster erzitterten, die verrostete Wetterfahne auf dem Turmdach ächzte, die Uhr darunter meldete, daß wieder eine Viertelstunde vorüber sei, oder das Feuer röchelnd erstarb.

Wenn es an seiner Tür pochte, während er so dasaß, und ihn aufschreckte.

»Wer ist da?« sagte er. »Herein!«

Sicherlich hatte keine Gestalt hinter seinem Stuhl gestanden, kein Gesicht auf ihn herabgeschaut. Gewiß berührte kein gleitender Tritt den Fußboden, als er aufschreckend den Kopf hob und sprach. Auch war kein Spiegel im Zimmer, auf den seine eigne Gestalt nur einen Augenblick lang seinen Schatten hätte werfen können, und doch war ein Etwas schattenhaft vorbeigehuscht und verschwunden!

»Ich bitte ergebenst um Verzeihung, Sir«, sagte ein rotbäckiges, pußliches Männchen, das die Tür mit dem Fuß offen hielt, um sich und ein Servierbrett hereinzulassen, und sie sehr allmählich und vorsichtig wieder losließ, damit sie geräuschlos zufalle, »wenn es heute ein wenig spät geworden ist. Aber Frau William hat so viel zu schaffen gehabt . . .«

»Mit dem Wind? Ja, ich habe ihn brausen hören.«

»Mit dem Wind, Sir – daß es ein wahres Glück ist, daß sie überhaupt nach Hause gekommen ist. Jawohl, jawohl. Mit dem Wind, Herr Redlaw, mit dem Wind.«

Er hatte unterdessen das Servierbrett hingesetzt und stand im Begriff, die Lampe anzubrennen und den Tisch zu decken. Davon ließ er aber sogleich wieder ab, um das Feuer zu schüren und mit Kohlen zu versehen; dann nahm er seine Arbeit wieder auf. Die angezündete Lampe und das aufflackernde Feuer gaben dem Zimmer so rasch

ein andres Aussehen, daß es war, als ob das bloße Erscheinen seines frischen roten Gesichts und seines rührigen Wesens die wohltuende Veränderung hervorgebracht hätte.
»Frau William ist natürlich zu jeder Zeit der Möglichkeit ausgesetzt, Sir, von den Elementen aus dem Gleichgewicht gebracht zu werden. Darüber kann sie nicht hinaus!«
»Nein«, entgegnete Herr Redlaw freundlich, aber kurz.
»Nein, Sir, Frau William kann aus dem Gleichgewicht gebracht werden von der Erde; wie z. B. am Sonntag vor acht Tagen, als es naß und schlüpfrig war und sie mit ihrer neuesten Schwägerin zum Tee ging und sich was drauf zugute tat und, obwohl sie zu Fuß ging, vollkommen sauber erscheinen wollte. Frau William kann von der Luft aus dem Gleichgewicht gebracht werden, wie damals auf dem Peckhamer Jahrmarkt, wo sie sich bereden ließ, sich zu schaukeln, was auf ihre Konstitution wirkte wie ein Dampfboot. Frau William kann aus dem Gleichgewicht kommen durch das Feuer, wie damals bei dem falschen Feuerlärm bei ihrer Mutter, wo sie dann eine halbe Stunde Wegs in der Nachtmütze lief. Frau William kann aus dem Gleichgewicht kommen durch Wasser, wie neulich in Battersea, wo ihr junger Neffe, Charley Swidger junior, zwölf Jahre alt, der keine Idee vom Steuern hat, das Boot zwischen den Brückenpfeilern festfuhr. Aber das sind Elemente. Frau William muß aus den Elementen herauskommen, wenn sich die Stärke ihres Charakters zeigen soll.«
Als er, eine Antwort erwartend, innehielt, ertönte ein »Ja«, genau so wie vorher.
»Ja, Sir. Ach Gott, ja!« sagte Herr Swidger, immer noch beschäftigt, den Tisch zu decken, und dabei jedes einzelne Stück, das er auf den Tisch legte, herzählend. »So ist die Sache, Sir. So viele, viele Swidgers! – Pfeffer. Da ist erst einmal mein Vater, Sir, pensionierter Kastellan und Ku-

stos des Stifts, siebenundachtzig Jahr alt. Das ist ein Swidger! – Löffel.«

»Jawohl, William«, war die ruhige und zerstreute Antwort, als der Diener wieder innehielt.

»Ja, Sir«, sagte Herr Swidger. »Das habe ich immer gesagt, Sir. Sie können ihn den Stamm des Baumes nennen! – Brot. Dann kommt der nächste, mein unwürdiges Ich – Stolz – und Frau William, beide Swidgers. – Messer und Gabel. Dann kommen alle meine Brüder und ihre Familien, Swidgers, Mann und Frau, Knaben und Mädchen. Wahrhaftig, mit all den Vettern, Onkeln, Tanten und Verwandten in diesen, jenen und andern Graden, und Heiraten und Niederkünften, könnten die Swidgers – Weinglas – sich bei den Händen fassen und einen Kreis um ganz England ziehen!«

Da Herr William von dem Sinnenden, zu dem er sprach, keine Antwort empfing, trat er ihm näher und stellte sich, als ob er zufällig mit einer Karaffe an den Tisch stoße, um ihn aus seinem Brüten zu erwecken. Nachdem ihm dies gelungen war, fuhr er fort zu reden, als ob er eifrig und eilig zustimme.

»Ja, Sir! Das sage ich auch. Frau William und ich haben das oft gesagt. ›Swidgers sind genug da‹, sagen wir, ohne *unsere* freiwilligen Beiträge – Butter. Wahrhaftig, Sir, mein Vater ist schon für sich eine Familie – Plat de Menage – für die zu sorgen ist; und es ist im ganzen recht gut, daß wir selber keine Kinder haben, obgleich Frau William ein bißchen still dadurch geworden ist. Wäre Ihnen nun das Huhn und die Kartoffeln angenehm, Sir? Frau William sagte, sie wollte zehn Minuten nach mir kommen.«

»Sie sind mir angenehm«, sagte der andre, wie aus einem Traum erwachend und langsam auf- und abgehend.

»Frau William hat wieder etwas gemacht, Sir!« sagte der Pedell, indem er einen Teller am Feuer wärmte und lächelnd sein Gesicht von ihm beschatten ließ. Herr Redlaw

blieb stehen, und sein Gesicht nahm einen Ausdruck von Teilnahme an.
»Ich sage es immer, Sir. Sie muß es tun! Frau William hat ein Muttergefühl in ihrer Brust, das sich Luft machen will und muß.«
»Was hat sie getan?«
»Ja, Sir, nicht zufrieden, alle die jungen Herren zu bemuttern, die aus allen Gegenden hierher kommen, um Ihre Vorlesungen in diesem alten Gebäude – 's ist unglaublich, wie Steingut, trotz des kalten Wetters, die Hitze aufsaugt!« Mit diesen Worten drehte er den Teller um und blies auf seine Finger.
»Nun?« sagte Herr Redlaw.
»Das sage ich auch immer, Sir«, entgegnete Herr William, indem er über die Achsel sprach, als stimmte er rasch und freudig ein. »Das ists eben, Sir! Alle unsre Studenten, ohne Ausnahme, scheinen Frau William in diesem Licht zu betrachten. Jeden Tag, das ganze Semester hindurch, steckt einer nach dem andern den Kopf zur Tür herein, und alle haben ihr etwas zu sagen oder sie etwas zu fragen. ›Swidge‹ nennen sie im allgemeinen Frau William unter sich, höre ich; aber das sage ich eben, Sir: Viel besser, sich seinen Namen verdrehen zu lassen, wenn es mit wirklicher Liebe geschieht, als wenn man sonst, wer weiß wie viel daraus macht, und niemand sich um einen bekümmert! Wozu ist ein Name da? Damit man jemanden daran erkennt. Wenn Frau William durch etwas Besseres als ihren Namen bekannt ist – ich spreche von Frau Williams Eigenschaften und Gemütsart – so kommts nicht auf ihren Namen an, wenn er auch von Rechts wegen Swidger ist. Mögen sie sie Swidge, Widge, Bridge oder weiß Gott sonstwie nennen!«
Bei den Schlußworten dieser glänzenden Rede erreichten er und der Teller den Tisch, auf den er letzteren mit einem lebhaften Gefühl, daß dieser durch und durch warm sei, halb legte und halb fallen ließ, gerade als der Gegenstand

seines Lobes, beschwert mit einem zweiten Präsentierbrett und einer Laterne, und begleitet von einem ehrwürdigen Greis mit langem grauen Haar, ins Zimmer trat.
Frau William war, wie Herr William, eine einfache, unschuldig aussehende Person, auf deren glatten Wangen sich das heitere Rot der Bedientenweste ihres Gatten angenehm wiederholte. Aber während Herrn Williams blondes Haar ihm auf dem ganzen Kopf zu Berge stand und seine Augen mit einem Übermaß rühriger Bereitwilligkeit für alles mögliche mit emporzuziehen schien, war das dunkelbraune Haar der Frau William sorgsam glatt gestrichen und rollte sich unter einer schmucken, knappen Haube in der denkbar ordentlichsten und ruhigsten Weise zusammen. Während selbst Herrn Williams Hosen sich an den Knöcheln emporkrempelten, als liege es nicht in ihrer stahlgrauen Art, sich ruhig zu verhalten, ohne sich umzuschauen, war Frau Williams niedlich geblümtes Kleid – rot und weiß, wie ihr eigenes, hübsches Gesichtchen – so nett und ordentlich, als ob selbst der Wind, der draußen wehte, nicht eine einzige seiner Falten aus der Fassung bringen könnte. Während sein Rock um Brust und Schulter hing, als ob er halb gesonnen sei, sich auf und davon zu machen, war ihr Leibchen so schmuck und friedfertig, daß sie in ihm einen Beschützer gegen die Rohesten gehabt haben würde, wenn sie überhaupt eines solchen bedurft hätte. Wer hätte das Herz gehabt, eine so stille Brust durch Kränkung zu rascherem Arbeiten zu bringen, sie in Furcht erzittern oder vor einem schmachvollen Gedanken zurückbeben zu machen? Bei wem würde ihre Ruhe und ihre Friedfertigkeit nicht gegen jede Störung wie der Schlummer eines Kindes gewirkt haben?!
»Pünktlich natürlich, Milly«, sagte ihr Mann und nahm ihr das Brett ab, »oder du müßtest dich selbst verleugnen. Hier ist Frau William, Sir! Er sieht heute verlassener aus als je«, flüsterte er seiner Frau zu, »und ganz geisterhaft!«

Ohne Eilfertigkeit oder Lärm, ja, ohne sich bemerklich zu machen, so ruhig und still war sie, setzte Milly die mitgebrachten Gerichte auf den Tisch, während Herr William trotz vielen Klapperns und Hinundherlaufens nichts als eine Schale mit Bratensaft erwischt hatte, die er dienstbereit in der Hand hielt.

»Was trägt der Alte im Arm?« fragte Herr Redlaw, als er sich zu seinem einsamen Mahl hinsetzte.

»Stechpalme, Sir«, erwiderte Frau Williams ruhige Stimme.

»Das habe ich immer gesagt«, fiel Herr William ein und reichte die Schale hin. »Beeren passen so gut für diese Jahreszeit! – Braune Sauce!«

»Wieder ein Weihnachten da, wieder ein Jahr vorüber!« murmelte der Chemiker mit einem trüben Seufzer. »Immer mehr Ziffern in der immer länger werdenden Summe von Erinnerungen, die wir beständig zu unserer Qual nachrechnen, bis der Tod alle untereinander wirft und wegwischt. Philipp!« sagte er, sich unterbrechend und mit erhobener Stimme den Alten anredend, der im Hintergrund mit der leuchtenden Last auf dem Arm stand, von der die ruhige Frau William kleine Zweige nahm, die sie geräuschlos mit der Schere beschnitt und zum Schmuck des Zimmers verwendete, während ihr alter Schwiegervater voll Teilnahme zusah.

»Ihr Gehorsamster, Sir«, sagte der Alte. »Hätte früher gesprochen, Sir, aber kenne Ihre Art, Herr Redlaw, bin stolz darauf und warte, bis man mich anredet! Fröhliche Weihnachten, Sir, und glückliches Neujahr, und noch viele andere. Habe selbst eine hübsche Anzahl von ihnen erlebt, ha ha! und darf mir die Freiheit nehmen, sie andern zu wünschen. Bin siebenundachtzig!«

»Habt Ihr viele erlebt, die fröhlich und glücklich waren?« sagte der andre.

»Ja, Sir, sehr viele«, entgegnete der Alte.

»Hat sein Gedächtnis vom Alter gelitten? Es läßt sich

erwarten«, sagte Herr Redlaw leiser, zum Sohn gewendet.
»Nicht ein bißchen, Sir«, erwiderte Herr William. »Das sage ich immer, Sir: Habe noch kein solches Gedächtnis gesehen, wie mein Vater hat. Er ist der wunderbarste Mann von der Welt. Er weiß nicht, was Vergessen heißt. Das sage ich auch immer zur Frau William, Sir, Sie können mirs glauben!«
In seinem höflichen Bestreben, jederzeit als ein Mann zu gelten, der immer allem beistimmt, brachte Herr Swidger dies vor, als ob kein Buchstabe Widerspruch darin wäre, und als ob er alles in unbegrenzter und unbedingter Zustimmung sage.
Der Chemiker schob den Teller von sich, stand vom Tisch auf und ging zur Tür, wo der Alte stand und ein kleines Zweigelchen Stechpalme, das er in der Hand hielt, betrachtete.
»Es erinnert an die Zeit, wo viele dieser Jahre alt und neu waren?« sagte er, indem er ihn aufmerksam betrachtete und seine Schulter berührte. »Nicht wahr?«
»O viele, viele!« sagte Philipp, halb aus seiner Träumerei erwachend. »Ich bin siebenundachtzig!«
»Fröhliche und glückliche, nicht wahr?« fragte der Chemiker mit gedämpfter Stimme weiter. »Fröhliche und glückliche, Alter?«
»Vielleicht so groß, nicht größer«, sagte der Alte und bezeichnete mit der Hand die Höhe seines Knies, während er den Fragenden mit rückwärts gewandtem Gesicht anschaute, »waren diese Stechpalmen am ersten Weihnachtstag, an den ich mich erinnere! Es war ein kalter, klarer Tag draußen, als mir jemand – so gewiß Sie dort stehen, wars meine Mutter, obgleich ich mich nicht erinnern kann, wie ihr liebes Gesicht aussah, denn sie legte sich noch dieselben Weihnachten hin und starb – sagte, diese Beeren wären Futter für die Vögel. Der kleine hübsche Kerl – das bin ich, müssen Sie wissen – glaubte,

daß die Augen der Vögel so glänzten, weil die Beeren, von denen sie im Winter lebten, so glänzend waren. Ich erinnere mich dessen noch. Und ich bin siebenundachtzig!«
»Fröhliche und glückliche!« sagte der andre vor sich hin und sah mit seinen dunkeln Augen mitleidig lächelnd die

alte gebeugte Gestalt an. »Fröhliche und glückliche – und an alle erinnert Ihr Euch!«
»Ja, ja, ja!« sagte der Alte, die letzten Worte vernehmend. »Ich kann mich noch recht gut auf die Feiertage besinnen aus meiner Schulzeit und das lustige Leben, das mit ihnen anfing. Ich war damals ein starker Bursche, Herr Redlaw, und Sie können mirs glauben, ich hatte nicht meinesgleichen im Fußballspiel auf zehn Meilen in der Runde. Wo ist mein Sohn William? Hatte nicht meinesgleichen beim Fußball, William, zehn Meilen in der Runde.«
»Das habe ich immer gesagt, Vater!« erwiderte der Sohn rasch und mit großer Ehrerbietung. »Wenn Ihr kein Swidger seid, dann hats nie einen in der Familie gegeben!«
»Du lieber Gott!« sagte der Alte und schüttelte den Kopf, während er die Stechpalme anblickte. »Seine Mutter – mein Sohn William ist mein Jüngster – und ich, wir haben mitten unter ihnen gesessen, Knaben und Mädchen, groß und klein, manches Jahr, wenn die Beeren wie diese hier nicht halb so glänzten, wie ihre schmucken Gesichter. Viele von ihnen sind hinüber; sie ist hinüber, und mein Sohn Georg (unser Ältester, auf den sie stolzer war, als auf alle übrigen) ist tief, tief gesunken! Aber wenn ich diese Beeren anblicke, kann ich sie alle sehen, lebend und gesund, wie sie in jenen Tagen waren; und Gott sei Dank, auch ihn kann ich sehen in seiner Unschuld. Es ist ein großer Gottessegen für mich bei siebenundachtzig Jahren!«
Der scharfe Blick, der ihn so ernst angeschaut, hatte allmählich den Boden gesucht.
»Und als sich meine Umstände verschlechterten, weil man nicht ehrlich gegen mich verfuhr, und ich zuerst hierher kam als Kastellan« – sagte der Alte – »das ist mehr als fünfzig Jahre her – wo ist mein Sohn William? Mehr als ein halbes Jahrhundert, William!«
»Das sage ich auch, Vater«, entgegnete William so rasch

und ehrerbietig wie vorhin. »Das ist ganz richtig so. Zweimal Null ist Null und zweimal fünf ist zehn, macht hundert.«

»Es war ordentlich eine Freude, zu wissen, daß einer unsrer Gründer, oder richtiger gesagt« – verbesserte sich der Alte mit einer wahren Freude an dem Gegenstand seiner Rede und seiner Kenntnis davon – »einer der gelehrten Herren, die uns in Königin Elisabeths Zeit beschenkten, denn wir waren viel früher schon gegründet –: in seinem Testament unter andern Schenkungen eine Summe aussetzte, um jede Weihnachten Stechpalmen zum Ausschmücken der Wände und Fenster zu kaufen. In dieser Schenkung drückte sich so viel Herzlichkeit und Gemüt aus. Als wir damals noch ganz fremd zur Weihnachtszeit hierher kamen, faßten wir ordentlich eine Liebe zu seinem Bild, das in dem Saal hängt, der früher, ehe die zehn armen Studenten anstatt des Freitisches ein Geldstipendium bekamen, unser großer Speisesaal war. – Ein gesetzter Herr mit einem spitzen Bart und einer weißen Halskrause, und unter dem Bild steht mit gotischen Buchstaben: Herr! Erhalte mein Gedächtnis frisch! Sie wissen es ja, Herr Redlaw.«

»Ich weiß, daß das Bild dort hängt, Philipp.«

»Ja, es ist das zweite rechts über dem Eichengetäfel. Ich wollte eben sagen: es hat mir geholfen, mein Gedächtnis frisch zu erhalten; ich bin ihm dafür dankbar; denn wenn ich alljährlich so wie heute durch die alten Gemächer gehe und sie auffrische mit diesen Zweigen und Beeren, so frischt das auch mein Gedächtnis auf. Ein Jahr bringt das andre zurück, und das andre wieder andre, und diese andern eine ganze Menge! Zuletzt wird es mir, als ob der Geburtstag unsres Herrn zugleich der Geburtstag von allem wäre, was ich geliebt, was ich beweint oder was mich erfreut hatte – und das ist gar vieles, denn ich bin siebenundachtzig!«

»Fröhliche und glückliche!« sagte Redlaw vor sich hin.

Ein seltsames Dunkel begann sich im Zimmer zu verbreiten.

»Sie sehen also, Sir«, fuhr der alte Philipp fort, dessen gesunde Greisenwangen sich mehr gerötet hatten und dessen blaue Augen lebhafter zu leuchten anfingen, als er sprach, »ich habe viel zu feiern, wenn ich dieses Fest feiere. Nun, wo ist mein stilles Mäuschen? Schwatzen ist die Erbsünde meiner Jahre, und die Hälfte der Zimmer ist noch zu schmücken, wenn die Kälte uns nicht noch früher starr macht, der Wind uns nicht wegbläst oder die Dunkelheit uns nicht verschlingt.«

Das stille Mäuschen stand neben ihm und nahm schweigend seinen Arm, ehe er ausgesprochen hatte.

»Komm, mein Lieb«, sagte der Alte. »Herr Redlaw kommt sonst nicht eher zum Essen, als bis es so kalt ist wie der Winter. Sie werden mir hoffentlich mein Geplauder verzeihen, Sir, und ich wünsche Ihnen gute Nacht und noch einmal ein fröhliches . . .«

»Bleibt!« sagte Herr Redlaw und nahm wieder am Tisch Platz, wie es schien, mehr um den alten Kastellan zu beruhigen, als in der Absicht, seinem Appetit Genüge zu leisten. »Schenkt mir noch einen Augenblick, Philipp! William, Ihr wolltet mir eben etwas sagen, was Eurer vortrefflichen Frau zur Ehre gereichte. Es wird ihr nicht unangenehm sein, wenn sie aus Eurem Munde ihr Lob hört. Was war es?«

»Ja, sehen Sie, Sir, das ists eben«, entgegnete Herr William Swidger und blickte in ziemlicher Befangenheit seine Frau an. »Frau William sieht mich so an.«

»Aber ihr fürchtet Euch doch nicht vor Frau Williams Auge?«

»Ach nein, Sir, das sage ich ja eben«, erwiderte Herr Swidger. »Zum Fürchten ist das nicht gemacht worden. Zu diesem Zweck wäre es weniger sanft ausgefallen. Aber ich möchte nicht gern – Milly! – den, du weißt schon – unten im Stift.«

Herr William, der hinter dem Tisch stand und befangen mit den darauf befindlichen Gegenständen herumwirtschaftete, warf seiner Frau überredende Blicke zu und deutete verstohlen mit Kopf und Daumen auf Herrn Redlaw, als wolle er sie auffordern, sich ihm zu nähern.

»Nun, der drunten, Liebe«, sagte Herr William. »Unten im Stift. Erzähl es doch, Frau. Du bist im Vergleich mit mir wie Shakespeares Werke. Der drunten im Stift – du weißt ja, Frau – Student.«

»Student?« wiederholte Herr Redlaw und hob den Kopf.

»Das sage ich ja, Sir!« rief Herr William, mit größter Lebhaftigkeit beistimmend. »Wenns nicht der arme Student unten im Stift wäre, warum sollten Sie es dann aus Frau Williams Munde zu hören wünschen? Frau William, meine Liebe – Stift.«

»Ich wußte nicht«, sagte Milly mit einer ruhigen Offenheit, die ganz frei war von Hast oder Verwirrung, »daß William etwas davon gesagt hat, sonst wäre ich nicht gekommen. Ich bat ihn, es nicht zu tun. Es ist ein kranker junger Herr, Sir – und sehr arm, fürchte ich – der zu krank ist, um zum Feste nach Hause zu reisen, und ganz verlassen und in einem Zimmer, das für einen solchen Herrn schlecht genug ist, unten im Jerusalemstift wohnt. Weiter ist nichts, Sir.«

»Warum habe ich nie etwas von ihm gehört?« fragte der Chemiker und erhob sich rasch. »Warum hat er mich nicht von seiner Lage unterrichtet? Krank! – Gebt mir Hut und Mantel her. Arm! – in welchem Hause? – welche Nummer?«

»Ach, Sie dürfen nicht hingehen, Sir«, sagte Milly, indem sie den Arm ihres Schwiegervaters fahren ließ und Redlaw mit ihrem ruhigen Antlitz und gefalteten Händen entgegentrat.

»Nicht hingehen?«

»Ach Gott, nein!« sagte Milly und schüttelte den Kopf wie über eine ganz offenbare und sich von selbst verstehende Unmöglichkeit. »Daran ist gar nicht zu denken!«

»Was soll das heißen? Warum nicht?«

»Ja, sehen Sie, Sir«, sagte Herr William Swidger beschwichtigend und zutraulich, »das sage ich eben. Verlassen Sie sich darauf, der junge Herr hätte nie seine Lage einer Mannesperson anvertraut. Frau William hat sich sein Vertrauen erworben, aber das ist ganz etwas andres. Sie haben alle Vertrauen zu Frau William; ihr trauen sie alle. Ein Mann, Sir, hätte kein Sterbenswörtchen aus ihm herausgekriegt; aber eine Frau, Sir, und noch dazu Frau William –!«

»Es liegt viel Wahres und Zartfühlendes in dem, was Ihr sagt, William«, gab Herr Redlaw zur Antwort, indem er auf das sanfte und stille Gesicht neben sich blickte. Und den Finger auf den Mund legend, drückte er ihr heimlich seine Börse in die Hand.

»Ach Gott, nein, Sir!« sagte Milly und gab sie wieder zurück. »Das wäre ja noch schlechter! Kein Gedanke daran!«

Sie war ein so besonnenes und prosaisches Hausmütterchen und so wenig aus ihrer Fassung gebracht, trotz dieser hastigen Zurückweisung, daß sie gleich darauf in ihrer Ordnungsliebe einige Blätter vom Boden auflas, die zwischen der Schere und der Schürze durchgeschlüpft waren, als sie das Zimmer schmückte.

Als sie, sich aus ihrer gebückten Stellung aufrichtend, sah, daß Herr Redlaw sie immer noch zweifelnd und erstaunt betrachtete, wiederholte sie ruhig, während sie sich umsah, ob vielleicht noch einige Blättchen ihrer Aufmerksamkeit entgangen wären:

»Ach Gott, nein, Sir! Er sagte, daß lieber alle andern Menschen der Welt als Sie von seiner Existenz wissen oder ihm eine Unterstützung zukommen lassen sollten – obgleich er ein Student aus Ihrem Kolleg ist. Ich habe

Ihnen nicht das Wort abverlangt, dieses Geheimnis zu bewahren, aber ich verlasse mich ganz auf Ihre Ehre.«

»Warum sagte er das?«

»Das kann ich wahrhaftig nicht sagen, Sir«, sagte Milly, nachdem sie ein Weilchen nachgesonnen; »dazu bin ich nicht gescheit genug, wissen Sie; und ich wollte mich ihm bloß nützlich machen und alles um ihn rein und hübsch halten, und habe das bis jetzt getan. Aber ich weiß, daß er arm und verlassen ist, und daß sich niemand um ihn kümmert. – Wie finster es ist!«

Das Zimmer war immer finsterer geworden. Ein schwerer, trüber Schatten sammelte sich hinter dem Stuhl des Chemikers.

»Was wissen Sie weiter von ihm?« forschte er.

»Er ist verlobt und soll heiraten, wenn er die Mittel dazu hat«, sagte Milly, »und studiert, glaube ich, um sich später seinen Lebensunterhalt erwerben zu können. Ich habe lange, lange Zeit gesehen, daß er angestrengt gearbeitet und sich viel versagt hat. – Wie dunkel es ist!«

»Es ist auch kälter geworden«, sagte der Alte und rieb sich die Hände. »Es ist so schaurig und unheimlich im Zimmer. Wo ist mein Sohn William? William, mein Sohn, drehe die Lampe in die Höhe und schüre das Feuer!«

Millys Stimme ertönte von neuem wie sanfte, leise Musik.

»Er murmelte gestern im unruhigen Schlummer, nachdem er mit mir gesprochen hatte (das sagte sie zu sich selbst), etwas von jemandem, der gestorben ist, und etwas von einem großen, nie zu verzeihenden Unrecht, das getan worden; aber ob es ihm oder einem andern widerfahren, das weiß ich nicht. Er hat es jedenfalls nicht getan, das weiß ich.«

»Kurz, Frau William, sehen Sie – was sie nicht selbst sagen würde, Herr Redlaw, und wenn sie das ganze nächste Jahr hier bleiben sollte«, sagte Herr William dem andern ins Ohr flüsternd – »hat ihm unzählige gute Dienste geleistet. Wahrhaftig unzählige gute Dienste! Zu Hause immer noch die Alte – meinem Vater hat sie es noch immer so bequem gemacht wie früher – kein Strohhälmchen im Hause zu finden, und wenn Sie fünfzig Pfund dafür geben wollten. Frau William immer da, wenn sie gebraucht wurde – und Frau William immer hinten und vorn, vorn und hinten, auf und ab, ab und auf, eine wahre Mutter für ihn!«

Das Zimmer wurde dunkler und schauriger und der trübe Schatten hinter dem Stuhl dichter und schwerer.

»Noch nicht zufrieden damit, geht Frau William heute abend aus und findet, als sie nach Hause kommt (es ist noch nicht ein paar Stunden her), ein Geschöpf, das mehr wie ein junges Tier als wie ein junges Kind ist, frierend auf der Türschwelle hocken. Was tut Frau William andres, als daß sie es mit hineinnimmt, damit es sich aufwärme, satt esse und da bleibe, bis am Weihnachtsmorgen das gewöhnliche Geschenk an Essen und Flanell ausgeteilt wird? Wenn es nie Feuer gefühlt hat, so geschieht es heute; denn es sitzt an dem alten Kamin und starrt das Feuer an, als ob es die gierigen Augen nie wieder zumachen wollte. Es sitzt wenigstens dort«, sagte Herr William, halblaut nach einigem Nachdenken sich selbst verbessernd, »wenn es nicht fortgelaufen ist!«

»Möge der Himmel ihr immer Glück schenken«, sagte der Chemiker laut, »und auch Euch, Philipp, und Euch, William! Ich muß überlegen, was in der Sache zu tun ist. Ich werde vielleicht diesen Studenten zu besuchen wünschen, aber ich will Euch jetzt nicht länger aufhalten. Gute Nacht!«

»Danke Ihnen, Sir«, sagte der Alte, »in Mäuschens Namen, und in meines Sohnes William und in meinem Namen. Wo ist mein Sohn William? William, nimm die Laterne und geh voraus durch die langen dunklen Gänge, wie du es voriges Jahr tatest und das Jahr vorher. Ha ha! Ich erinnere mich dessen – bin ich auch siebenundachtzig!

›Gott erhalte mein Gedächtnis frisch!‹ Ein hübscher Spruch des gelehrten Herrn mit spitzem Bart und einer Halskrause, dessen Bild das zweite über der Eichentäfelung ist in dem Saal, der früher, ehe die zehn Studenten statt des Mittagessens das Stipendium bekamen, unser Speisesaal war. ›Gott erhalte mein Gedächtnis frisch!‹ Ein schöner und frommer Spruch, Herr. Amen! Amen!«

Als sie hinausgingen und die schwere Tür zumachten, die, so sorglich sie auch geschlossen wurde, eine lange Reihe donnernder Echos noch nachhallen ließ, wurde das Zimmer noch dunkler.

Als der Zurückgebliebene auf seinem Stuhl in tiefes Brüten versank, da schrumpfte die frische Stechpalme an der Wand zusammen und fiel herab als welkes Gezweig.

Wie die Finsternis und der Schatten hinter ihm sich immer mehr verdichteten, wurde daraus langsam wie durch eine geisterhafte Verwandlung, die Menschen nicht verfolgen können, ein schauerliches Ebenbild seiner selbst.

Gespenstig und kalt, farblos in dem fahlen Gesicht, aber mit *seinen* Zügen und *seinen* Augen und *seinem* ergrauenden Haar, und angetan mit *seinem* dunklen Schattenkleid, nahm es seine schreckliche Daseinsform an, bewegungslos und ohne einen Laut.

Wie er seinen Arm auf die Stuhllehne legte und sinnend vor dem Feuer saß, so lehnte sich das Phantom auf die Rücklehne dicht über ihn und sah mit dem schauererregenden Abbild seines Gesichts dahin, wohin er schaute, und trug auf seinem Anlitz denselben Ausdruck wie er.

Das war also das Etwas, das da gewesen und gegangen war. Das war der grausige Gefährte des Verwünschten!

Einige Augenblicke lang schien es ihn nicht mehr zu beachten, als er das Phantom.

Die Weihnachtsmusikanten spielten in der Ferne, und er schien in seinem Brüten auf die Musik zu lauschen. Auch das Phantom schien zu lauschen.

Endlich sprach er, ohne sich zu bewegen oder aufzublicken:
»Wieder da?«
»Wieder da!« erwiderte das Phantom.
»Ich sehe dich in der Flamme«, sagte der Verwünschte; »ich höre dich in der Musik, im Winde, in der Totenstille der Nacht.«

Das Phantom bewegte beistimmend das Haupt.
»Warum kommst du? Warum verfolgst du mich?«
»Ich komme, wenn ich gerufen werde«, entgegnete der Geist.
»Nein, ungerufen!« rief der Chemiker.
»Es sei – ungerufen!« sagte das Gespenst. »Es genügt. Ich bin hier.«
Bis jetzt hatte der Schein der Flamme die beiden Gesichter – wenn man die schrecklichen Züge Gesicht nennen konnte – die ihr zugewendet waren, beleuchtet, und keines hatte das andre angeblickt. Aber jetzt drehte sich der Verwünschte plötzlich um und starrte das Gespenst an. Ebenso rasch erschien das Gespenst vor dem Stuhl und starrte ihn an.
Der Lebendige und das belebte Bild seiner Leiche hätten so einander ansehen können. Ein grauenerregendes Schauspiel in einem einsamen und entlegenen Teil eines alten, kaum bewohnten Gebäudes an einem Winterabend, da der laute Wind hinausfährt auf seine geheimnisvolle Reise – wohin oder woher, weiß kein Mensch seit Anfang der Welt – und wenn die Sterne in undenkbaren Millionen herabglänzen aus dem ewigen Raume, wo der Erde Umfang ist wie ein Sandkorn und ihr Greisentum wie ein Kindesalter.
»Sieh mich an!« sagte das Gespenst. »Ich bin der, der, in der Jugend vernachlässigt und unendlich arm, strebte und duldete und immerfort strebte und duldete, bis ich die Wissenschaft aus der Tiefe holte, die sie begrub, und rauhe Stufen daraus machte, damit meine wunden Füße auf ihnen rasten und emporsteigen können.«
»Ich bin der«, erwiderte der Chemiker.
»Keiner Mutter selbstverleugnende Liebe«, fuhr das Phantom fort, »keines Vaters Ratschläge halfen mir. Ein Fremder trat an meines Vaters Stelle, als ich noch Kind war, und ich wurde leicht meiner Mutter Herzen entfremdet. Meine Eltern gehörten im besten Falle zu

denen, deren Sorge bald aufhört und deren Pflicht bald getan ist; die ihre Sprößlinge bald hinausstoßen wie die Vögel, und die, wenn ihre Kinder gut tun, das Verdienst davon, und wenn sie mißraten, das Mitleid dafür beanspruchen.«

Er schwieg und schien ihn reizen zu wollen mit seinem Blick und mit dem Ton seiner Rede und mit seinem Lächeln.

»Ich bin der«, fuhr das Phantom fort, »der während des heißen Mühens, empor zu kommen, einen Freund fand. Ich fand ihn, gewann ihn, fesselte ihn an mich; wir arbeiteten an einem Tisch. Alle Liebe und alles Vertrauen, die in meiner früheren Jugendzeit keinen Gegenstand und keinen Ausdruck hatten finden können, übertrug ich auf ihn.«

»Nicht alles«, sagte Redlaw mit heiserer Stimme.

»Nein, nicht alles«, entgegnete das Phantom. »Ich hatte eine Schwester.«

Der Verwünschte, das Gesicht auf die Hand gestützt, antwortete: »Ja!«

Mit tückischem Lächeln trat das Phantom näher an den Stuhl, stützte das Kinn auf die gefalteten Hände und die Hände auf die Rücklehne und blickte mit forschenden Augen, in denen Feuer zu lodern schien, auf ihn hinab.

»Das Wenige, das ich jemals von einem Familienleben erfuhr«, fuhr es fort, »das dankte ich ihr. Wie jugendlich sie war, wie schön, wie liebreich! Ich nahm sie mit an den ersten armen Herd, den ich mein eigen nennen durfte, und sie machte ihn reich. Sie trat in das Dunkel meines Lebens und machte es hell. – Sie steht jetzt vor mir!«

»Ich sah sie eben erst in der Flamme. Ich höre sie in der Musik, im Winde, in der Totenstille der Nacht«, erwiderte der Verwünschte.

»Hat er sie geliebt?« sagte das Phantom in demselben nachdenklichen Tone. »Ich glaube, er tat es einst. Ich bin überzeugt, er tat es. Besser wäre es gewesen, sie hätte ihn weniger geliebt, weniger heimlich, weniger heiß, aus der seichten Tiefe eines geteilten Herzens heraus!«

»Laß es mich vergessen!« sagte der Chemiker mit einer abwehrenden Bewegung der Hand. »Laß es mich austilgen aus meinem Gedächtnis!«

Ohne sich zu regen und die grausamen Augen starr auf sein Gesicht geheftet, fuhr das Gespenst fort: »Ein Traum, gleich dem ihrigen, überkam auch mich!«

»Ja!« sagte Redlaw.

»Eine Liebe, der ihrigen so ähnlich, wie es eben meiner niedrigeren Natur möglich war«, sprach das Phantom weiter, »entkeimte meinem Herzen. Ich war zu arm damals, um durch Versprechen oder Bitten ihren Gegenstand an mein Schicksal zu fesseln. Ich liebte sie viel zu sehr, als daß ich das hätte versuchen mögen. Aber mehr als je in meinem Leben mühte ich mich ab, empor zu kommen! Nur ein einziger gewonnener Zoll brachte mich schon dem Gipfel näher. Ich mühte mich weiter. In den Ruhepausen, die ich mir gegen Morgen gönnte – meine Schwester, die liebliche Gefährtin, teilte stets mit mir die verlöschende Asche in dem verkühlenden Herd – wenn der Tag graute, welche Bilder der Zukunft sah ich dann!«

»Ich sah sie eben jetzt in der Flamme«, sagte er halblaut vor sich hin. »Sie kommen zu mir in der Musik, im Winde, in der Totenstille der Nacht, in dem Wechsel der Jahre.«

»Bilder meines eignen späteren Familienlebens mit ihr, die mich zu meiner Arbeit begeisterten. Bilder meiner Schwester als Gattin meines teuren Freundes – er hatte eine Erbschaft zu erwarten, wir freilich nicht – Bilder unsres späteren ruhigeren Alters und stillen Glücks und der goldenen Bande, die uns und unsere Kinder zu einem strahlenden Glanz vereinigen sollten«, sagte das Phantom.

»Bilder«, sagte der Verwünschte, »die Täuschungen waren. Warum muß ich mich ihrer so deutlich erinnern!«

»Täuschungen«, wiederholte das Phantom mit seiner monotonen Stimme und starrte ihn an mit den stets unverwandten Augen. »Denn mein Freund, vor dem ich kein Geheimnis hatte, trat zwischen mich und den Mittelpunkt meiner Hoffnungen und Mühen, gewann sie für sich und zertrümmerte meine schwache Welt. Meine Schwester, doppelt lieb, doppelt hingebend und doppelt heiter unter meinem Dach, erlebte es noch, daß ich berühmt und mein alter Ehrgeiz belohnt wurde, als die Triebfeder nicht mehr vorhanden war, und dann . . .«

»Dann starb sie«, unterbrach er. »Sie starb so sanft wie immer; glücklich und mit keinem Schmerz, außer für ihren Bruder. Still!«

Das Phantom beobachtete ihn stillschweigend.

»So frisch im Gedächtnis!« sagte der Verwünschte nach einer Pause. »Ja, so gut in Erinnerung behalten, das selbst jetzt, da Jahre vergangen sind und mir nichts nichtiger und törichter vorkommt als diese Liebe meiner Knabenjahre, ich noch an sie denke mit einer Teilnahme, als ob es die eines jüngeren Bruders oder Sohnes wäre. Manchmal frage ich mich sogar verwundert, wann ihr Herz sich ihm zugeneigt, und wie es mich geliebt hatte. Einst nicht wenig, glaube ich. Aber das ist nichts. – Eine unglückliche Jugend, eine Wunde von eines geliebten Freundes Hand und ein Verlust, den nichts ersetzen kann, dauern länger als solche Erinnerungen.«

»So trage ich in mir einen Kummer und ein Unrecht«, sagte das Phantom, »so zehre ich an mir selbst. So ist die Erinnerung mein Fluch, und wenn ich meinen Kummer und das mir zugefügte Unrecht vergessen könnte, würde ich es tun!«

»Spötter!« rief der Chemiker, sprang auf und wollte mit zorniger Gebärde sein andres Selbst an der Kehle packen. »Warum tönt mir immer dieser Spott in den Ohren?«

»Zurück!« rief das Gespenst mit ernster Stimme. »Wage Hand an mich zu legen, und du stirbst!«

Er blieb wie vom Blitz gerührt stehen und starrte es an. Es war weiter in den Hintergrund geglitten; es hatte den Arm wie warnend erhoben, und ein Lächeln flog über sein geisterhaftes Gesicht, als es seine dunkle Gestalt stolz aufrichtete.

»Könnte ich meinen Kummer und das erlittene Unrecht vergessen, ich täte es«, wiederholte der Geist. »Könnte ich meinen Kummer und das erlittene Unrecht vergessen, ich täte es!«

»Böser Geist meines Ichs«, erwiderte der Verwünschte mit leiser, zitternder Stimme, »mein Leben wird verdüstert durch diese unaufhörliche Mahnung.«

»Sie ist ein Widerhall«, sagte das Phantom.

»Wenn es ein Widerhall meiner Gedanken ist, wie es jetzt der Fall war«, entgegnete der Verwünschte, »warum werde ich dann so gepeinigt? Es ist kein selbstsüchtiger Gedanke. Ich will die Wohltat auch andern zukommen lassen. Jedes menschliche Individuum hat seinen Kummer, viele haben an erlittenes Unrecht zu denken; Undankbarkeit und kleinlicher Neid und Eigennutz sind überall heimisch. Wer möchte nicht seinen Kummer und seine Beschwerden vergessen wollen?«

»Wahrlich, wer wollte es nicht tun und dadurch nicht glücklicher und lebensfreudiger werden?« sagte das Phantom.

»Woran erinnern diese Jahreswenden, die wir feiern?« fuhr Redlaw fort. »Gibt es Gemüter, in denen sie nicht irgendein Leid, irgendeinen Kummer wecken? Woraus besteht die Erinnerung des Alten, der vorhin hier war? Aus einem Gewebe von Kummer und Sorgen.«

»Aber niedrigere Naturen«, sagte das Phantom mit seinem früheren tückischen Lächeln, »ungebildete Geister und gewöhnliche Menschen fühlen oder denken nicht über diese Sachen wie Männer von höherer Bildung und tieferem Denken.«

»Versucher«, entgegnete Redlaw, »dessen Auge und

hohle Stimme ich mehr fürchte, als Worte sagen können, und bei dessen Anblick mich eine dunkle Ahnung größerer Furcht beschleicht; ich höre abermals ein Echo meiner Seele.«

»Nimm es hin als einen Beweis meiner Macht«, gab der Geist zur Antwort. »Vernimm, was ich dir biete! Vergiß den Kummer, die Leiden und die Sorgen, die du gekannt hast!«

»Sie vergessen?« wiederholte er.

»Ich besitze die Macht, die Erinnerung an sie auszulöschen – von ihnen nur eine ganz schwache Spur zurückzulassen, die bald ganz verschwindet«, sagte das Gespenst. »Soll ich es tun?«

»Halt!« rief der Verwünschte und wehrte mit erschrockenen Gebärden der erhobenen Hand. »Ich zittere vor Mißtrauen gegen dich; und die unbestimmte Furcht, die mich bei deinem Anblick beschleicht, wird zu einem namenlosen Schrecken, den ich kaum ertragen kann. Ich möchte mich nicht einer einzigen freundlichen Erinnerung, keiner Sympathie, die mir oder andern Gutes bringt, berauben. Was verliere ich, wenn ich einwillige? Was wird außerdem meiner Erinnerung entschwinden?«

»Keine Wissenschaft, keine Errungenschaft heißen Studiums, nichts als die eng ineinander verwobene Kette von Gefühlen und Gedanken, die alle von den vergessenen Erinnerungen genährt werden. Diese werden verschwinden.«

»Sind deren so viele?« sagte der Verwünschte erregt nachdenkend.

»Sie zeigten sich in der Flamme, in der Musik, im Wind, in der Totenstille der Nacht, bei jeder Jahreswende«, erwiderte das Phantom höhnisch.

»In weiter nichts?«

Das Phantom schwieg. Aber nachdem es eine Weile schweigend vor ihm gestanden hatte, schwebte es zu dem Feuer hin und blieb wieder stehen.

»Entschließe dich«, sagte es, »bevor die Gelegenheit entschwindet!«
»Einen Augenblick! Ich rufe den Himmel zum Zeugen an«, sagte der andre aufgeregt, »daß ich nie meinesgleichen gehaßt habe, daß ich nie gegen jemand im meiner Umgebung mürrisch, gleichgültig oder hart gewesen. Wenn ich hier in meiner Einsamkeit zuviel aus dem gemacht habe, was war und was hätte sein können, und zu wenig aus dem, was ist, so habe ich bloß mir geschadet, glaube ich, und nicht andern. Aber wenn Gift in meinem Körper wäre, soll ich dann nicht, wenn ich Gegengift besitze und es auch anzuwenden weiß, es mir zunutze machen? Wenn Gift in meiner Seele ist, und ich kann es durch diesen schrecklichen Schatten austreiben, soll ich es alsdann nicht austreiben?«
»Soll es geschehen?« sagte das Gespenst.
»Noch einen Augenblick!« erwiderte er. *Ich möchte vergessen, wenn ich könnte!* Habe ich das allein gedacht, oder haben es schon tausend und abertausend Generationen um Generationen getan? Die Erinnerung jedes Menschen ist belastet mit Kummer und Sorgen. Mein Gedächtnis ist wie das Gedächtnis andrer Menschen; aber andern ist diese Wahl nicht geboten. Ja, ich bin bereit! Ja, ich will meinen Kummer und meine Sorgen vergessen!«
»Soll es geschehen?« fragte das Gespenst.
»Ja!«
»*Es ist geschehen.* Und jetzt, Mann, von dem ich mich hiermit lossage, nimm das mit dir! Die Gabe, die ich dir gespendet, sollst du weiter verbreiten, wohin du gehst. Ohne selbst die Fähigkeit wiederzugewinnen, die du aufgegeben hast: vernichte sie hinfort bei allen, denen du nahst! Deine Weisheit hat entdeckt, daß die Erinnerung an Kummer und Sorgen das Los aller Menschen ist, und daß die Menschheit glücklicher sein würde ohne diese Erinnerungen. Geh! Sei der Wohltäter der Menschheit! Befreit von solcher Erinnerung, sollst du von dieser

Stunde an den Segen dieser Befreiung unwillkürlich auf andre übertragen. Seine Verbreitung ist unzertrennlich von dir. Geh! Sei glücklich in dem Guten, das du gewonnen hast, und in dem Guten, das du tust!«

Das Phantom, das seine blutlose Hand über seinem Haupt gehalten wie zu einem unheiligen Zauber und das seine Augen denen des Verwünschten so sehr genähert hatte, daß dieser sehen konnte, wie sie nicht Teilnahme an dem gräßlichen Lächeln auf seinem Gesicht, sondern ein starres, unwandelbares Entsetzen waren, löste sich vor ihm in Luft auf und war verschwunden.

Als er noch voll Furcht und Staunen wie festgewurzelt dastand und in klagenden Echos, die immer schwächer und schwächer verhallten, die Worte zu vernehmen glaubte: »Vernichte sie hinfort bei allen, denen du nahst!« da traf ein gellender Schrei sein Ohr. Er kam nicht aus dem Gang, in den sich die Tür öffnete, sondern aus einem andern Teile des Gebäudes, und klang wie der Ruf einer Person, die im Dunkeln den Weg verloren hat.

Er sah verwirrt auf seine Hände und Füße, als ob er sich erst versichern wollte, daß er es sei, und antwortete dann mit einem lauten, wilden Schrei; denn ihn beherrschte bange Furcht und Entsetzen, als ob auch er sich verirrt habe.

Da jetzt der Ruf aus größerer Nähe ertönte, ergriff er die Lampe und schob einen schweren Vorhang an der Wand zurück, durch den er zu und von seinen Vorlesungen ging – denn der Vortragssaal stieß an sein Zimmer. Mit der Vorstellung von Jugend und Leben und einem hohen Amphitheater von Gesichtern verknüpft, die sein Erscheinen in einem Augenblick in lernbegierige Spannung brachte, war es ein unheimlicher Ort, wenn alles Leben aus ihm entschwunden war, und er starrte ihn an wie ein Sinnbild des Todes.

»Holla!« rief er, »holla! Hierher! Hier zu dem Licht!« Als er den Vorhang mit der einen Hand wegschob und mit

der andern die Lampe in die Höhe hielt und das den Saal erfüllende Dunkel zu durchdringen trachtete, da schoß etwas an ihm vorüber, gleich einer wilden Katze, und krümmte sich in einer Ecke zusammen.
»Was ist das?« sagte er hastig.
Das hätte er auch noch fragen können, als ers jetzt sah, ganz nahe in der Ecke hockend.

Ein Bündel Lumpen, zusammengehalten von einer Hand, der Gestalt und Form nach die eines Kindes, aber in ihrem gierigen, krampfhaften Zugreifen die eines bösen alten Mannes.

Ein Gesicht von einem halben Dutzend Jahren, gerundet und geglättet, aber zusammengekniffen und verzerrt durch die Erfahrungen eines Lebens. Die Augen glänzend, aber nicht jugendlich. Nackte Füße, schön in ihrer kindlichen Zartheit – häßlich durch das Blut und den Schmutz, die sie befleckten. Ein kleiner Wilder, ein junges Ungeheuer, ein Kind, das nie ein Kind gewesen, ein Geschöpf, das später die äußere Gestalt eines Menschen annehmen konnte, das aber innerlich nur als ein Tier leben und sterben würde.

Schon gewöhnt, wie ein Tier geneckt und gehetzt zu werden, duckte sich der Knabe, als ihn der Chemiker ansah, gab den Blick zurück und hielt den Arm vor, wie um den erwarteten Schlag abzuwehren.

»Ich beiße, wenn du mich schlägst!« sagte er.

Es hatte eine Zeit gegeben, und vor wenigen Minuten noch, wo bei einem solchen Anblick dem Chemiker das Herz geblutet hätte. Jetzt sah er kalt und teilnahmslos hin, und mit einem angestrengten Bemühen, sich an etwas zu erinnern – er wußte nicht recht was – fragte er den Knaben, was er hier wolle und woher er komme.

»Wo ist die Frau?« antwortete er. »Ich will zu der Frau.«

»Zu welcher Frau?«

»Zu der Frau. Zu ihr, die mich hergebracht und an das große Feuer gesetzt hat. Sie war so lange fort, daß ich sie aufsuchen wollte und mich verirrt habe. Ich will nicht zu dir, ich will zur Frau.«

Der Knabe sprang so rasch auf, daß der gedämpfte Schall seiner nackten Füße schon neben dem Vorhang ertönte, als Redlaw ihn noch bei den Lumpen erhaschte.

»Laß mich gehen!« stieß der Knabe unter heftigem Sträuben zwischen den zusammengebissenen Zähnen hervor.

»Ich habe dir nichts getan. Laß mich gehen! Ich will zur Frau!«
»Das ist nicht der rechte Weg. Hier ists näher«, sagte Redlaw und hielt ihn zurück, mit dem vergeblichen Versuch, sich auf eine Erinnerung, die mit diesem Geschöpf in Verbindung stand, zu besinnen. »Wie heißt du?«
»Gar nicht.«
»Wo wohnst du?«
»Wohnen! was ist das?«
Der Knabe schüttelte sich das Haar aus den Augen, um auf ihn einen Blick zu werfen, und dann umklammerte er seine Beine und wollte sich losmachen und wiederholte: »Laß mich doch gehen! Ich will zur Frau.«
Der Chemiker führte ihn nach der Tür. »Hier hinaus«, sagte er und sah ihn noch immer verwirrt, aber mit einem Widerwillen an, der seiner Kälte und Gefühllosigkeit entsprang. »Ich führe dich zu ihr.«
Die Falkenaugen des Kindes fielen plötzlich auf den Tisch, auf dem die Überreste des Mahles lagen.
»Gib mir was davon!« sagte er lüstern.
»Hat sie dir noch nicht zu essen gegeben?«
»Morgen bin ich doch wieder hungrig; hungre ich nicht jeden Tag?«
Die Hand des Chemikers ließ ihn los, und das Kind sprang nach dem Tisch wie ein kleines Raubtier, drückte Brot und Fleisch und seine eignen Lumpen in einem Bündel an die Brust und rief dann: »Ha! jetzt bring mich zur Frau!«
Als der Chemiker, mit einer neuentstandenen Abneigung, den Knaben zu berühren, ihm mit strengem Antlitz zu folgen winkte und über die Schwelle schritt, erzitterte er und blieb stehen.
›Die Gabe, die ich dir verliehn habe, sollst du weiter geben, überall, wo du hinkommst!‹
Die Worte des Gespenstes rauschten im Wind, und der Wind wehte ihn fröstelnd an.

»Ich will heute abend nicht hingehen«, sagte er leise vor sich hin; »ich will heute abend nicht hingehen. Junge! Diesen langen gewölbten Gang hinab und an der großen dunklen Tür vorbei in den Hof – dann siehst du das Feuer im Fenster schimmern.«

»Das Feuer der Frau?« fragte der Knabe.

Er nickte, und die bloßen Füße sprangen fort. Der Chemiker trat wieder mit der Lampe ins Zimmer, verschloß die Tür hastig hinter sich, setzte sich in den Stuhl und verhüllte das Gesicht mit den Händen, wie einer, der sich vor sich selbst fürchtet.

Denn jetzt war er wirklich allein! Allein! Allein!

Zweites Kapitel. Die Verbreitung

Ein kleiner Mann saß in einem kleinen Zimmerchen, abgeteilt von einem kleinen Laden durch einen kleinen Wandschirm, der über und über beklebt war mit kleinen Zeitungsausschnitten. Bei diesem kleinen Mann befand sich eine fast so große Anzahl kleiner Kinder, als dem Leser zu nennen beliebt – so schien es wenigstens; sie machten in dem sehr beschränkten Wirkungskreis, hinsichtlich der Zahl, einen so imponierenden Eindruck.

Von der kleinen Schar waren zwei durch irgendeine hervorragende Kraft in ein Bett einer Ecke gebracht worden, in dem sie ruhig den Schlummer der Unschuld hätten schlafen können, wenn sie nicht eine angeborene Neigung, wach zu bleiben und sich aus dem Bett und wieder hineinzukollern, davon abgehalten hätte. Die unmittelbare Veranlassung dieser Einfälle in die noch wachende Welt war eine Austernschalen-Mauer, die zwei andre Jünglinge von zartem Alter in einer Ecke aufbauten. Auf diese Befestigung machten die beiden im Bett beständig Angriffe (gleich den verwünschten Pikten und Skoten, die durch die geschichtlichen Anfangsstudien der meisten jungen Briten spuken) und zogen sich dann zurück auf ihr eignes Gebiet.

Neben der Aufregung, die diese Einfälle und die heißen Gegenstürme der Angegriffenen verursachten – denn diese stürzten sich racheschnaubend auf die Bettücher, unter die sich die Eindringlinge flüchteten – trug noch ein andrer kleiner Knabe, in einem zweiten kleinen Bett, ebenfalls ein Scherflein Verwirrung zu dem Familienvorrat bei, indem er seine Schuhe und andre zu harmlosen Wurfgeschossen taugliche Gegenstände nach den Störern seiner Ruhe warf, die nicht faul waren, diese Komplimente zu erwidern.

Außer diesen wankte noch ein andrer kleiner Knabe – der größte unter allen, aber immer noch klein – hin und her, auf eine Seite gebeugt und die Knie nicht wenig eingeknickt von der Last eines großen Wickelkindes, das er nach einem Vorurteil, welches in sanguinischen Familien vorkommt, in den Schlaf wiegen sollte. Aber ach! in welche unerschöpflichen Regionen der Wachsamkeit begannen die Augen des Wickelkindes jetzt erst zu starren, als es sich über die ahnungslosen Schultern des älteren Bruders beugte! Es war ein wahrer Moloch von einem Wickelkind, auf dessen unersättlichem Altar das ganze Dasein dieses jungen Bruders täglich zum Opfer gebracht wurde. Sein auffallendster Charakterzug war, nie an einem Ort fünf Minuten hintereinander ruhig zu bleiben und einzuschlafen, wenn es gewünscht wurde. Tetterbys Wickelkind war bei der Nachbarschaft so bekannt, wie der Briefträger und der Bierjunge. Von Montag früh bis Samstag abends streifte es auf dem Arm des kleinen Johnny Tetterby von Tür zu Tür, schloß als schwerfälliger Nachzügler den Zug der Straßenjugend, die dem Taschenspieler oder dem Affen folgte, und kam, immer auf der einen Seite herunterhängend, stets ein klein wenig zu spät, um noch etwas zu sehen. Wo immer sich die Jugend zum Spiel sammelte, da war der kleine Moloch und machte Johnny das Leben sauer. Wo immer Johnny bleiben wollte, da wurde der kleine Moloch widerspenstig und wollte fort. Wann immer Johnny auf die Straße wollte, da schlief Moloch und mußte gewartet werden. Wann immer Johnny Lust hatte zu Hause zu bleiben, da war Moloch wach und wollte spazieren getragen sein. Und doch war Johnny fest überzeugt, daß es ein ganz einzig braves Kind war, das seinesgleichen in ganz England nicht hätte, und begnügte sich, halb versteckt von dem Kleid des Kleinen oder dessen großem Hut, einen nur schüchternen Blick auf die Welt zu werfen und mit seinem Brüderchen herumzuwanken, wie ein sehr kleiner

Austräger mit einem sehr großen Paket, das keine Adresse hatte und niemals abgegeben werden konnte.
Der kleine Mann in dem kleinen Zimmer, der vergebliche Versuche machte, inmitten dieses Tumults ruhig seine Zeitung zu lesen, war der Familienvater und der Chef der Firma, die auf dem Schild über der kleinen Ladentür bezeichnet war und den Namen und Titel: A. Tetterby & Komp., Zeitungsagenten, trug. Genau genommen war er allein unter dieser Firma zu verstehen, denn Kompanie war nur ein poetischer Aufputz, hinter dem keine Wirklichkeit oder Persönlichkeit steckte.
Tetterbys Laden war an der Ecke des Jerusalemstiftes. Im Fenster war ein reicher Vorrat von Literatur ausgebreitet, meistens alte illustrierte Zeitungen und Lebensbeschreibungen von Straßenräubern in einzelnen Heften. Spazierstöcke und Murmeln waren ebenfalls zu haben. Früher hatte sich das Geschäft auch auf die feine Zuckerbäckerei ausgedehnt; aber wie es schien, fanden diese luxuriösen Lebensartikel keinen Absatz in der Nachbarschaft des Jerusalemstiftes, denn nichts Derartiges war im Fenster zu sehen als eine kleine Glaslaterne voll Bonbons, die so lange im Sommer geschmolzen und im Winter wieder zusammengefroren waren, bis alle Hoffnung verschwunden war, sie herauszubekommen oder zu essen, ohne die Laterne mit zu verzehren. Tetterby hatte es mit vielerlei Dingen versucht. Er hatte einmal einen schwachen Versuch im Spielzeughandel gemacht; denn eine zweite Laterne war voll von winzigen Wachspüppchen, die in der allergreulichsten Verwirrung aneinander klebten, wobei die Füße des einen Püppchens ein unzertrennliches Konglomerat mit den Füßen eines andern bildeten, und auf dem der Laterne lag ein Durcheinander von gebrochenen Ärmchen und Beinchen. Er hatte auch einen Abstecher in das Gebiet der Putzmacher gewagt, wovon ein paar alte, verschossene Sommerhüte in einer Ecke des Fensters Zeugnis ablegten. Er hatte geglaubt, daß ein ungewöhn-

licher Gewinst im Tabakhandel verborgen sei, und hatte sich ein Schild angeschafft, auf dem ein Bewohner von jedem der drei Länder des britischen Reiches das duftende Kraut genoß; darunter besagte eine poetische Inschrift: daß sie zu *einer* Sache vereint hier lachend säßen, der eine Tabak kauend, der andre rauchend, der dritte schnupfend; aber er schien sich gar nichts damit erworben zu haben – ausgenommen eine Unzahl Fliegen. Es gab auch eine Zeit, da er seine letzte Hoffnung auf falsche Juwelen setzte; denn hinter einer Fensterscheibe sah man eine Karte mit wohlfeilen Petschaften und eine andre mit Bleistifthülsen und ein geheimnisvolles schwarzes Amulett von unerklärlicher Bestimmung, das mit neun Pennies bewertet war. Aber bis zu dieser Stunde hatte das Jerusalemstift nichts davon gekauft. Kurz, Tetterby hatte sich so hart angestrengt, sich auf die oder jene Weise durch das Jerusalemstift einen Erwerb zu verschaffen, und es war ihm so wenig gelungen, daß sich von der ganzen Firma »Komp.« am besten stand; denn Komp. war ein unkörperliches Geschöpf, wurde nicht belästigt von den gemeinen Unbequemlichkeiten Hunger und Durst, brauchte weder Armensteuer noch andre Steuern zu bezahlen, und hatte für keine Familie zu sorgen.

Der kleine Tetterby aber in seinem kleinen Zimmer, dem die Gegenwart seiner kleinen Familie in einer Weise zum Bewußtsein gebracht wurde, die durch ihre Lautheit unmöglich nicht beachtet werden noch sich mit der behaglichen Zeitungslektüre vertragen konnte, legte das Blatt hin, ging in seiner Zerstreuung ein paarmal um das Zimmer herum wie eine Brieftaube, die noch nicht weiß, welchen Weg sie zu fliegen hat, machte einen vergeblichen Angriff auf ein oder zwei kleine Gestalten in Nachtjäckchen, die an ihm vorüberschossen, und stürzte sich zuletzt auf das einzige Mitglied der Familie, das nicht gesündigt hatte, indem er dem Wärter des kleinen Molochs eins hinter die Ohren gab.

»Du schlimmer Junge!« sagte Herr Tetterby, »hast du gar kein Gefühl für deinen armen Vater, nach den Mühen und Sorgen eines kalten Wintertages, seit fünf Uhr morgens, daß du mit deinen dummen Streichen ihn in seiner Ruhe störst und ihn beim Lesen der neuesten Nachrichten belästigst? Ist es noch nicht genug, daß dein Bruder Dolfchen sich herumplagt in dem Nebel und der Kälte und du im Überfluß schwimmst – mit einem Wickelkind und allem, was du wünschen kannst«, sagte Herr Tetterby, indem er dies als einen Gipfelpunkt aller Segnungen anführte, »sondern mußt auch du noch aus dem Vaterhaus eine Wildnis und aus deinen Eltern Wahnsinnige machen? Mußt du das, Johnny? Na?« Bei jeder Frage tat Herr Tetterby, als wollte er ihm wieder eins hinter die Ohren geben, aber er besann sich anders und hielt seine Hand zurück.

»Ach Vater!« sagte Johnny mit weinerlicher Stimme, »und ich habe doch gar nichts getan, gewiß nichts, sondern habe bloß Sally besorgt und sie in den Schlaf gewiegt. Ach Vater!«

»Ich wollte, mein kleines Frauchen käme nach Hause!« sagte Herr Tetterby mit weicher Stimme und gerührtem Ton, »ich wollte, mein kleines Frauchen käme nach Hause! Ich kann mit den Kindern nicht fertig werden. Sie machen mir den Kopf brummen und lassen mich nicht aufkommen. O Johnny! ist dirs noch nicht genug, daß deine gute Mutter dir das liebe Schwesterchen geschenkt hat?« fuhr er fort und deutete auf den Moloch; »ist dirs noch nicht genug, daß ihr vorher sieben Jungen waret, ohne einen Schimmer von Mädchen, und daß deine gute Mutter ausstand, was sie ausgestanden hat, bloß damit ihr alle eine kleine Schwester bekämet; mußt du dich auch noch auf eine Art benehmen, daß mir der Kopf brummt?«

Und er wurde immer gerührter, je mehr er seine Gefühle und die seines gekränkten Sohnes bearbeitete, und schoß dann wieder davon, um einen der wirklichen Übeltäter einzufangen. Nach einer kurzen, aber heißen Jagd und nachdem er hie und da schlechtes Terrain über und unter den Bettstellen und durch das Labyrinth der Stühle hindurch hatte zurücklegen müssen, gelang es ihm, das Kind einzuholen, das er darauf bestrafte und zu Bett trug. Dieses Exempel machte einen so mächtigen und allem Anschein nach lähmenden Eindruck auf den mit den Schuhen, daß er augenblicklich in tiefen Schlaf versank, obgleich er noch eine Sekunde vorher ganz wach und über alle Maßen lebhaft gewesen war. Es erstreckte sich auch auf die jungen Baumeister, die sehr eilfertig und still in ihr Bett in einer Nebenkammer schlüpften. Da der Kamerad des Bestraften ebenso unbemerkt ins Bett verschwand, fand sich Herr Tetterby, als er, um Atem zu schöpfen, stehen blieb, ganz unerwartet in einer vollkommen ruhigen Umgebung.

»Selbst mein kleines Frauchen hätte es nicht besser machen können«, sagte Herr Tetterby und fuhr mit der Hand über das gerötete Gesicht. »Ich wollte nur, mein kleines Frauchen hätte es zu machen gehabt, wahrhaftig!«

Herr Tetterby suchte auf dem Wandschirm eine passende Sentenz aus, um sie seinen Kindern bei dieser Gelegenheit einzuprägen, und las die folgende: Es ist eine unbezweifelte Tatsache, daß alle hervorragenden Männer hervorragende Mütter gehabt und sie in ihrem späteren Leben als ihre besten Freundinnen geachtet haben. »Denkt an eure wirklich hervorragende Mutter, Jungens«, sagte Herr Tetterby, »und erkennt ihren Wert, solange sie noch unter euch ist!«

Er setzte sich wieder auf seinen Stuhl neben dem Feuer, legte die Beine übereinander und nahm die Zeitung hervor.

»Es soll nur einer wagen, wieder aus dem Bett zu kriechen«, verkündete Tetterby als allgemeine Warnung in

sanftester Weise, »und Erstaunen soll das Los dieses geachteten Zeitgenossen sein!« – Eine Sentenz, die Herr Tetterby abermals der spanischen Wand verdankte. »Johnny, mein Sohn, nimm deine einzige Schwester Sally in acht; denn sie ist das schönste Juwel, das jemals auf deiner jugendlichen Stirn geglänzt hat.«
Johnny setzte sich auf ein Kinderstühlchen und ließ sich in demütiger Hingebung von Molochs Last fast erdrücken.
»Ach, welch ein Segen das Kind für dich ist, Johnny«, sagte der Vater, »und wie dankbar du dafür sein solltest! Es ist nicht allgemein bekannt, Johnny« – er las wieder von der spanischen Wand ab – »aber es ist eine durch genaue Berechnung festgestellte Tatsache, daß die folgende große Prozentzahl der Kinder nie das zweite Jahr erreicht, nämlich . . .«
»Ach bitte, Vater, höre auf!« rief Johnny; »ich kanns nicht ertragen, wenn ich an Sally denke.«
Herr Tetterby schwieg, und Johnny wischte sich, die ihm obliegende Pflicht noch tiefer fühlend, die Augen und lullte sein Schwesterchen ein.
»Dein Bruder Dolfchen«, sagte der Vater und schürte das Feuer, »bleibt heute lange aus, Johnny, und wird nach Hause kommen wie ein Eisklumpen. Wo bleibt deine ausgezeichnete Mutter?«
»Da kommt Mutter, und Dolfchen auch, Vater, glaube ich!« rief Johnny.
»Du hast recht!« entgegnete der Vater und lauschte. »Ja, ja, das ist der Tritt meines kleinen Frauchens.«
Die Schlußfolgerung, vermöge derer Herr Tetterby auf den Gedanken gekommen war, daß seine Frau ein kleines Frauchen sei, war sein Geheimnis. Es hätten sich aus ihr leicht zwei Ausgaben ihres Mannes machen lassen. Als Individuum betrachtet, war sie ziemlich kräftig und stark gebaut; im Vergleich zu ihrem Mann wurden ihr Längen- und Breitenmaß gigantisch. Auch in bezug auf ihre

Söhne, die alle winzig waren, büßten ihre Maße nicht das geringste ein. Bei Sally aber war Frau Tetterby endlich zur Geltung gekommen, was niemand besser wußte als der arme Johnny, der den schweren Engel jede Stunde im Tage wog und maß.

Frau Tetterby, die einkaufen gewesen war und einen großen Korb am Arm trug, legte Hut und Schal ab, setzte sich ermüdet hin und befahl Johnny, seine süße Last sogleich zu ihr zu bringen, damit sie ihr den Willkommskuß geben könne. Nachdem Johnny gehorcht hatte und wieder zu dem Stuhl zurückgekehrt war, erbat sich Herr Adolf Tetterby, der unterdessen seinen Körper aus einem allem Anschein nach endlosen regenbogenfarbenen Schal herausgewickelt hatte, dieselbe Gunst. Johnny gehorchte abermals und war wieder zu seinem Stuhl zurückgekehrt, als Herr Tetterby, von einem plötzlichen Gedanken begeistert, als Vater denselben Anspruch erhob. Die Befriedigung dieses dritten Verlangens erschöpfte ganz und gar das Opfer, das kaum Atem genug fand, um wieder zu seinem Stuhl zurückzukehren und seine Verwandten anzukeuchen.

»Was du immer tun magst, Johnny«, sagte Frau Tetterby mit Kopfschütteln, »gib auf sie acht oder komm deiner Mutter nie wieder vor die Augen.«

»Und auch deinem Bruder nicht«, sagte Adolf.

»Noch deinem Vater, Johnny«, fügte Herr Tetterby hinzu.

Johnny, sehr betrübt über diese bedingungsweise ausgesprochene Lossagung, guckte Moloch in die Augen, um zu sehen, ob alles in Ordnung sei, klopfte das Kind auf den Rücken – dieser lag nach oben – und schaukelte es mit dem Fuß.

»Bist du naß, Dolfchen?« fragte der Vater. »Komm her auf meinen Stuhl und trockne dich.«

»Nein, Vater, ich danke«, sagte Adolf und fuhr sich mit der Hand über das Gesicht. »Ich bin nicht sehr naß, glaube ich. Glänzt mein Gesicht sehr, Vater?«

»Nun, es glänzt wirklich ein bißchen, mein Sohn«, erwiderte Herr Tetterby.

»'s ist das Wetter, Vater«, sagte Adolf und rieb sich die Backen mit dem abgetragenen Aufschlag seiner Jacke. »Durch den Regen und den Wind und den Schnee und den Nebel wird mein Gesicht manchmal ganz rot und glänzt dann – ah!«

Master Adolf war auch von der Zeitungsbranche, indem er für ein blühenderes Geschäft, als das seines Vaters war, die Zeitung auf einem Bahnhof zu verkaufen hatte, wo seine pausbäckige kleine Person einem schäbig maskierten Amor glich und seine gellende Kinderstimme (er war nicht viel älter als zehn Jahre) so bekannt war wie das heisere Pusten der ein- und auslaufenden Lokomotiven. Seiner jugendlichen Fröhlichkeit wäre vielleicht bei diesem frühzeitigen Eintritt in das Geschäftsleben die Gelegenheit zur häufigeren harmlosen Entfaltung genommen worden, wenn ihn nicht ein glücklicher Zufall auf ein Mittel gebracht hätte, sich zu unterhalten und dem langen Tag eine interessante Einteilung zu geben, ohne das Geschäft zu vernachlässigen. Diese scharfsinnige Erfindung, wie viele große Entdeckungen bemerkenswert durch ihre Einfachheit, bestand darin, den Vokal in dem Worte »Blatt« zu verändern und an seine Stelle zu verschiedenen Zeiten des Tages alle andern Vokale in alphabetischer Aufeinanderfolge zu setzen. So lief er vor Tagesanbruch im Winter auf und ab mit seiner kleinen Wachstuchmütze und dem kleinen Krägelchen von gleichem Stoff und dem dicken Schal und erfüllte die schwere Luft mit dem gellenden Ruf: »Morgenblatt!« Etwa eine Stunde vor Mittag verwandelte er es in »Morgenblett!«, gegen zwei Uhr zu »Morgenblitt!«, gegen vier Uhr zu »Morgenblott!« und mit der Sonne sank es zu »Morgenblutt!« herab, ein Reichtum an Variationen, der die gute Laune des Knaben immer aufrechterhielt.

Frau Tetterby, seine Mutter, die bis jetzt mit aufgelösten

Hutbändern und aufgewickeltem Schal auf dem Stuhl gesessen und nachdenklich den Trauring um den Finger gedreht hatte, stand auf, legte ihre Überkleider vollends ab und fing an den Tisch zu decken.

»Ach Gott! ach Gott! ach Gott!« sagte Frau Tetterby. »Wie es in der Welt zugeht!«

»Wie geht es in der Welt zu, liebe Frau?« fragte Herr Tetterby und blickte über die Achsel.

»Ach nichts!« sagte Frau Tetterby.

Herr Tetterby zog die Brauen in die Höhe, entfaltete seine Zeitung von neuem, ließ seinen Blick die Spalten auf und ab gehen, war aber zerstreut und konnte nicht lesen.

Frau Tetterby breitete unterdes das Tischtuch aus, aber mehr wie um den Tisch zu bestrafen, als um das Familienessen fertig zu machen, denn sie zerklopfte ihn ganz unnötigerweise mit Messer und Gabel, schlug ihn mit den Tellern, stieß ihn mit dem Salzfaß und traf ihn schwer mit dem Brot.

»Ach Gott! ach Gott! ach Gott!« sagte Frau Tetterby. »Wie es doch in der Welt zugeht!«

»Mein Schatz«, entgegnete ihr Mann und sah sich wieder um, »du sagtest das schon vorhin. Wie geht es in der Welt zu?«

»Ach nichts!« sagte Frau Tetterby.

»Sophie«, bemerkte ihr Mann, »auch das sagtest du schon vorhin!«

»Nun, ich will es noch einmal sagen, wenn es dir gefällt«, entgegnete Frau Tetterby. »Ach nichts! – Und noch einmal, wenn dirs gefällt: Ach nichts! – Und noch einmal, wenn dirs gefällt: Ach nichts! – So!«

Herr Tetterby sah sein Ehegespons an und sagte mit mildem Erstaunen:

»Mein kleines Frauchen, was fehlt dir?«

»Ich weiß es nicht«, erwiderte sie. »Frag mich nicht! Wer hat gesagt, daß mir etwas fehle? Ich gewiß nicht!«

Herr Tetterby gab die Lektüre seiner Zeitung auf wie ein schlechtes Geschäft, ging einmal langsam die Stube auf und ab, die Hände auf dem Rücken und die Schultern emporgezogen – sein Gang entsprach vollkommen seiner resignierten Weise – und sprach zu seinen beiden ältesten Söhnen:

»Dein Abendessen wird in einer Minute fertig sein, Dolfchen. Deine Mutter ist in dem schlechten Wetter nach der Garküche gelaufen, um es zu holen. Das war sehr lieb von deiner Mutter. Auch du wirst bald dein Abendbrot bekommen, Johnny, sehr bald! Deine Mutter ist zufrieden mit dir, mein Junge, weil du auf dein liebes Schwesterchen so gut achtgibst.«

Ohne etwas zu sagen, aber mit einem sichtlichen Nachlassen in ihrer Erbitterung gegen den Tisch, vollendete Frau Tetterby ihre Vorbereitungen und holte aus ihrem großen Korb ein derbes Stück warmen Erbsenpuddings hervor, in Papier eingeschlagen, und eine mit einem Teller zugedeckte Schüssel, aus der nach der Entfernung des Deckels ein so angenehmer Duft strömte, daß die drei Paar Augen in den beiden Betten sich weit auftaten und auf das festliche Mahl starrten.

Ohne diese stumme Einladung zu beachten, blieb Herr Tetterby stehen und wiederholte langsam: »Ja, ja, euer Essen wird in einer Minute fertig sein. Dolfchen, deine Mutter ging in dem schlechten Wetter nach der Garküche, um es zu holen. Das war sehr gütig von deiner Mutter –« bis Frau Tetterby, die hinter seinem Rücken verschiedene Zeichen der Zerknirschung von sich gegeben hatte, ihm plötzlich um den Hals fiel und weinte.

»Ach, Dolf!« sagte Frau Tetterby, »wie habe ich nur so sein können!«

Diese Aussöhnung rührte Adolf den Jüngeren und Johnny dermaßen, daß beide, wie auf ein Zeichen, ein lautes Klagegeschrei anstimmten, was sofort zur Folge hatte, daß die runden Augen in den Betten sich schlossen und die beiden andern kleinen Tetterbys, die eben aus der anstoßenden Kammer hereinschlichen, um zu sehen, was hinsichtlich des Essens los sei, eiligst den Rückzug antraten.

»Wahrhaftig, Dolfchen«, schluchzte Frau Tetterby, »als ich nach Hause kam, hatte ich ebensowenig im Sinn, wie ein neugeborenes Kind . . .«

Herr Tetterby schien an dieser Redefigur keinen Gefallen

zu finden und bemerkte: »Sage lieber, wie das Wickelkind, liebe Frau!«

». . . hatte ich ebensowenig im Sinn wie das Wickelkind«, sagte Frau Tetterby – »Johnny, sieh mich nicht an, sondern das Kind; sonst fällt es dir aus dem Schoß und fällt sich tot, und dann stirbst du unter den furchtbaren Qualen eines gebrochenen Herzens, und dann geschieht dir recht – ich hatte ebensowenig im Sinn, wie unser Herzenskind, schlechter Laune zu sein, als ich nach Hause kam; aber ich weiß nicht, Dolf –« Frau Tetterby stockte und drehte und drehte wieder den Trauring um ihren Finger.

»Ich verstehe, ich verstehe!« sagte Herr Tetterby. »Meinem Frauchen war etwas in die Quere gekommen. Schlimme Zeiten und schlimmes Wetter und schlimme Arbeit machen das Leben manchmal schwer genug. Ich verstehe! Kein Wunder!«

»Dolfchen, mein Schatz«, fuhr Herr Tetterby fort und untersuchte mit der Gabel die Schüssel, »da hat deine Mutter in der Garküche außer dem Erbsenpudding eine gebackene Schweinskeule gekauft mit schöner brauner Kruste darauf und Sauce und Senf dazu in unerschöpflicher Menge. – Gib den Teller her, Junge, und iß, solange es noch warm ist.«

Ohne sich zum zweitenmal auffordern zu lassen, nahm Master Adolf seinen Teil in Empfang, wobei ihm die Augen vor Eßlust feucht schimmerten, zog sich dann zu seinem besonderen Stuhl zurück und stürzte sich auf sein üppiges Mahl. Johnny wurde nicht vergessen, sondern erhielt seinen Teil auf Brot, damit er nichts auf das Wickelkind tropfe. Aus gleichem Grund sollte er seinen Pudding in der Tasche behalten, solange er sich nicht mit ihm tätig befaßte.

Es hätte mehr Fleisch an der Keule sein können, denn der Anrichter beim Garkoch hatte schon viel daran herumgeschnitten für frühere Kunden; aber an Würze fehlte es nicht, und das ist eine Zugabe, die leise an Schweinefleisch erinnert und den Geschmackssinn auf angenehme Weise täuscht. Auch der Erbsenpudding und die Sauce und der Senf hatten, wie des Ostens Rose neben der Nachtigall, wenn sie auch nicht gerade Schweinefleisch waren, doch in dessen Nähe gelebt, so daß im ganzen Duft und Geschmack von einem Schwein mittlerer Größe vorhanden war. Dem konnten die Tetterbys im Bett nicht widerstehen, und obgleich sie sich stellten, als ob sie ruhig schliefen, schlüpften sie doch aus den Federn, sowie die Eltern ihnen den Rücken wandten, und baten stumm die Brüder um einen gastronomischen Beweis brüderlicher Liebe. Diese, durchaus nicht hartherzig, gaben ihnen einige Bissen, und die Folge davon war, daß eine Truppe kleiner Scharmützler in Nachthemdchen während des ganzen Abendessens im Zimmer umherstreifte, was Herrn Tetterby außerordentlich belästigte und ihm ein- oder zweimal die Notwendigkeit auferlegte, einen Angriff zu machen, vor dem sich diese Guerillatruppe nach allen Richtungen und in großer Verwirrung zurückzog.

Frau Tetterby schmeckte das Essen nicht; es schien ihr etwas auf dem Herzen zu liegen. Erst lachte sie ohne Grund, und dann weinte sie ohne Grund, und dann lachte und weinte sie zugleich auf eine so wunderliche Weise, daß ihr Mann nicht daraus klug werden konnte.

»Frauchen«, sagte Herr Tetterby, »wenn es in der Welt so zugeht, dann geht alles einen falschen Weg und bringt dich in Gefahr, zu ersticken.«

»Gib mir einen Tropfen Wasser«, sagte Frau Tetterby, bemüht, ihre Bewegung zu bemeistern, »und sprich jetzt nicht mit mir und beachte mich weiter nicht! Bitte, tu es nicht!«

Nachdem Herr Tetterby ihr das Wasser gereicht, wandte er sich plötzlich gegen den unglücklichen Johnny, der von Teilnahme überfloß, und fragte ihn, warum er auf seinem Stuhl in Faulheit und Völlerei schwelge, anstatt mit dem Wickelkind anzutreten, damit dessen Anblick das Herz seiner Mutter erfreue. Johnny gehorchte sofort, fast niedergedrückt von der Last; aber da Frau Tetterby ihre Hand abwehrend ausstreckte zum Zeichen, daß sie nicht imstande sei, ihr Gefühl auf diese harte Probe stellen zu lassen, verbot ihm der Vater, nur einen Zoll weiterzugehen, bei Strafe ewigen Hasses seitens aller seiner teuren Angehörigen; und er zog sich demnach mit seiner Last nach seinem Stuhl zurück.

Nach einer Pause sagte Frau Tetterby, es sei ihr besser, und fing an zu lachen.

»Mein Frauchen«, sagte ihr Mann mit einem zweifelnden Wiegen des Kopfes, »weißt du auch ganz gewiß, daß dir besser ist? Oder solls vielleicht in einer andern Richtung wieder losgehen, Sophie?«

»Nein, Adolf, nein«, erwiderte seine Frau. »Es ist mir jetzt wieder ganz gut.« Sie strich sich das Haar glatt, drückte die Hände vor die Augen und fing abermals an zu lachen.

»Was ich für eine böse Närrin war, nur einen Augenblick lang auf solche Gedanken zu kommen!« sagte Frau Tetterby. »Rücke näher, Adolf, ich muß dir mein Herz ausschütten und erzählen, was ich gedacht habe. Ich will dir alles sagen.«

Herr Tetterby rückte seinen Stuhl näher heran, Frau Tetterby lachte wieder, gab ihm einen Kuß und wischte sich die Augen. »Du weißt, Männchen«, sagte Frau Tetterby, »als ich noch ledig war, hätte ich verschiedene Leute heiraten können. Zu einer Zeit hatte ich vier Bewerber auf einmal; darunter waren zwei Söhne vom Mars.«

»Wir sind alle Söhne von Ma's[1], mein Schatz«, sagte Herr Tetterby, »und Pa's.«

»Das meine ich ja nicht«, entgegnete seine Frau; »ich meine Soldaten – Sergeanten.«

»Ah!« meinte Herr Tetterby.

»Nun sieh, Adolf, ich denke jetzt gewiß nicht an solche

[1] Ma's = Mamas; Pa's = Papas.

Dinge, um mein Los zu beklagen; und ich weiß, daß ich einen ebenso guten Ehemann bekommen habe und so viel tun würde, um zu beweisen, daß ich ihn liebhabe, wie . . .« – »Wie jedes kleine Frauchen auf der Welt«, sagte Herr Tetterby. »Sehr gut, *sehr* gut.«

Wenn Herr Tetterby zehn Fuß hoch gewesen wäre, so hätte er keine zartere Rücksichtnahme auf Frau Tetterbys feenhafte Gestalt an den Tag legen können; und wäre Frau Tetterby kaum zwei Fuß hoch gewesen, so hätte sie ihren Dank dafür nicht mehr zeigen können.

»Aber siehst du«, sagte Frau Tetterby, »heute am Weihnachtsabend, da alle, die es tun können, sich einen Feiertag machen, und alle, die Geld haben, etwas ausgeben, wurde ich, ich weiß nicht wie, ein bißchen ärgerlich. Auf der Straße draußen war so viel zu verkaufen, waren so schöne Sachen zum Essen, so köstliche Dinge zu schauen und so herrliche Sachen zu haben – und ich hatte so viel zu rechnen und zu rechnen, ehe ich nur einen Sixpence für das Allernotwendigste ausgeben durfte; und der Korb war so groß, und es war so viel Platz darin, und mein Geldvorrat war so klein und reichte nur auf so kurz – du hassest mich, Dolfus, nicht wahr?«

»Bis jetzt noch nicht«, sagte Herr Tetterby.

»Nun, ich will dir alles sagen«, fuhr seine Frau bußfertig fort, »und dann gibst du es vielleicht zu. So sehr fühlte ich dies, als ich draußen in der Kälte herumlief und eine Menge andrer berechnender Gesichter mit großen Körben herumlaufen sah, daß ich anfing zu denken, ob ich nicht besser getan hätte und glücklicher gewesen wäre, wenn – wenn –« Der Trauring wurde wieder um den Finger gedreht, und Frau Tetterby schüttelte dabei das gesenkte Haupt.

»Ich verstehe«, sagte ihr Mann ruhig; »wenn du gar nicht oder einen andern geheiratet hättest!«

»Ja«, schluchzte Frau Tetterby. »Das habe ich wirklich gedacht. Hassest du mich jetzt?«

»Hm – nein, das kann ich bis jetzt noch immer nicht behaupten«, sagte Herr Tetterby.
Frau Tetterby gab ihm einen dankbaren Kuß und sprach weiter: »Ich hoffe jetzt fast, du wirst es auch hernach nicht sagen, Adolf, obgleich ich fürchte, ich habe das Schlimmste noch nicht erzählt. Ich weiß gar nicht, was mir zustieß. Ich weiß nicht, ob ich krank war oder verrückt oder was mir sonst fehlte; aber ich konnte mich an nichts erinnern, was uns aneinander knüpfte oder was mich mit meinem Schicksal aussöhnen konnte. Alle Freuden und Genüsse, die wir je gehabt, erschienen mir so armselig und unbedeutend, daß ich sie ordentlich haßte. Ich hätte sie mit Füßen treten können. Und ich konnte an weiter nichts denken als an unsre Armut und an die vielen Mäuler, die zu Hause auf mich warteten.«
»Nun, nun, mein Herz«, meinte Herr Tetterby, indem er ihr ermutigend die Hand drückte; »das ist ja schließlich nur die Wahrheit. Wir *sind* ja arm und *haben* viele Mäuler im Haus.«
»Ach aber, Dolf, Dolf!« rief die Frau und umschlang ihn. »Mein lieber, guter, geduldiger Mann, als ich nur ein paar Minuten zu Hause war – wie anders war da alles! Ach, lieber Dolf, wie anders war es da! Es war mir, als ob ein ganzer Strom von Erinnerungen über mich käme, der mein hartes Herz erweichte und es fast zum Bersten brachte. Alle unsre Anstrengungen, uns den Lebensunterhalt zu erwerben, alle unsre Sorgen und Entbehrungen, seitdem wir verheiratet sind, alle Tage der Krankheit, alle die Stunden, die wir beieinander oder bei den Kindern durchwacht, schienen zu mir zu reden und zu sagen, daß sie uns zu *einem* Wesen verschmolzen, und daß ich nie etwas andres hätte sein können und wollen als das Weib und die Mutter, die ich jetzt bin. Und dann wurden die wohlfeilen Freuden, die ich vorhin so sehr verachtet hatte, mir so kostbar, ach, so unbezahlbar und wert, daß es mich schmerzt, daran zu denken, wie ich sie ver-

schmäht hatte; und ich sagte und sage es noch hundertmal: wie konnte ich nur jemals so sein, Adolf, und wie konnte ich das Herz dazu haben?«

Die gute Frau, ganz außer sich vor aufrichtiger Zärtlichkeit und Reue, ließ ihren Tränen freien Lauf, als sie plötzlich mit einem Schrei aufsprang und hinter ihrem Gatten Schutz suchte. So angstvoll war der Schrei, daß die Kinder aus ihrem Schlummer erwachten, aus dem

Bett sprangen und sich an sie klammerten. Auch entsprach ihr Antlitz ihrer Stimme, als sie auf einen blassen Mann in einem schwarzen Mantel deutete, der in das Zimmer getreten war.

»Sieh diesen Mann an! Schau dorthin! Was will er?«

»Liebe Frau«, erwiderte ihr Gatte, »ich will ihn fragen, wenn du mich losläßt. Was ist denn los? Wie du zitterst!«

»Ich begegnete ihm auf der Straße, als ich das Fleisch holte. Er sah mich an und stand neben mir. Ich fürchte mich vor ihm.«

»Du fürchtest dich vor ihm? Warum?«

»Ich weiß nicht warum – ich – bleib, Mann!« Denn er wollte auf den Fremden zugehen.
Sie hielt eine Hand vor die Stirn gepreßt und die andre vor die Brust. Eine eigentümliche Aufregung hatte sich ihrer bemächtigt, und ihre Augen schweiften unruhig und forschend umher, als hätte sie etwas verloren.
»Bist du krank, mein Schatz?«
»Was entschwindet wieder meinem Gedächtnis?« sagte sie leise vor sich hin. »Was geht jetzt wieder vor mit mir?« Dann antwortete sie kurz: »Krank? Nein, mir ist ganz wohl!« Und sie starrte mit leerem Blick auf den Fußboden. – Ihr Mann, den anfangs auch die Furcht angesteckt und den die Seltsamkeit ihres Benehmens nicht sehr beruhigen konnte, redete den bleichen Gast im schwarzen Mantel, der mit zu Boden gesenkten Augen an der Tür stehen geblieben war, an.
»Was wünschen Sie hier bei uns, Sir?« fragte er.
»Ich fürchte, mein unbemerktes Eintreten hat Sie erschreckt«, erwiderte jener; »aber Sie sprachen miteinander und hörten mich nicht.«
»Mein kleines Frauchen sagte – Sie haben es vielleicht gehört«, sagte Herr Tetterby – »daß dies heute abend nicht das erste Mal ist, daß sie von Ihnen erschreckt wird.«
»Das tut mir leid. Ich entsinne mich, daß ich sie auf der Straße sah. Ich hatte nicht die Absicht, sie zu erschrecken.«
Als er beim Sprechen aufblickte, erhob auch sie ihre Augen. Merkwürdig war die Scheu, die sie vor ihm hatte, und das Bangen, mit dem sie ihn beobachtete – und doch so gespannt und forschend beobachtete.
»Ich heiße Redlaw«, sagte er. »Ich wohne in der alten Universität dicht nebenan. Ein junger Herr, der dort studiert, wohnt bei Ihnen, nicht wahr?«
»Herr Denham?« sagte Tetterby.
»Ja!«
Es war eine ganz natürliche Gebärde und so wenig auffäl-

lig, daß sie kaum bemerkt wurde; aber ehe er wieder antwortete, strich sich der kleine Mann mit der Hand über die Stirn und ließ rasch seinen Blick durch das Zimmer schweifen, als ob er sich einer Veränderung in seiner Atmosphäre bewußt würde. Der Chemiker sah ihn mit demselben scheuen Blick an wie vorhin seine Frau, trat zurück, und sein Gesicht wurde blässer.

»Der Herr wohnt eine Treppe höher«, sagte Tetterby. »Seine Wohnung hat noch einen besonderen Eingang; aber da Sie einmal hier in der Stube sind, so brauchen Sie nicht erst wieder in die Kälte hinauszugehen, sondern können hier die paar Stufen hinaufsteigen« – und er zeigte ihm eine Treppe, die unmittelbar in das obere Zimmer hinaufführte – »wenn Sie ihn besuchen wollen.«

»Ja, ich möchte ihn besuchen«, sagte der Chemiker. »Können Sie ein Licht entbehren?«

Die flackernde Spannung seiner düsteren Augen und das unerklärliche Mißtrauen, das seinen Blick verdunkelte, schienen Herrn Tetterby zu beunruhigen. Er schwieg, sah ihn starr an und blieb wie erstaunt ein oder zwei Minuten lang auf einem Fleck stehen.

Endlich sagte er: »Ich will Ihnen leuchten, Sir! wenn Sie mir folgen wollen.«

»Nein«, entgegnete der Chemiker, »ich wünsche nicht, daß man mich begleitet oder bei ihm anmeldet. Er erwartet mich nicht. Ich will lieber allein gehen. Bitte, geben Sie mir ein Licht, wenn Sie es entbehren können, und ich werde mich schon zurechtfinden.«

Bei dieser rasch hervorgestoßenen Bitte und indem er dem Zeitungshändler die Kerze aus der Hand nahm, berührte er dessen Brust. Rasch zog er die Hand zurück, als ob er ihn durch Zufall verletzt hätte (denn er wußte nicht, welcher Teil seines Körpers die neue Kraft besaß oder wie sie sich den verschiedenen Personen mitteilte), wendete sich ab und stieg die Treppe hinauf. Aber als er die oberste Stufe erreichte, blieb er stehen und blickte hinunter.

Die Frau stand noch auf derselben Stelle und drehte sinnend den Trauring an ihrem Finger. Der Mann hatte das Haupt auf die Brust sinken lassen und brütete mürrisch vor sich hin. Die Kinder, immer noch um ihre Mutter sich drängend, blickten schüchtern zu dem Fremden hinauf und schlossen sich dichter aneinander, als sie ihn herabblicken sahen.

»Fort!« sagte der Vater barsch. »Ich habe es jetzt satt. Macht, daß ihr zu Bett kommt!«

»Die Stube ist eng genug ohne euch«, setzte die Mutter hinzu. »Macht, daß ihr zu Bett kommt!«

Verschüchtert und betrübt kroch die ganze Schar hinaus; der kleine Johnny und das Wickelkind bildeten die Nachhut. Die Mutter warf einen verächtlichen Blick auf die ärmliche Stube, schob die Überreste des Mahles verdrossen von sich, ließ die angefangene Arbeit des Tischabräumens stehen und setzte sich hin, in mürrisches Nachsinnen verloren. Der Vater nahm in der Kaminecke Platz, schürte ungeduldig das kärgliche Feuer und beugte sich darüber, als ob er alles für sich allein nehmen wollte. Sie wechselten kein Wort miteinander.

Bleicher als vorhin noch schlich der Chemiker die Treppe hinauf, wie ein Dieb, sah hinab auf die plötzlich veränderte Szene und schien sich ebensosehr vor dem Weitergehen wie vor dem Umkehren zu scheuen.

»Was habe ich getan!« rief er; »was will ich jetzt tun?«

Der Wohltäter der Menschheit sein, schien ihm eine Stimme zu sagen. Er sah sich um, aber es war nichts da; und da eine Wendung der Treppe die kleine Stube unten seinem Blick entzog, setzte er seinen Weg mit starr vor sich hingerichteten Blicken fort.

»Erst seit gestern abend«, sprach er trübe vor sich hin, »bin ich nicht ausgegangen, und doch kommt mir alles so fremd vor. Ich komme mir selbst fremd vor. Mir ist, als ob ich in einem Traum hierher gekommen wäre. Welches Interesse fühle ich für diesen Ort oder für jeden andern, den ich mir ins Gedächtnis zurückrufen kann? Mein Geist ist blind geworden!«

Er stand vor einer Tür, klopfte und trat auf ein drinnen ertönendes Herein ins Zimmer.

»Ist es meine freundliche Wärterin?« sagte die Stimme. »Aber ich brauche nicht erst zu fragen, es kommt niemand sonst her.«

Die Stimme klang heiter, obgleich schwach, und lenkte seine Aufmerksamkeit auf einen jungen Mann, der auf einem Sofa lag, das, mit der Rücklehne gegen die Tür gekehrt, vor einem Kamin stand. Ein kleiner, armseliger Ofen, der tiefe Gruben wie die Wangen eines Lungenkranken hatte und in einen weiten Kamin eingebaut war, den er kaum erwärmen konnte, enthielt das Feuer, dem das Gesicht des jungen Mannes zugekehrt war. Da der Ofen unmittelbar unter dem Schornstein stand, brannte es flackernd und laut, und die glühende Asche fiel rasch durch den Rost.

»Sie klimpert leise, wenn sie herausfällt«, sagte der Student lächelnd, »das bedeutet also, wie die Leute sagen, nicht Särge, sondern Geldbeutel. Wenn Gott will, werde ich eines Tages noch gesund und reich werden und vielleicht lange genug leben, um eine Tochter von Milly zu lieben, aus dankbarer Erinnerung an das gütigste Gemüt und das sanfteste Herz in der Welt.«

Er streckte die Hand aus, als ob er erwarte, daß sie dieselbe nähme, aber da er noch schwach war, blieb er liegen, das Gesicht auf die andre Hand gestützt, und drehte sich nicht um.

Der Chemiker sah sich im Zimmer um, betrachtete die Bücher des Studenten auf einem Tisch in der Ecke, wo sie und die ausgelöschte Studierlampe, die jetzt verpönt und beseite gerückt waren, Zeugnis ablegten von den fleißigen Stunden, die seiner Krankheit vorhergegangen waren und sie vielleicht veranlaßt hatten; betrachtete die Anzeichen früherer Gesundheit und Freiheit, wie die für die Straße bestimmte Kleidung, die müßig an der Wand hing; die Erinnerungen an eine andre und weniger einsame Umgebung, die kleinen Miniaturen über dem Kamin und die Abbildung des Vaterhauses; das Zeichen seines ehrgeizigen Zieles und vielleicht auch seiner persönlichen Zuneigung, sein (Herrn Redlaws) eingerahmtes Bild. Es gab eine Zeit – gestern noch – da nicht ein einziger dieser Gegenstände – auch nur in entferntester Beziehung zu der lebenden Gestalt vor ihm – ohne Eindruck auf Redlaw geblieben wäre. Jetzt waren sie ihm bloß Dinge, und wenn noch eine schwache Erinnerung in ihm auflebte, so verwirrte sie ihn, anstatt ihn zu erleuchten, wie er da in dumpfem Erstaunen um sich blickte.

Der Student, der seine Hand nicht berührt fühlte, hob jetzt das Haupt und sah sich um.

»Herr Redlaw!« rief er aus und fuhr empor.

Redlaw streckte den Arm aus und sagte:

»Kommen Sie nicht näher. Ich will hier sitzen bleiben. Bleiben Sie, wo Sie sind!«

Er setzte sich auf einen Stuhl an der Tür, und nachdem er einen Blick auf den Jüngling geworfen, der die Hand auf die Sofalehne stützend dastand, sprach er weiter mit zu Boden gesenkten Augen.

»Ich hörte durch Zufall, durch welchen ist gleichgültig, daß ein Student aus meinem Kolleg krank und hilflos sei. Ich hörte weiter nichts von ihm, als daß er in dieser Straße wohne. Ich fing in dem ersten Hause der Straße an, mich zu erkundigen, und habe Sie jetzt gefunden.«

»Ich bin krank gewesen, Sir«, erwiderte der Student, nicht bloß mit bescheidener Zurückhaltung, sondern mit einer Art Scheu vor ihm, »habe mich aber schon sehr erholt. Ein Fieberanfall – Nervenfieber glaube ich – hatte mich sehr geschwächt, aber ich fühle mich bereits viel besser. Ich kann nicht sagen, ich wäre hilflos gewesen in meiner Krankheit, sonst vergäße ich die freundliche Hand, die mich niemals verlassen hat.«

»Sie sprechen von der Frau des Kastellans«, sagte Redlaw.
»Ja!« Der Student neigte den Kopf, als ob er ihr eine stille Huldigung darbrächte.
Der Chemiker, von einer kalten Apathie erfüllt, die ihn mehr dem Marmorbild auf dem Grab des Mannes, der gestern bei der ersten Erwähnung von des Studenten Krankheit von seiner Mahlzeit aufgesprungen war, als dem Lebenden selbst gleichen ließ, sah wieder den Studenten, den Fußboden und die Luft an, als ob er Erleuchtung suche für seinen erblindeten Geist.
»Ich erinnerte mich Ihres Namens«, sagte er, »als ich ihn vorhin in der Stube hörte; und ich besinne mich auf Ihr Gesicht. Wir sind nur wenig in persönliche Berührung miteinander gekommen?«
»Sehr wenig.«
»Ich glaube, Sie haben sich mehr als die andern von mir fern gehalten?« – Der Student verbeugte sich beistimmend.
»Und warum?« fragte der Chemiker, ohne im mindesten Teilnahme zu zeigen, sondern bloß mit einer mürrischen, wie zufällig entstandenen Neugierde. »Warum? Wie kommt es, daß Sie mir absichtlich verhehlt haben, daß Sie in dieser Zeit des Jahres, da alle übrigen verreist sind, hier geblieben und krank geworden sind? Ich frage, warum das?«
Der Jüngling, der ihn mit wachsender Aufregung angehört hatte, erhob jetzt die zu Boden gesenkten Augen, schlug die Hände zusammen und rief mit bebenden Lippen: »Herr Redlaw! Sie haben mich durchschaut. Sie kennen mein Geheimnis!«
»Ihr Geheimnis?« sagte der Chemiker barsch.
»Ja! Ihr Wesen, jetzt so weit entfernt von der Güte und der Teilnahme, die Sie so vielen Herzen teuer machen, Ihre veränderte Stimme, das Gezwungene in Ihren Worten und in Ihren Blicken sagen mir, daß Sie mich kennen«, entgegnete der Student. »Daß Sie mir es jetzt noch verhehlen wollen, ist mir nur ein neuer Beweis (Gott weiß es,

daß ich keinen brauche!) von Ihrer angeborenen Herzensgüte und der Kluft, die zwischen uns ist.«
Ein irres und verächtliches Lachen war seine einzige Antwort.
»Aber, Herr Redlaw«, sagte der Student, »bedenken Sie als ein gerechter und guter Mann, wie wenig ich teilhabe, abgesehen von dem Namen und der Abkunft, an dem Unrecht, das Ihnen geschehen, oder an dem Kummer, den Sie getragen.«
»Kummer!« sagte Redlaw lachend. »Unrecht! Was bedeuten mir solche Dinge!«
»Um des Himmels willen«, bat der Student schüchtern, »lassen Sie sich von ein paar Worten, die Sie mit mir wechseln, nicht so verändern, Sir! Lassen Sie mich wieder verschwinden aus Ihrem Gedächtnis und Ihrer Beachtung. Lassen Sie mich meinen alten entfernten Platz unter denen, die Sie unterrichten, wieder einnehmen. Kennen Sie mich wieder bloß unter dem Namen, den ich annahm, und nicht als Langford . . .«
»Langford!« rief der andre aus.
Er fuhr mit beiden Händen nach der Stirn und wendete dem Jüngling einen Augenblick lang sein altes, geistvolles und nachdenkliches Gesicht zu. Aber das Licht schwand wieder aus ihm wie ein flüchtiger Sonnenstrahl, und es umwölkte sich wieder wie früher.
»Der Name, den meine Mutter führt, Sir!« stammelte der Jüngling; »der Name, den sie wählte, als sie vielleicht einen angeseheneren hätte bekommen können. Herr Redlaw«, fuhr er zögernd fort, »ich glaube, jene Begebenheit zu kennen. Wo mein Wissen nicht ausreicht, ergänzen meine Vermutungen die Lücke, bis das Ganze der Wahrheit ziemlich nahe kommt. Ich bin das Kind einer Ehe, die sich als nicht glücklich erwies. Von Kindheit auf hörte ich von Ihnen sprechen mit hoher Achtung – fast mit Ehrfurcht. Ich habe von solcher Hingebung, von solcher Standhaftigkeit und Herzensweichheit, von solchen

Kämpfen gegen Hindernisse, die die Menschen niederzuschmettern drohen, gehört, daß meine Phantasie, seitdem ich meine kleine Lektion von meiner Mutter lernte, Ihren Namen mit Glanz umwob. Und endlich, konnte ich, selbst ein armer Student, von einem andern besser lernen, als von Ihnen?«
Unbewegt und unverändert und ihn bloß mit einem inhaltsleeren Blick anstarrend, antwortete Redlaw weder mit Worten noch durch Gebärden.
»Ich kann nicht sagen«, fuhr der andre fort, »und würde mich vergeblich bemühen, es auszudrücken, wie sehr es mich gerührt hat, als ich die schönen Spuren der Vergangenheit wiederfinden konnte in der Macht, sich die Dankbarkeit und das Vertrauen zu erwerben, die sich bei uns Studenten – insbesondere bei den ärmsten unter uns – an Herrn Redlaws Namen knüpfen. Wir sind an Alter und Stellung so verschieden voneinander, Sir, und ich bin so gewohnt, Sie nur aus der Ferne zu betrachten, daß ich mich über meine eigne Kühnheit wundere, wenn ich, obgleich nur leise, diesen Gegenstand berühre. Aber einem Mann, der, ich darf es wohl sagen, einst für meine Mutter eine nicht gewöhnliche Teilnahme fühlte, ist es vielleicht nicht ganz gleichgültig, jetzt, da alles vorüber ist, zu vernehmen, mit wie unbeschreiblicher Liebe ich ihn aus meinem Dunkel betrachtet habe, mit welchem Schmerz ich mich von ihm fern hielt, wenn ein Wort von ihm mich reich gemacht hätte, und wie sehr ich doch fühlte, daß ich recht tat, auf dieser Bahn zu bleiben, zufrieden, ihn zu kennen und selbst ungekannt zu bleiben. Herr Redlaw«, sagte der Student schüchtern, »was ich sagte, habe ich nicht glücklich ausgedrückt, denn ich bin noch zu schwach; aber wenn etwas Unwürdiges ist in der Täuschung, die ich mir habe zuschulden kommen lassen, so verzeihen Sie mir, und für die Zukunft vergessen Sie mich!«
Der inhaltsleere und doch grollende Ausdruck schwand

nicht aus Redlaws Gesicht und veränderte sich erst, als sich der Student mit diesen Worten näherte und seine Hand ergreifen wollte. Da trat er zurück und rief ihm zu:
»Kommen Sie mir nicht zu nahe!«
Der Jüngling blieb stehen, erschrocken über das hastige Zurückbeben und die heftige Abweisung, und fuhr sich mit der Hand nachdenklich über die Stirn.
»Vergangen ist vergangen«, sagte der Chemiker. »Das Einst stirbt wie das unvernünftige Tier. Wer redet mir von seinen Spuren in meinem Leben? Er faselt oder lügt! Was gehen mich Ihre kranken Träume an? Wenn Sie Geld brauchen, hier ist welches. Ich kam her, um es Ihnen zu bringen, das war der einzige Zweck meines Kommens. Weiter kann ich hier nichts gewollt haben«, murmelte er vor sich hin und legte die Hände wieder an die Stirn. »Weiter kann ich nichts gewollt haben, und doch . . .«
Er hatte seine Börse auf den Tisch geworfen. Wie er jetzt in Nachsinnen versank, nahm sie der Student und hielt sie ihm entgegen.
»Nehmen Sie das zurück, Sir«, sagte er stolz, obgleich nicht erzürnt. »Ich wünschte, Sie könnten mit ihr zugleich die Erinnerung an Ihre Worte und Ihr Anerbieten von mir nehmen.«
»Wünschen Sie das?« erwiderte jener mit einem seltsamen Flackern in seinen Augen. »Wünschen Sie es?«
»Ich wünsche es!«
Der Chemiker trat jetzt zum erstenmal dicht an ihn heran, nahm die Börse, ergriff seinen Arm und sah ihm ins Gesicht. »Die Krankheit bringt Schmerz und Sorge, nicht wahr?« sagte er mit einem Lachen.
Der Student erwiderte verwundert: »Ja.«
»Durch ihre Ruhelosigkeit, ihre Angst, ihre Ungewißheit und ihr ganzes Gefolge von Leiden des Körpers und des Geistes?« sagte der Chemiker mit einem seltsamen Frohlocken. »Es wäre am besten, alles zu vergessen, nicht wahr?«

Der Student antwortete nicht, sondern fuhr sich wieder mit der Hand wie zerstreut über die Stirn. Redlaw hielt ihn immer noch am Arm gefaßt, als man draußen Millys Stimme vernahm.

»Ich kann jetzt schon sehen«, sagte sie, »ich danke, Dolf. Weine nicht, Kind, Vater und Mutter werden morgen schon wieder gut sein, und dann ist es auch wieder hübsch zu Haus. Ein Herr ist bei ihm, so?«

Redlaw ließ den Studenten los und horchte.

»Ich habe mich von dem ersten Augenblick an gescheut, ihr zu begegnen«, sagte er vor sich hin. »Es wohnt in ihr eine sich immer gleichbleibende Güte, die ich zu verderben fürchte. Ich kann das töten, was das Schönste und Beste in ihrem Herzen ist.«

Sie klopfte draußen.

»Soll ich es als eine nichtige Ahnung mißachten oder sie dennoch meiden?« murmelte er vor sich hin und sah sich unruhig um.

Sie klopfte wieder.

»Von allen, die hieher kommen können«, sagte er mit erregter Stimme, »möchte ich diese am wenigsten hier sehen. Verbergen Sie mich!«

Der Student öffnete eine Brettertür in der Wand, die in ein kleines Dachstübchen führte. Redlaw trat rasch hinein und schloß die Tür hinter sich.

Der Student nahm jetzt seinen Platz auf dem Sofa wieder ein und rief: »Herein!«

»Lieber Herr Edmund«, sagte Milly und sah sich um, »sie sagten mir, es wäre ein Herr hier.«

»Es ist niemand hier als ich.«

»Es ist aber jemand hier gewesen?«

»Ja, es war jemand hier.«

Sie setzte ihr Körbchen auf den Tisch und näherte sich dem Sofa, wie um die ausgestreckte Hand zu ergreifen – aber sie war nicht da. Ein wenig überrascht, beugte sie sich über ihn und berührte leise seine Stirn.

»Fühlen Sie sich ganz wohl heute abend? Ihre Stirn ist heißer als heute nachmittag.«
»Pah!« sagte der Student launisch, »es fehlt mir nichts.«
Etwas mehr Erstaunen, aber kein Vorwurf sprach sich in ihrem Gesicht aus, als sie wieder nach der andern Seite des Tisches ging und aus ihrem Korb eine kleine Näharbeit herausholte. Aber sie legte sie nach kurzer Überlegung

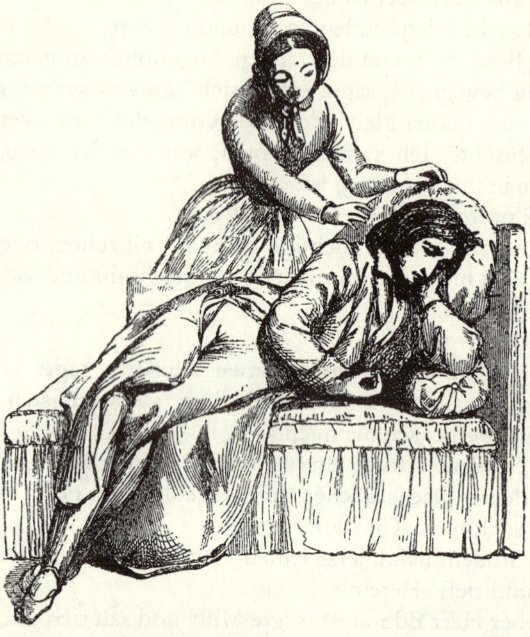

wieder hin und bewegte sich geräuschlos im Zimmer herum, stellte alles an seinen gehörigen Platz und ordnete alles aufs netteste, selbst die Kissen des Sofas, die sie mit so leichter Hand berührte, daß er es kaum zu merken schien, während er dalag und in das Feuer blickte. Als sie damit fertig war und den Kamin rein gekehrt hatte, setzte sie sich wieder hin in ihrem bescheidenen Häubchen und arbeitete in geräuschloser Geschäftigkeit.

»Es ist der neue Musselinvorhang für das Fenster, Herr Edmund«, sagte Milly, eifrig weiter stichelnd. »Er wird ganz hübsch aussehen, obgleich er sehr wenig kostet, und wird auch Ihre Augen vor dem Licht schützen. Mein William sagt, das Zimmer dürfte jetzt, da Sie sich so sehr erholen, nicht so hell sein, sonst könnte das blendende Licht Sie schwindlig machen.«

Er sagte nichts; aber es lag etwas so Verdrießliches und Ungeduldiges in der Art, wie er sich auf seinem Lager herumwarf, daß ihre raschen Finger innehielten und sie ihn besorgt ansah.

»Die Kissen liegen nicht bequem«, sagte sie und stand auf. »Ich will sie gleich zurechtlegen.«

»Sie liegen ganz gut«, gab er zur Antwort. »Bitte, lassen Sie sie. Sie machen so viel Aufhebens von jeder Kleinigkeit.«

Als er dies sagte, hob er den Kopf und sah sie mit einem so gleichgültigen Blick an, daß sie, nachdem er sich wieder hingelegt hatte, unschlüssig stehen blieb. Aber sie nahm endlich wieder Platz und nähte geschäftig weiter, ohne nur einen vorwurfsvollen Blick auf ihn zu werfen.

»Ich denke mir eben, Herr Edmund, daß Sie sich wohl schon oft, wenn ich hier saß, Gedanken über die Wahrheit des Sprichworts gemacht haben: ›Unglück ist ein guter Lehrmeister‹. Sie werden nach dieser Krankheit die Gesundheit mehr schätzen als früher, und noch nach vielen, vielen Jahren, wenn dieses Datum wiederkehrt und Sie sich der Tage erinnern, da Sie hier krank zurückblieben, allein, damit die Nachricht von Ihrer Krankheit die Ihrigen nicht betrüben möge, da wird Ihnen der heimische Herd doppelt teuer sein. Ist das nicht ein wahrer und schöner Gedanke?«

Sie war zu sehr mit ihrer Arbeit beschäftigt und meinte das, was sie sagte, zu aufrichtig, und war überhaupt zu sicher und ruhig, um einen Blick zu beachten, mit dem er ihr etwa antworten möchte; so prallte der Pfeil seines

undankbaren Blickes von ihr ab und verletzte sie nicht.
»Ach!« sagte Milly, das hübsche Köpfchen nachdenklich auf eine Seite neigend, während sie mit den Augen ihren geschäftigen Fingern folgte. »Selbst auf mich – und ich bin ganz anders als Sie, Herr Edmund, denn ich bin nicht gelehrt und verstehe nicht ordentlich zu denken – hat die Ansicht über solche Dinge einen großen Eindruck gemacht, seit Sie hier krank liegen. Als ich Sie von der Freundlichkeit und Aufmerksamkeit der armen Leute unten so gerührt sah, da merkte ich, wie auch Sie fühlten, daß selbst diese Erfahrung einiges Entgelt sei für den Verlust der Gesundheit, und ich las in Ihrem Gesicht so deutlich wie in einem Buch, daß ohne ein wenig Sorgen und Schmerz wir niemals die Hälfte all des Guten, das uns umgibt, kennen lernen werden.«
Sein Aufstehen unterbrach sie, sonst hätte sie noch weiter gesprochen.
»Wir brauchen nicht so viel Aufhebens von etwaigen Verdiensten zu machen, Frau William«, erwiderte er leichthin. »Die Leute da unten werden seinerzeit bezahlt werden für die kleinen Extradienste, die sie mir geleistet haben, und erwarten es wohl auch nicht anders. Auch Ihnen bin ich sehr verbunden.«
Sie hörte auf zu nähen und sah ihn an.
»Mich drückt meine Schuld gegen Sie auch nicht mehr, wenn Sie die Sache übertreiben«, fuhr er fort. »Ich fühle, daß Sie sich sehr um mich gekümmert haben, und ich sage Ihnen, daß ich Ihnen sehr dafür verpflichtet bin. Was können Sie mehr verlangen?«
Sie ließ ihre Arbeit in den Schoß sinken und sah ihn schweigend an, wie er mit verdrießlicher Miene im Zimmer auf- und abging und dann und wann stehen blieb.
»Ich sage nochmals, ich bin Ihnen sehr verpflichtet. Warum wollen Sie dadurch, daß Sie ungeheure Ansprüche machen, mein Gefühl von dem, was ich Ihnen wirklich schulde, schwächen? Sorge, Betrübnis, Widerwärtig-

keit! Man sollte fast meinen, ich wäre zwanzigmal hier gestorben!«

»Meinen Sie, Herr Edmund«, fragte sie, indem sie aufstand und näher an ihn herantrat, »daß ich von den armen Leuten da unten mit Bezug auf mich selbst gesprochen habe? Auf mich?« Sie legte dabei, mit einem einfachen und unschuldigen Lächeln des Erstaunens, die Hand auf ihre Brust.

»O! Ich denke nicht daran, gute Frau«, sagte er. »Mich hat eine Unpäßlichkeit befallen, von der Ihre Teilnahme – merken Sie wohl! ich sage Ihre Teilnahme – viel mehr Aufhebens macht, als es der Mühe verlohnt, und es ist vorbei, und wir können sie nicht verewigen.« Er nahm damit gleichgültig ein Buch und setzte sich an den Tisch.

Sie beobachtete ihn ein Weilchen, bis ihr Lächeln ganz verschwunden war, und sagte dann, wieder an ihren Platz zurückkehrend: »Herr Edmund! Wünschen Sie lieber allein zu sein?«

»Ich sehe keinen Grund, warum ich Sie hier festhalten sollte«, entgegnete er.

»Außer . . .« sagte Milly zögernd und wies ihm ihre Arbeit.

»Ach, der Vorhang!« gab er mit geringschätzigem Lächeln zur Antwort. »Der ist des Bleibens nicht wert.«

Sie packte ihre Arbeit wieder zusammen und legte sie in das Körbchen, dann blieb sie vor ihm stehen mit einer so sanft flehenden Miene, daß er nicht umhin konnte, sie anzusehen, und sprach:

»Wenn Sie mich brauchen sollten, werde ich gern wiederkommen. Als Sie mich brauchten, hat es mir Freude gemacht, hier zu sein; es war kein Verdienst dabei. Ich glaube, Sie fürchten jetzt, da Sie sich erholen, ich könnte Ihnen beschwerlich fallen, aber das wäre nicht geschehen. Ich wäre bloß so lange gekommen, als Ihre Schwäche und Zimmerhaft dauerten. Sie schulden mir nichts; aber ich kann verlangen, daß Sie mich so gerecht behandeln, als wenn ich eine Dame wäre – sogar die Dame, die Sie lieben; und wenn Sie glauben, ich überschätzte in eigennütziger Selbstüberhebung meine geringen Bemühungen, Ihnen Ihre Krankheit leichter zu machen, so fügen Sie sich mehr Unrecht zu, als Sie jemals mir zufügen können. Das ist es, was mich schmerzt. Das ist es, was mich sehr schmerzt!«

Wäre sie leidenschaftlich gewesen anstatt ruhig, entrüstet anstatt gleichmütig, hätte sie ihn zornig statt sanft angeschaut, so laut geschrien wie sie leise sprach, so wäre dem einsamen Studenten ihr Verschwinden weniger zum Bewußtsein gekommen als jetzt, da er sich so plötzlich allein fand.

Er starrte noch trüben Blickes auf die Stelle, wo sie eben gestanden, als Redlaw aus seinem Versteck hervortrat.

»Wenn Krankheit Sie wieder befällt«, sagte er, und sah ihn mit wildem Blick an »– möge es bald geschehen! – so mögen Sie hier sterben und verfaulen!«

»Was haben Sie getan?« rief der andre und faßte ihn am Mantel. »Welche Veränderung haben Sie in mir hervorgebracht? Welchen Fluch haben Sie über mich verhängt? Geben Sie mich mir selbst zurück!«

»Geben Sie mich *mir* selbst zurück!« rief Redlaw wie ein Wahnsinniger. »Ich bin angesteckt! Ich bin ansteckend! Ich bin mit Gift beladen für mein eignes Gemüt und für die Gemüter aller Menschen. Wo ich Teilnahme und Mitleid fühlte, da werde ich zu Stein. Selbstsucht und Undankbarkeit keimen auf, wo ich meinen Fuß hinsetze. Nur das eine erhebt mich noch über die Elenden, die ich so umwandle, daß ich sie in dem Augenblick ihrer Veränderung hassen kann!«

Mit diesen Worten – der Jüngling hielt immer noch seinen Mantel fest – riß er sich los und schlug nach ihm. Dann stürzte er in die Nachtluft hinaus, wo der Wind heulte, der Schnee fiel, die Wolken eilig dahinzogen, der

Mond trübe schimmerte und wo in dem Heulen des Windes, in dem fallenden Schnee, in den ziehenden Wolken, in dem trüben Schimmer des Mondes, in dem dunkeln Schatten die Worte des Geistes erklangen: »Die Gabe, die ich dir gespendet, sollst du weiter verteilen, wohin du auch gehen magst!«
Wohin, war ihm gleichgültig, nur nicht unter Menschen! Die Veränderung, die er in sich fühlte, machte die lauten Straßen zu einer Einöde, sein eigenes Inneres zu einer

Wildnis und die ungezählten Menschen um ihn mit ihren vielfachen Sorgen und Erlebnissen zu einer ungeheuren Sandwüste, über die Stürme sausten und unentwirrbare Haufen zusammenbliesen. Die Spuren in seinem Gemüt, von denen der Geist ihm gesagt hatte, sie würden bald ersterben, waren noch nicht so weit verblichen, als daß er nicht noch deutlich genug sich selbst und die Veränderung, die er bei andern Menschen hervorbrachte, hätte beurteilen können, um den heißen Wunsch nach Einsamkeit zu fühlen.

Dies brachte ihm plötzlich den Knaben in den Sinn, der in sein Zimmer gedrungen war. Und dann erinnerte er sich, daß von allen, mit denen er seit dem Verschwinden des Geistes verkehrt hatte, dieser Knabe allein unverändert geblieben war.

So widerwärtig ihm das tierische Geschöpf war, so beschloß er doch, es aufzusuchen und zu sehen, ob es sich wirklich so verhalte; er hatte auch noch eine andre Absicht dabei, die ihm gleichzeitig einfiel.

Nachdem er nicht ohne Schwierigkeit sich orientiert hatte, lenkte er seine Schritte wieder zurück nach dem alten Stift, und zwar nach dem großen Eingang, der einzigen Stelle, wo das Pflaster von den Studenten abgetreten war.

Des Kastellans Häuschen stand unmittelbar hinter dem eisernen Gittertor und bildete einen Teil des Hauptvierecks. Davor stand noch ein andres altes Klostergebäude, und aus seinem Schatten konnte er in die Fenster ihres Wohnzimmers blicken und sehen, wer darin war. Das Gittertor war zu, aber seine Hand kannte das Schloß; er öffnete es, indem er mit der Hand durch das Gitter griff, trat vorsichtig hinein, machte die Tür wieder zu und schlich an das Fenster, während die Schneekruste unter seinen Füßen knirschte.

Das Kaminfeuer, zu dem er den Knaben gewiesen, leuchtete hell durch das Fenster und warf einen glänzenden Schein auf den Schnee. Instinktiv die helle Stelle vermeidend, ging er um sie herum und sah zum Fenster hinein. Anfangs glaubte er, die Stube sei leer und die Flamme röte nur mit ihrem Schimmer die alten Balken an der Decke und die dunkelbraunen Wände; aber wie er genauer hinblickte, sah er den Knaben auf dem Fußboden schlafend zusammengekauert. Er ging rasch zur Tür, öffnete sie und trat ein.

Das Kind lag der Glut so nahe, daß, als der Chemiker es wecken wollte, ihm die Lohe wie sengend ins Gesicht schlug. Kaum berührt, aber noch nicht ganz wach, nahm der Knabe, von dem ihm angeborenen Trieb zur Flucht bewegt, seine Lumpen zusammen und kullerte und lief in eine entlegene Ecke des Zimmers, wo er auf dem Fußboden kauernd mit dem Fuß um sich stieß, um sich zu verteidigen.

»Steh auf!« sagte der Chemiker. »Kennst du mich noch?«

»Du, laß mich gehen!« entgegnete der Knabe. »Hier wohnt die Frau – nicht du.«

Des Chemikers fester Blick schüchterte ihn etwas ein, so daß er sich auf die Füße stellen und ansehen ließ.

»Wer hat sie gewaschen und verbunden?« fragte der Chemiker, auf die Füße deutend, die in einem ganz andern Zustand waren als vorhin.

»Die Frau.«

»Und hat sie dir auch das Gesicht gewaschen?«

»Ja, die Frau.«

Redlaw stellte diese Fragen, um den Blick des Jungen auf sich zu lenken, und faßte ihn jetzt in derselben Absicht am Kinn und strich sein verwirrtes Haar zurück, obgleich es ihn ekelte, ihn anzurühren. Der Knabe beobachtete seine Augen scharf, als halte er dies zu seiner Verteidigung für notwendig, da er nicht wußte, was sich im nächsten Augenblick ereignen könnte, und Redlaw konnte recht wohl erkennen, daß er keine Veränderung fühlte.

»Wo sind sie?« fragte er.

»Die Frau ist fort.«

»Ich weiß es. Wo sind der Alte mit dem weißen Haar und sein Sohn?«

»Der Mann der Frau, meinst du?« fragte der Knabe.

»Ja! Wo sind die beiden?«

»Fort! Es ist irgendwo etwas vorgefallen. Sie wurden eilig geholt und sagten mir, ich solle hierbleiben.«

»Komm mit mir«, sagte der Chemiker, »ich will dir Geld geben.«

»Wohin? Und wieviel willst du mir geben?«
»Ich will dir mehr Schillinge geben, als du jemals gesehen hast, und dich bald hierher zurückbringen. Kannst du mich an den Ort führen, von dem du hergekommen bist?«
»Laß mich los!« erwiderte der Knabe und entwand sich rasch seiner Hand. »Dorthin führe ich dich nicht. Laß mich gehen, oder ich bewerfe dich mit Feuer!« Er bückte sich rasch zu dem Gitter hinunter, bereit, die glühenden Kohlen mit seiner kleinen wilden Hand vom Rost zu reißen.
Was der Chemiker gefühlt hatte, als er den ihn begleitenden Zauber diejenigen umstricken sah, mit denen er in Berührung kam, ließ sich lange nicht dem dumpfen Grauen vergleichen, mit dem er sah, wie dieses kleine Ungeheuer dem Einfluß Trotz bot. Ihn schauerte bei dem Anblick dieses der Rührung und Empfindung unzugänglichen Wesens, dieses Scheinbildes eines Kindes, das ihn mit bösem Gesicht und wilden Augen ansah, während die winzige Hand gegen den Rost gestreckt war.
»Höre, Kind!« sagte er. »Du sollst mich hinführen, wohin du willst, nur mußt du mich zu Leuten bringen, die sehr arm oder sehr schlecht sind. Ich will ihnen helfen und nichts Böses zufügen. Ich will dir Geld dafür geben, und ich bringe dich wieder hierher. Stehe auf, mache rasch!« Er machte einen hastigen Schritt der Tür zu, weil er jeden Augenblick befürchtete, Milly möchte kommen.
»Willst du mich allein gehen lassen, mich nicht festhalten und mich gar nicht berühren?« sagte der Knabe, indem er langsam die Hand vom Feuer zurückzog und aufzustehen anfing.
»Ja!«
»Und mich vor dir oder hinter dir, oder wo ich will, gehen lassen?«
»Ja!«
»So gib mir erst Geld, dann komme ich mit.«
Der Chemiker legte dem Knaben ein paar Schillinge,

einen nach dem andern, in die ausgestreckte Hand. Sie zu zählen lag außer dem Bereich der Fähigkeiten des Knaben, aber er sagte bei jedem Geldstück ›eins‹ und blickte dabei erst die Münze und dann den Geber habgierig an. Er konnte die Geldstücke außer in seiner Hand bloß im Mund aufbewahren, und dorthin steckte er sie.

Redlaw schrieb dann mit Bleistift auf ein aus seiner Brieftasche gerissenes Blatt, daß das Kind bei ihm sei, legte den Zettel auf den Tisch und winkte dem Knaben, ihm zu folgen. Seine Lumpen zusammenraffend, wie gewöhnlich, gehorchte der Junge und ging mit bloßem Kopf und mit nackten Füßen hinaus in die Winternacht.

Der Chemiker zog es vor, nicht durch das Gittertor hinauszugehen, wo er leicht denen begegnen konnte, die er am angelegentlichsten zu vermeiden trachtete, und führte daher den Knaben durch die dunklen Korridore, in denen sich der Knabe verirrt hatte, bis zu dem Teil des Gebäudes, wo er selbst wohnte, zu einem kleinen Pförtchen, dessen Schlüssel er bei sich trug. Als sie auf die Straße traten, blieb er stehen, um seinen Führer – der sogleich vor ihm zurückwich – zu fragen, ob er wisse, wo sie wären.

Der kleine Wilde sah sich um, nickte endlich und deutete dann nach der Richtung, in der er gehen wollte. Da Redlaw ohne Besinnen diesen Weg einschlug, folgte er etwas weniger argwöhnisch; dabei nahm er das Geld abwechselnd in die Hand und steckte es dann wieder in den Mund und polierte es verstohlen an seinen Lumpen, wie er hinter dem Chemiker hertrabte.

Dreimal auf ihrem Wege gingen sie nebeneinander. Dreimal blieben sie stehen, während sie nebeneinander waren. Dreimal blickte der Chemiker hinab auf das Gesicht und schauderte bei dem Gedanken, der sich ihm dabei aufdrängte.

Das erstemal war es, als sie über einen alten Kirchhof gingen und Redlaw zwischen den Gräbern stehen blieb,

unfähig, sie mit einem zärtlichen, weichen oder tröstlichen Gefühl zu betrachten.
Das zweitemal, als ihn das Hervortreten des Mondes aus den Wolken bewog, zum Himmel empor zu blicken, wo er das Gestirn der Nacht sah in seinem Glanz, umgeben von Millionen von Sternen, von denen er noch die Namen und Geschichten wußte, die die menschliche Wissenschaft ihnen beigelegt hat, aber wo er nichts sah von dem, was er früher gesehen, nichts fühlte von dem, was er früher gefühlt, wenn er hinaufschaute zu dem funkelnden Nachthimmel.
Das drittemal, als er stehen blieb, um einer klagenden Melodie zu lauschen, aber nur eine Reihe von Tönen vernehmen konnte, die ihn bloß an den trockenen Mechanismus der Instrumente erinnerten, ohne eine der geheimnisvollen Saiten seines Herzens anzuregen, ohne ihn an die Vergangenheit oder an die Zukunft zu mahnen, und die so wenig Eindruck in ihm zurückließen, als das Rauschen der Gewässer oder das Vorübersausen des Windes des vergangenen Jahres.
Und alle drei Mal sah er mit Entsetzen, daß trotz der unermeßlichen geistigen Distanz, die zwischen ihnen lag, und der großen Verschiedenheit in körperlicher Hinsicht der Ausdruck auf des Knaben Gesicht den Ausdruck auf seinem eignen widerspiegelte.
Eine gute Weile schritten sie rüstig weiter – jetzt durch menschengefüllte Gegenden, daß er sich oft in der Meinung, seinen Führer verloren zu haben, umsah, aber ihn meistens auf der andern Seite in seinem Schatten trabend fand; jetzt wieder durch so stille Straßen, daß er den gedämpften Schall, den die nackten Füße seines Begleiters aus dem Pflaster lockten, bequem hören konnte – bis sie eine halb verfallene Häusergruppe erreichten, wo der Knabe ihn am Ärmel faßte.
»Da hinein«, sagte er, auf ein Haus deutend, von dem einzelne Fenster erleuchtet waren und eine trübe Laterne,

mit der Aufschrift »Logis für Reisende«, über dem Torweg schimmerte.

Redlaw blickte um sich; von den Häusern auf den verwahrlosten Grund, auf dem diese standen oder, besser gesagt, noch nicht einfielen, ein Grundstück, das unbeleuchtet und unentwässert direkt an einen schlammigen, übelriechenden Graben stieß; von diesem auf schiefstehende Bogengänge, die einer Brücke oder einem Viadukt angehörten, der ihn umgab, und die allmählich niedriger wurden, bis der vorletzte Bogen nur noch Raum für einen Hund bot und der letzte bloß ein schäbiger, kleiner Ziegelhaufen war; und von hier wieder auf den Jungen, der fröstelnd neben ihm auf einem Fuß stand, während er den andern um das eine Bein geschlagen hatte, um ihn zu erwärmen.

»Dort hinein!« sagte der Knabe, und deutete wieder auf das Haus. »Ich will hier warten.«

»Werden sie mich einlassen?« fragte Redlaw.

»Sage nur, du wärst ein Arzt«, antwortete das Kind nickend. »'s ist Krankheit genug da.«

Als Redlaw vorwärtsschreitend nach der Haustür zurückblickte, sah er, wie der Knabe unter einen kleinen Schwibbogen in der Nähe kroch, als wäre er eine Ratte. Er bemitleidete das Geschöpf nicht, aber er fürchtete sich vor ihm; und als es ihn aus seiner Höhle anstierte, da eilte er ins Haus, als wolle er sich flüchten.

»Kummer, erduldetes Unrecht und Sorge«, sagte der Chemiker mit einer mühseligen Anstrengung, sich seine Erinnerungen zu verdeutlichen, »machen wenigstens diesen Ort zur Hölle. Wer das Vergessen solcher Dinge hierher bringt, kann kein Unrecht tun!«

Mit diesen Worten stieß er die Tür auf und trat ein.

Auf der Treppe saß ein Weib und schlief, wie es schien, das Haupt auf Hände und Knie gestützt. Da man nicht gut an ihr vorbei konnte, ohne auf sie zu treten, blieb er stehen und berührte ihre Schulter. Sie blickte auf, und er sah ein noch ganz jugendliches Antlitz, dessen hoffnungsvolle Blüte aber gänzlich verschwunden war, als ob der grausame Winter in unnatürlicher Reihenfolge den Lenz getötet hätte.

Ohne sich besonders um ihn zu kümmern, rückte sie näher an die Wand, um ihn vorbeizulassen.

»Wer seid Ihr?« fragte Redlaw und blieb stehen, die Hand auf das zerbrochene Treppengeländer gestützt.

»Was meint Ihr, daß ich bin?« erwiderte sie und zeigte ihm wieder das Antlitz.

Er sah den verfallenen Gottestempel an, vor kurzem erst erschaffen, so bald entstellt; und etwas, das nicht Erbarmen war – denn die Quelle, aus der wahres Erbarmen über solches Elend entspringt, war in seiner Brust vertrocknet – aber dem Erbarmen näher war, als jedes andre Gefühl, das sich in letzter Zeit aus der düsterer werdenden, aber noch nicht ganz verfinsterten Nacht seines Gemütes losgerungen hatte, gab seinen Worten eine ungewohnte Sanftheit.

»Ich bin hergekommen, um Erleichterung zu bringen, wenn es möglich ist«, sagte er. »Denkt Ihr an erlittenes Unrecht?«

Sie blickte ihn mit zusammengezogenen Brauen an und lachte dann; und dann tönte ihr Lachen in einen herzbrechenden Seufzer aus, wie sie den Kopf wieder sinken ließ und das Gesicht mit den Händen verhüllte.

»Denkt Ihr an erlittenes Unrecht?« fragte er noch einmal.

»Ich denke an mein Leben«, sagte sie und warf einen kurzen Blick auf ihn.

Er fühlte, daß sie eine von vielen sei, und daß er in ihr das Ebenbild von Tausenden von Unglücklichen sehe.

»Wer sind Eure Eltern?« sagte er.

»Ich hatte es einst gut zu Hause. Mein Vater war ein Gärtner, weit draußen in der Provinz.«

»Ist er tot?«

»Für mich ist er tot. Alle solche Dinge sind tot für mich.

Sie sind ein feiner Herr und wissen das nicht einmal!« Sie blickte wieder auf und lachte ihn an.
»Mädchen!« sagte Redlaw streng. »Ehe alle diese Dinge für Euch tot waren, habt Ihr da kein Unrecht erlitten? Lebt in Euch, trotz allem, was Ihr tun könnt, keine Erinnerung an erlittenes Unrecht? Gibt es nicht Zeiten, da diese Erinnerung Euch elend macht?«
So wenig Weibliches war in ihrem Äußern übrig geblieben, daß er jetzt staunen mußte, als sie in Tränen ausbrach. Aber noch mehr weckte es Erstaunen und Unruhe in ihm, als er sah, daß in der kaum erwachten Erinnerung dieses Unrechtes die erste Spur ihrer alten Menschlichkeit und erstarrten Weichherzigkeit sich zeigte.
Er trat etwas zurück und bemerkte dabei wunde Flecke und Verletzungen an ihren Armen, in ihrem Gesicht und an ihrer Brust.
»Welch rohe Hand hat Euch verletzt?« fragte er.
»Meine eigne. Ich tat es selbst!« antwortete sie rasch.
»Das ist nicht möglich!«
»Ich schwöre es! Er hat mich nicht angerührt. Ich habe es mir selbst angetan in einem Moment der Leidenschaft und warf mich hierher. Er war nicht einmal in meiner Nähe. Er hat nicht Hand an mich gelegt!«
In dem entschlossenen Ausdruck des bleichen Gesichtes, das ihn mit dieser Lüge ansah, erkannte er, daß noch genug von der letzten Verkehrung des Guten in dieser unglücklichen Brust fortlebe, um ihm Anlaß zur Reue zu geben, daß er ihr jemals zu nahe getreten war.
»Kummer, erlittenes Unrecht und Leid!« sagte er halblaut vor sich hin und wendete scheu den Blick ab. »Alles, was sie noch an die Stellung fesselt, von der sie herabgesunken, hat diese Wurzeln! Im Namen Gottes, laßt mich vorüber!«
Voll Scheu, sie noch einmal anzusehen, voll Scheu, sie zu berühren, voll Scheu vor dem Gedanken, daß er auch den letzten Faden zerrissen, der sie noch mit der Barmherzig-

keit des Ewigen verband, schlug er sich den Mantel fester um und schritt rasch die Treppe hinauf.

Gegenüber dem Ausgang der Treppe war eine Tür, die halb offen stand, und an die in diesem Augenblick ein Mann mit einem Licht in der Hand aus dem Innern trat, um sie zu schließen. Aber als er den Chemiker erblickte, trat er überrascht zurück und nannte ihn, wie unwillkürlich, beim Namen.

Verwundert, in dieser Umgebung erkannt worden zu sein, blieb er stehen und bemühte sich vergebens, auf das abgezehrte und überraschte Gesicht sich zu besinnen. Aber er hatte nicht lange Zeit dazu, denn zu seiner noch größeren Überraschung trat der alte Philipp aus dem Zimmer und ergriff seine Hand.

»Herr Redlaw!« sagte der Alte, »das sieht Ihnen ganz ähnlich, das sieht Ihnen ganz ähnlich, Sir! Sie haben davon gehört und sind uns nachgeeilt, um zu helfen, soviel noch zu helfen ist. Ach, zu spät, zu spät!«

Redlaw ließ sich in stummer Verwunderung ins Zimmer führen. Dort lag auf einem ärmlichen Bett ein Mann, und neben ihm stand William Swidger.

»Zu spät!« murmelte der Alte, indem er den Chemiker betrübt ansah; und Tränen rannen ihm über die Wangen.

»Das sag ich auch, Vater«, sagte sein Sohn leise. »Das sag ich eben auch. Wir können weiter nichts tun, als so ruhig als möglich bleiben, solange er schlummert. Ihr habt recht, Vater!«

Redlaw blieb neben dem Bett stehen und blickte auf den Schlafenden. Es war ein Mann, den Jahren nach noch in der Kraft des Lebens, auf den aber schwerlich jemals wieder die Sonne scheinen würde. Das lasterhafte Leben seiner vierzig oder fünfzig Jahre hatte ihn so gezeichnet, daß im Vergleich mit ihm die schwere Hand der Zeit auf das Antlitz des Greises, der neben ihm stand, schonend und verschönernd gewirkt hatte.

»Wer ist das?« fragte der Chemiker und sah sich um.

»Mein Sohn Georg, Herr Redlaw«, sagte der Alte und rang die Hände. »Mein ältester Sohn Georg, auf den seine Mutter stolzer war, als auf alle übrigen!«

Redlaws Augen schweiften weg von den grauen Haaren des Greises, der sich über das Bett beugte, zu dem Mann hin, der ihn beim Eintreten erkannt hatte, und der sich jetzt in der entlegensten Ecke des Zimmers etwas zu tun machte. Er schien in seinem Alter zu stehen, und obgleich er keinen so hoffnungslos heruntergekommenen Mann kannte, als dieser allem Anschein nach war, lag doch etwas in seiner Haltung, wie er jetzt zur Tür hinausging, das ihn veranlaßte, sich gequält mit der Hand über die Stirn zu fahren.

»William«, sagte er leise, »wer ist das?«

»Ja, sehen Sie, Sir!« erwiderte Herr William, »das sage ich eben auch. Warum muß ein Mensch auch immer spielen und so ein Leben führen und zollweise immer tiefer sinken, bis er nicht tiefer sinken kann!«

»Hat er das getan?« fragte ihn Redlaw, und sah ihm mit demselben unruhigen Blick wie vorhin nach.

»Jawohl, jawohl, Sir!« erwiderte William Swidger; »das habe ich gehört. Er versteht etwas von Medizin, Sir, wie es scheint. Er ist mit meinem armen Bruder, der hier liegt, nach London gewandert«, Herr William fuhr sich mit dem Ärmel über die Augen, »und beide hatten ihr Nachtquartier hier genommen – Sie sehen, es kommen hier manchmal seltsame Gefährten zusammen – und er kam, um zu sehen, wie es dem Kranken ginge. Welch trauriger Anblick, Sir! Aber so geht es in der Welt. Es kann meinem Vater den Tod bringen!«

Redlaw blickte bei diesen Worten auf, und indem er sich erinnerte, wo und bei wem er sei und welcher Zauber ihn begleite – das hatte er in der Überraschung vergessen – trat er eilig beiseite und ging mit sich zu Rate, ob er bleiben solle oder gehen.

Einem gewissen grollenden Trotz nachgebend, mit dem

er zu kämpfen verdammt zu sein schien, entschied er sich für das Bleiben.

»Erst gestern«, sagte er bei sich, »bemerkte ich, daß das Gedächtnis dieses Alten nur ein Gewebe von Trübsal und Widerwärtigkeit sei, und heute soll ich mich scheuen, es zu verändern? Sind die Erinnerungen, die ich verwischen kann, diesem Sterbenden so kostbar, daß ich für ihn zu fürchten brauchte? Nein! Ich will bleiben.«

Aber trotz dieser Worte blieb er mit Furcht und Zittern, und hielt sich fern vom Bett mit abgewendetem Gesicht und in den dunkeln Mantel gehüllt, als ob er sich wie ein Dämon in dieser Stube vorkomme.

»Vater!« murmelte der Kranke, ein wenig aus seiner Betäubung erwachend.

»Mein Sohn! Mein Georg!« sagte der Alte.

»Ihr sagtet eben, ich wäre in alter Zeit der Mutter Liebling gewesen. Es ist schrecklich, an längst vergangene Tage zurückzudenken!«

»Nein, nein, nein!« entgegnete der Alte. »Denke daran. Sage nicht, es ist schrecklich. Mir ists nicht schrecklich, mein Sohn.«

»Es schneidet Euch ins Herz, Vater«, sagte er, denn die Tränen des Alten fielen auf ihn herab.

»Ja, ja!« sagte Philipp, »das ist wahr; aber es tut mir wohl. Es ist schweres Leid, an jene Zeit zu denken, aber es tut mir wohl, Georg. Ach, denke auch du daran, denke auch du daran, und dein Herz wird weicher und weicher werden! Wo ist mein Sohn William? William, mein Sohn, seine Mutter liebte ihn bis an ihr Ende und sagte mit ihrem letzten Atemzug: ›Sage ihm, daß ich ihm verziehen, ihn gesegnet und für ihn gebetet habe.‹ Das waren ihre Worte. Ich habe sie nie vergessen, snd ich bin siebenundachtzig!«

»Vater«, sagte der Mann im Bett, »ich sterbe, das fühle ich! Ich bin so schwach, daß ich kaum sprechen kann, selbst nicht von dem, was mir am schwersten auf dem

Herzen liegt. Ist noch Hoffnung für mich Sünder nach dieser Welt?«

»Hoffnung ist für alle Reuigen«, erwiderte der Alte. »O!« rief er aus, faltete die Hände und blickte gen Himmel, »erst gestern dankte ich Gott, daß ich mir diesen unglücklichen Sohn vorstellen konnte, als er noch ein unschuldiges Kind war. Aber welcher Trost, zu denken, daß selbst Gott sich seiner in dieser Weise erinnert!«

Redlaw bedeckte sein Gesicht mit den Händen und zuckte scheu zusammen wie ein Mörder.

»Ach!« stöhnte der Mann im Bett. »Wie viel verloren seitdem! Wie viel verloren!«

»Aber er war einmal ein Kind«, sagte der Alte. »Er spielte mit Kindern. Ehe er sich des Abends zu Bett legte und in unschuldigen Schlummer sank, sprach er sein Gebet auf dem Schoß der Mutter. Wie viele, viele Male habe ich es gesehen, und dann drückte sie seinen Kopf an ihre Brust und küßte ihn. So schmerzlich es ihr und mir war, daran zu denken, als er sich verirrte und als alle unsre auf ihn gebauten Pläne und Hoffnungen zu Grabe gingen, diese Erinnerung knüpfte ihn noch an uns wie nichts andres! O Vater droben, der du so viel mehr betrübt bist über die Irrtümer deiner Kinder, nimm diesen Verirrten zu dir! Nicht wie er jetzt ist, sondern wie damals, ruft er zu dir, wie er so oft zu uns zu rufen schien!«

Wie der Alte die zitternden Hände gen Himmel erhob, lehnte der Kranke sein mattes Haupt an seine Brust, als ob er noch das Kind wäre, von dem er sprach.

Zitterte je ein Mensch so wie Redlaw bei diesem Schweigen? Er wußte, daß es über sie kommen mußte, er wußte, daß es in den nächsten Augenblicken über sie kommen mußte.

»Meine Zeit ist kurz, mein Atem ist noch kürzer«, sagte der Kranke, der sich auf den einen Arm stützte und mit der andern Hand in der Luft tappte, »und ich erinnere mich, daß mir etwas auf dem Herzen liegt wegen des

Mannes, der eben hier war. Vater und William – wartet! – Ist dort wirklich etwas Schwarzes?«

»Ja, ja!« sagte der greise Vater.

»Ist es ein Mann?«

»Das sage ich ja, Georg!« sagte der Bruder und beugte sich über ihn. »Es ist Herr Redlaw.«

»Mir wars, als ob ich von ihm träumte. Bitte ihn, hierher zu kommen.«

Bleicher als der Sterbende trat der Chemiker näher. Der Gebärde des Kranken gehorsam, setzte er sich auf das Bett.

»Mein Herz ist heute nacht so gerührt worden, Sir!« sagte der Sterbende, die Hand auf das Herz legend und mit einem Blick, in dem sich die stumme, flehende Qual konzentrierte, »so gerührt von dem Anblick meines armen alten Vaters und den Gedanken an all den Kummer, an dem ich schuld bin, daß . . .«

War es das Nahen des Todes oder die Ahnung einer neuen Veränderung, das ihn innehalten ließ?

». . . daß ich versuchen will, wieder gutzumachen, was ich kann. Es war noch ein Mann hier. Sahen Sie ihn?«

Redlaw konnte nicht antworten; denn als er das verhängnisvolle Symptom, das er jetzt so gut kannte, die unruhig über die Stirn fahrende Hand sah, erstarb ihm das Wort auf den Lippen. Aber er machte eine zustimmende Gebärde.

»Er hat keinen Pfennig, ist hungrig, und es fehlt ihm an allem. Er ist ganz zu Boden gedrückt und hat keine Hilfsquellen. Laßt ihn nicht aus den Augen! Verliert keine Zeit! Ich weiß, er denkt daran, sich das Leben zu nehmen.«

Die Veränderung nahm ihren Anfang. Sie zeigte sich auf seinem Gesicht. Die Züge wurden allmählich wilder und härter und verloren allen Kummer.

»Könnt Ihr Euch nicht besinnen? Könnt Ihr nicht?« fuhr er fort.

Er bedeckte das Gesicht einen Augenblick mit der Hand und sah dann auf einmal Redlaw mit grollendem und frechem Blick an.
»Hol Euch der T – – –!« sagte er, »was habt Ihr hier mit mir gemacht? Ich habe fröhlich gelebt, und will fröhlich sterben. Zum Teufel mit Euch!«
Und er legte sich wieder aufs Bett und schlug die Arme über Kopf und Ohren zusammen, als ob er von diesem Augenblick an entschlossen sei, alles von sich fern zu halten und in vollständigster Gleichgültigkeit vom Leben zu scheiden.
Wenn den Chemiker der Blitz getroffen hätte, hätte er nicht in größerer Erschütterung vom Bett zurückweichen können als jetzt. Aber auch der Alte, der, während sein Sohn mit Redlaw sprach, seitwärts getreten war, mied jetzt mit Abscheu das Bett, als er zurückkehrte.
»Wo ist mein Sohn William?« sagte der Alte hastig. »William, wir wollen fort. Wir wollen nach Hause gehen.«
»Nach Hause, Vater!« entgegnete William. »Wollt Ihr Euren eignen Sohn verlassen?«
»Wo ist mein eigner Sohn?« erwiderte der Alte.
»Wo? Nun dort!«
»Das ist nicht mein Sohn«, sagte Philipp, vor Erbitterung zitternd. »Ein Kerl, wie dieser, hat nichts mit mir zu tun. Meine Kinder sehen sich hübsch an und bedienen mich, und sie bereiten mir Speise und Trank und sind mir nützlich. Ich habe ein Recht darauf! Ich bin siebenundachtzig!«
»Ihr seid alt genug, um nicht noch älter zu werden«, brummte William und sah ihn, die Hände in den Taschen, verdrießlich an. »Ich weiß wahrhaftig nicht, wozu Ihr da seid. Ohne Euch wären wir noch einmal so fidel.«
»*Mein* Sohn, Herr Redlaw!« sagte der Alte. »Auch *mein* Sohn! Der Junge spricht mir von *meinem* Sohn! Ich möchte doch wahrhaftig wissen, was er jemals getan hätte, das mir Freude machte?«

»Ich weiß wahrhaftig nicht, was Ihr jemals getan habt, um *mir* Freude zu machen«, sagte William mürrisch.

»Will mich besinnen«, sagte der Alte. »Wie viele Weihnachten hintereinander habe ich in meiner warmen Ecke gesessen, ohne in die kalte Nachtluft gehen zu müssen, und habe mich wohl befunden, ohne gestört zu werden von einem so garstigen Anblick, als dieser da ist? Warens zwanzig, William?«

»Eher vierzig, dächte ich«, brummte dieser. »Wahrhaftig, wenn ich meinen Vater ansehe, Sir, und mir es einmal ordentlich überlege«, sagte er zu Redlaw mit einer Gereiztheit, die an ihm ganz neu war, »so will ich mich hängen lassen, wenn ich etwas andres in ihm sehe, als einen Kalender von einer ganzen Reihe von Jahren voll Essen und Trinken und Sichbequemmachen.«

»Ich bin siebenundachtzig«, sagte der Alte kindisch faselnd, »und ich weiß nicht, daß mich jemals etwas gestört hätte. Jetzt will ich nicht erst damit anfangen wegen des Menschen dort, den er meinen Sohn nennt. Er ist nicht mein Sohn. Ich habe viel schöne Zeiten erlebt. Ich kann mich noch erinnern – nein, doch nicht – nein, ich habs vergessen. Es war etwas von einem Ballspiel und einem Freund, aber ich weiß es nicht mehr. Ich möchte wissen, wer es war – ich glaube, ich konnte ihn gut leiden. Und ich möchte wissen, was aus ihm geworden ist – ob er wohl tot ist? Aber ich weiß es nicht. Und mich kümmert es auch nicht; mich kümmerts auch nicht ein bißchen.«

Mit schläfrigem Lachen und Kopfschütteln steckte er die Hände in die Westentaschen. In einer derselben fand er ein kleines Zweigelchen Stechpalme, wahrscheinlich vom vorigen Abend, das er jetzt herausnahm und besah.

»Beeren, he?« sagte der Alte. »Ah! 's ist schade, daß sie nicht zu essen sind. Ich erinnere mich noch, als ich ein kleiner Kerl war, nicht größer, als so groß, und spazieren ging mit – mit wem ging ich doch spazieren? – Nein! ich kann mich nicht mehr darauf besinnen. Ich kann mich nicht mehr erinnern, mit wem ich ging, ich weiß nicht mehr, ob sich je einer um mich bekümmert hat, oder ob ich mich um jemand bekümmert habe. Beeren, he? 's ist hübsch, wo's Beeren gibt. Na, ich muß auch meinen Teil davon bekommen, und man muß mich bedienen und mir alles warm und gemütlich machen; denn ich bin siebenundachtzig und ein armer alter Mann. Ich bin siebenundachtzig, siebenundachtzig!«

Die kindische, klägliche Weise, in der er, während er so sprach, an den Blättern kaute und das Zerkaute ausspuckte; das kalte, gleichgültige Auge, mit dem sein jüngster Sohn ihn jetzt betrachtete; die trotzige Apathie, in der sein ältester Sohn verhärtet in seiner Sünde dalag, wurden nicht mehr von Redlaw beobachtet, denn er riß sich von der Stelle los, auf der er wie festgewurzelt gestanden, und stürzte zum Hause hinaus.

Sein kleiner Führer kam aus seinem Versteck hervorgekrochen und stand vor ihm, bevor er den Bogen erreicht hatte.

»Wieder zur Frau?« fragte er.

»Zurück, rasch!« antwortete Redlaw. »Bleib nirgends unterwegs stehen!«

Eine kleine Strecke weit lief der Knabe vor ihm her; aber ihre Rückkehr glich einer Flucht, und der Knabe konnte kaum mit seinen bloßen Füßen gleichen Schritt halten. Scheu alle Vorübergehenden meidend, dicht in den Mantel gehüllt, als ob die leiseste Berührung desselben andern die Pest bringe, blieb Redlaw erst an der Tür stehen, durch die sie auf die Straße getreten waren. Er schloß sie auf, trat ein, begleitet von dem Knaben, und eilte durch die dunklen Gänge in sein Zimmer.

Der Knabe beobachtete ihn scharf, wie er die Tür zumachte, und zog sich hinter den Tisch zurück, als sich jener umsah.

»Du!« sagte er. »Faß mich nicht an! Du willst mir doch nicht mein Geld nehmen?«

Redlaw warf noch einige Geldstücke auf den Fußboden. Der Knabe warf sich sogleich darauf, als wollte er es seinen Augen entziehen, damit der Anblick desselben ihn nicht veranlasse, es zurückzufordern; und erst als er ihn bei der Lampe sitzen sah, das Gesicht mit den Händen bedeckend, fing er an, es verstohlen aufzulesen. Als er

dies getan, kroch er ans Feuer, setzte sich auf einen großen, vor demselben stehenden Stuhl, holte aus dem Busen ein paar Speisereste, kaute und starrte ins Feuer und betrachtete dann und wann seine Schillinge, die er fest in der Hand hielt.

»Und das ist also der einzige Gefährte, den ich auf der Welt habe«, sagte Redlaw und sah das Kind mit wachsendem Haß und Ekel an.

Wie lange er so mit der Betrachtung des Geschöpfes, das er fürchtete, zubrachte, ob eine halbe Stunde oder die halbe Nacht, wußte er nicht. Aber die Stille im Zimmer wurde plötzlich unterbrochen von dem Knaben, der, nachdem er eine lange Weile aufmerksam gehorcht hatte, jetzt aufsprang und nach der Tür lief.

»Die Frau kommt!« rief er.

Der Chemiker befahl ihm zu bleiben in dem Augenblick, da sie klopfte.

»Wirst du mich augenblicklich zu ihr lassen?« sagte der Knabe.

»Jetzt nicht«, erwiderte der Chemiker. »Bleib! Niemand darf jetzt das Zimmer betreten oder verlassen. Wer ist da?«

»Ich bins, Sir«, rief Milly. »Bitte, Sir, machen Sie auf!«

»Um alles in der Welt nicht!« sagte er.

»Herr Redlaw, Herr Redlaw, bitte, machen Sie auf!«

»Was gibts?« sagte er, und hielt den Knaben zurück.

»Mit dem Kranken, bei dem Sie waren, steht es schlechter, und nichts kann ihn aus seiner schrecklichen Verblendung wecken. Williams Vater ist in einem Nu kindisch geworden. Auch William hat sich verändert. Die Erschütterung ist zu plötzlich für ihn gekommen; ich verstehe ihn nicht mehr; er ist nicht mehr er selbst! Ach! Herr Redlaw, bitte, raten Sie mir, helfen Sie mir!«

»Nein, nein, nein!« gab er zur Antwort.

»Herr Redlaw, lieber Herr! Georg sprach in seinem Halbtraum von dem Mann, den Sie dort sahen und der sich, wie er fürchtet, das Leben nehmen will.«

»Besser ists, er tuts, als daß er mir zu nahe kommt!«

»In seinem Fieber spricht er immer davon, daß Sie ihn kennen; daß er vor langer Zeit Ihr Freund gewesen; der unglückliche Vater eines Studenten hier sei – eine Ahnung sagt mir, daß dieser der junge Herr ist, der so krank war. Was soll ich tun? Wie soll man ihn beobachten? Wie ist er zu retten? Ach! Herr Redlaw, bitte, raten Sie mir, helfen Sie mir!«

Während dieser ganzen Zeit hielt er den Knaben fest, der sich wild von ihm losreißen und die Frau hereinlassen wollte.

»Phantome! Ihr, die ihr gotteslästerliche Gedanken bestraft!« rief Redlaw voller Verzweiflung. »Blickt auf mich herab! Möge aus der Nacht meines Gemütes der Funken Reue, der dort ist, hinaufleuchten und euch mein Elend zeigen! In der Körperwelt kann nichts entbehrt werden, wie ich immer gelehrt habe, keine Stufe, kein Atom des wunderbaren Baues kann verloren gehen, ohne daß eine Lücke im großen Weltall entsteht. Ich weiß jetzt, daß es ebenso ist mit dem Guten und dem Bösen, mit der Freude und dem Leid in dem Gedächtnis der Menschen. Habt Erbarmen! Erlöset mich!«

Keine Antwort ertönte, nur ihr: »Helfen Sie mir, helfen Sie mir, machen Sie auf!« Und immer noch trachtete der Knabe sich von ihm loszureißen.

»Schatten meines Ichs! Geist meiner trüben Stunden!« rief Redlaw wie außer sich. »Kehre zurück und verfolge mich Tag und Nacht, nur nimm deine Gabe wieder! Oder wenn ich sie behalten muß, so entziehe mir wenigstens die schreckliche Macht, sie andern mitzuteilen. Mache ungeschehen, was ich getan habe! Laß mir die Nacht, aber gib denen den Tag zurück, die mein Fluch angesteckt hat. So wahr ich diese Frau von Anfang an verschont habe, und so wahr ich dieses Zimmer nie wieder verlassen, sondern hier sterben will, ohne eine pflegende Hand außer diesem Geschöpf, das meinem Einfluß widersteht – höre mich!«

Die einzige Antwort war, daß der Knabe sich von ihm loszureißen versuchte, um zu ihr zu gelangen, und daß sie draußen jetzt lauter rief: »Helfen Sie! Machen Sie auf! Er war dereinst Ihr Freund, wie soll man ihm folgen, wie ihn retten? Sie haben sich alle so verändert, niemand kann helfen als Sie; bitte, bitte, machen Sie auf!«

Drittes Kapitel

Die Zurücknahme der Gabe

Nacht umhüllte noch den Himmel. Auf weiten Ebenen, von den Gipfeln der Hügel und von dem Verdeck einsamer Schiffe auf dem Meere sah man ganz tief unten am Horizont einen schwach dämmernden Streifen, der mit der Zeit Licht zu werden versprach; aber die Erfüllung des Versprechens war noch fern und ungewiß, und den Mond umdrängten noch geschäftig die Wolken der Nacht.

Die Schatten in Redlaws Gemüt folgten einander dicht und schnell und verschleierten sein Licht wie die Nachtwolken, die zwischen Mond und Erde schwebten und letztere in Finsternis hüllten. Launenhaft und undeutlich, wie die Schatten, die die Nachtwolken herabwarfen, verbargen sie ihm in einem Augenblick jenes Bild, um ihm im nächsten ein andres in unklaren Umrissen vorzugaukeln, und wie die Nachtwolke, so stürmten auch sie, wenn das helle Licht einen Augenblick hervorbrach, darüber hin und machten die Finsternis noch undurchdringlicher als zuvor.

Draußen herrschte tiefe und feierliche Stille um das alte Gebäude, und seine Tragbalken und Ecken zeichneten schwarze, seltsame Gebilde auf die Erde, die sich bald in dem glatten, weißen Schnee zu verstecken, bald wieder aus ihm hervorzutreten schienen, je nachdem der Mond mehr oder weniger verhüllt war. Des Chemikers Zimmer war noch schwach erhellt von dem Schimmer der verlöschenden Lampe; ein geisterhaftes Schweigen war auf das Klopfen und die Stimme draußen gefolgt; nichts war vernehmbar als dann und wann ein schwaches Geräusch in der ausgebrannten Asche des Feuers, als ob es seinen letzten Atemzug tue. Vor dem Kamin auf der Erde lag der Knabe im festen Schlummer. Auf seinem Stuhl saß der Chemiker, wie er dort gesessen, seit das Rufen an der Tür verklungen war – gleich einem zu Stein gewordenen Mann.

Da ertönte von neuem die Weihnachtsmusik, die er schon

einmal vernommen hatte. Er horchte erst, wie er auf dem Kirchhof gehorcht; aber bald – sie klang noch fort und wurde zu ihm getragen auf den Schwingen der Nachtluft in leiser, sanfter, melancholischer Melodie – stand er auf und streckte seine Hände aus, als ob ein Freund ihm nahe, dem seine unselige Berührung keinen Schaden tun konnte. Als er dies tat, wurden seine Züge weniger starr; ein schwaches Zittern befiel ihn, und endlich füllten sich seine Augen mit Tränen, er bedeckte sein Antlitz mit den Händen und ließ das Haupt auf die Brust sinken.

Seine Erinnerung an Kummer, erlittenes Unrecht und Sorge war ihm nicht wieder geschenkt; er wußte es und schmeichelte sich nicht mit der Hoffnung, daß er sie wieder besitze. Aber eine leise Regung in seinem Innern machte ihn wieder fähig, von dem, was in der frommen Musik sich barg, bewegt zu werden. Und wenn sie ihm auch bloß traurig von dem Wert dessen, was er verloren, erzählte, so pries er doch den Himmel dafür mit heißer Dankbarkeit.

Als der letzte Ton in seinen Ohren erstarb, hob er den Kopf, um dem langsamen Verklingen der Musik zu lauschen. Hinter dem Knaben – so daß die schlafende Gestalt ihm zu Füßen lag – stand das Phantom unbeweglich und stumm, die Augen auf ihn geheftet.

Es sah noch so grauenerregend aus wie immer, aber nicht grausam und unerbittlich mehr – so dachte oder hoffte er wenigstens, als er es zitternd ansah. Es war nicht allein, sondern hielt in seiner wesenlosen Hand eine andre Hand.

Und wessen Hand war das? War die Gestalt neben dem Phantom wirklich Milly oder bloß ihr Schatten oder Scheinbild? Das Köpfchen mit dem stillen Antlitz war ein wenig auf die Seite geneigt, wie es ihre Art war, und ihre Augen sahen wie voll Mitleid auf das schlummernde Kind herab. Ein strahlender Schimmer fiel auf ihr Gesicht, teilte sich aber nicht dem Gespenst mit; denn obgleich es dicht neben ihr stand, blieb es doch so glanz- und farblos wie zuvor.

»Gespenst!« sagte der Chemiker, von diesem Anblick neu beunruhigt, »ich habe sie in meinem Trotz und Vorwitz verschont. O bringe sie nicht hierher! Erspare mir das eine!«

»Dies ist bloß ein Schattenbild«, sagte das Phantom; »wenn der Tag anbricht, suche die Wirklichkeit dieses Bildes auf.«

»Ist es mein unvermeidliches Los, dies zu tun?« rief der Chemiker.

»Ja«, entgegnete das Phantom.

»Um ihren Frieden und ihre Herzensgüte zu vernichten; um sie zu dem zu machen, was ich bin und was ich aus andern gemacht habe?«

»Ich habe gesagt: ›Suche sie auf!‹« gab das Phantom zurück. »Ich habe nichts weiter gesagt.«

»O, sag mir«, rief Redlaw aus, sich an die Hoffnung klammernd, die hinter diesen Worten verborgen zu liegen schien, »kann ich ungeschehen machen, was ich getan habe?«

»Nein«, entgegnete das Phantom.

»Ich verlange es nicht für mich«, sagte Redlaw. »Was ich hingegeben habe, gab ich mit freiem Willen hin, und ich habe kein Recht, mich über seinen Verlust zu beklagen. Aber für diejenigen, die ich mit der unseligen Gabe angesteckt habe, nach der sie nie verlangten, die, ohne es zu wissen, von einem Fluch getroffen wurden, den sie nicht ahnten und den zu vermeiden sie nicht die Macht hatten, kann ich für diese nichts tun?«

»Nichts!« sagte das Phantom.

»Auch niemand anders?«

Unbeweglich wie ein Steinbild hatte das Phantom eine Zeitlang seine Augen fest auf ihn geheftet; dann wandte es plötzlich das Haupt und sah den Schatten neben sich an.

»O! kann sie es tun?« rief Redlaw, immer noch den Schatten anblickend.
Das Phantom ließ die Hand los, die es bis jetzt festgehalten, und winkte der Erscheinung, zu verschwinden. Alsbald begann der Schatten, immer noch in der alten Stellung verharrend, sich zu entfernen oder in Luft zu zergehen.
»Halt!« rief Redlaw mit einem Ernst, dem er kaum genug Ausdruck geben konnte. »Nur einen Augenblick! Um des Himmels Barmherzigkeit willen! Ich fühlte eine Veränderung in mir, als der Wind vorhin jene Klänge herübertrug. Sage, habe ich die Macht verloren, ihr Böses zuzufügen? Kann ich mich ohne Scheu ihr nahen? O, laß sie mir nur ein Zeichen der Hoffnung geben!«
Das Phantom blickte das Schattenbild an wie er – nicht ihn – und gab keine Antwort.
»Wenigstens sage mir das eine: ist sie sich irgendeiner Macht bewußt, das wieder gutzumachen, was ich verschuldet habe?«
»Nein«, erwiderte das Phantom.
»Hat sie die Macht, ohne es zu wissen?«
Das Phantom antwortete: ›Suche sie auf!‹ – und ihr Schatten verschwand langsam.
Sie standen einander wieder gegenüber und sahen einander an; hart und mit grauenvollen Blicken, wie damals, als er die Gabe erhielt, während der Knabe noch immer zwischen ihnen zu Füßen des Phantoms lag.
»Schrecklicher Lehrer«, sagte der Chemiker und sank vor dem Geist flehend auf die Knie, »der sich von mir losgesagt hat, aber mich immer noch heimsucht (und ich sehe darin und in diesem milderen Antlitz nur zu gern einen Schimmer von Hoffnung), ich will, ohne zu fragen, gehorchen! Nur das *eine* erflehe ich von dir: der Ruf, den ich in der Angst meines Herzens ausgestoßen, möge für die, denen ich Unwiederbringliches genommen habe, erhört werden! Eine Frage liegt mir noch auf dem Herzen . . .«

»Du sprichst von dem Wesen, das hier liegt«, unterbrach ihn das Phantom und wies auf den Knaben zu seinen Füßen.

»Ja«, erwiderte der Chemiker, »du weißt, was ich sagen wollte. Warum blieb dies Kind allein meinem Einfluß unzugänglich, und warum habe ich in seinen Gedanken eine schreckliche Harmonie mit meinen eignen entdeckt?«

»Das«, sagte das Phantom und wies auf den Knaben, »ist das letzte und vollständigste Beispiel eines menschlichen Wesens, gänzlich all jener Erinnerungen beraubt, die du aufgegeben hast. Kein besänftigendes Gedächtnis von Kummer, erlittenem Unrecht oder Sorge wohnt hier, weil dieses unglückliche Menschenkind, von Anfang an verlassen, aufgewachsen ist wie ein Tier und weil in seinem Gemüt kein Gegensatz, kein vermenschlichender Eindruck lebt, der einen Keim einer solchen Erinnerung in seiner verhärteten Brust zum Ersprießen bringen könnte. In diesem verlassenen Geschöpf ist alles öde Wüstenei. In dem Mann, dem alles das geraubt ist, was du aufgegeben hast, ist dieselbe öde Wüstenei. Wehe solch einem Mann! Wehe, zehnfaches Wehe dem Volk, das Geschöpfe wie dieses unglückliche Kind hier nach Hunderten und Tausenden zählt!«

Entsetzt schauerte Redlaw zusammen.

»Alle diese Geschöpfe«, sagte das Phantom, »streuen Saaten aus, die die Menschheit ernten *muß*. Aus jedem Keim des Bösen in diesem Knaben wächst ein weites Feld des Verderbens empor, das dereinst geerntet und aufgespeichert und wieder ausgesät wird an vielen Stellen der Welt, bis ganze Erdstriche mit so viel Bosheit und Gottlosigkeit verpestet sind, daß eine zweite Sintflut kommen müßte. Offenkundiger und unbestrafter Mord, täglich geduldet in den Straßen einer Stadt, wäre weniger verderblich als ein Schauspiel wie dieses.«

Der Geist schien auf den schlummernden Knaben herabzublicken. Redlaw betrachtete ihn jetzt gleichfalls mit einem ganz andern Gefühl als früher.

»Jeder Vater«, sagte das Phantom, »an dem diese Geschöpfe bei ihrem Herumschweifen bei Tag oder bei Nacht vorbeigehen, jede Mutter unter den vielen liebenden Müttern dieses Landes, jeder, der hinaus ist über die Jahre der Kindheit, ist in seiner Weise verantwortlich für diese Fruchtbarkeit. Es gibt kein Land auf der Erde, das eine solche Schuld nicht mit einem Fluch belasten würde. Keine Religion, die sie nicht verleugnen, kein Volk, das sie nicht mit Schmach bedecken würde.«

Der Chemiker schlug die Hände zusammen und blickte vor Bangen und Mitleid zitternd von dem schlummernden Knaben hinauf zum Phantom, das mit abwärts deutendem Finger vor ihm stand.

»Sieh hin«, fuhr das Gespenst fort, »auf das vollständige Ebenbild dessen, was du sein wolltest. Dein Einfluß ist hier machtlos, weil du aus der Brust dieses Kindes nichts verbannen kannst. Seine Gedanken waren in ›schrecklicher Harmonie‹ mit den deinen, weil du herabgesunken warst in seine unnatürliche Tiefe. Er ist die Frucht der Gleichgültigkeit des Menschen, du bist die Frucht von dessen Fürwitz. In beiden Fällen ist die wohlwollende Absicht des Himmels vereitelt, und von den beiden Polen der wesenlosen Welt aus kommt ihr auf einen Punkt zusammen.«

Der Chemiker beugte sich über den Knaben, und mit demselben Mitleid, das er für sich selbst fühlte, deckte er den Schlafenden zu, ohne wie früher voll Abscheu und Gleichgültigkeit vor ihm zurückzuweichen.

Jetzt wurde der Streif tief unten am Horizont heller, die Finsternis schwand, die Sonne stieg purpurglänzend empor, und die Schornsteine und Giebel des alten Gebäudes glänzten in der klaren Morgenluft, die den Qualm und Dunst der Stadt in eine goldene Wolke verwandelte. Selbst die Sonnenuhr in ihrer schattigen Ecke, wo der Wind sich mit so unwindiger Beständigkeit herumzudrehen pflegte, schüttelte die einzelnen Schneekristalle ab, die sich während der Nacht auf ihrem schläfrigen alten Antlitz gesammelt hatten, und blickte hinab auf die kleinen weißen Wirbel, die sich unter ihr bewegten. Sicherlich verirrte sich auch ein Schimmer des Morgens hinunter in die vergessene dumpfe Krypta, wo die normannischen Bogen halb in der Erde versunken waren, erregte dort den trägen Saft in den Flechten und Schwämmen an der Wand und durchglühte das langsame Lebensprinzip in der kleinen Welt wunderbarer und zarter Schöpfungen mit dem dunkeln Gefühl, daß die Sonne aufgegangen sei.

Die Tetterbys waren wach und fleißig. Herr Tetterby nahm die Läden von seinen Schaufenstern herab und enthüllte allmählich die Kostbarkeiten seiner Fenster den gegen ihre Versuchungen so abgehärteten Blicken des Jerusalemstifts. Adolf war schon so lange fort, daß er bereits den halben Weg bis zum »Morgenblatt« hinter sich hatte. Fünf kleine Tetterbys, deren zehn runde Augen von der Seife und dem Reiben sehr entzündet waren, hatten unter Frau Tetterbys Vorsitz die Tortur einer kalten Waschung in der Küche auszuhalten. Johnny, der sich stets mit großer Hast anziehen mußte, wenn Moloch in anspruchsvoller Laune war (was eigentlich immer der Fall war), wankte mit größeren Schwierigkeiten als gewöhnlich mit seiner Last vor der Ladentür hin und her; denn Moloch war heute noch viel schwerer durch eine Unzahl von Schutzmitteln gegen die Kälte, die hauptsächlich aus gestricktem wollenen Zeug bestanden und einen ordentlichen Kettenpanzer mit Kopfstück und blauen Beinschienen bildeten.

Das merkwürdigste an diesem Kind war, daß bei ihm die Zähne immerfort zum Durchbruch kamen. Ob sie niemals ganz kamen, oder ob sie wieder nach dem Durchbruch verschwanden, das ist nicht ganz klar; aber sicherlich waren genug für das vollständigste Gebiß zum

Durchbruch gekommen. Hunderterlei Dinge wurden den kleinen Kiefern zum Knabbern geopfert, obgleich der Nimmersatt einen knöchernen Ring um seine Mitte (die sofort unterm Kinn ansetzte) trug, der groß genug war, um den Rosenkranz einer jungen Nonne abzugeben. Messer- und Regenschirmgriffe, Stockknöpfe, die Finger der Familie im allgemeinen und die Johnnys insbesondere, Brotrinden, Türgriffe und die kühlen Knöpfe an dem Handgriff des Schüreisens waren die gewöhnlichsten Instrumente, die zur Erleichterung der Leiden des Kindes angewendet wurden. Wieviel Elektrizität dadurch in einer Woche erzeugt wurde, ist gar nicht zu berechnen. Aber Frau Tetterby sagte immer, sie brechen schon durch, und das Kind kommt dann wieder zu sich; aber sie brachen nicht durch, und das Kind kam nicht zu sich.

Die Laune der kleinen Tetterbys hatte sich in ein paar Stunden erstaunlich geändert. Herr und Frau Tetterby hatten sich nicht mehr verwandelt als ihre Sprößlinge. In der Regel waren diese uneigennützige, gutmütige, nachgiebige Leutchen, die kärgliche Mahlzeiten (und die kamen häufig vor) zufrieden und selbst großmütig teilten und großen Genuß von einer kleinen Schüssel hatten. Aber jetzt stritten sie nicht nur um Seife und Wasser, sondern auch um das Frühstück, das in Aussicht stand. Die Hand jedes kleinen Tetterbys erhob sich gegen einen andern kleinen Tetterby; und selbst Johnnys Hand – des geduldigen und aufopfernden Johnnys Hand – erhob sich gegen den Säugling! Ja, als Frau Tetterby zufällig an die Tür trat, sahen ihre Augen, wie er sich eine schwache Stelle in dem Panzerkleid suchte, wo ein Puff fühlbar werden konnte, und tatsächlich dem Kind einen Puff gab.

Frau Tetterby hatte ihn in einem Nu beim Kragen ins Zimmer geholt und ihm den Angriff mit Wucherzinsen zurückbezahlt.

»Du böser und niederträchtiger Bube«, sagte Frau Tetterby, »wie hast du das tun können?«

»Warum kommen auch ihre Zähne nicht«, rief Johnny mit lauter empörter Stimme, »statt daß sie mich quält! Wie würde dirs gefallen?«

»Gefallen?« sagte Frau Tetterby und nahm ihm die verschmähte Last ab.

»Ja, gefallen«, sagte Johnny. »Wie würde dirs gefallen?

Gewiß gar nicht. Wenn du an meiner Stelle wärst, so gingst du unter die Soldaten. Das tu ich auch. Bei den Soldaten gibts keine Wickelkinder.«

Herr Tetterby, der mittlerweile auf dem Schauplatz der Handlung erschienen war, rieb sich gedankenvoll des Kinn, anstatt den Rebellen zu züchtigen, und schien von dieser Ansicht des Soldatenlebens etwas betroffen zu sein.

»Ich wollte selber, ich wäre unter den Soldaten, wenn das Kind recht hat«, sagte Frau Tetterby und blickte ihren Mann an, »denn ich habe keine ruhige Stunde hier. Ich bin wie ein Sklave – wie ein virginischer Sklave.« – Wahrscheinlich veranlaßte eine dunkle Erinnerung an ihre frühere Verbindung mit dem Tabakhandel Frau Tetterby zu der Wahl dieses verstärkten Ausdrucks. »Von einem neuen Jahr zum andern habe ich keinen Feiertag und keine Freude! Ach, Gott segne und behüte das Kind!« sagte Frau Tetterby und schüttelte die Kleine mit einer Gereiztheit, die nicht gut zu einem so frommen Wunsch paßte. »Was fehlt dem Kind schon wieder?«

Da sie nichts entdecken konnte und auch dem Kind durch Schütteln nichts entlockte, legte Frau Tetterby die Kleine in die Wiege, setzte sich mit übereinander geschlagenen Armen daneben und schaukelte sie ärgerlich mit dem Fuß.

»Wie du wieder dastehst, Dolf!« sagte Frau Tetterby zu ihrem Mann. »Warum tust du denn nichts?«

»Weil es mir einerlei ist, ob ich etwas tue oder nicht«, entgegnete Herr Tetterby.

»Mir ist es auch gleich«, sagte Frau Tetterby.

»Ich schwöre darauf, mir ist es gleich«, sagte Herr Tetterby.

Johnny und seine fünf jüngeren Brüder verursachten in diesem Augenblick eine Ablenkung. Beim Decken des Frühstückstisches entstand ein kleiner Kampf um den augenblicklichen Besitz des Brotlaibes, und sie pufften einander nach Herzenslust, wobei der Kleinste von ihnen mit frühreifer Vorsicht die Außenseite der kämpfenden Kolonne umschweifte und rasche Angriffe auf ihre Füße machte. Herr und Frau Tetterby stürzten sich mit großem Eifer in das Gewühl, als ob dieser Boden der einzige wäre, auf dem sie jetzt noch übereinstimmen könnten, und zogen sich, nachdem sie ohne ein sichtbares Zeichen ihrer früheren Weichherzigkeit rücksichtslos Schläge ausgeteilt hatten, wieder in ihre frühere Stellung zurück.

»Du tätest besser daran, deine Zeitung zu lesen, als gar nichts zu tun«, sagte Frau Tetterby.

»Was soll man in der Zeitung lesen?« entgegnete Herr Tetterby mürrisch.

»Was?« sagte Frau Tetterby. »Den Polizeibericht.«

»Kümmert mich nicht«, sagte Herr Tetterby. »Was geht es mich an, was andre Leute tun oder was ihnen widerfährt!«

»Also dann die Selbstmorde«, schlug Frau Tetterby vor.

»Gehen mich nichts an«, gab ihr Gatte zur Antwort.

»Geburten, Sterbefälle und Heiraten, gehen die dich auch nichts an?« fragte Frau Tetterby.

»Wenn es mit den Geburten von heute an vorbei wäre und die Sterbefälle mit heute anfingen, so sehe ich noch immer nicht ein, warum ich mich früher darum kümmern sollte, als ich glaube, daß die Reihe an mir sei«, brummte Tetterby. »Was das Heiraten betrifft, so habe ich es selbst versucht. Davon weiß ich genug zu erzählen.«

Nach dem unzufriedenen Ausdrucke ihres Gesichts zu urteilen, schien Frau Tetterby ganz dieselben Meinungen zu hegen wie ihr Mann; aber sie widersprach ihm doch um der Freude willen, sich mit ihm zu zanken.

»Du bist mir ein konsequenter Mann!« sagte Frau Tetterby. »Du, mit deiner selbst fabrizierten spanischen

Wand aus nichts als Zeitungsfetzen, die du den Kindern halbe Stunden lang vorlesen kannst!«

»Sage lieber: gelesen hast«, entgegnete ihr Gatte. »Du sollst mich nicht mehr dabei erwischen. Ich bin jetzt klüger geworden.«

»Pah! Klüger, ha ha!« sagte Frau Tetterby. »Bist du auch besser geworden?«

Die Frage klang wie ein Mißton in Herrn Tetterbys Herz. Er brütete unzufrieden und verdrießlich und fuhr mit der Hand über die Stirn.

»Besser!« brummte Herr Tetterby. »Ich weiß nicht, ob jemand von uns besser ist oder glücklicher. Besser, hm!«

Er wandte sich nach der spanischen Wand und fuhr mit dem Finger über die Zeilen, bis er den Paragraphen fand, den er suchte.

»Das war ein Lieblingsstück der Familie«, sagte Herr Tetterby grübelnd vor sich hin, »und entlockte den Kindern Tränen und machte sie gut, wenn ein bißchen Zank oder Unzufriedenheit unter ihnen war. Es kam gleich nach der Geschichte von dem Rotkehlchen im Walde. ›Trauriges Beispiel menschlicher Not. Gestern erschien ein kleiner Mann mit einem kleinen Kind auf dem Arm und umgeben von einem halben Dutzend zerlumpter Kinder im Alter von zwei bis zehn Jahren, alle vom Hunger abgezehrt, vor dem Polizeirichter und erzählte folgendes.‹ – Ha! Ich begreife es wahrhaftig nicht«, sagte Herr Tetterby, »ich sehe nicht ein, was uns die Sache angeht.«

»Wie alt und schäbig er aussieht«, sagte Frau Tetterby, die ihn beobachtete. »Ich habe noch bei keinem Menschen eine so rasche Veränderung gesehen. Ach Gott! Ach Gott! Es war ein Opfer.«

»Was war ein Opfer?« erkundigte sich ihr Gatte mürrisch.

Frau Tetterby schüttelte den Kopf und verursachte einen wahren Seesturm um das Kind, so heftig schaukelte sie die Wiege.

»Wenn du meinst, deine Heirat wäre ein Opfer gewesen, Frau . . .« sagte ihr Gatte.

»Das meine ich«, erwiderte die Frau.

»Nun, dann will ich dir sagen«, fuhr Herr Tetterby, so unwirsch wie sie, fort, »daß die Sache zwei Seiten hat, und daß ich das Opfer war, und daß ich wünschte, das Opfer wäre gar nicht angenommen worden.«

»Das wünschte ich auch, Tetterby, von ganzem Herzen und aus tiefster Seele; das kannst du glauben«, sagte die Frau. »Du kannst es nicht mehr wünschen als ich, Tetterby.«

»Ich weiß gar nicht, was ich an ihr gesehen habe«, brummte der Zeitungsmann, »wahrhaftig – so viel steht fest, wenn ich etwas sah, so ist es nicht mehr vorhanden. Ich dachte gestern abend daran, nach dem Essen. Sie wird beleibt und alt und hält keinen Vergleich mit den meisten andern Frauen aus.«

»Er sieht so gewöhnlich aus, er ist klein, er bekommt einen krummen Rücken und eine Glatze«, brummte Frau Tetterby.

»Ich muß halb verrückt gewesen sein, als ich sie nahm«, sagte Herr Tetterby.

»Meine Sinne müssen mich ganz im Stich gelassen haben. Das ist die einzige Erklärung für mich«, trumpfte Frau Tetterby darauf.

In dieser Stimmung setzten sie sich zum Frühstück. Die kleinen Tetterbys waren nicht gewohnt, dieses Mahl in dem Lichte einer sitzenden Beschäftigung zu betrachten, sondern verzehrten es tanzend oder umhertrabend, so daß es durch die gellenden Ausrufe, das Herumschwenken der Butterbrote, die verwickelten Märsche zur Tür hinaus und wieder herein und das Herumhüpfen auf den Türstufen, die unzertrennlich waren von dem Schauspiel, zu einer wilden Zeremonie wurde. Diesmal waren die Kämpfe der Tetterbyschen Kinder um den gemeinsamen Krug mit gewässerter Milch, der auf dem Tisch stand, ein so klägliches Beispiel von stürmisch aufgeregten Leidenschaften, daß das Andenken des Doktors Watt dadurch beleidigt wurde. Erst als Herr Tetterby die Schar zur vorderen Tür hinausgejagt hatte, war ein Augenblick Ruhe, und auch diese wurde durch die Entdeckung gestört, daß Johnny sich heimlich wieder hereingeschlichen hatte und vor unanständiger und habgieriger Hast im Milchkrug fast erstickte.

»Die Kinder werden noch mein Tod sein!« sagte Frau Tetterby, nachdem sie den Sünder hinausgejagt hatte. »Und je eher das geschieht, desto besser.«

»Arme Leute sollten gar keine Kinder haben, sie machen ihnen kein Vergnügen«, meinte Herr Tetterby.

Er ergriff eben die Tasse, die Frau Tetterby ihm gleichgültig hingeschoben, und sie wollte ihre Tasse eben an den Mund führen, als beide wie verzaubert unbeweglich sitzen blieben.

»Mutter! Vater!« rief Johnny und stürzte ins Zimmer. »Frau William kommt die Straße herauf!«

Und wenn jemals seit der Erschaffung der Welt ein Knabe ein kleines Kind mit der Sorgfalt einer erfahrenen Amme aus der Wiege nahm und es zärtlich beruhigte und fröhlich mit ihm hinauswankte, so war Johnny dieser Knabe und Moloch war dieses Kind, das er jetzt hinaustrug.

Herr Tetterby setzte die Tasse hin; Frau Tetterby setzte ebenfalls ihre Tasse hin. Herr Tetterby rieb sich die Stirn; Frau Tetterby tat desgleichen. Herrn Tetterbys Gesicht glättete sich und wurde heiterer; Frau Tetterbys Antlitz verlor ebenfalls seinen mürrischen Ausdruck.

»Gott verzeihe mirs!« sprach Herr Tetterby zu sich selbst, »wie man nur eine so schlechte Laune zeigen kann! Was ist nur hier vorgegangen?«

»Wie konnte ich nach allem, was ich gestern abend sagte und fühlte, nur so schlecht gegen ihn sein!« schluchzte Frau Tetterby und fuhr mit der Schürze nach den Augen.

»Bin ich ein Scheusal«, sagte Herr Tetterby, »oder steckt doch noch etwas Gutes in mir? Sophie! mein kleines Frauchen!«

»Lieber Adolf!« gab seine Frau zurück.

»Ich – ich bin in einer Laune gewesen«, sagte Herr Tetterby, »daß ich gar nicht daran denken kann, Sophie.«

»Ach, das ist gar nichts gegen das, was ich gewesen bin, Dolf!« rief seine Frau unter heißen Tränen aus.

»Sophie«, sagte Herr Tetterby, »nimm es dir nicht so zu Herzen. Ich kann mirs nimmermehr verzeihen. Es muß dir fast das Herz gebrochen haben; ich weiß.«

»Nein, Dolf, nein. Ich wars! Ich!« rief Frau Tetterby.

»Mein kleines Frauchen«, sagte ihr Mann, »bitte, beruhige dich. Es ist für mich der schrecklichste Vorwurf, wenn du dich so edel benimmst. Liebe Sophie, du weißt gar nicht, was ich gedacht habe. Ich habe es gewiß schlimm genug an den Tag gelegt; aber was ich dachte, mein kleines Frauchen . . .«

»Ach, lieber Adolf, bitte! Erzähle es nicht!« rief seine Frau.

»Sophie«, sagte Herr Tetterby, »ich muß es sagen. Mein Gewissen könnte sich nicht beruhigen, wenn ich es nicht erzählte. Mein kleines Frauchen . . .«

»Frau William ist gleich da!« rief Johnny zur Tür hinein.

»Mein kleines Frauchen«, sagte Herr Tetterby mit gepreßter Stimme, indem er sich auf den Stuhl stützte, »ich wunderte mich, wie du mir hättest jemals gefallen können. Ich vergaß die lieben Kinder, die du mir geschenkt hast, und meinte, du wärest nicht so schlank, als ich wünschen könnte. Mit keinem Sterbenswörtchen«, sagte Herr Tetterby in strenger Selbstanklage, »dachte ich an alle die Sorgen, die du um mich und die Meinigen gehabt hast, während du mit einem andern Mann, der mehr Glück hatte als ich und besser vorwärts kam (ich glaube, so einer wäre nicht schwer aufzutreiben gewesen), ohne alle Sorgen hättest leben können; und ich ärgerte mich über dich, daß du ein wenig gealtert warst in den schweren Jahren, die du mir erleichtert hast. Kannst du das glauben, kleines Frauchen? Ich kann es selber kaum glauben.«

Halb lachend und halb weinend nahm Frau Tetterby sein Gesicht zwischen ihre Hände und hielt es fest.

»Ach, Dolf!« rief sie aus. »Ich fühle mich so glücklich, daß du so dachtest; ich bin so dankbar, daß du so dachtest! Denn ich dachte, du sähest so gewöhnlich aus, Dolf; und das tust du auch, mein Schatz, und meinetwegen magst du am gewöhnlichsten von allen aussehen, bis du mir meine Augen mit deinen Händen zudrückst. Ich dachte, du wärest klein, und das ist auch wahr, und ich will dich wert halten, weil du es bist, und noch mehr, weil ich meinen Gatten liebe. Ich dachte, daß du einen krummen Rücken kriegtest, und das ist auch wahr, aber du sollst dich an mich lehnen, und ich will dich stützen, soweit es in meinen Kräften steht. Ich dachte, du hättest nichts Anziehendes; aber das Anziehende ist die Erinnerung an den heimischen Herd, und das ist die reinste und schönste Erinnerung. Gott segne noch einmal den heimischen Herd und alles, was dazu gehört, Dolf!«

»Hurra! Da ist Frau William!« rief Johnny.

Sie war da und alle Kinder mit ihr, und wie sie hereintrat, da küßten sie sie, und küßten sich untereinander, und küßten das Kleinste, und küßten Vater und Mutter, und umtanzten dann wieder die Angekommene und geleiteten sie im Triumph.

Herr und Frau Tetterby standen ihren Kindern bei der herzlichen Begrüßung nicht nach. Sie fühlten sich ebensosehr zu ihr hingezogen wie die Kinder; sie eilten ihr entgegen, küßten ihr die Hände und konnten sie nicht enthusiastisch genug empfangen. Sie trat unter sie wie der Engel der Güte, der Liebe, der sanften Rücksicht und des Hausfriedens.

»Wie, freut auch ihr euch alle, mich an diesem schönen Christmorgen zu sehen?« sagte Milly und schlug die Hände in lieblicher Verwunderung zusammen. »Ach Gott, wie wohl das tut!«
Mehr Jauchzen von seiten der Kinder, mehr Küsse, mehr Glück, mehr Liebe, mehr Freude, mehr Ehre von allen Seiten, als sie ertragen konnte!

»Ach Gott!« sagte Milly, »was für freudige Tränen laßt ihr mich vergießen! Wie kann ich das jemals verdient haben! Was hab ich getan, daß man mich so liebt?«
»Wer liebte Sie nicht!« rief Herr Tetterby.
»Wer liebte Sie nicht!« rief Frau Tetterby.
»Wer liebte Sie nicht!« wiederholten die Kinder in freudigem Chor, und sie umtanzten sie wieder, drängten sich

wieder um sie, klammerten sich an sie und legten ihre rosigen Gesichter an ihr Kleid, küßten und streichelten es und konnten nicht satt werden, sie zu liebkosen.

»Ich war noch niemals so gerührt als diesen Morgen«, sagte Milly und trocknete sich die Augen. »Ich muß es Ihnen erzählen, sobald ich sprechen kann ... Herr Redlaw kam mit Sonnenaufgang zu mir und bat mich so weich und zärtlich, als ob ich seine Lieblingstochter wäre, mit ihm in das Haus zu gehen, in dem Williams Bruder Georg krank liegt. Ich begleitete ihn, und unterwegs war er so gütig und so sanft und schien so viel Vertrauen und Hoffnung auf mich zu setzen, daß ich vor Freude weinen mußte. Als wir in dem Haus angekommen waren, begegnete uns in der Tür ein Weib (ich fürchte, jemand hatte es geschlagen und verletzt), das im Vorbeigehen meine Hand ergriff und mir Gottes Segen wünschte.«

»Sie hatte recht!« sagte Tetterby. Frau Tetterby sagte: »Sie hatte recht!« Alle Kinder riefen: »Sie hatte recht!«

»Ach, es ist aber noch mehr zu erzählen«, sagte Milly. »Als wir in das Zimmer des Kranken traten, der seit Stunden wie in Ohnmacht dagelegen hatte, da richtete er sich in seinem Bett auf, brach in Tränen aus, streckte mir die Hand entgegen und sagte: er habe ein schlechtes Leben geführt, aber er bereue es jetzt aufrichtig, und die Vergangenheit liege vor ihm wie eine große Landschaft, vor der eine dichte schwarze Wolke weggenommen sei, und er bat mich, seinen armen alten Vater um Verzeihung und um seinen Segen zu bitten und neben seinem Bett ein Gebet zu sagen. Und als ich dies tat, stimmte Herr Redlaw so inbrünstig ein und dankte mir und dem Himmel so innig, daß mein Herz überströmte und ich bloß hätte schluchzen und weinen mögen, wäre ich nicht von dem Kranken gebeten worden, mich zu ihm zu setzen, was mich natürlich ruhiger machte. Als ich neben ihm saß, hielt er meine Hand fest, bis er in Schlummer versank, und selbst da, als ich ihm meine Hand entzog, um hierher zu gehen (worauf Herr Redlaw sehr angelegentlich drang), suchte er sie, so daß jemand andrer sich an meine Stelle setzen und ihm die Hand geben mußte, damit er glaube, ich sei noch da. Ach Gott, ach Gott!« sagte Milly schluchzend, »wie dankbar und beglückt sollte ich für dies alles sein und bin es auch!«

Während sie noch redete, war Redlaw eingetreten und, nachdem er einen Augenblick die Gruppe, deren Mittelpunkt sie bildete, betrachtet hatte, stillschweigend die Treppe hinaufgegangen. Jetzt erschien er wieder auf der Treppe; aber er blieb oben, während der junge Student an ihm vorüber und hinunter eilte.

»Gütige Pflegerin, sanftes, bestes aller Wesen!« rief der Student aus, indem er vor ihr auf die Knie sank und ihre Hand ergriff, »verzeihen Sie mir meine hartherzige Undankbarkeit!«

»O Gott, o Gott!« rief Milly mit naivem Erstaunen, »hier ist wieder einer! O Gott, hier ist wieder jemand, der mich gern hat! Was soll ich nur anfangen?«

Die unschuldige, einfache Art, mit der sie dies sprach, die Hände vor die Augen hielt und vor lauter Seligkeit weinte, war ebenso rührend als wohltuend.

»Ich war nicht mehr ich selbst«, sagte er. »Ich weiß nicht, was es war – es war vielleicht eine Folge meiner Krankheit – ich war wahnsinnig; aber ich bin es jetzt nicht mehr. Fast während ich spreche, genese ich. Ich hörte die Kinder Ihren Namen rufen, und der trübe Schatten schwand scheu bei dem bloßen Klang von mir. O weinen Sie nicht! Teuerste Milly, wenn Sie in meinem Herzen lesen könnten und wüßten, wie sehr es von Liebe und dankbarer Verehrung erfüllt ist, Sie würden mich nicht Ihre Tränen sehen lassen. Es ist ein zu grausamer Vorwurf für mich.«

»Nein, nein!« sagte Milly, »das ist es nicht. Das ist es wahrhaftig nicht. Es ist nur Freude. Es ist Staunen, da Sie es für notwendig halten, wegen einer solchen Kleinigkeit mich um Verzeihung zu bitten, und dennoch Freude, daß Sie es tun.«

»Und wollen Sie mich wieder besuchen, und wollen Sie den kleinen Vorhang fertig machen?«

»Nein!« sagte Milly, indem sie sich die Augen trocknete und den Kopf schüttelte. »Jetzt wird Ihnen meine Näherei gleichgültig sein.«

»Heißt dies verzeihen?« sagte er.

Sie winkte ihm, beiseite zu treten, und flüsterte ihm ins Ohr:

»Es ist Nachricht von daheim da, Herr Edmund.«

»Nachricht? Wieso?«

»Entweder das Ausbleiben Ihrer Briefe, als Sie krank waren, oder die Veränderung Ihrer Handschrift, als Sie zu genesen anfingen, hat Ihre Leute die Wahrheit ahnen lassen. Sei dem, wie ihm wolle – aber wissen Sie bestimmt, daß Ihnen Nachrichten, wenn es keine schlechten sind, nicht schaden werden?«

»Ganz bestimmt.«

»Also – es ist jemand angekommen!« sagte Milly.

»Meine Mutter?« fragte der Student und sah sich unwillkürlich nach Herrn Redlaw um, der die Treppe herabgestiegen war.

»Still! Nein«, sagte Milly.

»Es kann niemand anders sein.«

»Wirklich?« sagte Milly, »sind Sie dessen sicher?«

»Es ist doch nicht . . .« Ehe er aussprechen konnte, legte sie ihre Hand auf seinen Mund.

»Und doch!« sagte Milly. »Die junge Dame (sie ist dem Miniaturbild sehr ähnlich, Herr Edmund, aber hübscher) fühlte sich zu sehr beunruhigt durch die Ungewißheit und traf gestern abend in Begleitung einer Dienerin ein. Da Sie Ihre Briefe stets von dem Kolleg datierten, begab sie sich dorthin, und ich sah sie, bevor ich heute früh zu Herrn Redlaw ging. – Sie hat mich auch gern«, sagte Milly. »O Gott, das ist wieder eine!«

»Heute morgen? Wo ist sie jetzt?«
»Jetzt«, sagte Milly und flüsterte ihm ins Ohr, »ist sie in meinem kleinen Stübchen in der Pförtnerwohnung und erwartet Sie dort.«
Er drückte ihr die Hand und wollte forteilen, aber sie hielt ihn zurück.
»Herr Redlaw ist ganz anders geworden und sagte mir heute morgen, daß sein Gedächtnis schwach geworden sei. Seien Sie recht rücksichtsvoll gegen ihn, Herr Edmund; wir müssen alle gegen ihn so sein.«
Der Jüngling gab ihr durch einen Blick zu verstehen, daß ihre Warnungen bei ihm Beachtung finden würden, und als er beim Fortgehen an Herrn Redlaw vorbeikam, verbeugte er sich mit Achtung und offenbarer Teilnahme vor ihm.
Herr Redlaw erwiderte den Gruß höflich, sogar respektvoll, und sah dem Jüngling nach; dann ließ er den Kopf in die Hand sinken, als ob er sich auf etwas, das ihm entschwunden war, besinnen wollte. Aber es kam nicht wieder.
Die dauernde Veränderung, die seit den Klängen der nächtlichen Musik und dem Wiedererscheinen des Geistes in ihm vorgegangen war, bestand darin, daß er jetzt deutlich fühlte, wieviel er verloren hatte, daß er jetzt seine eigne Lage bemitleiden und sie mit dem natürlichen Zustand der Personen seiner Umgebung vergleichen konnte. Daraus entstand eine neue Teilnahme an den ihm bekannten Menschen und ein bescheidenes, ergebungsvolles Gefühl seines Unglücks, dem ähnlich, das manchmal dem Alter eigen ist, wenn seine geistigen Kräfte geschwächt sind, ohne daß zu der langen Reihe seiner Schwächen sich Gefühllosigkeit oder mürrisches Wesen gesellt.
Er fühlte auch, daß, je mehr er durch Milly von dem Schaden, den er angerichtet, wieder gutmachte und je mehr er mit ihr zusammen war, desto vollständiger auch

diese Veränderung wurde. Deshalb und infolge der Zuneigung, die sie ihm einflößte, die aber von keiner andern Hoffnung begleitet war, fühlte er, daß er ganz abhängig von ihr und daß sie ihm die einzige Stütze in seinem Leiden sei.

Als sie ihn daher jetzt fragte, ob sie nun nach Hause gehen wollten zu dem alten Vater und ihrem Mann, und er bereitwillig ja sagte – denn dies lag ihm sehr auf dem Herzen – gab er ihr seinen Arm und ging neben ihr her; nicht als ob er der weise und gelehrte Mann sei, dem die Wunder der Natur wie ein offenes Buch waren, und sie das unwissende Menschenkind, sondern als ob dies Verhältnis umgekehrt sei und sie alles wüßte und er gar nichts.

Er sah, wie die Kinder sich um sie drängten und sie liebkosten, als sie jetzt das Haus verließen, er hörte ihr munteres Lachen und ihre fröhlichen Stimmen; er sah ihre freundlichen Gesichter, die ihn wie Blumen umgaben; er war Zeuge der Zufriedenheit und der Eintracht, die sich wieder bei den Eltern eingestellt hatten; er atmete die bescheidene Luft der ärmlichen Hütte, die jetzt wieder im Besitz ihres stillen Glückes war; er dachte an die verhängnisvolle Ansteckung, die er hier verbreitet und die er ohne sie jetzt noch verbreiten würde, und vielleicht war es kein Wunder, daß er demütig neben ihr herging und ihre sanfte Brust näher an sich zog.

Als sie in der Pförtnerwohnung ankamen, saß der Alte, die Augen starr auf den Boden geheftet, auf seinem Stuhl in der Kaminecke, und sein Sohn stand, an die andre Seite des Kamins gelehnt, ihm gegenüber und sah ihn an. Wie sie zur Tür hereintrat, fuhren beide empor und sahen sich nach ihr um, und Heiterkeit verbreitete sich über ihre vorher verdrossenen Gesichter.

»O Gott, o Gott! Auch sie sehen mich gern wie die andern!« rief Milly, schlug ihre Hände vor Freude zusammen und blieb stehen. »Da sind wieder zwei!«

›Gern sehen!‹ Dieser Ausdruck drückte ihre Freude nicht aus. Sie eilte in ihres Gatten Arme, die sich ihr entgegenstreckten, und er würde sie dort den ganzen Tag haben ruhen lassen. Aber der Alte konnte sie nicht entbehren. Auch er breitete ihr seine Arme entgegen und schloß sie ans Herz.

»Wo ist nur mein kleines Mäuschen die ganze Zeit über gewesen?« sagte der Alte. »Sie ist lange, lange weggeblieben. Ich sehe jetzt wohl, ich kann ohne mein Mäuschen nicht auskommen. Ich – wo ist mein Sohn William? – ich glaube, ich habe geträumt, William.«

»Das sage ich auch, Vater«, erwiderte der Sohn. »Ich habe einen bösen Traum gehabt, wahrhaftig. – Wie gehts Euch, Vater? Seid Ihr wohl?«

»Frisch und munter, mein Sohn!« gab der Alte zurück.

Es war eine ordentliche Freude, zu sehen, wie Herr William seinem Vater die Hand schüttelte, ihn auf den Rücken klopfte und ihm mit der Hand liebkosend über die Schulter fuhr, als ob er nicht genug Teilnahme für ihn an den Tag legen könnte.

»Was für ein wunderbarer Mann Ihr seid, Vater! – Wie gehts Euch, Vater? Wirklich frisch und munter?« sagte William und schüttelte ihm wieder die Hand und klopfte ihn wieder auf den Rücken.

»Ich habe mich nie in meinem Leben besser befunden, mein Sohn.«

»Was für ein wunderbarer Mann Ihr seid, Vater! aber so gehört es sich auch«, sagte Herr William mit Begeisterung. »Wenn ich bedenke, was mein Vater alles durchgemacht hat, und die vielen Sorgen und Mühseligkeiten, die ihm in seinem langen Leben widerfahren sind und sein Haar grau gemacht haben, so ist mirs, als wenn wir nicht genug tun könnten, um den alten Herrn zu ehren und ihm sein hohes Alter zu erleichtern. – Wie gehts Euch, Vater? Wirklich munter und frisch?«

Herr William hätte vielleicht nie wieder aufgehört, diese

Frage zu wiederholen, ihm die Hand zu schütteln, den Rücken zu klopfen, die Schulter zu streicheln, wenn der Alte nicht jetzt den Chemiker erblickt hätte.
»Ich bitte um Verzeihung, Herr Redlaw«, sagte Philipp, »aber ich wußte nicht, daß Sie hier waren, Sir, sonst hätte ich mir nicht so viel herausgenommen. Ihr Besuch an dem heutigen Christmorgen, Herr Redlaw, erinnert mich an die Zeit, da Sie selbst Student waren und so angestrengt arbeiteten, daß Sie selbst in der Weihnachtszeit nicht aus unserer Bibliothek herauskamen. Ha ha! Ich bin alt genug, um mich daran zu erinnern, und ich erinnere mich dessen recht deutlich, obgleich ich siebenundachtzig bin. Erst als Sie weggezogen waren, starb meine selige Frau. Erinnern Sie sich noch an meine selige Frau, Herr Redlaw?
Der Chemiker antwortete: »Ja.«
»Ja«, sagte der Alte, »sie war ein gutes Weib. – Ich erinnere mich noch, wie Sie an einem Christmorgen mit einer jungen Dame herkamen – ich bitte um Verzeihung, Herr Redlaw, aber ich glaube, es war eine Schwester, die Sie sehr lieb hatten?«
Der Chemiker sah ihn an und schüttelte den Kopf. »Ich hatte eine Schwester«, sagte er wie abwesend. Mehr wußte er nicht.
»An einem Christmorgen«, fuhr der Alte fort, »kamen Sie mit ihr hier vorbei, und es fing an zu schneien, und meine Frau lud die junge Dame ein, einzutreten und sich an das Feuer zu setzen, das am Christtag immer in dem ehemaligen großen Refektorium brennt. Ich war dort, und ich besinne mich noch, daß die junge Dame, als ich das Feuer schürte, damit ihre hübschen Füßchen daran warm würden, die Schrift unter dem Bild las: ›Herr, erhalte mein Gedächtnis frisch!‹ Sie und meine Selige fingen darüber an zu sprechen, und es ist seltsam, wenn man jetzt daran denkt, daß beide sagten (und sie waren ihren Jahren nach so weit vom Tode), daß es ein schönes Gebet sei, und daß sie es auch in bezug auf die, die sie am liebsten hatten, zu

Gott schicken wollten, wenn sie früh sterben sollten. ›Mein Bruder‹, sagte die junge Dame – ›mein Mann‹, sagte meine Selige – ›Herr, erhalte mein Gedächtnis in ihm frisch und laß mich nicht vergessen werden!‹«

Schmerzlichere und heißere Tränen, als er jemals in seinem Leben geweint hatte, rannen über Redlaws Wangen herab. Philipp, ganz von seiner Erzählung in Anspruch genommen, hatte bis jetzt weder ihn noch Millys Gebärde, nicht weiter zu reden, beachtet.

»Philipp!« sagte Herr Redlaw und legte die Hand auf seinen Arm, »ich bin ein Unglücklicher, den die Hand der Vorsehung schwer, wenn auch verdient, getroffen hat. Du sprichst von etwas, Freund, was ich nicht mehr begreifen kann, die Erinnerung ist mir entschwunden.«

»Gütiger Himmel!« rief der Alte aus.

»Ich habe die Erinnerung an Kummer und Sorge verloren«, sagte der Chemiker, »und damit alles, was dem Menschen des Erinnerns wert ist!«

Wer des alten Philipps Mitleid sah, wie er seinen eignen großen Lehnstuhl ihm hinschob, damit er darin ruhe, und wie er auf ihn hinabsah mit einer tiefschmerzlichen Empfindung von dem, was ihm genommen war, der konnte einigermaßen merken, wie teuer dem Alter solche Erinnerungen sind.

Der Knabe kam hereingelaufen und eilte auf Milly zu.

»Hier ist der Mann«, sagte er, »in dem andern Zimmer. Ich mag ihn nicht.«

»Wen meint er?« fragte Herr William.

»Still!« sagte Milly.

Einem Wink von ihr gehorsam, entfernten er und sein alter Vater sich leise. Als sie unbemerkt hinausgingen, rief Redlaw den Knaben zu sich.

»Ich will lieber bei der Frau sein«, antwortete er und klammerte sich an ihr Kleid.

»Du hast recht«, sagte Redlaw mit einem trüben Lächeln. »Aber du brauchst dich nicht vor mir zu fürchten. Ich bin

sanfter als vorhin. Vor allem gegen dich, armes Kind!«
Der Knabe hielt sich anfangs schüchtern fern; aber allmählich gab er Millys Vorstellungen nach, so daß er sich endlich näher wagte und sich sogar zu seinen Füßen niedersetzte. Als Herr Redlaw die Hand auf die Schulter des Knaben legte und ihn mit Teilnahme und brüderlichem Gefühl ansah, streckte er die andre Hand Milly entgegen. Sie beugte sich zu ihm herab, so daß sie ihm ins Gesicht sehen konnte, und sagte nach einer Pause:
»Herr Radlaw, darf ich sprechen?«
»Ja«, erwiderte er und blickte sie an. »Ihre Stimme und Musik sind für mich dasselbe.«
»Darf ich Sie um etwas bitten?«
»Um was Sie wollen.«
»Erinnern Sie sich noch an das, was ich gestern, als ich an die Tür klopfte, sagte? Von einem, der früher Ihr Freund war und jetzt am Rand des Abgrundes steht?«
»Ja! Ich entsinne mich«, sagte er mit einigem Zögern.
»Verstehen Sie es jetzt?«
Er strich des Knaben Haar glatt – sah sie eine Weile starr an – und schüttelte den Kopf.
»Diesen Mann«, sagte Milly mit ihrer klaren, weichen Stimme, die der Blick ihrer sanften Augen noch klarer und sanfter machte, »sah ich bald darauf. Ich kehrte zurück nach dem Haus und fand ihn mit Gottes Hilfe. Es war nicht zu früh. Ein wenig Verzug, und es wäre schon zu spät gewesen.«
Er zog seine Hand von dem Knaben zurück und legte sie auf die ihrige, deren schüchterne und doch innige Berührung ihm nicht weniger zu Herzen drang, als ihre Stimme und ihre Augen, und sah sie aufmerksam an.
»Er ist der Vater Herrn Edmunds, des jungen Herrn, den wir vorhin sahen. Sein wirklicher Name ist Langford. – Sie erinnern sich des Namens?«
»Ich erinnere mich des Namens.«
»Und des Mannes?«

»Nein, des Mannes nicht. Hat er mir jemals unrecht getan?«
»Ja!«
»Ah! Dann ist keine Hoffnung – keine Hoffnung.«
Er schüttelte den Kopf und klopfte leise auf ihre Hand, als ob er mit stiller Gebärde um ihr Bedauern bitte.
»Ich ging gestern abend nicht zu Herrn Edmund«, sagte Milly. »Wollen Sie mich aber so anhören, als ob Sie sich auf alles besinnen könnten?«
»Jede Silbe, die Sie sagen.«
»Teils weil ich damals noch nicht wußte, daß jener wirklich sein Vater war, und teils weil ich die Wirkung fürchtete, die diese Nachricht bei ihrer Bestätigung auf ihn machen mußte. Seit ich es sicher weiß, bin ich ebenfalls nicht hingegangen, aber aus einem andern Grund. Er ist lange von seiner Frau und seinem Sohn getrennt gewesen – fast seit dieses Sohnes Kindheit, wie ich von ihm höre – und hat das verlassen, was ihm das Teuerste hätte sein sollen. Während dieser ganzen Zeit ist er immer tiefer gesunken, bis . . .« Sie stand hastig auf, ging einen Augenblick hinaus und kehrte zurück, begleitet von dem Unbekannten, den Redlaw die vorige Nacht in der Spelunke gesehen hatte.
»Kennen Sie mich?« fragte der Chemiker.
»Ich würde mich freuen«, entgegnete der andre, »und das ist ein ungewohntes Wort in meinem Mund, wenn ich nein sagen könnte.«
Der Chemiker sah den andern an, der im demütigen Gefühl seiner Verkommenheit vor ihm stand, und würde ihn, vergeblich nach einer Erinnerung suchend, noch länger betrachtet haben, wenn nicht Milly wieder ihre frühere Stellung neben ihm eingenommen und seinen aufmerksamen Blick auf ihr Gesicht gelenkt hätte.
»Sehen Sie, wie tief er gesunken ist!« flüsterte sie und streckte den Arm nach dem Unbekannten aus, ohne den Blick von dem Gesicht des Chemikers abzuwenden.

»Wenn Sie sich auf alles besinnen könnten, was sich an ihn knüpft, glauben Sie nicht, daß der Gedanke Ihr Bedauern erregen würde, daß es mit einem, den Sie liebten (es soll uns nicht kümmern, wie lange es her ist oder wie er die Liebe verscherzt hat), dahin kommen sollte?«

»Ich hoffe, ich würde es tun«, antwortete er. »Ich glaube, ich würde es tun.«

Seine Augen schweiften hin nach der Gestalt an der Tür, aber sie kamen schnell zu ihr zurück und sahen sie gespannt an, als ob er bemüht sei, aus jedem Ton ihrer Stimme und jedem Strahl ihrer Augen eine Lehre zu ziehen.

»Ich habe kein Wissen und Sie so viel«, sagte Milly; »ich bin nicht gewohnt zu denken, und Sie denken immer. Darf ich Ihnen sagen, warum es mir gut zu sein scheint, wenn man sich an das Unrecht erinnert, das uns widerfahren ist?«

»Ja!«

»Damit wir es verzeihen können.«

»Vergib mir, großer Gott«, sagte Redlaw und blickte gen Himmel, »daß ich dein eignes hohes Vorrecht verschmäht habe!«

»Und wenn«, fuhr Milly fort, »wenn Ihnen Ihr Gedächtnis eines Tages wiedergegeben wird – und das hoffen und flehen wir alle – wird es dann für Sie kein Segen sein, wenn Sie sich zugleich an das erlittene Unrecht und seine Verzeihung erinnern?«

Er sah nach der Gestalt an der Tür und heftete dann wieder seine aufmerksamen Augen auf sie; ihm war es, als ob ein Strahl helleren Lichtes von ihrem milden Antlitz in seine Seele dringe.

»Er kann nicht zurückkehren an den heimischen Herd, den er selbst geflohen hat. Er verlangt auch nicht dorthin zurück. Er weiß, daß er nur Beschämung und Sorgen für die mitbringen würde, die er so grausam vernachlässigt hat, und daß er sein Unrecht jetzt am besten sühnen kann, wenn er sie meidet. Mit wenig Geld könnte er in eine ferne Stadt ziehen, wo er ruhig leben und im rechtlichen Wandel das begangene Unrecht so weit wieder gutmachen könnte, als es noch möglich ist. Für die unglückliche Dame, die seine Gattin ist, und für seinen Sohn wäre dies das beste und gütigste Geschenk, das ihnen ihr bester Freund machen könnte – ein Geschenk, von dem sie noch dazu nie etwas zu erfahren brauchten, und für ihn, dessen Ruhe vernichtet, dessen Geist und Körper krank ist, wäre es Rettung.«

Er nahm ihr Haupt zwischen beide Hände, küßte sie auf die Stirn und sagte: »Es soll geschehen. Ich überlasse es Ihnen, es für mich jetzt gleich und im geheimen zu tun, und sagen Sie ihm, daß ich ihm verzeihen würde, wenn ich so glücklich wäre zu wissen, was ich zu verzeihen hätte.«

Als sie aufstand und mit strahlendem Gesicht sich gegen den Unglücklichen wendete und damit zu erkennen gab, daß ihre Verwendung gelungen sei, da trat er einen Schritt vor und redete, ohne den Blick zu erheben, Redlaw an:

»Sie sind so großmütig«, sagte er – »Sie waren es immer – daß Sie versuchen werden, die aufkeimende Empfindung der erlangten Vergeltung bei dem Anblick zu vergessen, den Sie vor sich haben. Ich versuche es nicht zu vergessen, Redlaw. Wenn Sie können, so glauben Sie es mir.«

Der Chemiker bat Milly durch eine Gebärde, näher an ihn heranzutreten; und wie er zuhörte, sah er ihr ins Gesicht, als hoffe er, dort einen Schlüssel zu dem zu finden, was er vernahm.

»Ich bin zu tief gesunken, um großen Dank zu beteuern. Ich erinnere mich meiner eignen Laufbahn zu gut, um damit vor Sie zu treten. Aber von dem Tag an, da ich Sie hinterging, bin ich tiefer und tiefer gesunken, mit immer sicherer, regelmäßig zunehmender, verhängnisvoller Schnelligkeit. Das wollte ich sagen.«

Redlaw wendete sein Gesicht, in dem sich jetzt Kummer und ein Strahl schmerzlicher Erinnerung aussprach, dem Sprecher zu.

»Ich hätte ein anderer Mensch sein und ein andres Leben führen können, wenn ich diesen ersten verhängnisvollen Schritt vermieden hätte. Ob das hätte geschehen können, weiß ich nicht. Ich rechne mir die Möglichkeit nicht zugute. Ihre Schwester ist im Grab, und sie ist dort besser aufgehoben als bei mir, selbst wenn ich so geblieben wäre, wie Sie mich kannten und wie ich mich selbst sah.«

Redlaw machte eine ungeduldige Bewegung mit der Hand, als ob er die Erinnerung von sich weisen wollte.

»Ich spreche wie ein Mann aus dem Grab«, fuhr der andre fort. »Ich hätte mir gestern nacht mein eignes Grab gegraben, wäre nicht diese gesegnete Hand gewesen.«

»O Gott, auch er hat mich gern!« schluchzte Milly leise. »Das ist wieder einer!«

»Ich hätte mich gestern abend Ihnen nicht genähert, und wenn ich hätte verhungern müssen. Aber heute ist die Erinnerung an unser altes Verhältnis so lebhaft und frisch in mir, daß ich auf ihren Rat gewagt habe, zu Ihnen zu kommen und Ihr Geschenk anzunehmen und Ihnen dafür zu danken und Sie zu bitten, Redlaw, daß Sie in Ihrer letzten Stunde so barmherzig gegen mich sein mögen in Ihren Gedanken, wie jetzt in Ihren Taten.«

Er wendete sich der Tür zu, blieb aber noch einmal stehen.

»Ich hoffe, Sie werden meinem Sohn Ihre Teilnahme schenken um seiner Mutter willen. Ich hoffe, er wird sie verdienen. Ich selber werde ihn nicht wiedersehen, es sei denn, daß mein Leben sehr lange währt und ich fühle, daß ich Ihre Unterstützung nicht mißbraucht habe.«

In der Tür sah er zum erstenmal Redlaw an. Der Chemiker, dessen starrer Blick auf ihn geheftet war, streckte ihm halb bewußtlos die Hand entgegen. Er kehrte um, berührte sie leicht mit seinen beiden Händen und schritt gesenkten Hauptes langsam über die Schwelle.

Während der wenigen Augenblicke, die Milly brauchte, um den Unglücklichen bis zur Gittertür zu führen, sank der Chemiker in den Lehnstuhl und bedeckte das Gesicht mit beiden Händen. Wie sie dies bemerkte, als sie in Begleitung ihres Mannes und des Alten (die ihn beide innig bedauerten) zurückkehrte, trug sie Sorge, daß ihn niemand störe, und kniete nieder, um den Knaben in eine warme Decke zu hüllen.

»So gehört sichs. Das sage ich immer, Vater!« rief ihr Gatte bewundernd aus. »Es wohnt ein Muttergefühl in Frau Williams Busen, das sich Luft machen will und muß.«

»Ja, ja!« sagte der Alte, »du hast recht. Mein Sohn William hat recht!«

»Es ist wohl das beste, liebe Milly«, sagte Herr William, »daß wir selbst keine Kinder haben, und doch wünschte ich manchmal, daß es anders wäre. Unser kleines totes Kind, auf das du solche Hoffnungen setztest und das niemals geatmet hat – das hat dich recht still gemacht, Milly.«

»Ich bin glücklich in der Erinnerung an ihn, lieber William«, gab sie zur Antwort. »Ich denke jeden Tag an ihn.«

»Ich fürchte, du denkst sehr viel daran.«

»Sage nicht fürchten; es ist ein Trost für mich, es spricht zu mir auf so vielerlei Weise. Das unschuldige Wesen, das niemals auf Erden lebte, ist für mich wie ein Engel, William.«

»Du bist dem Vater und mir ein Engel«, sagte Herr William sanft, »das weiß ich.«

»Wenn ich an all die Hoffnungen denke, die ich auf das Kind baute«, fuhr sie fort, »und wievielmal ich dasaß und mir an meinem Busen ein lächelndes Gesichtchen, das nie dort ruhte, und die lieblichen, mir zugewandten Augen, die sich nie dem Licht öffneten, vorstellte, so habe ich für alle andern kleinen Enttäuschungen mehr Geduld und Ergebung. Wenn ich ein schönes Kind in den Armen einer glücklichen Mutter sehe, so liebe ich es um so mehr, wenn ich denke, daß mein Kind diesem hätte ähnlich sein und mich ebenso stolz und glücklich hätte machen können.«

Redlaw hob den Kopf und blickte sie an.

»Für das ganze Leben scheint es mir eine Lehre zu geben«, sprach sie weiter. »Für arme, verlassene Kinder fleht mein Kind, als ob es noch am Leben wäre und mit einer mir bekannten Stimme zu mir sprechen könnte. Wenn ich von einem Jüngling höre, der leidet oder tief gesunken ist, so denke ich, daß es meinem Kind auch hätte so gehen können, und daß es Gott in seiner Barmherzigkeit zu sich genommen hat. Selbst im grauhaarigen Alter ist er mir gegenwärtig und sagt mir, daß er ein hohes Alter erreichen und lange, nachdem ich und du gestorben, die Verehrung und Liebe jüngerer Leute hätte brauchen können.«

Ihre gedämpfte Stimme wurde gedämpfter als je, als sie den Arm ihres Gatten ergriff, ihren Kopf daran lehnte und fortfuhr:

»Kinder lieben mich so sehr, daß ich mir manchmal einbilde – es ist eine törichte Einbildung, William – sie fühlten auf eine mir unbekannte Weise mit meinem kleinen Kind und mir und verständen, warum mir ihre Liebe so kostbar ist. Wenn ich seit jener Zeit stiller bin, so war ich auch glücklicher in mancher Art, William. Nicht am wenigsten glücklich darin, daß selbst damals, als mein Kind erst wenige Tage geboren und gestorben und ich noch schwach und betrübt war und meinen Schmerz nicht zurückhalten konnte, mir der Gedanke kam: wenn ich versuchte, ein tugendhaftes Leben zu führen, würde mir im Himmel im Strahlengewand ein Wesen entgegentreten, das mich Mutter nennen würde!«

Redlaw sank mit einem lauten Ausruf inniger Rührung auf die Knie.

»O du«, sagte er, »der du mir durch die Lehre reiner Liebe das Gedächtnis wiedergegeben, das Gedächtnis des Erlösers am Kreuz und aller Guten, die für ihn gestorben sind, empfange meinen Dank und segne sie!«

Dann drückte er sie an sein Herz, und Milly rief unter lautem Schluchzen freudiger Rührung: »Er ist wieder zu sich gekommen! Er hat mich auch sehr gern! O Gott, o Gott, das ist wieder einer!«

Und jetzt trat der Student herein, an der Hand ein liebliches Mädchen führend, das sich fürchtete, hereinzukommen. Und Redlaw – so anders war er jetzt gegen ihn – der in ihm und seiner jungen Erwählten eine Erinnerung an jene glücklichste Zeit seines Lebens sah, bei der, wie bei einem schattigen Baum, die so lange in seiner einsamen Arche eingekerkerte Taube Ruhe und Gesellschaft suchen konnte, fiel ihm um den Hals und bat sie, sich als seine Kinder zu betrachten.

Und da Weihnachten eine Zeit ist, wo vor allen andern Zeiten im Jahr die Erinnerung an alle heilbaren Sorgen und Mühsale nicht weniger lebendig sein sollte als das Gedächtnis an das uns widerfahrene Gute, legte er seine Hand auf das Haupt des Knaben und gelobte, indem er stumm den zum Zeugen anrief, der voreinst die Kindlein segnete und in der Erhabenheit seines prophetischen Wissens die ausschalt, die sie von sich wiesen, ihn zu beschützen, zu unterrichten und zu einem Menschen zu machen.

Und dann reichte er seine Hand mit heiterem Gesicht Philipp hin und sagte, daß sie heute ein Weihnachtsmahl einnehmen wollten in dem Zimmer, das ehemals, bevor die zehn armen Schüler mit Geld abgefunden wurden, das große Refektorium war, und daß sie dazu so viele von der Familie Swidger – die, nach der Aussage seines Sohnes, so zahlreich war, daß sie sich die Hände geben und einen

Kreis um ganz England ziehen konnten – einladen wollten, als in der kurzen Frist aufzutreiben waren.
Und also geschah es diesen Tag. So viele Swidgers, junge und alte, waren da, daß ein Versuch, sie in runder Zahl anzugeben, in dem Mißtrauischen Zweifel an der Wahrhaftigkeit dieser Geschichte erregen könnte. Deshalb soll der Versuch unterbleiben. Aber sie waren da in Dutzenden und halben Schocken – und gute Hoffnung wartete ihrer hinsichtlich des Bruders Georg, den Vater und Bruder und Milly wieder besucht und in ruhigem Genesungsschlummer verlassen hatten. Auch waren bei dem Mahl die Tetterbys samt Adolf junior, der in dem regenbogenfarbenen Wollschal gerade zum Rindfleisch eintraf. Johnny und das Wickelkind kamen natürlich zu spät und langten wankenden Schrittes und ganz auf eine Seite geneigt an, der eine ganz erschöpft, der andre in einer Krisis angeblichen Zahnens; aber das war etwas Gewöhnliches und nicht beunruhigend.
Ein betrübender Anblick war das Kind, das weder Vater noch Mutter kannte, wie es den spielenden Kindern zusah und nicht wußte, wie es mit ihnen reden und spielen sollte, und mit Kinderweise unbekannter war als ein ungeschulter Hund. Ein betrübender Anblick war es auch, obgleich in andrer Weise, zu sehen, wie instinktiv selbst die kleinsten Kinder fühlten, daß der Knabe anders war als alle übrigen, und wie sie sich ihm schüchtern näherten mit sanften Worten und kleinen Geschenken, damit er sich nicht unglücklich fühle. Aber er blieb bei Milly und fing an, sie zu lieben – ›schon wieder einer!‹ sagte sie – und da sie alle die milde Frau liebten, so freuten sie sich darüber, und als sie das Kind hinter ihrem Stuhl hervorgucken sahen, da war es ihnen lieb, daß es so dicht bei ihr war.
Dies alles sahen der Chemiker, der neben den Studenten und seine Braut trat, und Philipp und die übrigen.
Einige haben seitdem erzählt, er habe nur gedacht, was

hier berichtet worden; andre, er habe es an einem Winterabend um die Dämmerstunde im Feuer gelesen; andre, der Geist sei nur das Bild seiner trüben Gedanken und Milly die Verkörperung seines besseren Wissens. Ich sage nichts.

– Nur das eine. Als sie alle in der alten Halle versammelt waren und kein andres Licht als den hellen Schein des großen Kaminfeuers hatten (sie hatten zeitig gegessen), da schlichen die Schatten wieder aus ihren Verstecken hervor und tanzten im Zimmer herum und zeigten den Kindern wunderbare Gestalten und Gesichter an den Wänden und gaben allmählich allem Wirklichen und Bekannten zauberische und ungeheuerliche Formen. Aber *ein* Gegenstand war in der Halle, dem sich die Augen Redlaws und Millys und ihres Gatten und des Alten und des Studenten und seiner Braut oft zuwendeten und den die Schatten weder verdunkelten noch veränderten. In tiefere Würde gekleidet von dem Schein der Flamme und aus dem dunkeln Getäfel der Wand wie lebendig hervortretend, sah das ernste Gesicht mit dem Bart und der Halskrause und geschmückt mit dem grünen Stechpalmenkranz auf sie herab, wie sie zu ihm aufschauten, und darunter waren klar und deutlich, als ob eine Stimme sie riefe, die Worte: »Der Herr erhalte mein Gedächtnis frisch!«

Romane, Erzählungen, Prosa

Hans Christian Andersen. Glückspeter
Mit Scherenschnitten von Alfred Thon. it 643

Bettina von Arnim. Bettina von Arnims Armenbuch
Herausgegeben von Werner Vordtriede. it 541
– Dies Buch gehört dem König
Herausgegeben von Ilse Staff. it 666
– Die Günderode
Mit einem Essay von Christa Wolf. it 702

Apuleius. Der goldene Esel
Mit Illustrationen von Max Klinger zu »Amor und Psyche«. Aus dem Lateinischen von August Rode. Mit einem Nachwort von Wilhelm Haupt. it 146

Jane Austen. Emma
Aus dem Englischen von Charlotte Gräfin von Klinckowstroem. it 511

Honoré de Balzac. Die Frau von dreißig Jahren
Deutsch von W. Blochwitz. it 460
– Das Mädchen mit den Goldaugen
Aus dem Französischen von Ernst Hardt. Vorwort Hugo von Hofmannsthal. Illustrationen Marcus Behmer. it 60

Joseph Bédier. Tristan und Isolde
Roman. Deutsch von Rudolf G. Binding. Mit Holzschnitten von 1484. it 387

Harriet Beecher-Stowe. Onkel Toms Hütte
In der Bearbeitung einer alten Übersetzung herausgegeben und mit einem Nachwort versehen von Wieland Herzfelde. Mit 27 Holzschnitten von George Cruikshank aus der englischen Ausgabe von 1852. it 272

Ambrose Bierce. Aus dem Wörterbuch des Teufels
Auswahl, Übersetzung und Nachwort von Dieter E. Zimmer. it 440
– Mein Lieblingsmord
Erzählungen. Aus dem Amerikanischen von G. Günther. it 39

Die Blümlein des heiligen Franziskus von Assisi
Aus dem Italienischen nach der Ausgabe der Tipografia Metastasio, Assisi 1901, von Rudolf G. Binding. Mit Initialen von Carl Weidemeyer. it 48

Romane, Erzählungen, Prosa

Blumenschatten hinter dem Vorhang. Von Ting Yao Kang. Aus dem Chinesischen übertragen und mit einem Nachwort versehen von Franz Kuhn. Mit 18 Holzschnitten. it 744

Giovanni di Boccaccio. Das Dekameron
Hundert Novellen. Ungekürzte Ausgabe. Aus dem Italienischen von Albert Wesselski und mit einer Einleitung versehen von André Jolles. Mit venezianischen Holzschnitten. Zwei Bände. it 7/8

Hermann Bote. Ein kurzweiliges Buch von Till Eulenspiegel aus dem Lande Braunschweig. Wie er sein Leben vollbracht hat. Sechsundneunzig seiner Geschichten.
Herausgegeben, in die Sprache unserer Zeit übertragen und mit Anmerkungen versehen von Siegfried H. Sichtermann. Mit zeitgenössischen Illustrationen. it 336

Clemens Brentano. Gedichte, Erzählungen, Briefe
Herausgegeben von Hans Magnus Enzensberger. it 557

Emily Brontë. Die Sturmhöhe
Aus dem Englischen von Grete Rambach. it 141

Giordano Bruno. Das Aschermittwochsmahl
Übersetzt von Ferdinand Fellmann. Mit einer Einleitung von Hans Blumenberg. it 548

Gottfried August Bürger. Wunderbare Reisen zu Wasser und zu Lande. Feldzüge und lustige Abenteuer des Freiherrn von Münchhausen
Mit Holzschnitten von Gustave Doré. it 207

Hans Carossa. Eine Kindheit. it 295
– Verwandlungen einer Jugend. it 296

Lewis Carroll. Geschichten mit Knoten
Herausgegeben und übersetzt von W. E. Richartz. Mit Illustrationen von Arthur B. Frost. it 302
– Alice im Wunderland
Mit 42 Illustrationen von John Tenniel. Übersetzt und mit einem Nachwort versehen von Christian Enzensberger. it 42
– Alice hinter den Spiegeln
Mit Illustrationen von John Tenniel. Übersetzt von Christian Enzensberger. it 97

Romane, Erzählungen, Prosa

Lewis Carroll. Briefe an kleine Mädchen
Aus dem Englischen übersetzt und herausgegeben von Klaus Reichert. Mit Fotografien des Autors. it 172

Miguel de Cervantes Saavedra. Der scharfsinnige Ritter Don Quixote von der Mancha
Mit einem Essay von Iwan Turgenjew und einem Nachwort von André Jolles. Mit Illustrationen von Gustave Doré. 3 Bände. it 109

Adelbert von Chamisso. Peter Schlemihls wundersame Geschichte
Nachwort von Thomas Mann. Illustriert von Emil Preetorius. it 27

Matthias Claudius. Der Wandsbecker Bote
Mit einem Vorwort von Peter Suhrkamp und einem Nachwort von Hermann Hesse. it 130

James Fenimore Cooper. Die Lederstrumpferzählungen
In der Bearbeitung der Übersetzung von E. Kolb durch Rudolf Drescher. Mit Illustrationen von O. C. Darley. Vollständige Ausgabe. 5 Bände in Kassette.
Der Wildtöter · Der letzte Mohikaner · Der Pfadfinder · Die Ansiedler · Die Prärie. – it 760

Alphonse Daudet. Montagsgeschichten
Aus dem Französischen von Eva Meyer. it 649
– Briefe aus meiner Mühle
Aus dem Französischen von Alice Seiffert. Mit Illustrationen. it 446
– Tartarin von Tarascon. Die wunderbaren Abenteuer des Tartarin von Tarascon. Mit Zeichnungen von Emil Preetorius. it 84

Daniel Defoe. Moll Flanders. Herausgegeben und mit einem Essay versehen von Norbert Kohl. it 707
– Robinson Crusoe. Mit Illustrationen von Ludwig Richter. it 41

Deutsche Künstlernovellen des 19. Jahrhunderts
Herausgegeben von Jochen Schmidt. it 656

Charles Dickens. David Copperfield. Mit Illustrationen von Phiz. it 468
– Große Erwartungen. Aus dem Englischen von Margit Meyer. Mit Illustrationen von F. W. Pailthorpe. it 667
– Der Raritätenladen. Aus dem Englischen von Leo Feld. Mit Illustrationen von Cruikshank u. a. it 716

Romane, Erzählungen, Prosa

Charles Dickens. Oliver Twist
Aus dem Englischen von Reinhard Kilbel. Mit einem Nachwort von Rudolf Marx und 24 Illustrationen von George Cruikshank. Vollständige Ausgabe. it 242
– Weihnachtserzählungen
Mit Illustrationen von Cruikshank u. a. it 358

Denis Diderot. Die Nonne
Mit einem Nachwort von Robert Mauzi. Der Text dieser Ausgabe beruht auf der ersten deutschen Übersetzung von 1797. it 31
– Erzählungen und Gespräche
Aus dem Französischen von Katharina Scheinfuß. it 554

Die drei Reiche. Roman. Aus dem Chinesischen von Franz Kuhn. Mit 24 Holzschnitten. it 585

Fjodor M. Dostojewski. Der Idiot. Aus dem Russischen von Hermann Röhl. Mit einem Nachwort von Hermann Hesse. it 740
– Schuld und Sühne. Roman in sechs Teilen. Aus dem Russischen von Hermann Röhl. Illustrationen von Theodor Eberle. it 673
– Der Spieler. Aus den Erinnerungen eines jungen Mannes. Aus dem Russischen von Hermann Röhl. it 515

Annette von Droste-Hülshoff. Bei uns zulande auf dem Lande. Prosaskizzen. Herausgegeben von Otto A. Böhmer. it 697
– Die Judenbuche. Ein Sittengemälde aus dem gebirgichten Westfalen. Mit Illustrationen von Max Unold. it 399

Alexandre Dumas. Der Graf von Monte Christo. Bearbeitung einer alten Übersetzung von Meinhard Hasenbein. Mit Illustrationen von Pavel Brom und Dagmar Bromova. Zwei Bände. it 266
– Die Kameliendame. Aus dem Französischen von Walter Hoyer. Mit Illustrationen von Paul Garvani. it 546

Joseph Freiherr von Eichendorff. Aus dem Leben eines Taugenichts
Mit Illustrationen von Adolf Schrödter und einem Nachwort von Ansgar Hillach. it 202
– Novellen und Gedichte. Herausgegeben von Hermann Hesse. it 360

Romane, Erzählungen, Prosa

Eisherz und Edeljaspis
Aus dem Chinesischen von Franz Kuhn. Mit Holzschnitten einer alten chinesischen Ausgabe. Mit einem Nachwort und Anmerkungen von Franz Kuhn. it 123

Paul Ernst. Der Mann mit dem tötenden Blick und andere frühe Erzählungen. Herausgegeben von Wolfgang Promies. it 434

André Ficus/Martin Walser. Heimatlob
Ein Bodenseebuch. it 645

Harry Fielding. Die Geschichte des Tom Jones, eines Findlings
Mit Stichen von William Hogarth. it 504

Gustave Flaubert. Bouvard und Pécuchet
Mit einem Vorwort von Victor Brombert und einem Nachwort von Uwe Japp. Mit Illustrationen von András Karakas. it 373
– Die Versuchung des heiligen Antonius
Aus dem Französischen übersetzt von Barbara und Robert Picht. Mit einem Nachwort von Michel Foucault. it 432
– Lehrjahre des Gefühls
Geschichte eines jungen Mannes, übertragen von Paul Wiegler. Mit einem Essay »zum Verständnis des Werkes« und einer Bibliographie von Erich Köhler. it 276
– Madame Bovary
– Revidierte Übersetzung aus dem Französischen von Arthur Schurig. it 167
– Salammbô
Herausgegeben und mit einem Nachwort versehen von Monika Bosse und André Stoll. Mit Abbildungen. it 342
– Ein schlichtes Herz. it 110
– Drei Erzählungen/Trois Contes
Zweisprachige Ausgabe. Neu übersetzt von Cora von Kleffens und André Stoll. it 571
– November. Aus dem Französischen von Ernst Sander. it 411

Theodor Fontane. Allerlei Glück
Plaudereien, Skizzen, Unvollendetes. Ausgewählt und herausgegeben von Otto Drude. it 641
– Cécile. Roman. Mit einem Nachwort von Walter Müller-Seidel. it 689